국역

회곡선생문집

國譯 晦谷先生文集

역자 신두환

1958년 경북 의성 출생으로 성균관대학교 대학원 한문학과에서 한국한문학을 전공하고 문학박사 학위를 받았다. 성균관대학교, 서울시립대학교, 서경대학교 등에서 강사로 활동했으며, 한국문인협회 회원이면서 시인이자 칼럼니스트이다. 현재 국립 안동대학교 한문학과 교수로 재직중이다. 저서로는 『조선전기 민족예악과 관각문학』, 『남인 사림의 거장 식산 이만부』, 『선비 왕을 꾸짖다』, 『생활한자의 미학산책』, 『한국 한시 미학비평 강의』, 『용재 이종준』, 『한국학과 인문학(공저)』, 『한국학과 현대문화(공저)』, 『우담집』(공역) 외 다수가 있다.

국역 회곡선생문집

2019년 8월 30일 초판 1쇄 발행

저자 권춘란
역자 신두환
발행인 김흥국
발행처 보고사

등록 1990년 12월 13일 제6-0429호
주소 경기도 파주시 회동길 337-15 보고사 2층
전화 031-955-9797(대표), 02-922-5120~1(편집), 02-922-2246(영업)
팩스 02-922-6990
메일 kanapub3@naver.com/bogosabooks@naver.com
http://www.bogosabooks.co.kr

ISBN 979-11-5516-929-2 93810

정가 30,000원

국역

회곡선생문집

권춘란(權春蘭) 저

신두환(申斗煥) 역

國譯 晦谷先生文集

보고사
BOGOSA

회곡고택(晦谷古宅)

경상북도 영양군 청기면 기포리에 있는 회곡 권춘란(權春蘭)의 고택

회곡사당(晦谷祠堂)

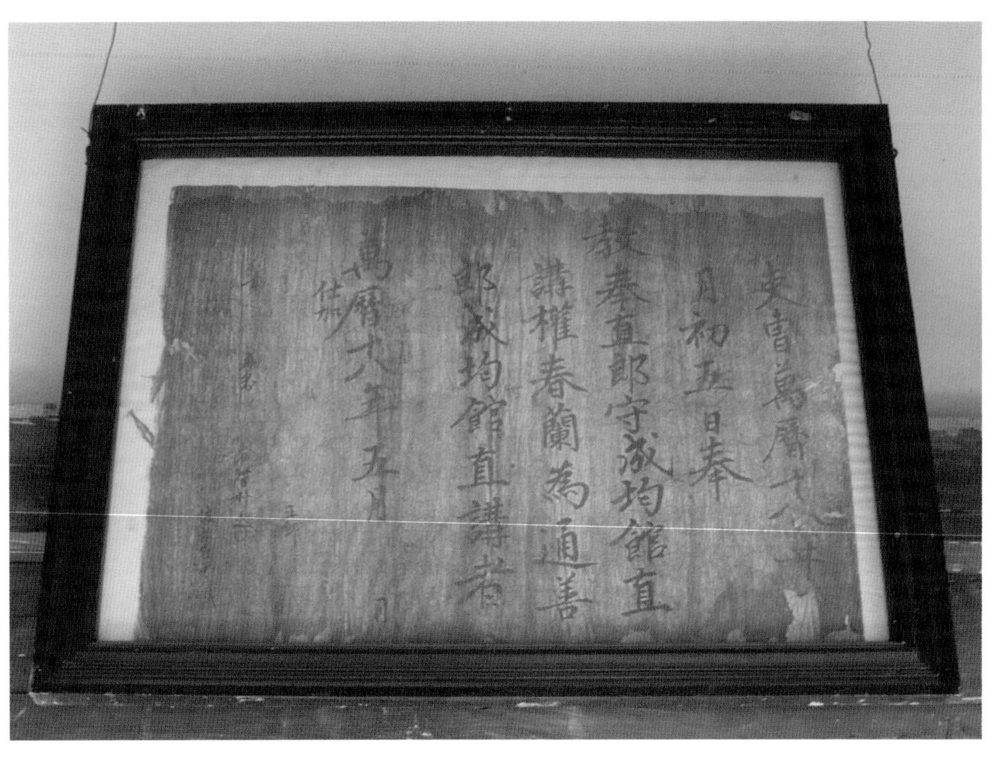
吏曹萬曆十八年
月初五日奉
教奉直郎守成均館直
講權春蘭爲通善
郎成均館直講者
萬曆十八年五月 日

五月二十八日奉
教通善郎司諫院
獻納兼春秋館記
注官權春蘭爲通
善郎行成均館典
籍者
萬曆十八年五月 日

회곡 선생 교지

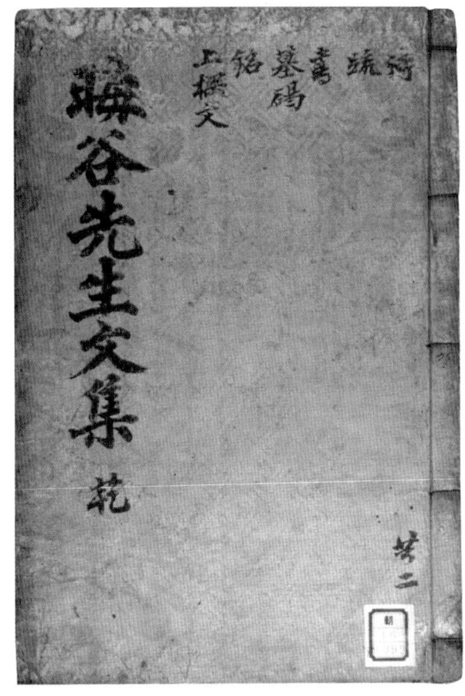

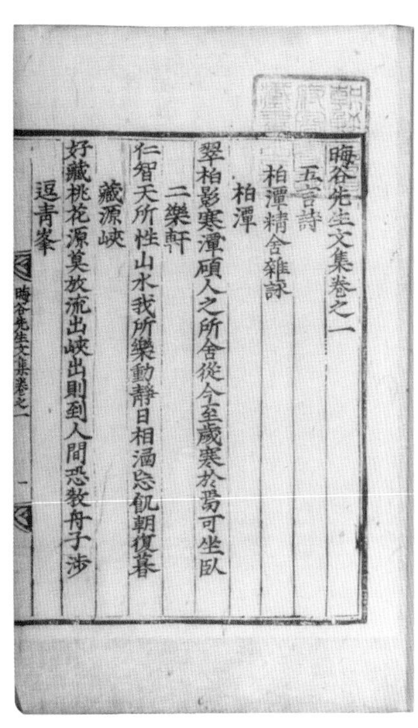

晦谷先生文集卷之一

五言詩

柏潭精舍雜詠

柏潭

翠柏影寒潭頑人之所舍從今至歲寒於焉可坐臥

二樂軒

仁智天所性山水我所樂動靜日相涵忘飢朝復暮

藏源峽

好藏桃花源莫放流出峽出則到人間恐教舟子涉

逗青峯

회곡선생문집(晦谷先生文集)

회곡 선생 묘소

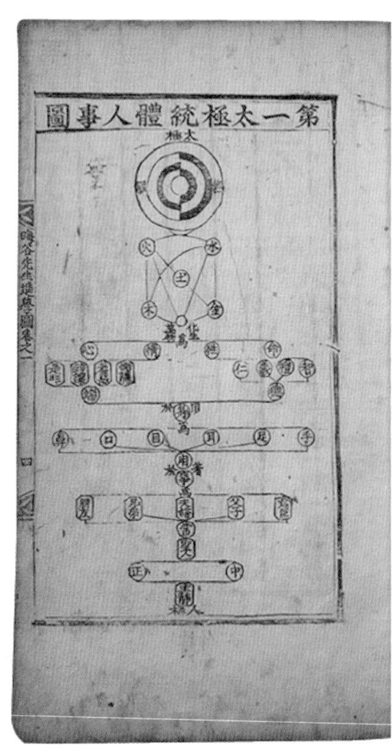

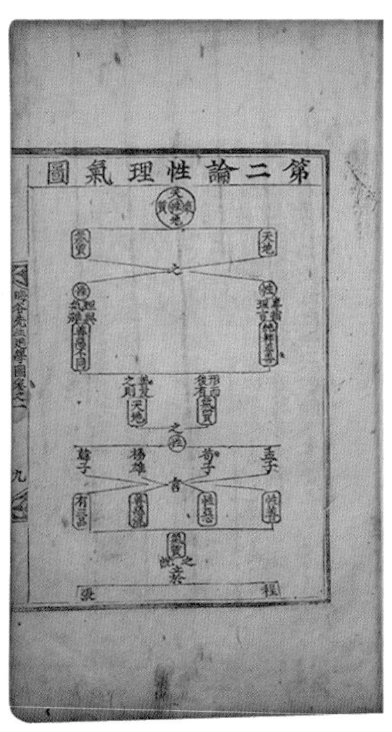

회곡선생진학도(晦谷先生進學圖)

회곡 선생 문중의 제사 모습

간행사

회곡(晦谷) 권춘란(權春蘭) 선생은 퇴계의 제자였던 백담 구봉령 선생의 문하에 있으면서 틈틈이 퇴계 선생에게도 직접 배우셨다. 학봉 김성일과는 매우 친했으며 사돈 간이었다. 회곡 권춘란(1539, 중종 34~1617, 광해군 9)이 살았던 16세기는 사화(士禍)와 임진왜란으로 얼룩진 격변기였다. 회곡은 임진왜란 당시에 조정의 중심에서 여러 요직을 두루 거쳤다. 그러나《회곡선생문집》은 한 번도 조명을 받지 못했는데 이번에 국역되어 대중에게 읽히게 된 것은 참 다행이다.

이 문집이 국역된 것은 영양군이 옛 영산서당을 복원하고 영양 출신의 선비들이 남긴 문집을 중심으로 이들이 남긴 선비정신을 교육하여 영양의 전통문화를 계승하고자 한다. 이에 영양 선비들이 남긴 문집을 쉽게 국역하여 교재를 만들려는 사업을 일으켰다. 그 첫 번째로 기획하여 국역한 것이《회곡집》,《석문집》,《석계집》,《산택재집》네 책이다. 앞으로도 이 사업을 계속 진행하여 다른 문집들도 국역할 계획이라고 들었다. 이번에는 예산이 적게 책정되어 어렵지만 이 국역을 책임져 주면 다음 국역 때는 예산을 제대로 책정하여 좀 후하게 대접하겠다는 약속도 있었다. 이에 다른 곳에서 국역하는 사업에 비해 비용이 매우 적게 책정되어 있어서 이 번역에 참여한 여러분들께 충분히 대우해 주지 못한 것을 죄송스럽게 여긴다. 더욱이 지자체장 선거로 군수가 바뀌고 담당하던 직원이 바뀌어 책을 간행하는 과정에서는 더욱이 예산이 책정되지 않아서 간행이 어려운 처지에 부딪혀서 중도에서 포기할 뻔하였다. 이에 관련된 문중의 힘을 빌려 영양군청을 설득하고 평소 알고 있던 보고사 출판사에 양해를 구하고 도움을 받았다. 이 자리를 빌려 보고사 김흥국 사장에게도 감사를 드린다. 이러다가 보니 거의 혼자서 교정하고 간행사를 쓰고 해제를 하느라 고생고생하고 있다. 지역에 봉사하는 것도 이 지역 국립대학의 취지이고 대학교수의 임무이다. 오히려 열심히 공부하는 기회로 삼자. 이 책은 그 일환으로 국역되어 간행된 것이다. 영양군청의 이 성스러운 사업이 중도하차하는 일이 없이 계속되길 바라며 관심을 가지고 지켜보겠다.

현대사회는 산업사회의 발달로 물질적 가치가 정신적 가치를 앞서게 되면서, 황금만능주의와 기술지상주의의 풍조가 만연하게 되었으며, 이것에서 유발되는 인간 소외와 전통문화의 붕괴는 심각한 사회문제들을 야기하고 있다.

최근 산업사회가 빚어낸 끔찍한 사고들을 바라보면서, 인간성 상실의 시대를 극복하기 위해 교육을 재조명하고, 인성교육에서 문제를 해결하려는, 다양한 시도가 범세계적으로 이루어지고 있다.

한국에서도 최근 인성에 대한 관심이 사회적으로 확산되면서 논의가 활발하게 전개되고 있다. 이런 시점에서, 끊임없는 반성과 수양을 통해 인격의 완성을 추구하는 동아시아의 유교사상은 훌륭한 인성교육으로, 도덕적인 인간상을 수없이 배출해 왔다. 인성교육이 강조되면서 동아시아의 전통 교육에 대한 관심이 세계인의 관심을 끌고 있다.

세계가 우리 유교문화에 관심을 갖는 이유는 유교의 심오한 철학이 혼란의 극치를 치닫는 지금의 세계를 극복할 수 있다는 희망 때문이다. 이런 세계의 흐름에 비춰 유교문화가 가지는 인성교육의 현재적 의미를 조명해 보는 것은 의미가 크다. 영양군이 이 사업의 선봉에 서서 훌륭한 조상들의 문집을 국역하는 것은 이런 의미에서 그 가치를 발휘할 수 있을 것 같다.

시인 정지용(鄭芝溶)은 "옥에 티나 미인의 이마에 사마귀 하나쯤이야 그런대로 봐줄 수는 있겠으나 서정시에 말 한 개 밉게 놓이는 것은 도저히 용서할 수 없다."라고 하였다. 석문 선생의 한시 번역에 있어서 글자하나 잘못 놓이는 것은 도저히 용서할 수 없다. 이런 취지로 번역에 임하다가 보니 다소 원문의 글자를 뛰어넘는 해석들이 있을 수 있다. 이것은 번역을 책임진 역자의 고집이었다.

이 국역을 위해 안동대학교 한문학과 학부생들과 대학원생들이 많이 동원되었다.

또 대학원에서도 이《회곡선생문집》을 중심으로 강의를 한 적도 있다. 이 자리를 빌려 고생한 대학원생들에게도 고마움을 전한다. 이 국역은 특히 박동일군의 도움이 컸다. 박동일군은 나의 제자로서 안동대학교에서 백담 구봉령 선생을 연구하여 석사학위를 받고 지금 경상대학교에서 박사과정을 수료하고 있는 중이다. 근면 성실하여 장래가 촉망되는 청년학자이다. 박군이 연구한 백담 구봉령은 바로 회곡 권춘란 선생의 스승이기에 많은 도움을 받을 수 있었다.

《회곡선생문집》은 국역사업이 진행되는 기간에 회곡 권춘란의 생애와 그의 시문에 대해서는 대동한문학회에서 발표하였으며 이미 논문으로 실렸다. 이 논문은 해제로 실려 있으며 논문의 번역과정은 번역에 많은 도움이 되었다. 이 논문을 작성하는 과정에서 회곡 선생의 진학도를 발견하였으며, 안동대학교 도서관에 소장되어 있었다. 그러나 선행연구들을 살펴 본 바 이미 잘 알려져 있고 논문도 몇 편이 나와 있는 상태이다. 그러나 번역이 이루지지 않고 있어서 그 상세한 내용이 대중들에게 알려지지 못하고 있다. 이 번역은 여력이 미치지 못해 다음 기회로 미루었다. 영양군이 앞장서서 이 책을 번역하여 영산서당의 교재로 사용하면 금상첨화라는 생각을 떨칠 수 없어 이 책의 중요성에 대해 몇 번이나 군청관계자들에게 피력하였다. 이 자리를 빌려 진학도를 소개한다.

선생이 남긴 진학도(進學圖)는 퇴계의 성학십도를 바탕으로 26편의 도표를 만들어 후학들이 성리학을 공부하는 데 편리하도록 만든 것이다. 이 진학도는 숙종 42년(1716) 안명술(安明述)·권점래(權漸來) 등의 교정을 거쳐 그의 5세손 국관(國觀)이 목판으로 간행하였다. 진학도는 본집 4권 4책, 부록 1책, 합 5권 5책. 목판본. 권두에 외후손 안복준(安復駿)의 서문과 제4권의 끝에 국관의 후서(後敍)가 있다.

제1권에는 〈1〉태극통체인사도(太極統體人事圖)·〈2〉성이기도(性理氣圖)·〈3〉심통성정지도(心統性情之圖)·〈4〉장자서명도(張子西銘圖)·〈5〉동명희과도(東銘戲過圖)·〈6〉사물잠도(四勿箴圖)·〈7〉극기명도(克己銘圖)·〈8〉백록동학규도(白鹿洞學規圖)·〈9〉경재잠도(敬齋箴圖)·〈10〉숙흥야매잠도(夙興夜寐箴圖) 등 제〈1〉도에서 〈10〉도까지 10개의 도표가 들어 있다.

제2권에는 〈11〉소학내외편목도(小學內外篇目圖)·〈12〉대학성정서공지도(大學誠正序功之圖)·〈13〉중용중화위육지도(中庸中和位育之圖)·〈14〉논어언인지도(論語言仁之圖)·〈15〉맹자부동심지도(孟子不動心之圖)·〈16〉시풍아송정변지도(詩風雅頌正變之圖)·〈17〉사무사지도(思無邪之圖) 등의 제 〈11〉도에서 〈17〉도까지 7개의 도표와 해설로 구성되어 있다. 소학과 대학 중용 논어 맹자 시경까지 경전을 공부하는 차례가 들어 있다.

제3권은 〈18〉서전모훈고서차도(書傳謨訓誥序次圖)·〈19〉인심도심도(人心道心圖)·〈20〉단서경양지도(丹書敬養之圖)·〈21〉무불경지도(毋不敬之圖) 등 〈18〉도에서 〈21〉도까지 4개의 도표로 서경을 공부하는 차례와 성리학을 공부하는 차례를 기술하고 있다.

제4권은 〈22〉역학입문괄례지도(易學入門括例之圖)·〈23〉사성역학지도(四聖易學之圖)·〈24〉춘추경세지도(春秋經世之圖)·〈25〉성현도통전서지도(聖賢道統傳緖之圖)와 첨부된 〈26〉여씨향약도(呂氏鄕約圖) 등 〈22〉도에서 〈26〉까지 6개의 도표와 이에 대한 상세한 해설 등으로 구성되어 있다. 진학도는 총 26개의 도표로 구성되어 있으며, 주역과 춘추에 입문하는 것을 중심으로 설명되어 있다. 회곡 당시에 그려진 것으로 보이는 원본이 종가에 보존되고 있었다.

부록인 권5에는 그의 조카인 태정(泰精)과 김상헌(金尙憲)·정구(鄭逑)·정경세(鄭經世) 등이 찬한 가장·묘지·만장 및 50여 편의 시·서(書)·문목(問目)·잡저 등이 실려 있다. 이 가운데에는 그가 상례(喪禮)에 관해 주변 인물에게 질문한 문목과 유성룡(柳成龍)·권호문(權好文) 등이 그에게 보낸 시·서 등이 주종을 이루고 있다.

이 책은 그가 이황(李滉) 선생과 구봉령(具鳳齡) 선생 등에게서 공부하고 폭넓은 지식을 연마한 뒤 노년에 이르러 사간원사간 등 여러 벼슬을 거절하고 유성룡 등과 함께 학문 연마에 매진하며 터득한 지식을 체계화한 것이다. 그리고 이 책과 서로 상관된 저술인 그의《공문언인록(孔門言仁錄)》보다 앞서 저술한 것이다.

이 책은 당시 학자로서 필수적으로 학습해야 될 〈근사록〉을 바탕으로 경전 및 참고 도서에 관한 중국의 정자(程子)·주희(朱熹) 등 100여 명의 학자들의 견해를 토대로 도식을 통해 체계화시킨 다음 자신의 견해도 부연 설명한 것이다. 안동대학교, 연세대학교 도서관에 있다.(한국 민족문화대백과사전 참조) 이 책을 번역하여야 회곡 권춘란의 학문과 사상이 더 구체적으로 밝혀진다. 후일 기회를 보아서 번역할 것을 약속한다.

《회곡선생문집》의 번역과 씨름하고 있던 사이 어느덧 약속한 기한은 다가오고 이제 출간하기에 이르렀다. 제대로 번역되었는지 의문이다. 부끄럽고 두려운 바가 없지 않지만 이제 번역자의 손을 떠나 독자의 품으로 떠나보내야 한다.

소설가 상허 이태준은 책을 여인에 비유하여, "물질 이상인 것이 책이다. 한 표정 고운 소녀와 같이, 한 그윽한 눈매를 보이는 젊은 미망인처럼 매력은 가지가지다. 신간(新刊) 난(欄)에서 새로 뽑을 수 있는 잉크 냄새 새로운 것은 소녀에 비유한다. 소녀라고 해서 어찌 다 그다지 신선하고 상냥스러우랴! 고서점에서 먼지를 털고 겨드랑 땀내 같은 것을 풍기는 것들은 자못 미망인다운 함축미인 것이다. 책은 세수할 줄 모르는 아름다운 미인"이라고 했다.

《국역 회곡선생문집》이 신간의 향기를 머금고 퍼져나가 대한민국의 아름다움을 대변하는 한국적 전통 미인의 반열에 들어 많은 대중들로부터 사랑을 받고 인연이 생기게 되기를 바란다.

끝으로《국역 회곡선생문집》이 책으로 나오기까지 물심양면으로 도와주신 권영택 전 영양 군수님과 현 오도창 군수님께 깊은 감사를 드리며, 문화관광과 및 군청 관계자 여러분께도 감사를 표합니다.

이 책의 장점은 이 책이 나오기까지 도와준 여러분들의 몫이고 이 책의 결점에 대해서는 역자의 이름을 내건 저의 책임일 수밖에 없다. 회곡 선생의 문집에 대한 번역과 연구의 지평이 넓어지기를 기대하며, 삼가 강호제현들의 질정을 촉구한다.

2019년 8월

서울 정릉 북악산 아래 급고재(汲古齋)에서

안동대학교 한문학과 교수 신두환은 서한다.

차례

◇ 회곡선생문집 습유 晦谷先生文集 拾遺

회곡 권춘란의 생애와 시 세계

1. 문제의 제기

매화 같은 풍격에 학 같은 인물	梅花標格鶴形容
옛 법도 지키며 지조 있게 살았도다	古井波恬不起風
잠시 조정에서 함께 생활하였는데	暫與鵷鸞供卯酉
큰새 따라 새장 벗어나는 것같이 좋았네	好隨鴻鵠謝樊籠
세상의 일 분분하매 세 번 입을 꿰매었고	紛紜世事三緘口
평소 생활 담박하여 오막살이 한 채뿐	淡泊生涯一畝宮
오늘날에 이런 분을 어찌 얻을 수 있으랴	今日此人那可得
옛 동료는 부질없이 눈물만 쏟아 내네	舊僚空有淚傾涑[1]

우복 정경세가 회곡(晦谷) 권춘란(權春蘭, 1539~1617)의 만사에서 이렇게 찬사를 퍼부었던 인물을 우리는 역사 속에 묻어두고 새까맣게 몰랐다. 이렇게 훌륭한 인물을 지금에라도 드러내어 천양함이 후세를 사는 사람으로서 옳지 않는가?

어떻게 살아야 매화 같은 풍격에 학 같은 인물이란 평을 받을 수 있는가? 고정(古井)은 옛 법도를 가리키는 말이다. '고정무파(古井無波)'란 말이 있다. 이것은 과부가 정욕에 흔들리지 않고 절개를 지킨다는 성어이다. 회곡도 임진왜란 이전에 일찍이 스승들을 잃고 난세에 닥쳐서도 경거망동하지 아니하고 지조와 절개를 지켰다. 회곡은 진중한 인물이라 임진왜란 같은 난리와 당파싸움의 소용돌이 속에서도 마음이 동요되지 않은 채 지조 있게 살아서 풍파에 휘말리지 않았다. 우복은 회곡과 함께 학문을 논했으며 조정에서 같이 벼슬살이를 했다. 묘유(卯酉)는 관리들이 출근하고 퇴근하는 것을 말한다.[2] 회곡은 진중

---

1) 鄭經世, 《愚伏集》, 별집 제1권, 詩, 〈挽權司諫, 春蘭〉

한 사람이었다. 세 번이나 입을 꿰매었다고 한 것은 세상의 일에 대해서 진중하게 대처하고 말하기를 삼갔다는 뜻이다.[3)]

회곡 권춘란이 살았던 16세기는 사화(士禍)와 임진왜란으로 얼룩진 격변기였다. 회곡은 임진왜란 당시에 조정의 중심에서 여러 요직을 두루 거쳤다. 조선의 명종과 선조 시절에 정치는 크게 빛나고 뛰어난 인재는 구름처럼 일어났다. 사대사화를 거치면서 치열한 경쟁을 하던 사림들의 정치가 확산되면서 이른바 목릉성세로 일컬어지는 문치주의의 절정을 이루던 시기이다. 그러나 사림이 성장하면서 사림의 분화가 촉진되고 붕당이 형성되어 당파싸움으로 치닫고 있었다. 사림들은 군심을 바로잡고 절의를 강조하며 산수 간에 처하여 수기치인과 우국애민의 길을 동시에 모색하고 있었다.

이 시기는 사화의 혼란에 지친 사림들이 재지적 중소지주로서 성리학적 소양을 갖추고 향촌을 점유하기 시작한 시기이기도 하다. 조선의 대부분 향촌 사림들은 사화와 성리학의 학문 속에서 출사와 은둔에 대한 갈등을 일으키고 있었다. 회곡은 백담 구봉령(具鳳齡)의 제자이면서, 퇴계의 제자로서 유성룡(柳成龍), 김성일(金誠一) 등과 같은 조정에서 관료문인의 길을 갔던 퇴계학파의 일원이었다. 회곡 권춘란 역시 관직과 학문수양을 두고 갈등을 하면서 퇴계학파의 성리학자로서의 삶을 추구하고 있었다.

이 시기의 사림파들은 마치 약속이나 한 듯 일련의 산수시가들을 창작하는 과정에서 강호가도로 이어지는 자연미를 발견하고 있었다.[4)] 도남 조윤제는 이 시대의 작가 중에는 사화로 어지러워진 세상을 벗어나 자연의 진경에 몰입하여 강호의 경치에 묻혀 지내려는 새로운 작가군이 일어나고 있어 이 시대를 자연미의 발견시대라고 했다.[5)] 특히 퇴계 이황의 문인들은 퇴계의 학통을 이어서 자연을 관조하고 벼슬에 나아가서도 사림의 도를 구현하려 했다. 이렇게 퇴계 학맥이 형성되는 가운데 백담 구봉령과 회곡 권춘란도 있었다.

임진왜란이 일어나기 전까지 조선은 비교적 태평성대 속에서 건국과 수성의 시기를 성공적으로 완수하고 있었다. 회곡의 문학도 임진왜란 전후의 관계로 나누어 보아야 한다.

---

2) 《광해군일기(光海君日記)》에 "各司의 관원은 卯時에 출사하여 酉時에 퇴근하고, 해가 짧을 때에는 辰時에 출사하여 申時에 퇴근한다." 하였다.

3) 《說苑 敬愼》에 공자(孔子)가 주(周)에 갔을 적에 태묘(太廟)에서 보니 오른쪽 계단의 곁에 금인(金人)이 있었는데, 그 입을 세 겹으로 봉하였으며, 등에 명(銘)하기를, "옛날에 말을 삼간 사람이다." 하였다.

4) 신두환, 「朝鮮 士林의 詩歌에 나타난 '拙樸'의 문예미학」, 『한국한문학연구』 제38집, 한국한문학회, 2006, 264쪽 참조.

5) 趙潤濟, 《朝鮮詩歌史綱》, 동광당서점, 1939, 232~235쪽 참조.

조선이 임진왜란을 당하여 전쟁 초기 이를 감당하기 어려울 정도로 국력이 쇠약해진 것은 왜란이 일어난 선조대에 이르러서 비롯된 것은 아니었다. 이미 훨씬 이전부터 쇠퇴의 기운이 나타나기 시작하였다. 정치적으로는 연산군 이후 명종대에 이르는 4대 사화와 훈구 대 사림 세력 간에 계속된 정쟁으로 인한 중앙 정계의 혼란, 사림 세력이 득세한 선조 즉위 이후 격화된 당쟁 등으로 정치의 정상적인 운영을 수행하기 어려운 지경이었다. 사회는 점점 해이해지고 성리학과 문학 중심의 정치 일변도에 빠져 근본적인 국가 방책이 확립되지 못한 실정이었다. 이런 시기에 전대미문의 임진왜란이 일어나 조선은 초토화되었다. 권춘란은 임진왜란이 일어나자 관료와 의병으로서 우국의 기치를 들고 활동하였으며, 임란 이후에도 어지러운 정세의 소용돌이 속에서 조정과 고향을 오가며 관료로서 영욕의 세월을 보내야 했다. 권춘란은 임진왜란 시절 임금을 가까이에서 모시는 시종신하로서 조정의 중요 요직에 있었다.

권춘란은 구봉령과 이황(李滉)의 문인으로 〈주역〉에 전심하였으며, 외직에 나아가서는 청렴한 목민관이었다. 만년에는 퇴계의 성학십도를 발전시켜 성리학의 내용을 각종 도식을 구성하여 설명하고 경서의 이해를 돕기 위하여 찬술한 《진학도(進學圖)》와 공자의 말씀 중에 인(仁)에 대한 것만을 모아서 《공문언인록(孔門言仁錄)》을 남겼으나 편집을 끝내지 못했다. 권춘란의 시문은 산일되어 일부분만 유고(遺稿)로 가장(家藏)되었다.

회곡은 벼슬하는 여가에 틈틈이 고향을 오가며 산수에 몰입하여 자연미를 새롭게 발견하고 있었다. 이 시기 성리학자들의 산수시가는 주자를 답습하는 특이한 동향을 드러내고 있었다. 권춘란은 퇴계의 직접 제자이기도 하면서 퇴계학파에서 시로 뛰어난 백담 구봉령의 제자이기도 했다. 또 송암 권호문과는 과거 동년으로 주고받은 시들이 남아서 후대의 비평을 기다리고 있다. 그의 시문은 약 140여 편이 남아 전한다. 주자와 퇴계, 백담의 시 정신을 계승한 권춘란의 시는 성리학의 오묘한 예술철학이 바탕이 되고 있으며, 자연경관을 읊고 강호가도를 구가한 그의 시는 퇴계학파의 문학을 연구하는 데 중요한 역할을 할 수가 있다고 판단된다. 이들을 바탕으로 보면 회곡 권춘란은 퇴계학파의 걸출한 시인이었다. 회곡 권춘란은 퇴계학파의 성리학자이면서 시인으로서도 명성이 자자했다. 그러나 아직까지 회곡 권춘란의 시에 대해 연구는 시도된 적이 없다. 회곡 권춘란에 대한 연구는 《진학도》를 중심으로 서지학과 철학분야에서 조명한 소논문이 몇 편이 전부이다.[6]

6) 유권종, 「회곡 권춘란의 생애와 학문 : 진학도 성립 배경 연구」, 『철학탐구』 제26집, 중앙대학교 철학연구소,

조선시대 중기 문학의 흐름 중 '자연에 몰입하여 살면서 성리학적 이념을 노래한 일련의 작품을 두고 우리는 강호가도(江湖歌道)'라고 말한다. 이것은 농암에서 퇴계로 퇴계에게서 약봉 김극일, 백담 구봉령, 송암 권호문, 회곡 권춘란 등으로 이어지는 강호가도의 맥락이라는 점에서 그 내용과 형식에 있어서 사림파문학의 선구가 될 만한 작품이다. 이 시기에 퇴계학파의 학자 겸 관료로서 시에 뛰어났던 회곡 권춘란은 이들의 강호가도를 계승하고 있다는 점에서 우리 유교 문학사의 중요한 지점을 점유하고 있다.

본고에서는 회곡 권춘란의 한시를 연구하여 그 문학사적 가치와 작품의 위상을 제고하고 우리 문학사에 우뚝한 존재임을 부각시키고자 한다.

2. 회곡 권춘란의 생애와 시대적 배경

권춘란의 자는 언회(彦晦), 호는 회곡(晦谷)이며 본관은 안동(安東)이다. 퇴계 이황의 제자 및 백담 구봉령의 제자로서, 퇴계학파의 관료와 문인으로서 명성이 자자했다. 특히 《주역》에 전심하였으며, 유성룡·정구(鄭逑) 등과 교유하였다.

권춘란의 고조 구서(九叙)는 수의교위(修義校尉)[7] 웅무시위사중령부사직(雄武侍衛司中領副司直)[8]을 지냈다. 아들 넷을 두었는데 자칭(自稱), 자승(自繩), 자준(自準), 자관(自關)이다. 증조는 자관으로 병절교위(秉節校尉)를 지냈다. 조부는 모(模)로 증통훈대부통례원좌통례(贈通訓大夫通禮院左通禮) 행선교랑군기사주부(行宣教郎軍器寺主簿)를 지냈다. 할머니는 영천 이 씨(永川李氏)로 증좌참찬(贈左參贊) 행현감(行縣監) 흠(欽)의 딸이다. 아들 둘, 석종(錫宗)과 석충(錫忠)을 두었다.

아버지는 석충이며, 증통정대부(贈通政大夫) 승정원좌승지겸경연참찬관(承政院左承旨兼經筵參贊官) 행기자전참봉(行箕子殿參奉)을 지냈다. 어머니는 숙부인(淑夫人) 함창 김 씨

2009, 1~33쪽; 「權春蘭의 進學圖 研究 緒論」, 『東洋哲學研究』 제60집, 東洋哲學研究會, 2009; 「晦谷 權春蘭의 太極統體人事圖 연구」: 進學圖의 爲己之學 방법론 설계와 관련하여」, 『儒敎思想研究』 제42집, 韓國儒敎學會, 2010.

송일기·노기춘, 「권춘란의 進學圖에 관한 研究」, 『書誌學研究』 제45집, 書誌學會, 2010, 151~183쪽.

이태호·송일기·노기춘, 「進學圖와 聖學十圖 圖說의 比較 研究」, 『書誌學研究』 제47집, 書誌學會, 2010, 239~266쪽.

7) 고려 말엽·조선 초엽, 무관의 종5품의 품계. 조선시대 7대 세조 12(1466) 년에 병절 교위(秉節校尉)로 고침.

8) 조선시대에, 오위에 딸린 종5품 무관.

(咸昌金氏)로 원석(元碩)의 딸이다. 아들 넷을 두었는데 춘란(春蘭), 춘계(春桂), 춘무(春茂), 춘혜(春惠)를 두었다.

권춘란은 4남 중 장남으로 가정 기해년(1539) 7월 22일 경오에 안동부의 동쪽 가구리 집에서 태어났다. 태어나면서 기이한 자질이 있었고, 일찍이 문자를 해독하였다. 어릴 때, 이미 성인의 자태가 있었다. 여러 아이와 놀 때, 버릇없고 함부로 하는 아이가 있으면 꾸짖고 사귀지 않았다. 7세 때, 외할아버지의 상을 당하여 곡하고 울면서 고기를 먹지 않자, 아버지가 병이 날까 걱정하여 고기를 먹도록 권하였다. 회곡이 말하기를, "친상을 당하면 고기를 먹지 않는 것이 예이고, 어버이의 어버이가 어버이와 어찌 차이가 있겠습니까?"하고 한사코 먹으려 하지 않았다.

회곡은 집안이 쇠하여진 것에 대하여 개탄하며 아버지에게 배울 것을 청하자, 그의 뜻을 가상히 여겨 작은 책자를 엮고 몇 개의 연구를 써서 회곡에게 주었다. 회곡은 그것을 손에서 잠시도 내려놓지 않고 입으로 반드시 모두 외우고는 '하늘과 땅 사이에 무엇이 가장 귀한 것입니까?' '배우는 것일 뿐이다', '어째서 귀합니까?', '자식이 되어 효도하고, 신하가 되어 충성하여 관찰사가 될 수 있고, 태수가 될 수도 있으니, 부모가 바라는 것이고 고을 사람들이 영예롭게 여기는 것이다.', '관찰사와 태수는 귀하다고 하기에 부족합니다. 효도를 하고 충성을 하고자 한다면 학문을 버리고 어찌 성취하겠습니까?'라고 하였다.

권석충이 기특하게 여겨 《효경》을 주었는데, 회곡은 신중히 읽고 생각하여 한 글자 한 구절도 반드시 반복하여 어려운 곳은 묻고 의리를 찾아 살피고는, 스스로 말하기를, "이 책을 읽고도 읽기 전과 같다면 이러한 사람은 사람다운 사람이 아니다."고 하였다. 때로 《주역》을 놓고는 혹은 재미삼아 괘와 획을 그리고, 혹은 정신을 집중하여 조용히 완미하였는데, 권석충이 말하기를, "이는 어린아이가 이해할 수 있는 것이 아니다."고 하자, 회곡이 말하기를, "아이는 아이이지만 그 뜻은 원대합니다."고 하였다.

회곡은 형제가 네 사람이었는데, 아주 화락하고 즐겁게 지내면서 거처를 함께하였고, 의복과 신발과 노복 등을 서로 돌아가면서 써서 누가 주인인 줄도 몰랐다.

회곡은 14세에 같은 동리에 살고 있는 백담(栢潭) 구봉령에게 구찬록(具贊祿), 안제(安霽), 정사성(鄭士誠), 정사신(鄭士信) 등과 함께 수학하게 된다. 백담이 짐짓 마치 그를 거절하는 것처럼 하여 정성이 있는지를 시험하였다. 회곡이 매일 동틀 무렵 문으로 나아가 가르침을 구하여 추위와 더위, 비가 오더라도 변하지 않으므로 백담이 매우 기쁘게 여기며 말하기를, "오늘 문밖에 눈이 내리는데도 기다리는 자를 보는구나!"라고 하고는, 가르침에

게으르지 않고 큰 인물이 되기를 기대하였다. 지산 김공[9]이 일찍이 백남에게, "문인들 가운데 누가 재주와 학식이 뛰어난가?"라고 묻자, 백담이 "시는 구찬록[10] 제술은 안제[11], 그 정밀함은 권춘란이네."라고 하였다. 이에 지산이 "뒷날 사문을 맡을 자는 분명 권춘란일 것이네."라고 하였다. 공은 학문에 뜻을 둔 뒤부터 더욱 스스로 노력하여 입과 귀로 기억하고 외울 뿐만이 아니라 반드시 성현이 남긴 가르침을 힘써 실천하기를 구하였다.

회곡은 매일 아침마다 가묘에 배알하였으며, 물러 나와서는 서재에 앉아 하루도 책을 펼쳐 읽지 않은 적이 없었다. 《심경(心經)》이나 《근사록(近思錄)》 등의 여러 서책은 비록 백성을 다스리고 송사를 처리할 적에도 역시 일찍이 책상 위에서 떠난 적이 없었다.

18세 때 4월, 구봉령이 안동 요촌(蓼村)에 정사(精舍)를 지을 터를 물색하러 갈 때 회곡도 데리고 갔다.

그때, 회곡에게 지어준 시가 있다.

백담을 찾아 함께 유람하는 제공과 장영 산인에게 주다
訪栢潭. 贈同遊諸公幷掌營山人

문득 이십 년 전 함께 노닐던 때를 생각하니	却憶同遊廿載前
그때 그대는 아름다웠고 나는 중년이었지	君時韶頰我中年
벼랑 부여잡고 푸른 이끼 젖은 땅을 밟고	攀厓踏濕蒼苔雨
모래섬 곁에서 백로와 안개를 보면서 걸었지	傍渚行衝白鷺煙
소나무 바위등성이엔 지금 구름발이 하늘거리고	松磴卽今雲脚裊
강 하늘엔 예와 같이 달이 둥그네	江天依舊月輪圓
무슨 방법으로 티끌 생각 다 쓸어버리고	何方掃却塵機盡
낚시터 머리에서 함께 잠을 자겠나	與向磯頭竝枕眠

9) 김팔원(金八元, 1524~1589), 본관은 강릉(江陵), 자는 순거·수경(秀卿), 호는 지산(芝山)이다. 삼척 훈도(三陟訓導) 김적(金績)의 아들이고, 퇴계 이황과 신재 주세붕의 문인이다. 1555년 사마시를 거쳐 식년 문과에 을과로 급제하여 예조 좌랑, 용궁 현감 등을 지냈다. 옥계서원(玉溪書院)·보구서원(洑邱書院) 등에 제향되었다. 저서로 《지산집》이 있다.

10) 구찬록(具贊祿, 1519~1595), 본관은 능성(綾城), 자는 여응(汝膺), 호는 송안(松顔)·용산(龍山)이다. 봉화에 살았으며, 첨정을 지냈다.

11) 안제(安霽, 1538~1602), 본관은 순흥(順興), 자는 여지, 호는 동고(東皐)이다. 1580년 문과에 급제하고, 성균관 학유·사헌부 감찰·용궁 현감 등을 역임하였고, 예조 참의에 증직되었다.

위는 함께 와서 땅을 얻은 것을 말하여 언회(彦晦) 권춘란에게 준 것이다.[右言同來得地贈彦晦][12)]

그때에 같이 간 사람들에게 시를 지어주었다. 같은 동네에서 같이 태어난 동갑내기인 유일재 김언기(金彦機, 1520~1588), 순(淳)스님 인종(印宗)도 함께 갔다.

회곡은 18세에 퇴계에게 수학한 흔적이 있다. 1556년 12월 7일. 정유일(鄭惟一)에게 보낸 편지이다. 저의 고루함이 날로 더욱 심해지고 비록 구업은 잊을 수는 없지만 너무 피곤하고 지쳐서 스스로 공부에 경주할 수가 없습니다. 아침저녁으로 위태할 뿐입니다. 권호문과 조카 교가 현재 청량산에 있는 것이 보이고 그리고 고산암에는 안동의 권춘란과 저의 종손자 종도가 와서 우거하고 있습니다.[13)] 권춘란은 이종도와 함께 고산암에서 수학하고 있었던 것이 발견된다.

회곡은 23세 때인 명종 16년 신유년(1561)에 사마시에 합격하여 어버이를 기쁘게 해드리는 일에 힘썼다. 살고 있는 마을 어귀의 경치가 빼어난 곳에 몇 칸 정자를 짓고 물을 끌어들여 못을 만들고, 주희의 시 가운데 '네모진 못은 하나의 거울[方塘一鑑]', '근원에서 물이 솟아나네[源頭活水]'[14)]라는 말을 취해서 감원정(鑑源亭)이라고 편액하였다. 백담이 그윽한 경관에 기뻐하며 다음과 같은 시를 지어 주었다.

손수 솔 언덕 깎아서 높은 당 세우고	手斸松崖敞野堂
기둥에 학규 걸고 작은 연못 만들었네	帶楹規作小池塘
빈 공간에 둥근 달이 가득 비치고	虛涵脫匣圓輪滿
구름 같은 옥빛 물결 길게 끌어왔네	活引縈雲玉派長
일월의 광채는 혼연하여 물들지 않고	日月精華渾不染
천지의 본체는 광대하여 끝이 없네	乾坤本體浩無疆
〈관서유감〉 경구로 밝은 교훈 드리우니	觀書警句垂明訓
바로 앞에 앉아 가르침을 받드는 듯하네	熏沐如承謦咳傍

12) 具鳳齡, 《栢潭集》, 卷之四, 七言律詩, 〈訪栢潭. 贈同遊諸公幷掌營山人〉. 참조.

13) 李滉, 《退溪先生文集》, 卷之二十四, 書, 〈答鄭子中〉; 滉孤陋日甚, 雖不忘舊業, 正苦疲劣, 不能自力於做工, 日夕懍然而已. 權好文與窩姪見在淸涼, 而孤山菴則安東權春蘭與滉從孫宗道來寓.

14) 네모진 …… 솟아나네 : 주희의 《주자대전(朱子大全)》 권1, 〈관서유감(觀書有感)〉에 "반 이랑 방당이 거울처럼 펼쳐지니, 하늘 빛 구름 그림자 그 안에서 배회하네. 묻노니 어이하여 그처럼 해맑을까? 근원에서 생수가 솟아나기 때문이지[半畝方塘一鑑開 天光雲影共徘徊 問渠那得淸如許 爲有源頭活水來]"라고 한 것을 가리킨다.

그의 친구 박춘형(朴春亨)[15]도 감원정을 보고 다음과 같이 시를 읊었다.

감원정의 벽에 쓰다
題鑑源亭壁

깨끗한 정자는 물가 언덕 걸쳐 있고	瀟洒林亭枕澗阿
여유로운 봄 경치 연하에 늙어가네	餘春光景老烟霞
꽃이 골짝 입구에 만개하여 언덕이 붉고	花粧谷口紅迷岸
버들이 제방에 휘늘어져 모래가 푸르네	柳拂堤頭綠染沙
못에 비친 난간으로 물고기 들어오고	檻影倒池魚入席
창에 비친 나무 그늘에 새가 자수를 놓네	窓陰籠樹鳥投紗
만약 금리 선생[16]의 집이 아니라면	若非錦里先生宅
바로 서호처사[17]의 집이라고 하겠네	定是西湖處士家

감원정은 꽤나 아름다웠던 모양이다. 회곡은 방 한 칸에서 조용히 지내면서 학문을 닦고 소요하며 세상의 얽매임에서 벗어나 삶을 마칠 듯이 하였다.

과거 시험과 벼슬길에 나아가는 것은 즐거워하는 바가 아니었으며, 단지 어버이를 위해 자신의 뜻을 굽힌 것일 뿐이었다.

권언회의 송각을 찾아가다
訪權彦晦松閣 權好文

산골 돌아드니 숲이 깊어 경치가 그윽하고	谷轉林深境自幽
송각의 시원한 기운에 가을이 먼저 오려하네	生凉松閣欲先秋

15) 박춘형(朴春亨, 1537~?) : 자는 맹원(孟元), 호는 주선(酒仙), 본관은 순천(順天)이다. 박세량(朴世良)의 아들로, 1599년 문과에 급제하여 감찰(鑑察) 등을 지냈다.

16) 금리선생(錦里先生) : 금강(錦江) 가에 사는 은사(隱士)를 말한다. 두보(杜甫)가 〈남린(南鄰)〉에서 "까만 각건 쓰신 우리 금리선생, 뜰에서 밤만 주워도 굶지는 않겠구려.[錦里先生烏角巾 園收芋栗不全貧]"라고 한 데서 온 말이다. (《杜少陵詩集》 卷9, 〈南鄰〉)

17) 서호처사(西湖處士) : 북송(北宋)의 시인 임포(林逋)를 가리킨다. 평생토록 매화를 심고 학을 기르며 서호(西湖)의 고산(孤山)에 은거했기 때문에 당시 사람들이 서호처사 혹은 매처학자(梅妻鶴子)라고 일컬었다.(《宋史》 卷457 〈隱逸列傳 林逋〉)

반나절 흉금을 털어놓으니 대부분 시의 정취라　　披襟半日多騷趣
세속 일로 어긋난 길 가는 것이 더욱 가련하네　　塵事堪憐謾謬悠[18]

회곡과 송암 권호문은 진사동년으로 서로 친했다. 송암 권호문은 자주 회곡의 송각을 방문해서 서로 시를 짓다가 오곤 했다.

선생은 또 퇴계 선생에게 나아가 가르침을 청하였는데, 퇴계가 선생의 이름을 들은 지 오래였으므로 선생을 위해 자리를 양보하면서 몹시 중하게 대우하였다. 선생은 고대 삼황오제의 분전(墳典)에 깊이 침잠하여 파고들면서 육경(六經)과 사서(四書)로부터 구류(九流)[19]와 제자백가의 서책에 이르기까지 보지 않은 책이 드물었다. 그러나 좋아하는 바는 특히 《역경(易經)》에 있었다. 항상 중(中) 자를 자리 모퉁이에 써서 걸어놓고는 아침저녁으로 돌아보면서 희로애락(喜怒哀樂)이 발하기 전의 기상(氣象)에 대해 깊이 생각하였다. 그 고요한 가운데 함양하는 공부는 다른 사람들로서는 미처 알지 못하는 바가 많이 있었다.

회곡은 35세 때, 선조 6년 계유년(1573)에 문과에 합격한다. 그 당시 문과 복시 합격자 명단은 다음과 같다.

문과 복시(文科覆試)의 방(榜)이 났는데, 1등 세 사람은 조정추(趙廷樞)·이홍인(李弘仁)·강선경(姜先慶)이고, 2등 이하는 김한(金僩)·이기(李璣)·한인(韓戭)·송숙(宋璹)·한극해(韓克諧)·변이중(邊以中)·이등림(李鄧林)·유덕개(劉德蓋)·김복경(金復慶)·이덕수(李德秀)·전경창(全慶昌)·신경룡(申景龍)·홍인걸(洪仁傑)·이공(李珙)·문승수(文承洙)·강의호(姜義虎)·권춘란(權春蘭)·성영(成泳)·전방경(全方慶)·홍세공(洪世恭)·나윤침(羅允忱)·윤승훈(尹承勳)·김제민(金齊閔)·권식(權寔)·이무일(李無逸)·권가행(權可行)·최명순(崔命順)·주덕원(朱德元)·조여강(趙汝剛)·김수(金粹)이었다.[20]

시험관들이 회곡의 대책문을 보고는 그 연원이 유래한 곳이 있음을 찬탄하였으니, 예사로운 과거시험 답안문이 아니었다. 이들은 후에 임진왜란과 정유재란을 극복하는 주역들이 된다.

---

18) 權好文, 《松巖集》, 續集, 제2권, 詩, 〈訪權彦晦松閣〉.

19) 九流. 중국 한나라 때의 아홉 개의 학파. 유가(儒家), 도가(道家), 음양가(陰陽家), 법가(法家), 명가(名家), 묵가(墨家), 종횡가(縱橫家), 잡가(雜家), 농가(農家)를 말한다.

20) 《선조실록》, 선조 6년(1573), 3월 7일, 丁亥. 기사 참조.

37세, 을해년(1575) 성균관 학유[21]가 되었다가 37세에 학록[22]으로 승진되었다.

또, 1576년 1월 10일. 여강에서 노닐면서. 김사순(金誠一)·배여우(裵三益)·이공보(李珙)·권언회(權彦晦) 및 여러 벗 10여 명과 더불어 대취하여 차례로 시를 읊었던 적이 있다.[正月十日. 遊廬江. 與金士純裵汝友李共父權彦晦及諸友十餘人. 大醉次吟. 丙子][23]

회곡은 김성일, 배삼익, 이공, 권호문 등과 서로 친하게 교유한 것이 포착되고 있다.

42세, 경진년(1580)에 예문관 검열 및 춘추관 기사관에 제수되었고, 국자감을 거쳐 한림이 되었는데, 모두 뛰어난 덕망이 있는 자리였다. 백담 구봉령은 대궐에서도 회곡과 시를 자주 주고받았다.

경진년(1580, 선조13) 섣달 그믐날 밤에 좌랑 김희옥, 내한 권언회와 대궐에서 서로 만나 주고받은 시[庚辰除夜金佐郎希玉權內翰彦晦相會闕內唱酬韻]에

세월은 구렁을 내달리는 뱀같이 빠른데	赴壑長蛇政可驚
거울 속의 흰 머리카락 천 가락이네	鏡中霜鬢白千莖
강남에서 문득 봄소식을 알려오니	江南忽報春消息
천 리 먼 전원에 몇 개의 정이던가	千里田園幾箇情

김륵(金玏, 1540~1616)의 자는 희옥(希玉)이다. 본관은 예안, 호는 백암(柏巖)이다. 선조 9년(1576) 식년 문과에 급제하고, 1578년 검열·전적을 거쳐서 예조 원외랑·정언이 되었다. 그 뒤 안동 부사, 경상도 안집사, 동지의금부사, 이조 참판, 부제학 등을 역임하였다. 1599년 충청도 관찰사를 지냈으며, 이조 판서에 추증되었다. 소식(蘇軾)의 〈수세(守歲)〉 시에 "한 해가 다하는 걸 알고자 할진댄, 마치 구렁에 달리는 뱀과 같구려.[欲知垂歲盡, 有似赴壑蛇.]"라고 하였다.《蘇東坡詩集 卷3》세월이 아주 빨리 흐르는 것을 뜻한다.

43세, 예문관 대교, 봉교[24]로 옮겨졌는데 병이 있었으나 사직하지 못하였다. 45세에 사헌부 감찰에 제수되었다가 외직으로 나가 대동도[25] 찰방이 되었다. 기생들의 온갖 교

21) 조선시대 성균관(成均館)의 종9품(從九品) 벼슬.

22) 조선시대 성균관의 정9품 벼슬.

23) 權好文,《松巖集》, 續集, 제4권, 詩,〈正月十日. 遊廬江. 與金士純裵汝友李共父權彦晦及諸友十餘人. 大醉次吟. 丙子〉.

24) 조선시대에 예문관(藝文館)의 정7품(正七品) 벼슬.

25) 황해도 중화(中和)의 생양관(生陽館)에서부터 의주(義州)의 의순관(義順館)에 이르는 역로를 말하는데 중국

태도 결코 가까이 갈 수 없었다. 베와 비단을 선례에 따라 바치는 것도 터럭만큼도 받지 않았다. 사직하는 글을 내고 부보님을 뵈러 돌아오니, 도에서 길을 가는 데 쓰는 여러 가지 물건을 주었으나 또한 모두 돌려보냈다.

46세, 갑신년(1584)에 사간원 정언에 임명되었다가 사헌부 지평으로 옮겨 임명되었다. 또 성균관 직강에 임명되었으나, 모두 병 때문에 사직하였다.

47세, 을유년(1585) 7월에 예조 정랑에 임명되었다. 8월에 영천(永川) 군수(郡守)가 되었다.

백담이 서울 집에 있으면서 편지를 보내어 말하였다. "고향의 안개와 노을은 뜻에 따라 한가히 노닐었는데, 비록 계책을 얻었다고 할지라도 집은 가난하고 어버이를 봉양해야 하니 잠시 벼슬살이에 힘쓰게." 공은 어쩔 수 없어 나아가 사직하며 상소를 올려 어버이를 봉양할 것을 빌었다. 영천군수에 임명되어 영광스럽게 판여를 받들고, 조심스럽게 맑고 청렴하게 고을을 다스리며, 백성의 마음을 바르게 하고 풍속을 착하게 하는 것을 급선무로 여겼다. 매월 초하루에는 술과 음식을 갖추고 택주의 고사에 따라 고을 사람들 가운데 노인들을 초청하여 친히 술을 권하여 사람들이 노인을 봉양하고 윗사람을 섬기는 의리를 알게 하였다. '평역근민(平易近民)'이라는 네 글자를 앉은 자리 오른쪽에 써 놓고 《심경》과 《근사록》을 책상 위에 두고 공무가 없는 한가한 때에는 자신을 경계 성찰하고는 펼쳐서 보았다. 흉년이 들어 구휼할 때는 은혜가 백성들에게 미쳤고, 이전의 조세에 진 빚은 절약하고 줄여 부족한 것을 메꾸었다.

백담 구봉령은 영천으로 부임하는 회곡에게 다음과 같이 시를 지어 전송했다.

정포은의 명원루 시에 차운하여 영천에 부임하는 권언회를 전송하다
次鄭圃隱明遠樓韻送權彦晦赴永川任

서쪽 유람 함께하고 먼저 돌아가더니	西遊同我忽先回
오마 타고 오늘 아침 조도제를 펼치네	五馬今朝祖道開
사람들 육후를 보내며 모두 애석해 했고	人送陸侯咸惜去
백성들 곽자를 알고 함께 맞이했다네	民知郭子共迎來
시내의 여울 소리 거문고 가락에 어울리고	川圍瀨響和琴曲

사신의 내왕이 빈번한 길이다. 대동로라고도 한다.

산을 감싼 아지랭이 술잔을 스치네　　山擁嵐光撲酒盃
독서를 빼놓으면 다른 일 없다지만　　除却讀書無外事
옥난간 밝은 달은 배회하기 좋다네　　玉欄明月好徘徊[26]

구봉령은 다양한 전고를 활용하여 회곡의 부임을 축하하고 있다. 조도제(祖道祭)는 먼 길 떠날 때에 행로신(行路神)에게 지내는 제사이다. 황제의 아들 누조(累祖)가 여행길에서 죽었으므로 후인이 행로신으로 모신다고 한다. 육후(陸侯)는 남조 양(南朝 梁)나라 오군(吳郡) 사람 육양(陸襄)을 말한다. 육양이 파양내사(鄱陽內史)로 부임하여 선정을 베풀자 백성들이 조정에 청하여 선정비를 세우고 유임을 청하였으나 그는 모친 봉양을 위해 떠나갔다고 한다.《梁書 卷27》 곽자(郭子)는 후한(後漢)의 곽급(郭伋)을 말한다. 곽급이 병주 목사(幷州牧使)로 나아가서 선정을 베풀자, 아동 수백 명이 각각 죽마(竹馬)를 타고 와서는 길에서 대대적으로 환영을 했다는 고사가 있다.《後漢書 卷31 郭伋列傳》

영천(永川)에 부임하니, 지방의 풍속이 귀신을 좋아하여 음사(祀)를 섬기고 있었다. 공이 명령을 내리기를, "귀신도 능히 사람을 죽이지만 군수인 나도 또한 능히 사람을 죽일 수 있으니 명령을 어기는 자는 용서하지 않겠다." 하니, 그 괴상한 풍속이 드디어 없어졌다.《명신록》

백담이 병이 들자 공이 바로 급히 가서 살펴보니, 백담이 병석에 누워 일어나지 못하고 백단이를 덮고 타대를 그 위에 두르고 있었는데, 공을 보자 손을 잡고 "평소 서책을 끼고 서로 헛된 얘기를 한 것 역시 우연이 아니었네"라고 하였다.

선생은 수령이 되어서는 민심을 바르게 하고 풍속을 도탑게 하는 것을 우선으로 삼았으며, 외롭고 어린 사람들을 어루만져 돌보아 줌에 있어서는 젖을 먹여 주고 자리를 깔아 주는 것보다도 더 정성스레 하였다. 일찍이 기근이 든 해를 만나서는 창고의 곡식을 풀어 진휼해 주어 온전하게 살려낸 사람이 많았는데, 가을이 되어 장차 곡식을 거두어들일 때가 되어서는 문서를 모두 불태운 다음 말하기를, "만약 공적으로 견책을 받을 일이 있을 경우에는 내가 그 책임을 질 것이다." 하였다.

공의 사자(嗣子) 대간공(大諫公)이 경주 부윤(慶州府尹)에 제수되어 가묘에서 분황제(焚

26) 具鳳齡,《栢潭續集》卷4, 七言律詩,〈次鄭圃隱明遠樓韻送權彦晦赴永川任〉.

黃祭)[27]를 할 때 공이 "너는 몸을 바로 세우고 이름을 떨쳐 부모를 드러내었는데[28] 나는 너에게 미치지 못했구나."라고 하며 눈물을 뚝뚝 흘렸다. 어버이를 사모하는 효심이 이처럼 나이가 들수록 더욱 독실했다. 백담 선생이 아래와 같은 시를 지어 회곡에게 보여주었다.

마음이 고요해질 때 실상이 드러나고　　心到靜時須見實
학문이 꾸밈없을 때 진리가 보이나니　　學無文處卽知眞
부귀는 내 몸 밖의 일과 관계없는데　　富貴不關身外事
재주는 부질없이 꿈속의 티끌을 좇네　　才華空逐夢中塵

회곡은 이 시를 써서 좌석 한쪽에 걸어두고 젊어서부터 줄곧 한결같이 경계하고 반성하며 외물에 마음을 쓰지 않았다.

48세, 1586년에 스승인 백담 구봉령이 돌아가시자 염을 하고 빈소에 내어 놓는 등 모든 제구를 몸소 독실하게 감독하여 자세히 살피지 않음이 없었다. 장례를 치를 때 또 가서 제문을 지었으니 정의가 간절하고 지성스러웠다.

《조선왕조실록》에 실린 대사헌 구봉령의 졸기에 그 제자 권춘란에 대해 다음과 같이 기록하고 있다.

> 문인 권춘란도 또한 바르고 깨끗한 명망으로 조정에 올랐었는데 중년에 관직에서 물러나고부터는 여러 번 불렀지만 응하지 않았다. 세상 사람들은 그의 절개와 지조를 칭송하였다.[29]

권춘란은 절개와 지조 있는 선비로 칭송되고 있었던 것을 발견할 수가 있다.

49세(선조 20, 1587) 12월, 부친상을 당하여 몹시 슬픈 나머지 거의 목숨을 잃을 지경이었다. 장례를 치르고 여막에 있으면서 아침저녁으로 무덤에 올라갔으니 마치 생전에 아침저

---

27) 분황제(焚黃祭) : 증직할 때 내린 교지(敎旨)를 누런 종이에 한 통 더 복사하여 증직된 사람의 무덤에 가지고 가서 고유(告由)한 다음 불사르는 것을 말한다.

28) 《효경(孝經)》〈개종명의장(開宗明義章)〉의 "이 몸은 모두 부모님에게서 받은 것이니 감히 다치지 않게 하는 것이 효의 시작이요, 자신의 몸을 바르게 세우고 바른 도를 행하여 이름을 후세에 드날림으로써 부모님을 드러나게 하는 것이 효의 마지막이다.[體髮膚 受之父母 不敢毁傷 孝之始也 立身行道 揚名於後世 以顯父母 孝之終也]"라고 한 데서 온 말이다.

29) 《선조수정실록》, 선조 19년(1586) 7월 1일 갑오.

녁으로 살피는 것 같았다. 때로 모부인을 찾아 뵐 때는 모부인의 방에 들어가지 않았다. 독서는《예기》한 권만을 읽었다. 52세, 기축년(1589), 상복을 벗었다. 53세, 경인년(1590), 성균관 직강에 임명되었고 또 사간원 헌납에 임명되었으나 모두 취임하지 않았다. 의성 현령에 임명되자 모친을 위하여 억지로 부임하였다. 54세 신묘년(1591), 병장을 올려 체직되었다. 의성(義城) 고을에서 떠나올 적에는 운산역에 도착하여 직접 행장을 점검해 보다가 자초 한 봉을 발견하고 까닭을 물으니 곧 모부인의 생신에 사용한 나머지라 하였으나, 집안사람들을 꾸짖으면서 말하기를, "이것이 비록 하찮은 물품이기는 하지만, 역시 그 고을의 물품이다. 그런데 어찌하여 나의 행장을 더럽힌단 말인가." 하고는, 그 자리에서 돌려보내게 하였다.

같은 해 8월, 백담(栢潭)을 둘러보고 〈백담정사잡영(栢潭精舍雜詠)〉 40수를 지었다.

54세(선조 25, 1592.4.) 임진왜란 발발했다. 회곡은 안동에서 의병에 가담하였다.

조경남(趙慶男)의《난중잡록(亂中雜錄)》에 실린 안동의 의병에 대한 언급을 보면 다음과 같다.

> 경상도 안동 선비들이 의병을 일으켰다. 이때에 생원 김윤명(金允明), 진사 배용길(裵龍吉) 등이 초유사의 격문을 보고 부로들에게 고하여 이달 9일에 금법사(金法寺)에 모이기로 약속하고 앞의 사람들이 먼저 가서 기다렸더니 전 현감 권춘란(權春蘭), 전 봉사 안제(安霽), 전 검열 김용(金涌), 진사 신경립(辛敬立) 등이 모두 와서 모였다. 의(義) 자는 스스로 빼기는 혐의가 있다 하여 향병이라고 칭하였다. 다시 13일 또 임하현에 모이기로 약정하였는데 전 예천 현감 이유(李愈)도 참여하여 임하의 모임에는 사람 수가 백여 명이 넘었다. 김윤명을 대장으로 추대하고 배용길로 부대장을 삼아서 17일에는 향교에 모여서 일을 시작하는데, 윤명은 몸이 쇠하고 처사가 둔하다는 이유로 사양하고 생원 이정백(李廷栢)이 대신하다. 전 검열 김해(金垓)가 예안으로부터 와서 합세하기로 모의하고, 이튿날에 일직현에서 동맹하여 예안·안동·의성·의흥·군위·비안을 합하여 하나의 진을 만들어 다시 김해를 대장으로 삼고 정백·용길은 부장이 되며 안동 향교를 진의 터로 삼다. 신경립은 문서를 맡았다. 소속된 각 고을의 장정들은 모두 관군에 들어갔으므로 군사가 1만 명이 차지 못하자, 이에 선비와 품관(品官)을 모두 징발하여 건장한 자는 군대에 속하고 늙고 약한 이는 노비를 대신하여 쌀을 바치게 하니 한 고을에서 얻은 것이 마침내 5백여 원(員)과 쌀·콩 1천여 석이 되었다. 서로 약속하기를, "적의 머리를 베는 것으로 최고의 공으로 삼는다면 먼저 베려고 다투다가 적에게 기회를 줄 것이다. 우리들의 이 일은 다만 적을 죽이려는 것이니, 잘 쏘아 꼭 죽이는 것으로써 최상 책을 삼고 머리 베고 왼쪽 귀를 베는 것은 그 다음 공으로 하자."라고 하였다. 그 뒤에

> 김면(金沔)이 전라도 의병대장이 되고 신경립이 의병 명부를 가지고 강을 건너서 충청도 황간으로 둘러서 거창에 도달하였다. 김면이 명부를 열람해 보매 모두 유생으로 편성되어 있으니, "이야말로 참의병이로다." 하였다. 이듬해 계사년에 김해는 천병을 따라 경주에 있다가 계림에서 병으로 죽었다. 일이 위에 알려지매 홍문관 수찬으로 증직되었고, 생원 금응훈(琴應壎)이 대신하였다. 《경상순영록》에 나온다.[30]

55세, 1593년 친구이자 사돈인 학봉 김성일이 진주에서 죽었다는 소식을 듣고 제문을 지었다. 양자 권태일의 장인이 학봉 김성일이다. 회곡과 학봉은 친구이자 사돈 간이었다. 학봉이 사위 권태일을 보려고 영양의 집에 올 때에 강물에 손을 씻었다 하여 세수대(洗手臺)라고 하였다고 한다. 지금 경북 영양군 청기면 기포리에 있다.

회곡은 학봉 김성일을 곡하면서 다음과 같이 언급한 것이 발견된다.

> 나무 숲 울창한 학봉(鶴峯)에서 일찍이 운사(雲寺)에 함께 머물면서 마음을 툭 터놓고 이야기하였고, 강물이 출렁이던 한강(漢江) 가에서 의기(意氣)를 서로 허여한 것이 여러 번이었다. 공의 딸이 나의 아들에게 시집와서 나의 며느리가 되었기에 침통한 가운데 서로 얼굴을 볼 적마다 빈번히 슬픈 정이 더욱 생겨나 잊을 수가 없었다.[31]

57세(선조 28, 1595)에 사헌부 장령, 세자시강원 필선에 임명되었으나 모두 병으로 사절하였다.

사간원이 직강 권춘란의 파직을 청하였다. 사간원이 아뢰기를, "직강 권춘란은 일찍이 임금을 가까이에서 모신 사람으로서 국가가 위태로운 시기에 향리에 퇴거하였고, 임금의 수레가 환도한 뒤에도 즉시 와서 출사하지 않다가 소명을 받고서야 왔으면서도 허물을

---

30) 趙慶男, 《亂中雜錄》 二, 壬辰年 下. ; 慶尚道安東士子等倡起義兵, 時生員金允明 進士裵龍吉 等 因招諭檄文 告于父老 以本月九日 約會于金法寺 右人先往待之 前縣監權春蘭前奉事安霽前檢閱金涌進士辛敬立等皆來會 以義字爲自許之嫌 以鄕兵稱之 旣約 期以十三日 又會于臨河縣 醴泉前縣監李愈亦與 臨河之會以百數推金允明爲大將 裵龍吉爲副將 十七日會鄕校始事 允明以衰鈍辭 生員李廷柏代之 前檢閱金垓自禮安來謀合勢 翌日同盟於一直縣 合禮安安東義城義興軍威比安爲一陣 更以金垓爲大將 廷柏龍吉爲副 因以安東鄕校爲陣所 辛敬立專掌文書 所屬各官男丁 盡入官軍 兵不滿萬 乃悉發士子品官 壯者歸卒伍 老弱代奴納米 一府所得 終至五百餘員 米豆千餘石 約以斬級爲上功 則爭先之際 以致彼賊之乘 吾輩此擧 只要殺賊 以善射必殺爲上功 斬馘次之 其後金沔爲閫道大將 敬立持義籍渡江 邐由忠淸黃澗 得達居昌 沔閱冊皆以儒生編伍 乃曰此眞義兵也云云 翌年癸巳 金垓隨 天兵在慶州 病死于雞林 事 聞 贈弘文修撰 生員琴應壎代之 出慶尙巡營錄

31) 金誠一, 《鶴峯集》, 부록, 제4권, 祭文[權春蘭].

자책하여 진달하지 않고 버젓이 청반(淸班)에 자리하여 조금도 수치가 없으니, 여론이 대단히 온당치 않게 여깁니다. 파직을 명하소서." 하니, 상이 따랐다.[32)]

임진왜란을 당하여 권춘란은 안동에 기거하면서 의병에 가담하였던 시절을 두고 당론이 일었던 모양이다. 회곡도 조정에서 당파싸움에 휩싸이고 있었다. 59세, 사간원 장령, 집의, 보덕에 임명되었으나 잠시 나아갔다가 사직하고 돌아왔다.

선조가 경연에서 신하들에게 말하기를, "권춘란은 하루라도 즐거이 조정에 있은 적이 없었는데, 이는 내가 유능한 인재를 얻기에 부족하여 그러한 것인가?"라고 하였다. 경연관이 "홀어머니가 집에 계시니, 연세가 들수록 기쁘고 한편으로 두려워 멀리 나가는 것을 근심합니다."고 아뢰고 임금을 우러러보자, 임금이 깊이 장려하면서 칭찬하며 "그 효가 강상하구나!"고 하고 통례원 상례에 임명하고 다시 보덕에 임명하였으나 완강히 사절하였으나 윤허하지 않았다. 공은 매번 서연[33)]에서 반드시 덕성을 성취하는 것을 임무로 삼아 경서와 사서를 섭렵하기를 멈추지 않았으며, 강의가 혹 하루라도 빠지는 일이 있으면 반드시 진달하여 "유신을 만나지 않으면 아침저녁으로 명을 받들고 덕을 보필하는 뜻이 아닙니다."라고 하니, 세자가 유교하여 말하기를, "권모가 보덕이 되니 몸은 비록 피곤하지만 학업은 날로 성취된다."라고 하였다. 곧 다시 병으로 체직되어 고향으로 돌아왔다.

회곡은 벼슬에 연연해하는 소인배는 아니었다. 회곡은 파직을 신청하였다.

> "신은 용렬하고 보잘것없는 사람으로서 세자시강원의 중요한 자리에 봉직하였습니다. 이미 입번을 하였으면 교대해야 할 즈음에 당연히 다음 교대자가 들어오기를 기다려 번을 들고 나갈 때에 비는 일이 없게 하여, 명을 내려 물으시는 일을 대비하였어야 하는데 신이 어제 새 임명을 받고서는 놀라 정신이 아득한 나머지 교대자가 들어오는 것을 직접 보지 못하고 그대로 나갔습니다. 상황을 알지 못한 신의 죄가 크니, 그대로 직책에 나아갈 수 없습니다. 신의 벼슬을 파직하도록 명하소서." 하니, 사직하지 말라고 답하였으나 물러가 명령을 기다렸다.[34)]

회곡은 임진왜란 당시 조정의 요직에 있으면서 임금의 처사에 사직을 청했다.

대사헌 이기(李墍), 집의 권춘란, 지평 성이문(成以文)이 아뢰기를, "이와 같이 위급한

---

32) 《선조실록》, 선조 28년(1595) 6월 7일 무신. 기사 참조.

33) 조선시대 왕세자가 글을 강론(講論)하던 곳.

34) 《선조실록》, 선조 30년(1597), 5월 5일 을미.

때를 당하여 인심이 흉흉한데, 도하(都下)에는 내전이 장차 피난하려 한다는 소문이 전파되고 있어 경동하지 않는 자가 없습니다. 만약 이런 때에 그런 거동이 있으면 백성들은 더욱 의심하여 흐트러지려는 마음이 생기게 될 것이므로 감히 아뢰었던 것인데, 비변사에 내리신 비망기를 삼가 읽어 보고 황공한 마음을 금할 수 없었습니다. 사대부의 가속들이 도성을 떠나갔다는 말이 서울 거리에 자자한데도 신들이 미처 적발하여 치죄하지 못하였으니 책임을 이행하지 못한 죄가 큽니다. 신들의 직을 파척하소서." 하니, 상이 사직하지 말고 물러가 물론을 기다리라고 하였다.[35)]

당파 싸움은 계속되고 있었다. 이들은 사예 권춘란의 처벌을 청하였다.

정언 이이첨(李爾瞻), 대사간 윤담무(尹覃茂), 사간 이상신(李尚信), 정언 조즙(趙濈)이 와서 아뢰기를, "상호군(上護軍) 조경(趙儆)은 훈련도감 대장으로 군사를 거느리고 왜적을 토벌하러 나가 머뭇거리다가 끝내 왜적을 보지도 못하고 돌아왔으니 매우 통분합니다. 체포하여 율에 따라 정죄하소서. 중군(中軍) 조의(趙誼)와 윤담(尹湛)은 평일에 훈련에는 마음을 쓰지 않고 오로지 재물만 탐하여 지금 남쪽으로 내려 보낼 군사를 뽑아내는 즈음에 오직 뇌물의 많고 적음을 보아서 진퇴를 결정하므로 부대가 문란하고 흩어짐도 많게 되었다 하여 사람들의 말이 자자하고 마음 아프게 여기지 않는 이가 없습니다. 아울러 나국하여 죄를 다스리소서. 사예(司藝) 권춘란은 국가가 위급한 때를 당하여 감히 어머니를 모시기 위해 상소를 올리고 돌아가기를 구했으니 나라를 위해 목숨을 바치는 의리가 없습니다. 파직을 명하소서." 하니, 아뢴 대로 하라고 답하였다.[36)]

60세, 무술년(1598), 집의, 직강, 사간, 사예, 사성에 임명되었으나 모두 부임하지 않았다. 63세, 선조 34년(1601) 3월, 청송(青松) 부사(府使)가 되었다. 조정의 의론이 청송은 한적하고 궁벽한 곳이라 어버이를 봉양하기에 편하다 하여 임명한다는 명이 있었다. 공이 부임한 지 몇 달 만에 모부인의 병이 위독하여 공이 밤낮으로 관대를 풀지 않고 날마다 반드시 향을 피우고 하늘을 바라보았다. 왼쪽 넓적다리를 찔러 피를 내어 약에 섞어 모부인께 올리니 마침내 한 달 남짓 소생하였으나 결국 일어나지 못하였다. 모부인이 병환으로 누워 계실 때 파 냄새를 싫어하신다는 것을 들었는데, 회곡은 이때부터 파를 먹지 않았다. 7월, 모친상을 당했다. 모친상을 당하자, 회곡이 물과 미음을 마시지 못한 지 4일 만에

35) 《선조실록》, 선조 30년(1597), 8월 9일 정묘.

36) 《선조실록》, 선조 30년(1597), 10월 5일 임술.

관을 모시고 고향으로 돌아갔다. 승지공의 산소 곁에 장사지내고 여막에서 지내며 묘를 살폈는데, 한결같이 아버지 상과 같았다. 이로부터 세상일에 뜻이 없어 산림 속에서 유유자적하였다. 65세, 계묘년(1603), 외직에 있을 때, 항상 감원에 거쳐하며 더욱 벼슬살이를 즐기지 않는 마음을 굳게 하였다. 이 때 감원정에서 《진학도(進學圖)》와 《공문언인록(孔門言仁錄)》을 찬술하였다.

선생은 상대를 접함에 있어서 마음을 비우고 뜻을 낮추어 벽을 두지 않았으며, 한가로이 말하고 담소를 나눌 적에는 스스로 이견을 보이지 않았다. 다른 사람을 논함에 있어서는 착한 점을 장려하기를 길게 하고, 악한 점을 나쁘게 여기기를 짧게 하였다. 의리를 논변하고 시비를 가림에 이르러서는 일도양단(一刀兩斷)하였다. 이에 선생의 풍모를 들은 자들은 그 얼굴을 알기를 원하지 않는 사람이 없었으며, 선생의 모습을 본 자들은 공경심을 일으키지 않는 사람이 없었다. 또한 만나 뵙고 물러 나와서는 시원스럽게 생각을 바꾸지 않는 사람이 없었다. 도(道)의 사자(使者)나 주현(州縣)의 수령들이 명함을 들이고 집을 찾아오느라 깃발이 마을에 넘쳤으며, 한번 빈주(賓主)의 예를 이루고 나면 이미 마음의 벽을 두지 않았다.

선생은 후생들을 이끌어 학문에 힘쓰도록 하였다. 일찍이 한밤중에 앉아 있다가 재잘대는 새소리가 끊이지 않는 것을 듣고는 여러 조카들을 돌아보면서 말하기를, "저 새가 미물이기는 하지만 오히려 그 본성을 따를 줄을 안다. 사람이면서도 학문을 하지 않는다면 어찌 저 새에게 부끄럽지 않겠느냐." 하였다. 처음에 선생이 백담에게 가서 공부할 적에 선배들이 대부분 뒷날에 사문(斯文)을 떠맡을 것으로 기대하였는데, 만년에 이르러서 그것이 증험되었다.

사람들 가운데 배우러 오는 자는 반드시 가르치고 깨닫게 하는 데 게으르지 않았는데, 그가 훌륭한 재주와 도량이 있음을 알면 마음으로 기뻐하여 반드시 성취시키려 하였다. 66세, 갑진년(1604), 서애, 우복과 서미동[37]에서 모여 이전에 의심나고 어려운 것을 강론하고 토론하였는데, 서애 선생이 말하기를, "오랜 벗들이 한가하게 지내고 고요히 수양하며, 깊이 관찰하고 실천하는 실상을 생각할 수 있네."라고 하였다.

67세, 을사년(1605) 칠월, 홍수가 나서 여강서원[38]이 물에 잠겼다. 장차 다시 지을 것

37) 안동시 학가산 근처에 있는 마을이다.

38) 여강서원(廬江書院) : 선조 9년(1576)에 창건되었으며, 이황(李滉)의 위패를 모셨다. 인조 3년(1625) 김성일

을 도모하였으나 수해가 두려워 다른 곳에 옮겨 지으려 하였다. 공이 말하기를, "퇴계의 남은 자취가 여기에 있으니 옮겨서는 안 된다."고 하였다. 이 문제로 서애 유성룡과 지역 유림들 간에 의견 차이가 있었으나 원만히 해결하고 여강에 다시 세웠다.

68세, 홍문관 수찬에 임명되었고, 임금의 특별한 부름이 있어 다시 보덕에 임명하고 빨리 부임하라고 하였으나 모두 병 때문에 사절하였다.

69세, 정미년(1607), 한강 정공이 안동부사가 되었다. 부임한 지 며칠이 지나지 않아 먼저 감원정으로 공을 찾아왔다. 공이 말하기를, "안동은 문헌의 지방으로 불리나 백담, 학봉, 서애가 돌아가신 뒤로 선비들이 의지할 곳을 잃고 그 방도를 알지 못하였습니다. 다행히 부사께서 부임하셔 덕업을 고증하고 질문할 수 있게 되었으니, 추구해 나아갈 방향을 정함이 오늘부터 시작되었습니다."라고 하였다. 한강이 말하기를, "추로지향이 어찌 이러한 사람을 구할 수 없다고 걱정하십니까?"라고 하였다. 술잔이 세 번 돌자 공이 묻기를, "부사께서 부임하신 다음날, 객사에 앉아 여기화를 보고 베어버리라 거듭 명하였다는데 그런 일이 있습니까?"라고 하였다. 한강이 말하기를, "그 꽃의 이름이 '제거'와 비슷하여 미워하였습니다."라고 하였다. 공이 말하기를, "진실로 내 마음에 주관이 있다면 비록 남위의 서씨라도 오히려 움직일 수 없는 것인데, 어찌 그 이름을 가탁함(빌린 것을)을 두려워하겠습니까?"라고 하였다. 한강이 공의 말에 깊이 감복하였다. 이 글은 다산 정약용도 《목민심서(牧民心書)》에 기록하고 있다.[39] 70세, 1608년 영천 군수(榮川郡守)에 제수되었으나 부임하지 않았다. 72세, 1610년 교리에 제수되었으나 다시 병으로 사직을 청했다. 책을 읽고 도를 강마하는 여가에 꽃을 기르고 나무를 심으며 돈대와 연못을 만드는 것을 일삼았는데 동네 사람들이 농사도 모르면서 한다고 하자, 공이 "이것이 나의 농사라오. 연꽃을 심으면 열매를 먹을 수 있고 국화를 기르면 꽃잎을 먹을 수 있으며[40] 나무를 심으면 서리 맞은 단풍을 감상할 수 있으니, 그윽한 가운데 결연히 성법(成法)이 있다오."라고 하였다.

(金誠一)·유성룡(柳成龍)을 추가 배향했다. 숙종 2년(1676)에 호계서원(虎溪書院)이라 사액되었다. 그 뒤 이황은 도산서원, 김성일은 임천서원, 유성룡은 병산서원에 주향(主享)되면서 강당만 남았다. 1973년 안동 댐 건설로 인해 월곡면 도곡동에서 현재의 위치로 옮겨졌다.

39) 목민심서 율기(律己) 6조 제1조 칙궁(飭躬).

40) 《초사(楚辭)》 〈이소경(離騷經)〉에 "아침에는 목란에서 떨어지는 이슬을 마시고, 저녁에는 가을 국화의 지는 꽃잎 먹었네.[朝飮木蘭之墜露兮 夕餐秋菊之落英]"라고 한 데서 온 말이다.

청풍자(淸風子) 정윤목(鄭允穆)[41]이 매번 공을 보면서 심신을 수련하고 자신을 단속하기를 기필하면서 시를 지어 다음과 같이 찬미하였다.

온 세상이 혼탁해져 가는데	擧世皆歸濁
그대만 홀로 맑음을 지켰네	惟君獨守淸
만년의 절조를 능히 지키고	能全晩年節
세한[42]의 곧은 마음 보전했네	自保歲寒貞
솔과 대나무를 지기로 삼고	松竹爲知己
매화 연꽃과 형제처럼 지냈네	梅荷作弟兄
태곳적 사람[43] 이곳에 있으니	羲皇卽此地
맑은 달이 베갯머리 비추네	霽月枕邊明

74세, 임자년(1612), 용산서원[44]이 낙성되자 백담 선생을 봉안하였다. 77세, 광해군 7년 을묘년(1615), 구봉령의 손서(孫婿) 이준(李埈)과 안동(安東)의 용산서원(龍山書院; 周溪書院)에서 〈백담선생문집(栢潭先生文集)〉을 교정하고는 몇 개월 동안 강학하고 돌아왔다.

79세, 정사년(1617), 3월, 부인상을 당하다.

선생은 일상의 마음 씀과 몸가짐이 순수하였다. 죽음에 임해서는 부녀자들을 물러가게 하고, 집안사람들에게 무당을 불러 굿을 하면서 기도하는 일을 하지 못하도록 경계하였으며, 옷을 갈아입고 용모를 가다듬은 다음 붓을 들어 쓰기를, "그해의 간지 속에 용사가 들어 있자, 옛날 사람이 슬퍼하며 탄식했네. 이 몸 죽어 승화하여 본원으로 돌아가니, 다시금 또 그 무슨 한이 있으랴.[歲在龍蛇 昔人興嗟 乘化歸盡 不復有恨]" 하였다. 유명(遺命)을 내려 감여가(堪輿家)의 말을 쓰지 말고 선인(先人)의 묘역에 장사 지내게 하였다. 8월 16일,

---

41) 정윤목(鄭允穆, 1571~1629) : 자는 목여(穆如), 호는 청풍자(淸風子), 본관은 청주(淸州)로, 약포(藥圃) 정탁(鄭琢)의 아들이다. 유성룡과 한강(寒岡) 정구(鄭逑)의 문인으로, 제자백가에 두루 통달하고 초서에 조예가 깊었다. 벼슬에 뜻을 두지 않았고, 만년에는 예천 용궁(龍宮)에서 자제들을 모아 가르쳤다. 저서로는 《청풍자문집》이 있다.

42) 세한(歲寒) : 어지러운 세상에서 절개를 잃지 않는 것을 말한다. 《논어》 〈자한(子罕)〉에 "날씨가 추워진 뒤에야 소나무와 잣나무가 늦게 시듦을 안다.[歲寒然後 知松柏之後彫也]"라고 한 데서 온 말이다.

43) 태곳적 사람[羲皇] : 복희시대의 사람[羲皇上人]이라는 말로, 태평성세를 누리며 한적하게 지내는 사람을 뜻한다. 진(晉)나라 도잠(陶潛)이 오뉴월 한여름에 북창(北窓) 아래에 누워 있다가 서늘한 바람이 잠깐 불어오자, 태곳적 복희시대의 사람[羲皇上人]이 된 것 같다고 말했던 고사가 있다. (《陶淵明集》 卷7, 〈與子儼等疏〉)

44) 백담 구봉령을 제향하는 서원이다.

감원정사(鑑源精舍)에서 졸하다. 나이 칠십 구세였다. 10월, 안동(安東) 사니산(師尼山) 덕여동(德輿洞에 장사 지내다. 광해군 14년(1622) 용산서원에 배향되다.[45] 측실에게서 딸 하나를 두었는데, 이몽득(李夢得)의 처(妻)가 되었으며, 4남 1녀를 두었다.[46]

반구재(反求齋) 권혼(權混, 1568~1594)이 권춘란의 문인이다.

아우 권춘계(權春桂)의 아들 권태일(權泰一, 1569~1631)이 태어나자마자 권춘란이 데려가 친자식처럼 길러주었다. 자는 수지(守之)이며, 호는 장곡(藏谷)이다. 기해년(1599)에 나고, 문과에 급제하여 벼슬이 형조 참판에 이르렀다. 황도독(黃都督)의 접반사(接伴使)로 가도(椵島)에 갔는데, 서로 뜻이 잘 맞았다. 도독이 잔치를 베풀고 청하였는데, 마침 본국의 국기일(國忌日; 왕가의 기일)이여서 경전의 뜻을 인용하여 사양하고 가지 않으니 도독이 존경하였다. 6월에 가도에 이르고, 7월에 병을 얻어 수레에 실려 오던 도중 정주(定州)에 이르러 죽으니, 나이 63세였다. 항상 말하기를, "선비가 먼저 큰 뜻을 세워 외물에 누가 되거나 흔들리지 않고 생각을 높이하여 구름 위에 있도록 해야 한다." 하였다. 하루에 한 일을 반드시 책에 기록하였다. 《명신록》

숙종(肅宗) 때에 백담과 그의 제자 권춘란의 증직에 대한 상소가 있었다.

예조(禮曹)에서 올린 계목(啓目)에, "계하(啓下) 문건은 점련(粘連)하였습니다. 경상도(慶尙道) 생원(生員) 김하진(金夏鎭) 등의 상소를 보니, '고(故) 참판(參判) 구봉령(具鳳齡)은 바로 선정신(先正臣) 이황(李滉)의 문인으로 선정신 유성룡(柳成龍)·김성일(金誠一)을 비롯한 여러 현인들과 같은 때에 스승의 문하에서 학통을 이을 사람으로 일컬어져, 기질의 영특함을 전수하고 학문의 깊은 경지를 밝혀 이미 약관(弱冠)의 나이부터 선배들에게 인정을 받았습니다. 스스로 궤도(軌道)를 따라서 법도에 어긋남이 없었고 함양하는 공부를 중요하게 여기고 의리를 온축하는 데 잠심하고 궁구하였으니, 도체(道體)의 정미함에 대하여 진실로 이미 통달하였음은 의심이 없습니다. 10년 동안 경연(經筵)에서 강론하면서도 마음을 순정하게 하였으며, 계옥(啓沃 충성스러운 말을 임금에게 아룀)하는 말은 모두 경서(經書)의 뜻에 바탕을 두었습니다. 조정의 의논이 분열되자 온 세상이 모두 자신의 의견을 내세우기에 급급하였는데도 우뚝 서서 지조를 지키며 나라를 다스렸습니다. 중년

45) 〈通訓大夫行司憲府執義兼世子侍講院輔德春秋館編修官晦谷權先生行狀〉家狀(權泰精 撰), 墓誌銘(金尙憲 撰), 行狀(柳台佐 撰), 本集內容 등에 의함.

46) 金尙憲, 《淸陰集》 제35권, 墓誌銘 十首, 〈司憲府執義晦谷先生權公墓誌銘 幷序〉.

이후로는 임아(林野)로 물러나 있으면서 유생들을 모아 상론하는 것을 게을리하지 않았습니다. 일찍이 만력(萬曆) 임자년(壬子年, 1612, 광해군4)에 각처의 많은 선비들이 안동(安東) 지방에 서원을 건립하고 봄가을로 배향한 지 오늘날 백년 가까이 되었는데도 관직을 추증하고 시호를 내려주는 은전과 서원에 사액하는 은전이 여전히 오늘날까지도 거행되지 않았으니, 사림들이 존경하고 흠모하는 정성이 희망을 잃은 것이 이미 극에 달하였습니다. 구봉령과 유성룡, 김성일을 비롯한 여러 현인들을 후대의 유생들이 경앙하는 것이 진실로 피차 다름이 없는데, 유성룡과 김성일 두 신하는 모두 시호를 받았으며 그들의 위패를 배향하는 서원 또한 모두 사액을 받았습니다. 그런데 유독 구봉령만 빠져 은전이 거행되지 않았으니, 유현(儒賢)을 숭상하고 은덕에 보답하는 도리에 혐의가 있다고 하겠습니다. 그리고 고 집의(執義) 신(臣) 권춘란은 구봉령에게 수학하였고, 또 선정신 이황에 대해서는 직접 가르침을 받은 유익함을 얻었습니다. 벼슬길에 나아가지 않고 분전(墳典)에 잠심(潛心)하였는데, 평생 동안《역경(易經)》에 더욱 정진하였으니, 세상 돌아가는 일을 상관하지 않고 고요함 속에서 함양한 공부는 대부분 사람들이 알지 못합니다. 그가 저술한 저서로는《진학도(進學圖)》·《공문언인록(孔門言仁錄)》이 있으니, 이는 여러 유생들의 정해지지 않은 논의를 단정 짓기에 충분하여, 그가 세상을 떠난 후에 많은 선비들이 함께 구봉령의 서원에 배향할 것을 논의하였습니다. 엎드려 바라건대, 성명께서는 사문(斯文)의 중대함을 깊이 생각하고 많은 선비들의 정성을 굽어 살피시어 특별히 유사에게 명하여 속히 구봉령에게 관직을 추증하고 시호를 내리며, 권춘란에게 관작을 추증하고 서원에 사액하는 은전(恩典)을 거행하여 주소서.'라고 하였습니다. 구봉령이 순정한 도덕과 고명한 학문으로, 조정에서 군주에게 계옥(啓沃)하고 벼슬길에서 물러나 시골에 살며 많은 선비들을 훈도한 것은 조정에서 숭상하고 후학들이 흠모하는 바입니다. 그리고 권춘란은 구봉령에게서 가르침을 받아 분전(墳典)에 잠심(潛心)하며 아무 욕심 없이 학문을 좋아하여 당대 여러 현인들과 도의지교(道義之交)를 맺었습니다. 권춘란을 구봉령의 서원에 배향하고자 하는 것은 이미 많은 선비들의 공론(公論)에서 나온 것이고 서원을 건립한 지 또한 이미 오래되었는데도 사액을 받지 못하여, 선비들의 의논이 답답한 마음을 가지고 있습니다. 특별히 은액(恩額)을 하사하도록 허락하여 유교를 숭상하고 도학을 존중하는 뜻을 보이는 것이 사의(事宜)에 합당한 듯합니다. 하지만 서원에 사액하는 것은 일체 허락하지 않는다는 명이 있었기에 신들이 감히 마음대로 처리할 수 없으니, 임금께서 재결(裁決)하도록 하소서. 그리고 벼슬을 추증하고 시호를 내리는 일에 대해서는 구봉령이 사문(斯文)에 인정을 받은 것이 이미 선정신 유성룡이나 김성일과 차이가 없는데 포가(褒嘉)하는 데에 서로 어긋남이 있어 조정의 궐전(闕典)을 면치 못하게 되었습니다. 권춘란 또한 이미 제사를 지내는 반열에 배향하였으니, 일의 체모를 헤아려 벼슬을 추증하는 명을 내리는 것이 합당합니다. 하지만 일이 은전에 관련되므로 이는 유생들이 감히 청할 수 있는 것이 아니니, 벼슬을 추증하고 시호를 내리는 일은 지금 우선 그대로 두시는 것이 어떠하겠습니까?"라고 하였다. 강희(康熙) 31년 11월 16일에 우승지(右承旨) 신(臣) 이수징(李壽徵)이 담당하였는데, 특별히 사액하는 것을 윤허한다고 계하(啓下)하였다. 원 상소는 예문관(藝文館)에 이송(移送)하였다.[47)]

정조 2년(1778) 5대손 권국관(權國觀)이 목판으로 문집을 간행했다. 순조 33년(1833) 7대손 권엽(權曄)이 목판으로 문집을 중간했다. 저자의 시문은 산일되어 일부분만 유고(遺稿)로 가장(家藏)되었다. 5대손 권국관 등이 가장초고를 바탕으로 시문을 수집하고 안명술(安明遮)과 5대손 권점래(權漸來)가 교정한 후, 1776년부터 간행을 시작하여 1778년 가을에 목판으로 2권 2책을 간행하였다. 《초간본》은 계명대학교 동산도서관 등에 소장되어 있다. 문집을 간행할 때, 미호(渼湖) 김원행(金元行, 1702~1772)의 산정을 거친 《회곡선생진학도(晦谷先生進學圖)》 4권 4책도 함께 간행하였다.

본집은 원집 2권, 세계도, 부록, 습유 합 2책으로 이루어져 있다. 권수에 김굉(金㙆, 1739~1816)이 지은 후서(後序), 저자의 외예(外裔) 안복준(安復駿)이 1776년에 지은 서(序), 목록이 있다.

권1은 오언시(14제 120수), 칠언시(17제 22수), 소(疏, 1), 서(書, 10), 묘갈(墓碣, 2), 명(銘, 3), 상량문(上樑文, 1) 등이다. 오언시는 주로 장편인데, 〈백담정사잡영(栢潭精舍雜詠)〉은 40수로 스승 구봉령의 자취를 찾아 백담정사 주변 경광을 기록하듯이 읊은 것이다. 〈구몽잡영(龜蒙雜詠)〉은 주자의 운곡시(雲谷詩), 무이정사시(武夷精舍詩), 성오당(省吾堂) 이개립(李介立)의 팔영시(八詠詩), 주자의 운곡잡시(雲谷雜詩)를 차운한 작품이다. 칠언시 중 〈敬次栢潭先生 ……〉은 구봉령이 백담정사 터를 잡을 때 동행한 저자에게 지어 준 시를 35년 후에 다시 읽어 보고 감회에 젖어 차운한 것이다. 소는 노모 봉양을 위해 필선(弼善)을 사직하는 내용이며, 묘갈은 선고(先考)와 선비(先妣)의 것이다.

권2는 권우(權宇), 조목(趙穆) 등의 제문(祭文) 10편과 구봉령에 대한 봉안문(奉安文)과

---

47) 《조선왕조실록》, 숙종(肅宗) 18년(1692), 11월 16일, 조항 참조.

축문(祝文) 각 1편, 과제(科製)로 논(論), 의(疑), 책(策) 각 1편이 있다. 부록으로 세계도(世系圖)와 종자(從子) 권태정(權泰精)이 지은 가장(家狀), 김상헌(金尙憲)이 지은 묘지명(墓誌銘)이 있고, 김득연(金得硏)이 지은 〈여강서원제문(廬江書院祭文)〉 등 제문 9편과 정구(鄭逑) 등이 지은 만장(挽章) 18수, 서원봉안문(書院奉安文) 등이 있다. 습유(拾遺)에는 저자의 시(詩, 2), 서(書, 2), 제문(祭文, 1), 잡저(雜著, 1)와 부록으로 사우(師友)들이 지어 준 시(詩) 9제와 서(書) 3편, 〈계문제자록(溪門諸子錄)〉, 류태좌(柳台佐)가 지은 행장(行狀)이 있다. 이 중 〈여권언회서(與權彦晦書)〉는 유성룡이 상례(喪禮)에 관해 보낸 편지이다. 권미에 7대손 권엽(權曄)이 1833년에 지은 식(識)이 있다.

3. 권춘란의 시세계

회곡 권춘란의 시세계를 대하고 있으면 예사롭지 않는 면면이 계속 발견되어 경이로움을 금할 수 없게 된다. 시세계를 논하자면 그의 시를 전부 보지 않고는 불가능하다. 보았다고 하더라도 번역은 물론이고 시에 대한 완전한 이해를 바탕으로 하지 않으면 시세계를 논하기란 쉽지 않다. 시인의 생애와 일상, 시 경향과 애호하는 시인, 예술혼, 시어, 문체의 격조, 등 시세계의 보편적 기술은 객관화하기가 단순하지 않다.

백담 구봉령이 권춘란에게 답한 편지에서 다음과 같이 말했다.

> 한가할 때에 막히고 답답한 것을 풀고 정신을 화창하게 펴는 것에는 시(詩)만한 것이 없다. 심기가 안정될 때에 이르러 선현들의 정묘한 말씀을 연구하여 의리에 침잠하는 것은 또한 하나의 큰 방법이 될 수 있다. 만약 피곤하게 되면 그만두면 된다네. 이 같은 것은 실제로 병든 몸을 보존하는 요체이니 유의해주면 어떠하겠는가?[48)]

백담 구봉령은 제자 회곡에게 시를 권장하고 있다. 백담은 회곡에게 시는 병을 치료해주는 수단이라고 하였다. 퇴계도 "병 치료에는 시가 바로 약이다.[病瘳詩是藥]"[49)]라고 하였다. 이렇듯 한시는 힐링이나 테라피로 인식되기도 하였다. 그러나 학문의 주류는 성리학에

48) 《栢潭續集》 卷4, 〈答權彦晦書〉, "閒中道宣滯鬱, 舒暢精神, 莫如詩. 至於心氣靜定之時, 則究得先賢精妙之語, 澆灌義理, 亦一大段, 若及疲憊則輟之. 如此實是保病之要訣, 幸留意何如."

49) 《退溪先生文集》 別集 卷之一, 詩, 後數日 再用前韻, 病瘳詩是藥 愁破酒爲戈.

있었고 시는 '이시정심(以詩正心)'의 입장에서 심신의 수양방법으로 인식되고 있었다. 회곡은 퇴계와 백담을 아우르는 시인이었다. 두 사람 모두 문학 활동으로 학업의 성취를 도모했다는 점으로 볼 때, 문학 활동으로 성정의 순화를 도모하는 회곡의 실천은 단연 퇴계와 백담의 영향을 받은 것이라 할 수 있을 것 같다. 이처럼 회곡은 퇴계와 백담을 통해 산수자연의 이치(理致)를 관찰하는 성리학적 예술철학의 바탕위에 강호가도를 계승하고 있었다.

《회곡집(晦谷集)》에 실려 있는 회곡 권춘란의 시는 임진왜란으로 인해 소실된 것이 많았다. 그럼에도 불구하고 지금까지 약 140여수 정도 남아서 전한다. 그 규모로 볼 때 회곡의 시는 훨씬 더 많은 시를 창작하였던 큰 시인으로 추측해 볼 수가 있다. 그가 남긴 시편을 일람해본 결과 그의 작품은 격조가 높고 주자학적 문학관과 신선한 구상이 넘치는 시들이 많고 조선의 16세기 산수 문학에 끼친 영향이 큰 위대한 걸작들이 많이 남아 있어서 그냥 간과하기에는 아쉬운 점이 많은 데가 있다. 그 중에서도 1591년에 지은 〈백담정사잡영〉 40수는 그 형식과 내용이 걸출하여 퇴계의 〈도산잡영〉에 비견되는 산수시의 걸작이라고 판단된다. 이 작품은 성리학적 문예미학이 절정을 이루던 16세기 산수시가라는 점에서도 주목할 가치가 있다.

백담 구봉령은 제자 권춘란이 청량산에서 돌아왔기에 산을 유람한 기록을 구하여 보고서 〈權彦晦自清涼而回求見山遊錄〉를 지었다.

안동의 인재가 옛날 그리움을 품고	花山才子古襟懷
열 두 봉우리를 산책하고 돌아왔네	十二峯頭散策回
솔바람과 이슬 맞은 학 울음을 듣고서	聽得松風和露鶴
시구 가운데 묘사하여 전해오네	句中應寫數聲來
오랜 폐질 속에 감개가 솟아나니	肺疾年多感慨長
붉은 노을 강렬한 해에 창자가 뜨겁구나	彤雲烈日火生腸
그대 비류 구를 따라 이어 보려 하니	憑君擬續飛流句
찬바람 얼굴을 스치고 옷에는 눈이 가득	掠面寒風雪滿裳[50]

50) 具鳳齡, 《栢潭集》 제2권, 七言絶句, 〈權彦晦自清涼而回求見山遊錄〉.

회곡 권춘란이 벼슬하는 도중에 청량산을 유람하고 유산록을 기록했던 모양이다. 그 속에 시가 들어 있었던 모양이다. 그 원시는 발견되지 않는다. 퇴계 문인 중 시로서 뛰어났던 백담 구봉령과는 사제관계였다. 그런 만큼 시로서 주고받은 것이 많았던 것 같다. 주로 임진왜란 이전에 지어진 시들인데 대부분 실전되고 수습되지 못하였다. 이 시에서도 회곡 권춘란이 청량산을 유람하고서 시를 지었던 것을 볼 수 있다. 백담은 그 시구를 얻어 보고 객지를 떠돌며 폐가 답답하였는데 회곡의 청량산을 묘사한 시구를 보면서 폐가 시원해져 옴을 느낀다. 청량산에서 바라보는 붉은 저녁노을, 산마루에 떠오르는 강열한 태양을 상상하며 창자가 뜨거워져 오는 것을 느낀다. 백담은 회곡의 시를 보고서 한시 테라피를 하고 있는 것이다. 백담은 회곡이 읊은 청량산 폭포의 장쾌함을 묘사한 것에 대해 그 감회를 비류구(飛流句)라고 하였다. 백담은 이백의 시 〈망여산폭포(望廬山瀑布)〉를 상상하며 시상에 젖고 있다.

강렬한 태양에 향로봉 붉은 안개 피어나고	日照香爐生紫煙
멀리 폭포수는 앞 시내에 걸리었네	遙看瀑布掛前川
흐르는 물이 삼천 척 장쾌하게 쏟아지니	飛流直下三千尺
마치 구천에서 은하수가 떨어지는 듯	疑是銀河落九天[51]

백담은 회곡의 폭포시를 보고 이어서 시를 짓느라 골몰하면서 청량산 폭포수를 상상하고는 폐질을 앓고 있는 그의 뜨거운 이마에 찬바람이 스치고 옷깃에 눈이 가득한 시원한 기운을 떠올리며 힐링을 하고 있다. 그 원시가 전하지 않아서 유감이지만 원시의 성격은 그 이미지가 유추된다.

회곡의 시에는 이백의 시취가 엿보인다. 그의 스승 백담은 이백의 시를 읽기를 권장한 적이 있었다. 백담은 화려하게 꾸미거나 교묘함을 추숭하는 시작태도는 마땅하지 않다고 여겼다. 그는 심성수양의 목적으로 문학 활동을 긍정하였는데 이러한 입장에서 백담은 이백의 시취를 강조하였다.

> 이백의 시는 모두 외었느냐? 이백의 시는 시교(詩敎)에 관련되는 바는 아니지만 품격(品格)이 이미 높고 조어(造語)는 하늘이 만든 듯하여 후인 중 시를 배우는 사람이 모범으로 삼을

---

51) 《李太白文集》 卷18, 〈望廬山瀑布〉.

만하다. 그 때문에 이렇게 힘써 권장하는 것이다. 두시(杜詩)는 비록 대가(大家)들의 조종(祖宗)이지만 쉽게 배워 얻을 수 없을 것이니 너는 모름지기 알고 있도록 하여라.[52]

이것은 백담이 아들 구성윤(具誠胤)에게 보내는 편지이다. 백담은 이백의 시와 두보의 시를 비교하며 이백의 시에 대한 우수한 점을 지적하면서 이백의 시 읽기를 더욱 강조하고 있다. 또 백담은 시의 효용을 다음과 같이 말하고 있다.

절구와 율시는[53] 흥(興)이 날 때 짓는 것 또한 마땅하다. 단지 노심초사(勞心焦思)만 일삼는다면 정신의 손상이 더욱 많아지게 될 뿐이니 또한 힘써 정신을 함양하고 심지(心智)를 어둡게 하지 않은 다음에야 비로소 스스로 터득되는 바가 생기고 학문이 날로 성취될 것이다.[54]

백담은 절구와 율시를 흥(興)이 일어날 때 지으라고 하였다. 인물기흥(因物寄興)이든 탁물우흥(托物寓興)이든 성리학적 관조의 자세로 산수자연을 바라보면 일어나는 흥취가 감발함이 있다. 시는 억지로 노심초사하여 지을 것이 아니라 흥이 일어날 때 지으라는 것은 탁월한 견해다. 힘써 정신을 수양하고 길러서 심지를 어둡게 하지 말라고도 하였다. 그는 이백의 시를 모범으로 삼기를 강조하며 다음과 같이 말했다.

이백의 시는 한편이라도 술이 없는 것이 없고 그 밖에 요염한 말이 또한 많이 있기 때문에 도(道)를 배우는 자들은 간혹 도외시한다. 그러나 체격의 맑음과 뜻의 온전함은 결코 후인들이 비길 바가 아니다. 때문에 몽매하고 어리석은 나이지만 항상 보석과 진주처럼 여겼던 것이다. 읽는 사람들이 반드시 모두 하나의 안목을 갖고 그 시비를 결단코 가린다면 정히 다른 갈림길에 미혹되지 않고 순수하게 오로지 아정한 문체로 나아가게 될 것이다.[55]

---

52) 《栢潭集》 卷8, 〈寄誠胤書〉, "李白詩盡誦否. 此非所關, 品格旣高, 造語天成, 後人學詩者, 可爲模範. 故如此力勸之矣. 杜詩雖大家之祖, 未易學得矣, 汝須知之."

53) 《栢潭集》의 시는 모두 1,135수이며 가운데 절구가 643수, 율시가 442수를 차지한다.

54) 《栢潭集》 卷8, 〈寄誠胤書〉, "絶句律詩, 乘興爲之亦當, 但事苦心焦思, 則傷損益多, 亦宜務養精神, 心智不昧, 然後自有所得, 而學日就矣."

55) 《栢潭集》 卷8, 〈寄誠胤書〉, "青蓮詩, 無一篇無酒, 其他妖艶之詞, 亦多有之, 故學道者或外之. 然其體格之淸, 語意之圓, 決非後人之所可得擬. 故如矇愚, 常寶而珍之也. 讀之者必具一眼, 決擇其是非, 則定不惑於他岐, 而粹然一出於雅正之體矣."

순수한 감정의 유로를 따라 지어지는 '아정지체(雅正之體)'는 성리학자들이 추구하는 시의 최고 경지이다.[56] 백담은 이백의 시를 통해 아정(雅正)한 문체로 나아갈 수가 있다고 했다. 그리고 취해야 할 것이 '청(淸)'의 체격과 뜻의 온전함이라고 하였다. 청을 시의 본색(本色)이라 했을 때 본색은 '천연스럽고 인공으로 꾸밈이 없는 뜻'이며 이백의 시는 이런 입장에서 높이 평가되었다.[57] 여기서 청은 시에 나타나는 맑고 깨끗한 정취이자 청징(淸澄)한 세계를 지향하는 시인의 뜻이라 할 수 있다.

백담이 문학 활동에서 청을 지향하게 된 내면적 원인으로는 화려하게 꾸미는 것을 좋아하지 않았던 그의 성품을 들 수 있다. 그는 세속적 가치관보다는 산수자연의 맑고 한가로운 정취를 좋아하였는데 이는 그의 작품을 분석하면서 확인해 볼 수 있다.

이상의 내용을 살펴볼 때 백담은 이백의 시의 맑고 온전한 뜻과 천연스러운 조어(造語)를 장점으로 삼아 본받기를 강조하였으며, 산수자연을 감상하면서 자연스러운 문학 활동을 전개하여 정신을 함양시키고 심지(心智)를 밝게 하기를 강조하였다.

그의 제자인 회곡의 시에도 이백의 시취가 드러나고 있다. 〈백담정사잡영〉 중의 다음 시는 이백의 시취가 함의되어 있다.

회곡은 주희의 〈운곡26영〉을 본받아 시를 짓고 그의 〈귀몽잡영〉 속에 포함시켰다. 그 중에 다음과 같은 시는 이백의 시취를 본받은 것이 여실히 드러나고 있다.

폭포
瀑布

누가 여산폭포[58]와 같다고 했는가?	孰如廬山勝
이백의 시구[59] 속에서 찾았네	靑蓮句裏尋

56) '粹然一出於正'이란 표현은 卞季良이 〈圃隱集序〉(鄭夢周, 《圃隱集》)에서 '故其存諸心而施諸事業者, 莫不粹然一出於正'라고 한 것을 비롯해 백담의 앞 시대 성리학자들의 문집인 《冶隱集》, 《春亭集》, 《佔畢齋集》, 《一蠹集》, 《靜菴集》, 《冲庵集》, 《晦齋集》, 《退溪集》 등지에서 확인되며 후학들의 문집에서도 끊임없이 나타난다. 이는 문장과 학업이 異端에 치우치지 않고 순수하게 유가의 도를 발현시킨 것을 가리킨다.

57) 趙成千, 「王夫之의 李白詩歌 품평론」, 『中國語文論譯叢刊』 25집, 中國語文論譯學會, 25쪽 참조.

58) 여산(廬山) : 지금의 강서성(江西省) 구강시(九江市) 남쪽에 위치한 명산으로, 웅장하고 기이하기로 유명함

59) 청련구(靑蓮句) : 청련은 이백(李白)의 자로 태백(太白) 혹은 청련거사(靑蓮居士)라고도 한다. 두보(杜甫)와 함께 중국 최고의 고전시인으로 꼽힌다. 이백이 〈망여산폭포(望廬山瀑布)〉 시에서 "향로봉에 해가 비춰 붉은 노을이 생겼는데, 멀리 폭포를 보니 냇물이 거꾸로 걸린 듯. 나는 물줄기 곧장 삼천 자를 쏟아져 내리니, 아마도 은하수가 하늘에서 떨어진 듯.[日照香爐生紫煙, 遙看瀑布掛前川. 飛流直下三千尺, 疑是銀河落九天.]"이

때때로 무지개가 폭포수를 머금고 有時虹飮澗
날리는 물결이 반을 가리네 飛洒半邊陰

회곡은 스승의 가르침 속에 이백의 시취를 강조한 것을 잘 계승하고 있었다. 회곡의 시에는 이백의 시취가 함의된 것이 많다.

회곡은 백담 주변의 경관을 성리학적 이미지로 물들이면서 〈백당정사잡영〉 40수를 짓고 그 〈후식(後識)〉을 다음과 같이 기록하고 있다.

금년(1591) 가을 8월 28일에 백담정사를 찾아 갔다. 아! 선생께서 돌아가신 지 이미 5년이 되었다. 당과 대를 오르내리면서 주변의 경관을 바라보니 수심에 겨웠다. 서옥의 시렁은 이미 올렸지만 창호는 아직 완성되지 않았다. 연못으로 가는 길은 새로 계단이 놓였고, 주변에는 구름이 뭉게뭉게 피어오르고 있었다. 모두 선생께서 가리키던 곳을 끝내 살펴보지 못했으니 슬픔을 이길 수 없었다. 벽 사이를 돌아서 쳐다보니 대, 암 및 봉우리 여러 곳에 모두 이름을 지어 놓았다. 다만 그것을 지은 까닭에 대한 사실이 기록된 것은 없었다. 담승에게 물으니 대개 선생께서 뜻은 있었으나 이루지 못했다고 하니 더욱 통탄스럽다.

아! 명승지는 항상 있는 것은 아니요, 사람을 얻으면 이름이 있게 되는 것이니, 이 산이 선생을 만난 것은 이 땅의 하나의 큰 행운이지만, 그러나 선생께서 글로써 이 승경을 돋보이게 한 것이 아직 없으니 또한 이 백담의 하나의 불행이 아니겠는가? 나는 이에 삼가 선생께서 병진년에 보고서 지으신 작품을 기록하여 백담정사의 일을 일으키는 시작으로 삼는다.

또 평상시의 서찰 및 여러 제현들이 산인들과 창수한 시권 속에서 취해서 백담정사와 관계 있는 것을 모아 한 질을 만들었으니, 뭇가의 다른 날의 사적에 대비하고자 함이었다. 이것은 또한 참람하고 망령된 것으로서 삼가 명명한 이름 아래에 각각 오언 한 구절을 지어 그 유사의 뒤에 붙였다. 감히 시라고 할 것은 못되지만 대개 영원히 사모하는 끝없는 슬픔에서 나온 것을 높은 산의 경치를 아우르는 회포에 붙인 것이다.

아아! 인자함과 현명함이 넘쳐 산천초목이 그 은택을 입었도다. 이 백담의 산들은 한결같이 선생께서 시를 읊조린 후로부터 경관은 더욱 더 윤이 나고, 숲은 더욱 울창하고 무성해졌다. 요즈음에 밭을 태우는 연기가 산허리를 휘감고, 나무 베는 소리가 골짜기마다 울려 퍼져서, 장차 민둥산이 된 이후에야 그만두니 우리 사문에 있어서 그의 덕을 사모하고 그 나무를 사랑하는[60] 것이 어찌 소백의 감당나무보다 못하겠는가? 지금까지 (밭을 만들고 나무를 베는 것

라고 하였다.

60) '가어(家語)에'에서부터 '하였다'까지의 부분은 《공자가어(孔子家語)》 호생편(好生篇)에 나오는 공자의 말인

이) 세속되니 그 것을 금하고 보호하고, 그 심는 것을 장려하여 뜻을 같이하는 동지들에게 알리어 더욱 힘쓰고자 함이다.[61]

회곡은 〈백담정사잡영〉에 스승 백담 구봉령에 대한 회고의 정을 쏟아 부었다. 회곡 18세 때 백담정사를 지을 때에 스승을 따라와 보았고, 들었던 곳이다. 스승이 이루고자 했던 백담정사가 모두 이루어지지 않았다. 회곡은 스승 백담을 그리워하면서 백담정사를 다시 일으키려고 구상하고 있다. 회곡은 스승이 머물렀던 와룡주변의 경관을 성리학의 빛으로 물들이고 있다. 〈백담(栢潭)〉, 〈이악헌(二樂軒)〉, 〈장원협(藏源峽)〉, 〈두청봉(逗靑峯)〉, 〈음마봉(飮馬峯)〉, 〈열운대(悅雲臺〉, 〈완의대(玩漪臺)〉, 〈탁영암(濯纓巖)〉, 〈도원동(桃源洞)〉, 〈계주암(繫舟巖)〉, 〈반구암(伴鷗巖)〉, 〈옥린봉(玉麟峯)〉, 〈풍영봉(風詠峯)〉, 〈홍하봉(紅霞峯)〉, 〈임경봉(臨鏡峯)〉, 〈수운봉(漱雲峯)〉, 〈감수봉(坎粹峯)〉, 〈선학봉(仙鶴峯)〉, 〈김수봉(金秀峯)〉, 〈선행봉(仙杏峯)〉, 〈류월봉(留月峯)〉, 〈만취봉(晩翠峯)〉, 〈취병봉(翠屛峯)〉, 〈요화촌(蓼花村)〉, 〈도점동(陶店洞)〉, 〈고려담(高麗潭)〉, 〈망지암(望芝巖)〉, 〈문암(門巖)〉, 〈감월탄(撼月灘)〉, 〈초포(綃浦)〉, 〈광탄(廣灘)〉, 〈축암(丑巖)〉, 〈용월봉(湧月峯)〉, 〈구봉(九峯〉, 〈탁금담(濯錦潭)〉, 〈명뢰탄(鳴雷灘)〉, 〈광풍대(光風臺)〉, 〈환골대(換骨臺)〉, 〈망선대(望仙臺)〉, 〈위촌협(圍村峽)〉. 총 40수로 모두 안동 가구리 백담 주변의 산수를 읊은 것이다.

〈백담정사잡영〉은 주희의 〈무이정사잡영〉을 모범으로 하고, 이황의 〈도산잡영〉을 모방하여 안동 와룡면 가구리 백담정사 주변의 지명을 중심으로 그 경관을 새롭게 구성하여 시로 형상화한 것이다. 회곡은 백담을 다음과 같이 읊었다.

데, 현재 전해지는 원문과는 조금 다른 점이 눈에 뜨인다. 참고로 현행본(現行本)의 원문을 소개하면 다음과 같다. "孔子曰 吾於甘棠 見宗廟之敬也 甚矣 思其人 必愛其樹 尊其人 必敬其位 道也"

61) 〈栢潭精舍雜詠 後識〉; 於今年秋八月二十八日 往尋栢潭 蓋 山頹已五載矣 陟降堂臺 殊覺雲物之帶愁也 書屋已架而窓戶未成 潭路新除而繚繞雲表 皆 先生所指點而卒未得來考焉 可勝痛哉 顧瞻壁間 臺巖及峯諸處皆有名稱而揭之 但無所題以記其事 問諸潭僧 則蓋 先生有志而未就云 尤可痛哉 噫 勝地不常 得人而名焉 玆山而遇先生 玆地之一大幸也 而未有 先生大述作 以侈其勝 則亦豈非玆潭之一不幸也 鄙於是 謹錄先生丙辰行視之作 以爲潭舍起事之始又取平日書札及諸賢唱酬山人詩卷中 有及於潭事者 稡爲一秩 以備潭上他日之事蹟 且以僭妄 謹於逐處命名之下 各賦五言一絶 以附遺事之後 非敢爲詩也 蓋出於永慕無窮之痛 而寓高山景仰之懷也 於乎 仁賢所過 山川草木 亦被其澤 玆潭之山 一自先生吟嘯之後 光景沃若 鬱葱榮茂矣 近日燒畬之烟罥麓 伐木之丁響谷 將至於濯濯而後已 其在吾黨 思其德而愛其樹 豈下於召伯之甘棠哉 繼自今 禁護而封植之 欲以告於同志者而勛之云

백담
栢潭

푸른 잣나무 쓸쓸한 연못에 비치고	翠柏影寒潭
훌륭한 사람[碩人] 거기에 사시네	碩人之所舍
지금부터 논어 세한(歲寒)장처럼 하려 하네	從今至歲寒[62)
아! 어찌 앉고 누워있을 수 있겠는가	於焉可坐臥

백담은 회곡의 스승 구봉령이 거처하던 곳의 연못이고, 또한 구봉령의 호로서 중의법으로 묘사했다. 석인(碩人)은 《시경(詩經)》 위풍(衛風)의 〈석인〉 장에서 "훌륭하신 분 훤칠하시고 비단 옷으로 멋을 네셨네[碩人其頎 衣錦褧衣]"라고 하였다. 또 〈고반(考槃)〉에는 "은사의 집이 시냇가에 있으니 석인의 마음이 넉넉하도다[考槃在澗 碩人之寬]"라는 구절이 있다. 여기서 석인은 바로 백담 구봉령을 가리킨다. 이 시는 가을에 지은 것이다. 세한(歲寒)은 겨울철이다. "날씨가 차가워진 연후에 소나무와 잣나무가 늦게 시드는 것을 안다.[歲寒, 然後知松栢之後彫也]"(《論語, 子罕》)에서 따온 것이다. 논어의 이 구절은 지조와 절개가 굳으면서 변치 않는 의리를 강조한 것이다. 이런 군자가 되리라는 다짐이다. 백담은 스승에게 의리를 지키려고 애쓴다. 이 문구가 함의된 백담정사에서 회곡은 스승을 기리며 공부하지 않고 어찌 앉고 누워만 있을 수 있는가라고 자문하면서 학문의 입문 시절을 떠올리며 다시 백담정사를 일으킬 것을 다짐을 한다.

장원협
藏源峽

무릉도원[63)을 잘 감추어	好藏桃花源
산골짜기로 흘러가지 않도록 하라	莫放流出峽
나가서 인간 세계에 도달하면	出則到人間
뱃사람들 건너오게 할까 두렵다	恐教舟子涉

---

62) 《論語, 子罕》 "歲寒, 然後知松栢之後彫也"

63) 武陵桃源의 준말, 桃源, 桃源境이라도 함.

이 시는 백담에 핀 복숭아꽃을 소재로 선경을 암시하며 도연명의 〈도화원기〉를 전고로 백담을 읊은 것이다. 스승 구봉령과 함께 머무는 백담의 경치를 도연명의 무릉도원에 비하였다. 이백의 〈산중문답〉 "桃花流水杳然去 別有天地非人間"을 연상하게 한다. 극도로 절제된 언어 속에 깊은 서정의 뜻을 응축해내는 오언절구의 특성이 잘 드러나고 있다. 속세를 벗어나 자연 속에 묻혀 한가롭게 살려는 뜻이 드러난 낭만주의 경향의 작품이다. 권춘란은 임진왜란 전후를 살았던 사람으로 당파싸움과 전란의 혼란스러움을 피해 산속에서 신선처럼 살아가는 것을 동경하였다. 스승 구봉령(具鳳齡)이 백담을 그렇게 사랑하였듯이 회곡도 그 뜻을 이어 세속에 미련을 떨치고 동양의 신선들이 추구했던 유토피아로 설정하고 있다.

회곡의 〈백담정사잡영〉은 시의 곳곳에서 이백의 시 정신이 함의되어 시어의 조탁이 자연스럽고 순수한 감정에서 일어나는 흥취가 잘 조화된 아정(雅正)의 품격이 발견되고 있다.

회곡의 또 하나의 명작은 〈구몽잡영(龜蒙雜詠)〉이다. 그 서문에 다음과 같이 기록하고 있다.

> 회암 주자의 운곡시 운을 차용하였다. (주자께서 운곡을 기록한 시 26장과 잡영 12편과 또 무이정사 시 12수를 이어서, 이제 그 운을 차용해서 몽매하고 어두운 것을 기록한 것을 또한 저장해 두니, 이 계책을 내가 어찌 □□함을 이길 수 있으리오?)
>
> 用朱晦庵雲谷詩韻 (朱子記雲谷系之 以詩二十六章 雜詠十二篇 又有武夷精舍詩十二首 今用其韻 以記蒙而晦亦可藏 此計吾豈□□之勝)

회곡의 〈귀몽잡영〉은 주희의 〈운곡 26영〉, 〈무이정사잡영〉 12수, 〈운곡잡시〉 12수의 제목을 그대로 사용하면서 그 시의 운자를 차용하여 지은 것 50수와 조선시대 이개립(李介立)이 시를 차운한 〈次省吾堂 八詠. 李介立字大仲進士 贈參判〉 8수로 구성되어 있다.

이 시들은 1543년 조선에서 〈주자대전〉이 간행되어 주희의 시문이 소개되면서 조선 선비들의 시 경향은 주희의 시를 모방한 산수 차경의 정서로 전환되고 있었다. 그 중에 〈무이도가〉는 조선의 구곡시가를 창도하여, 퇴계의 도산구곡가, 율곡의 고산구곡가 등을 탄생시켰고, 주희의 〈운곡26영〉은 도산잡영 속의 26영을 읊게 하였고, 약봉 김극일은 임하26영을 읊었고, 회곡은 귀몽잡영에서 26영을 차운하였으니 주희의 철학과 상응하여 조선의 강호가도를 한층 더 부상시켜 놓은 역할을 하였다.

조선시대 16세기 산수시를 읊은 것 중에는 특정한 지역의 26경을 설정하여 시로 형상화하는 '이십육영(二十六詠)'의 문예미학이 있었다. 이것은 주희의 〈운곡이십육영(雲谷二十六詠)〉에서 그 모티브를 제공받은 것으로 퇴계가 도산잡영 중 〈도산이십육영(陶山二十六詠)〉을 읊은 것이 최초가 아닌가 생각한다. 주자의 〈운곡이십육영(雲谷二十六詠)〉은 서문에 해당하는 〈운곡기(雲谷記)〉와 〈운곡(雲谷)〉, 〈남간(南澗)〉, 〈폭포(瀑布)〉, 〈운관(雲關)〉, 〈연소(蓮沼)〉, 〈삼경(杉逕)〉, 〈운장(雲莊)〉, 〈천협(泉硤)〉, 〈석지(石池)〉, 〈산영(山楹)〉, 〈약포(藥圃)〉, 〈정천(井泉)〉, 〈서료(西寮)〉, 〈회암(晦庵)〉, 〈초려(草廬)〉, 〈회선(懷仙)〉, 〈휘수(揮手)〉, 〈운두(雲杜)〉, 〈도혜(桃蹊)〉, 〈죽오(竹塢)〉, 〈칠원(漆園)〉, 〈다판(茶坂)〉, 〈절정(絶頂)〉, 〈북간(北澗〉, 〈중계(中溪)〉, 〈휴암(休庵)〉의 26경을 오언절구의 형식으로 읊은 연작시이다.[64] 〈도산잡영〉은 왜 26영(詠)인가? 《해동잡록》에는 도산잡영을 이렇게 기술하고 있다.

> "영지산(靈芝山)의 동쪽 지류에 도산(陶山)이 있는데 선생이 일찍이 벼슬에서 물러나 거처하면서 서당을 짓고 문생들을 모아 도학을 강의하였던 곳이다. 그로 인하여 〈도산기(陶山記)〉를 짓고 칠언절구 18편을 지어 그 사실을 기록하였으며 또 〈도산잡영〉 26편이 있다. 명종임금께서 송인(宋寅)에게 명하여 도산을 그리고 도산기와 시편을 적어서 병풍과 족자를 만들어 들이도록 하여 항상 침전에 두었다."[65]

위의 인용문에서 〈도산잡영〉은 26편이라고 했다. 퇴계는 〈도산잡영〉 오언26영을 이렇게 언급하고 있다.

> … 또 蒙泉, 冽井, 庭草, 澗柳, 菜圃, 花砌, 西麓, 南岸, 翠微, 寥朗, 釣磯, 月艇, 鶴汀, 鷗渚, 漁梁, 漁村, 烟林, 雪徑, 櫟遷, 漆園, 江寺, 官亭, 長郊, 遠岫, 土城, 交洞 등 五言雜詠 二十六絶이 있으니 이것은 앞의 詩에서 못다한 뜻을 말한 것이다.[66]

---

64) 주희, 『주자전서』 제20권, 상해고적출판사, 2001, 437~442쪽.

65) 權鼈, 《海東雜錄》 本朝五 : 靈芝山東支有陶山 先生嘗退居 構書堂聚門生講道 因著陶山記 作七言詩十八絶 以記其事 又有陶山雜詠二十六絶 我明廟命宋寅 使畫陶山 又書陶山記及詩篇 作屛簇而進 常置寢殿中

66) 李滉, 《退溪先生文集 卷三》, 詩, 〈陶山雜詠〉: 於是 逐處各以七言一首紀其事 凡得十八絶 又有蒙泉 冽井 庭草 澗柳 菜圃 花砌 西麓 南沜 翠微 寥朗 釣磯 月艇 鶴汀 鷗渚 魚梁 漁村 烟林 雪徑 櫟遷 漆園 江寺 官亭 長郊 遠岫 土城 校洞 等 五言雜詠 二十六絶 所以道前詩不盡之餘意也

여기서도 '五言雜詠 二十六絶'이라고 하고 있다. 왜 오언 26영인가? 거기에 의문을 품고 밝힌 논문이 졸고 「陶山雜詠의 美意識과 雲谷二十六詠의 비교 硏究」[67]이다. 여기에서 〈도산잡영〉의 오언 26영은 주희의 〈운곡이십육영〉을 바탕으로 하여 지어진 것이라는 것을 밝혔다. 여기에서 한 발 더 나아가 우리 선비들 작품 중에 또 26영이 없을까? 이렇게 찾아 헤매던 중에 약봉 김극일의 〈임하이십육영(臨河二十六詠)〉을 발견하였다.

이 작품은 왜 오언 26영인가? 주희나 이황의 작품과 대조하며 살펴보았으나 차운(次韻)은 아닌 것 같다. 운자를 비교해 본 결과 서로 비슷한 운이나 일치하는 것도 한두 구에 지나지 않고 시 속에 끌어들이는 소재나 경치가 비슷한 부분은 살리려고 애썼지만 그 지역의 특성과 뛰어난 경치를 소재로 읊었기 때문에 경관이나 시가 꼭 일치하는 것은 아니다. 그러나 큰 범주에서 주희의 운곡26영의 체재를 전범으로 삼은 것은 틀림이 없어 보인다.

주자학이 조선에서 활짝 피어 거의 절정에 이르는 시기의 작품이라 더욱더 관심이 가는 작품이다. 약봉의 〈임하이십육영(臨河二十六詠)〉은 자기가 살았던 임하 천전리의 집을 중심으로 경관을 설정하였다. 그 경관 중심에는 반변천이 있었다. 김극일의 문장은 고고(孤高)하고 준결(俊潔)하여 속기가 없다는 평을 받았다. 이 시 역시 선비의 일상을 엿 볼 수 있는 시이지만 속태를 볼 수가 없다. 이것은 〈도산잡영〉에 버금가는 산수시의 걸작이다.

회곡의 시 중에 압권은 〈구몽잡영(龜蒙雜詠)〉 속에 들어 있는 〈26영〉이다. 이 26경을 차경하려고 안동 와룡 주변의 산수를 찾아 점경들을 형상화하는 데 예술혼을 쏟고 있었다. 그 차경의 정서를 소재를 분석하면서 주희의 〈운곡26영〉과 퇴계의 〈도산잡영〉 속의 〈26영〉과 비교하여 비평해 보고자 한다.

〈표 1〉 〈도산이십육영〉, 〈운곡이십육영〉, 〈귀몽잡영〉의 제목과 소재

〈도산이십육영(陶山二十六詠)〉		〈운곡이십육영(雲谷二十六詠)〉		〈구몽잡영이십육영(龜蒙雜詠二十六詠)〉	
제목	소재	제목	소재	제목	소재
1. 蒙泉	산, 샘, 몽괘	1. 雲谷	구름, 비, 장마	1. 雲谷	골, 시내, 오두막, 은둔
2. 洌井	샘, 표주박	2. 南澗	도랑, 바위, 폭포	2. 西澗	시냇가, 마름풀, 해송
3. 庭草	뜨락, 풀	3. 瀑布	가을, 폭포, 산, 도랑	3. 瀑布	여산폭포, 이백, 무지개

67) 신두환, 「陶山雜詠의 美意識과 雲谷二十六詠의 비교 硏究」, 『한문학논집』 36권, 근역한문학회, 2013, 153~186쪽.

4. 磵柳	도랑, 버들	4. 雲關	구름, 먼지, 물, 소리	4. 雲關	구름, 바람, 산
5. 菜圃	채소, 밭	5. 蓮沼	부용, 달빛, 이슬	5. 蓮沼	옥, 샘물, 맛, 향기
6. 花砌	화단, 꽃	6. 杉逕	길, 초당, 달	6. 杉逕	쑥대, 작은집, 상록수,
7. 西麓	구름, 뫼, 집	7. 雲莊	언덕, 절벽, 안석	7. 雲莊	농부, 부부, 오두막, 연기
8. 南淵	연못	8. 泉硤	밭, 청향	8. 泉硤	산, 오솔길, 시끄러움, 한적
9. 翠微	청산, 국화	9. 石池	달, 바위, 연못	9. 石池	바위, 웅덩이, 소반
10.寮朗	돈대, 노을	10.山楹	바위, 구름, 신선	10.山楹	산, 강, 바위, 골, 시렁
11.釣磯	낚시 바위	11.藥圃	약초, 밭, 샘	11.藥圃	약초, 버드나무, 밭, 울타리
12.月艇	달 배	12.井泉	바위, 샘, 구름	12.井泉	천수일, 측은지심, 샘물
13.櫟遷	상수리나무	13.西寮	자리, 명월, 마	13.西寮	송화, 문, 도랑, 춘풍
14.漆園	옻나무 장자	14.晦菴	병산, 늙은이, 바위	14.晦菴	회암 선생, 가르침
15.魚梁	그물, 물고기	15.草廬	청산, 오두막, 구름	15.草廬	샘, 와룡, 삼고초려
16.漁村	어촌, 은어	16.懷仙	기봉, 신선, 석단	16.懷仙	학가산, 신선, 달, 바람, 술
17.煙村	안개, 촌락	17.揮手	바위, 대, 손, 타맥성	17.揮手	신선, 닭, 개, 구름
18.雪徑	눈, 오솔길, 중	18.雲社	구름, 벗, 술	18.雲社	구름, 풍년, 결사, 술
19.鷗渚	갈메기	19.桃蹊	도랑, 봄 향기, 도화	19.桃蹊	노을, 오솔길, 시내
20.鶴汀	학, 물가, 모래	20.竹塢	대나무, 촌락, 풍우	20.竹塢	대나무, 피리, 음악
21.江寺	절, 언덕, 천도	21.漆園	옻나무, 장자	21.漆園	오동나무, 거문고
22.官亭	정자 강, 언덕	22.茶坂	차, 금침, 밤, 창	22.茶坂	언덕, 인동초, 차, 등나무, 침대, 기와
23.長郊	목동, 까마귀	23.絶頂	바위 대, 고개	23.絶頂	산천, 책상, 수목
24.遠岫	산, 구름	24.北澗	도랑, 수석	24.北澗	북풍, 오두막, 도랑
25.土城	성, 마을	25.中溪	바위, 시내, 풀	25.中溪	시내, 백구, 풀
26.校洞	향교, 동네	26.休菴	고개, 오두막, 다과	26.休菴	암자, 사휴

〈표 1〉에서 〈도산잡영〉 중 〈이십육영(二十六詠)〉, 〈운곡이십육영(雲谷二十六詠)〉, 〈구몽잡영이십육영(龜夢雜詠二十六詠)〉의 제목과 소재 주요 내용들을 비교해 보았다. 주희, 퇴계, 회곡이 같은 형식으로 읊은 26영의 자연미 발견은 성리학적 구도의 삶 속에 추구된 것이었다. 운곡, 도산, 백담의 26경의 이미지들이 서로 비교 분석해 본 결과 똑 같은 점경들이 아닌 것이 대부분이다. 회곡이 지은 26영은 제2수 〈서간(西澗)〉만 제외하고 제목이 〈운곡26영〉과 같다. 그러나 소재에서는 서로 일치하는 부분들이 적다. 회곡은 〈운곡26영〉을 모태로 향토적인 색채를 가미하여 차경(借境)에 성공하고 있다. 특히 〈구몽

잡영이십육영〉 중 〈다판(茶坂)〉은 점화에 성공하고 있다.

주희의 운곡26영 〈茶坂〉

바구니를 들고서 북쪽고개 서쪽고개	携籯北嶺西
캐고 따서 가져와 차를 다려 마시네	采擷供茗飮
한 번 마심에 밤 창문이 차갑고	一啜夜窓寒
가부좌하여 금침을 사양하네	跏趺謝衾枕

이렇게 읊은 것을 회곡이 안동 와룡의 향토적 정서로 차경하여 다음과 같이 점철성금시켰다.

언덕에 인동초[68] 있으니	坂有忍冬草
뽑아다가 차 대신 마시네	采芼代茶飮
이 외에 좋아하는 것 없으니	此外無長物
등나무 침대에 기와 베고 누웠네[69]	藤床與瓦枕

여기에서 조선중기 영남 유림들은 주희처럼 차를 마시고 싶어 했다. 그러나 차가 없었다. 퇴계도 차를 마셨던 흔적이 발견된다. 퇴계의 시로 알려진 〈同家兄陪侍先生 遊屛菴至晩泛舟汾川〉, 〈형과 함께 농암 선생을 모시고 병암(屛菴)[70]에서 놀다가 저물녘에 부내[汾川]에서 배를 타고 이르렀다.〉 이 작품은 퇴계의 필사본으로 문집에는 없는 것이다. 모씨가 새로 발견한 작품이다.

---

68) 인동초(忍冬草) : 인동 덩굴. 한열·종기 등에 쓰임, 인동과에 속한 반상록 덩굴성 관목

69) 소식(蘇軾)의 〈歸宜興留題竹西寺三首〉 "暫借藤床與瓦枕 등나무 침대위에 흙 베개 베고 누웠으니"

70) 농암 이현보 선생이 즐겨 찾았던 절의 이름이다. 서취병 절벽 가운데 있는데 상사(上舍) 이대용(李大用, 농암의 아들이자 퇴계의 제자인 梅巖 李叔樑)이 세운 것으로서 중을 시켜 지키게 했다. 전일에 깨끗한 방[淨室]이 있었더니 근자에 들으니 지키는 중이 그 방을 고쳐 만들어 전의 아름다운 풍치를 잃었다 한다. 퇴계의 시는 다음과 같다.

높은 벼랑 위에 병암이 있으니	屛庵在懸崖
틈새에서 솟는 샘물 이가 시리다	石縫泉氷齒
전에는 깨끗한 방이 사랑스럽더니	舊愛一室明
지금은 정말 어떻게 되었는지	如今定何似

산사에서 차를 마시고 나온 뒤 山寺烹茶後
강의 배를 불러 술을 마실 때 江船喚酒時
푸른 물결 비단 자리에 넘실대고 綠波攝綺席
어여쁜 기생들[71] 어부가를 불러대네 紅袖唱漁詞
복받은 땅은 인간 세상이 아니요 福地非人世
신선 풍도는 속세 모습과 다르네 仙風異俗姿
우리들 또한 무슨 요행을 만나서 吾儕亦何幸
덕에 취해 덩실덩실 춤을 추는가? 醉德舞僛僛

이 시에서도 산사에서 차를 마셨다고 하고 있다. 중국 복건성 무이산을 중심으로 전개된 차문화가 조선으로 확산되는 것이 어쩌면 주희의 시 때문에 그런 것인지도 모를 일이다. 그리고 또 기생들이 〈어부가〉를 부른다. 안동 와룡 지방에 어부들이 많아서 〈어부가〉가 생성되었다기보다는 주희의 시가에 나타나는 어부의 형상이 어부가를 시 속에 형상화시키게 했을 가능성이 제기된다.

주자의 〈운곡이십육영(雲谷二十六詠)〉의 시들은 그 제목이나 소재들이 바위와 구름, 등 복건성의 무이산의 경치를 읊고 있으면서도 다양한 우의와 흥취를 함의하고 있다. 퇴계는 〈운곡이십육영〉을 모방하여 〈도산이십육영(陶山二十六詠)〉을 읊었고 회곡은 〈운곡이십육영〉의 체재를 본받으면서도 퇴계가 도산의 경관에 향토성을 살려 새로운 의경에 나아갔듯이 회곡은 백담의 경관에 향토성을 살려 새로운 의경에 나아갔다. 회곡은 운곡보다 백담의 26경을 의망(擬望)한 것이 더 많다.

회곡은 주희를 흠모하여 주희가 운곡을 경영해온 산수관을 답습하려고 애썼다. 회곡은 인물기흥(因物寄興)의 경지로 나아가 탁물우의(托物寓意)의 수법으로 운곡과 도산을 연상하여 중의(重意)로 나아간다. 퇴계는 도산에 대한 자신의 흥과 감각을 표현하기 위해 주희에게서 인식된 공간을 우의하는 쪽으로 기울었다. 인물기흥보다는 탁물우의의 미의식이 강하고 거기에 오묘한 성리의 미학을 중의하였다. 회곡은 탁물우의보다는 인물기흥 쪽으

---

71) 홍수는 미인의 붉은 옷소매를 의미한다. 송나라 때 시인 위야(魏野)가 일찍이 명상(名相) 구준(寇準)을 수행하여 섬부(陝府)의 승사(僧舍)에 가 노닐면서 각각 시를 남긴 것이 있었다. 뒤에 다시 함께 그 승사에 놀러 가서 보니, 구준의 시는 이미 푸른 깁으로 잘 싸서 보호하였으나, 위야의 시는 그대로 방치하여 벽에 가득 먼지가 끼어 있었다. 이때 마침 그 일행을 수행했던 총명한 한 관기(官妓)가 즉시 자기의 붉은 옷소매로 그 먼지를 닦아내자, 위야가 천천히 말하기를 "항상 붉은 소매로 먼지를 닦을 수만 있다면, 응당 푸른 깁으로 싸 놓은 것보다 나으리.[若得常將紅袖拂 也應勝似碧紗籠]"라고 했던 데서 온 말이다.

로 더욱 기울고 있는 것이 회곡과 퇴계의 자연관에서 사소한 차이점이라면 차이점이다.

〈구몽잡영(龜蒙雜詠)〉 중에 또 하나 눈여겨 볼 작품은 〈복용무이정사잡영운(復用武夷精舍雜詠韻); 다시 〈무이정사잡영〉의 운을 따라 사용하다.〉 이 시는 주희의 〈무이정사잡영〉 12수의 제목을 그대로 싣고 있다. 운자도 그대로 차용하여 시를 지었다. 그러나 시의 내용은 경북 안동 와룡 주변의 향토적 소재를 바탕으로 지어진 것이었다. 이들 작품을 일람해보면 다음과 같다.

1. 〈정사(精舍)〉에서 회곡은 '고황입천석(膏肓入泉石)'이라고 표현하고 있다. 퇴계 또한 '煙霞痼疾 泉石膏肓'이라고 자연을 좋아하는 벽을 말했다. 2. 〈인지당(仁智堂)〉 仁者樂山, 知者樂水의 준말이다. 산수의 아름다움을 노래하고 있다. 3. 〈은구재(隱求齋)〉

은구재
隱求齋

세상일은 어지럽고 번거로우니	世事謾紛紜
임천은 진실로 즐길 만한 곳이네[72]	林泉眞影響
은거하여 뜻을 펼칠 곳을 만약 찾으려 한다면	隱求如欲獲
그대에게 묻노니 어느 곳이 좋은가?	問渠何所長

회곡 권춘란이 살았던 16세기 초에 훈구세력과 사림의 갈등은 치열한 사화를 야기하며 선비사회를 동요시키고 있었다. 이 시기 대부분 사림들은 벼슬에 있으면서도 산림에 은거하여 자기의 뜻을 펼치려는 은구(隱求)의 세계를 추구하고 있었다. 은구란 "은거하여 그 뜻을 이루고 의를 행하여 그 도를 이룬다(隱居以求其志, 行義以達其道-論語 李氏篇)는 뜻에서 유래한 용어이다.[73] 16세기 후반에 이르러 퇴계와 율곡을 거치면서 조선 성리학은 최고의 절정에 이르렀다. 문풍은 이미 많은 변화를 가져왔고 문학의 향유방식도 성리학적 문학관이 주류를 이루고 있었다. 이 시기를 살았던 회곡 권춘란은 퇴계와 백담 구봉령의 제자로서 일찍부터 출사하여 여러 관직을 거치고 성리학을 연구하고 주희의 사상과

---

72) 영향(影響) : 형상에 따르는 그림자와 소리에 따르는 울림. 서로 밀접하게 응하는 일의 비유.

73) 《論語·李氏》; 孔子曰: 見善如不及, 見不善如探湯. 吾見其人矣, 吾聞其語矣! 隱居以求其志, 行義以達其道. 吾聞其語矣, 未見其人也!

시문을 탐독하였던 학자 겸 관료였다.

4. 〈지숙료(止宿寮)〉 5. 〈석문오(石門塢)〉 6. 〈관선재(觀善齋)〉[74] 7. 〈한서관(寒棲館)〉[75] 8. 〈만대정(晚對亭)〉

숨어사는 사람 산을 너무 좋아하여　幽人偏愛山
아침저녁으로 마주보고 앉았네.　早晚坐相對
날이 고요하니 구름 안개 걷히고　日靜雲烟空
능소화 잎만 비로소 푸르네.[76]　凌霄葉寒翠

이 만대정은 병산서원 만대루의 근원이 되는 시이다. 회곡은 서애 유성룡과도 교분이 깊었다. 9.〈철적정(鐵笛亭)〉[77] 10. 〈조기(釣磯)〉, 11. 〈다조(茶竈)〉

봄 구름은 푸른 명주처럼 엉기고　春雲凝碧縷
신선의 흥취는 아직 도랑에도 못 미치고　仙興未渠央
차를 마시고 나니 부질없이 솥만 남아　飮罷空遺竈
샘물 소리는 달빛의 향기를 띠었네　泉聲帶月香

이 시구에서도 차를 마신 흔적이 드러난다. 주희의 생활화된 차 문화와 우리의 차 문화는 이질감이 있다. 12. 〈어정(漁艇)〉이다. 이상으로 회곡은 〈무이정사잡영〉 12수를 차운하여 구몽잡영(龜蒙雜詠) 속에 넣어놓고 있다. 회곡은 주희의 〈무이정사잡영〉을 사랑

74) 관선(觀善) : 상관이선지(相觀而善之)의 줄인 말로, 친구들끼리 서로 좋은 점을 보고 배우는 것을 말한다. 《예기(禮記)》 〈학기(學記)〉에 "대학의 교육 방법은 좋지 않은 생각을 미연에 방지하는 것을 예(豫)라 하고, 적절한 시기에 가르치는 것을 시(時)라 하고, 감당할 수 있는 한도 내에서 가르치는 것을 손(孫)이라 하고, 서로 좋은 점을 보고 배우도록 하는 것을 마(摩)라고 한다. 이 네 가지가 교육이 흥한 이유이다.[大學之法 禁於未發之謂豫 當其可之謂時 不陵節而施之謂孫 相觀而善之謂摩 此四者敎之所由興也]"라고 한 데서 나온 말이다.

75) 한서관(寒棲館) : 중국 건녕부(建寧府) 숭안현(崇安縣)에 있는 무이산(武夷山)에 주자가 무이정사(武夷精舍)라는 강학(講學)의 장소를 조성하고 그 경내에 한서관(寒棲館)을 지었다. 《朱子大全 卷九 武夷精舍雜詠》

76) 능소엽한취(凌霄葉寒翠) : 1833년에 중간된 국립중앙도서관장본(동곡古3648-文07-70)에는 '葉'자가 '矗'자로 되어 있다.

77) 철적(鐵笛) : 철적은 흔히 은자(隱者)나 고사(高士)가 불었던 젓대라고 전해 오는데, 주희(朱熹)의 〈철적정서(鐵笛亭序)〉에 "무이 산중의 은자인 유군은…… 철적을 잘 불어서, 구름을 뚫고 돌을 찢는 소리가 난다.[武夷山中隱者劉君 …… 善吹鐵笛 有穿雲裂石之聲]"라고 하였다. 《朱子大全 卷9》

했으며 '백담정사'도 '무이정사'처럼 만들고 싶어 했다. 회곡은 백담과 퇴계와 주희를 섭렵하며 강호가도의 길을 가고 있었다.

구몽잡영 속에는 〈次省吾堂(李介立字大仲進士 證參判)八詠〉 성오당[78]의 팔영을 차운한 시 8수가 포함되어 있다.

회곡 시 중에 또 하나 주목해 볼 것은 〈복용운곡잡시운(復用雲谷雜詩韻)〉, 다시 운곡잡시[79]의 운을 써서 지은 작품이다. 《주자대전》에 들어있는 〈운곡잡시〉 12수의 제목을 그대로 유지하면서 차운하여 12편을 구성하고 있다. 〈운곡잡시십이수(雲谷雜詩十二首)〉는 〈등산(登山)〉, 〈치풍(値風)〉, 〈완월(翫月)〉, 〈사객(謝客)〉, 〈노농(勞農)〉, 〈강도(講道)〉, 〈회인(懷人)〉, 〈권유(倦游)〉, 〈수서(修書)〉, 〈연좌(宴坐)〉, 〈하산(下山)〉, 〈환가(還家)〉이다. 이 12수는 5언 6구로써 '악부시' 형태를 띠고 있다. 주희의 12구는 조선의 12구 시형식을 유행하게 하였다. 이것은 도산 12곡을 낳는 모태가 되고 있는 시이기도 하다.

이 외에도 여러 시들이 있으나 대부분 차운 시이고 만시(挽詩)들이다, 이것은 시고가 일실되어 문집이 뒤에 수습되면서 다른 문집에 있는 것을 모아서 편찬한 것이라는 것을 알게 해준다. 그것도 소략하여 분량이 얼마 되지 않는다. 여러 모로 볼 때 시고가 많았을 것으로 추측되지만 안타깝게도 그 전모가 밝혀지지 않는 것이 아쉽다.

4. 결론

이상으로 회곡의 생애와 시세계를 살펴보았다. 회곡의 시는 산수시 계열의 시를 주로 썼다.

이 논문은 16세기 영남 사림의 거목이었던 회곡 권춘란의 생애와 그의 시세계를 고찰하기 위한 논문이다. 회곡은 임진왜란의 전후를 살았던 퇴계학파의 관료문인 중의 한 사람이었으며, 퇴계 이황과 백담 구봉령을 스승으로 섬기면서 성리학과 정치가로서 일가를 이룬

---

78) 이개립(李介立, 1546~1625) : 조선 선조(宣祖)~인조(仁祖) 때의 문신·의병장. 본관은 경주(慶州), 자는 대중(大仲), 호는 성오당(省吾堂)·역봉(櫟峯)이다. 박승임(朴承任)·김성일(金誠一)의 문인으로, 효행(孝行)과 유일(遺逸)로 천거되어 참봉(參奉)을 지냈으며, 임진왜란 때 의병을 일으켜 군량을 조달하였다.

79) 운곡잡시(雲谷雜詩) : 《주자시집(朱子詩集)》 권6에 실려 있는 〈운곡잡시십이수(雲谷雜詩十二首)〉를 말하는데, 12수는 등산(登山), 치풍(値風), 완월(翫月), 사객(謝客), 노농(勞農), 강도(講道), 회인(懷人), 권유(倦游), 수서(修書), 연좌(宴坐), 하산(下山), 환가(還家)이다.

큰 선비였다. 그의 시는 대부분 주자 시의 상상력이 기초가 되어 이루어진 것이었다.

회곡에게 있어서 주자학과 그 문학적 상상력은 시문을 창작하게 하는 원동력이었고 산수자연 시들을 발전시켜 독창적인 새로운 미감을 느끼게 하였다. 주자학은 그만큼 표현의 기교와 문체의 질을 문예미학적으로 향상시키는 예술철학에도 큰 영향을 끼치고 있었다.

회곡은 주자학의 예술철학을 바탕으로 끊임없이 자연을 관조하고, 문장을 다듬고, 또 동료들과 주고받고, 서로 비평하면서 주자학적 문장 강화를 위해 전심전력을 기울였다. 회곡의 시문은 언어와 격조가 주자의 영향을 받아서 그냥 밋밋한 문장은 하나도 없다. 주자학의 오묘한 이치가 절묘하게 시문에 함의되어 있어 더욱 감동을 준다.

회곡의 시는 유교경전의 뜻을 형상화한 미적표현에서 전아(典雅)한 문예미를 발견하고, 격한 감정의 표출을 억제하고 감정에 중심을 잃는 표현은 경계하는 표현에서는 온유돈후의 미의식과 중화의 미의식이 드러나고 있었으며, 산수 전원의 한적하고 청아한 정취를 추구하여 인욕을 억제하고 부화한 문장을 배격하는 표현에서는 16세기 사림들의 문예미학인 '충담소산', '한미청적', '청신쇄락'의 품격이 들어 있었다. 회곡의 시문에 대한 사유체계는 주자학의 근간이 바탕이 되어 나타난 것이었다.

조선시대 중기 문학의 흐름 중 '자연에 몰입하여 살면서 성리학적 이념을 노래한 일련의 작품을 두고 우리는 강호가도(江湖歌道)'라고 말한다. 이것은 농암에서 퇴계로 퇴계에게서 약봉 김극일, 백담 구봉령, 송암 권호문, 회곡 권춘란 등으로 이어지는 강호가도의 맥락이라는 점에서 그 내용과 형식에 있어서 사림파문학의 선구가 될 만한 작품이다. 이 시기에 퇴계학파의 학자 겸 관료로서 시에 뛰어 났던 회곡 권춘란은 이들의 강호가도를 계승하고 있다는 점에서 우리 유교 문학사의 중요한 지점을 점유하고 있다.

참고문헌

『국역, 조선왕조실록』, 인터넷 서비스.

具鳳齡, 『栢潭集』, 『標點·影印韓國文集叢刊』 39, 民族文化推進會, 1991.

權春蘭, 『晦谷集』, 『標點·影印韓國文集叢刊』 속4, 한국고전번역원, 2006.

權好文, 『松巖集』, 『標點·影印韓國文集叢刊』 41, 民族文化推進會, 1991.

金彦機, 『惟一齋實記』, 『退溪學資料叢書』 3, 安東大學校 退溪學硏究所, 1994.
南致利, 『賁趾集』, 『退溪學資料叢書』 9, 安東大學校 退溪學硏究所, 1994.
柳成龍, 『西厓集』, 『標點·影印韓國文集叢刊』 52, 民族文化推進會, 1990.
李 滉, 『李子書節要』, 國立中央圖書館 漢籍室.
______, 『退溪集』, 『標點·影印韓國文集叢刊』 29~31, 民族文化推進會, 1991.
鄭惟一, 『文峯集』, 『標點·影印韓國文集叢刊』 41, 民族文化推進會, 1991.
鄭 琢, 『藥圃集』, 『標點·影印韓國文集叢刊』 39, 民族文化推進會, 1991.
趙 穆, 『月川集』, 『標點·影印韓國文集叢刊』 38, 民族文化推進會, 1991.
洪汝河, 『木齋集』, 『標點·影印韓國文集叢刊』 124, 民族文化推進會, 1994.

유권종, 「회곡 권춘란의 생애와 학문 : 진학도 성립 배경 연구」, 『철학탐구』 제26집, 중앙대학교 철학연구소, 2009, 1~33쪽.
______, 「權春蘭의 進學圖 硏究 緖論」, 『東洋哲學硏究』 제60집, 東洋哲學硏究會, 2009.
______, 「晦谷 權春蘭의 太極統體人事圖 연구 : 進學圖의 爲己之學 방법론 설계와 관련하여」, 『儒敎思想硏究』 제42집, 韓國儒敎學會, 2010.
송일기·노기춘, 「권춘란의 進學圖에 관한 硏究」, 『書誌學硏究』 제45집, 書誌學會, 2010.
이태호·송일기·노기춘, 「進學圖 와 聖學十圖 圖說의 比較 硏究」, 『書誌學硏究』 제47집, 書誌學會. 2010.
박동일, 「백담 구봉령의 한시 연구」, 안동대학교 대학원 석사학위논문, 2011.
신두환, 「16世紀 朝鮮의 〈朱子大全〉 刊行과 그 學問的 動向 硏究」, 『南冥學硏究』 제52집, 慶尙大學校 慶南文化硏究院 南冥學硏究所 2016.
______, 「朝鮮 士林의 詩歌에 나타난 '拙樸'의 문예미학」, 『한국한문학연구』 제38집, 한국한문학회, 2006, 264쪽.
______, 「藥峯 金克一의 〈臨河二十六詠〉硏究」, 『韓國漢文學硏究』 제54집, 한국한문학회, 2014.
______, 「〈陶山雜詠〉의 美意識과 〈雲谷二十六詠〉의 비교 硏究」, 『漢文學論集』 제36집, 槿域漢文學會, 2013.
______, 「朝鮮 士人의 〈武夷櫂歌〉 비평양상과 그 문예미학」, 『大東漢文學』 제27집, 大東漢文學會, 2007.

晦谷先生文集

회곡선생문집

회곡선생문집 서
晦谷先生文集序

아! 우리 회곡 선생께서는 어릴 때부터[1] 뜻을 숭상함이 남달리 뛰어났다. 이러한 재예를 지니고 학문에 나아가서 일상의 의논에서는 찾을 수 없는 것이 있으면 무릇 퇴계 선생께 도움을 청하기에 이르곤 했다. 공의 문과 행에 이르러서 나는 이미 오래된 가르침을 들었으니 대인에게 힘입은 것이 또한 크다. 지금 생각하면 무릇 남아 있는 문장을 저술함에 의당 영성하지[2] 않으려 했으나 대부분 놀랄 만한 것이 많았다. 가장(家狀)[3]에 기록된 것만 말하더라도 소장(疏章)은 마땅히 16, 7본이 있어야 하나 유고에 수록된 것은 다만 한 건뿐이다. 시 또한 한 구만 있어서 가장에 보이는 것이 유고에는 없으며, 또한 스승과 벗들이 새로 지은 정자에 걸린 시에 화답한 것이 부록에 많이 보이나, 원운의 시는 기록되어 있지 않다.

을사년(1605)에 여강서원[4]이 물에 떠내려가 유실되자 또 유림들에게 글로서 경계하여 다른 곳으로 옮겨서 봉안하자는 것이 바르지 않다고 했다는 말이 무성하였으나[5] 이것은 유림의 중대사이니, 지금 후인들이 갖추어 들어서 아는 자가 있으나 또한 원고에는 없으

---

1) 충령(冲齡) : 유년. 어린 나이.

2) 영성(零星) : 너무 적어서 보잘것없음.

3) 가장(家狀) : 조상의 행적(行蹟)에 관한 기록.

4) 경상북도 안동시 임하면 임하리에 있는 호계서원(虎溪書院)으로, 선조 6년(1573) 여산촌 오로봉 아래 백련사 절터에 퇴계(退溪) 이황(李滉, 1501~1570)의 위패를 봉안하고 후학들에게 학문을 강론하기 위해 여강서원(廬江書院)이라는 이름으로 창건되었다. 선조 38년(1605) 대홍수로 유실되어 다시 지었다. 숙종 2년(1676) 나라로부터 '호계서원'이라 사액되었고 아울러 토지와 노비, 서책 등도 하사받았다. 흥선대원군의 서원 철폐령으로 훼철되었다가 7년 뒤 강당만 새로 지었다. 1973년에는 안동댐 건설로 인하여 현재의 위치로 옮겨 세웠다. 광해군 12년(1620) 학봉(鶴峯) 김성일(金誠一)과 서애((西厓) 유성룡(柳成龍)의 위패를 함께 봉안하였다. 현재 이황은 도산서원(陶山書院)에, 김성일은 임천서원(臨川書院)에, 유성룡은 병산서원(屛山書院)에 각각 위패가 봉안되어 있다. 1973년 8월 31일 경상북도 유형문화재 제35호로 지정되었으며, 매년 1회 당회(堂會)를 개최하고 있다.

5) 1605년 7월, 여강서원이 수해를 입어 이전 논란이 일자 이전을 반대하였다. 《晦谷先生文集拾遺》의 〈與鄭子明, 李嘉仲(亨男) 書〉에 내용이 보인다.

니, 만약 가장에 기록된 바가 있지 않으면 소와 시와 간찰을 논할 수 없으니 처음에는 있었으나 지금은 없다는 것을 누가 알겠는가? 어떤 사람이 "대대로 잘 보존되어 오다가 중간에 화재[6]를 입어 상실되지 않을 수 없었으니 과연 그렇다면 이것은 형세이다."라고 하였다. 그러나 나의 어리석은 생각으로는 그렇지 않다.

선생께서 백담 선생[7]께 받은 시에

마음이 고요한 때에 이르면 반드시 실질이 드러나며	心到靜時須見實
학문에 꾸밈이 없으면 곧 진리를 알 수 있다네	學無文處可知眞
부귀는 몸 밖의 일과 관계되지 않으니	富貴不關身外事
재주는 부질없이 꿈속의 속세를 좇아다니네	才華空逐夢中塵

등의 시를 교훈으로 써서 좌우명으로 두고 한 마음으로 경계하고 살펴서 자취를 속세[8]에 숨기고 자신을 드러낸 것이 없었으니, 곧 선생께서 평소에 힘쓰시던 바이다. 골짜기 이름을 회(晦) 자로 이름한 것은 또한 반드시 이것에만 있지 않았는가? 만약 그렇다면 문장과 시가가 많든 적든, 지은 글이 흩어졌거나 없어졌더라도 모두 반드시 말할 필요는 없다. 다만 뛰어난 절의를 빨리 밝히는 것이 옳지 않겠는가?

선생께서는 어릴 때에 일찍이 천지간에 무엇이 귀한가를 부모님께 물었다. 귀한 것은 오직 학문으로, 자식은 효도해야 하며, 신하는 충성해야 한다. 이것은 곧 이 학문의 큰 근원이 되는 가르침이다. 곧바로 효경을 전수받아 읽기를 마치고 책을 덮고 스스로 말하기를 "이것을 읽고도 마치 읽지 않은 것처럼 하는 자는 사람이 아니다."라고 하였다.

---

6) 울유(鬱攸) : 화기이다. 鬱攸火氣也《經典釋文》卷二十.

7) 백로(柏老) : 14살 때부터 백담(栢潭) 구봉령(具鳳齡)에게 구찬록(具贊祿), 안제(安霽)와 함께 수학하였다. 구봉령(1526~1586)의 본관은 능성(綾城). 자는 경서(景瑞), 호는 백담(栢潭). 삼한삼중대광검교대장군(三韓三重大匡檢校大將軍) 구존유(具存裕)의 후손이다. 할아버지는 구중련(具仲連), 아버지는 구겸(具謙), 어머니는 안동 권 씨(安東權氏) 권회(權檜)의 딸이며, 처는 함창 김 씨(咸昌金氏)이다. 외종조 권팽로(權彭老)에게서 《소학(小學)》을 배웠고, 14세에는 삼가현감(三嘉縣監) 정이흥(鄭以興) 문하에서 수학하였다. 인종 1년(1545) 비로소 퇴계 이황의 문하에서 수학하였다. 명종 1년(1546) 사마시에 합격하고, 1560년 별시문과에 을과로 급제해 대사헌, 병조 참판, 형조 참판을 지냈다. 안동부 안문산(安門山) 미도(味道)의 산기슭에 묘소가 있으며, 저서로는 《백담집(栢潭集)》과 《백담집속집(栢潭集續集)》이 전한다.

8) 동진(同塵) : 속세의 홍진과 함께한다는 뜻으로, 속세에서 세상 사람들과 어울려 살아감을 비유적으로 이르는 말.

일찍이 역경을 취해서 괘를 본받아 그리고 "내 나이는 비록 어리지만 뜻은 크다."라고 하였다. 우러러 부모님의 경계하고 신칙하심에 대하여 이미 그 원대함을 보이며 스스로 기약하였다. 14세에 이르러 백담선생께 나아가 공부하며 가르침에 부지런하고 돈독하길 힘써서 성취함이 날로 깊어져 갔다. 지산 김팔원[9]이 "후일 사문으로 책임을 맡을 자는 반드시 이 사람일 것이다."라는 말이 있기에 이르렀다.[10]

장성한 후에 스스로 힘쓴 것은 "먹는 것은 배부름을 구하지 않으며, 사는 것은 편안함을 구하지 않는다."[11]는 논어의 가르침을 본받았다. 그러나 언어나 문자의 말엽적인 것에 머무르지 않고, 표연히 한 시대의 명현인 서애 유성룡, 학봉 김성일, 한강 정구 같은 큰 선비들과 도의로 맺어져 고을과 나라에서 그 아름다움을 칭찬하니 어찌 위대하지 않은가?

그러나 큰 줄기로 말한다면 곧 충과 효 두 글자이니 이것을 성대하게 평생의 지극한 행의로 삼았으며, 비록 은거하고 있으나 나라를 걱정하고 시국을 상심하는 생각은 일찍이 조금도 쇠한 적이 없었다. 명현과 인재의 쓰임과 버림, 정치와 명령의 득실을 한번 들으면 근심과 기뻐하는 것이 여러 날 동안 풀리지 않았다. 이것은 충의 근원이 마음에 있는 것이다. 부모에게 효도하고 추모하는 정성은 늙을수록 더욱 두터워져서, 자고 일어남에 반드시 부모를 부르며 울어서 눈물자국이 항상 있었다. 이것은 어찌 평소 부모님 모시는 것에 정성과 공경을 극진히 한 자가 아니겠는가? 일찍이 제자들에게 효경을 가르치며 '효가 미치지 못한다'는 말에 이르러서는 한숨을 쉬며 길게 탄식하지 않음이 없었으니 이것은 그 효도가 천성으로부터 얻어진 것이다.

아! 충을 말하고 효를 말함은 다만 선생께서 하늘로 부여받은 바의 본연이니, 도학에

---

9) 김팔원(金八元, 1524~1589) : 조선 중기의 문신. 본관은 강릉(江陵). 자는 순거(舜擧) 또는 수경(秀卿). 호는 지산(芝山). 아버지는 삼척훈도(三陟訓導) 적(績)이며, 어머니는 영춘 이 씨(永春李氏)로 자운(自芸)의 딸이다. 태어난 지 며칠 만에 어머니를 여의고 외가에서 자랐으며, 주세붕(周世鵬)·이황 등의 문하에서 수학하였다. 이황의 문하에서 수학할 때에는 선생이 시를 지어 그의 훌륭한 문장을 칭찬하기도 하였다. 또한, 조목(趙穆)·구봉령(具鳳齡) 등과 산사에 모여 학문을 강마하였으며, 조목과 함께 〈인심도심도(人心道心圖)〉를 만들기도 하였다. 명종 10년(1555) 사마시를 거쳐 식년문과에 을과로 급제하였고, 1562년 학록(學錄)에 임명된 뒤 박사·전적·예조 좌랑을 거쳐 용궁현감 등을 지냈다. 옥계서원(玉溪書院)·보구서원(洑邱書院) 등에 봉안되었다. 저서로는 《지산문집》이 있다.

10) 芝山金公 嘗語栢潭曰 門人中才學孰優 栢潭曰 誦具製安精權 芝山曰 他日以斯文爲任者 必精權也《晦谷先生文集拾遺》〈行狀〉

11) 君子食無求飽 居無求安 敏於事而愼於言 就有道而正焉 可謂好學也已《論語》〈學而〉

서 싱취된 절의는 이에 각별함이 있었다.

선생께서는 일찍이 중(中) 한 글자를 써서 벽에 붙여놓고 말씀하시기를 "내가 비록 그 경지를 엿볼 수는 없지만 희로애락의 감정이 발하기 전의 기상을 징험할 수 있을 것 같다. 대개 그 가운데를 잡는다는 것은 곧 요, 순, 우가 서로 전하였으니[12] 주역 건괘의 효사에 '강건하고 중정을 지킨다.'[13]와 곤괘의 효사에 '중앙에 있으면서 이치에 통달한다.'[14]라고 한 것이 모두 한뜻이다.

선생께서 그 중(中)을 얻으신 까닭은 만년에 이르러 편찬한 《진학도(進學圖)》와 《공문언인록(孔門言仁錄)》 등 두 권의 책일 뿐이다. 이 외의 한가롭게 쓴 서적은 혹 빠진 부분이 있으나, 또 어찌 우뚝하게 중(中)을 얻은 경지를 논하겠는가? 이런 까닭으로 청음 김공(金尙憲)은 이미 선생이 돌아가신 지 오래 뒤에 그 묘지(墓誌)와 비갈(碑碣)에 '중(中)' 자를 얻은 일을 분명하게 밝혀 "정중의 공부로 다른 사람들이 미치지 못하는 지식이 많았다."[15] 라고 칭송하였다. 선생을 논하는 것은 이것을 보면 알 수 있으니, 선생께서 '중(中)' 자를 얻은 것은 알기 어려운 것인데 도리어 쉽게 보았으니, 아! 성대하도다!

병신년(1776) 5월 외손 자헌대부 지중추부사 안복준은 삼가 서한다.

嗚呼 惟我 晦谷先生 自冲齡以來 志尙之超越 才學之造詣 有不可以尋常論之 而及夫請益于退翁也 至承公之有文有行 吾聞已久之教 其蒙許於大人 亦大矣 以今思之 凡係述作 宜不零星 而多有可訝者 雖以家狀所錄言之 䟽章宜有十六七本 而遺稿中所錄 則只是一件 詩亦有一句 見於家狀者 而於遺稿則無之 亦有師友之和新亭所揭詩者 多見附錄 而元韻則未有記焉 乙巳間 廬江書院之爲水所漂沒也 亦書警儒林 盛言移奉他所之爲不韙 此是儒林間重大事 至今後人俱有聞知者 而亦於書稿無之 若非家狀之有所記 則毋論䟽詩與簡札 孰知其始有而今無也 或云 累代庇莊之餘 中因鬱攸之災 不能無喪失者 果爾則勢也 然愚之迷見 則有不然者 先生自得柏老所贈 心到靜時須見實 學無文處可知眞 富貴不關身外事 才華空逐夢中塵 等詩 敎書諸座右 一心警省 晦迹同塵 不露圭角者 乃

12) 요임금은 순임금에게 '允執其中' 네 글자를 전했으며, 순임금은 우임금에게 여기에 보충하여 '人心惟危道心惟微惟精惟一允執厥中' 16자를 전했다.

13) 大哉乾乎 剛健中正 純粹精也《周易》〈乾卦〉〈文言傳〉

14) 君子黃中通理 正位居體 美在其中 而暢于四支 發于事業 美之至也《周易》〈坤卦〉〈文言傳〉

15) 常書中字揭座隅 朝夕顧諟 尋思喜怒哀樂未發前氣象 其靜中涵養工夫 多有人所不及知者《淸陰先生集》卷之三十五〈司憲府執義晦谷先生權公墓誌銘〉

先生平日用力處也 谷號之以晦爲稱者 亦未必不在此耶 若爾則詞章之或多或少 製作之或散或逸 俱不必言也 只以早晏超詣之節明之可乎 先生方在稺齡 嘗以天地間何物爲貴問于庭闈 及得所貴者惟學 而子孝臣忠 乃斯學大源頭之敎 仍授以孝經 則讀畢掩卷 自謂曰 讀此而如不讀者 非人也 嘗取易經而效畫卦 至以吾年雖兒 志則大矣 仰對庭闈之警勑已見其遠大自期 而及至十四 受業于栢潭先生 敎誨勤篤 成就日深 至有金芝山八元 他日以斯文爲任者 必此人之語 長成後所自勉者 以食無求飽 居無求安 法魯論之訓 而殆不留意於言語文字之末 飄然與一時名賢 如柳西厓 金鶴峯 鄭寒岡諸老 結以道義 鄕邦稱美豈不宏偉 而若以大關領言之 則忠孝二字 蔚爲平生之至行 雖在屛伏之中 憂國傷時之念未嘗少衰 賢才之用舍 政令之得失 一有所聞 憂喜累日不解 此其忠之根於心者也 至於孝慕之誠 至老愈篤 晨夜枕玆之間 必號父母而淚痕常存 此豈平日供侍間 曲盡其誠敬而已者哉 嘗授門弟以孝經 至孝有不及之語 未嘗不喟然長歎 此其孝之得於天者也 噫 曰忠曰孝 只是 先生禀賦之本然 而於道學成就之節 則別有以焉 先生嘗書一中字 粘諸壁上曰吾雖未能窺其涯涘 而喜怒哀樂未發前氣像 亦可驗矣 蓋執厥中 卽堯舜禹之相傳 而乾爻之剛健中正 坤爻之黃中通理 皆一義也 先生之所以得其中者 政在於晩年所編進學圖及孔門言仁錄等兩帙而已 此外等閑書蹟之或有所虧缺 又何論於巍然得中之地也哉 故淸陰金公 後先生已久矣 而其誌碣之辭 說得中字事甚明 至以靜中工夫 多有人所不及知者頌之 論先生者 觀此則可知 先生所得中字之難知而却易見也 嗚呼盛矣

歲在丙申五月 日 外裔資憲大夫 知中樞府事安復駿 謹序

회곡선생문집 후서
晦谷先生文集後序

하루는 사문 권엽[16]이 병중에 있는 나를 찾아와 《회곡선생문집(晦谷先生文集)》 2책과 《진학도(進學圖)》 4책을 꺼내 보이면서 말하기를 "이것은 선조의 유고이다. 판각에 들어간 지 이미 오래 되었으나 아직 찍어서 널리 배포하지 못했다. 근래에 방략을 조치할 계획이 있어서 널리 전할 까닭을 도모했으나 한마디 기록이 없을 수 없으니 원컨대 당신이 해 주시길 원합니다."라고 하였다.

사양했으나 되지 않았다. 이에 병으로 누워 신음하는 중에, 그 뒤에 몇 마디 말로 간략하게 엮어서 말했다. "우리나라 명종과 선조 때에 백성을 다스림과 교화가 융성하여 많은 유현(儒賢)이 배출되었다. 이때는 퇴계 선생이 계셔서 끊어진 학문을 창도하여 밝히시고, 영남에서 천하의 영재를 얻어 즐겨 교육하여 성대하게도 추로지향이라 불러지게 되어 복 받은 한 주가 이에 더욱 빛이 났다. 예를 들면 학봉 김성일, 서애 유성룡, 백담 구봉령 등 사문의 이름 높은 제자들이 유림의 영수가 된 것이었다.

그리고 회곡 권 선생은 참으로 같은 지역[17] 사람으로서 어려서 백담 구봉령 선생을 따라 배웠으며, 성장하여서는 퇴계 선생 문하에 들어가[18] 의심나는 것을 질문하여 더욱 진보하였으니 강론하는 자리에서 자주 칭찬을 받았다. 물러나서는 학봉 김성일, 서애 유성룡 두 선생과 교유하면서 그들의 좋은 점을 본받으며 사귀어, 서로에게 배움이 되는 공부로 연마했다. 진실로 부지런히 쉬지 않고 정진하여 그치지 않았으니, 이런 까닭으로 덕과 그릇이 함께 완성되었으며, 품은 뜻과 행실이 깨끗하게 닦여졌다.

---

16) 권엽(權曄, 1574~1650) : 조선 중기의 문신으로, 본관은 안동(安東). 초명은 권계(權啓). 자는 제중(霽仲), 호는 구사(龜沙). 권곤(權鵾)의 증손으로, 할아버지는 권심(權深)이고, 아버지는 한성부참군(漢城府參軍) 권오(權悟)이며, 어머니는 이국주(李國柱)의 딸이다. 1601년(선조 34) 생원이 되고, 1606년에 음보(蔭補)로 광릉참봉(光陵參奉)에 제수, 이어 내섬시봉사(內贍寺奉事)를 거쳐 한성부참군이 되었으나, 1612년(광해군 4) 김직재(金直哉)의 무옥(誣獄) 때 추관(推官)이 되어 역도들을 두둔하였다는 죄로 한때 파직되었다. 1615년 알성문과에 장원하여 호군 겸 오위장이 제수되고, 파주 목사, 강릉 부사, 고성 군수를 역임하였다. 저서로는 《구사집》·《구사금강록(龜沙金剛錄)》이 있다.

17) 향정(鄕井) : 향전동정(鄕田同井)의 준말로 같은 마을이다. 《孟子》 〈滕文公下〉에 "향전에서 우물을 함께하는 자들이 나가고 들어올 때에 서로 벗하며, 지키고 망볼 때에 서로 도우며, 질병이 있을 때에 서로 도와준다면 백성들이 친목하게 될 것이다.[鄕田同井 出入相友 守望相助 疾病相扶持 則百姓親睦]"라고 하였다.

18) 《계문제자록(溪門諸子錄)》에는 '初師栢潭 後遊先生之門'로 되어 있으며, 《晦谷先生文集拾遺》 〈行狀〉에도 퇴계 문하에 들어간 기록이 없어서 언제 퇴계 문하에 들어간 것인지 확정할 수 없다.

집에 들어가면 효성과 우애가 집안에 두드러졌으며, 밖에 나오면 충성과 신의가 다른 사람보다 뛰어났다. 처음 벼슬에 나가서 청환(淸宦)[19]과 현관(顯官)[20]을 두루 역임하셨으며, 경연관으로 홍문관에 계셨다. 잠시 물러났다가 사헌부와 사간원에 제수받았으나 갑자기 병으로 사퇴하였으니, 벼슬의 정황이 나그네 같아서 비유하자면 구름에 달이 숨었다 나왔다 하는 것과 같았다. 세 차례 군읍의 수령이 되어[21] 정무에 힘썼으니 이것은 대개 어버이를 봉양하기 위함이었다. 맛있는 음식으로 부모를 봉양하는 외에는 터럭만큼도 자신을 더럽히지 않았다. 진퇴의 어려운 절의가 사람들로 하여금 감탄을 발하게 하였으며, 청렴결백한 지조가 사람들에게 전파되어 칭송되었다. 이 어찌 선생께서 일부러 깨끗한 척 행동하여 스스로를 높이고 드러내고자 한 것이겠는가? 대개 또한 자연스럽게 오직 의를 보인 것이니 마음에 거리낌이 없을 뿐이다.

비록 자질이 뛰어나고 학문의 역량이 깊었지만, 사우에게 점진적인 연마를 통해 얻어진 것이니 또 어찌 속일 수 있겠는가? 공자께서 자천을 평하기를 "이 사람은 군자답구나! 노나라에 군자가 없었다면 이 사람은 어디서 이것을 얻었겠는가?"[22]라고 하셨으니, 선생 같으신 분이 어찌 군자다운 사람이라 이를 수 있지 않으리오?

선생의 마음씨는 시원하게 트이고 풍류가 너그럽고 여유가 있었다. 일찍이 시냇가에 오두막을 짓고 편액을 감원(鑑源)이라 이름 지었다. 종일토록 그 곳에서 조용히 지내며 사물에 마음을 쓰지 않고, 오직 경전에 대한 연구를 강구하여 후학을 흥기하는 것을 자신의 임무를 삼았다. 이에 《진학도(進學圖)》를 만들었으니 이것은 퇴계 선생의 성학십도에 남겨주신 뜻을 서술한 것이다.

《공문언인록(孔門言仁錄)》은 남헌[23]이 유끼리 모은 그 뜻을 본받았다. 간혹 뜻이 같은

19) 청환(淸宦) : 학식이나 문벌이 높은 사람에게 시키던 벼슬로 규장각(奎章閣)·홍문관(弘文館)·선전관청(宣傳官廳) 등(等)으로, 지위나 봉록은 높지 않으나 뒷날에 높이 될 자리임.

20) 현관(顯官) : 높은 관직 또는 관리.

21) 을유년(1585)에 영천 군수, 경인년(1590)에 의성 현령, 신축년(1601) 청송 부사가 되었다.

22) 《論語》〈公冶長上〉.

23) 남헌(南軒) : 중국 남송 때의 성리학자 장식(張栻, 1133~1180). 장식의 자(字)는 경부(敬夫)·악재(樂齋), 광한(廣漢) 사람이며, 세상에서는 흔히 남헌선생이라 불렀다. 어려서부터 총명하였고, 자라서는 성리학에 전념하여 주희와 친교를 맺었었다. 호굉(胡宏)에게 사사하여 더욱 공부에 분발하였고 스스로 성현이 될 것을 기약하였다. 음보(蔭補)로 벼슬길에 올라, 효종(孝宗) 때에는 좌(左) 사원외랑(司員外郎), 비각수찬(秘閣修撰) 등의 벼슬을 지냈으며, 형호북로안무사(荊湖北路安撫使)로서 일생(一生)을 마치었다. 졸후(卒後)에 선(宣)이라 익(謚)하였으며, 저서로 《남헌역설(南軒易說)》, 《계사론어해(癸巳論語解)》, 《계사맹자설(癸巳孟子說)》, 《이

사람들과 함께 마음먹은 바를 찾아 밝히고, 작업에 힘쓰며, 즐거워 근심을 잊은 것이 삼십 년을 하루같이 하였다. 깊은 조예는 스스로 얻은 공부로 또한 사람들이 미치지 못하는 바의 앎이 있었다. 나이가 들수록 덕은 더욱 아름다워졌으며, 자신을 낮출수록 도는 더욱 높아졌다. 우뚝하게 솟아 고을과 나라의 모범[24]이 되었으며, 유림의 의표가 되었으나 선생께서는 바야흐로 겸손하게 스스로를 지키고 묵묵히 공부를 더하셨다.

회(晦)로써 골짜기의 이름을 삼고, 골짜기에 몸을 숨기셨다. 일찍이 학문이 아직 닦이지 않고, 도가 아직 이루어지지 않아 소인으로 돌아감을 면하지 못할까 탄식하였으니, 아! 이것이 아마 선생이 선생 되게 한 까닭일 것이다. 일찍이 듣기를 지산 김 선생[金八元]은 선생께서 어리실 때 글을 지은 것을 보고 "후일 사문으로 책임을 맡을 자는 반드시 이 사람일 것이다."라고 하였고, 서애 유 선생[柳成龍]께서 여러 날을 강론하시며 "오랜 벗이 한가하게 지내는 것을 꿰뚫어 보고 몸소 실천하는 실정을 볼 수 있었다."라고 하셨으니, 아! 진실로 말을 아는 자이다.[25]

무릇 선생의 시문 약간 편이 있으니 버려지고 남은 것을 수습한 것이다. 대부분 흥이 일어나 응수한 작품이나 선생이 이르고자 한 것은 아니다. 그러나 문체의 기운이 트이고 막힘이 없으며, 의미가 간략하고 담백하니 진실로 덕이 있는 말이다. 만약 덕을 향상시키고 학업을 닦는[26] 범위와 순서는 곧 《진학도(進學圖)》와 《언인록(言仁錄)》이 있으니 후세에 선생에게서 구하려고 하는 사람이 어찌 여기에서 구하지 않겠는가?"

후학 의성 김굉은 서하다.

천수언(伊川粹言)》 등을 남겼고 《남헌집(南軒集)》 44권이 있다.

24) 시귀(蓍龜) : 《주역(周易)》 〈계사전상(繫辭傳上)〉에 "숨겨진 것을 찾고 심원한 것을 끌어내어 천하의 길흉을 정하고 천하의 힘써야 할 일을 이루는 것은 시초와 거북보다 더 큰 것이 없다.[探賾索隱, 鉤深致遠, 以定天下之吉凶, 成天下之亹亹者, 莫大乎蓍龜.]"라고 하였다.

25) 지언(知言) : 《맹자(孟子)》 〈공손추상(公孫丑上)〉에 나오는 말이다. "'무엇을 지언(知言)이라고 합니까?' 맹자께서 말씀하셨다. '편벽된 말에서 그의 마음이 가려 있는 바를 알며, 정도에 지나친 말에서 마음이 빠져 있는 바를 알며, 부정한 말에서 그의 마음이 도와 멀리 떨어져 있음을 알며, 회피하는 말에서 논리가 궁함을 알 수 있으니, 마음에서 생겨나 정사에 해를 끼치며 정사에 발로되어 일에 해를 끼치나니 성인이 다시 나오셔도 반드시 내 말을 따르실 것이다.'[何謂知言? 曰 : 詖辭知其所蔽, 淫辭知其所陷, 邪辭知其所離, 遁辭知其所窮, 生於其心, 害於其政; 發於其政, 害於其事, 聖人復起, 必從吾言矣.]"

26) 진수(進修) : 《주역》 〈건괘〉에 보이는 '進德修業'의 준말로, '덕을 향상시키고 학업을 닦는다'는 뜻이다.

一日 權斯文曄 訪余於病中 出示晦谷先生文集二冊 進學圖四冊曰 此先祖遺稿也 入梓已久 而印布未廣 近方略有措畫 謀所以廣其傳者 而不可無一言記識 願吾子之留意焉 辭不獲 乃於負席呻喟之中 略綴數語於後曰 (敬) 國朝明宣之際 治化郅隆 儒賢輩出 時則有退溪老先生倡明絶學 樂育英材 大嶺以南 菀然號爲鄒魯之鄕 而福之一州 尤彬彬焉 如鶴峯, 西厓, 栢潭諸先生 以師門高弟 爲儒林領袖 而晦谷權先生 實同鄕井 幼從栢潭先生學 旣而登陶山之門 質疑請益 亟被函席之獎詡 退而與鶴峯, 西厓兩先生遊 其觀善輔仁 刮磨資益之工 實有勉勉循循不已者 是以其德器渾成 志行修潔 入則孝友著於家 出則忠信孚於人 及其策名筮仕 歷敭淸顯 而冑筵玉署 甎應旋退 柏府薇垣 輒以病免 宦情如寄 比若雲月隱顯 而其三典郡邑 僶勉朱墨 蓋爲親養也 甘旨之外 未嘗以一毫自累 艱進之節 至發睿歎 廉白之操 播人口碑 嗚呼 此豈先生故爲此皎厲之行 以自高而標致哉 蓋亦儻然惟義之視 而無疚於心耳 雖其資質之美 學力之深 而其得於師友漸磨之間者 又烏可誣也 孔子謂子賤曰 君子哉 若人 魯無君子 斯焉取斯 若先生者 豈非所謂君子人耶 先生襟韻淸曠 風流醞藉 嘗結茅溪上 扁以鑑源 日靜處其中 不以事物經心 惟以講求遺經 興起後學 爲己任 於是 進學有圖 而述退陶十圖之遺訣 言仁有錄而倣南軒類聚之餘意 間與同志 尋究旨趣 策勉工程 樂而忘憂者 三十年如一日 其深造自得之工 又有人所不及知者矣 年高而德益邵 迹屈而道益尊 屹然爲鄕邦之蓍龜 儒林之儀表 而先生方且謙謙自持 默默加工 晦以名谷 谷以藏身 嘗歎學未修 道未成 而不免爲小人之歸 則嗚呼此其所以爲先生也歟 嘗聞芝山金公見先生少時製作而曰 他日以斯文爲己任者 必此人也 西厓柳先生講論數日而曰 老友閒居 洞觀踐履之實可見 嗚呼 其眞知言也 夫先生有詩文若干篇 收拾爛脫之餘 而率多寓興應酬之作 非先生之至者 然辭氣踈暢 意味簡淡 眞有德之言也 若其進修之規模次第 則有進學圖 言仁錄在後之欲求先生者 盍於此求諸

後學聞韶金埅序

晦谷先生文集 卷之一

회곡선생문집 제1권

오언시五言詩

백담정사잡영 40수
栢潭精舍雜詠

〈백담정사잡영〉은 주희의 〈운곡정사잡영〉을 모범으로 하고, 이황의 〈도산잡영〉을 모방하여 백담정사 주변의 지명을 중심으로 그 경관을 새롭게 구성하여 시로 형상화한 것이다.

백담[27] 栢潭

푸른 잣나무 쓸쓸한 연못에 비치고　　翠柏影寒潭
훌륭한 사람 거기에 사시네　　碩人之所舍
지금부터 세한[28]까지　　從今至歲寒
이곳에서 어찌 누워있을 수 있겠는가　　於焉可坐臥

27) 백담(栢潭) : 구봉령(具鳳齡)이 백담정사를 지은 것을 스승이 돌아가신 지 5년 후에 1591년에 그 주변산수를 보고 읊은 것이다. 백담은 회곡의 스승 구봉령이 거처하던 곳의 연못이고, 또한 구봉령의 호로서 중의법으로 묘사했다. 석인(碩人)은 훌륭한 사람이다. 이 시는 봄에 지은 것이다. 세한(歲寒)은 겨울철이다. 날씨가 차가워진 연후에 소나무와 잣나무가 늦게 시드는 것을 안다.〈《論語, 子罕》"歲寒, 然後知松栢之後彫也"〉에서 따온 것이다. 논어의 이 구절은 지조와 절개가 굳으면서 변치 않는 의리를 강조한 것이다. 이 문구가 함의된 백담정사에서 회곡은 공부하지 않고 어찌 앉고 누워만 있을 수 있는가라고 자문하면서 학문의 입문을 알린다.

28) 《論語, 子罕》"歲寒, 然後知松栢之後彫也"

이요헌[29] 二樂軒

인지[30]는 하늘로부터 받은 성품이고　仁智天所性
산과 물은 내가 즐기는 바라　山水我所樂
동정은 날마다 함께 품고 있으니　動靜日相涵
아침저녁으로 배고픔도 잊고 사는 구나　忘飢朝復暮

장원협[31] 藏源峽

무릉도원[32]을 잘 감추어　好藏桃花源
산골짜기로 흘러가지 않도록 하라　莫放流出峽
나가서 인간 세계에 도달하면　出則到人間
뱃사람들 건너오게 할까 두렵다　恐教舟子涉

두청봉 逗靑峯

한결같이 높은 바위들이 많으니　一拳石之多
꼭대기에 올라가니 하늘이 드러나네　上逗穹蒼表
숨어 사는 이 어찌 좋아하지 않으리오　幽人何所愛
만고에 푸르름이 끝나지 않는구나　萬古靑未了

---

29) 樂(요)는 '좋아하다'의 뜻이다. 이악헌(二樂軒)은 백담정사의 마루에 붙인 이름이다. 이 이름에 맞게 시를 지어서 뜻을 표현한 것이다. 《論語, 雍也》 "知者樂水, 仁者樂山 知者動 仁者靜 知者樂 仁者壽"를 바탕으로 이름 지은 것이다.

30) 인지(仁智) : 仁者樂山 知者樂水의 준말로 곧 산수를 가리킴.

31) 이 시는 백담에 핀 복숭아꽃을 소재로 선경을 암시하며 도연명의 〈도화원기〉를 전고로 백담을 읊은 것이다. 스승 구봉령과 함께 머무는 백담의 경치를 도연명의 무릉도원에 비하였다. 이백의 〈산중문답〉을 연상하게 한다. 극도로 절제된 언어 속에 깊은 서정의 뜻을 응축해내는 오언절구의 특성이 잘 드러나고 있다. 속세를 벗어나 자연 속에 묻혀 한가롭게 살려는 뜻이 드러난 낭만주의 경향의 작품이다. 권춘란은 임진왜란 전후를 살았던 사람으로 당파싸움과 전란의 혼란스러움을 피해 산속에서 신선처럼 살아가는 것을 동경하였다. 백담을 세속에 미련을 떨치고 동양의 신선들이 추구했던 유토피아로 설정하고 있다.

32) 도화원(桃花源) : 무릉도원(武陵桃源)의 준말, 도원, 도원경(桃源境)이라고도 함.

음마봉 飮馬峯

흰 망아지[33] 저 골짜기에 있으니　白駒在彼谷
물을 마시지 않을 수 없겠지　飮水無不可
나 또한 가서 그것을 따라　我亦往從之
수레에 기름 치고 말에 꼴 먹이네　膏車秣吾馬

열운대 悅雲臺

고갯마루 구름은 내가 즐겨보는 바니　嶺雲我所悅
어찌 그대에게 가져다줄꼬　亦可持贈君
돌아와서 종적을 거두어 들여　歸來斂蹤跡
필요한 때 세상에 비 뿌려 줄거나　用時雨乾坤

완의대 玩漪臺

반드시 물을 따라 걸을 필요는 없다네　不必步隨水
누대에 올라서도 물결을 즐길 수 있다네　登臺可玩漪
물을 관찰하는[34] 것도 응당 기술이 있으니　觀來應有術
모름지기 '가는 것이 이와 같구나'[35]를 취하네　須取逝如斯

탁영암[36] 濯纓巖

바위는 창랑에 임해 있고　有巖臨滄浪
강물 맑으니 갓끈을 씻을 만하네　水淸纓可濯

---

33) 《試經 小雅 祈父之什 白駒》"皎皎白駒 在彼空谷 生芻一束 其人如玉 毋金玉爾音 而有遐心"

34) 《孟子 盡心上》"觀水有術, 必觀其瀾"

35) 《論語 雍也》"子在川上, 曰, 逝者如斯夫, 不舍晝夜"

36) 《屈原 漁父辭》"滄浪之水淸兮 可以濯吾纓 滄浪之水濁兮 可以濯吾足"

어린 아이 또한 어찌 알까 孺子復何知
성인을 스스로 먼저 깨닫네 聖人自先覺

도원동 桃源洞

도원 어찌 길이 없을까 桃源豈無路
골짜기에 있으면 참세상을 안다네 有洞卽知眞
황당하게 기이한 이야기 전하니 荒唐傳異說
무릉인이 가장 한스러워하네 最恨武陵人

계주암 繫舟巖

배는 가는 대로 맡겨 두고 舟行任所如
이르는 곳에 편하게 맨다네 着處便可繫
더욱이 달 밝은 밤에는 更於月明中
위 아래로 구름이 함께 끈다네 上下雲俱曳

반구암 伴鷗巖

백구는 물결 위에 떠서 만 리를 나는데 白鷗泛萬里
호탕하게 누가 짝할 수 있으리오 浩蕩誰能伴
어떤 벗이 있어 나의 맹세 증명해 줄거나 有友證我盟
무심히 백구와 친하기만 한데 忘機日相慣

옥린봉[37] 玉麟峯

아아 기린의 뿔이여 于嗟麟之角

37)《詩經 國風 周南 麟之趾》"麟之角 振振公族 于嗟麟兮"

그 성품 또한 우아하도다 其性亦振振
옥 비늘 더욱 빛을 머금어 玉麟更含輝
이를 대하니 정신이 드높네 對此最精神

풍영봉[38] 風詠峯

바람 쐬고 다시 또 시 읊으려고 風乎復詠而
비파를 버리면 어찌 하는가 捨瑟奚所爲
천 길 위에까지 날아올라서 翔于千仞上
나는 누구와 함께 돌아오려 하느냐 吾欲與誰歸

홍하봉 紅霞峯

언덕은 붓으로 색칠한 듯하니 營丘有彩筆
묘하게 현란한 선홍빛 속으로 들어가네 妙入絢猩紅
바라보니 정신이 저절로 상쾌하고 看來神自活
비로소 깨달으니 노을 지는 봉우리인 것을 始覺是霞峯

임경봉 臨鏡峯

머리에 꽃을 꽂고 누구를 위해 꾸미는가 挿花爲誰容
푸른 눈썹 그리고 맑은 물에 비추네 黛綠臨寒鏡
못 가운데는 고요하여 물결 일지 않으니[39] 潭心靜無波
산 빛이 거꾸로 비칠 수 있다네 峀色能倒影

38) 《論語 先進》"暮春者 春服 旣成 冠者五六人 童子六七人 浴乎沂 風乎舞雩 詠而歸"

39) 《鄭經世 愚伏集 別集 第1卷 詩》挽權司諫 春蘭 梅花標格鶴形容 古井波恬不起風 暫與鵷鸞供卯酉 好隨鴻鵠謝樊籠 紛紜世事三緘口 淡泊生涯一畝宮 今日此人那可得 舊僚空有淚傾涷

수운봉 漱雲峯

우뚝 솟은 바위는 하늘을 뚫고	束聳貫太清
조금씩 아침저녁으로 씻어 낸다네	膚寸朝暮漱
안타깝도다 푸른 파도 허공에 이니	可惜翠濤空
뾰족한 바위 뿌리째 드러나네	石齒露根竇

감수봉 坎粹峯

지세가 맑고도 높으니	地位淸且高
습감괘의 뜻을 어찌 취하리오	習坎奚取義
정(靜)으로 관찰하니	君子以靜觀
멈출 곳에 멈출 줄 안다네	於止知所止

선학봉 仙鶴峯

선학은 본래 무리 짓지 않으니	仙鶴本不羣
하늘 위 아래로 단 한 마리라네	上下天一隻
날아서 때마침 내 앞에 오니	飛來當我前
함께 넓은 하늘에서 춤을 추네	相與舞寥廓

금수봉 金秀峯

태괘는 서쪽이 바른 곳인데	兌位分西正
정화는 빼어나 봉우리가 되었네	精華秀作峯
금강은 진실로 성품을 얻으니	金剛眞得性
또한 옥부용이 솟아나네	又出玉芙蓉

선행봉 仙杏峯

하늘이 숨겨진 곳을 드러내니 漏洩天機處
봉우리는 비단으로 감싼 듯 粧成錦繡巒
선가에 새로운 술이 익어가니 仙家新酒熟
모름지기 이때를 맞추어 돌아가야 하리 須及此時還

유월봉 留月峯

산마루에 외로운 달 걸리니 孤月掛峯頭
맑은 빛은 엉기어 떠나지 않네 淸輝凝不流
시인의 읊조림 들리지 않으니 騷人吟未就
맑은 달빛은 더욱 더 머무르네 爲報更淹留

만취봉 晩翠峯

온갖 나무 봄을 맞아 피어나니 萬木榮春日
누가 알리오 빙설같이 맑은 자태를 誰知氷雪姿
만취봉의 봄 경치 보려고 要看晩翠色
모름지기 추운 겨울 기다려 왔다오 須待歲寒時

취병봉 翠屛峯

푸른 산봉우리 겹겹이 둘러 있고 翠嶠自縈廻
구름은 멀리까지 병풍처럼 펼쳐졌네 雲屛展遐眺
단청 솜씨 어찌 그리 뛰어난지 丹靑手豈能
조물주의 공은 지극히 묘하네 造化功至妙

요화촌 蓼花村

닭 울고 개 짖는 마을에	雞犬自成村
말여뀌에 한 줄기 안개 흐르고	馬蓼烟一痕
가을이 오니 울타리 이루어	秋來擁蘺落
여기저기 붉은 꽃 만발하였네	遠近漲紅雲

도점동 陶店洞

도자기 굽던 곳 강가에 있으니	陶店在河濱
순임금의 은택이 남아 있다네	虞舜有遺澤
민간의 백성들이 어찌 이를 알리오	氓俗豈知此
진흙 두드리며 살아갈 뿐인 것을	衣食於搏埴

고려담 高麗潭

산 높고 물 또한 아름다워서	山高水亦麗
그 이름 얻은 곳 이곳이라네	得名其在斯
못에 가득한 풍월이 좋으니	滿潭風月好
어부 또한 덧붙일 말을 잃었네	漁父亦無辭

망지암 望芝巖

내가 그리워하는 곳 돌아다보니	瞻望我所思
영지는 지금 이미 자라 있겠지	靈芝今已秀
누구와 더불어 그것을 캘거나	采采欲誰與
세월은 함께 점점 쌓여진 것을	歲月共遲暮

문암 門巖

바위 문은 하늘이 만든 것이니 巖門天所成
산객은 이곳에 예를 표하네 山客此中揖
밝은 달은 스스로 오가고 明月自往來
맑은 바람은 때때로 들락거리네 淸風時出入

감월탄 撼月灘

여울 물소리 점점 더 높아가고 灘聲抑更揚
달빛은 여울물에 부서진다네 月下光相撼
그림자 물결에 흔들려도 떠내려가지 않으니 影搖波不伏
내 마음에 감흥을 일어나게 하네 能令我心感

초포 綃浦

안개 낀 포구는 엷은 실이 움직이는 듯 烟浦動輕綃
일찍이 그림 속에서 본 듯하네 曾從畫裏見
문득 사현휘[40]가 그리워지니 却憶謝玄暉
맑은 강 고요한 것이 흰 비단 같네[41] 澄江靜如練

광탄 廣灘

광탄을 누가 넓다고 했나 廣灘誰謂廣
오늘 아침 쪽배로 건너는 것을[42] 今朝一葦杭

---

40) 사조(謝朓, 464~499) : 자는 현휘(玄暉)로 남조(南朝) 제(齊)나라 때의 유명한 산수시인(山水詩人)이다. 사령운(謝靈運)과 동족으로 세상에서 "소사(小謝)"라고 불렀다. 자연경물을 묘사한 작품이 많으며, 2백여 수의 시가 남아 있다.

41) 사현휘(謝玄暉)의 〈晩登三山還望京邑〉에 "남은 저녁노을 흩어져 비단 같고, 맑은 강물은 고요해 명주를 편 것 같네.[餘霞散成綺, 澄江靜如練]"라는 글귀가 있다.

얕고 깊음[43] 또한 살펴야 하리 揭厲亦可審
반드시 유리한 쪽으로 건너도록 하게 必使利攸往

축암 丑巖

바위는 하늘이 쪼아서 만들었고 有石天琢成
땅은 축시로부터 열리네[44] 自從闢於丑
강 가운데 우뚝 버티고 섰으니 中流不可轉
이것을 보아도 마음에 거리낌 없네 對此心無斁

용월봉 湧月峯

처음에는 바다 위로부터 떠올라 初從海上來
지금은 산봉우리 위로 솟아오르네 已向峯頭湧
맑은 빛이 나의 방을 비추니 淸光照我室
다시 또 거문고를 퉁기네 更把瑤琴弄

구봉 九峯

강가에 기이한 봉우리 있으니 江上有奇峯
하나 둘 헤어보니 아홉이나 되네 自一至於九
마주 보며 어찌 의심하리 對面何所疑
홀[45]을 받치니 모두 헤아려지는 것을 拄笏皆可數

42)《詩經 衛風 河廣》“誰謂河廣 一葦杭之 誰謂宋遠 跂予望之 誰謂河廣 曾不容刀 誰謂宋遠 曾不崇朝”

43)《詩經 邶風 匏有苦葉》“匏有苦葉 濟有深涉 深則厲 淺則揭”

44) 天開於子 地闢於丑 人生於寅

45) 홀(笏) : 조선시대에, 벼슬아치가 임금을 만날 때에 손에 쥐던 물건. 조복(朝服), 제복(祭服), 공복(公服) 따위에 사용하였으며, 일품부터 사품까지는 상아홀, 오품 이하는 목홀(木笏)을 썼다.

탁금담 濯錦潭

촉나라 비단 베틀 재촉하여 만드니　　催成蜀錦機
붉은 빛 가라앉아 연못이 고요하네　　渥丹沈潭靜
끌어당겨 씻으려 해도 되지 않고　　援挐濯不得
산 빛은 어느덧 노을이 지네　　山光與霞影

명뢰탄 鳴雷灘

샘물은 솟아나는 근본이니　　源泉固有本
주야로 울리는 소리 그치지 않네　　晝夜鳴不舍
우레 같다가 다시 고요하고 깊어지니　　如雷復靜深
그 아래에 맑은 연못이 있네　　澄潭在其下

광풍대 光風臺

맑고 깨끗한 주렴계 선생[46)]　　灑落周夫子
누가 알리요 천고의 그 마음을　　誰知千古胸
광풍대 위에 오르니　　光風臺上起
구름 걷힌 밝은 달 그와 같으리　　霽月與之同

환골대 換骨臺

선계가 아득하니 어디쯤일까　　仙源杳何許
가고자 해도 부를 사람 없다네　　欲往無人喚
만약 진경에 이르고자 한다면　　如欲到眞境
먼저 뼈부터 바꿔야 하리　　先須凡骨換

---

46) 송나라 황정견(黃庭堅)이 주돈이(周敦頤)에 대해 일컫기를, "인품이 매우 높아서 가슴속의 시원함이 마치 광풍제월과 같다.[人品甚高 胸懷灑落 如光風霽月]" 하였다. 《宋史 卷427 周敦頤列傳》

망선대 望仙臺

신선의 노님은 어느 날에 끝날까 仙遊何日罷
노을을 차고서 달 아래 돌아오네 霞佩月下來
바람 맞으며 계피술 마시고 臨風酌桂醑
슬프게 바라보며 홀로 배회하노라 悵望獨徘徊

망선대는 완의대 조금 위에 있는데 선학봉과 서로 마주보고 있다. 선생이 이름을 지을 때 대개 안일하게 보았는데 지금에 망선이라 이름하고 집으로 돌아와서 그 회포를 생각한 것이다.
在玩漪臺少上 與仙鶴峯相對 先生誌名時 蓋見逸 今以望仙名之 以寓歸來望思之懷

위촌협 圍村峽

골짜기로 둘러싸인 곳에 마을이 있으니 有峽圍村落
거주민들 스스로 생존해 간다네 居民自生息
질박[47]한 풍속이 내려오고 있으니 質朴有遺風
다만 농사지을 때만[48] 드나든다네. 出入但耕鑿

이것은 권응시[49]가 선비 모임에서 말하였는데 가리키는 바가 정확하지 않다. 대개 환골대 서남쪽 도맥촌 넘어 골짜기이다.
此則權(應時) 士會言之 而莫的所指 蓋是換骨臺西南道脉村越峽

47) 질박(質朴) : 꾸밈이 없고 수수하다.

48) 경착(耕鑿) : 밭 갈고 우물 판다는 말로, 여기에도 태평시대를 구가한다는 뜻이 들어 있다. 요 임금 때에 어느 노인이 지었다는 격양가(擊壤歌)에 “日出而作 日入而息 鑿井而飮 耕田而食 帝力於我何有哉” “해가 뜨면 일어나고 해가 지면 쉬면서, 내 샘을 파서 물 마시고 내 밭을 갈아서 밥 먹을 뿐이니, 임금님의 힘이 도대체 나에게 무슨 상관이랴.”라는 말이 나온다.

49) 권응시(權應時) : 중종 36년(1541)~선조 20년(1587). 조선 전기 김천 출신의 문신이자 문인. 본관은 안동(安東). 자는 형숙(亨叔), 호는 송학(松鶴). 안동 권씨 문경공(文景公) 권진(權軫)의 6세손이다. 할아버지는 한산군수 권세호(權世豪)이고, 아버지는 권당(權鏜)이다. 1453년 계유정난으로 세조가 왕위를 찬탈하자 이에 반발한 할아버지 권세호가 벼슬을 버리고 한양에서 지금의 김천시 조마면 장암리로 은거하였다.

뒤에 적음 後識

금년 가을 8월 28일에 백담정사를 찾아 갔다. 아! 선생께서 돌아가신 지 이미 5년이 되었다. 당과 대를 오르내리면서 주변의 경관[50]을 바라보니 수심에 겨웠다. 서옥의 시렁은 이미 올렸지만 창호는 아직 완성되지 않았다. 연못으로 가는 길은 새로 계단이 놓였고, 주변에는 구름이 뭉게뭉게 피어오르고 있었다. 모두 선생께서 가리키던 곳을 끝내 살펴보지 못했으니 슬픔을 이길 수 없었다. 벽 사이를 돌아서 쳐다보니 대, 암 및 봉우리 여러 곳에 모두 이름을 지어 놓았다. 다만 그것을 지은 까닭에 대한 사실이 기록된 것은 없었다. 담승에게 물으니 대개 선생께서 뜻은 있었으나 이루지 못했다고 하니 더욱 통탄스럽다.

아! 명승지는 항상 있는 것은 아니요[51], 사람을 얻으면 이름이 있게 되는 것이니, 이 산이 선생을 만난 것은 이 땅의 하나의 큰 행운이지만, 그러나 선생께서 글로써 이 승경을 돋보이게 한 것이 아직 없으니 또한 이 백담 하나의 불행이 아니겠는가? 나는 이에 삼가 선생께서 병진년에 보고서 지으신 작품을 기록하여 백담정사의 일을 일으키는 시작으로 삼는다.

또 평상시의 서찰 및 여러 제현들이 산인들과 창수[52]한 시권 속에서 취해서 백담정사와 관계있는 것을 모아 한 질을 만들었으니, 뭇가의 다른 날의 사적에 대비하고자 함이었다. 이것은 또한 참람하고 망령된 것으로서 삼가 명명한 이름 아래에 각각 오언 한 구절을 지어 그 유사의 뒤에 붙였다. 감히 시라고 할 것은 못되지만 대개 영원히 사모하는 끝없는 슬픔에서 나온 것을 높은 산의 경치를 아우르는 회포에 붙인 것이다.

아아! 인자함과 현명함이 넘쳐 산천초목이 그 은택을 입었도다. 이 백담의 산들은 한결같이 선생께서 시를 읊조린 후로부터 경관은 더욱 더 윤이 나고, 숲은 더욱 울창하고 무성해졌다. 요즈음에 밭을 태우는 연기가 산허리를 휘감고[53], 나무 베는 소리가 골짜기

---

50) 운물지대(雲物之帶) : 구름의 빛깔이다. 《周禮》〈春官保章氏〉, "五雲의 物로 吉凶·水旱·豐荒의 祲象을 내린다."라고 하였는데, 鄭玄의 주에, "物은 색이다. 태양 주변 雲氣의 색을 본다. 鄭司農이 말하기를 동지와 하지, 춘분과 추분에 구름의 색을 관찰하는데, 청색은 蟲災, 백색은 喪亡, 적색은 兵亂과 凶年, 흑색은 水災, 황색은 豐年의 조짐이다."라고 하였다.

51) 승지부상(勝地不常) : 《古文眞寶 後集》 王勃의 〈滕王閣序〉에 "아, 명승지는 항상 있는 것이 아니요, 성대한 자리는 두 번 만나기 어렵다.[嗚呼 勝地不常 盛筵難再]"라고 한 데서 온 말이다.

52) 창수(唱酬) : 시가나 문장, 노래 따위를 지어 서로 주고받으며 부름

53) 近日燒畬之烟罥麓 : 저본에는 近日燒 다음에 한 글자가 결손되었으나, 1833년에 목판으로 간행한 중간본인 국립중앙도서관장본(동곡古3648-文07-70)을 참고하여 畬 자를 보충하였다.

마다 울려 퍼져서, 장차 민둥산이 된 이후에야 그만두니 우리 사문에 있어서 그의 덕을 사모하고 그 나무를 사랑하는[54] 것이 어찌 소백의 감당나무보다 못하겠는가[55]? 지금까지 (밭을 만들고 나무를 베는 것이) 계속되니 그것을 금하고 보호하고, 그 심는 것을 장려하여 뜻을 같이하는 동지들에게 알리어 더욱 힘쓰고자 함이다.

於今年秋八月二十八日 往尋栢潭 蓋 山頹已五載矣 陟降堂臺 殊覺雲物之帶愁也 書屋已架而窓戶未成 潭路新除而繚繞雲表 皆 先生所指點而卒未得來考焉 可勝痛哉 顧瞻壁間 臺巖及峯諸處 皆有名稱而揭之 但無所題以記其事 問諸潭僧 則蓋 先生有志而未就云 尤可痛哉 噫 勝地不常 得人而名焉 玆山而遇先生 玆地之一大幸也 而未有 先生大述作 以侈其勝 則亦豈非玆潭之一不幸也 鄙於是 謹錄先生丙辰行視之作 以爲潭舍起事之始 又取平日書札及諸賢唱酬山人詩卷中 有及於潭事者 稡爲一秩 以備潭上他日之事蹟 且以僭妄 謹於逐處命名之下 各賦五言一絶 以附遺事之後 非敢爲詩也 蓋出於永慕無窮之痛 而寓高山景仰之懷也 於乎 仁賢所過 山川草木 亦被其澤 玆潭之山 一自先生吟嘯之後 光景沃若 鬱葱榮茂矣 近日燒畬之烟冐麓 伐木之丁響谷 將至於濯濯而後已 其在吾黨 思其德而愛其樹 豈下於召伯之甘棠哉 繼自今 禁護而封植之 欲以告於同志者而勖之云

---

54) '가어(家語)에'에서부터 '하였다'까지의 부분은 《공자가어(孔子家語)》 호생편(好生篇)에 나오는 공자의 말인데, 현재 전해지는 원문과는 조금 다른 점이 눈에 뜨인다. 참고로 현행본(現行本)의 원문을 소개하면 다음과 같다. "孔子曰 吾於甘棠 見宗廟之敬也 甚矣 思其人 必愛其樹 尊其人 必敬其位 道也"

55) 召伯之甘棠 : 《詩經》 〈召南〉 감당(甘棠)에서, 백성들이 주(周)나라 소백이 남국(南國)을 순행하면서 문왕의 정사를 편 것을 추모하여 "무성한 저 감당나무를, 자르지 말고 베지도 마라. 소백이 초막으로 삼았던 곳이니라.[蔽芾甘棠 勿翦勿伐 召伯所茇]"라고 하였다. 역시 관찰사로서 민정을 살핀다는 뜻으로 쓴 말이다.

귀몽잡영[56)]

龜蒙雜詠

회암 주자 선생 운곡시의 운을 차용하였다. (주자께서 운곡을 기록했는데, 그것은 시 26장과 잡영 12편과 또 무이정사 시 12수이다. 지금 그 운을 차용해서 몽매하고 어리석은 것을 기록한 것도 저장할 만한 것이지만 이 계책을 내가 어찌 감히 이길 수 있으리오?)

用朱晦庵雲谷詩韻 (朱子記雲谷 系之以詩二十六章 雜詠十二篇 又有武夷精舍詩十二首 今用其韻 以記蒙而晦亦可藏 此計吾豈□□之勝)

운곡 雲谷

들로 나가니 이슬이 옷을 적시고 于野露添衣
산으로 들어가니 구름이 골짜기를 흐리게 하네 入山雲迷谷
나는 골짜기가 있어 숨을 수 있으니 我有谷可藏
이 사람 또한 외롭지 않다네 斯人也不獨

서간 西澗

시냇가 서쪽에서 마름풀[57)]을 뜯으니 采藻澗之西
해송은 늦도록 푸르름 드러낸다 海松明晩翠
술을 가지고 지산 남쪽으로 갔더니 携酒芝山南
사람이 없어 맑고 고움과 함께하였네 無人共淸麗

---

56) 귀몽잡영(龜蒙雜詠) : 주자의 운곡시(雲谷詩), 무이정사시(武夷精舍詩), 이개립(李介立)의 팔영시(八詠詩), 주자의 운곡잡시(雲谷雜詩)를 차운한 작품이다. 칠언시 중 〈敬次栢潭先生 ……〉은 구봉령이 백담정사 터를 잡을 때 동행한 저자에게 지어 준 시를 35년 후에 다시 읽어 보고 감회에 젖어 차운한 것이다.

57) 채조(采藻) : 《시경》 〈召南 采蘋〉에 "마름 풀 뜯으러 남쪽 시냇가로 가네. 마름 풀 뜯으러 저 개울가로 가네. [于以采蘋 南澗之濱 于以采藻 于彼行潦]"라는 구절이 나오는데, 이 시는 법도에 따라 제사 음식을 정결하게 마련하려는 주부의 아름다운 행실을 기록한 것이다

폭포 瀑布

누가 여산폭포[58]와 같다고 했는가? 孰如廬山勝
이백의 시구[59] 속에서 찾았네 青蓮句裏尋
때때로 무지개가 폭포수를 머금고 有時虹飮澗
날리는 물결이 반을 가리네 飛洒半邊陰

운관 雲關

아침[60]에 구름 따라 같이 나가고 朝隨雲共出
저녁에는 바람과 함께 들어오네 暮與風俱入
모름지기 다시 문 닫을 필요 없으니 不須更牢關
산중에는 놀라거나 급한 일 없어서라네 山中無警急

연소 蓮沼

아름다운 옥이 솟은 듯한 자태 嬋娟玉立姿
깨끗하게 씻긴 맑은 샘 푸르네 濯潔淸泉碧
빼어난 빛깔 먹음직스럽고 秀色淨可餐
맑은 향기 엉기어 떨어지려 하네 淸香凝欲滴

---

58) 여산(廬山) : 지금의 강서성 구강시(九江市) 남쪽에 위치한 명산으로, 웅장하고 기이하기로 유명함.

59) 청련구(青蓮句) : 청련은 이백(李白)의 자로 태백(太白) 혹은 청련거사(青蓮居士)라고도 한다. 두보(杜甫)와 함께 중국 최고의 고전시인으로 꼽힌다. 이백이 〈망여산폭포(望廬山瀑布)〉 시에서 "향로봉에 해가 비춰 붉은 노을이 생겼는데, 멀리 폭포를 보니 냇물이 거꾸로 걸린 듯. 나는 물줄기 곧장 삼천 자를 쏟아져 내리니, 아마도 은하수가 하늘에서 떨어진 듯.[日照香爐生紫煙, 遙看瀑布掛前川. 飛流直下三千尺, 疑是銀河落九天.]"이라고 하였다.

60) 조수(朝隨) : 《白樂天詩集 卷3》〈晩歸香山寺因詠所懷〉 당나라 백거이(白居易)의 시에 "아침에는 뜬구름 따라 밖에 나갔다가, 저녁에는 나는 새들 따라 집으로 돌아온다.[朝隨浮雲出 夕與飛鳥還]"라는 구절이 있다.

삼경 杉逕

쑥대처럼 우거져 있지 않지만	不與蓬蒿沒
작은 집을 둘러싸고 있구나	猶存擁小堂
바람을 머금고도 늦도록 푸르러	風含晩翠色
눈 퍼붓는 한겨울[61]에도 더욱 푸르네	雪噴歲寒光

운장 雲莊

밥 짓는 아낙네 저고리 항상 짧고	饁婦衣常短
밭가는 지아비 두건이 높지 않네	耕夫冠不峩
오두막집 서너 채 늘어서 있으나	茅簷比三四
연기 나는 집은 많지 않구나	烟戶不須多

천협 泉硤

산이 깊어 그윽한 한줄기 오솔길	山深一逕幽
골짜기는 샘물소리를 가두네	峽束泉流響
더욱 속세의 시끄러움 없으니	更無塵事喧
정신은 맑고도 시원하구나	神襟得淸爽

석지 石池

기이한 바위 깍은 듯이 솟았으니	有石自奇峭
못에 비친 그림자 더욱 차갑네	臨池光影寒
웅덩이에 고인 물 떠 마실 수 있고	汙臼可抔飮
평평하고 둥글어 소반이 될 만하네	平圓仍作盤

---

61) 세한(歲寒) : 어지러운 세상에서 절개를 잃지 않는 것을 말한다. 각주 42) 참조.

산영 山楹

어찌 기둥의 기세를 드러내지 않으리 其楹勢不覺
바위를 시렁삼고 골짜기 뚫어.[62] 架巖仍鑿谷
두 산을 밀쳐내고 푸르름을 전송하니 兩山排送青
한 줄기 시냇물은 푸른 산을 둘렀네[63] 一水繞將綠

약포 藥圃

편하게 취할 수 있는 건 약물뿐이니 取便唯藥物
버드나무 꺾어 밭 울타리 만들었네[64] 折柳爲樊圃
캐고 캐다가 저물어 돌아올 때면 采采晩歸來
차고 축축한 손 스스로 따뜻하게 한다네 寒濕手自煮

정천 井泉

하늘을 머금어 천수 일을 낳으니[65] 涵虛天一生
빛이 떠있는 물을 퍼 마시네 渫食光浮液
내 마음의 측은지심 어찌하리오 何用惻我心
샘물처럼 밤낮으로 솟아나오니 源泉晝夜出

---

62) 가암착곡(架巖鑿谷) : 한유(韓愈)의 도원도(桃源圖) 시에, "바위로 잔교 놓고 골짝에 길 내서 궁실을 짓고, 지붕과 담장 서로 연접한 지 천만 일이 되었네.[架巖鑿谷開宮室 接屋連牆千萬日]" 한 데서 온 말이다.

63) 일수요장록(一水繞將綠) : 송나라 왕안석(王安石)의 시에, "한 물은 밭을 감싸서 푸르게 둘렀고, 두 산은 문만 열면 푸른 빛을 보내오네.[一水護田將綠繞 兩山排闥送青來]" 한 데서 온 말이다.

64) 번포(樊圃) : 《시경》 〈제풍(齊風)〉 '東方未明章'의 "버드나무가지 꺾어 채마밭 울타리를 삼으니 못된 사람도 절로 두려워하네.[折柳樊圃 狂夫瞿瞿]"에서 나온 말임.

65) 《近思錄集解》 〈太極圖說〉의 주에 "하늘은 일(一)로써 수(水)를 낳고, 땅은 이(二)로써 화(火)를 낳고, 하늘은 삼(三)으로써 목(木)을 낳고, 땅은 사(四)로써 금(金)을 낳고, 하늘은 오(五)로써 토(土)를 낳는다.[天一生水 地二生火 天三生木 地四生金 天五生土]"라고 하였다.

서료 西寮

아침에는 산에서 송화를 따고 朝巒拾松花
저녁에는 도랑가 숲 그늘에 둔다네 暮澗依林樾
문이 닫혔다고 그냥 지나가랴 閉門等閒過
봄바람 불고 가을 달 밝은데 春風與秋月

회암 晦庵

회암은 존경하는 스승 晦庵謹師傅
한마디 말로 밝은 가르침 주셨네 一語垂明教
선생이 돌아가신 지 몇 년이 흘렀던가 樑頹幾歲月
가슴에 새겼으나 조금도 본받지 못했네 服膺無寸效

초려 草廬

숲 그림자 새벽 창에 어른거리고 林影隔晨窓
샘물소리 밤이 되니 더욱 맑게 들리네 泉聲澈夜戶
이곳에 와룡 선생 없으니 此間無臥龍
누가 다시 삼가 삼고초려[66] 하리오? 誰復勤三顧

회선 懷仙

고개 들어 학가산[67] 바라보니 瞻望鶴駕峯
신선들이 사는 동네[68]가 있네 羣仙在洞府
달빛 아래 신선[69]을 따라 月下仍羽人

---

66) 삼고(三顧) : 유현덕(劉玄德)이 융중(隆中)으로 제갈량을 세 번이나 찾아가서 만났는데, 이것을 삼고초려라 한다.

67) 학가봉(鶴駕峯) : 경상북도 안동시 북후면 신전리·서후면 자품리와 예천군 보문면 경계에 있는 산.

68) 군선동부(羣仙洞府) : 도교의 용어로, 신선들이 사는 지역이라는 뜻이다.

바람을 맞으며[70] 향기로운 술 따르네　臨風酌桂醑

휘수 揮手

손을 들어 속세 일 사양하고　擧手謝塵事
문 닫고 보내고 맞이함 단절하네　揮門斷送迎
신선은 무릇 딴 세상 사람인 듯　仙凡如隔世
닭과 개는 흰 구름 보고 짖네　雞犬白雲聲

운사 雲社

즐거이 조수들과 어울리고　肯與鳥獸羣
동네 사람들과 서로 벗할 수 있다네　居人可相友
구름과 안개처럼 함께 뭉쳐서　結社共雲烟
풍년을 기원하며 술을 올리네　祈田仍用酒

도혜 桃蹊

붉은 노을 원근에 내려앉으니　紅霞蒸遠近
오솔길은 시내를 끼고 돌아가네　蹊徑繞溪頭
문득 꽃 떨어져 흘러가는 것을 근심하니　却愁花落去
많은 일은 물결을 좇아 흘러간다네　多事逐波流

---

69) 우인(羽人) : 선도(仙道)를 터득한 사람은 몸에 깃털이 돋아나 우화등선(羽化登仙)한다는 뜻에서 보통 선인을 가리킨다.

70) 임풍(臨風) : 《杜少陵詩集 卷3》 '추우탄(芻虞歎)' 두보의 시에 "마루 위의 서생은 공연히 머리만 세었을 뿐, 바람결에 몇 번이나 향내 맡으며 우노매라.[堂上書生空白頭 臨風三嗅馨香泣]"라는 구절이 나온다.

죽오 竹塢

대나무[71]는 없어서는 안 되니　　此君不可無
사귐은 어려울 때[72] 깊어진다네　　交契歲寒深
잘라서 십이율[73] 피리를 만들어　　裁爲十二律
봉황음[74]을 불어본다네　　吹作鳳凰吟

칠원 漆園

어찌 그냥 심었으리　　樹之豈徒然
나의 정원 오동나무[75]　　椅桐我園裏
베어다가 거문고 비파 만들 때에　　爰伐琴瑟時
지음[76]은 깨끗한 안석에 있네　　峩洋在淨几

다판 茶坂

언덕에 인동초[77] 있으니　　坂有忍冬草
뽑아다가 차 대신 마시네　　采芼代茶飮

---

71) 차군(此君) : 이 시에 나오는 '차군'은 대나무를 가리킨다. 옛날에 왕휘지(王徽之)가 집에 대나무를 심었는데, 어떤 사람이 그 이유를 묻자, "하루라도 이분[此君]이 없어서는 안 되기 때문에 심은 것이다."라고 한 데서 나온 말이다.

72) 세한(歲寒) : 어지러운 세상에서 절개를 잃지 않는 것을 말한다. 각주 42) 참조.

73) 십이율(十二律) : 12율(十二律 : 6율 6몸임)의 기본이 되는 소리를 황종은 11월에 속하며, 무역은 9월에 속하는 소리인데, 모두 양율(陽律)인 6율의 한 가지임.

74) 봉황음(鳳凰吟) : 조선 세종 때 윤회(尹淮)가 지은 별곡체 악장.

75) 의동(椅桐) : 《詩經》〈鄘風〉'定之方中' "개암나무와 밤나무를 심고, 가래나무와 오동나무와 자나무와 옻나무를 심으니, 장차 이것을 베어서 거문고와 비파를 만들 것이리라.[樹之榛栗 椅桐梓漆 爰伐琴瑟]"라고 하였는데, 이는 임금의 정원에 있는 수목을 찬미한 것이다. 이 시는 위(衛)나라 문공이 나라를 중흥하면서 제도에 맞게 하여 나라가 부강해지므로, 백성들이 기뻐서 읊은 것이다

76) 아양(峩洋) : 《列子》〈湯問〉 옛날 용재(容齋)와 읍취헌(挹翠軒)이 박연에서 지기(知己)로 노닐면서 서로 화답하며 지은 멋진 시가 지금도 전해지고 있다는 말이다. 거문고의 명인인 백아가 높은 산을 연주하면 친구인 종자기가 "태산처럼 높고 높도다.[峨峨兮若泰山]"라고 평하였고, 흐르는 물을 연주하면 "강하처럼 양양하도다.[洋洋兮若江河]"라고 평했다는 아양의 고사가 있다. 《列子 湯問》

77) 인동초(忍冬草) : 인동 덩굴. 한열·종기 등에 쓰임, 인동과에 속한 반상록 덩굴성 관목.

이 외에 좋아하는 것 없으니　此外無長物
등나무 침대에 기와 베고 누웠네[78)]　藤床與瓦枕

절정 絕頂

책상머리 책 읽기를 그치고　讀罷床頭書
때때로 집 뒤 산봉우리에 오르네　時登堂後嶺
산천의 풍경은 멀고도 가까우니　山川遠近光
수목의 그림자는 길고도 짧다네　樹木長短影

북간 北澗

북풍 몰아쳐 눈이 펄펄 내리고　北風雨雪霏
오막살이는 응당 도랑가에 있으리[79)]　考槃應在澗
좇아서 탄식하려 해도 말미암을 곳 없으니[80)]　欲從嘆末由
내 마음 어찌 감히 게으를 수 있으리오　吾心何敢慢

중계 中溪

강물은 양수의 동서가 있는 것 같으니[81)]　水似瀼東西

---

78) 蘇軾 〈歸宜興留題竹西寺三首〉 "暫借藤床與瓦枕 등나무 침대위에 흙 베개 베고 누웠으니"

79) 고반(考槃) : 《詩經》 〈衛風〉 '고반'의 "산골 시냇가에 움막이 있나니, 현인의 마음이 넉넉하도다.[考槃在澗 碩人之寬]"라는 말에서 취한 것인데, 고반 시는 산림에 은거하는 현자의 즐거움을 노래한 것이다.

80) 《論語》 〈子罕〉편에 안연(顔淵)이 공자의 높고 깊은 도를 감탄하여 말하기를, "우러러볼수록 높고 뚫을수록 굳도다. …… 마치 부자의 도가 우뚝 선 것이 있는 듯한지라, 비록 그것을 따르려고 하나 따를 방도가 없도다.[仰之彌高 鑽之彌堅 …… 如有所立卓爾 雖欲從之 末由也已]"라고 하였다.

81) 양동서(瀼東西) : 《杜少陵詩集》 〈卷15, 卷20〉 양수(瀼水)는 사천성 봉절현(奉節縣)의 산간에 흐르는 냇물 이름인데, 두보가 기주(夔州) 지방에 노닐 때 그곳의 산천을 몹시 좋아하여 차마 떠나지 못하고 양수의 동쪽, 서쪽 등으로 세 번이나 집을 옮기며 살았던 데서 온 말이다. 두보의 '夔州歌'에 "양수 동쪽 양수 서쪽은 집이 일만 가호요, 강 북쪽 강 남쪽엔 봄이나 겨울이나 꽃이로다.[瀼東瀼西一萬家 江北江南春冬花]" 하였고, 또 〈자양서형비차이거동둔모옥(自瀼西荊扉且移居東屯茅屋)〉 시에는 "양수의 동쪽과 양수의 서쪽에서, 한결같이 시냇가에 머물다 보니, 오거나 가거나 모두가 띠집인데, 머무름은 농사를 짓기 위함일세.[東屯復瀼西 一種住

가운데를 나누어 두 길을 삼았네　中分爲二道
아마도 백구가 와서　庶見白駒來
나의 시냇가의 풀 먹는 것을 보리라　食我溪邊草

휴암 休庵

작은 암자를 휴암이라 이름하니　小庵名以休
쉬고 싶어서 속세일 끊었다네　欲休塵事絶
사휴[82]의 마음으로 날마다 쉬니　四休心日休
온갖 일을 펼칠 필요 없다네　百爲不須設

다시 〈무이정사잡영〉의 운을 따라 사용하다
復用武夷精舍雜詠韻

정사 精舍

사십구 년 동안의 잘못은[83]　四十九年非
동서남북의 나그네가 된 것이었네　東西南北客
오두막집은 구름 가득한 산에 있으니　結廬在雲山
산수를 좋아하는 깊은 병 때문이라네[84]　膏肓入泉石

淸溪 來往皆茅屋 淹留爲稻畦]"라고 하였다.

82) 사휴(四休) : 황정견의 '四休居士詩序' 제1휴 "粗茶淡飯飽卽休: 텁텁한 차와 담백한 음식이라도 배부르면 그만이다." 제2휴 "補破遮寒暖卽休 : 기운 옷과 이불이라도 추위 막고 따뜻하면 그만이다." 제3휴 "三平二滿過卽休: 建除 3/12이 平, 2/12가 滿을 넘으면 그만이다." 제4휴 "不貪不妒老卽休 : 욕심 내지 않고 질투하지 않으며 늙으니 그만이다."

83) 춘추시대 위나라의 현대부(賢大夫) 거백옥(蘧伯玉)이 나이 육십이 되었을 때 그동안의 잘못을 깨닫고 고쳤다는 고사를 말한다. 《장자》〈則陽〉에 "거백옥은 나이 육십이 되는 동안 육십 번이나 잘못된 점을 고쳤다.[蘧伯玉行年六十而六十化]"라는 말이 나온다. 《淮南子》〈原道訓〉에는 "나이 오십에 사십구 년 동안의 잘못을 깨달았다.[年五十而知四十九年非]"라고 하였다

84) 《舊唐書》〈卷192 田游巖傳〉 마치 고질병 환자처럼 山水에 중독되어 결코 빠져나올 수 없다는 뜻으로, 자연의 勝景에 대한 혹독한 애착심을 표현할 때 쓰는 말이다. 전유암(田游巖)이 당 고종에게 "신은 물과 바위에

인지당 仁智堂

당의 이름을 인지로 내걸고 堂名揭仁智
동정지간에 산수를 바라보네 動靜看山水
좋아하는 것은 무슨 일에 있는가 所樂在何事
오직 궐리[85]에서 찾을 수밖에 唯應尋闕里

은구[86]재 隱求齋

세상일은 어지럽고 번거로우니 世事謾紛紜
임천은 진실로 즐길 만한 곳이네[87] 林泉眞影響
은거하여 뜻을 펼칠 곳을 만약 찾으려 한다면 隱求如欲獲
그대에게 묻노니 어느 곳이 좋은가? 問渠何所長

지숙료 止宿寮

흰 망아지 오늘 아침까지 있으니[88] 白駒永今朝
이곳 누추한 집[89]에서 묵으셨네. 於焉宿衡宇
또한 아침상 올릴 수 있다면 亦可供晨羞
전원에는 닭과 기장[90]이 있다네. 田園有雞黍

대한 병이 이미 고황에 들고 연무와 노을에 고질병이 들었는데, 성상의 시대를 만나 다행히 소요하고 있습니다.[臣泉石膏肓煙霞痼疾 既逢聖代 幸得逍遙]"라고 말한 고사에서 유래한 것이다.

85) 궐리(闕里) : 《禮記》〈檀弓上〉 산동성 곡부(曲阜)에 있는 마을로 공자의 고향으로 이곳에서 제자들을 가르쳤다. 공자가 천자의 어전 앞에 세워진 두 기둥 사이에 앉는 꿈을 꾼 뒤에 죽었다 한다.

86) 은구(隱求) : 《論語》〈季氏〉편의 "숨어 살면서도 자신의 뜻한 바를 찾고, 의리를 행함으로써 자신의 도를 달성시킨다.[隱居以求其志, 行義以達其道]"라는 말에서 나온 것이다.

87) 영향(影響) : 형상에 따르는 그림자와 소리에 따르는 울림. 서로 밀접하게 응하는 일의 비유.

88) 《시경(詩經)》 소아(小雅) 백구(白駒)에 "깨끗하고 깨끗한 흰 망아지 우리 채마밭의 새싹을 먹는다 하여 발을 동여매고 고삐를 매어 오늘 아침을 길게 가져 이른바 어지신 그분이 여기에서 소요하게 하리라.[皎皎白駒 食我場苗 縶之維之 以永今朝 所謂伊人 於焉逍遙]"라고 한 데서 온 말이다.

89) 형우(衡宇) : 두 개의 기둥에 가로나무 하나를 대서 만든 문, 즉 형문(衡門)을 단 누추한 집을 말하는데, 도잠의 귀거래사(歸去來辭)에, "이에 형우를 바라보고, 기뻐서 바삐 달려가니, 동복들은 기쁘게 맞이하고, 어린애들은 문에서 기다리네.[乃瞻衡宇 載欣載奔 僮僕歡迎 稚子候門]"라고 한 데서 온 말이다.

석문오 石門塢

바위 문은 누가 만들었나　石塢門誰設
항상 닫힌 채 세월만 깊었네　常關歲月深
맑은 바람 때때로 드나드니　淸風時出入
밝은 달 아래 누구와 함께하리[91]　明月誰同心

관선[92]재 觀善齋

한번 유학이 쇠퇴한 뒤로　一自吾道衰
누가 스승이 되어 이끌어갈까　誰專函丈席
서로 보면 본받을 점 있으니　相觀有餘師
날마다 모름지기 공력을 다하리　日用須功力

한서관[93] 寒棲館

이곳에 정사를 지은 지 오래지만[94]　卜築歲將淹
일찍이 애써 노력한 적 없다네　曾不費心力

---

90) 계서(雞黍) : 진정으로 자신을 알아주어 죽음도 함께할 수 있는 참다운 벗을 말한다. 후한(後漢) 범식(范式)이 장소(張劭)와 헤어질 때, 2년 뒤 9월 15일에 시골집에 찾아가겠다고 약속을 하였으므로, 그날 장소가 닭을 잡고 기장밥을 지어 놓고는[殺雞作黍] 기다리자 과연 범식이 찾아왔으며, 또 장소가 임종(臨終)할 무렵에, "죽음까지도 함께할 수 있는 벗을 보지 못하는 것이 한스럽다.[恨不見死友]"고 탄식하면서 숨을 거두었는데, 영구(靈柩)가 꼼짝하지 않다가 범식이 찾아와서 위로하자 비로소 움직였다는 고사가 있다. 《後漢書 卷81 獨行列傳 范式》

91) 1833년에 중간된 국립중앙도서관장본(동곡古3648-文07-70)에는 '誰' 자가 '許' 자로 되어 있다.

92) 관선(觀善) : 相觀而善之의 줄인 말로, 친구들끼리 서로 좋은 점을 보고 배우는 것을 말한다. 《예기(禮記)》〈학기(學記)〉에 "대학의 교육 방법은 좋지 않은 생각을 미연에 방지하는 것을 예(豫)라 하고, 적절한 시기에 가르치는 것을 시(時)라 하고, 감당할 수 있는 한도 내에서 가르치는 것을 손(孫)이라 하고, 서로 좋은 점을 보고 배우도록 하는 것을 마(摩)라고 한다. 이 네 가지가 교육이 흥한 이유이다.[大學之法 禁於未發之謂豫 當其可之謂時 不陵節而施之謂孫 相觀而善之謂摩 此四者敎之所由興也]"라고 한 데서 나온 말이다.

93) 한서관(寒棲館) : 중국 건녕부(建寧府) 숭안현(崇安縣)에 있는 무이산(武夷山)에 주자가 무이정사(武夷精舍)라는 강학(講學)의 장소를 조성하고 그 경내에 한서관을 지었다. 《朱子大全 卷九 武夷精舍雜詠》

94) 이백(李白)의 제동계공유거(題東溪公幽居) 시에 "두릉의 어진 이는 깨끗하고도 청렴하여, 동계에 집 짓고 산 지 해가 꽤 오래되었네.[杜陵賢人淸且廉 東溪卜築歲將淹]"라고 한 데서 온 말이다.

밤에는 구름이 깃들고 夜與雲氣棲
샘물 소리 또렷이 들려온다네 泉聲寒四壁

만대정 晩對亭

숨어사는 사람 산을 너무 좋아하여 幽人偏愛山
아침저녁으로 마주보고 앉았네 早晩坐相對
날이 고요하니 구름 안개 걷히고 日靜雲烟空
능소화 잎만 비로소 푸르네[95] 凌霄葉寒翠

철적[96]정 鐵笛亭

쇠피리 소리 찢어지는 듯 鐵笛聲如裂
바람 불어오니 구름 안개 걷히네 吹來雲霧開
바람은 황하와 낙수[97]를 따라 흐르고[98] 隨風洛河去
신선은 학을 타고[99] 달빛 아래 내려오네 和月九皐來

낚시터 釣磯

물가에 낚싯줄 드리우니 바람이 일고 磯頭一絲風
못 속에 가을 그림자 푸른 물결에 잠기네 潭影秋涵碧
못가에 서서 어찌 물고기를 부러워하랴[100] 臨淵豈羨魚

---

95) 1833년에 중간된 국립중앙도서관장본(동곡古3648-文07-70)에는 '葉' 자가 '蟗' 자로 되어 있다.

96) 철적(鐵笛) : 철적은 흔히 은자(隱者)나 고사(高士)가 불었던 젓대라고 전해 오는데, 주희의 〈철적정서(鐵笛亭序)〉에 "무이 산중의 은자인 유군은…… 철적을 잘 불어서, 구름을 뚫고 돌을 찢는 소리가 난다.[武夷山中隱者劉君 …… 善吹鐵笛 有穿雲裂石之聲]"라고 하였다. 《朱子大全 卷9》

97) 낙하(洛河) : 낙수(洛水)와 황하(黃河)를 말한다.

98) 1833년에 중간된 국립중앙도서관장본(동곡古3648-文07-70)에는 '河' 자가 '浦' 자로 되어 있다.

99) 구고(九皐) : 깊숙하고도 먼 곳을 가리킨다. 《詩經》〈학명(鶴鳴)〉에 "구고에서 학이 우니, 그 소리가 하늘까지 들리는구나.[鶴鳴于九皐 聲聞于天]"라고 한 구절이 있다.

100) 《漢書》〈董仲舒傳〉에 "옛사람이 한 말에 '연못에 가서 물고기를 부러워하는 것이 물러나 그물 짜는 것만

이 즐거움 남들은 알지 못하리 此樂人不識

차를 달이며 茶竈

봄 구름은 푸른 실이 엉킨 듯 春雲凝碧縷
신선의 흥취 끝이 없다네. 仙興未渠央
차 마시기를 끝내고 부질없이 남아서 飮罷空遺竈
샘물 소리는 달 향기를 띠었네 泉聲帶月香

고기잡이 배 漁艇

봄비에 젖은 쑥은 머리를 드리우고 春雨孤蓬重
가을바람에 짧은 노가 바빠지네 秋風短棹輕
달이 밝으니 물 밑바닥까지 비치고 月明波底影
물고기 뛰는 소리 못 속에 가득하네 魚躍水中聲

성오당[101](이개립 자대중 진사 증참판) 팔영을 차운하다
次省吾堂(李介立 字大仲 進士 贈參判)八詠

장서루 藏書樓

장서루 꼭대기 藏書樓上頭
시렁에는 삼만 축 架揷三萬軸
도의가 해와 별처럼 밝으니 道義昭日星
좀벌레 감히 책을 먹지 못하리 不爲蠹魚食

못하다.'[古人有言曰 臨淵羨魚 不如退而結網]"라는 말이 있다.

101) 이개립(李介立, 1546~1625) : 조선 선조와 인조 때의 문신·의병장. 본관은 경주(慶州), 자는 대중(大仲), 호는 성오당(省吾堂)·역봉(櫟峯)이다. 박승임(朴承任)·김성일(金誠一)의 문인으로, 효행(孝行)과 유일(遺逸)로 천거되어 참봉을 지냈으며, 임진왜란 때 의병을 일으켜 군량을 조달하였다.

양몽재 養蒙齋

괘상을 보면 산 아래 샘이 있는 형상　觀象山下泉
서재를 열고 교육을 생각하네　闢齋思果育
성인의 공부는 다른 데 있는 것이 아니라　聖功不在他
바른 길로 다른 의혹을 없게 하는 것이네[102)]　以正無歧惑

상연헌 賞蓮軒

나는 염계 선생[103)]을 존경하노라　我懷無極翁
마루를 여니 연꽃 향기 자욱하네　開軒有餘馥
광풍제월 광대하여 끝이 없으니　風月浩無邊
흉중은 정히 씻은 듯 시원하네　胸襟正灑落

낚시터 釣漁磯

내 마음 본래 욕심이 없으니　我心本無欲
어찌 물고기를 탐낼 수 있으리오　寧有羡魚情
낚시터에 종일토록 앉아 있으니　磯頭終日坐
바람만 낚시 줄을 흔들고 간다오　風裊一絲輕

망산정 望山亭

누대에 올라 먼 산을 바라보니　登臺望遠山
높고 낮은 산들이 아득히 펼쳐지네　高低目杳杳

---

102) 《주역(周易)》 〈몽괘(蒙卦)〉 단사(彖辭)에 "어렸을 때에 바르게 교양됨이 성인의 공부이다.[蒙以養正 聖功也]"라는 말이 나오고, 상사(象辭)에 "산 아래에서 샘물이 솟아 나오는 것이 몽괘의 상이다. 군자는 이 상을 보고서 물처럼 과감하게 행하고 덕을 기른다.[山下出泉 蒙 君子 以 果行育德]"라는 말이 나온다.

103) 무극옹(無極翁) : 무극옹은 송나라 주돈이(周敦頤)가 〈태극도설(太極圖說)〉에서 "무극은 곧 태극이다.[無極而太極]"라고 하였기 때문에 주돈이의 별칭이 되었다.

구름과 안개 다양하게 변하니 雲烟多變態
만고에 푸르름은 끝이 없다네 萬古靑未了

몰월정 沒月亭

우물을 파는 것은 마시기 위함이니[104] 鑿井渫可含
근원이 깊은 물은 마르지 않는다네 有源出不渴
달이 이곳에 빠졌으니 沒來月在斯
온 시내가 달빛으로 물드네 萬川同一色

제방에 국화를 심다 種菊塢

제방을 쌓음은 무엇 하려 함인가 築塢欲何爲
서리 맞은 국화꽃 무성하길 바라네 冀茂傲霜枝
누가 늙은이의 채마 밭을 싫어하리오[105] 誰嫌老圃淡
세월이 지나면 저절로 무성해지는 것을 歲晩自葳蕤

약초밭 栽藥圃

채마 밭 만드는 것 어리석다 말을 마오 爲圃莫言癡
붉은 영지[106]는 비를 머금고 자라네 丹荑帶雨肥
가꾸기를 마치고 부지런히 수확하니 栽成勤採擷
사람이 병들면 곧바로 의원을 찾는다네 人病正求醫

---

104) 1833년에 중간된 국립중앙도서관장본(동곡古3648-文07-70)에는 '含' 자가 '食' 자로 되어 있다.

105) 송나라 때의 재상 한기(韓琦)가 중양절(重陽節) 날 지은 구일수각(九日水閣) 시에 "가을 황폐한 채소밭이 부끄럽지 않으랴만, 늦가을 맑은 향기의 국화를 바라보노라.[不羞老圃秋容淡 且看黃花晩節香]"라는 구절에서 온 것이다. 가을의 바짝 마른 채소밭 같은 노년의 참담한 모습이 부끄럽긴 하지만 향기 고운 국화 같은 만년의 절개를 견지하겠다는 뜻을 말한 것이다.《古今事文類聚 續集 卷29 晩節自況》

106) 단이(丹荑) :《文選》이선(李善)의 주에 "본초경에 이르기를 붉은 영지를 일명 단지(丹芝)라고도 하는데 먹으면 수명이 연장된다. 무릇 풀이 처음 나오는 것을 통틀어 荑라고 한다. 그러므로 단이(丹荑)라고 한다."라고 하였다.

다시 운곡잡시[107]의 운을 쓰다
復用雲谷雜詩韻

등산 登山

높은 산을 우러르니 머무르고 싶어	高山可仰止
또한 모름지기 준령을 오른다네	亦須登峻嶺
산꼭대기에 이르니 해와 달은 곁에 있고[108]	登臨旁日月
굽어보고 쳐다보니 우주는 끝이 없네	俛仰宇宙永
나의 생각 바야흐로 심원해지니	我懷正悠悠
고인을 그리워해도 떠오르지 않는구나	思人不出耿

바람을 만나다 値風

바람은 어느 곳으로부터 불어오는가	風從何處來
한 줄기 바람소리 온 나무를 부르네	一聲號萬木
이미 오두막 부서지는 것 보았으니	已看茅屋破
또 다시 푸른 바다 뒤엎을까 두렵네	亦恐滄海覆
산록에 들어서도 길은 미혹되지 않으니	入麓行不迷
사람으로 하여금 더욱 부끄럽게 한다네	令人增愧恧

달을 희롱하다 翫月

달이 밝아 한 점 티클 없으니[109]	月明無點竢

---

107) 운곡잡시(雲谷雜詩) : 《주자시집(朱子詩集)》 권6에 실려 있는 〈운곡잡시십이수(雲谷雜詩十二首)〉를 말하는데, 12수는 등산(登山), 치풍(値風), 완월(翫月), 사객(謝客), 노농(勞農), 강도(講道), 회인(懷人), 권유(倦游), 수서(修書), 연좌(宴坐), 하산(下山), 환가(還家)이다.

108) 방일월(旁日月) : 주희의 〈운곡기(雲谷記)〉에 "그 사이에서 아래로 굽어보고 위로 쳐다보노라면, 자기 몸이 멀리 높은 곳에 있다는 것도 깨닫지 못한 채, 단지 해와 달을 옆에 끼고 비바람 치는 곳을 아래로 굽어볼 수 있을 따름이다.[俯仰其間 不自知其身之高地之逈 直可以旁日月而臨風雨也]"라는 말이 나온다. 《晦菴集 卷78》

109) 1833년에 중간된 국립중앙도서관장본(동곡古3648-文07-70)에는 '竢' 자가 '埃' 자로 되어 있다.

하늘은 더욱 맑고도 깨끗하네 天容更淸肅
온 누리에 비추어도 사사로움 없으니 容光亦無私
화려한 전당 초라한 집 가리지 않네 華堂與蔀屋
이 밤을 즐기느라 잠 못 이루지만 翫此夜無眠
그림자 비추니 어찌 나 홀로이랴[110) 對影吾豈獨

손님에게 일러주다 謝客

한가롭게 사는 것 무엇 때문인가 端居何所爲
아침저녁으로 항상 문은 닫혀 있네 閉門朝又夕
멀리서 손님 때마침 찾아오니 客從遠方來
깊은 정은 이루 다할 수가 없네 情深不可極
돌아갈 때 언덕길을 조심하시게[111) 歸去愼原陸
산 속은 일찍 어두워진다네 山林已昏黑

농사를 지으며 勞農

낮에는 풀 베고 밤에는 새끼 꼬고[112) 晝茅宵索綯
농가의 일은 늦출 수가 없다네 民事不可緩
이른 새벽부터 묵은 밭을 매고 侵晨理荒穢
돌아오는 저녁길 이슬이 가득하네[113) 歸來夕露滿

---

110) 이백의〈월하독작(月下獨酌)〉 시에 "잔을 들어 밝은 달을 맞이하니, 나와 달과 그림자가 세 사람을 이루었네.[擧杯邀明月, 對影成三人.]"라고 하였다.

111) 신원육(愼原陸) : 유종원(柳宗元)의 〈전가(田家)〉 시에 "농부는 웃으면서 나를 염려해 주어, 날이 깜깜하니 언덕길을 조심하라네.[田翁笑相念 昏黑愼原陸]"라고 한 데서 온 말이다.

112) 주모(晝茅) : '주이우모(晝爾于茅)'의 준말로, 《시경(詩經)》〈빈풍(豳風)〉칠월(七月)에 "낮에는 띠풀을 베어오고, 밤에는 새끼를 꼬아, 빨리 지붕을 이어야만, 내년에 곡식을 파종하리.[晝爾于茅 宵爾索綯 亟其乘屋 其始播百穀]"라는 말이 나온다.

113) 도잠(陶潛)의 〈귀전원거(歸田園居)〉에 "새벽에 일어나 잡초를 김매고, 달빛 띠고서 호미를 메고 돌아오네. 좁은 길에 초목이 자라나니, 저녁 이슬이 내 옷을 적시네[晨興理荒穢 帶月荷鋤歸 道狹草木長 夕露沾我衣]"라는 말이 나온다.

밭갈이 대신[114]하여 힘써 먹으니　代耕與食力
어찌 수고롭게 좋고 나쁨 따지는가　何勞較長短

도를 강하다 講道

노자와 장자는 청정을 흠모하고　老莊慕淸淨
도가와 불가는 현묘함에 떨어지네　仙釋墮杳冥
천 리나 어긋남을 비로소 알았으니　始知千里謬
다만 털끝만한 차이에 있다네　只在一毫爭
진실로 아직 도를 듣지 못했다면　苟未得聞道
내 마음 끝내 편안하지 못하리　吾心終不寧

벗을 그리워하다 懷人

벗을 떠나 홀로 산 지[115] 오래되었으니　久抱離索憂
그리워라 누구와 더불어 사귈꼬　懷哉誰與遊
천년을 거슬러 올라 옛 사람을 벗하니[116]　尙友千載上
나의 생각 끝내 멀기만 하네　我思終悠悠
오솔길 내고[117] 세 벗을 기다리니　開逕望三友

---

114) 대경(代耕) : 벼슬하는 것을 말한다. 《예기(禮記)》 〈왕제(王制)〉의 "제후의 하사를 상농부에 비교해 보더라도, 그 녹봉을 가지고 농사짓는 일을 충분히 대신할 수 있다.[諸侯之下士 視上農夫 祿足以代其耕也]"라는 말에서 유래하였다.

115) 이색(離索) : 이군삭거(離群索居)의 준말로, 벗을 떠나 혼자서 외롭게 사는 것을 말한다. 자하(子夏)가 "내가 벗을 떠나 쓸쓸히 홀로 산 지가 오래이다.[吾離群而索居 亦已久矣]"라고 한 데서 유래하였다. 《禮記 檀弓上》

116) 상우(尙友) : 《맹자》 〈만장하(萬章下)〉에 "천하의 선사(善士)와 벗하는 것을 만족스럽지 못하게 여겨, 또다시 위로 올라가서 옛사람을 논하나니, 그 시를 외우며 그 글을 읽으면서도 그 사람을 알지 못한다면 되겠는가. 이 때문에 그 당세를 논하는 것이니, 이는 위로 올라가서 벗하는 것이다.[以友天下之善士爲未足, 又尙論古之人. 頌其詩、讀其書, 不知其人可乎? 是以論其世也, 是尙友也.]"라고 하였다.

117) 개경(開逕) : 한(漢)나라 때의 은사(隱士) 장후(蔣詡)가 일찍이 정원에 세 오솔길을 내고 오직 좋은 친구 구중(求仲), 양중(羊仲)하고만 종유했던 데서 온 말이다. 도잠(陶潛)의 〈귀전원(歸田園)〉에 "내 본심이 정히 이와 같으니, 오솔길 내고 좋은 친구만 바라노라.[素心正如此, 開逕望三益.]"라고 하였다. 여기서는 은거하면서 오솔길을 내고 좋은 벗이 오기를 바란다는 의미로 쓰였다.

내가 그러지 못함을 스스로 탄식하네 自嘆吾不猶

권태로운 유람 倦遊

젊어서 즐겁게 지내던 곳 少年行樂處
어느 물가 어느 언덕이런가 某水與某丘
세월 흘러 이미 황혼이니[118] 歲月已晼晼
모든 것이 다 부질없는 시름이네 百物皆閒愁
땅이 외지니 마음도 멀어져 地偏心自遠
어찌 반드시 자장처럼 노닐까[119] 何必子長遊

책을 읽다 修書

백발은 이미 엉성해졌는데[120] 白首已紛如
아직도 죽지 못해 살고 있다네 未透生死關
누가 숨겨진 덕을 드러낼 수 있으리오 誰能發潛德
또한 흉악한 간신배를 베려 함이네 亦欲誅凶姦
배우지 말게나 좀벌레처럼 莫學蠹書魚
문자 사이에 머리 박고 책 읽는 것을 埋頭文字間

---

118) 1833년에 중간된 국립중앙도서관장본(동곡古3648-文07-70)에는 '晼' 자가 '晩' 자로 되어 있다.

119) 자장유(子長遊) : 자장은 전한(前漢)의 태사령(太史令) 사마천(司馬遷)의 자이다. 《한서(漢書)司馬遷傳》 〈사마천전(司馬遷傳)〉에 의하면, 사마천은 한 경제(漢景帝) 연간에 용문(龍門)에서 태어나 10여 세에 고문(古文)을 다 통달하고, 20여 세에는 웅지(雄志)를 품고 천하를 유람하고자 하여 남으로 강회(江淮), 회계(會稽), 우혈(禹穴), 구의(九疑), 원상(沅湘) 등지를 유람하고, 북으로 문수(汶水), 사수(泗水)를 건너 제로(齊魯)의 지역에서 강학(講學)을 하다가 양초(梁楚) 지역을 거쳐 돌아왔다고 한다.

120) 어려서부터 학문을 하여 백발에 이르러서도 분란(紛亂)스럽기만 하다는 뜻으로, 늙어서까지 학문이 전혀 성취되지 못함을 의미한다. 양웅(揚雄)의 《법언(法言)》 오자(吾子)에 "아이 때부터 학문을 익혔지만 늙어서도 분란스럽기만 하다.[童而習之 白紛如也]"라고 한 데서 온 말이다.

편안히 앉아서 宴坐

출입에 일정한 곳 없으니	出入無定鄕
병이로구나 마음이 싫어하는 바이니	病矣心所厭
고요히 앉아 있으려 해도 또 떠돌고 싶으니	欲靜坐亦馳
정수리에 누가 침을 놓을꼬	頂門誰下砭
학문을 잘하는 것 따로 있지 않으니	善學不在他
거하면서 온갖 잡념 없애는 것일 뿐	居然收百念

산을 내려가다 下山

높이 오르는 것은 낮은 곳에서 시작하니	登高必自卑
다시 산 밑으로 내려간다네	復下山之底
구름 기운은 의관을 엄습하고	雲氣襲衣巾
개울물소리 돌 사이에 시끄럽네	溪聲戰石齒
스스로 한 칸 조용한 방 사랑하니	自愛一室靜
하필이면 만 리를 논할 필요 있으리[121]	何須論萬里

집으로 돌아가다 還家

누추한 집[122]에서 본성을 기르니	養眞衡茅下
꽃에 비친 달빛으로 세월 헤아리네	花月度春秋
세상일은 모두가 꿈과 같고	世事皆夢裏
명예와 이익은 뜬구름 같다네	名利等雲浮
돌아가 푸른 산과 벗하지만	歸來蒼山友
날 저무니 또 다시 같은 걱정하네	日暮且同憂

121) 논만리(論萬里) : 두보의 시 〈희제왕재화산수도가(戱題王宰畫山水圖歌)〉에 "특히 잘 그린 먼 곳 형세는 고인도 비할 데 없으니, 한 폭의 짧은 그림에서 응당 만 리를 논해야겠네.[尤工遠勢古莫比 咫尺應須論萬里]"라고 한 것을 두고 한 말이다.

122) 형모(衡茅) : 형문(衡門)과 모옥(茅屋)을 줄인 말로, 보잘것없는 누추한 집을 말한다.

'설월당제명'을 차운하다 2수

次雪月堂題名韻 二首

현판이 벽 위에 남아 있으니 題名留壁上
마음의 글씨[123]가 분명하게 보이네 心畫見分明
반복 무상 경박한 인정세태[124] 雲雨人間手
흥망 따라 떠다니는 세상인심 炎凉浮世情

관동[125]과 노소를 가리지 않고 冠童兼老少
소나무에 걸린 달 밤 창문을 밝히네 松月夜窓明
같은 것 좋아함이 진정한 즐거움이니 好同眞樂地
이익으로 사귀는 정 배우지 않으리 不學市交情

앞사람의 '백담 선생 묘에 제사지내다'를 차운하다 2수

次前人奠栢潭先生墓韻 二首

통곡하며 선생님 문전에 눈물 흘리나 痛哭師門淚
음성과 용모 아득하여 떠오르지 않네 音容杳莫通
그때는 한갓 어린 아이였는데 當年一小子
오늘날은 백발 늙은이 되었다네 今日白頭翁

생사는 원래 둘이 아니거늘 死生初無二
마음에 느끼어 통함이 있네 人心有感通

---

123) 심화(心畫) : 한(漢)나라 양웅(揚雄)의 《법언(法言)》 문신(問神)에 "말은 마음의 소리요, 글씨는 마음의 그림이다. 따라서 소리와 그림으로 나타난 것만 보아도, 군자인지 소인인지를 알 수가 있다.[言心聲也 書心畫也 聲畫形 君子小人見矣]"는 말이 나온다.

124) 인정세태가 반복 무상한 것을 비유하는 말이다. 두보(杜甫)의 《두소릉시집(杜少陵詩集)》 〈빈교행(貧交行)〉에 "손 젖히면 구름 일고 손 엎으면 비 오게 하는, 경박한 세상인심 따질 것이 뭐 있으랴.[翻手作雲覆手雨 紛紛輕薄何須數.]"라는 시구가 있다.

125) 관동(冠童) : 《논어》 〈선진(先進)〉편에, 공자 앞에서 여러 제자들이 각기 제 뜻을 말할 때 증점(曾點)이 "늦은 봄에 봄 옷이 이루어지면 관동 6, 7명으로 더불어 기수에 목욕하고 무우에 바람 쏘이고 읊으며 돌아오리라.[莫春者 春服旣成 冠童六七人 浴乎沂 風乎舞雩 咏而歸]"라고 하여 공자의 동감을 얻었다.

누가 긴 밤의 꿈이라 하였는가　誰呼長夜夢
취하여 잠든 이 일으키기 어렵네　難起醉眠翁

앞사람의 '이애정'을 차운하다
次前人題二愛亭韻

두 가지 아름다움[126] 반드시 서로 합하니　兩美必相合
높은 가지 식물 중에 있다네　孤標植物中
은자는 우아한 경관과 맺어지니　幽人結雅賞
여름과 가을 한결같은 정자의 경치　秋夏一亭風

가파른 벼랑 옆에 몸을 숨기고　隱逸巖崖側
안개비 속에 맑은 향기 피어나네　香淸烟雨中
단아함은 응당 군자가 사랑하는 바이니　端宜君子愛
오히려 옛사람의 풍도라네　猶是古人風

앞사람의 시를 차운하다 2수
次前人韻 二首

백 가지 근심을 다시 수없이 생각하니　百憂復千慮
필경 무엇 하기 위함인가　畢竟欲何爲
술 마시는 가운데 묘한 이치 있음을　飮酒有妙理
세상 사람들은 아는지 모르는지　世人知不知

기쁨도 참고 슬픔도 참고　堪笑又堪悲
평생토록 힘써 왔다네　百歲勞營爲
그대와 더불어 종일 취한다면　與君終日醉
이 밖에 알 바가 무엇이리　此餘何所知

126) 양미(兩美) : 학문을 게을리하지 않음과 부모를 봉양하며 고생을 마다하지 않음을 말한다.

비를 마주하고 흥에 부치다

對雨寓興

무덥던 날씨 홀연 서늘해지니 炎序忽變凉
가을바람은 변함없이 쓸쓸하네 秋風久蕭瑟
더구나 서리나 싸락눈 심해지면 況復霜霰深
온갖 초목이 온통 빛을 잃는데 百卉渾失色
오직 노란 국화만 獨有黃菊花
추위 무릅쓰고 늦은 계절 홀로 하네 冒寒專晩節
한 다발 누구에게 주어 시를 짓게 할까 盈把與誰饌
그리운 그대 생각 끝이 없구나 思君意靡歇

제목 없음

失題

전란의 세월이 지나고 나니 干戈歲月經
초목은 변하여 쇠락하고 무성하네 草木變衰榮
무심히 말을 뱉으려 하나 肯出無心語
평소의 감회를 다할 수 없네 常懷未盡情
인생은 길이 수고롭고 人生長役役
세상일 속이고 부질없네 世事謾營營
근심과 즐거움이 무엇인가 묻지 마시게 莫問何憂樂
가난한 백성 반생이 고통이니 窮民半苦生

또

又

벼슬살이 예전에 이미 지냈거늘 宦任昔曾經
꿈속의 영화에 도리어 놀라[127] 還驚夢裏榮

감회에 젖어 거듭 눈물 흘리네　感時仍下淚
술을 대하니 정 더욱 많아져　對酒轉多情
수자리 병사 국경에 있음을 슬퍼하네　戍卒悲關塞
비린내 풍기는 캄캄한 수영　腥塵暗海營
천지간에 흰머리 긁적이며　乾坤搔白首
몸은 세상에 있으나 생사 없기를 바라네　身世欲無生

동방회 원운

同榜會元韻

신유년에 함께 급제하고　辛酉同聯榜
올해가 또 다시 닭의 해니　今年又屬鷄
해가 여러 번 바뀌었음에 놀랐네　天時驚屢換
사람의 일은 괴로워 가지런하기 어려우니　人事苦難齊
만남의 정 다할 길 없네　邂逅情無盡
서성대던 해는 이미 서쪽에 걸리고　徘徊日已西
지은 시 눈 앞에 아른거리니　題詩留面目
꿈속에서 미혹되지 않겠는가　不使夢魂迷

백담 선생을 애도하다

挽栢潭先生

오랫동안 선생님을 따라　函丈久從容
평생토록 고상함을 우러러 보았네　平生景仰高
마음을 열으셔서 귀찮아하지 않으시고　開懷無倦色
이끌고 도와줌에 수고로움 사양 않으셨네　誘掖不辭勞

127) 대본에는 '□驚夢裏榮'로 한 글자가 빠져 있으나, 1833년에 중간된 국립중앙도서관장본(동곡古3648-文07-70)에 따라 '還' 자를 보완하였다.

우리들이 믿고 의지했으나	吾黨歸依重
사문에 불행을 만났으니	斯文厄會遭
모두들 믿지 못하고	羣疑今滿腹
천지간에 헛되이 머리만 긁적이네	天地首空搔

월천 조목[128]을 애도하다

挽趙月川

도의 갖춤은 삼재가 뒤이고	道具三才後
사람의 행함은 만화가 먼저이네	人行萬化先
덕을 감추고 마땅히 때를 기다리니	晦明應有待
성인을 잇고 후학을 열어줌[129]이 이분에 달렸네	開繼在斯賢
세상에 이름남이 하늘이 비록 정했으나	名世天雖定
태어난 곳이 치우쳐 있어	生靈地或偏
우리나라가 점점 교화에서 멀어졌네	吾東漸化遠
기자의 가르침 홍범구주로 전하고	箕敎叙疇傳
이학[130]의 풍격과 명성 진동하네	伊洛風聲振
계산에는 해와 달 걸렸는데	溪山日月懸
당에 올라[131] 들은 사람 유일하니	升堂聞唯一
선생께서 참전의형[132] 드러내셨네	函丈見參前

---

128) 조목(趙穆, 1524~1606) : 중기의 학자. 본관은 횡성(橫城). 자는 사경(士敬), 호는 월천(月川). 이황의 문인으로 1552년(명종 7) 생원시에 합격했으나 대과를 포기하고 경전 연구와 수양에만 전념했다. 일생 동안 이황을 가까이에서 모셨으며, 벼슬에 뜻을 두지 않고 학문에만 몰두하여 대학자로 존경을 받았다. 저서로 〈월천집(月川集)〉·〈곤지잡록 困知雜錄〉이 있다. 예천 정산서원, 예안 도산서원, 봉화 문암서원 등에 제향되었다.

129) 개계(開繼) : 지나간 성인을 계승하여 다가오는 후학의 길을 열어주다.[繼往聖開來學]

130) 이락(伊洛) : 송나라 때 정호(程顥)와 정이(程頤)의 이학(理學)을 지칭한다. 두 사람이 이수(伊水)와 낙수(洛水) 사이에서 학문을 강론하였기 때문에 이락지학(伊洛之學)이라고 한다.

131) 승당(升堂) : '승당입실(升堂入室)'의 줄임말로 도가 심오한 경지에 들어감을 뜻한다. 《논어》〈선진〉편에 공자가 자로(子路)를 칭찬하면서 "유는 당에 올랐고 실에만 들지 못했을 뿐이다.[由也升堂矣 未入於室也]"라고 하였다.

132) 참전(參前) : 《논어》〈위령공(衛靈公)〉에, 자장(子張)이 처세하는 것에 대해 묻자, 공자가 "말이 충신(忠信)

학업을 닦음에 다른 방법 없으니	述業無他技
공부한 것을 정리하고 탐구함에 전념하네[133]	收功近裏專
빈궁한 생활[134]에 부질없는 흥취[135]로	簞瓢渾漫興
세월은 흐르는 대로 맡겨두었네	歲月任推遷
보갑에 거문고 여전히 있으나	寶匣琴猶在
양춘곡[136]은 아직 연주하지 않았네	陽春曲未宣
평생을 즐겁게 지내던 땅	平生行樂地
풍월은 앞개울에 가득하네	風月滿前川

하고 행실이 독경(篤敬)하면 오랑캐 나라에서도 처세할 수 있지만, 말이 충신하지 못하고 행실이 독경하지 못하면 작은 마을에서인들 처세할 수 있겠는가. "일어서면 그것이 앞에 끼어 있음을 볼 수 있고, 수레에 있으면 그것이 멍에에 기대어 있음을 볼 수 있어야 한다.[立則見其參於前也 在輿則見其倚於衡也]"라고 하였다.

133) 근리(近裏) : 鞭辟近裏를 말하는 것으로 자기 내면의 맨 밑바닥까지 깊이 파고들어 정밀하게 분석하고 연구하는 것을 말한다. 《근사록(近思錄)》 〈위학(爲學)〉에 "학문이란 단지 채찍질하여 내면으로 접근해서 자기 몸에 붙게 하는 것일 뿐이다. 그러므로 간절히 묻고 가까이 생각하면 인이 그 가운데에 있다.[學只要鞭辟近裏著己而已 故切問而近思 則仁在其中矣]"라는 정명도(程明道)의 말이 나온다.

134) 단표(簞瓢) : 한 도시락의 밥과 한 표주박의 물이라는 뜻으로, 안빈낙도의 삶을 뜻한다. 《논어》 〈옹야(雍也)〉에서 공자가 "어질구나, 안회여! 한 도시락의 밥과 한 표주박의 물로 누추한 시골구석에서 살자면 다른 사람은 그 걱정을 견디지 못하건만, 안회는 도를 즐기는 마음을 변치 않으니, 어질구나, 안회여![賢哉回也 一簞食 一瓢飮 在陋巷 人不堪其憂 回也不改其樂 賢哉回也]"라고 한 데서 온 말이다.

135) 만흥(漫興) : 부질없는 흥취를 말한다. 당나라 두보(杜甫)의 시 〈강상치수여해세요단술(江上値水如海勢聊短述)〉에 "늘그막의 시편은 모두 헛된 흥취이니, 봄날의 꽃과 새들은 깊이 시름하지 마라.[老去詩篇渾漫興, 春來花鳥莫深愁.]"라고 하였다.

136) 양춘곡(陽春曲) : 전국시대 초(楚)나라의 고아(高雅)한 가곡으로, 일반적으로 고상하고 아취 있는 곡을 말한다. 《문선(文選)》 권45 대초왕문(對楚王問)에 초나라 서울 영(郢)에서 어떤 사람이 처음에는 보통 유행가인 하리파인(下里巴人)을 부르니 합창하여 부르는 자가 수천 명이었고 양아해로(陽阿薤路)를 부르니 따라 부르는 자가 그래도 수백 명이 있었다. 그러나 양춘백설(陽春白雪)을 부르니 따라서 합창하는 자가 수십 명에 지나지 않았고 품격이 높은 최고급의 노래를 부를 적에는 따라 부르는 자가 몇 사람에 지나지 않았다." 하였다.

송간 김윤명[137]을 애도하다
挽金松澗允明

다섯 형제 급제하기 어려우니　難爲聯五璧
명성이 하늘[138]에 비길 만하네　名籍比三蓮
인간사의 득실과　得失人間事
성쇠는 꿈속의 인연이네　乘除夢裏緣
예악으로 백성 다스렸고[139]　武城焉用割
의금부[140]에 공평하다 이름났네　禁府號稱平
시서를 가르침을 업으로 삼고　所業詩書教
어진 선비 좇아 어울렸네.　從遊文字賢
오랜 세월 동안 글을 논하였고　論文久歲月
어려서부터 재기가 빼어났네　英發自齠年
서글피 삼청동을 생각하니　悵憶三淸洞
근심을 만나 죽을 고비 넘겼네　遭虞九死顚
시냇가 길을 찾아 나서니　行尋川上路
이별의 뜻 거문고 붉은 줄[141]에 담았네　別意韻朱絃
골짜기 비니 가는 발길 잡지 못하고　空谷駒難縶

137) 김윤명(金允明, 1541~1604) : 조선 중기의 문신, 학자. 본관은 김녕(金寧). 자는 수우(守愚), 호는 정양당(靜養堂). 1572년(선조 5) 진사시에 합격하여 성균관에 들어갔으며, 1578년 우정언(右正言), 1580년 충청도관찰사를 거쳐 그 뒤 전라도관찰사·병조참판·대사간·대사헌 등을 지낸 뒤, 1582년 호조참판·의금부도사·오위도총부부총관 등이 되었다. 1584년 벼슬을 사직하고 귀향하여 역동서원(易東書院) 등에서 후진 양성에 힘썼다. 성리학에 대하여 깊이 연구하였다. 저서로는 《정양당집》 5권이 있다.

138) 삼련(三連) : 괘(卦)의 효(爻) 세 개가 모두 연결되었다는 뜻으로, 팔괘 중 첫 번째 괘인 건괘(乾卦)를 말한다.

139) 《논어》 〈양화(陽貨)〉편에, 공자가 무성에 가서 현가(弦歌) 소리를 듣고 빙그레 웃으며 말하기를 "닭을 잡는데 어찌 소 잡는 칼을 쓰느냐?" 하니, 자유가 대답하기를 "예전에 제가 선생님께 들으니 군자가 도를 배우면 사람을 사랑하고, 소인이 도를 배우면 부리기가 쉽다고 하셨습니다."라고 하였다. 공자가 말하기를 "제자들아, 자유의 말이 옳다. 방금 한 말은 농담이다."[子之武城, 聞弦歌之聲, 夫子莞爾而笑曰 : 割雞焉用牛刀?, 子游對曰 : 昔者偃也聞諸夫子曰, 君子學道則愛人, 小人學道則易使也. 子曰 : 二三子, 偃之言是也. 前言戱之耳.]라고 하였다.

140) 정윤명은 42세에 의금부 도사를 지냈다.

141) 주현(朱絃) : 붉은 현(絃)으로 거문고 줄을 뜻한다. 《예기(禮記)》 〈악기(樂記)〉에 "청묘의 슬은 붉은 현으로 되어 있고 소리가 느릿하여, 한 사람이 선창하면 세 사람이 화답하여 여음(餘音)이 있다.[淸廟之瑟 朱絃而疏越 壹倡而三嘆 有遺音者矣]" 하였다.

구름 멈추니 시름은 몸을 떠나지 않네 停雲愁自纒
어느새 뽕밭이 바다로 변해 俄看桑海變
세상을 떠났으니[142] 애통하고 절통하다 痛切壑舟遷
수만 가지 변화는 끝이 없는데 萬化都無盡
함께 돌아감에도 선후가 있네 同歸有後先

겸암 유운룡[143]을 애도하다

挽謙菴柳雲龍

뛰어난 재능 품고[144] 남쪽지방[145]에서 태어나 有美生南紀
명성 높으니 임금을 가까이 모셨네[146] 名高尺五天
젊어서는 힘써 학문에 뜻을 두었고 盛年勤志學
중년에는 시관을 연이었네 中歲試官聯
벼슬길 나갔으나[147] 몸을 굽히지 않았고 奉檄非身屈

---

142) 학주(壑舟) : 깨닫지 못하는 사이에 사물이 멈추어 있지 않고 변화하는 것을 뜻하며 여기서는 사람이 죽는 것을 가리킨다. 《장자》 〈대종사(大宗師)〉에 "골짜기 속에 배를 숨겨 두고 산을 못 속에 숨겨 두면 안전하다고 여긴다. 하지만 한밤중에 힘센 자가 등에 지고 달아나도 어리석은 사람은 알아채지를 못한다.[夫藏舟於壑, 藏山於澤, 謂之固矣. 然而夜半, 有力者負之而走, 昧者不知也.]"라고 한 데서 유래하였다.

143) 유운룡(柳雲龍, 1539~1601)은 조선의 문신. 자는 응견(應見), 호는 겸암(謙唵), 본관은 풍산(豊山). 경상북도 안동 하회리 출신으로 조선 중기의 문신인 유성룡의 형이다. 이황의 문하에서 수학하였다. 음관으로 출사하여 선조 때 전함사 별좌를 지냈으며, 지방관을 지내면서 백성들을 어질게 다스렸으므로 존경을 받았다. 풍기 군수, 원주 목사를 지냈다. 사후에 자헌대부 이조 판서로 추증되었고 문경(文敬)이라는 시호를 받았다.

144) 유미(有美) : 뛰어난 재능을 가슴속에 품고서 때를 기다리는 것을 말한다. 《논어》 〈자한(子罕)〉편에 공자(孔子)의 제자 자공(子貢)이 "아름다운 옥이 여기에 있는데, 궤에 담아서 감춰 둘 것입니까, 아니면 좋은 값을 받고 팔 것입니까?[有美玉於斯 韞櫝而藏諸 求善賈而沽諸]"라고 묻자, 공자가 "팔아야지, 팔아야지. 그러나 나는 좋은 값을 기다리는 사람이다.[沽之哉沽之哉 我待賈者也]"라고 말한 고사가 전한다.

145) 남기(南紀) : 남국(南國)의 강기(綱紀)라는 뜻으로 남쪽 지방을 이르는 말로 《시경》 〈소아(小雅) 사월(四月)〉에, "넘실넘실한 강한은 남국의 벼리다[滔滔江漢南國之紀]"라는 구절에서 유래하였다.

146) 척오천(尺五天) : 하늘과의 거리가 한 자 다섯 자 밖에 안 된다는 뜻이다. 《신씨삼진기(辛氏三秦記)》의 "성 남쪽의 위씨와 두씨는 하늘과의 거리가 한 자 다섯 치이네.[城南韋杜 去天尺五]"라는 말에서 온 것인데, 당나라 때 위씨와 두씨 집안이 모두 임금을 가까이에서 모시며 영화를 누렸으므로 이런 말을 한 것이다.

147) 봉격(奉檄) : 격서(檄書)를 받고 벼슬길에 나가는 것으로 어버이를 봉양하기 위해 벼슬하는 것을 이른다. 후한(後漢)의 모의(毛義)가 집이 가난하고 어머니가 연로하였는데, 수령으로 삼는다는 격서가 오자 매우 기뻐하며 벼슬에 나아가니 사람들이 모두 천하게 여겼다. 그 후 어머니가 세상을 떠난 뒤 효렴(孝廉)으로 천거되었

영화를 사양하고 도를 온전히 했네.	辭榮爲道全
부모를 모시고[148] 색동옷 입고 춤추고[149]	承權萊舞蹈
형제간 우애[150] 깊어 집안이 화락하네	湛樂棣華翩
지극한 감동은 천지에 통하고	至感通天地
상서로운 빛은 전후를 움직이네	祥光動後前
거의 질병이 없었으니	庶幾無疾病
어진 이는 천수를 누렸네	仁者壽高年
어찌 좋은 복이 거듭하리	豈謂申休祐
잠깐 사이 불치병이 들었네[151]	俄驚二竪纒
어버이 봉양[152]위해 만복을 멀리하고[153]	晨昏違萬福
깊은 사랑 구천까지 미쳤네	深愛及重泉
평생의 일을 말하고자 하니	欲說平生事
피눈물 흘러 감당하기 어렵네	難堪泣血漣
서로 나이 같아 결사를 맺었고	庚同仍結社
소매를 맞잡고 함께 주선하였네	接袂共周旋

으나 나아가지 않자 비로소 사람들은 그가 벼슬길에 나아간 것이 어머니를 위해서였음을 알았다 한다.《後漢書 卷39 劉平等列傳 序》

148) 1833년에 중간된 국립중앙도서관장본(동곡古3648-文07-70)에는 '權' 자가 '懽' 자로 되어 있다.

149) 내무도(萊舞蹈) : 부모님 계시는 당 앞에서 색동옷을 입고 춤을 추는 것으로, 부모에게 효도함을 뜻한다. 춘추시대 초(楚)나라 사람인 노래자(老萊子)가 효성으로 어버이를 섬기어, 일흔 살의 나이에도 색동옷을 입고 어린아이의 놀이를 하여 어버이를 기쁘게 한 고사에서 유래하였다.《小學 稽古》

150) 체화(棣華) : 형제간의 우애가 남다르게 두터움을 비유한 것이다.《시경》〈소아(小雅) 상체(常棣)〉에 "아가위 꽃송이 활짝 피어 울긋불긋, 지금 사람들 형제만한 이는 없지.[常棣之華 鄂不韡韡 凡今之人 莫如兄弟]"라는 말이 나온다.

151) 이수(二竪) : 고칠 수 없는 질병을 뜻하는 말로,《춘추좌씨전》〈성공(成公) 10년〉에 "진 경공(晉景公)이 병이 심하여 완(緩)이라는 의사를 맞이하여 치료하려고 하였는데, 전날 밤에 꿈을 꾸니 그 병이 두 아이[二竪]로 변하여 말하기를, '저 사람은 훌륭한 의사이니 우리를 해칠까 두렵다. 어디로 숨을까?' 하니 그중 한 아이가 말하길, '황(肓)의 위, 고(膏)의 아래에 있으면 우리를 어찌하겠는가?'라고 하였다. 의사가 이르러 '이 병은 고칠 수 없습니다.'라고 하였다."라는 구절에서 온 말이다.

152) 신혼(晨昏) : 혼정신성(昏定晨省)의 준말로, 어버이를 정성껏 봉양하는 것을 말한다.《예기》〈곡례 상(曲禮上)〉에 "자식이 된 자는 어버이에 대해서, 겨울에는 따뜻하게 해 드리고 여름에는 시원하게 해 드려야 하며, 저녁에는 잠자리를 보살펴 드리고 아침에는 문안 인사를 올려야 한다.[冬溫而夏凊 昏定而晨省]"라는 말이 나온다.

153) 대본에는 '晨昏□萬福'으로 한 글자가 빠져있으나, 1833년에 중간된 국립중앙도서관장본(동곡古3648-文07-70)에 따라 '違' 자를 보완하였다.

학사의 어렵고 위태로움 심하니	鶴寺艱危甚
여강[154]의 모임 연이었네	廬江聚會連
청명하고 화창한 건 지난해의 절기이고	淸和去年節
살고 죽는 것이 이때에 달려있네	生死此時懸
잠깐 사이 모든 것이 지난날 자취되어	俛仰皆陳迹
지음 떠나니 거문고 줄 끊으려 하네[155]	峩洋欲絶絃
전통 이어 아버지 뜻 계승했고[156]	典刑承幹蠱
집안에 안자 같은 어진 이 얻었네	門戶得顔賢
나를 돌아보니 어리석고 못나서	顧我昏無類
때때로 편지 받는 은혜 입어	時蒙簡札傳
자잘한 마음 경계함을 더하여	蓬心資警益
썩은 나무 다듬어지길[157] 의지했네	朽木倚雕鐫
외롭고 외로우니 누구와 함께하며	踽踽將誰與
쓸쓸하고 쓸쓸하니 나 홀로 가엾구나	凉凉獨自憐
아! 생각은 한량없어	吁嗟無盡意
통곡하나 공경스러움 잊지 못하네	痛哭未忘虔
막막한 하늘 아래	漠漠天登下
유유한 하수가에	悠悠河水邊

154) 여강(廬江) : 퇴계 선생이 세상을 떠난 지 5년이 지난 1575년(선조 8) 안동지역 사림들이 힘을 모아 퇴계 선생이 젊었을 때 독서하였던 곳인 안동부 동북쪽 월곡 여산촌에 여강서원(廬江書院)을 건립하고, 1576년 문순공(文純公) 퇴계 이황 선생(退陶李先生)의 위패를 봉안하였다.

155) 아양(峨洋) : 거문고의 소리를 형용한 것으로, 서로 마음을 알아주는 벗의 사귐을 말한다. 춘추시대의 백아가 거문고를 잘 탔는데, 그의 벗 종자기가 거문고 소리를 잘 감상하였다. 백아가 거문고를 타면서 고산(高山)에 뜻을 두면 종자기가 "높고 높기가 마치 태산과 같도다![峨峨兮若泰山]"라고 하였고, 또 유수(流水)에 뜻을 두면 "넓고 넓기가 마치 강하와 같도다![洋洋兮若江河]"라고 하였는데, 종자기가 죽자 백아는 자신의 거문고 소리를 들을 사람이 없다 하여 줄을 끊고 다시는 거문고를 타지 않았다고 한다.《列子 湯問》

156) 간고(幹蠱) : 자식이 아버지의 뜻을 잘 계승하여 아버지가 미처 다 이루지 못한 사업을 완성하는 것으로, 《주역》〈고괘(蠱卦) 초육(初六)〉에 "아버지의 일을 주관함이니, 자식이 있으면 돌아가신 아버지가 허물이 없게 되리라.[幹父之蠱, 有子, 考无咎.]"라고 한 데 나오는 말이다.

157) 《논어》〈공야장(公冶長)〉의 "공자께서 말씀하시기를 '썩은 나무는 조각할 수 없고, 거름흙으로 쌓은 담장은 흙손질을 할 수 없다. 내가 재여에 대하여 무엇을 꾸짖겠는가.' 하셨다.[子曰 朽木不可雕也 糞土之墻不可杇也 於予與何誅]"를 인용하여, 자신에게 가르침을 내려준 것을 비유적으로 표현한 것이다.

슬픈 노래 곡조 이루지 못하고	悲歌不成曲
인간 세상 더욱 더 망연하기만 하네[158]	人世轉芒然

158) 1833년에 중간된 국립중앙도서관장본(동곡古3648-文07-70)에는 '芒' 자가 '茫' 자로 되어 있다.

칠언시七言詩

강릉인 진사 최운해의 벽에 쓰다

題崔進士(雲海)壁上(江陵人)

강릉[159]의 공관은 경포 가에 있는데	臨瀛公館鏡湖涯
진경 찾는 나그네 마음 어떠한가	客裏尋眞意若何
천 그루 해당화 살피지 못하고	千樹海棠渾不省
꿈속에서 오히려 매화를 읊네	夢中猶自咏梅花

우천주인 이덕홍[160]의 '십송청풍'을 차운하다

次迂川主人李(德弘)十松淸風韻

울긋불긋 꽃송이도 한때이니	萬紫千紅彼一時
싱그러운 푸른빛이 계곡물 가에 머무르네	憐渠蒼翠澗邊遲
나그네 와서 어루만지며 서성이던 곳[161]	客來撫節盤桓處
한 가닥 맑은 바람 귀밑털을 날리네	一縷淸風鬢上吹

159) 임영(臨瀛) : 강릉(江陵)의 옛 이름이다.

160) 이덕홍(李德弘, 1541~1596) : 조선 중기의 학자. 예안 출생. 본관은 영천(永川). 자는 굉중(宏仲), 호는 간재(艮齋). 10여 세에 이황의 문하에 들어가, 오로지 학문에 열중하여 스승으로부터 자식처럼 사랑을 받았다. 모든 학문에 뛰어났으나 특히 역학에 밝았다. 선조 11년(1578) 조정에서 이름난 선비 아홉 사람을 천거할 때 제4위로 뽑혀 집경전 참봉(集慶殿參奉)이 되고, 이어 종묘서 직장(宗廟署直長)·세자익위사 부수(世子翊衛司副率)를 역임하였으며, 선조 25년(1592) 임진왜란이 일어나자, 세자를 따라 성천까지 호종하여, 후에 호종의 공으로 이조 참판에 추증되었다. 영주의 오계서원(迂溪書院)에 제향되었다.

161) 반환(盤桓) : 도연명의 〈귀거래사(歸去來辭)〉에 "해는 어둑어둑 곧 지려 하는데, 외로운 소나무 어루만지며 서성거리네.[景翳翳以將入 撫孤松而盤桓]"라는 말이 나온다.

명나라 사신가는 행차에 주다 (정사신[162], 자 자부, 호 매창)

朝天贈行(鄭士信 字子孚 號梅窓)

삼백 편 시를 외우는 이 사람　　誦詩三百有斯人
계자[163]는 주나라 음악으로 상국의 진실 살폈네　　季子觀周上國眞
멀리 옥하관[164]의 밝게 비칠 해를 생각하니　　遙想玉河淸照日
일양이 처음 동하니[165] 만방이 봄이구나　　一陽初動萬方春

현사사[166]의 벽에 쓰다

題玄沙寺壁上

서림[167]에 옛날 가사[168]의 방이 있어　　西林昔日可師房

---

162) 정사신(鄭士信, 1558~1619) : 조선 중·후기의 문신. 본관은 청주(淸州). 자는 자부(子孚), 호는 매창(梅窓) 또는 신곡(神谷). 1582년(선조 15) 식년문과에 을과로 급제, 저작·박사·감찰·정언·예안 현감·병조 정랑·부수찬 겸 경연검토관·춘추관 기사관·전적·예조 정랑·수찬 등을 지냈다. 1592년 임진왜란 때 지평으로서 왕을 따라 평양으로 피난중 반송정(盤松亭)에서 이탈하였다 하여 삭직당하였다. 그 뒤 강원도지방에서 의병을 모아 많은 왜적을 무찌른 공으로 1594년 경상도 도사, 1595년 선산 군수가 되고 1609년(광해군 1) 문과중시에 을과로 급제하였다. 이듬해 동지사로 명나라에 다녀온 뒤 선계변무(璿系辨誣)의 공으로 광국원종(光國原從)의 훈(勳)에 책록되고, 장례원 판결사·밀양 부사 겸 경상도 중도방어사에 이르렀다. 예조 참판에 추증되었고, 저서로는 《매창집》이 있다.

163) 계자(季子) : 연릉(延陵)의 계자로 불렸던 춘추시대 오나라 계찰(季札)이다. 사신으로 상국(上國)을 역방하며 현사대부(賢士大夫)들과 교유하였는데, 노나라에 가서 주(周) 나라의 음악을 듣고는 열국(列國)의 치란(治亂)과 흥망을 정확히 알아맞히었다고 한다. 《史記 卷31》

164) 옥하(玉河) : 명나라 초기에 외국 사신의 숙소로 사용하기 위해 북경에 설치한 관소로, 청나라 때도 그대로 이용되었다. 조선조의 사신들도 연경(燕京)에 갔을 때 이곳에 머물며 활동하였다.

165) 일양초동(一陽初動) : 동지에 일양(一陽)이 생겨나므로 이렇게 말한 것이다. 동짓달은 순음(純陰)인 곤괘(坤卦)에서 양효(陽爻) 하나가 맨 아래에 다시 생긴 지뢰(地雷) 복괘(復卦)에 해당하는데, 이는 땅 아래에서 우레가 일어나는 형상으로 만물이 태동하기 시작하는 것을 의미한다. 참고로 송나라 소옹(邵雍)의 시 〈복괘〉에 "동짓날 자시 반에는, 하늘의 마음은 움직이지 않으나, 일양이 처음 움직이는 곳이며, 만물이 나지 않은 때로다.[冬至子之半, 天心無改移. 一陽初動處, 萬物未生時.]"라고 하였다. 《周易 復卦》

166) 현사사(玄沙寺) : 경북 안동시 와룡면 현사산에 있던 현사사를 가리킨다. 조목(趙穆)과 구봉령 등이 이곳에서 글을 읽었다. 또 당시 명사들이 수계(修禊)를 하거나 강회를 열고, 시문을 남기기도 하였다.

167) 서림(西林) : 서림은 중국 산서성(山西省) 여산(廬山)에 있는 서림원(西林院)이라는 절을 가리키는데, 주희가 서림원의 달관헌(達觀軒)에 유숙하면서 연평(延平) 이동(李侗)에게 학문을 배웠던 일을 가지고 비유한 것이다. 《晦菴集 卷2 題西林可師達觀軒再題》

168) 가사(可師) : 서림원(西林院)의 승려인 유가사(惟可師)를 칭한 것으로, 주자(朱子)가 일찍이 연평(延平) 이

백발 되어 다시 오니 감개가 깊네 白髮重來感慨長
적막한 높은 산에 사람은 없어 寂寞高山人不見
홀로 밝은 달 이웃하니 밤은 길기만 하네 獨憐明月夜蒼蒼

수석운

壽席韻

술잔이 오가는 적막한 물가에 罇酒相從寂寞濱
청풍명월이 손님으로 앉았네 淸風明月座中賓
옆 사람을 예사로이 보지 마오 傍人莫作尋常看
아마도 상산의 사호[169]일지니 疑是商山四皓人

대나무와 백일홍을 주심에 감사하다

謝釆惠竹種及百日紅

농사일 배우고서 모든 일에 우둔하니 學圃年來百事癡
온 산에 복숭아 자두나무 무성하네 漫山桃李亂葳蕤
오늘 아침 기원의 대나무[170] 얻어 심어 今朝得種淇園綠
군자의 빛나는 거동 세밑에야 알게 되었네 君子光儀歲晩知
(이상은 대나무이다) (右竹)

열흘 붉은 꽃은 없다 누가 말했나? 誰道花無十日紅
가을바람에 백명이 피고 지네 百蓂開落向秋風

동(李侗)에게 수학하면서 유가사가 마련해 준 달관헌(達觀軒)에서 유숙하였었다. 이 때문에 주자는 그를 위하여 제서림가사달관헌(題西林可師達觀軒), 재제(再題) 등 여러 편의 시를 지어 주었다.

169) 상산사호(商山四皓) : 진(秦)나라 말기에 전란을 피해 진령(秦嶺)의 지맥(支脈)인 상산(商山)에 들어가서 은거했던 4인의 백발노인, 즉 동원공(東園公), 기리계(綺里季), 하황공(夏黃公), 녹리선생(甪里先生)을 말한다.

170) 기원록(淇園綠) : 《시경》 〈위풍(衛風) 기욱(淇奧)〉에 "저기 기수 가 물굽이를 바라보니, 푸른 대나무 숲 아름답게 우거졌네.[瞻彼淇奧 綠竹猗猗]"라고 하였는데, 주희의 주에 "기수 가에 대나무가 많아 한(漢)나라 때까지도 여전하였으니, 이른바 '기원의 대나무'라고 하는 것이 그것이다.[淇上多竹 漢世猶然 所謂淇園之竹是也]" 하였다.

은자는 이를 얻어 뜰에 펼쳐 놓았으니[171]	幽人得此爲庭實
숲속 나뭇잎 없는 것을 걱정하지 않네	不怕千林萬葉空
(이상은 백일홍이다)	(右百日紅)

설월 김부윤[172]의 '회화'를 차운하다. 2수

次金雪月(富倫)會話韻 二首

은자는 저절로 세상 사람과 멀어지니	幽人自與世人疎
한 칸 집은 날아갈 듯 네 벽이 허공이네	一室翛然四壁虛
오늘 우연히 문주회[173]를 만들고	今日偶成文酒會
침상을 이어놓고 밤은 어떠한지 묻지도 않았네	聯床不問夜何如

온 산 가득 소나무에 달그림자 드리우고	滿山松月影扶疎
온갖 소리 모두 거둬 고요하고 공허한 밤	萬籟俱收夜靜虛
하늘에 좋은 기회 빌려 한바탕 크게 웃으니	天借好便開一笑
이때의 심사야 누가 또 알리오	此間心事又誰如

앞사람의 시를 차운하다. 2수

次前人韻 二首

솔문에 와서 달 아래 창을 두드리니	來叩松門月下窓
오래된 회포 푸른 등잔과 마주하네[174]	百年懷抱對青缸

171) 정실(庭實) : 제후가 바치는 공물을 천자(天子)의 뜰에 진열하여 놓던 것을 가리킨다.

172) 김부윤(金富倫, 1531~1598) : 호가 설월당(雪月堂)이다. 퇴계 이황에게 수학하였는데 실천이 돈독하였으므로 이황이 기특하게 여겨 손수 설월당이라는 호를 써서 내려 주었다. 중종 26년(1531)에 태어나서 선조 26년(1598)에 타계하였으니, 향년이 68세였다. 배위는 밀양 박 씨이고, 후 배위는 평산 신 씨이다. 김부윤은 설월당이라는 정자를 지어 스스로 공부하고 후생들을 가르치는 장소로 삼았는데, 그것은 지금 오천 문화재 단지의 읍청정 아래에 옮겨 세워져 있다.

173) 문주회(文酒會) : 시문(詩文)을 지으면서 술을 마시기 위하여 모이는 모임.

174) 1833년에 중간된 국립중앙도서관장본(동곡古3648-文07-70)에는 '缸' 자가 '釭' 자로 되어 있다.

다시금 흥을 타고 산음의 밤에 更須乘興山陰夜
홀로 노 저어 돌아올 때 강에는 눈이 가득[175] 孤棹回時雪滿江

천지는 넓고 넓은 빈 창문 같으니 乾坤納納一虛窓
어찌 산중에서 술 한 동이 얻으리 安得山中酒滿缸
시인의 바다 같은 가슴 트이게 하니 欲助詩豪胸海闊
문장은 웅건하여[176] 붓 아래 물결이 용솟음치네 長杠筆下湧濤江

앞사람의 시를 차운하다 2수

次前人韻 二首

이렇게 청아한 산 속의 밤 一般淸意山中夜
만 리 맑은 허공에 조각달 밝네 萬里澄空片月明
깊이 취향에 들어가 함께 꿈꾸니 深入醉鄕同夢罷
여덟 신선 응당 이때의 정 기억하리 八仙應記此時情
(이날 모인 사람이 8명이다) (是日會者八人)

세속의 때 피하려 오랫동안 골몰하니 不向塵埃長汨沒
풍월의 청명함 즐기기를 좋아하네 好隨風月弄淸明
술 단지 앞에서 한바탕 웃으면 즐거움이 넘치고 罇前一笑有餘樂
곧바로 옛 시 잡고 성정을 논하네 直把古詩論性情

---

175) 진(晉)나라 왕휘지(王徽之)가 눈 내린 밤에 친구 대규(戴逵)가 갑자기 보고 싶어서 산음에서 배를 저어 섬계(剡溪)의 그 집 앞까지 갔다가 돌아왔다는 고사가 있다. 《世說新語 任誕》

176) 장강(長杠) : 긴 장대를 가리키는데, 웅건(雄健)한 문장력을 비유하는 말로 쓰인다. 구양수(歐陽脩)가 〈여산고(廬山高)〉 시에서 여산에 은거한 유환(劉渙)의 고상한 절조를 찬미하며 "장부의 절개 그대만 한 이 적으니, 아, 내가 표현하고 싶은데 장대같이 큰 붓을 어디에서 얻으랴.[丈夫壯節似君少 嗟我欲說 安得巨筆如長杠]" 한 데서 나왔다. 《歐陽文忠公集 居士集 卷5》

다시 허자 운을 써서 설월의 선물에 사례하다

復用虛字韻以謝雪月佳貺

다정하고 친하게 나를 멀리하지 않음 감사하며	爲謝情親不我疎
진솔하게 나를 돌아보니 또한 속은 비었네.	顧吾眞率亦中虛
도리어 아름다운 시문[177] 산 벽에 빛나니	却將瓊玖輝山壁
좋은 글[178]로 답하고자하나 미치지 못함 부끄럽네	欲報南金愧不如

퇴계 선생의 시를 차운하다

敬次退溪先生韻

옛날의 꽃다운 자취 안개 낀 산이 기억하니	昔年芳躅記烟鬟
어찌 청풍을 얻어서 한 번 돌아오지 않으리	安得淸風一往還
천 리를 노니는 마음 몸은 편한데	千里遊心身便在
덧없는 인생을 한가로이 허비했네	浮生虛了百年閒

유일재 김언기[179]의 '초당'을 차운하다. 10장

次惟一齋金(彦璣)草堂韻 十章

청풍명월에 오두막 두어 칸	明月淸風屋數間

---

177) 경구(瓊玖) : 남의 아름다운 시문(詩文)을 말한다. 《시경》〈위풍(衛風) 모과(木瓜)〉에 "나에게 모과를 던져주기에, 그에게 경거로 보답하였네. …… 나에게 오얏을 던져주기에, 그에게 경구로 보답하였네.[投我以木瓜, 報之以瓊琚. …… 投我以木李, 報之以瓊玖.]"라고 하였다. 이로 인해 자신의 시문을 낮추어 '모과(木瓜)'라 하고, 상대의 시문을 높여 '경거(瓊琚)'라 하게 되었다.

178) 남금(南金) : 중국 형주(荊州)와 양주(揚州) 지방에서 생산되는 품질이 좋은 구리를 가리키기도 하고, 황금을 가리키기도 한다. 쌍남금(雙南金)이라고도 한다. 귀중한 물건 또는 우수한 인재를 비유하는 말로 쓰인다. 백거이의 〈수장태축만추와병견기(酬張太祝晩秋臥病見寄)〉 시에 "무엇으로 진중한 시에 보답할까, 쌍남금이 없어 부끄러울 뿐이네.[何以報珍重 慚無雙南金]"라고 하였다. 《白樂天詩集 卷9》

179) 김언기(金彦璣, 1520~1588) : 조선 중기의 학자. 본관은 광산(光山). 자는 중온(仲昷). 호는 유일재(惟一齋). 이황의 문인으로 명종 22년(1567) 생원시에 합격하였다. 이황이 죽은 뒤에는 여강서원(廬江書院)을 세우고, 백련사(白蓮寺)를 철거하여 유학을 숭상하고 불교를 배척하는 데 노력하였다. 저서로는 《유일재집》 1권이 있다. 안동의 용계서원(龍溪書院)에 제향되었다.

십 년을 누추한 골목에서 가난하게 살았네[180]	十年顔巷一瓢寒
꽃 곁에서 이치를 탐구하니 마음은 늘 즐겁고	傍花探理心常活
이슬에 젖어 시 지으니 먹물이 마를 날 없네	和露題詩墨未乾
하늘 끝에 조각구름 창공에 떠있고	天際斷雲浮碧落
문 앞에 흐르는 물은 청산을 마주하네	門前流水對靑山
그 가운데 시인의 생각은 끝이 없고	箇中無限騷人意
소등에 석양이 지니 피리 소리 한가롭네	牛背斜陽一篴閒

일생을 천지간 세 칸 집에 사니	一生天地屋三間
소나무 계수나무 빈 산에 가난하게 지내네[181]	松桂空山鶴料寒
문 앞 다섯 그루 버드나무 앞에 꾀꼬리 소리 곱고	五柳門前鶯語滑
온갖 꽃 핀 집 밖에 새소리 울려 퍼지네	萬花軒外鳥聲乾
가을 앞의 나무는 잠자리에 서늘함을 생기게 하니	凉生枕席秋前樹
눈 내린 뒤의 산은 차가운 주렴 같네	冷徹簾屛雪後山
이 같은 청량한 경지를 얻었으니[182]	料得一般淸意味
사계절 풍월 고요한 가운데 한가롭네	四時風月靜中閒

높은 곳 터를 좋아하니 푸른 풀이 우거지고	好崇基止綠蕪間
맑은 시내에 부는 시원한 바람을 사랑하게 되었네	爲愛淸溪一帶寒
시 짓기를 마치니 새벽 구름에 은 붓대 젖고	吟罷曉雲銀管濕
종일토록 취해 자니 옥병은 비어 있네	醉眠終日玉甁乾
시비와 근심과 즐거움 눈앞의 일이지만	是非憂樂眼前事
우뚝 솟은 높은 뒷산 처마처럼 드리웠네	偃蹇崢嶸簷後山

180) 안항일표(顔巷一瓢) : 《논어》 〈옹야(雍也)〉의 "어질다, 안회(顔回)여. 한 그릇 밥과 한 표주박 물을 마시며 누항에 사는 것을 사람들은 근심하며 견뎌 내지 못하는데, 안회는 그 낙을 바꾸지 않으니, 어질도다, 안회여. [賢哉 回也 一簞食 一瓢飮 在陋巷 人不堪其憂 回也 不改其樂 賢哉 回也]"라는 공자의 말에서 나온 것이다.

181) 학료(鶴料) : 당나라 때 막부(幕府) 관원의 녹봉을 일컫던 말로 나라에서 주는 월급이라는 의미로 쓰고 있다.

182) 일반청의미(一般淸意味) : 소옹(邵雍)의 〈청야음(淸夜吟)〉에서 "달은 하늘 한복판에 이르고, 바람은 물 위에 불어오누나. 이와 같은 청량한 경지를, 아는 사람 아마도 많지 않으리.[月到天心處 風來水面時 一般淸意味 料得少人知]"라고 노래하였다.

술을 머리에 인 농부 때때로 찾아오니	載酒野人時訪我
이 한 몸 이로 인해 한가롭지 못하네	一身從此未全閒
이 사이에 뜬구름 같은 명예를 구하지 말라	莫把浮名向此間
이 한 몸의 생계는 청한함에 맡겨두리	一身生計任淸寒
황량한 밭둑에 비 내리니 꽃향기 진동하고	荒畦雨後花香襲
작은 제방에 바람 부니 대숲의 이슬이 마르네	小塢風前竹露乾
벼슬 주고[183] 귀양 보냄[184]은 하늘의 일이고	黃閣朱厓天上事
흰 구름 푸른 학이 눈앞의 산에 있네	白雲靑鶴眼前山
원림은 예로부터 관장하는 이 없으니	園林自古無人管
은자에게 보내져 한가로움을 얻게 하네	輸與幽人落得閒
지팡이 짚고 일찍이 구름 낀 들을 찾아가니	一筇曾訪野雲間
길가 이슬은 의외로 소매 가득 차갑네	行露欺人滿袖寒
농촌의 해는 길고 사람의 일 드문데	田舍日長人事罕
어촌에 안개 걷히니 비 온 땅이 마르네	水村烟淨雨痕乾
나막신 끌며 시 생각하니 도연명의 삼경[185]이고	尋詩引屐陶三逕
탁 트이게 주렴 걷으니 사첩산[186]의 산이네	快眼鉤簾謝疊山
돌아와 낡은 집에 누우니 얻음이 있는 듯	歸臥弊廬如有得
비루한 생각의 싹이 이를 따라 한가해졌네	鄙萌從此可能閒

183) 황각(黃閣) : 한(漢)나라 때에 승상부(丞相府)를 황색으로 칠했던 데에서 유래하여, 재상을 뜻하는 말로 쓰이게 되었다.

184) 주애(朱崖) : 중국 남방에 있는 지명으로, 가장 험준하고 멀리 떨어져 있기 때문에, 대신이 죄를 지으면 이곳으로 귀양을 보냈다.

185) 도삼경(陶三逕) : 진(晉)나라 도연명의 〈귀거래사(歸去來辭)〉에 "세 오솔길은 묵어가는데, 솔 국화는 그대로 있네.[三逕就荒, 松菊猶存.]"라고 하였다.

186) 사첩산(謝疊山) : 남송 말기의 문신이자 충신인 사방득(謝枋得, 1226~1289)으로 첩산은 그의 호이고 자는 군직(君直)이다. 이종(理宗) 보우(寶祐) 4년(1256) 진사시에 급제하고 벼슬이 강동 제형(江東提刑)에 이르렀다. 송나라가 망하자 은거하고 원나라 조정에서 여러 차례 불렀지만 나가지 않았다. 원나라 조정에서 강제로 불러 대도(大都)에 왔지만 끝내 굴복하지 않고 단식하다가 별세하였다.

숲과 샘과 물과 달 사이에 합쳐 있으니 合在林泉水月間
시인은 이를 좇아 쓸쓸한 구름 대하네 騷人由此對雲寒
밤 향기 다하지 못하고 안개 아직 남았는데 夜香未盡烟猶在
아침 해 떠오르면 안개 점점 걷히리 朝日初昇霧漸乾
방 안 가득 도서에는 신령스러움 가득하고 一室圖書神六合
봉우리마다 꽃비 내리니 삼신산[187]을 꿈꾸네 千峯花雨夢三山
다른 사람에게 한가로움을 말하지 마시게 傍人莫道渾無事
조만간 산중이 한가롭지 못할지니 早晩山中也未閒

하늘과 땅 사이에 득실이 분분하니 得失紛紛天壤間
벼슬 없고 가난한 것 슬퍼할 것 없네 不須惆悵布衣寒
많은 책 십 년 동안 반딧불 항상 비치고 五車十載螢常照
한 책상에서 삼동을 나니 눈이 아직 녹지 않았네[188] 一榻三冬雪未乾
변방의 슬픔과 기쁨 당하기를 수차례 塞上悲懽當任數
바위 속의 주옥은 산에 감출 수 있네 石中珠玉可藏山
공명은 자고로 몸에 누가 되니 功名自古爲身累
모든 일은 한 글자의 한가함만 못하네 萬事無如一字閒

천지간에 한 몸이 방촌 간에 있고 天地吾身方寸間
마음 짓지 않으니 식은 재처럼 차네 無營心似死灰寒
양지바른 죽창은 부질없이 밝아오고 向陽竹牖虛生白
풀 푸른 연못에는 물이 마르지 않네 靑草池塘水不乾
우주는 한 창문으로 일월을 밝히고 宇宙一牕明日月
건곤은 만고의 강산을 좋아하네 乾坤萬古好江山

---

187) 삼산(三山) : 신선이 살고 있다는 삼신산(三神山)의 약칭. 중국 전설에 나온 봉래(蓬萊)·방장(方丈)·영주(瀛州) 세 산이라는 것. 일설에는 우리나라 금강산·지리산·한라산이라고도 함.

188) 가난에도 굴하지 않고 꿋꿋하게 공부하는 것을 비유한 것이다. 진(晉)나라 때 차윤(車胤)과 손강(孫康)이 모두 젊었을 때 집이 몹시 가난하여 기름을 마련할 수가 없었으므로, 차윤은 여름밤에 반딧불[螢] 주머니를 만들어 그 불빛으로 글을 읽었고, 손강은 겨울밤에 눈[雪] 빛으로 책을 비추어서 열심히 글을 읽었던 데서 온 말이다.

시인은 또한 집착하지 않으니	騷人且可無偏着
관조하며 노니니 뜻은 절로 한가롭네	觀物逍遙意自閒
어찌 천만 칸 너른 집[189]에 거하리	安得廣居千萬間
초당에서 초췌하게 두보[190]처럼 산다네	草堂憔悴杜陵寒
발은 성기어 밤마다 바람 막기 어렵고	簾疎夜夜風難庇
비새는 지붕에 자리마다 마를 날이 없네	屋漏牀牀雨未乾
목마를 때는 수사[191]의 맑은 물을 마시고	渴飮淸波洙泗水
굶주릴 땐 수양산 고사리[192]를 즐기네	樂飢薇蕨首陽山
그대 보았는가? 늘어선 창 같은 장안의 저택을	君看列戟長安第
붉은 문 한 번 닫히니 저 홀로 한가로운 것을	一閉朱門物獨閒
이생의 공업은 예림(藝林) 사이에 있으니[193]	此生功業藝杖間
인정이 사라지고 세태가 쓸쓸한 것이 부끄럽네[194]	愧殺人情世態寒
적게 주면서 마음의 옹졸함을 스스로 아니	寡與自知心計拙
만나는 사람 도리어 언어가 메말랐다고 비웃네	逢人還笑語言乾
용포는 강물의 반을 감출 수 있고	可藏龍浦半江水
서쪽 언덕 한 점 산을 가장 사랑하네	最愛西坡一點山

189) 광거(廣居) : 인(仁)을 뜻한다. 《맹자》 〈등문공 하〉에, "천하의 너른 집인 인(仁)에 거처하며, 천하의 바른 자리인 예(禮)에 서며 천하의 대도인 의(義)를 행한다. 뜻을 얻으면 백성과 함께 도를 행하고 뜻을 얻지 못하면 홀로 그 도를 행한다. 부귀가 마음을 방탕하게 하지 못하며, 빈천이 절개를 옮기지 못하며, 위무도 굴복시키지 못하니, 이런 사람을 대장부라고 한다.[居天下之廣居 立天下之正位 行天下之大道 得志與民由之 不得志獨行其道 富貴不能淫 貧賤不能移 威武不能屈 此之謂大丈夫]"라고 하였다.

190) 두릉(杜陵) : 당나라의 문인인 두보를 가리키는 말로, 그의 조상이 두릉에 살았고 자신도 두릉 부근에 살았기에 두릉야로(杜陵野老), 두릉포의(杜陵布衣) 등으로 자호하였다.

191) 수사(洙泗) : 노(魯)나라 곡부(曲阜)에 있는 수수(洙水)와 사수(泗水)를 아울러 일컫는 말로, 공자가 이 지역에서 강학 활동을 한 데에서 공자나 유가를 대칭(代稱)하는 말이 되었다.

192) 백이와 숙제처럼 굶주리며 절개를 지키는 것을 말한다. 주나라 무왕이 은나라를 멸망시키자, 백이와 숙제는 주나라에서 벼슬하는 것을 부끄럽게 생각하고 수양산에 들어가 고사리를 채취해 먹다가 굶주려 죽었다 한다.

193) 대본에는 '□生功業藝杖間'으로 한 글자가 빠져 있으나, 1833년에 중간된 국립중앙도서관장본(동곡古3648-文07-70)에 따라 '此' 자를 추가하였으며, 중간본에는 '杖' 자가 '林' 자로 되어 있다.

194) 대본에는 '愧□人情世態寒'으로 한 글자가 빠져 있으나, 1833년에 중간된 국립중앙도서관장본(동곡古3648-文07-70)에 따라 '殺' 자를 추가하였다.

이를 따라 두 구역 풍월이 좋으니	從此兩區風月好
벽촌의 경치는 더욱 그윽하고 한가롭네	僻村雲物更幽閒

두 분의 성주에 부치다 (안몽윤 자는 상경이고 후에 순양군에 봉해지고 우의정 부원군 증직되었다) 선정을 베풀고 함안 군수로 승직되어 부임하다
奉送貳城主 (安夢尹字商卿後封順陽君贈右議政府院君) **以善政陞叙拜咸安郡守將赴任**

삼첩양관[195]은 누가 노래를 지었는가	三疊陽關誰作曲
이 생애에 두 하늘을 이별하네	二天離別此生涯
풍요로 매번 탄식하니 날이 어찌 저무는고	風謠每歎來何暮
조정이 이제 성사되니 떠난 후에 생각나네	朝政今成去後思
세상사 위에 이르면 아래로 내려오기 어렵고	世事到頭難下手
인정이 지극한 곳에 이르면 감히 시를 말하네	人情極處敢言詩
행차에 임해 맑은 강가에서 다시 술잔을 나누니	臨行更酌淸江水
성 밖의 가을바람도 주막의 깃발로 전송하네	城外秋風送酒旗

기로회 (70세 이상 향인이 같이 도촌에서 모이다)
耆老會 (與鄕人七十以上 會桃村)

칠십 팔십 또 구십	七十八十又九十
작년 가고 금년 오니 백 년에 이르네	去年今年至百年
술통, 도마, 잔, 소반은 들의 형편에 따르고	樽俎杯盤隨野態
의관과 예수는 천연에서 나오는 것	衣冠禮數出天然
동지의 추위 이미 지극하나 양이 처음 발생하고	冬寒已極陽初發
온화한 기운이 풍성하니 온 천지가 즐거운 일	和氣融回樂事全
늙은이들 행복이 더하니 진솔한 모임이라	蒙叟幸添眞率會

195) 중국 당나라의 시인·화가·문신인 왕유(王維)가 지은 악곡. 왕유가 원이사(元二使)를 송별(送別)할 때 지은 시가 송별의 노래로 널리 애창되었고, 세 번 되풀이하여 부르기 때문에 양관삼첩곡(陽關三疊曲)이라고도 부름.

풍악이 없을 수 없으니 남은 편이 이어지네 可無風雅續遺編

영모루 (모여 당호를 논하다. 산그늘)

永慕樓 (安參議堂號 山陰)

산그늘 아래 높은 누대가 있고 山陰之下有高樓
내 친구 올해 이 언덕에 머무네 我友當年卜此丘
문밖에는 세 그루의 큰 측백나무 門外猶存三大柏
연못에는 닻줄 없는 외로운 배 하나 池中空纜一孤舟
중촌의 화려한 현판 처마 사이를 비추고 衆村華額楣間映
늙은 학자들의 맑은 책들이 벽 위에 머무네 鶴老淸篇壁上留
오늘 다시 오니 슬픈 옛 자취들 남아있고 今日重來悲舊跡
개울가 단풍나무는 무인년 가을과 같네 溪楓獨似戊寅秋

제목을 잃고

失題

하늘에 별들이 장수를 축하하고 天上星辰祝萬齡
인간 세월 천 개의 별을 바라보네 人間歲月閱千庚
악기를 연주하니 화기가 돌고 鳳笙龍管吹和氣
좋은 날 성스러운 구름 술잔이 가득하네 瑞日祥雲滿酒觥
사방의 바람소리 좋고 □□□ 四境風謠 逸
일가의 기쁘고 즐거운 소리 시끌벅적 하네 一堂懽樂響雷轟
□□□ 묻혀 사는 이의 걱정 □□□ 逸 草土憂 逸
외로운 이슬 남은 삶의 눈물에 더하네 □□□ 孤露餘生淚 逸

백담 선생의 "요촌을 보고[行視蓼村]"라는 시에 삼가 차운하여 시 43구를 짓다
敬次栢潭先生[行視蓼村] 作詩四十三句

아 백담의 즐거움 설명하기 어렵네　　嗟潭之樂欲說難
어찌 가서 한 번 보지 않으리오. 한 번이 아닌 걸　　盍往觀乎非一蹴
연원은 황하와 낙수. 물은 유유히 흐르고　　淵源河洛水悠悠
넓은 우주에는 산들이 우뚝하구나　　磅礴宇宙山矗矗
그윽하기는 처녀가 깊은 규방에 숨은 것 같고　　幽如處子秘深閨
산은 거인의 엄숙한 모습처럼 우뚝 솟아 있네　　屹若巨人氣容肅
붉은 노을은 별난 한 언덕을 따라 비추고　　丹霞映帶別一丘
푸른 아지랑이 천 길 나무에 울창하구나　　翠靄鬱葱千章木
선생은 지난 날 말없이 노닐었네　　先生昔日薄言遊
대나무 지팡이와 헤진 신발과 한 폭 건　　竹杖芒鞋巾一幅
돌아보니 내가 동자 때부터 또한 뒤를 따랐네　　顧吾童子亦隨後
세상사람 와서 같이 따라가는 것을 허락하지 않았네　　不許世人來相逐
땅의 기운 보물을 사랑하니 응당 오래 머물고　　坤靈愛寶應有待
바위 굴 솟는 구름 빈 골짜기에 가득하네　　岫雲動色吹虛谷
진실로 은둔한 군자가 살찌는 곳　　允矣肥遁君子所
지초와 버섯 먹고 배고픔을 견디어 냈는가　　可以療飢芝朮服
그 땅을 얻어서 편히 쉬고　　於焉游息得其地
얼마나 많은 세월이 흘러갔는가?　　幾多寒暑往而復
고요한 말씀 처음부터 끝까지 참을 수 없고　　靜言終始已不忍
모두 평생 수차례 이어 또다시 숨기네　　悉數平生且更僕
산천의 맑은 바람 이 사람에 미치고　　山川淑氣鍾斯人
쇄락광풍은 날마다 마을을 새롭게 하네　　洒落光風日新沭
누추하고 소박한 생활로 성현을 배우고　　陋巷簞瓢[196]學聖賢
요순시대 사업을 마음 깊이 새기네　　唐虞事業敷心腹
하늘과 연못에서 솔개 날고 물고기 뛰는 묘한 뜻을 얻고　　天淵得意妙鳶魚[197]

---

196) 단표(簞瓢) : 한소쿠리의 밥과 표주박의 물이라는 뜻으로, 안빈낙도의 삶을 뜻한다.

시를 읊으며 돌아와 저 산기슭을 바라보네　　詠賦歸來瞻彼麓

토끼가죽 옷 입고 일찍 그 값을 꿈꾸고　　菟裘夙計費夢想

당실에서 경영을 다하여 숨을 뜻을 밝히네　　堂室經營竆析隩

슬며시 하루를 우리의 산수에서 지내며　　居然一日我泉石

고인에게 물으니 마음이 부끄러움이 없네　　質諸古人心無恧

소요하며 공허를 사모하지 않겠는가　　逍遙不是慕空虛

아침저녁으로 문 열어 놓으니 사슴과 친해지네　　早晩非關友麋鹿

무우에서 바람 쐬고 누구와 함께 돌아가려나[198]　　風乎舞雩誰與歸

한해를 마치니 노봉에는 나 혼자가 아니네　　卒歲盧峯吾不獨

서적을 보고 냄새와 맛을 깊이 알았으니　　煦書深得臭味眞

입맛에 맞는 큰 솥의 고기가 어찌 다르겠는가　　悅口何殊大鼎肉

사계절 아름다운 흥취 골고루 나누어 가지니　　四時佳興任平分

한 기운의 순화는 누가 축을 잡고 있는가　　一氣循環誰秉軸

끝없는 바람과 달은 풀을 교대로 푸르게 하고　　無邊風月草交翠

안개와 놀이 눈에 가득 담쟁이 넝쿨이 집을 얽네　　滿目烟霞蘿補屋

도산은 하물며 다시 얼음 항아리를 비추고　　陶山況復照氷壺

봄바람에 내리는 비는 사숙한 것이 아니네　　春風時雨非私淑

달을 보고 읊조리며 오니 깊은 정취가 있고　　弄月吟來有深趣

넓은 화로에 눈 녹듯 능히 물러나 엎드리네　　點雪洪爐能退伏

연잎 옷에 향낭을 차고 씩씩하게 이 땅을 떠나니[199]　　芰荷衣佩繽陸離

초목들은 밝게 빛나고 햇빛은 더욱 아름다웠네　　草木昭回光景郁

고요함 속에 하늘과 땅은 해와 달이 길어지고　　靜裏乾坤日月長

세상의 구름과 비는 번거로움이 더욱 많도다　　世間雲雨多翻覆

---

197) 시운(詩云) : "鳶飛戾天, 魚躍于淵" 言其上下察也. 《중용》 제23장.

198) 공자의 제자 증점(曾點)이 "늦은 봄에 봄옷이 만들어지면 관을 쓴 벗 대여섯 명과 아이들 예닐곱 명을 데리고 기수에 가서 목욕을 하고 기우제 드리는 곳에서 바람을 쏘인 뒤에 노래하며 돌아오겠다.[暮春者 春服旣成 冠者五六人 童子六七人 浴乎沂 風乎舞雩 詠而歸]"라고 자신의 뜻을 밝히자, 공자가 감탄하며 허여한 내용이 《논어》〈선진〉에 나온다.

199) 자신의 깨끗한 절조만을 고집하며 타협하지 않는 것을 말한다. 《초사》 이소(離騷)에 "연꽃 잎 따다 옷 만들어 입는다.[製芰荷以爲衣兮]" 하였다.

욕심을 버리니 물고기와 새들이 저절로 친해지고　忘機魚鳥自相親
영구히 관대하기를 맹세하며 홀로 잠자는구나　永矢寬薖獨寐宿
영화로운 시절이 다시 오니 문장은 활발해지고　英華時復發成章
물 위의 바람은 아름다운 무늬를 그리네　水上風行文纁縠
주현[200] 소리 멀리 퍼지니 여음이 남아있고　朱絃疏越有遺音
강한에 씻기우고 가을 햇살에 말리네　濯以江漢秋陽曝
엄숙하게 마음을 바르게 하여 성정을 얻고　齊莊中正得性情
자랑을 좋아하지 않으니 눈과 귀가 공손해지네　不喜浮誇供耳目
매년 오는 즐거움은 또한 무슨 일인가　年來所樂亦何事
시경 고반편에 석인의 집짓는 것 모두 말하였네　考槃皆言碩人築
안타깝게도 굳게 감추어 둔 것[201]을 갑자기 옮겨가니　堪嗟舟壑忽變遷
거미줄이 책장에 얽혀지는 것을 참고 바라보네　忍看蛛網罥書簏
깊은 골짜기에 찬바람부니 풀들은 봄이 아니라 하고　寒生幽谷草不春
텅 빈 뜰에 찬바람 들어오니 집은 온통 따뜻한 곳이 없네　冷入空庭室無燠
산림은 도끼가 침범하는 것을 면하지 못하고　山林不免斧斤侵
울타리 아래 국화 심는 것 도연명 뒤에 누가 알리오　籬下誰知陶後菊
바람소리는 오히려 차가워진 후의 소나무에 있으니　風聲猶在歲寒松
맑은 지조는 언 눈 속의 대나무에서 보려네　淸操想見冰霜竹
슬프도다! 우리의 무리가 맑지 못함이여　悲乎吾黨之不淑
애통하도다! 이 백성들 복록이 없는 것이　痛矣斯民也無祿
남긴 책 다행히 얻으니 어른 말씀 새롭고　遺篇幸得咳唾新
차가운 못을 묘사하니 푸르름도 차갑네　寫出寒潭寒翠撲
슬프게 노래하고 또 백담길향하니　悲吟又向潭上路
지팡이 신의 자취 맑은 폭포처럼 흐르네　杖屨遺躅流淸瀑
천시와 사람일 묘하게 측정하기 어려우니　天時人事杳難測
편함과 근심 길흉을 어찌 알겠는가　休戚吉凶那可卜

200) 《시경》 〈주현〉장을 가리킴.

201) 주학(舟壑)은 장주어학(藏舟於壑)의 줄임말로 물건을 군건하게 감추어두는 것을 비유한 것.

멀리 들려오는 거문고 소리 누가 여운을 다시 이으리	瑤琴誰復理餘韻
석양에 피리소리 한 자락 수심을 움키네	一笛斜陽愁可掬
정중히 문장을 의뢰하고 잊지 않으니	尙賴斯文有不忘
아득한 공경에서 물건의 체와 소리의 형이 만들어지네	體物形聲於沕穆
고산유수는 옛날처럼 푸르름은 끝없고	高山流水舊蒼泱
언덕의 지초와 물가의 난초는 저절로 향기롭네	岸芷汀蘭自芬馥
궁중의 벼슬아치 쑥과 명아주를 없애려 하고	宮牆寧使沒蒿萊
술업의 가르침을 마치니 땅을 면하네	術業終敎免沉陸
재주 화려함과 부귀는 모두 상관하지 않으니	才華富貴總不關
가르침은 정녕코 생각이 무르익네	誨語丁寧思爛熟
우리 유자는 예로부터 정곡을 찌르니	吾儒自古有正鵠
밖으로 마땅함을 사모하여 무리를 경계하네	外慕終當戒類鶩

가정 병진 사월에 오니 선생께서 요촌(蓼村)을 걸어서 보셨다. 머물러 숨어서 수양하기를 바라셨다. 비루하다. 그때 나이는 스무 살도 되지 않았고 대개 동자가 따라다녔다. 선생은 연못 위 언덕과 계곡 사이에 지점을 정하기에 이르렀다. 온종일 돌아다니셨다. 돌아온 후 밤중에는 시를 지어 부쳐 보여주었다. 지금 보니 35년 세월이 빠르게 흘렀다. 슬프도다. 꿈은 갑자기 사라지고 지금 다시 운담 위에 그 말씀 이어갈까 가능할까 유편을 잃지 않으니 다행이었다. 오늘 비단상자에서 보았으니 글이 대단했다. 여기저기에 있는 것처럼, 엎드려 읽는데 슬픔이 목에 메였다. 입은 소리 낼 수 없었고 손은 책을 잡기 어려웠다. 수일이 지나 주제넘게 운을 좇고 근엄하게 따라갔다. 유고 뒤에 붙일 수 있었다. 올해 봉해서 올리고 가르침을 구하고자 했다. 탄식하며 나머지를 읊었다. 스스로 그만둘 수 없기에 오호 슬프도다.

往在嘉靖丙辰四月日 先生行視蓼村 欲卜藏修 鄙 於時年未弱冠 蓋以童子從 先生 乃卜地於潭上崖谷間 倘佯終日 歸來後 月餘 作詩以寄示之 而今倏焉三十五載矣 惜乎 楹夢遽罷 今雖復欲承謦欬於雲潭之上 其可得乎 尙幸遺篇不逸 今乃得見於巾箱中 辭意洋洋 如在左右也 伏讀悲哽 口不能聲 手不忍釋者 累日也 乃敢僭率謹追其韻 以附遺事之後 蓋敬奉當年求和之敎 而咨嗟詠歎之餘 有不能自已者也 嗚呼痛哉

북애 김기를 애도하며 2수 (이 시는 출간 이후에 얻어서 칠언시 뒤에 추가로 수록했다)
挽金北厓 圻 二首 (此詩始得於刊出之後故追錄於七言詩下)

세상의 잘난 남자들이여	世上奇男子
인간사 뛰어난 장부여	人間逸丈夫
명성을 얻기 어렵다네	聲名難竝立
맘으로 서로 구하지 말게	心事不相求
푸른 계곡에 집을 짓고	卜築淸溪曲
낙숫물 따라 노래하세	行吟洛水流
지금 옛날의 자취를 편하게 따라가다 보면	從今便陳迹
우리당은 한과 어려움 쉴 수 있네	吾黨恨難休

산림은 진정한 즐거움의 땅이지	山林眞樂地
한해가 가고 즐겁게 놀 수 있다네	卒歲可優游
부귀는 어찌 나의 차지겠나	富貴豈吾分
배부르고 편안함은 내가 추구할 바가 아니고	飽安非所求
한가로운 구름과 같이 멀리가고	閒情雲共遠
시와 생각으로 물과 함께 흐르지	詩思水同流
머리 돌려 구불구불한 길 보지	回首羊腸路
지금은 죽은 듯 쉬고 있네	如今死則休

소疏

필선[202] 직을 사양하는 상소

辭弼善疏

자식이 어버이에게 엎드려서 아픔과 괴로움이 있으면 반드시 울부짖고, 신하가 생각이 있으면 엎드려서 임금께 반드시 전달하는 것이니, 대개 임금과 부모간의 정과 의리는 간격이 없고 충효의 도와 근본은 두 개의 이치가 없는 까닭입니다. 신은 절박한 심정으로 우러러 전달하지 않을 수 없습니다. 임금께서 신을 불쌍하게 여겨서 온정을 내려주시길 간절히 바라옵니다. 신은 지난 경인 연간에 지나치게 성은을 받아 사간원 헌납에 제수되었습니다. 돌아보니 신에게는 늙은 어머니가 계셔서 멀리 떠나 직을 받들 수가 없기에 감히 절박한 심정으로 대궐 아래서 울부짖습니다. 임금께서는 하늘 같은 은혜를 베푸셔서 즉시 저의 직책을 교체하도록 허락하여 주시기 바랍니다. 아직 도성으로 돌아가지 못하고 있으니 신을 의성 현감으로 제수하여 주시옵소서. 본현은 집과는 매우 편한 거리에 있어 장차 어머니에게 위급한 일이 생기면 관에 도달할 수 있습니다. 지극한 총애를 내려주시길 바라옵니다. 불행하게도 복이 넘치면 재앙이 생긴다고 신의 병이 심각하게 발생하여 직무를 감당하기 어렵습니다. 파직하고 물러가 시골에 머물려고 생각한 지가 이미 오래되었습니다. 저번에 매우 극심한 난리(임진왜란)를 만났으니 이것은 실로 신과 백성이 스스로 만든 재앙이었습니다. 그 화가 국가에 미치고 언로는 망극하였고 주진(主鎭)[203]은 먼저 포기하였으니 여러 성은 저절로 무너졌습니다. 그런데도 방어의 책략을 주장한 사람은 한 사람도 없고 백성들은 의탁할 바가 없어서 사방으로 허망하게 흩어졌습니다. 신 또한 몰래 어머니를 업고 산간계곡에 숨었습니다.

아침저녁 필사의 각오로 떠도는 소문을 들어보니 서쪽으로 행차하셨다는 날이 있었습

202) 조선시대 세자의 교육과 시위를 담당한 세자시강원의 정사품 벼슬.

203) 조선시대 군사편제인 진관체제의 하나.

니다. 신은 비록 벌레처럼 지극히 미천하여 정세에 어둡고 완고하여 알지 못했습니다. 오장이 찢어지는 듯 북을 바라보면서 통곡했습니다. 또한 달아나서 물을 수도 없어서 임금의 수레 고삐를 잡고 뒤따르지 못했으니 신의 죄 중의 하나입니다.

사람들은 모두 의병을 규합하여 적을 토벌하고 방어하는 준비를 하자고 했으나 신은 창을 메고 그 대열에 끼어 대책에 응할 수가 없었습니다. 이것이 신의 죄 중의 둘째입니다.

임금의 어가가 천상을 떠돌면 만민이 기뻐하고 경하하는데 신하는 즉시 도래할 수 없었고 도성의 아래에서 임금의 행차를 바라보기만 하였으니 이것이 신의 죄 중의 세 번째입니다.

신은 이와 같이 죄와 허물을 짊어지고 스스로 죽지 못하고 구차하게 목숨을 보전하고 있으니 장차 어떻게 세상에 서있을 수 있겠습니까? 성은이 하늘을 덮어 죄를 추가하지 않을 뿐 아니라 더욱 총애하여 벼슬을 명하시어 이미 헌사를 욕보이고 또한 외람되게 세자시강원에 부르시니 땅에 엎드려 놀랄 뿐입니다. 감격이 망극하여 천지가 생성 된 이래 무엇으로써 우러러 갚을 수 있겠습니까? 신하가 된 의리로서 죽음이 있을지라도 절대로 마음을 바꾸지 않을 것입니다. 다만 신의 어머니가 금년에 칠십칠 세라는 것일 뿐입니다. 지난해 전 가족이 병에 들려 사망위험에 다다랐습니다. 금년 봄에 이르러 염병이 또 발생되어 어머님도 전염되었습니다. 신은 이월에 올라오면서 어머니 병세는 겨우 10분 1로 줄었습니다만 그러나 원기는 이미 노쇠하고 천식은 위급하니 사람의 자식으로서 사사로운 정은 차마 멀리 떨어질 수 없는 바가 있습니다. 신은 여생에 이별의 어려움을 있사옵니다. 성은을 입고도 슬픔이 망극하여 불효의 죄에 빠져서 스스로 알지 못했습니다. 차마 눈물의 옷소매를 끊고 혼매함을 무릅쓰고 나왔습니다.

지금 이미 때가 넘었고 또 달을 쳐다보며 도로가 험하고 막혔으며 소식은 불통이어서 근심과 슬픈 번민이 닥쳐서 이를 곳을 알지 못했습니다.[204] 근래 남쪽으로 오는 사람에게 신의 어머니는 집을 피해 떠돌아다니며 간난과 고통은 만 가지나 되었습니다. 그 후 소식을 알아볼 기회가 없어서 지금은 길흉이 어떠한지 알 수 없습니다.

팔십 나이에 죽음에 임해서 비록 질병이 없더라도 자식이 멀리 떠나는 것을 성인은 경계하라 하였거늘 하물며 중병에 걸렸으니 잠시라도 목숨을 보존하기 어렵고 장례를

204) 《시경》 〈소변(小弁)〉에 이르기를 "비유하건대 저 배의 흐름이, 이를 곳을 알지 못함과 같도다. 마음속에 근심이 있는지라, 풋잠조차 잘 수가 없도다.[譬彼舟流 不知所屆 心之憂矣 不遑假寐]" 하였는데, 바로 오늘날을 두고 이른 것이다.

맡기려 해도 장례를 돌 볼 사람이 아무도 없습니다.

문려(門閭)[205]의 걱정을 회상하니 잘 때 놀라고 꿈에서 경악하면서 신의 마음이 어지럽지 않을 수 없습니다. 또한 신의 어머니의 자식사랑[206]은 실로 다른 사람의 두 배에 이르렀습니다.

굶고 전염병 중에도 더욱 심하게 절박했고 신은 어머니의 병 걱정했고 어머니는 신의 질병을 우려했습니다. 겨우 한 끼를 얻더라도 반드시 서로 나누어 주어 굶주림과 병을 치료했습니다.

지금 장차 어떤 상황이 벌어질지 무엇을 먹는지 알지 못합니다. 어머니는 반드시 먹음에 임하여 신을 생각하느라 먹지 못하고 신 또한 고기를 머금고 밥을 먹으려고 하지만 차마 먹지 못하니 모자는 서로 목숨을 의지하며 이와 같이 곤궁한 때를 당하여 더욱이 차마 하루도 떨어질 수 없으니 신의 정황이 슬프지 않을 수 없습니다.

또한 신은 옛날 성은으로 영천 군수가 되어 집과는 멀지 않아 아침에 출발하면 저녁에 도착할 수 있습니다. 그러나 아버지가 병을 얻었다는 소식을 접하고도 관의 일에 얽매여 즉시 집으로 가서 살펴드리지 못했습니다. 집에 도착하니 신의 아버지 이미 목숨을 거두어서 얼굴을 대하고 서로 볼 수 없습니다. 천지간에 원통함이 어찌 이처럼 강상의 지극함에 있으리오. 매양 한번 생각이 미칠 때마다 죽어서 오래됨만 못하옵니다.

홀로 계신 어머니를 사랑함에 있어서 죽음이 이미 임박해 있으니 매번 곁에서 떨어지게 되면 비록 하루를 떨어질지라도 슬픔은 커지고 통한은 깊어져 마음이 심란하고 병이 나서 마치 궁한 사람이 돌아갈 곳이 없는 것과 같습니다.

하물며 지금은 멀리 천 리 밖에 떨어져 있어서 길흉의 소식을 들어도 마침내 알 수가 없고 손가락을 깨무는 이별의 아픔을 알 수가 없어 놀라는 것과 욕보는 것을 두루 다스릴 수가 없으니 의약을 구해도 생전에 미치지 못한즉 마침내 하늘의 아픔에 우러러 하소연할 곳이 없으니 천지간의 한 죄인이 되는 것을 면하지 못합니다.

---

205) 자식이 돌아오기만을 간절히 기다리는 부모의 심정을 말한다. 춘추시대 위(衛) 나라 왕손가(王孫賈)의 모친의 고사로서 아들이 아침에 나갔다가 늦게 돌아올 때면 문에 기대어 기다리고[倚門而望] 저녁에 나가 돌아오지 않으면 동구 밖에까지 나가서 기다렸다고[倚閭而望] 한다. 《戰國 齊策》

206) 송아지를 핥아 주는 자라는 뜻으로, 자식을 끔찍이 사랑하는 어버이를 뜻하는 말이다. 양표(楊彪)의 아들 양수(楊修)가 조조(曹操)에게 죽음을 당하였는데, 그 뒤에 조조가 양표에게 왜 그토록 야위었느냐고 묻자, 양표가 "늙은 소가 송아지를 핥아 주는 애정을 아직도 지니고 있어서 그렇다.[猶懷老牛舐犢之愛]"라고 대답한 고사에서 유래한 것이다. 《後漢書 卷54 楊震列傳 楊彪》

오호 슬픕니다. 이와 같이 다사다난하고 공의가 중한 때 구구하세 사사로이 은혜를 구하여 돌아볼 겨를 없는 자가 있습니다. 신은 본래 용렬하고 염치가 없는데다가 병통과 상심으로 더함이 있습니다. 또한 스스로 난리를 거친 후에 중병의 의혹이 있음이 더욱 커지고 근심과 걱정으로 놀라고 두근거립니다. 일을 만나 갑자기 발작하면 눈앞이 깜깜하고 어지러워 거꾸로 넘어지곤 합니다. 눈으로 보고 숨을 쉬며 비록 존재하고 있습니다만 나무인형이나 진흙 인형에 불과합니다. 사람들은 모두 그를 사람이 아니라고 합니다. 이와 같이 병이 심하니 비록 진술하여 나열함이 있다한들 조금도 보탤 바가 없습니다. 신의 어머니의 병중의 목숨이 신이 아니면 살아갈 수 없습니다. 이것이 신의 정황이 심중에 긴박한 까닭이니 스스로 그만둘 수 없어 우러러 임금의 들음을 더럽힘에 이르렀으니 신의 죄는 만 번 죽고 또 만 번 죽어 마땅합니다. 오호 슬픕니다. 어머니의 일을 고하는 것을 소홀히 할 수 없었습니다. 국경에서 수자리를 살며 부모를 그리는 슬픔이 있사오니 진실로 모자간의 사랑은 천성에 근본합니다. 민멸하는 것은 받아들일 수 없지만 인심은 하늘의 이치이고 고금이 같사옵니다.

근심과 걱정과 아픔과 고통은 반드시 부르짖고 반드시 전달해야 하는 것은 실로 인간의 지극한 정에서 나오는 것입니다. 엎드려 비오니 천지의 부모로서 신에게 해당하는 캐물어야 할 죄를 보살펴주기기 바랍니다.

신이 품고 있는 망극한 고민을 불쌍히 여기시고 급히 본직을 면하는 명령을 빨리 내려주셔서 모자가 생전에 볼 수 있도록 허락하여 주시기 바랍니다. 서로 따뜻하게 먹여주는 은혜를 이룰 수 있도록 베풀어 주시기 바랍니다. 신은 살아서는 마땅히 목숨을 바치고 죽어서는 마땅히 결초보은할 것입니다. 신은 삼가 두렵고 감격하여 고민이 닥쳐서 눈물이 쏟아지는 지경에 이르렀습니다.

伏以子之於親 疾痛必號 臣之於君 有懷必達 蓋以君親之情義無間 而忠孝之道本無二致故也 臣有切迫之情 不得不仰達 伏願 聖慈 垂憐焉 臣往在庚寅年間 濫蒙 天恩 除授司諫院獻納 顧以臣有老母 不能遠離供職 敢將悶迫之狀 號籲於闕下 天日下燭 許令郎遞 歸省未幾 除臣爲義城縣令 本縣去家甚便 迫將母到官 榮寵極矣 不幸福過災生 臣疾劇發 不堪職事 蒙罷而退伏田里 已有年矣 頃者 遭亂孔棘 此實臣民自作之孽 禍及國家 言之罔極 主鎭先棄 諸城自潰 無一人主張捍禦之策 民無所依庇 四散空虛 臣亦竊負老母 竄伏山谷之間 朝夕必死 旋聞 西幸有日 臣雖虫豸至微 冥頑無知 五內分潰 北望痛

哭 而亦不能犇問以隨羈靮之後 臣之罪一也 人皆糾合義旅 以爲討禦之備 而臣不能策應 以編荷戈之列 臣之罪二也 龍馭天旋 萬民懽慶 而臣不能卽來 都下 以望 天日之光 臣之罪三也 人臣負此罪咎 不自死滅 苟保頑命 將何以立於世乎 聖恩天覆 不惟不加之罪 又 寵之以爵命 旣辱憲司 又叨 春坊 伏地震越 感激罔極 天地生成 何以仰報 爲臣之義 有死無他[207] 第念臣母今年七十有七歲 上年分 以闔家時病 死亡殆盡 至於今春 瘟病又發 傳染者母 臣於二月上來時 臣母病勢纔減十分之一 而元氣已衰 喘息危急 人子私情所不忍遠離 而臣以亂離餘生 獲蒙 天恩 悲感罔極 不知自陷於不孝之罪 忍淚絶裾 冒昧出來 今已踰時 又閱月矣 道路阻梗 消息不通 憂惻憫迫 罔知所屆 頃有南來之人 以爲臣母避寓流離 艱苦萬狀 厥後無因更探其聲信 則不知今日吉凶如何也 八十臨死 雖無疾病 人子遠遊 聖人所戒 況罹重病 晷刻難保 委諸床簀 將護無人 回想門閭 寢驚夢愕 臣之方寸 不得不亂矣 且臣母舐犢之愛 實倍於他人 而飢疫之中 尤甚切迫 臣愼母病 母憂臣疾 苟得一食 必相分與 以療饑病 不知今時將何狀而食何物也 母必臨食 念臣而不食 臣亦含肉 欲食而不忍 母子相依之命 當此窮困之際 尤不忍一日相離 臣之情事 不得不悲矣 且臣昔嘗蒙 恩 守永川郡 去家不遠 可以朝發夕至 而聞父得病 官事有拘 未卽來省 及到于家 則臣父體魄已斂 而面目不得相見 天地間寃痛 曷有紀極 每一念及 不如死之久矣 玆有偏母 死期已迫 每當離側 雖隔一日 創巨而痛深 心亂而疾發 如窮人無所歸矣 況今遠違千里之外 吉凶音聞 了莫聞知 噬指離痛 驚汗未浹 醫 藥之救 不及於生前 則終天之痛 無所仰訴 而未免爲天地間一罪人也 嗚呼 當此多事 公義爲重 區區私恩 有不暇顧者 而臣本庸劣無狀 加之以病風喪心 又自經亂之後 益增在惑之重疾 恟忡驚悸 遇事輒發 眩迷茫昧 顚倒錯亂 視息雖存 而木偶土梗 人皆謂之非人矣 以此癃疾 雖在陳列 少無所補 而臣母病中之命 則非臣無以得生 此臣所以情迫於中 不得自已 至於仰瀆 天聽 臣罪萬死萬死 嗚呼 靡盬有將母之諗 戍役有陟岵之悲 誠以母子之愛 根於天性 不容泯滅 而人心天理 古今同然 憂患疾痛 必號必達者 實出於人之至情也 伏乞 聖慈 天地父母 察臣有當劾之罪 憐臣懷罔極之憫 亟命鐫免本職 許令母子生前相見 得遂煦煦相哺之恩 則臣生當隕首[208] 死當結草 臣無任兢惶感激憫迫涕泣之至

207) 有死無他 有死無易

208) 운수결초(隕首結草) : 살아 있을 때나 죽고 난 뒤에나 기필코 국가의 은혜를 갚겠다는 말이다. 진(晉)나라 이밀(李密)의 〈진정표(陳情表)〉에 "신이 살아서는 신의 목을 바칠 것이요, 죽어서도 마땅히 결초보은할 것입니다.[臣生當隕首 死當結草]"라는 말이 나온다.

서書

권모에게 답하는 편지
答權某 書

보내준 편지를 잘 읽고 답서를 보내네. 편안히 잘 지낸다니 마음이 놓인다. 부탁한 것을 보낸다. 이 또한 옛날 남에게 빌려주었고 모든 것이 갖추어지지 않아서 한탄스럽네. 서울 가는 길에 붉은 담요 가지고 가고 마부 역시 문중에 경사가 있어 모든 것을 가서 살펴보고자 한다. 근래 병이 심하여 식음을 전폐하고 있네. 또한 대서를 맞아 먼 길을 다니는 것은 극히 힘들어 정을 나눌 수 없어 평생 한으로 남네. 아울러 양해해주기 바라네. 나머지는 피곤하여 이만 줄이네.

謹承手書 得審起居平安 仰慰仰慰 所敎事 依送 此亦昔是借人 諸具未備可歎 紅氈京行持去 僕亦門中慶事 切欲往觀 而近來病甚 專廢食飮 又當大暑 遠路出行 極艱 未遂情素 平生恨負 幷惟照諒 餘困不宣

아들 태일에게 답하다
答子泰一書

초팔일 영천 관인이 서신을 가지고 와서 뜻을 다 얻어 보았다. 한두 번에 그칠 것이 아니라 때때로 이론을 살피면 물정을 알 수 있다. 어찌 크게 얽매이고 집착하여 변통하지 않겠는가? 다만 마음에 병이 들어 새해가 되기 전에 발병하여 봄이 오면서 점점 심해졌다. 풍원에 갔다가 돌아온 후 열을 치료하고 있다. 만약 열흘이나 한 달 동안 누워서 조절하지 않으면 마침내는 완쾌되어 소생하는 리가 없을 것 같다. 경중완급으로 치료해서 이에 완쾌되었다.

이미 임금에게 사은하지도 못하고 벼슬을 바꾸지도 못했다. 종국에는 머리도 없고 꼬리도 없는 지경에 이르렀다. 돌아보니 평생을 생각건대 한탄이 지극하다. 그러나 어쩌겠나 이것 또한 운명인 것을. 사람은 반드시 의심스럽고 괴이하여서 지목을 받게 된다. 그러나 늙고 병들어 죽음에 이른 사람에게 또한 조그만 용서를 하지 않겠는가? 나머지는 병 때문에 혼미하여 다 쓸 수 없구나.

初八日 榮川官人 持來書 得悉示意 非止一二 時議亦諒 物情可知 何可太拘執不變通也 但以心病 自歲前發動 春來漸深 往還豊原之後 勞熱挾攻 若不旬朔臥調 則終無快甦之理 輕重緩急 於是爲決 旣未得謝 恩 又未得呈遞 終至於無頭無尾 顧念平生 歎嗟極矣 然奈何 是亦命也 人必疑怪而指目之 然老病臨死之人 不亦小恕也哉 餘病昏不一

또

又

일을 받드는 사람이 편지를 가지고 와서[209] 관아가 편안하다는 것을 알았다. 편히 잘 있다니 매우 기쁘다. 돌아올 것을 기필하여 또 물러나왔다. 관의 일이 그러한 것이다. 마땅히 형세를 따라서 행하면 된다. 모든 조카들은 초시에 낙방하였다. 부지런히 하지 않은 것이니 족히 이상하게 생각할 것 없다. 김근후는 근참(僅參). 김헌경은 이사(二事)를 얻었으니 어찌 다행이 아니냐. 동당에서 하루 밥을 먹고 물러가서 18일에 뒤로 머무른다는 말이 있다. 근후는 회시 시험지를 얻으려고 했는데 아마도 바빠서 미처 주선하지 못했을 것이다.

伻來 得審衙履平安 慰喜慰喜 歸期又退 官事然也 當隨勢爲之 諸姪初解之落 不勤所致 無足怪也 金根厚僅參 金憲卿得二事 何幸何幸 東堂以日食 退行于十八日云矣 根厚會試名楮欲得之 恐忙未及周旋也

---

209) '팽래(伻來)'는 일을 받들고 돌아오는 것을 말한다.

또
又

심부름하는 사람이 와서 편히 지낸다고 들었다. 매우 위로되고 기쁘다. 여기도 편안하다. 다만 오랫동안 비가오지 않아서 벼이삭이 마르고 상할까 봐 걱정이다. 제물을 갖추어 기우제를 올렸는데 감응이 있어야 될 텐데 걱정이다. 항상 삼가고 신중하면 만사가 길하다. 이만.

人來承審平安 慰喜慰喜 此亦平安 但天久不雨 禾穗焦傷 可悶 祭物依受 奉奠感感 餘惟愼保萬吉

또
又

편안히 잘 지낸다니 매우 기쁘다. 여기도 편안하다. 중이 왔다갔다는 얘기를 들었다. 이후에는 반드시 행동거지를 분명하게 하도록 큰 결단을 해라. 한편 기쁘고 한편 걱정이 된다. 근처에 유생 이십 명이 있는 가운데에 나아가 때때로 용산에서 거하면서 이들을 교육하여 물고기나 콩잎들을 얻어 반찬으로 활용하고 싶은 마음이 절절하다. 이만 줄인다. 바라는 것이 더욱 잘 이루어지길 바란다.

承審平安 慰喜慰喜 此處亦平安 聞僧將出來 此後必有大段擧措耶 一喜一慮 就中近處儒生卄餘員 時方居接于龍山 欲得魚藿 以爲佐飯之用 切切矣 餘在不言 惟祈字履益珍

또
又

근래 승경을 유람한 것은 어떠하였느냐? 원행에 은근히 염려가 된다. 이곳은 모두들 잘 있다. 근래 김봉조와 김시주가 과거에 급제했다고 하니 축하할 만하다. 조보는 요즈음 어떠하냐? 계절의 바람이 모자에 불어 닥치니 늙어가는 흥취가 얕지 않다. 그러나 계산이 적막하니 또한 한탄스럽구나. 관찰사[210]는 어느 때 이곳에 이르는지 그때 모두 와서 보기를 고대하고 있다. 생각에는 막히는 것은 없느냐? 온계의 임수재를 맞아 가서 일을 치하하려 하나 아마도 문이 닫혔을까 걱정이다. 나의 서찰을 참고하라고 할 뿐이다.

近來諸勝如何 遙慮遙慮 此處依保 近聞金奉祖 金是杜登第云 可賀 朝報近日如何 節迫吹帽 老興不淺 而溪山寂寞 亦可歎也 使相何時到此 其時有偕來之示 苦待苦待 想無所梗耶 溫溪任秀才 以事往治下 恐有門禁 以鄙札爲之地耳

또
又

심부름하는 사람이 가져온 편지를 보았다. 편안하다니 안심이 되어 기쁘다. 여기도 대충 잘 지내고 있다. 또 올 날짜가 멀지 않구나. 기쁘고 기쁘다. 수유 꽃을 머리에 꼽고 멀리서 오니 사는 뜻이 있어 기쁘다. 가을 이슬과 함께 객이 계당에 함께 물러가니 즐거움이 지극하구나. 살펴보라.

伻來得書 審平安 慰喜慰喜 此亦粗保 且有來期不遠 跧喜跧喜 茱萸遠來 有生意 可喜可喜 秋露與客 共罷溪堂 極可樂也 惟照

또
又

겨울눈이 처음 내린다. 오직 정치가 더욱 잘되기를 상상해 본다. 잘 있을 거라 여긴다. 이곳은 모두 무사하니 다행이다. 오늘 새로운 사마 이생이 도착했다. 근일에 노부모를 모시고 축하 술자리하려고 한다. 해물을 구하려 사람을 보내려 한다. 그런 이유로 간단하게 이 말을 전하려 한다. 또한 이런 연유로 하려는 것이다. 해물 구하는 것을 전적으로 부탁하니 구하지 못할까 걱정된다. 그러나 그 친절은 각자 바라는 바가 있으니 마땅히 그 힘이 미치는 바에 따라 하여라.

冬雪初零 想惟爲政益佳 遙慰遙慰 此處皆無事爲幸 今日新司馬李生來到 欲以近日

210) 사상(使相) : 관찰사.

爲老親設慶酌 將求海物送人 故修簡以達其言 亦欲因以爲之地也 請求專委 想不暇給 然其親切 各有所望 當隨其力所及以濟之

모인에게 주는 편지

與某人書

선배님들 맑은 이야기에 감사드립니다. 저는 잘 있습니다. 항상 옥체를 보존하시고 가정에 만복이 깃들길 기원합니다. 홍수로 인해 물이 높은 곳에 이르며 그 피해가 백성들의 농작물에 미치니 여강서원도 떠내려갔습니다. 묘우가 허물어지고 무너져서 겨우 위판만을 보존하였을 뿐입니다. 이것은 만고에 없던 변고입니다. 침통합니다. 무엇으로써 우러러 고하겠습니까. 영덕으로 나가 술항아리 가지고 이곳으로 오려 합니다. 여러 어르신들을 모시고 내일 말씀을 나누려 합니다. 만약에 수레를 타고 갈 수 있도록 명하여 배려해 주신다면 어찌 다행하지 않겠습니까. 다만 소문에 도로가 위험하고 끊어지고 사람이 통행하지 못한다고 들었습니다. 염려가 됩니다. 그래서 작은 수레로 받들어 모셨으면 합니다. 그런 즉 그 영광됨과 다행함이 어떠하겠습니까? 우러러 흠모하는 지극한 선배님들께 감히 이렇게 여쭙니다.

前拜伏蒙淸款 迨仰感慰 卽日 伏惟尊體起居萬福 大水懷襄 害及民物 廬江亦漂 廟宇頹圮 僅得保存 位版而已 此乃萬古所無之變 慘痛 何以仰喩 就中盈德 持酒壺來此 欲陪諸尊老 以明日開話 若蒙許往命駕 則何幸如之 但聞道路險絶 人不通行云 仰慮仰慮 若奉小車蹔枉 則其爲榮幸如何 瞻仰之至 玆敢仰禀

도사[211] 김택용[212] 편지에 답하다

答金都事(澤龍)書

강원도에 제수되었다고 들었습니다. 깊이 축하드립니다. 아직 사람을 보내 안부를 여쭙지 못했습니다. 먼저 묻은 것이 갑자기 이르니 감사하고 부끄러움이 아울러 교차해 일어납니다. 태어나면서 본래 누적된 병마에 기력이 손상된 데다 이처럼 분수에 넘치는 총애를 만나니 달려가 감사하고 싶습니다. 곧 신하된 자의 편안한 바는 오늘 출발하고자 하는 것이었으나 며칠 전에 우연히 조섭을 잘못한 관계로 설사 구토로 몹시 심한 고생을 하였습니다. 만약 수일 내에 차도가 없으면 길에 올라도[213] 아마 반드시 가지는 못할 것 같습니다. 민망하기 그지없습니다. 임금을 바라보는 것을 얻는 것은 신선과의 연분이 있는 자가 아니면 어찌 이것을 얻겠습니까? 엎드려 바라옵건대 이만길(李萬吉) 가는 길에 만약 만날 수 있으면 조정에서 서로 만나면 얼마나 다행이겠습니까? 만약 미치지 못한즉 저를 사려에만 능하다고 여길 것이니 이 중에서 민망하게 바라봅니다. 양해해 주시길 바랍니다. 병 때문에 예를 갖추지 못하고 이만 줄입니다.

聞尊拜江原道 深以爲賀 未及伻候 先問忽至 感愧交幷 生本以澌敗積病 遭此濫分之寵 卽爲趨謝 乃臣子之所安 欲以今日發行 而前數日 偶因失攝 泄瀉嘔吐極苦 若調數日不差 則登路恐未可必 伏惘罔極 望君所得 非有仙分者 何以得此 伏祈行李萬吉 若得造朝相奉則何幸 如未則爲鄙善辭此中所惘爲仰 惟照病困不宣

211) 도사(都事) : 고려시대, 문하성, 상서성, 삼사, 도평의사사 등에 딸린 종오품에서 종칠품까지의 벼슬. 조선시대, 충훈부, 의금부, 중추부, 오위도총부 등에 소속되어 관리의 감찰, 규탄 등을 맡아보던 종오품의 벼슬.

212) 김택용(金澤龍) : 명종 2년(1547)~인조 5년(1627), 조선 중기의 문신, 본관은 의성. 자는 시보(施普), 호는 와운자(臥雲子). 아버지는 참봉 김양진(金楊震)이다. 선조 9년(1576) 사마시에 합격하여 생원이 되고 이어 참봉을 거쳐, 선조 21년(1588) 식년 문과에 병과로 급제하고 문학을 역임하였다. 선조 28년(1595) 병조 좌랑이 되고, 이어 선조 앞에서 《주역》을 강의하였다. 같은 해 헌납·직강을 거쳐 이듬해 지평 겸 사서를 역임하고, 전라도 광양·운봉에서 적을 무찌른 공으로 공적이 널리 세상에 알려지게 되었다. 선조 33년(1600) 전적을 거쳐 강원도 도사·전라도 도사 등을 역임하였다. 이황의 문인 조목(趙穆)에게서 배웠는데 이황의 문하생들과도 교유하며 이황과 이이의 학문을 발전시키는 데 많은 노력을 하였다.

213) 조선시대 강원도 통천(通川)에 위치한 역(驛)으로, 상운도(祥雲道)의 속역(屬驛) 중 하나.

묘갈墓碣

선고 증통정대부 승정원 좌승지 겸 경연참찬관부군 묘갈명
先考贈通政大夫承政院左承旨兼經筵參贊官府君墓碣銘

부군의 휘는 석충이며 자는 진기이다. 그의 선조는 영가[214]인이다. 아버지 휘는 모이고 증 통훈대부 통례원 좌통례 행선교랑 군기사주부이며, 할아버지 휘는 자관이며 병절교위부사직이며, 증조할아버지 휘는 구서이며 수의교위 웅무시위사중령부사직이며, 고조할아버지 휘는 직균이며 조봉랑 신녕감무이며 휘 천로가 있어 통사랑 도칠령동정 일용평 감교군기감 행장구감무 혁은 정조대부 판소부사사 내원조이다.

어머니는 영양 이 씨로 증자헌대부 의금부 좌참찬 겸 지의금부사 행중훈대부 인제 현감 휘 흡지의 따님이다. 부군의 아내 김 씨는 휘 석지의 따님으로 지곤양 군사를 지냈다. 휘 존은 고조가 되며 함창에서 나온 뿌리이며 부군은 영천군 도지미리에서 친영을 하였다. 사남 삼녀를 두셨는데 장남 춘란이며 문과에 급제하여 영천 군수 겸 춘추관 편수관을 역임하였으며, 차남은 춘계, 삼남은 춘무, 사남은 춘혜이시다. 장녀는 김태시에게 시집갔으며 차녀는 권태검에게, 삼녀는 김진고에게 출가하였다. 부군은 정덕[215] 기사 겨울 10월 19일 나셨으며 만력[216] 정해 12월 14일 돌아가셨다. 향년 79세였다. 무자년 3월 14일 정유에 북면 덕여동 조사범산에 축좌미향 언덕에 예로써 장사지냈다. 아버지는 벼슬을 하시지 않았으나 기자전[217] 직첩을 주었다. 병 없이 강녕하여 사람들은 모두 백 세까지 기약하였으나 이렇게 갑자기 돌아가시다니 아하 슬픈 마음 하늘처럼 다함이 없습니다. 명왈

---

214) 영가(永嘉) : 안동의 옛 지명.

215) 정덕(正德) : 중국 명나라 무종 때의 연호. 서기 1506년부터 1521년까지이다.

216) 만력(萬曆) : 중국 명대 신종의 연호. 서기 1573년부터 1620년까지이다.

217) 기자전(箕子殿) : 고려·조선시대 기자(箕子)의 제향을 위해 평양에 세웠던 사당.

인간 세상을 떠나 높은 산 似离山高
덕여동 선산은 그윽하네 德輿洞幽
초목이 무성한 아름다운 묘역 有鬱佳城
천만년 영원하길 빕니다 於千萬秋

불초 고애자 춘란은 피눈물을 흘리며 삼가 적습니다.

府君諱錫忠 字盡己 其先永嘉人 因家以世 考諱曰模 贈通訓大夫, 通禮院左通禮, 行宣敎郎, 軍器寺主簿 祖考諱曰自關 秉節校尉副司直 曾考諱曰九叙 修義校尉 雄武侍衛司中領副司直 高祖諱曰直均 朝奉郎 新寧監務 有諱曰天老 通仕郎 都染令同正 曰用平檢校軍器監 行楊口監務 曰奕 正朝大夫 判少府寺事 乃遠祖

妣永陽李氏 贈資憲大夫, 議政府左參贊, 兼知義禁府事, 行中訓大夫 麟蹄縣監諱欽之女 府君配金氏 諱曰元碩之女 知昆陽郡事 諱存 爲高祖 系出咸昌 府君親迎于榮川郡都智彌里 以歸于府之東柯丘 生四男三女 長曰春蘭 登文科 永川郡守 兼春秋館編修官 次曰春桂 次曰春茂 次曰春蕙 女長適金泰時 次適權兌儉 次適琴振古 府君生于正德己巳冬十月十九日 終于萬曆丁亥十二月十四日 享年七十九 以戊子三月十四日丁酉 葬于府北面德輿洞祖師凡山丑坐未向之原 禮也 府君不仕 授箕子殿職帖 無疾康寧 人皆期以百歲 而奄忽至此 嗚呼痛哉 昊天罔極 銘曰 似离山高 德輿洞幽 有鬱佳城 於千萬秋 不肖孤春蘭 泣血謹識

선비 증숙부인 함창 김 씨 묘갈
先妣贈淑夫人咸昌金氏墓碣

김 씨의 본관은 함창 김씨인데 관찰사 김이음이 먼 조상이다. 김영이라는 분이 계시는데 오대조이고 김존은 조산대부[218] 지곤양군[219]사를 역임하셨으며 고조이시다. 김계문은

218) 조산대부(朝散大夫) : 조선시대, 문관 품계의 하나. 태조 때부터 종사품 상으로 정해졌는데 1865(고종 2)년부터는 문관과 종친의 품계로 병용되었다.

219) 곤양군(昆陽郡) : 경상남도 사천시 곤양면·곤명면·서포면과 하동군 금남면 일대에 1914년까지 있던 옛 고을.

체공장군 행용양위부호군을 역임하셨는데 증조이시다. 김확은 조부이고 아버지는 김원석으로 19세에 돌아가셔서 김 씨는 유복자로 정덕 기묘 10월 12일 태어나셨다. 어머니 예천 권 씨로 아버지는 권희원이고 조부는 권담이며 증조는 권처량이고 고조는 권자평이다. 어머니는 성장하여 증승정원좌승지부군이신 아버지의 배필이 되셨다. 4남 3녀를 두셨는데 내외손 남녀를 합하면 무려 40여 명이 된다. 손자 태일은 문과에 올랐으며 지금 사간원 정언으로 있다.

김 씨는 아내로서 덕과 어머니로서의 도리를 온전히 갖추지 않음이 없었다. 일찍이 말씀하시기를 영광을 얻어 보았으니 나 지금 죽어도 행복하다고 하셨다. 만력 신축 7월 18일 청송부대부인께서 돌아가셨으니 향년 83세였다. 사람들은 모두 행복하게 오래 사셨다고 말씀하셨다. 같은 해 10월 20일 부군의 묘 왼쪽 산 즉 축(丑)이 아닌 간좌곤향[220]의 언덕 같은 혈에 합장하였다. 고애자 전 사헌부 집의 겸 세자시강원 보덕 춘추관 편수관 청송 도호부사 춘란은 삼가 적다.

金氏 籍咸昌 觀察使金爾音爲遠祖 有諱曰營 是五代祖 曰存 朝散大夫 知昆陽郡事 是高祖 曰季文 逮功將軍 行龍驤衛副護軍 是曾祖 曰確 是祖 考諱曰元碩 年十九而歿 金氏以遺腹 於正德己卯十月十二日生 妣權氏 籍醴泉 考諱希元 祖諱澹 曾祖諱處良 高祖諱自平 先妣成長 配先考 贈承政院左承旨府君 生四男三女 內外孫男女 無慮四十餘人 孫泰一 登文科 今爲司諫院正言 金氏婦德無非 母道俱全 嘗曰 得見光榮 吾今死亦幸矣 萬曆辛丑七月十八日 以靑松府大夫人終 享年八十三 人皆以壽福稱 以同年十月二十日 祔葬府君之墓左山 則非丑乃艮坐坤向之原 同一穴 孤哀子 前司憲府執義 兼 世子侍講院輔德 春秋館編修官 靑松都護府使春蘭 謹誌

220) 간좌곤향(艮坐坤向) : 정남과 정서 사이의 한가운데 15도 각도.

명銘

사니산[221] 명 (승지공묘 밖 계체석[222] 서쪽 가장자리에 새겼다.)

師尼山銘 (刻銘于承旨公墓外階砌石西邊)

인간 세상을 떠나 높은 산,	似离山高
덕여동 선산은 그윽한데	德輿洞幽
우거진 숲속에 아름다운 무덤	有鬱佳城
천만년 영원하소서	於千萬秋
봉이 춤추며 하늘로 오르고	鳳舞騰空
용이 서리고 범이 웅크렸네	龍盤虎蹲
상서로운 술을 빚어 신령께 뿌리니	吐瑞釀靈
울창한 푸른 기운이 가득하네	鬱葱氤氳
무자년 봄	惟戊子春
삼월 좋은 날	姑洗令辰
아버지를 장사지내며	葬我先君
감히 하늘에 고하옵니다	昭告來雲
황명만력 16년 고애자 춘란 삼가 적다	皇明萬曆十六年 孤春蘭 謹題

221) 사니산(師尼山) : 안동 와룡면 중앙에 있는 산.

222) 계체석(階砌石) : 편평하고 길게 다듬어서 무덤 앞의 땅에 놓는 돌.

증통정대부 예조참의 안공[223] 묘갈명
贈通政大夫禮曹參議安公墓碣銘

가정[224] 신해년에 나는 백담 선생께 가르침을 청했는데 공이 먼저 문하에 있어서 함께 공부하게 되었다. 공이 한 살 많았으므로 언제나 형으로 불렀다. 공은 일찍이 나에게 경계하기를 삶이 너무 졸박하다고 하였다. 내가 죽으면 마땅히 나의 묘에 기록되고 생업은 하지 않는다고 말하니 공이 웃으면서 내가 죽으면 어떤 일로 내가 크게 기록될 것인가? 라고 말하였다. 아! 이처럼 평소 서로 재미있게 말하였다. 어찌 생각하였으랴 지금 공이 세상을 떠남에 지명(誌銘)의 기록을 마침내 죽지 않은 모진 목숨의 사람이 수행해야 하니 정분으로 인내하기 어려우나 나는 역시 사양하지 못하였다.

공의 이름은 제, 자는 여지, 성은 안씨이다. 그의 선조는 순흥부 사람으로 문성공 안유[225] 의 후예이다. 문성은 학문을 일으키고 도를 지켰으며 문묘에 종사되었다. 그는 두텁게 쌓은 업적이 광대한 물줄기를 오래전부터 이루고 있었다. 안영이 계셨는데 장군으로 그가 8대조 안후로 은거하여 벼슬하지 않았다. 안지는 종부령이었다. 안의여는 봉선대부 개성 부소윤 사자금어대를 역임하였고 안길상은 영동정으로 공의 고조이다. 증조는 안선손으로 장사랑이고, 조부는 안처정으로 승사랑, 아버지는 안수로 중훈대부 사섬사첨정 겸 춘추관 기주관 고성 영월 두 군을 역임하였다. 어머니는 숙인 봉성 금 씨로 학사 금의지의 후손이며 통정대부 면천[226]군수 금원복의 따님이다.

공은 태어나면서 자질이 남달랐는데 재주와 기질이 다른 사람보다 뛰어났다. 선생께서 일찍이 자로의 용맹함을 공자께서 억제해 주어 글의 날카로움을 벗을 수 있었다고 하였는데 동년배들이 미칠 바가 아니었다. 선생의 눈이 편안하였는데 이는 허락한다는 뜻이다. 학문은 이미 완성되어 향시에 나가 매번 과거에 합격하여 반드시 앞 반열에 있었다. 약관을 지났을 때 신유 사마 두 시험에 합격하였다.

경신년에 서울에 과거 보러 가서 합격하여 으뜸 자리를 차지하였다. 드디어 과거에

---

223) 안제(安霽, 1538~1602) : 자는 여지(汝止), 호는 동고(東皐), 본관은 순흥(順興)이다. 이황과 구봉령의 문인으로, 1580년 문과에 급제하여 형조 좌랑·충청도 도사·용궁 현감 등을 역임하였다. 임진왜란 때 창의한 공으로 원종공신(原從功臣)에 책록되었다.

224) 가정(嘉靖) : 명대(明代) 세종(世宗)의 연호(1522~1566).

225) 안유(安裕) : 안향(安珦)의 초명.

226) 면천(沔川) : 충청남도 당진 지역의 옛 지명.

올라 성균관 학유에 보임되었고 학록 학정 박사를 역임하였고 때로는 벼슬아치로서 옥살이하는 변고가 있었다. 사람들은 오래된 원한으로 당신을 배척하려 했다. 관학[227]사자가 정거된 자는 일치하지 않았지만 일찍이 벼슬하는 사람 중에 있었다. 동류들이 모두 그를 풀어주자고 하였으나 여전히 어려웠다.

공은 상박이 되었으나 조금도 어려움 없이 의연하게 홀로 당당하게 말하기를 "여러 유생들도 당연히 잘못이 없다."라고 하였다. 하물며 조정의 벼슬아치라 아는 것이 바르게 통하는 것이 아니어서 드디어 그것을 풀었고 많은 사람들이 통쾌하게 여겼다. 경인년에 선함이 통하여 이미 사헌부 감찰과 형조 좌랑을 제수받았다. 이어 체직을 당하였는데 사람들은 모두 그가 중심에 있다고 알고 있었다. 신묘년에 품계가 봉정대부에 이르러 충청 도사로 임명되었다. 윤국형[228]은 감사가 되었다.

공은 찰리[229]로 마음을 다하여 매사에 반드시 의논하여 아산에 창고를 지었다. 공이 그 일을 맡아 물정에 힘을 다하여 사람들이 그를 축하하고 기렸다. 계사년 용궁현감 되어 난리로 불이 났을 때 공사가 어지러울 때 공은 백성을 자식처럼 어루만지고 마음을 다하여 맡은 일에 순사로서 장문을 올렸다. 승품을 받아 검정이 되었으나 공은 미미한 노고를 놓고 아마 감히 자처할 수 없을 것이다. 그러므로 그는 마쳤다. 도사로 임명됨을 명정에 쓴 것도 역시 그의 뜻이라 볼 수 있다. 공은 만년이 본부제독관이 되어 오로지 마음을 학사에 썼으며 예속된 학교의 선비들을 잘 인도하여 감사로서 직분을 다했다고 일컬어지고 있다.

임진왜란에는 공이 재력을 내어서 군을 일으키는 데 도움으로써 무릇 나라를 위한 소임 또한 사람으로서 어려운 바이지만 힘을 다하지 않은 것이 없었다. 공이 일찍이 아버지 상을 당하여 모부인[230]을 섬기는데 얼굴색을 잘 살펴 봉양하고 영광스럽고 기쁘게 해드리며 정성을 다하여 극진히 효도를 하였다. 형 셋이 동시에 죽었으며 남은 아우 하나는 매우 마음 아파하여 지극히 아껴 주었다. 그 자녀들을 자기가 낳은 것처럼 대하였고 그 재물은 조금도 매이거나 아낌이 없었으며 스스로 맡아서 수확한 벼를 그들에게 주었다. 효성스럽고 우애 있는 성품이 그러하였다.

---

227) 관학(館學) : 조선시대 성균관과 사부학당(四部學堂, 四學이라고도 함)을 합쳐 부른 칭호.

228) 윤국형(尹國馨, 1543~1611) : 조선 중기의 의성 출신의 문신.

229) 찰리(察理) : 예전에 군무로 지방에 파견하는 임시 벼슬을 이르던 말.

230) 모부인(母夫人) : 남의 어머니를 높여 이르는 말.

스승을 섬김에는 부모처럼 하였으며 백담 신생이 병이 깊었을 때와 상을 당하여 장사를 치를 때는 극진한 정성과 공경을 다하였다. 부인을 대할 때는 봉양하고 안부를 물으며 처음과 끝이 어긋나지 않았다. 죽은 벗의 아들이 있었는데 고독하고 고생하며 의지할 곳이 없는 것을 보고 문득 가엽게 여겨 재물로 그들을 구휼하였다. 그가 스승을 공경하고 부모에게 효도하고 벗을 사랑하는 도가 융성했다고 이를 만하였다.

그는 제사에 반드시 정성을 다하여 외가와 퇴계 선생과 문이 잇닿아 있었으며 이름이 김신이라는 자가 있었는데 곧 모부인의 외조고가 자식이 없어 신주가 돌아갈 곳이 없자 공이 모부인의 당에 모셨다. 그 신주를 받든 이래로 선생은 그를 착하다고 하셨다.

그가 사람을 대접하는 것 역이 몹시 두터웠다. 손님이 오면 반드시 술을 차리어 극진히 환대하였다. 향당에 이르러서는 서로 화목하기를 힘썼다. 비록 일이 순조롭지 않더라도 공은 더불어 비교하지 않으니 마을 사람들은 점잖은 어른이라 칭하였다. 공이 겉으로 드러내는 일에 힘쓰지 않았고 허례허식으로 상대를 대응하지 않았다. 하루는 용궁에 있을 때 소를 분양하여 기름에 순찰하는 자가 소가 야윈 것을 보고 꾸짖자 공이 대응하여 말하기를 "백리해는 벼슬과 봉록을 바라는 욕심이 마음에 없었기 때문에 소를 먹이자 소가 살쪘다고 하였다.[231] 이것은 현감이 작위를 잃을까 두려워했기 때문에 소를 길러도 소가 살찌지 않았다."라고 하자 듣는 이들이 명언으로 여겼다. 공은 어린 시절 풍채와 자태는 옥이나 눈과 같았는데 자라면서 천연두를 앓아 한쪽 시력을 잃어 벗들 모두가 통곡하려는데도 공은 뜻이 확 트여 있어서 평생 동안 아녀자의 태도를 하지 않았다. 과거에 급제를 하고 새로 인사 올 때 사관(四館)[232]이 희롱하고 놀렸으나 스스로 그것을 자랑하였다.

공은 붓으로 쓰면서 "사람에게는 눈이 있듯이 하늘에는 해와 달이 있어 해는 낮에 빛나고 달은 밤에 빛난다. 하나는 낮에 하나는 밤에 반쪽으로 비추어도 무슨 방해됨이 있던가."라고 쓰니 사람들 모두 탄복하고 칭찬하였다. 그 넓은 마음이 사소한 것에 구애받지 않음이 이와 같았다.

공은 붓으로 쓰면서 "사람에게는 눈이 있듯이 하늘에는 해와 달이 있어 해는 낮에 빛나고 달은 밤에 빛난다. 하루 낮 하루 밤 유달리 비추어도 무슨 상관이 있겠는가."라고

231) 《莊子》〈田子方〉"백리해가 작록에다 전혀 마음 쓰지 않았으므로, 그가 소를 먹이자 소가 살쪘다.[百里奚爵祿不入於心 故飯牛而牛肥]"라고 하였다.

232) 사관(四館) : 조선시대 교육·문예를 담당하던 4개 관서. 즉 성균관·교서관·승문원·예문관을 말한다.

쓰니 사람들 모두 탄복하고 칭찬하였다. 그 늘여서 넓힘은 사소한 것에 구애받지 않음은 이와 같았다.

공은 가정 무술 12월 24일 나셔서 만력 20년 임인 정월 29일에 병으로 임종하셨는데 향년이 65세였다. 원근에서 모두 탄식하고 안타까워하였으며 약포대인[233]께서 듣고서 슬퍼하시면서 훌륭한 사람이 돌아가셨다고 하였다. 이해 윤이월 병신일에 부의 동쪽 음곡 선부군 묘 아래 자좌우향의 언덕에 장사지냈다. 이것은 그의 뜻이었다.

공의 처음 배필은 오천 예빈시봉사 정윤공의 따님이었다. 고려 문하시중 습명의 후예다. 사당을 아직 알현하지 못하였는데 무덤은 영천에 있다. 다시 예천 권단운의 따님에게 장가들었는데 통훈대부 통례원 좌통례 오기의 증손이다. 또 사인 권견룡의 따님에게 장가들었는데 태사 권행의 후손이다. 권 씨가 집에 있을 때 장사를 치렀고 또 비를 세워도(圖)를 사라지지 않게 하였다. 세 부인 모두 자식이 없어 아우 담의 아들 경엄을 후손으로 삼았는데 나이 겨우 8살에 상복을 입고 있어서 사람들 모두 슬퍼하였다. 공은 스스로 호를 동고라 하였으며 일찍이 은거할 집을 지어 여생을 풍족하게 늙을 곳이 있었으나 나아가지 않았다. 아! 공의 재주가 이와 같고 덕이 이와 같고 뜻이 이와 같았는데도 능히 시행하지 못하고 돌아가셨다. 오호통재라. 명왈

죽계를 이어 태어나	系出竹溪
도의 근원이셨다	道之原也
백담을 종유하셨으니	從遊柏潭
스승은 한 분이다	師有一也
여력으로 학문하여	餘力學文
화려한 소문을 일찍부터 날렸고	華聞早揚
드디어 과거에 나아가	遂捷科第
소과 대과에 모두 붙었네[234]	蓮桂俱芳

---

233) 정탁(鄭琢, 1526~1605) : 자는 자정(子精), 호는 약포(藥圃)·백곡(栢谷), 본관은 청주(淸州)이다. 이황의 문인으로, 1558년 문과에 급제하여 진주 교수(晉州教授)·좌의정·영중추부사 등을 역임하고 서원부원군(西原府院君)에 봉해졌다. 임진왜란 때에는 곽재우(郭再祐)·김덕령(金德齡) 등의 명장을 천거하여 공을 세우게 하기도 하였다. 시호는 정간(貞簡)이며, 저술로는 《약포집》·《용만문견록(龍灣聞見錄)》 등이 있다.

234) '연계(蓮桂)'는 연방(蓮榜)과 계방(桂榜)을 말하는데, 연방은 소과(小科)인 생원시(生員試)와 진사시(進士試)의 방목(榜目)이고 계방은 대과(大科)의 방목이다.

재주가 아름다워서	以才之美
시행하는 것마다 불가한 것이 없었고	施無不可
지위가 도사에 이르렀네[235]	位至亞使
임금에게 끼친 덕화가 있고	龍有遺化
효도하고 우애하는 성품	孝友之性
자질이 선량하였네	姿質之良
이제 운명하여 세상을 떠나며	殉身以沒
양자에게 의탁하니	托在過房
운명이 이러하니 어쩌란 말인가	命也如何
하늘의 뜻 기필할 수 없는 것이니	天不可必
백세토록 영원히	百歲以俟
이 돌과 함께 있으리	有如斯石

在嘉靖辛亥歲 余請教于栢潭先生 公先在門 遂與之同學 以公長一年 嘗呼之以兄 公嘗以謀生太拙戒我 對曰 死當以不事生業誌吾墓 公笑曰 吾死則渠以某事銘我 噫 此乃平日相戲之言 豈料今公遂辭世而誌銘之屬 遂及於頑命未死之人 情所不忍 而我亦有不得辭者 公諱霽 字汝止 姓安氏 其先順興府人 文成公諱裕之裔 文成興學衛道 從從祀文廟 其積厚流光 有自來也 有諱璟 卽將乃八代祖諱詡 隱不仕 諱祉 宗簿令 諱義興 奉善大夫 開城府小尹 賜紫金魚袋 諱吉祥 令同正 於公爲高祖 曾祖諱善孫 將仕郎 祖諱處貞 承仕郎 考諱琇 中訓大夫 司贍寺僉正 兼春秋館記注官 歷 高城, 寧越二郡 妣淑人鳳城琴氏 學士琴儀之後 而通政大夫 沔川郡守元福女也 公生有異質 才氣過人 先生嘗曰 子路之勇 夫子抑之 爲文穎脫 有非流輩所及 先生目之以製安 蓋許之也 業旣成 赴鄕圍 每擧輒中 必居前列 踰冠 中辛酉司馬二試 庚辰 試漢城發解 居魁 遂登第 補成均館學諭 歷學祿, 學正, 博士 時有縉紳逆獄之變 人有因宿憾以擠之 館學士子停擧者不一 而曾經朝士 亦在其中 同流皆欲解之 而猶難 公爲上博 略無難色 毅然獨當曰 諸生無咎尙然 況朝官乎 非正棣所知 遂解之 物論稱快 庚寅 轉通善 拜司憲府監察 旣而拜刑曹佐郎 卽被論遞 人皆知其爲所中也 辛卯 階奉正大夫 拜忠淸都事 尹公國馨 爲監司 以公盡心察理 每事

235) 아사(亞使) : 수령관, 감영의 도사(都事).

必諳 築倉牙山 公掌其事 務盡物情 人有頌祝之者 癸巳 爲龍宮縣監 時經火燹 公私板蕩 公撫民如子 盡心職事 巡使以狀聞 命陞品 爲僉正 然公以爲職公微勞 不敢自居 故其終命以都事書銘旌 亦可見其志也 公晩來 爲本府提督官 專心學事 善誘屬校士子 監司以盡職稱之 壬辰之亂 公出財力 以助軍興 凡所以爲國者 靡不竭力 亦人所難也 公早喪嚴父 事母夫人 色養榮悅 誠孝備至 三兄一時俱亡 一弟撫愛益篤 待其子如己出 其於財物 少無係吝 自署其藏穫以與之 孝友之性然也 事師如事親 栢潭先生疾革 喪葬極盡誠敬 事夫人 就養省候 終始不替 有亡友之子 孤苦零丁 見輒矜憫 至以財恤之 其隆師親友之道 可謂至矣 其於祭祀必誠 外家與退溪李先生連門 而有諱金伸 乃母夫人外祖考 無子神主無所歸 公以母夫人在堂 奉其主以來 先生善之 其待人也甚厚 客至 必置酒盡歡 至於鄕黨 務相和好 雖有不順事 公不與之較 鄕人稱爲長者也 公不事表襮 虛懷應物 在龍宮日 分養屯牛 巡使以瘦瘠詬之 公對曰 百里奚爵祿不入於心 故飯牛而牛肥 此縣監猶恐失之 故飯牛而牛不肥也 聞者以爲名言 公少時風姿玉雪 及壯患痘 喪一明 朋友皆欲哭之 而公意豁如也 平生不爲兒女態 爲及第新來時 四館調戲 令自贊 公揮筆曰 人之有目 如天之有日月 日輝於晝 月輝於夜 一晝一夜 偏照何妨 人皆歎賞 其恢廓 不拘小節如此 公生於嘉靖戊戌十二月二十四日 至萬曆二十年壬寅正月二十九日 以疾終 享年六十五 遠近咸嗟惜 藥圃大人 聞而悲之曰 善人亡矣 以是年閏二月丙申 葬于府東陰谷先府君墓下子坐午向之原 其志也 公初配烏川禮賓寺奉事鄭允恭女 高麗門下侍從襲明之後 未廟見 葬在永川 再聘醴泉權端雲女 通訓大夫 通禮院左通禮五紀之曾孫 又娶士人權見龍女 太師幸之後也 權氏在家 營喪葬 且立碑 以圖不朽 三室皆無子 以弟霦之子景淹爲後 年甫八歲猶服喪 人皆哀之 公自號東皐 嘗有卜築爲菟裘終老之地 而未就 噫 以公之才如是 德如是 志如是 而不克施以沒 嗚呼痛哉 銘曰 系出竹溪 道之原也 從遊柏潭 師有一也 餘力學文 華聞早揚 遂捷科第 蓮桂俱芳 以才之美 施無不可 位至亞使 龍有遺化 孝友之性 姿質之良 殉身以沒 托在過房 命也如何 天不可必 百歲以俟 有如斯石

통정대부 영가권공 묘갈명
通政大夫永嘉權公墓碣銘

세칭 안동 권씨는 크고 작은 파 없이 모두 태사를 시조로 삼는다. 두터운 덕이 영광스럽게 전해져서 경향 각지에서 성대하였다. 공은 그중 한 분이다. 공의 이름은 윤변이고 자는 언사이다. 정조대부 행소부시사의 이름은 혁인데 공의 8대조이며 그 선조는 호장보윤의 이름은 극해이다. (공의 11대조) 흥위위보승랑장 효윤 좌우위보승랑장 문탁은 내소부의 할아버지와 아버지이다. 자손이 계승되는 것이 멀기 때문이다. 검교군기감 행양구감무의 이름은 용평인데 공의 6대조이다. 통사랑도첨령동정의 이름은 천로인데 공의 5대조이다. 조봉랑 행신녕감우의 이름은 직균인데 공의 고조이다. 증조는 수의교유웅무 시위사중령부사직이며 이름은 구서이고 조부는 장흥고부사이고 이름은 자준이며, 아버지는 장사랑이고 이름은 유이다.

어머니는 유인 초계 변 씨인데 충순위 근의 따님이며 집의 창원의 손녀이다. 정덕 7년 임신 11월 초2일 생으로 공은 안동부 동쪽 물야촌에서 태어났다. 2세가 되었을 때 외삼촌 변효공의 양자로 들어갔다. (변공은 공의 종조부 서령부군의 사위이다. 공은 변공에게 갔으니 외가로 논하면 외숙질사이이다. 친가로 논한다면 변공은 공의 종고모부이고 서령은 자식이 없다. 변공이 집안을 대대로 이어왔으나 변공이 또한 자식이 없어 공이 양자로 모시었다. 공이 비록 변씨로 양자 갔으나 실제로 동성 종조부의 종을 이었다.) 그 이름이 이렇기 때문이다.

18세에 진성 이 씨에게 장가들었는데 선무랑예천훈도 하의 따님이다. 증숭정대부 의정부 좌찬성 겸 판의금부사 식이 조부이다. 즉 이문순공(퇴계)의 질녀이다. 이미 돌아가셔서 의령 여 씨를 두 번째 아내로 맞이하였다. 어모장군훈융첨사 문백의 따님이다. 가선대부 행참판 휘 경창의 손녀이다. 공은 전실에는 일남 일녀가 있었다.

응규는 통정대부이고 딸은 이경제에게 시집갔는데 후실의 아들이다. 경생은 가선판사이다. 모두 영직이다. 통정은 능성 구 씨에게 장가들었는데 1남 2녀를 두었다. 아들은 혼으로 문명이 있었으나 일찍 죽었다. 장녀는 이흠에게 시집갔고 차녀는 이빈에게 시집갔다. 모두 같은 마을 선비인데 직첩이 있다. 판사는 풍산 김 씨에게 장가들었다. 기자전참봉 계의 따님이자 효자 시좌의 손녀이다. 1남 2녀를 낳았다. 아들은 개이고 맏딸은 정면에게 시집갔고 둘째 딸은 미혼이다. 혼은 광주 김 씨에게 장가들었는데 아들이 하나 있으니 수일이다. 수일은 고창 오 씨에게 장가들어 아들을 하나 낳았다. 벌써 동래 정 씨에게 장가들어 자녀를 낳았다. 측실의 아들은 을생과 무생이다. 딸은 이몽실, 권오 김경인 권승종에게 시집들을 가서 내외증현손이 무려 70여인이니. 성대하다고 이를 만하다.

공은 부의 동쪽 가구리에 살았는데 평생 우환에도 그 마음이 동요되지 않았다. 다른 사람과 더불어 비교하지 않고 이웃 간에 반목하는 혐의가 없었으며 전원에 으르러 본분에 따랐다. 스스로 이익을 도모하는 계책은 조금도 없었으므로 그가 장수를 누려 여러 복을 누릴 수 있었다. 어찌 심은 것이 없이 그러하였겠는가? 모든 자녀 또한 명가에서 효도하고 삼가며 봉양에는 반드시 술과 고기가 있었으며 말년에 기쁜 것들이 갖추어 이르렀으니 능히 봉양하고 효도했다고 할 만하다. 공은 84세의 나이에 노직으로 통정대부의 계급을 받았다.

만력 34년 병오 9월 10일에 숨을 거두셨으니 향년 95세였다. 사람들은 모두 오래 살고 복을 받음을 서로 기뻐하였다. 이해 11월 19일 부의 북쪽 소등촌 진황산 남쪽 기슭 자좌오향의 언덕에 장사지냈다. 전후 두 아내와 합장하였고 선영과 같은 산이다. 명왈

기자가 홍범구주를 펼치고	箕叙九疇
수명도 그 일조에 거하였네	壽居其一
맹자께서 말씀하신 존귀한 것은	孟言達尊
연치와 관작과 덕인데	齒與爵德
공은 천수를 누렸으니	公享期頤
오래 살고 다복하였네	壽考多福
어진 사람은 장수한다[236]고 하니	仁壽有徵
큰 덕을 반드시 얻으리라	大德必得
남은 경사가 다하지 않아	餘慶未艾
복을 드리우니 영원히 복을 받으리라	垂裕永錫
이 언덕에 무덤을 정하였으니	卜藏斯丘
영원히 편안한 집 되소서	萬古安宅
이것을 비석에 새기노니	玆銘于石
오래도록 밝게 보이소서	昭示千億

236) 《論語》〈雍也〉의 "인을 좋아하는 사람은 장수한다.[仁者壽]"

世稱安東之權 無小無大 皆祖於太師云 厚德流光 盛於中外 公其一也 公諱胤卞 字彦嗣 正朝大夫 行少府寺事 諱奕 乃公之八代祖 而其先則戶長甫允 諱克諧也 (公之十一代祖) 興威衛保勝郎將孝允 左右衛保勝郎將文卓 乃少府之祖與考 而其所以繩繼者遠矣 檢校軍器監 行楊口監務諱用平 爲公之六代祖 通仕郎都浾領同正諱天老 爲公之五代祖 朝奉郎 行新寧監務諱直均 於公爲高祖 曾祖修義校尉雄武 侍衛司中領副司直諱九叙 祖長興庫副使諱自準 考將仕郎諱維 妣孺人草溪卞氏 忠順衛瑾之女 而執義昌遠之孫也 以正德七年壬申十一月初二日 生公于府東勿野村 年二歲 過房于舅氏卞孝恭 (卞公 乃公之從祖父署令府君之壻 而公之於卞公 以母黨論之 則舅甥也 以父族論之 則卞公爲公堂姑之夫也 署令無子 傳家于卞公 而卞公又無子 以公爲侍養子 公雖出養于卞氏 而實繼同姓從祖父之宗) 名之 其以此也 十八 娶眞城李氏 宣務郎醴泉訓導河之女 贈崇政大夫, 議政府左贊成, 兼判義禁府事諱埴 乃其祖 卽李文純公之姪女也 旣喪 繼聘宜寧余氏 禦侮將軍訓戎僉使文伯之女 嘉善大夫 行參判諱慶昌之孫也 公前室有一子一女 曰應生 通政 女李經濟 後室子有曰慶生 嘉善判事 皆影職也 通政娶綾城具氏 生一子二女 子曰混 業文早亡 女長適李欽 次適李玭 皆同鄕士 而有職帖 判事娶豊山金氏 箕子殿參奉繼之女 而孝子時佐之孫也 生一子二女 子曰漑 女曰鄭俔 次在室 混娶光州金氏 有一子 曰壽一 壽一娶高敞吳氏 生一子 漑娶東萊鄭氏 生子女 側室子 曰乙生, 戊生 女曰李夢實, 權悟, 金景仁, 權承宗 內外曾玄孫 無慮七十餘人 可謂盛矣 公居于府東嘉丘里 平生不以憂慽動其心 與人不較 隣里無反目之嫌 至於田園 依本分 少無封殖自利之計 其壽考能享諸福 豈無所種而然也 諸子又以孝謹名家 奉養必有酒肉 所以爲暮年之懽者備至 可謂能養而孝者也 公年八十四 以老職 加通政階 萬曆三十四年丙午九月十日 終 享年九十有五 人皆以壽福相慶 而又嘆南極之不復耀也 以是年十一月十九日 葬于府北所等村振鳳山南麓子坐午向之原 前後二室附 與先塋同一山也. 銘曰 箕叙九疇 壽居其一 孟言達尊 齒與爵德 公享期頤 壽考多福 仁壽有徵 大德必得 餘慶未艾 垂裕永錫 卜藏斯丘 萬古安宅 玆銘于石 昭示千億

상량문上樑文

용산서원상량문 (용산 옛날 사당을 지을 때 지은 것을 주계서원의 새로운 사당을 상량할 때 그대로 사용하였다)
龍山書院上樑文(龍山舊廟營逮時所撰 而仍施於周溪書院新廟之樑)

먼저 알고 깨달은 사람이 이 백성들을 가르쳤다면 반드시 가르치고 수양하는 방법이 있어서 후학들이 그 업을 저술하여 어찌 떨쳐서 지은 방책이 없으리오. 이 떳떳한 의론의 좋은 방법을 따라서 온당하게 신령스러운 바에 미쳐 사용합니다.

삼가 우리 백담 선생은 삼대의 인물이었으며 양한의 문장이기에 우리의 스승과 선비로 모시고 심오한 학문을 행함이 있었습니다. 《서경(書經)》〈고요모(皐陶謨)〉에 너를 교육의 수장으로 명하니, 너그러우면서 엄격하고 강직하면서도 온화하게 하라[237] 하였으니 어찌 다만 호수와 바다의 가에 일시의 영웅이기만 하리오, 또 《시경》〈억(抑)〉[238]에서처럼 풍류는 백세의 사표로 이를 만하니, 현덕(賢德)을 어질게 여겨 흠모하고 즐겁게 해 준 일을 즐겁게 여기게 해 주었으니[239] 돌아가신 후에도 잊을 수 없는 까닭이다. 여기서 나고 여기서 성장하였으니 누군들 보고 감동하고 흥기하지 않았겠는가. 하물며 인정이 후한 고장이 멀지 않았으니 대부분 거느리고 친절하게 가르쳐 주셔서 학문이 더욱 깊어졌다. 저 멀리 용산을 바라보니 옛 터전에서 학문에 전심하면서 비로소 터를 닦고 준공을 하니 실로 적당하게 지시하고 행한 결과이다. 재실과 당이 있는데 모두 어린이를 바르게 기르기 위한 것이다. 해와 달이 환히 풀과 나무를 모두 비추어서 그 영향으로 자라고, 우리는 스승을 따라 시를 읊조리며 스승을 모시고 왕래하며 자랐다.

---

237) 순(舜) 임금 앞에서 고요(皐陶)가 우(禹)에게 말한 '관이율(寬而栗)' '직이온(直而溫)' 등 아홉 가지 덕을 말한다. 《書經 皐陶謨》

238) 《시경》〈억(抑)〉에 "온순하고 온순한 공손한 사람은 오직 덕의 기반이어라.[溫溫恭人 維德之基]" 하였다.

239) 《大學章句》 전 3장의 君子賢其賢而親其親 小人樂其樂而利其利

제사는 이 사람을 위해 있은데 아! 만약 옛날을 거울삼아 얻을 수 있으면 공덕은 사전[240]에 있었으니 사람들에게 묻고 상의하여 좋은 터를 선택하였고, 봄과 가을로 제사를 받드니 노인들을 모두 모여서 춤추며 제사를 정결히 받든다. 많은 선비들 이리 뛰고 저리 뛰며 분주하게 뜰에 있으니. 어찌 묘우를 설치하여 신상을 존엄하게 모셔 높은 산처럼 우러러 받들지 않으리오. 하늘이 열리고 땅이 넓도다. 앞에는 학가산의 꼭대기가 보이고, 골짜기는 깊고 숲은 우거져 수풀이 무성하고 뒤에는 규봉이 높이 솟았다. 얼마나 이것을 지으려고 했던가? 우뚝이 들보가 오르네. 이 기쁜 소리 함께하자. 이 좋은 칭송 알리자.

여보게들 들보 동쪽에 떡을 던지세나	兒郞偉抛梁東
아침 햇살 떠오르자 상서로운 구름 붉도다	旭日初昇瑞靄紅
살랑살랑 불어오는 동풍이 만물에 불어오니	習習谷風吹萬物
다시금 제때에 비가 내려 움직이어 환히 빛났네	更將時雨動昭融
여보게들 들보 서쪽에 떡을 던지세나	兒郞偉抛梁西
태산 작은 언덕 중간이 낮음을 볼 수 있고	太山丘垤望中低
맑고 깨끗한 이슬 창공에 가을 기운 엄숙하도다	玉露映空金氣肅
오동잎 무성하니 봉황새 깃들겠지	菶菶梧葉鳳來棲
여보게들 들보 남쪽에 떡을 던지세나	兒郞偉抛梁南
규벽 상서로운 광휘 북두성 남쪽으로	奎壁祥輝斗以南
오현금 희롱하니 달리 할일 없도다	五絃琴弄無餘事
복희씨 흥겹게 들어와 윗자리 참석하네	興入羲皇座上參
여보게들 들보 북쪽에 떡을 던지세나	兒郞偉抛梁北
우러러보는 하늘을 아득하고 말이 없고	瞻仰玄天幽且默
깊은 밤 북두성이 똑같이 어우러졌네	夜深星斗共闌干
한 점 광휘 서쪽 변방 비추네	一點光輝照西極
여보게들 들보를 위쪽으로 던지세나	兒郞偉抛梁上
바다 색 같은 하늘 모습 높고 또 밝도다	海色天容高且朗

240) 사전(祀典) : 고려 및 조선시대에 국가에서 공식적으로 행하는 각종 제사에 관한 규범이나 규정.

해와 달이 동서로 저절로 오간다	日月東西自往來
우리 마음같이 우러러 봐도 부끄럼 없다	我心無怍同瞻仰
여보게들 들보를 아래로 던지세나	兒郎偉抛梁下
지세 평지가 온 들판으로 펼쳐지고	地勢平夷開四野
두터운 덕의 유래를 능히 실어 유지하세	厚德由來能載持
존광이 비로소 사람 아래로 향하게 되었다	尊光方始爲人下

엎드려 원하나니 상량한 이후에 풍속이 순수하고 아름다우며 시절이 평화스럽고 해마다 풍년이 들며 집집마다 충신과 효자를 기리는 문(門)이 세워지고 사람들마다 시서의 가르침을 즐거워한다. 강하의 물이 윤택하게 흐르는 것과 같이 민생들이 혜택을 보며 교악(喬嶽)이 우뚝 솟아 임하듯이 나라의 풍속을 진정시킨다. 이와 같은 모습이 영세토록 무궁하기를 기원한다.

先知覺斯民 必有敎養之術 後學述其業 寧無振作之方 玆循秉彝之良 庸逮妥靈之所 恭惟我栢潭先生 三代人物 兩漢文章 作我師儒 邃學有行 命汝敎冑 寬慄直溫 豈徒爲湖海一時之英 抑可謂風流百世之表 賢其賢樂其樂 所以沒世而不忘 生於斯長於斯 孰不觀感而興起 矧伊仁里之不遠 率多薰炙之益深 睠彼龍山 藏修舊地 載基載落 實由當日之指揮 有齋有堂 蓋爲童蒙之養正 昭回草木之衣被 吟嘯杖屨之往來 祭社在斯人 粤若稽古而有獲 功德在祀典 詢謀協龜而僉同 春秋苾芬 耆老齊會而蹈舞 籩豆靜潔 多士駿奔而在庭 盍置廟貌之尊嚴 以寓高山之仰止 天開地廓 前瞻鶴駕之巓 谷邃林深 後聳圭峯之峻 幾何經始之日 屹然樑欐之升 同此懽聲 式陳善頌 兒郎偉抛梁東旭日初昇瑞靄紅 習習谷風吹萬物 更將時雨動昭融 兒郎偉抛梁旭日初昇瑞靄紅 習習谷風吹萬物 更將時雨動昭融 兒郎偉抛梁西 太山丘垤望中低 玉露映空金氣肅 蓁蓁梧葉鳳來棲 兒郎偉抛梁南 奎壁祥輝斗以南五絃琴弄無餘事 興入羲皇座上參 兒郎偉抛梁北 瞻仰玄天幽且默 夜深星斗共闌干 一點光輝照西極 兒郎偉抛梁上 海色天容高且朗 日月東西自往來 我心無怍同瞻仰 兒郎偉抛梁下 地勢平夷開四野 厚德由來能載持 尊光方始爲人下 伏願上梁之後 風淳俗美 時和歲豊 家家樹忠孝之門 人人樂詩書之敎 若江河之潤 推之足以澤民生 如喬嶽之崧 臨之可以鎭國俗 形容如此 永世無窮

晦谷先生文集 卷之二

회곡선생문집 제2권

제문祭文

송소 권우[241]를 애도하는 제문

祭權松巢(宇)文

아아 정보가 嗚呼定甫
어찌 이렇게 되었는가 而至斯耶
서울에서 내려오다가 自京下來
집에 도착하지 못했네 不至家耶
지난번 편지를 받아보니 頃見手札
말뜻이 정성스러워 辭旨丁寧
고향으로 돌아와서 擬還故山
슬픔을 나눌 듯했는데 相對叙悲
지금 어찌 그렇지 않고 今胡不然
중도에서 멈추었는가 中道而止
어머님은 문에 기대어 있고 慈母倚閭
아이들 처마 밑에서 기다리는데 稚子候簷
그대 어찌 그곳에서 君胡在彼
누운 채 일어나지 못하는가 臥而不起
인생사 이 지경이 되었으니 人事到此
천도를 말해 무엇하겠는가 天道寧論
나는 질병이 있는데다 鄙有疾病
또한 우환도 많아서 且多憂撓

241) 권우(權宇, 1552~1590) : 자는 정보(定甫), 호는 송소(松巢)·이계(伊溪) 본관은 안동이다. 이황의 문인으로 1573년 사마시에 합격하고, 집현전 학사와 세자 사부를 역임하였다. 저서로 《송소집(松巢集)》이 있다.

곧장 조문하지 못했으니 未卽匍匐
정의가 있다고 하겠는가 情義烏在
평소의 일을 회상하니 言念平生
가슴이 베인 듯 허전하네 惄焉如割
뜻을 같이하며 기뻐하고 同志之樂
함께 노닐며 즐거웠는데 幷遊之好
지금은 그럴 수 없으니 今不可得
너무 애통해 숨이 끊어지려 하네 長痛欲絶
삼가 솔잎주를 올리며 謹奉松醪
아득한 마음을 부치네 以寓永懷

월천 조목[242])을 애도하는 제문

祭趙月川(穆)文

아, 무극(無極)에서 태극(太極)이 되는 것은 이(理)이고 형체가 있어 시작해서 끝나는 것은 기(氣)입니다. 이는 생겨나고 사라지는 변화가 없고 기는 자라나고 줄어드는 때가 있으니 이처럼 삶과 죽음이 떳떳한 이치이기에 통찰해보면 비통할 것이 없지만, 다만 살아 있던 사람이 죽는 까닭에 남아 있는 사람이 마음 아파하는 것입니다.

아, 천지에 태어나면 모두가 나의 형제인데, 사람의 일이 시작되고 끝나는 큰 변화에 누가 슬퍼하지 않겠습니까. 더구나 평소 종유하며 깊은 교분을 맺었다면 누가 통탄스럽게 곡하지 않겠습니까.

아, 저는 당신에게 중표친(中表親 : 내외종 형제)으로 부친의 친족입니다. 돌아보건대, 예전에 선생님께서 현사사[243])에서 강회하던 날에 비록 물 뿌리고 비질하며 웃어른을 모시는 말석에 있었지만, 지금은 노년에 이르도록 혼몽하여 아는 것 없는 속이 빈 하나의 껍데기밖에 되지 못했습니다. 당시 음성과 용모를 대할 때 자리에는 봄바람이 불고 문

242) 조목(趙穆) : 각주 128) 참조.

243) 현사사(玄沙寺) : 안동시 와룡산에 있는 절로, 월천 조목이 29세에 이황의 고제들과 함께 이 절에 올라 독서계를 맺고 공부하였다.

밖에는 눈이 내린 듯했습니다.[244)]

유학의 실마리가 전해지고 전형이 멀지 않아서 갈고 닦으며 보고 느끼는 것이 진실로 병을 치료하는 좋은 약과 같았습니다. 그러나 멀리 떨어져 만남과 헤어짐이 일정하지 않았기에 애석하게도 한가하게 머물 때 항상 곁에 모실 수는 없었습니다.

아아, 지난 10월 2일 한 병 술로 동생과 손잡고 서로 권면하며 찾아가 잠시 월천(月川) 가에서 뵈었습니다. 비록 건강이 좋지 않았지만 한 번의 기쁜 만남이 회포를 풀기에 충분했습니다. 서로 만날 날이 얼마 없다는 말씀을 하시고 다시 뒷날의 모임을 정성스럽게 약속하며 저 정사(精舍)로 정한 것이 이달 기망(旣望 : 16일)이었습니다. 애통합니다. 오당(吾黨)이 갑자기 불행을 만나 이 말이 이뤄지지 못한 채 막막한 곳에 버려졌습니다.

아아, 부고를 받은 당시에 마침 소지(召旨)가 있었지만 병 때문에 갈 수 없어서 문을 닫고 엎드린 채 죄를 기다리고 있었습니다. 조문하는 것이 어려운 상황이라 달려갈 방법이 없었기에 이렇게 뒤늦게 곡을 하니 고인에게 부끄럽고 무안하며, 평소의 일을 회상하니 영결의 말이 그치지 않습니다.

편벽근리(鞭辟近裏)[245)]의 독실한 공부로 마침내 노둔함으로써 도를 얻은 사람[246)]이여, 한 도시락 밥과 한 표주박 물을 자주 거르더라도 누추한 시골에 살면서 그 즐거운 마음을 변치 않은 사람이여.[247)] 세속의 더럽고 혼탁함이 싫어서 만물의 밖에서 초탈한 것인가, 조화옹(造化翁)과 벗이 되어 길이 쾌활한 곳으로 떠난 것인가. 사문(師門)을 바라보니 마치 사다리로 오를 수 없는 하늘과 같은데, 후학들이 어디서 학업을 묻고 덕을 고찰하겠습니까.

---

244) 문 …… 듯했습니다 : 북송의 양시(楊時)가 정이(程頤)를 만나러 갔을 때 마침 정이가 정좌(靜坐)하는 중이므로 눈이 세 자나 쌓일 동안 밖에서 기다렸다는 정문입설(程門立雪)의 고사에서 나온 말로, 스승에 대한 존모의 뜻으로 쓰였다. (《宋史》 卷428, 〈道學二 程氏門人 楊時〉)

245) 편벽근리(鞭辟近裏) : 자기 내면의 맨 밑바닥까지 깊이 파고들어 정밀하게 분석하고 연구하는 것을 말한다. 《근사록(近思錄)》 〈위학(爲學)〉에 "학문이란 단지 채찍질하여 내면으로 접근해서 자기 몸에 붙게 하는 것일 뿐이다. 그러므로 간절히 묻고 가까이 생각하면 인이 그 가운데에 있다.[學只要鞭辟近裏 著己而已 故切問而近思 則仁在其中矣]"라는 정명도(程明道)의 말이 나온다.

246) 마침내 …… 사람 : 원문의 '竟以魯得之'는 《근사록(近思錄)》 〈위학(爲學)〉에 "증삼은 노둔하기 때문에 마침내 도를 얻었다.[參也竟以魯得之]"는 정명도(程明道)의 말에서 나온 것이다.

247) 한 …… 사람이여 : 《논어(論語)》 〈옹야(雍也)〉에서 공자가 이르기를 "어질도다, 안회여. 한 도시락 밥과 한 표주박 물로 누추한 시골구석에서 살자면 다른 사람은 그 걱정을 견디지 못하건만, 안회는 도를 즐기는 마음을 변치 않으니, 어질도다, 안회여.[賢哉回也 一簞食 一瓢飮 在陋巷 人不堪其憂 回也不改其樂 賢哉回也]"라고 한 데서 온 말이다.

아아, 도산(陶山)은 짙푸르고 담수(潭水)는 드넓으며 천만년토록 천지는 유장(悠長)합니다. 이 삶은 끝이 있건만 이 슬픔은 다함이 없습니다. 혼령이 알고 계신다면 오셔서 흠향하길 바랍니다.

嗚呼 無極而太極者 理也 有形而始終者 氣也. 理無存亡之變 氣有消息之時 夫如是則死生常理 達觀之所不悲也 惟其有者旣亡 故其存者心傷 嗚呼 生於天地 皆吾之弟兄人事始終之大變 孰不爲之慘惻 況平日從遊托契之深 而誰爲也而不哭之慟也 嗚呼 小子之於門下 中表親而父之族 思昔函丈 於玄沙講會之日 雖洒掃應對進退之末 今至老大而昏昏無所知 未免爲一空空之軀殼 當時謦欬色笑之相接 春風座上 門外雪也 惟緖言有傳 典刑未遠 其所以切磋觀感者 眞對病之良藥 然參商離合之不相齊 恨未得常常侍坐於燕居之日 嗚呼 時維陽月初吉之翌 一壺酒携弟與勉而駸邁 薄言往造于川之上 雖萬福有不安之節 而一歡亦足以敍暢 旣申以無幾相見之說 又結之以後會丁寧之約 指彼精舍 是月旣望 痛矣哉 吾黨之遽到於不淑 而此言之不復尋 而墮茫茫也 嗚呼 聞訃之初 適有召旨 病不得行 而閉伏俟罪 難於出吊 而匍匐之無地也 玆遲來哭 愧古人而忸怩想慕平生 永言之不已也 鞭辟近裡篤實底工夫 竟以魯得之者歟 簞食瓢飮 其庶乎屢空在陋巷不改其樂者歟 厭世之汙濁 超乎萬物之表歟 造化爲徒 而長往快活者歟 望師門如天之不可階而升也 噫 後學於何問業而考德 嗚呼 陶山蒼蒼 潭水泱泱 千秋萬世 地久天長 此生有涯 此恨無極 英靈不昧 庶幾來格

또 월천을 애도하는 제문

又祭月川文

세월이 쉼 없이 흘러	日月不居
대상이 홀연 이르렀네	奄及再朞
아, 어디로 돌아갈까	嗚呼曷歸
내 마음의 슬픔이여	我懷之悲
성인이 제도를 만들어서	聖人有制
예식을 어길 수 없지만	禮不可違

슬픈 마음 다함이 없고 情則無盡
훌륭한 명성 그침 없으리 德音不已
길이 법도로 삼아도 永言維則
오히려 남음이 있네 尙有餘地
신령함이 주위에 가득하니 洋洋左右
삼가 흠향하길 권하네 敢言以侑

계동전 경창[248]을 애도하는 제문

祭全溪東(慶昌)文

영천 군수 권춘란은 삼가 사람을 보내 형 계하(季賀)[249]의 영전에 감히 고합니다. 형이 서울에서 본가로 돌아온다는 말을 들었는데, 불편하셨습니까. 서울에 있을 때 어떤 일이 있었으며, 도성을 나올 때 풍광이 어떠했습니까. 일찍이 경연에 참석했을 때 임금의 총애가 매우 빛났고 사헌부에 있을 때에는 사림들의 중망을 받았는데, 어째서 이런 퇴진을 결정하셨습니까.

하늘이 이 사람을 빼어간 것입니까, 재앙과 변란이 심한 것입니까, 아니면 존형이 풍진세상의 시끄러운 소리를 싫어하고 물가 대나무의 맑고 그윽함을 사모해서입니까. 지난날의 편지 중에 이러한 말이 있긴 했습니다. 올해 가을에 형과 만났지만 조정에서 왕을 모시는 처지라서 말로 정의를 다할 수 없었습니다. 얼마 뒤에 문득 짧은 편지를 써서 기거를 여쭈었지만, 형이 병을 앓는다고 하면서 끝내 답서를 주지 않고 부음만 멀리서 도착하니 차마 말을 이을 수 있겠습니까. 통곡할 뿐입니다.

아, 이와 같은 사람은 어질어서 반드시 오래 살아야 하는데 어찌 별안간 이런 극심한 지경에 이른 것입니까. 진실입니까 꿈입니까, 혹여 전달한 사람의 착오입니까. 생각건대, 이제 누구와 함께 종유하며 무슨 사업을 하겠습니까. 제가 짝도 없이 세상에 외롭게

---

248) 전경창(全慶昌, 1532~1585) : 자는 계하(季賀), 호는 계동(溪東), 본관은 경산(慶山)이다. 이황의 제자로, 1573년 문과에 급제하고 검열·정언 등을 역임하였다. 종계변무(宗系辨誣)에 전임(專任) 사신을 파견할 것을 상소하여 선조 때부터 종계변무사를 파견하게 했다. 저서로는 《계동집》이 있다.

249) 계하(季賀) : 전경창을 가리킨다.

될 것을 형이 또한 생각하지 못했습니까.

보살핌이 유달리 도타웠던 것을 생각하고 이승과 저승의 영원한 이별을 애도하자면 곧장 달려가 작은 정성이라도 보여야 하지만, 직무에 얽매여 정의(情義)에 흠이 있게 되었기에 감히 조문하는 사람을 보냅니다. 제물 또한 변변하지 않지만 청주(淸酒) 한 병을 술잔에 따르고 왕골자리 네 폭을 재실에 펼치게 하였으니, 이는 마음에서 우러난 것[解劍][250]으로 평소의 정의를 생각해서입니다.

아, 애통합니다. 영령께서 이를 알고 계시다면 부디 이러한 사정을 살펴주시옵소서. 삼가 고합니다.

永川郡守權春蘭 謹遣人 敢昭告于兄友季賀之靈 伏聞兄來自京師 返于本宅云 兄其安耶否 在京之日 有何爻象 而出城之時 風色如何 曾侍經筵 天鑒孔昭 繼登臺府 士望攸屬 而何遽此一退之決也 天奪之斯耶 凶變之酷耶 抑亦尊兄厭塵世之喧聒 而思水竹之淸幽耶 昔日書中有是語也 今歲之秋 與兄相面 而闕庭地禁 言不得盡其情也 厥後未幾 暫修短札 以候起居 而兄乃告疾 竟未見手復 而訃音遠至 尙忍言哉 哭之痛也 嗚呼 若人必得仁壽 而何其奄忽之至此極也 眞耶夢耶 亦或傳之者誤耶 想今誰與從遊 而作何事業 使弟無偶 而踽踽於世 兄亦不思之故耶 懷顧念之獨厚 悼幽明之永隔 卽當匍匐以伸微悃 職役所縻 情義有闕 敢修問使 物亦菲薄 淸酤一壺 命酌于巵 莞席四幅 命布于室 此則解劍之餘事 而想平時也 嗚呼痛哉 英靈未昧 尙鑒于玆 謹告

백담[251] 선생을 애도하는 제문

祭栢潭先生文

아, 선생께서는	猗歟先生
훌륭한 재능 타고났고	天賦異器

250) 마음에서 우러난 것[解劍] : '해검(解劍)'은 마음속의 생각을 실천하는 것을 말하는데, 춘추시대 오(吳)나라 계찰(季札)이 여러 나라에 사신으로 다닐 때 처음에 서(徐)나라의 군주를 알현하였는데, 서나라 군주가 계찰의 보검이 마음에 들었지만 감히 말하지 못했다. 계찰이 일을 마치고 돌아오는 길에 서나라에 도착해 보니 그 군주는 이미 세상을 떠나고 없었다. 이에 계찰은 자신의 보검을 풀어 무덤가의 나무에 걸어놓고 떠났다. 수행원이 그 이유를 묻자 계찰은 "나는 처음부터 이미 마음속으로 이 칼을 그에게 주려고 결심하였는데, 그가 죽었다고 해서 어찌 나의 뜻을 바꿀 수 있겠는가?"라고 한 데서 온 말이다. (《史記》 卷31, 〈吳太伯世家〉)

251) 백담(栢潭) : 구봉령(具鳳齡)의 호. 각주 27) 참조.

어려서부터 탁월하며　越自髫齡
영특하고 우뚝하였네　岐嶷倬峙
옥으로 만들어 주려고[252]　庸玉以成
일찍이 부모님 여의고　早喪怙恃
은근한 사랑으로　殷斯勤斯
할머니께서 기르셨네　鞠於王母
스스로 학문에 뜻을 두어　能自志學
밖에 나가 스승에게 배우니　出就外傅
인도하고 보살핀 것은　提撕撫摩
외종조부였다네　惟外從祖
처음 《소학》을 배우면서　初授小學
구두와 훈고를 익히고　句讀訓詁
대의를 밝게 알아　卽了大義
하나 듣고 둘을 알았네　聞一得二
강하가 터진 듯이　若決江河
매일 매월 성취하여　日將月就
마음대로 활보하니　肆身闊步
누가 감히 끝을 알겠는가　孰敢涯涘
창연한 그 빛에　蒼然其光
노유들도 기가 꺾였네　老儒縮氣
마침내 사마시를 보니　遂試司馬
시험관이 탄복하며　主擧歎服
훗날에 기대되는　期以後日
문장 거필이라 하였네　文章巨筆
선생은 마음에 두지 않고　先生不有
스스로 부족하게 여기며　自視欿然

252) 옥으로…… 주려고 : 고난을 겪은 뒤 성취하는 것을 말한다. 송나라 장재(張載)의 [서명(西銘)]에 "궁한 상황 속에서 근심에 잠기게 하는 것은 그대를 옥으로 만들어 주려는 것이다.[貧賤憂戚 庸玉汝於成也]"라고 한 데서 온 말이다.

시재를 열고 학문 익히며 闢齋藏修
뜻에 힘써 견고히 하였네 勵志彌堅
도서를 벽에 가득 채우고 圖書滿壁
솔과 대나무 삼엄한 곳에서 松菊蕭森
의리를 깊이 탐구하니 芻豢義理
물욕이 침입하지 못하였네 物莫來侵
향불을 피우고 밤낮으로 焚香繼晷
평생토록 단정하게 앉아 端坐窮年
책을 읽고 고개 들어 사색하며 俯讀仰思
충신과 독경에 항상 힘썼네[253] 倚衡床前
학문의 즐거움으로 근심 잊고 樂以忘憂
자주 끼니 걸러도 바꾸지 않으며 屢空不易
여유롭게 소요하고 자득하여 優游自得
만물을 조용히 관찰하였네 靜觀萬物
산과 내와 풀과 나무와 山川草木
눈과 달과 바람과 꽃으로 雪月風花
시를 짓지 않은 것이 없고 莫不品題
즐기는 것이 이외에는 없었네 所樂非他
그러나 스스로를 믿지 않고 然不自信
도를 지닌 이에게 나아가니 就正有道
이때 퇴계 선생께서 惟時退溪
마침 문호를 열었네 載闢庭戶
찾아가 학업을 청하니 往請所業
감히 할 수 없다 사양했네[254] 辭以不敢

---

253) 충신과 …… 힘썼네[倚衡床前] : 《논어》 〈위령공(衛靈公)〉에 "일어서면 그것이 앞에 참여함을 볼 수 있고, 수레에 있으면 그것이 멍에에 기대고 있을 때에 볼 수 있어야 하니, 이와 같이 한 뒤에야 행해지는 것이다.[立則見其參於前也 在輿則見其倚於衡也 夫然後行]"라고 한 데서 나온 말로, 충신(忠信)과 독경(篤敬)에 힘쓴 나머지 그 넉 자가 항상 눈에 어른거려, 수레를 타면 앞에 댄 끌채 위에도 붙어있는 것과 같다는 말이다. '참전의형(參前倚衡)'이라고 하며, 본문의 '상(床)'은 '삼(參)'의 오기인 듯하다.

254) 감히 …… 사양했네 : 구봉령이 20세(1545) 때 퇴계에게 배우기를 청하자, 퇴계가 "내 공의 박학(博學)함을

매우 깊이 인정을 받았기에	見許特深
스스로 감당한다 기약했네	期以自擔
돌아와 터득함이 있어	歸來有得
풍월을 읊조리며	哢月吟風
나는 증점을 허여한다 하니[255)]	吾與點也
그 흥취 무궁하네	其趣無窮
이에 위기지학을 알아	從知爲學
근본과 말엽을 구분하고	有本有末
공부에 갑절로 힘쓰며	益倍其功
성리학을 공부하였네	性理是學
밤마다 의관을 정제하고	衣冠夜夜
침식을 잊을 정도로	至忘寢食
진실로 오래 공력을 쌓아	眞積力久
넉넉하고 박식해졌네	旣富而博
과거 공부를 여사로 보고	餘事擧業
달갑지 않게 여겼지만	有所不屑
돌아보건대 조모께서	顧惟太慈
기대가 간절하였네	屬望斯切
출세하여 부모를 드러냄이	立揚以顯
어버이를 섬기는 일이기에	事親一節
이에 향시에 나아가	玆赴鄕闈
명성을 크게 떨쳤고	厥聲大振
문과 시험에 떨어져도	蹔屈中書
또한 원망하지 않았네	亦無所慍

들은 지 오래되었는데, 내 어찌 감히 가르치겠는가?"라고 하며 굳이 사양하였다 한다.(《栢潭集年譜》)

255) 나는 …… 하니 : 《논어》 〈선진〉에 공자가 제자들에게 남이 알아주면 어떤 일을 하겠느냐고 물었을 때, 증점이 "늦은 봄에 봄옷이 다 되어서 성인 5, 6명과 아이들 6, 7명이 기수(沂水)에서 몸을 씻고 무우(舞雩)에서 바람을 쏘이고서 읊조리며 돌아오는 것입니다."라고 하니, 공자가 그의 기상에 감탄을 하며 "나는 점과 함께하겠다.[吾與點也]"라고 한 고사가 있다.

상복을 대신 입었으니	俄持代服
조모의 승중상[256]이었네	承祖之重
정성과 공경을 다하였고	誠敬必盡
예제에 맞게 하였으며	禮制是用
삼년상 복을 마치고도	三祥告闋
애절한 슬픔이 남았었네	切切餘哀
길이 잊지 않으며	永言不忘
남은 경사 더하여	餘慶所培
자손에게 전해 주어	貽厥孫謨
선조의 뜻을 따랐네	聿追先志
군·사·부의 섬김이 같으니	生三事一
벼슬 않는 것이 어찌 의리리오	不仕何義
대과에서 급제하였으니	奏捷巍科
바로 경신년(1560)이었네	歲惟庚申
조정과 재야에서 경축하며	朝野相慶
세상에서 이 사람은	世有斯人
인물과 문장이	人物文章
삼대와 양한이라 하였네[257]	三代兩漢
태평성세의 난새와 봉황을	瑞世鸞鳳
누가 우러러보지 않겠는가	孰不景玩
승문원에 뽑혀 들어가	選入槐院
마침내 사한을 맡았네	遂秉史翰
훌륭한 명성 널리 칭송되어	蜚英歷揚
사간원과 홍문관에 들어갔고	薇垣玉署
선왕의 지우를 입어	際會先朝

256) 승중상(承重喪) : 아버지를 여읜 맏아들이 조부모 또는 증조부모가 돌아가셔서 아버지를 대신해 상복을 입고 상례를 치르는 것을 말한다.

257) 인물과 …… 하였네 : 구봉령이 과거에 급제하자 사람들이 삼대의 인물이고 양한(兩漢)의 문장이라 칭송했던 것을 말한다. 삼대는 하(夏)·은(殷)·주(周)이고, 양한은 전한(前漢)·후한(後漢)이다.

명성과 치적이 드러났네 聲績已著
금상(선조)에 이르러 逮及當宁
임금의 사랑 더욱 돈독하여 眷遇猶篤
경연에서 정성으로 보좌하며 經帷啓沃
임금을 보필하였네 袞職輔闕
오대 백부[258]에서 烏臺栢府
풍채를 우러렀고 激昂風采
지방관 소임을 맡기니 方面是寄
소공의 감당[259]처럼 무성하였네 召棠蔽芾
은혜가 선조에게 미쳐 恩及祖先
황천에 관직이 더해지니 封秩九泉
감동과 슬픔이 망극하여 感惻罔涯
몸 바쳐 더욱 경건하였고 匪躬益虔
밤낮으로 충성 다하여 夙夜盡奉
세월이 여러 번 바뀌었네 歲月屢遷
외물이 뜻밖에 주어져도 儻來外物
본래의 뜻 아니기에 亦非本意
고향산천 꿈속에 맴돌았고 夢繞丘林
가을바람에 생각이 동하여 秋風動思
상소로 휴직을 청하고 上章乞休
진심으로 간절히 바라니 血誠懇冀
간곡히 위로하고 타이르시며 慰諭丁寧
내 너를 등용한다 하기에 予將用爾
차마 길이 이별하지 못하고 未忍永訣

258) 오대(烏臺) 백부(栢府) : 사헌부(司憲府)의 별칭으로, 한(漢)나라 때 어사대(御史臺)에 까마귀가 서식했기 때문에 오대라 불렀으며, 문 앞에 잣나무를 심었으므로 백부라고도 불렀다.

259) 소공(召公)의 감당(甘棠) : 《시경》 〈감당〉을 말한 것이다. 주(周)나라 소공 석(召公奭)이 남국(南國)을 순시하다가 팥배나무의 밑에서 민원을 처리해 주었는데, 후세의 사람들이 그를 사모하여 그 팥배나무를 차마 베지 못하였다. 후세에 선정(善政)을 비유하는 고사로 쓰인다.

부지런히 직무를 살폈네　僶勉職事
당시 위기의 상황이 벌어져　時有機關
큰 재앙이 숨어 있어　大禍所伏
갈림길에 어긋나　岐路參差
선비들 모두 두려워하였지만　士皆側足
교악은 말하지 않아도　喬嶽不言
퇴폐한 풍속을 진정시킬 수 있었네[260]　可鎭頹俗
사람들 말 진실 없이　人口無眞
옳다 그르다 서로 다투기에　是非相軋
문득 귀향을 아뢰고　薄言告歸
처음 옷으로 돌아갔네[261]　反吾初服
형문[262]은 낮에도 조용하며　衡門晝靜
정원엔 바람 한 점 없었고　庭院無[263]風
구름 낀 산에서 시 읊조리며　嘯咏雲山
지팡이 짚고 한가롭게 거닐었네　杖屨從容
임금님이 멀리 여기지 않고　玉音不遠
속히 올라오라는 명이 내렸으나　召旨斯速
마침 이러한 때에　適於玆時
병마가 빌미 되었네　二豎始孼
병을 무릅쓰고 상소할 때　力疾封章
의관을 단정히 하였고　衣帶必勑

---

260) 교악(喬嶽)은…… 있었네 : 가만히 있어도 사람들이 그 덕에 감화된다는 뜻이다. 소식(蘇軾)이 지은 〈제구양공문(祭歐陽公文)〉에 "군자들은 믿는 바가 있어서 두려워하지 않았고, 소인들은 두려워하는 바가 있어 나쁜 짓을 하지 못하였으니, 비유하자면 큰 내와 큰 산이 비록 그 움직임을 볼 수 없으나, 공효와 이익이 상대방에게 미치는 것을 숫자로 계산하여 두루 알 수 없는 것과 같다."라고 하였다. (《古文眞寶後集》 卷8)

261) 처음 옷으로 돌아갔네 : 초복(初服)은 처음에 입던 옷이다. 곧 벼슬을 떠나 처음 은거하던 상황으로 돌아간 것을 말한다. 《초사》 〈이소〉에 "내 충성 안 받아들이니 화 입을까 두려워라, 가서 장차 다시 내 처음 옷을 만들리라.[進不入以離尤兮 退將復修吾初服]"라고 한 데서 온 말이다.

262) 형문(衡門) : 원래 나무를 가로로 걸쳐서 만든 소박한 문인데, 후세에는 은사(隱士)의 집을 뜻하는 말로 쓰인다. 《시경》 〈진풍 형문〉에 "형문의 아래여, 편안히 살 만하도다.[衡門之下 可以棲遲]"라고 하였다.

263) '院無'는 원문에 '吹(缺)'로 되어 있는데, 《백담 연보(栢潭年譜)》에 따라 바로잡아 번역하였다.

천 리에서 머리 조아림에	拜稽千里
지척에서처럼 어긋남이 없었네	不違咫尺
어찌 생각했으랴, 한 번 사직이	何意一辭
갑자기 영원히 이별할 줄을	遽訣終天
의원이 와도 고치지 못하고	醫來莫及
갑자기 저승으로 떠나셨네	奄忽招仙
아, 선생께서	嗚呼先生
이렇게 되실 줄이야	而至於斯
명이 높지 않는데	命之不隆
누가 실로 이렇게 한 것인가	誰實尸之
어진 자가 장수하지 못하였으니	仁者不壽
이치 또한 어찌 이런가	理亦如何
조용히 옛일을 말하자니	靜言疇昔
눈물이 강물 기울이듯이 쏟아지네	有淚傾河
아, 이 소자는	嗟吾小子
어릴 때부터 나아가 모시어	丱角趨拜
여러 사람과 같이 수학하면서	二三同遊
좌우에서 응대하였네	左右應對
선으로 이끄시고 가르치심에[264]	式穀敎誨
반복하여 게을리하지 않으셨네	反覆不怠
오직 외우고 짓는 일에서	惟誦與製
정밀한 것으로 표준을 삼고	以精爲目
자를 지어 뜻을 보이시니	命字示義
이는 회목[265]에서 취한 것이네	蓋取晦木

264) 선으로 이끄시고 가르치심에 : 《시경》 〈소아 소완〉에 "들 가운데 콩이 열렸거늘, 사람마다 가서 따도다. 뽕나무 벌레 새끼를, 나나니벌이 업고 가도다. 너도 자식 잘 길러서, 착한 것을 닮게 하라.[中原有菽 庶民采之 螟蛉有子 蜾蠃負之 敎誨爾子 式穀似之]"라고 한 데서 온 말로, 전의되어 자식이나 제자를 훌륭하게 가르치는 것을 뜻한다.

265) 회목(晦木) : 나무는 가을이 되면 그 힘을 뿌리에 감추어 봄에 화려한 꽃을 피운다는 뜻인데, 송나라 병산(屛山) 유자휘(劉子翬)의 《병산집(屛山集)》 권6 〈자주희축사(字朱熹祝詞)〉에 나오는 말이다. 자기의 재능을 안

건재라 편액한 것은	健齋之扁
쉬지 않고자 함이며[266]	欲其不息
꾸밈없이 진실하니	無文卽眞
고요한 때 실상을 보았네	靜時見實
경구와 밝은 교훈은	警句明訓
가슴에 새기고 띠에 썼으며[267]	服膺書紳
때때로 시가를 읊으며	時復詠歌
정신을 발산해 펼쳤네	發舒精神
가랑비 내리는 봄날 아침이나	春朝雨細
달 밝은 가을밤에는	秋夜月明
사물에 흥을 붙였으니	卽物寓興
높고 원대한 성정이었네	雲霄性情
받들어 모시고 지낸 지	奉以周旋
얼마나 많은 세월이었던가	幾多日月
다행히 과거에 급제하여	幸忝科第
성취시킨 것이 지극하였네	成就之極
힘써도 미치지 못하는 듯이 하고	勉勉不及
한 칼로 두 동강 내듯 하였으며	一劍兩段
사랑으로 남을 구제하고	仁以濟物
용단을 귀하게 여겼네	所貴勇斷
한번 죽음을 두려워하면	一有畏死
본령이 오로지 그릇되고 만다고 하며	本領專非
간직한 것을 다 말해주고	叩竭所蘊
작은 허물도 번번이 타이르셨네	小過輒規

으로 갈무리하여 남에게 드러내지 않는다는 뜻으로 사용되었다.

266) 건재(健齋)라 …… 함이며 : 《주역》 〈건괘(乾卦) 상(象)〉에 "하늘의 운행이 굳세니 군자는 이것을 보고서 스스로 힘써 쉬지 않는다.[天行健 君子以 自彊不息]"라고 하였다.

267) 띠에 썼으며 : 중요한 말을 잊지 않도록 허리에 맨 띠에 적어 두는 것으로, 공자가 충신(忠信)과 독경(篤敬)에 관해 말하자 자장(子張)이 이를 띠에 적었다는 데서 유래한다. (《論語》 〈衛靈公〉)

지난해 초가을에	去歲初秋
군수에 제수되어 돌아갈 때에[268]	假符言歸
잔 올리며 이별을 아뢰니	奉酌敍別
할일을 지적해 가르쳐 주시고	特敎施爲
이어 다시 편지로 면려하시기를	繼復書勉
학문을 넉넉히 하고 백성을 다스리라 하였네	學優民治
봄바람처럼 온화한 모습 모셨는데	獲侍春風
얼굴빛이 매우 야윈 것을 보니	容觀殊瘦
연세 이미 늘그막이 되었기에	年華已晩
마음속으로 두려워하였네	內心爲懼
얼마 후 병환 소식을 듣고	旣而聞疾
분주히 문후하고 뵈었으나	犇走候謁
슬픈 감회 서로 교차하여	悲感交中
하고 싶은 말 다하지 못했네	欲語未得
믿는 것은 잘못 없는 병이기에	所恃無忘
완치되리라 바랐는데[269]	庶幾勿藥
하늘은 어찌 아끼지 않고	天乎不弔
화를 내림이 이리도 혹독한가	降禍斯酷
촛불 잡은 지 얼마지 않아[270]	執燭未幾
갑자기 깐 자리를 바꾸게 되었네[271]	遽至易簀
아, 선생께서는	嗚呼先生
이 세상의 뛰어난 인물로	命世人傑
성실하고 다른 재능 없지만[272]	斷斷無他

268) 지난해 …… 때에 : 권춘란이 을유년(1585) 8월에 영천 군수에 제수되어 떠나던 때를 말한다.

269) 믿는 …… 바랐는데 : 《주역》 〈무망괘(无妄卦) 구오(九五)〉에 "구오는 잘못이 없는 병이니 약을 쓰지 않아도 나을 것이다.[九五 无妄之疾 勿藥有喜]"라고 하였다.

270) 촛불 …… 않아 : 임종을 지켜본 지 얼마 되지 않았다는 말이다. 《예기》 〈단궁 상(檀弓上)〉에, 증자가 병들어 누웠을 때 동자가 구석에 앉아 촛불을 들었다는 말이 보인다.

271) 갑자기 …… 되었네 : 갑작스럽게 돌아가시게 되었다는 뜻이다. 증자가 병이 들어서 임종하기 직전에 아들 증원(曾元)을 시켜서 깔고 있던 대자리[簀]를 다른 것으로 바꾸어 깔게 한 데서 온 말이다. (《禮記》 〈檀弓上〉)

곧은 말하는 왕의 신하였으며	謇謇王臣
스스로 세워 의지하지 않았고	自樹不倚
함께 돕는 데 뜻을 두었네[273]	志在同寅
많은 사람이 언급한 것은	衆所云云
뜬 구름처럼 매우 허황되어	浮雲大虛
백대 훗날을 기다려도	百世以竢
미혹될 만한 것이라네	其可惑且
아, 선생께서는	嗚呼先生
공평하고 강직하였고	準平繩直
드러나고 성대한 거동과	赫諠之儀
온화하고 굳센 얼굴빛은	和毅之色
우러러보는 사람은 공경심을 일으켰고	瞻者起敬
교활하고 거짓된 자 스스로 복종하였네	狡僞自服
아, 선생께서는	嗚呼先生
아름다운 덕과 아름다운 재주에	之德之才
좌우로 그 근원을 만났으니[274]	左右逢[275]原
어디 간들 어울리지 않겠는가	何往不諧
강을 건널 때의 배와 노가 되고	濟川舟楫
나라의 기둥과 주춧돌이 되어	國家柱石
지위는 아경[276]에 이르렀지만	位止亞卿

---

272) 성실하고 …… 없지만 : 다른 볼만한 재능은 없어도 오직 마음만은 성실하다는 말이다. 《서경》 〈태서(泰誓)〉의 "어떤 신하가 그저 정성스럽기만 할 뿐 다른 재능은 없다 할지라도[斷斷兮無他技], 그 마음만은 아름다워서 남을 용납할 줄을 안다."라는 말에서 나온 것이다.

273) 함께 …… 두었네 : 동료들과 함께 공경하여 훌륭한 정사를 이루는 데 뜻을 두었다는 말이다. 《서경》 〈고요모〉에서 조정 신하들이 함께 경건하고 공손한 자세로 화합함을 뜻하는 말로 '동인협공(同寅協恭)'이라 하였는데, 그 주에 "군신은 마땅히 조심하고 두려워함을 함께하고 공경함을 합쳐야 한다.[君臣當同其寅畏 協其恭敬]"라고 하였다.

274) 좌우로 …… 만났으니 : 맹자가 말하기를 "군자가 깊이 나아가기를 도로써 함은 자득하고자 해서이니, 자득하면 처하는 것이 편안하고 처하는 것이 편안하면 자뢰(資賴)함이 깊고 자뢰함이 깊으면 좌우에서 취하여 씀에 그 근원을 만나게 된다. 그러므로 군자는 자득하고자 하는 것이다.[君子深造之以道 欲其自得之也 自得之則居之安 居之安則資之深 資之深則取之左右 逢其原 故君子欲其自得之也]"라고 하였다. (《孟子》 〈離婁下〉)

275) '逢'은 원문에 일자(逸字)로 표시되어 있는데, 《백담 연보(栢潭年譜)》에 따라 바로잡아 번역하였다.

덕에 차지는 못하였네	亦不滿德
시운인가 천명인가	時耶命耶
세상 사람들 복이 없네	蒼生無福
아, 선생이시여	嗚呼先生
남이 알아보지 못한 것은	人所不識
변하지 않는 공과	不貳之功
극복하여 다스리는 힘이었네	克治之力
단속하고 경계하여	矜持抑戒
통절하게 스스로 책망하였고	痛自刻責
성현을 대하듯이 하여	對越聖賢
시종 변함이 없었네	終始無斁
속에 축적한 것으로 말미암아	由其內積
이것이 밖으로 드러났고	是以外發
만에 하나도 시험하지 못했는데	不試萬一
하늘이 이토록 빨리 빼앗아 갔도다	天奪斯亟
아, 선생께서는	嗚呼先生
조용할 때 존양하여 더욱 치밀하였네	靜存益密
병환을 앓아도 태연하였고	屬疾泰然
조금도 마음이 동요하지 않았으니	略無動念
평소의 수양이 안정된 걸	素養之定
여기에서 징험할 수 있다네	因此可驗
아, 선생께서는	嗚呼先生
사양하고 받는 것을 반드시 가렸고	辭受必擇
도를 구하고 의를 사모하여	求道慕義
편안히 분수 지키며 유유자적하셨네	安分自適
집안에 상례를 치를 물자가 없어	家無斂具
사람들 청빈에 감복하였으니	人服淸貧

276) 아경(亞卿) : 권춘란이 1595년과 1597년에 각각 사간원 사간과 사헌부 집의에 제수된 것을 가리켜 말한 것이다.

온갖 덕과 행실에　百爾德行
진실로 속임이 없는데　允矣不諼
몸 바쳐 죽었어도　沒以徇身
전해 줄 사람이 없네　傳付無人
아, 철인이시여　嗚呼哲人
그 태어남 자주 있지 않고　其生不數
죽어서도 머물 곳 있어　去亦有所
응당 없어지지 않으리라　不應淪沒
생각건대 그 정령이　想惟精靈
별이 되고 하악[277]의 신령 되어　列星河嶽
어느 해가 되어　不知何年
다시 이곳에 태어날지 모르겠네　復此[278]胚胎
먼 길 떠날 날이 되어　卽遠有期
새 무덤 비로소 열었네　新阡載開
밝은 마지막 유언　於昭末[279]命
비록 감히 잊지 못하나　雖不敢忘
마땅한 자리를 보아　相地是宜
참으로 좋은 곳을 찾았네　必求允臧
이에 점괘에 들어맞으니　爰契靈龜
집 뒤 서쪽 등성이인데　宅後西岡
하늘이 이룬 경관　景物天成
물과 산이 절로 펼쳐졌네　流峙自張
곁으로 선영이 가까워　側近先塋
산소의 나무 은은히 비치니　掩暎松楸[280]
바라건대 편안히 머무시어　庶幾寧止

---

277) 하악(河嶽) : 황하(黃河)와 오악(五嶽)을 말한다.

278) '此'는 원문에 '化'로 되어 있는데, 《백담 연보》를 참고하여 바로잡아 번역하였다.

279) '末'은 원문에 일자(逸字)로 되어 있는데, 《백담 연보》를 참고하여 바로잡아 번역하였다.

280) '松楸'는 원문에 일자(逸字)로 되어 있는데, 《백담 연보》를 참고하여 바로잡아 번역하였다.

길이 아름답게 하소서 永孚于休
유명은 간격이 없고 幽明無間
사생이 하나의 이치로다 死生一理
어찌 단명과 장수를 따지며 曷計短長
삶과 죽음을 따져 무엇하랴 孰爲有亡
천지조화와 더불어 한 무리 되어 與化爲徒
천지와 함께 장구하리라 地久天長
규산은 높고 높으며 圭山嶷嶷
담수는 양양히 흐르네 潭水洋洋
달 밝고 바람 맑으니 月白風淸
혼이여 돌아오소서 魂兮歸來
소자 부모 잃은 듯하니 小子如喪
어느 날 다시 뵙겠는가 何日重陪
아, 어디로 돌아가셨는가 嗚呼曷歸
나는 누구에게 의지할꼬 我將疇依
보답하려니 끝이 없는데 欲報[281]罔極
심사가 다 어긋났네 心事有違
인정과 예의 모두 못 차려 情禮多闕
종신토록 슬픔으로 남았네 沒齒餘悲
내 옛사람을 생각하니 我思古人
마음에 부끄럽네 心乎忸怩
목 놓아 통곡하고 一聲痛哭
만고에 길이 작별하며 萬古長辭
마음을 나타낼 수 없어 無以見意
공경히 한잔 술을 올리네 敬奠一巵
덕음은 없어지지 않고 德音不忘
사문은 실추되지 않았으니 斯文未墜

281) '欲報'는 원문에 탈락되어 있는데, 《백담 연보》를 참고하여 바로잡아 번역하였다.

생각건대 영령께서 伏惟英靈
이 정성 살펴주소서 庶鑑于玆

유서애[282]를 애도하는 제문
祭柳西厓文

아, 하늘이 사문(斯文)에 재앙을 내려 공을 몇 개월 동안 병석에 눕게 하더니, 천리는 어찌 어진 사람이 장수하는 것[283]과 어긋나 공을 66세의 나이에 그치게 합니까. 크게 의심나는 일을 시귀(蓍龜)[284]에 상고하기 어려우니 국가에 복이 없어 애통하고, 후학들에게 누가 지남거(指南車)[285]가 될지 유가의 불운이 애석합니다. 벼슬에 나아가 만분의 일조차 시행할 수 없었기에 벼슬에서 물러나 나의 초복(初服)[286]을 입고, 옥연(玉淵)[287]의 맑고 깨끗함 속에서 편히 지내며 고산(高山)을 우러르고[288] 공경하였습니다. 예법의 마당에서 차분히 생활하고 유학의 터전에서 무젖어 지내며, 퇴계에게 물길을 거슬러 올라가 이락(伊洛)[289]에서 연원을 찾았습니다.

몇 년을 산수에서 노닐면서 범중엄(范仲淹)의 고매한 자취처럼 천하를 먼저 걱정했고[290], 한 도시락 밥과 한 표주박 물을 자주 거르더라도 안자(顔子)의 즐거움을 고치지

---

282) 유서애(柳西厓) : 유성룡(柳成龍, 1542~1607)을 가리킨다. 그의 자는 이현(而見), 호는 서애(西厓), 본관은 풍산(豊山)이다. 아버지는 유중영(柳仲郢)이며, 이황의 문인이다. 1566년 문과에 급제하고 이조 정랑·대사헌·영의정 등을 역임하였다. 특히 왜란이 있을 것에 대비하여 권율(權慄)과 이순신(李舜臣)을 각각 의주목사와 전라도좌수사에 천거하였으며, 임진왜란 때 도체찰사로서 군무를 통괄했다. 저서로는 《징비록》·《서애집》 등이 있다.

283) 어진 …… 것 : 《논어》 〈옹야(雍也)〉의 "인을 좋아하는 사람은 장수를 한다.[仁者壽]"라고 한 데서 온 말이다.

284) 시귀(蓍龜) : 점을 칠 때 쓰는 시초(蓍草)와 거북으로, 국가에서 그처럼 믿고 의지할 수 있는 원로를 비유할 때 쓰는 표현이다. 《서경》 〈홍범(洪範)〉에 "크게 의심나는 점이 있거든, 자기 마음에 물어보고, 관원들에게 물어보고, 일반 대중에게 물어보고, 거북점 시초점을 쳐서 물어보아야 한다.[有大疑 謀及乃心 謀及卿士 謀及庶人 謀及卜筮]"라고 한 데서 온 말이다.

285) 지남거(指南車) : 일정한 방향을 가리키도록 만들어진 수레로, 옛날에 황제(黃帝)가 치우(蚩尤)와 싸울 때 치우가 피운 짙은 안개로 병사들이 방향을 잃자 황제가 방향을 지시하기 위해 만들었다는 수레이다. 후대에는 흔히 학문 등을 잘 이끌어서 인도해 주는 것을 뜻하는 말로 쓰인다.

286) 초복(初服) : 벼슬하기 전에 입던 옷으로, 떠나 처음 은거하던 상황으로 돌아간 것을 말한다.

287) 옥연(玉淵) : 안동 하회마을을 감싸고 흐르는 낙동강 가로 '옥같이 맑은 못을 이룬다'고 해서 붙여진 이름이다.

288) 고산(高山)을 우러르고 : 과거의 성현을 공경하고 흠모하는 것을 말한다. 《시경》 〈소아(小雅) 차할(車舝)〉에 "높은 뫼를 우러르며 큰 길을 따라간다.[高山仰止 景行行止]"라고 한 데서 온 말이다.

289) 이락(伊洛) : 이락관민(伊洛關閩)의 줄임말로, 정주학(程朱學)을 가리킨다. 각주 130) 참조.

않았습니다.[291] 때때로 몽매한 이들이 학문을 청하면 자주 우매함을 꾸짖고 학업을 주었는데, 보고 느끼는 사이에 비루하고 인색함이 절로 사라지고 좌석에는 봄바람이 부는 듯했습니다.

향리에서 안부를 전할 때 말끝마다 백담(栢潭: 具鳳齡의 號)을 반드시 칭송하였으며, 묘지명을 부탁받아 평소 알던 것을 담아주었습니다. 답서에서 가르침을 받고자 하였고 뒷날을 정성스럽게 기약하였는데, 어찌 대후(台候)[292]가 조섭을 하지 못해 끝내 이 일을 이루지 못하게 되었습니까. 하룻저녁에 부고를 받으니 슬픔에 오장이 끊어지는 듯합니다.

아, 태산이 이미 무너지니 유가의 도가 더욱 외롭습니다. 행로는 어둡고 밤은 긴데 누가 어지러운 길에서 옳은 방향을 가리켜주겠습니까. 짙푸른 화산(花山)과 넘실대는 낙동강이 천지와 함께 영원하여 아름다운 명성이 잊혀지지 않을 것입니다. 상여를 끌며 공경히 한잔 술을 부어 올립니다.

嗚呼 天降割于斯文 公之疾臥閱幾箇月 理何謬於仁壽 公之年止於六十六 有大疑難稽乎蓍龜 痛矣邦家之無祿 在後學誰爲之指南 嗟乎吾黨之不淑 進不得施設其萬一 退將復修吾初服 澹玉淵之淸淨 仰高山而敬止 從容乎禮法之場 涵咏乎名敎之地 泝餘波於退溪 尋本源於伊洛 幾年棲遲丘原 先憂范公之高躅 庶幾簞瓢之屢空 不改顔子之所樂 時顓蒙之請益 幾呼寐而對業 鄙吝自消於觀感 春風吹動於坐席 叙寒暄於鄕曲 言必稱乎栢潭 旣隧銘之 許平生之所諳 屬承敎於辱復 期後日之丁寧 何台候之失攝 竟此事之不成 承凶訃於一夕 慟五內之如割 嗚呼 泰山旣頹 吾道益孤 冥行長夜 孰指迷途 花嶽蒼蒼 洛水洋洋 地久天長 德音不忘 來相禮紼 敬酹一觴

290) 범중엄(范仲淹)의 …… 걱정했고 : 송나라 범중엄의 〈악양루기(岳陽樓記)〉에 "천하의 걱정거리에 대해서는 그 누구보다도 먼저 걱정하고, 천하의 즐거운 일에 대해서는 그 누구보다도 뒤에 즐긴다.[先天下之憂而憂 後天下之樂而樂]"라고 한 것을 가리킨다.

291) 한 …… 않았습니다 : 《논어》 〈옹야〉에, 공자가 안회를 칭찬하는 말에 "한 그릇의 밥과 한 바가지의 물로 누추한 시골에 사는 것을 사람들은 그 근심을 견뎌 내지 못하는데, 안회는 그 즐거움을 바꾸지 아니하니 어질구나 안회여.[一簞食一瓢飮 在陋巷 人不敢其憂 回也不改其樂 賢哉回也]"라고 한 것을 가리킨다.

292) 대후(台候) : 편지글에서 안부를 물을 때 상대방의 직품이 2품 이상일 때 대후라고 칭한다. 3품은 중후(重候), 4품에서 6품까지는 아후(雅候), 7품 이하는 재후(裁候)라고 칭한다.

참의 안제[293]를 애도하는 제문
祭安參議(霽)文

만력 31년 계묘년(1603) 10월 17일에 영가(永嘉)의 회곡병인(晦谷病人) 권춘란(權春蘭)이 삼가 닭 한 마리와 술 한 병으로 망형(亡兄) 죽계(竹溪) 안공의 영전에 감히 고합니다.

아, 여지(汝止 : 安霽의 字)여. 고금과 생사에 관계없이 영원히 존재하는 것은 도(道)이고, 시작과 끝이 있고 모이고 흩어짐이 있는 것은 기(氣)입니다. 이 때문에 죽음과 삶을 하나로 보는 것이 허탄한 일이 아니며 장수와 요절을 같다고 하는 것이 망령된 것이 아님을 알 수 있으니[294], 형체가 있는 그릇에 임시로 태어났다가 무궁한 조화의 이치에 따라 돌아가는 것이 또한 천명의 정도입니다.

형의 삶이 65세를 살았으니 시간을 따지면 넉넉하지만, 형의 질병이 몇 달이 지나도 차도가 없었으니 선한 사람이 복을 받는다는 말로 논한다면 충분하지 않습니다.

제가 불초하여 쌓은 죄가 많아서 극심한 재앙을 만나자, 형은 제가 이겨내지 못하고 조만간 죽을까봐 걱정해 주었습니다. 그런데 어찌 형이 성품이 도탑고 질병도 없으면서 갑자기 병마가 일어나 생사와 존망이 문득 하루아침에 달라지니 인간사의 참혹한 변고입니다. 제가 죄를 얻고도 오히려 지금까지 모진 목숨을 지키는 것은 아마도 하늘이 결정을 내리지 않아서인 듯합니다. 이미 상례 때 반함(飯含)[295]도 못했고 장례 때 상여 줄도 잡지 못했으니, 이처럼 천지에 한없는 애통함은 죽는다 해도 해소할 방법이 없습니다.

죄를 따지면 참소를 당해도 사양할 수 없지만, 상복 입은 몸이라는 것을 형은 알고 계셨는지요. 이 마음은 형의 생사와 관계없이 한결같았습니다. 형의 집안은 여전하고 전원(田園)도 황폐하지 않지만, 형은 지금 하늘에 있으니 슬퍼할지 기뻐할지 감히 알 수 없습니다. 망자는 슬프지 않아도 세상에 남은 사람은 비통하니 인생의 희로애락을 무엇이 그렇게 만드는지 저는 알 수 없어 곡을 해도 슬프지 않고 노래해도 즐겁지 않았습니다. 이치에 통달해서 살펴보면 수없이 변화하는 것들이 모두 흔적 없는 곳으로 돌아가지만, 묵묵히 가슴에 담으면 하나의 생각도 기쁨과 슬픔에서 벗어날 수 없습니다.

---

293) 안제(安霽) : 각주 223) 참조.

294) 죽음과 …… 있으니 : 진(晉)나라 왕희지(王羲之)의 〈난정기(蘭亭記)〉에 "죽음과 삶을 하나로 본다는 말도 허황된 것이요, 오래 살고 빨리 죽는 것을 같게 본다는 말도 함부로 지어낸 것이라는 사실을 잘 알고 있다.[固知一死生爲虛誕 齊彭殤爲妄作]"라고 한 데서 온 말이다. (《古文眞寶後集》 卷1)

295) 반함(飯含) : 염습할 때 죽은 사람의 입 속에 구슬과 쌀을 물리는 것이다.

아, 숙부의 문하에서 형제와 다름없이 종유하며 즐거워하고 강습과 토론하며 유익했는데, 저 동강(東岡)을 돌아보니 저 멀리 연기는 근심스럽고 구름은 참담하여 말문이 막히고 마음도 아득합니다. 이제는 근심하고 괴로워해도 마음에 담기지 않으니 빈말에 가까울 뿐입니다. 사람이 눈으로 보는 것이 비록 예와 지금이 다르지만 마음속에 알고 있는 것은 진실로 전후로 다를 것이 없으니, 비록 없어지지 않았다 해도 된다면 또한 무엇을 슬퍼하겠습니까.

아, 동고(東皐)에 달이 밝게 뜨고 그늘진 골짝에 바람 차가운데 이곳저곳에 있는지 없는지 살펴보니 혼령이 어렴풋이 돌아간 듯합니다. 아, 애통합니다.

維萬曆三十一年 歲次癸卯十月癸未朔十七日己亥 永嘉晦谷病人權春蘭 謹以隻雞單壺 敢昭告于亡兄竹溪安公之靈 嗚呼汝止甫 噫無古今生死而長存者道也 有終始聚散而短長者氣也 玆所以一死生非虛誕 齊彭殤非妄作也 假有形之器而生 乘無盡之化而歸者亦命之正也 兄之生六十有五歲 計以日月則有餘 兄之疾彌月而不差 論以福善則不足

以弟之不肖而罪積 遭凶禍之孔棘 兄其憂我之不勝 將恐喪亡之無日 豈謂兄之禀厚而無疾 遽罹二竪之作孽 存亡去留 奄忽一朝而隔世 則人事之變慘矣 以某之獲罪而尙保其頑命於今日者 蓋天之所未定也 旣不能擧扶而飯含 又未得臨穴而執紼 此天地無窮之痛 而欲死之無地者也 數之以罪則無辭斬焉 縗絰之在躬 兄其知也否 此心無間幽明一理也 兄之門戶猶夫前 田園不至於蕪沒 兄今在帝之鄕 而不敢知悲耶樂耶 亡者不悲而在世者悲 則人生哀樂 吾不知其孰使之也 哭亦不能哀 歌亦不能樂也 達以觀之 萬化同歸於無迹 默而存之 一念未免於嗟甓 嗚呼 猶父師門 兄弟匪他 若其從遊之樂 與夫講習討論之益 睠彼東岡 漠烟愁而雲慘 則言之僕更 而情亦罔極 到此能令憂苦 不經於心 殆空語耳 人之所見 雖有異於今昔 而心之所知 固無殊於前後 則雖謂之未亡可也 又何悲哉 嗚呼 東皐月白 陰谷風寒 求諸有無彼此之間兮 魂彷彿兮歸來 嗚呼哀哉

설월당 김부윤[296]을 애도하는 제문

祭雪月堂金(富倫)文

만력(萬曆) 27년 기해년(1599) 2월 7일 가구(柯丘)[297]의 회곡병인(晦谷病人) 권춘란은 삼가 술과 과일을 갖추고 과천(瓜川)의 설월(雪月) 김공의 영전에 공경히 술을 부어 올립니다.

아, 태어남이 있으면 반드시 죽음이 있는 것이 천도의 떳떳한 이치입니다. 앞서거나 뒤서거나 귀결처는 같습니다. 사라지지 않고 존재하는 것은 천지와 더불어 끝내 다함이 없으니, 죽은 사람의 관점에서 본다면 흰 구름을 타고 하늘에서 노니는 것[298]이 어떤 마음이겠습니까. 다만 산 사람으로 말하자면 세상에 홀로 살아가니 어찌 슬프지 않겠습니까.

아, 화락한 덕과 돈후한 풍모를 갖추었으니 세상에 다시 이런 사람이 있겠습니까. 세상에 어찌 이런 사람이 있겠습니까. 평소 종유했던 즐거움을 떠올리면 이제 다시는 얻을 수 없음에 또한 애통하게 곡할 따름입니다. 계산(溪山)에 흰 눈 내리고 푸른 달빛 물에 비칠 적에 맑은 바람 불어오니 공인가 합니다. 아, 애통합니다.

維萬曆二十七年歲次己亥二月辛亥朔 初七日丁巳 柯丘晦谷病人權春蘭 謹以酒果 敬酹于瓜川雪月金公之靈 嗚呼 有生必有死 乃天道之常也 或先而或後 其歸一也 且其不亡者存 與天地無終極也 故自其死者而觀 則乘彼白雲 又何心也 但自其生者而言 則獨行於世 豈不悲夫 嗚呼 愷悌之德 敦厚之風 世復有斯人歟 世豈有斯人也 追思平日游從之樂 而今不可復得 則亦哭之痛也已 溪山雪白 素月流光 淸風颯至 非公也耶 嗚呼哀哉

296) 김부윤(金富倫) : 각주 172) 참조.

297) 가구(柯丘) : 현 안동시 와룡면(臥龍面) 가구리(佳邱里)이다.

298) 흰 …… 것 : 《장자》 〈천지(天地)〉에 성인(聖人)은 "천세(千歲)토록 살다가 인간 세상이 싫어지면 떠나서 신선이 되어 올라가 저 흰 구름을 타고 제향에 이른다.[千歲厭世 去而上僊 乘彼白雲 至於帝鄕]"라고 한 데서 나온 말이다.

김학봉[299]을 애도하는 제문
祭金鶴峯文

학봉(鶴峯) 김공(金公)이 장차 영원히 돌아오지 못할 길을 떠난다는 소식을 듣고 삼가 술과 과일을 준비해서 동생 권춘계(權春桂)를 보내 영전에 공경히 한잔 술을 올립니다.

아, 공의 관(棺)이 진양(晉陽 : 현 경남 진주)에서 옛 선산(先山)에 이른 것이 한 달이 채 못 되었는데, 이제 무덤 속으로 들어가는 날이 내일이라고 하니 어찌하여 더 머물러 있지 않고 이처럼 빨리 떠난단 말입니까. 대개 인간의 일은 시작이 있으면 끝이 있는 법이기에 머물려 해도 머물러 있을 수 없는 것입니까, 아니면 또한 이 세상의 혼탁함에 염증을 느껴 저 흰 구름을 타고 옥황상제가 있는 곳으로 유람을 간 것입니까.

공이 돌아가신 것이 어찌 하늘의 명이 없겠습니까만, 나만 홀로 외로이 애통하게 곡하며 불가함을 스스로 알지 못하겠습니다. 지난 번 영전 아래에서 평소의 마음을 펼치려 하였으나 끝내 한마디의 가르침을 듣지 못하니 삶과 죽음이 나누어진 데에 개탄스럽게 흐느끼며 애통해할 뿐입니다.

나는 병이 많고 용렬하여 사람 축에도 끼지 못한다고 스스로 생각했는데 다행히 못났다고 버리지 않고 받아들여 주었기에, 평소 교분을 맺은 것을 기쁘게 여겼습니다. 나무숲 울창한 학봉에서 일찍이 운사(雲寺)에 함께 머물면서 마음을 툭 터놓고 이야기하였고, 강물이 출렁이던 한강 가에서 의기(意氣)를 서로 허여한 것이 여러 번이었습니다. 사람이 살아가는 데 있어서 만남과 이별이 일정치 않기에 매번 하루가 삼추(三秋) 같은 것[300]을 탄식하였습니다.

공이 일본에 사신을 다녀왔을 때 마침 병이 들어 문소(聞韶[301])에 있었는데, 만 리의 여정에서 돌아온 것에 희비가 교차하여 술잔을 올리며 오래 사시기를 축수했습니다. 다

---

299) 김학봉(金鶴峯) : 김성일(金誠一, 1538~1593)을 가리킨다. 그의 자는 사순(士純), 호는 학봉(鶴峰), 본관은 의성이다. 퇴계 이황의 문인으로, 1568년 문과에 급제하고, 부제학·경상우도 병마절도사·초유사 등을 역임하였다. 1590년 통신부사로 일본에 다녀와서 침략의 우려가 없다고 보고했으나, 1592년 임진왜란이 발발하자 잘못 보고한 책임으로 처벌이 논의되었으나 유성룡의 변호로 화를 면하고 경상우도 관찰사 등을 역임하며 전란 수습에 힘쓰다가 진주에서 병으로 죽었다. 시호는 문충(文忠)이며, 저서로는 《학봉집(鶴峯集)》·《상례고증(喪禮考證)》·《해사록(海槎錄)》 등이 있다.

300) 하루가…… 것 : 하루를 보지 못하면 삼추처럼 길게 느껴진다는 말이다. 《시경》 〈왕풍(王風) 채갈(采葛)〉에 "하루만 못 보아도 삼추와도 같은 것을.[一日不見 如三秋兮]"라고 한 데서 온 말이다. 삼추는 아홉 달을 가리킨다.

301) 문소(聞韶) : 경북 의성의 옛 이름이다.

음날 출발하면서 편지를 써서 그 말미에 술을 경계하고 병을 걱정하셨는데 과연 이수(二豎)[302]가 찾아들어 마침내 파직되어 돌아온 뒤에도 그치지 않았고, 이로부터 서로 간에 소식이 막힌 것이 하루나 한 달이 아니었습니다.

애통하게 왜적들이 우리나라를 어지럽혀 죽고 싶어도 죽을 곳이 없었는데, 공이 경상도 한 도를 책임지는 명을 받고 의병들을 불러 모아 떳떳한 이치로 깨우쳐서 치욕을 씻을 희망을 만들고 진실로 장대한 간성(干城)처럼 의지하게 하였습니다. 그러나 어찌 하늘이 돕지 않아 장군의 별이 갑자기 병영에 떨어질 줄 알았겠습니까. 국가의 경중에 관계되기에 사람들이 모두 백 번이라도 자신의 몸을 바치고자 하였지만[303] 그러지 못했으니 아, 시운입니까 천명입니까. 역시 천도(天道)는 알기 어렵습니다.

아, 공의 딸이 나의 아들에게 시집와서 며느리가 되었기에 침통한 가운데 서로 얼굴을 볼 적마다 빈번히 슬픈 정이 더욱 생겨나 잊을 수가 없었습니다. 지난해에 원곡(猿谷)에서 약속했다가 만나지 못한 것은 실로 병 때문에 그렇게 된 것이니, 이 역시 천명입니다. 그런데 그 뒤로 서로 만나 볼 기약이 없이 천만년토록 황천으로 멀어질 줄을 내 어찌 알았겠습니까.

아, 공의 재주와 업적은 사람들이 모두 말하여 전술할 수 있거니와, 공의 덕과 마음은 내가 보고 느끼며 더욱 감복했습니다. 위급한 병중에 오랑캐를 물리친 것은 공이 순국(殉國)을 통해 이룩한 충(忠)이고, 정성을 다해 몸 바친 것은 직분이 왕의 신하였기 때문입니다. 하물며 왜적들을 토벌하다가 죽은 뒤에야 그쳤으니 공과 같은 이를 누구에게서 찾겠습니까. 지금은 죽고 없으니 나라에서 애통해할 일입니다.

아, 예절로 가정을 다스리고 신의로 벗과 교접하며 백성을 대할 때에는 인(仁)과 위엄을 병행하였고 조정에서는 정직한 풍도가 있었습니다. 풍속이 다른 나라에서 독실함과 공경함을 행하였고[304] 어명을 받들고 사신으로 가서 어짊과 현명함을 드러내었습니다.

---

302) 이수(二豎) : 병마(病魔)를 말한다. 《춘추좌씨전》 성공(成公) 10년 조에, "진후(晉侯)가 병이 나서 진(秦)나라에서 의원을 구하였는데, 진백(秦伯)이 의원을 보내었다. 그런데 의원이 도착하기 전에 진후가 꿈을 꾸었는데, 꿈속에서 병이 두 어린아이[二豎]가 말하기를, '저 어진 의원이 우리를 해칠까 두렵다.'라고 하니, 그중 하나가 '황(肓)의 위, 고(膏)의 아래에 숨으면 우리를 어쩌겠는가.'라고 하였다. 의원이 이르러서는 말하기를, '병을 고칠 수가 없습니다. 황의 위, 고의 아래에 숨어 있어서 공격하려 해도 할 수가 없고 도달하려 해도 할 수가 없어서 약이 거기까지 도달하지 못하니, 고칠 수가 없습니다.'"라고 한 데서 온 말이다.

303) 사람들이 …… 하였지만 : 사람들이 대신 죽으려고 했다는 뜻이다. 《시경》 〈진풍(秦風) 황조(黃鳥)〉에, "저 푸른 하늘이 훌륭한 사람을 죽이도다. 바꿀 수만 있다면 모두들 자신을 백번이고 바치리라.[彼蒼者天 殲我良人 如可贖兮 人百其身]"라고 한 데서 온 말이다.

간곡한 정성과 간절한 논의를 이제는 모두 볼 수 없으니 오당의 불행이며 많은 선비들의 슬픔입니다.

아, 하늘에 낮과 밤이 있고 사람에게 태어나고 죽음이 있으니 인생 백년에 누가 이러한 행차가 없겠습니까. 다만 선후의 차이가 있을 뿐입니다. 영원한 길을 떠나는 기일에 조도(祖道)[305]를 마련하니 병든 저는 미칠 것만 같아서 몸은 비록 살아 있으나 마음은 이미 죽은 듯합니다. 이 이별을 어찌합니까. 긴 통곡에 숨이 끊어질 것만 같습니다. 아, 혼령은 아십니까 모르십니까. 내가 공을 아는데 공이 어찌 나를 모르시겠습니까. 제문을 지어서 전별하니, 밝게 이르러 흠향하옵소서.

聞鶴峯金公將有遠行 謹以壺果 遣舍弟春桂 敬酹于靈座之前 嗚呼 公之來自晉陽 而至于故山 未一月也 今聞往卽玄宅 以來日何不信處 而若是疾耶 盖人事有始有卒 欲留之而不可得耶 抑亦厭塵世之汙濁 乘彼白雲遊帝鄕者耶 公歸豈無所使 我獨行而踽踽則哭之痛 不自知其不可也 昔焉 几筵之下 欲叙平生之懽 而竟未聞一語之誨 愾然僾然痛矣死生之有別也 以不肖多病而慵陋 自分不數於人類 幸棄瑕而見容 喜托契之有素鶴之峯鬱乎蒼蒼 曾同雲寺之晤語 漢之陽流水湯湯 幾多意氣之許與 人生或有離合之不齊 每歎夫一日之三秋 公之使日域而回也 適病在聞韶之日 喜且悲萬里之言旋 奉巵酒爲壽 而明發辱手書 於厥後戒以酒而憂以病 果二竪之侵尋 遂罷歸而不獲已 自爾雲樹之相阻 羌不日而不月矣 痛寇賊之亂我 心欲死而無所 於公乃受命於一道 招集義旅 曉諭之以秉彝 庶幾雪恥之有望 實倚干城之克壯 何圖天不助順 將星遽隕於營中 以有無關國家輕重 人欲百身而不得 吁嗟時耶命耶 亦天道之難知 嗚呼 公之令女 于歸我之子而爲室 慘慘焉相見 輒悲情益至而篤不忘 上年猿谷之違奉 實以病之祟 而亦有命也 那知此後 無相見之期 至隔黃泉千萬古也 嗚呼 公之才之業 人皆稱道而可述 公之德之心吾所觀感而愈服 急病攘夷 公之殉國之忠也 謇謇匪躬 職是王臣之故也 況討賊盡瘁而後已 求如公者伊誰 今也則亡 邦國之慟也 嗚呼 御家庭而以禮 接朋友而以信 臨民則有

304) 다른 …… 행하였고 : 《논어》 〈위령공(衛靈公)〉에 "말이 충성스럽고 믿음직하며 행실이 독실하고 공경스러우면, 어떤 오랑캐 나라라도 가서 제대로 행할 수가 있다.[言忠信 行篤敬 雖蠻貊之邦 行矣]"라고 한 데서 온 말이다.

305) 조도(祖道) : 먼 길을 떠나는 이에게 술자리를 베풀어 전송하는 것을 말하는데, 여기서는 발인하기 전에 영결을 고하는 조전(祖奠)을 말한다.

仁威之幷行 立朝則有正直之風節 篤敬行於殊俗 仁明著於奉使 與夫懇懇之誠 切切之論 今皆不可得而見 則吾黨之不幸 而多士之悲也 嗚呼 天有晝夜 人有死生 百年孰無此行 但有先後之差耳 卽遠有期 祖道載設 病我癡狂 體雖存而心則死 奈何此別 長慟欲絶 嗚呼 靈其知耶不知耶 以吾之知公 而公豈不知於我也 文以爲贐 庶幾昭格

지헌 정사성[306]을 애도하는 제문

祭芝軒鄭(士誠)文

아, 공이 세상을 떠난 지 이제 25개월이 되었습니다. 단지 청산의 한 면에 가려져 있을 뿐인데 지금껏 직접 영전에 나아가지 못한 것은 진실로 질병과 사고가 이어졌기 때문이지만, 평소 함께했던 정의로 말한다면 불민(不敏)한 죄가 어찌 없을 수 있겠습니까.

아, 공이 살아있을 때의 언어와 논의와 기개와 절개를 이제 다시는 볼 수 없으니, 고을에서 의리의 분변을 누가 주장하겠습니까. 시골의 풍습이 무식하고 말세의 습속이 더욱 야박한데 흐린 물을 쳐내고 맑은 물을 끌어왔으니 세상에 다시 이런 사람이 있겠습니까. 지하에 소리쳐도 일어날 수 없는 일입니다. 아, 저는 식견은 없는데 늙어도 죽지도 않고, 벗들은 지금 세상에 없는데 쇠약하고 병들어 지루하니 무슨 즐거움이 있겠습니까. 뭇 의문이 배에 가득한데 작은 의문도 함께 밝힐 수 없으니 애절한 곡소리가 그쳐지지 않습니다. 아, 세월이 흘러 문득 대상(大祥)이 이르니 지난날 댁에서 한번 대화를 나누고 이별한 것이 마치 어제 새벽일처럼 잊혀지지 않습니다. 유명이 비록 달라도 삶과 죽음은 같은 이치입니다. 병이 몸에 얽혀서 치료를 할 수 없기에 대신 소박한 제수를 올리지만 마음만은 지극하니, 영령이 있다면 부디 간절한 마음을 살펴주옵소서.

嗚呼 公之歿世 于今廿箇月有五矣 祗隔靑山一面之地 而迄未得躬展於几筵者 實由疾病事故之相綿 而以其平日相與之義言之 則不敏之罪 烏得無也 嗚呼 公之在世 言論氣節 今不得以復見矣 州里義理之辨 孰主張是 鄕風貿貿 末俗益偸 激濁揚淸 世復有斯

306) 정사성(鄭士誠, 1545~1607) : 자는 자명(子明), 호는 지헌(芝軒), 본관은 청주(淸州)이다. 이황과 구봉령의 문인이다. 1590년 유일(遺逸)로 천거되어 태릉 참봉(泰陵參奉)·양구 현감 등을 역임하였고, 특히 임진왜란 때 태조의 영정을 받들어 난이 평정될 때까지 봉안하였다. 저서로는《지헌집(芝軒集)》과《역학계몽질의(易學啓蒙質疑)》가 있다.

人與 叫九原而不可作也 嗟我無知 老而不死 朋來今也則亡 衰病支離 有何樂也 群疑滿腹 而無與共柝其秋毫 則欲哭之慟而不可止也 嗚呼 日月不居 奄及再祥 在昔高軒一話之別 如昨晨而不可忘也 幽明雖隔 死生一理 賤疾纏身 末由自致 代奠薄物 情則至矣 想英靈之如在 庶俯鑑丁心曲

북애 김기를 애도하는 제문

祭北厓金(圻)文

그대 머문 곳을 찾아보니 尋君所止
냇물 소리 집에 가득하고 溪聲滿堂
그대의 사업을 물어보니 問君事業
문집이 책상에 남아 있네 文集在床
세속에서 귀하다는 것들을 以世俗所貴
오활하고 부끄럽게 여겼고 至迂且恥
유자라면 알고 있는 것을 吾黨相知
더불어 이룩할 수 있었네 可與有爲
아, 嗚呼
이제는 죽고 없으니 今也則亡
애통하게 곡을 할 뿐이네 哭之痛矣
하늘이 아득하고 아득하니 天茫茫
아, 아, 嗚呼嗚呼
애통하고 애통하도다 痛哉痛哉

봉안문奉安文

백담 선생 봉안문
栢潭先生奉安文

생각건대 도통의 실마리는	恭惟道緖
멀리 희헌[307]으로 시작하여	邈自羲軒
정밀하고 전일하게 중도 지켜[308]	精一執中
진실로 서로 전하여 왔다네	允矣相傳
니구산에 성현이 탄생하여[309]	尼丘誕聖
전해 온 것을 집대성하였네	集厥大成
안자 증자가 보고 이치를 알았고	顔曾見知
자사 맹자가 이어받아 밝혔다네	思孟繼明
진나라를 만나도 불타지 않았고[310]	遭秦弗燼
송나라에 이르러서 일어났다네	至宋乃興
염계와 낙양과 관중과 민중에서[311]	濂洛關閩

307) 희헌(羲軒) : 고대 전설상의 제왕인 태호 복희씨(太昊伏羲氏)와 황제 헌원씨(黃帝軒轅氏)를 아울러 부르는 말로, 태고시대를 상징한다.

308) 정밀하고 …… 지켜 : 유정유일 윤집궐중(惟精惟一允執厥中)의 준말로, 인심(人心)은 사(私)에 빠지기 쉽고 도심(道心)은 밝아지기 어려우니, 정미롭게 살펴 육체의 사욕에 빠지지 않고, 전일하게 지켜 의리의 정도에 순수하여야 일상의 모든 행위에 과불급(過不及)이 없게 되어, 중정(中正)을 지킬 수 있다는 말이다.

309) 이구산(尼丘山)에서 …… 탄생하여 : 공자가 태어난 것을 말한다. 이구는 산동 곡부에 있는 산 이름으로, 공자의 부모가 이곳에서 기도하여 공자를 낳았다는 기록이 《사기(史記)》 권47 〈공자세가(孔子世家)〉에 나온다.

310) 진나라를 …… 않았고 : 중국의 진시황이 학자들의 정치적 비판을 막기 위하여 민간의 모든 서적을 불태우고, 유생들을 생매장했던 분서갱유(焚書坑儒) 때도 없어지지 않았다는 말이다.

311) 염계(濂溪)와 …… 민중(閩中)에서 : 염계는 송학(宋學)의 비조(鼻祖)인 주돈이(周敦頤)가 거주하던 곳이며, 낙양(洛陽)은 정호(程顥)·정이(程頤)가, 관중(關中)은 장재(張載)가, 민중은 주희(朱熹)가 거주하던 곳인데, 곧 성리학을 가리킨다.

후학을 인도하니 해가 솟는 듯했네 開來日昇
문이 나에게 있지 않겠는가[312] 하여 文不在玆
북쪽 남쪽을 차별하지 않았다네 罔間南朔
이곳 우리 동방은 伊我東方
어진 백성들이 많았으니 民獻有足
기자의 교화가 지금까지도 箕化至今
사람의 이목에 남아 있다네 在人耳目
한 치 얻고 한 자 얻는 것도 得寸得尺
일 아닌 것이 없다네 無非事者
저 산천을 우러러 보니 瞻彼溪山
시서의 아취 묻어나네 詩書之雅
퇴계 선생의 문하에 나아가[313] 先生及門
길이 스승의 가르침을 본받았네 永言儀刑
자신을 수양하는 학문을 닦았고 學以爲己
외면의 영화는 일삼지 않았네 不事外榮
진실되게 쌓고 오래 노력하여 眞積力久
이에 능히 이루어짐이 있었네 乃克有成
심오한 학문을 행함이 있어 邃學有行
성상께서 유시하였고 天語所諭
성균관에서 가르침을 맡으니 掌敎成均
선비들 구름처럼 모여들었네 多士雲趨
도는 세상에 행할 만하였으나 道可行世
운명이 때맞추어 도모할 수 없었고 命不時謀
용의 덕이 나타나지 않아 龍德不見
시행을 두루 넓게 하지 못했네 厥施未普

---

312) 문이 …… 않겠는가 : 공자가 광(匡) 지방에서 위협을 당할 때 "문왕이 이미 돌아가셨으니 문이 나에게 있지 않겠는가. 하늘이 우리 유교의 도를 없애 버리려 하였다면 뒷사람인 내가 유교의 도를 듣지 못했을 것이다.[文王旣沒 文不在玆乎 天之將喪斯文也 後死者不得與於斯文也]"라고 한 데서 온 말이다.(《論語》〈子罕〉)

313) 선생의 …… 나아가 : 구봉령이 20세에 퇴계 선생 문하에 나가 수업한 것을 가리켜 한 말이다.

고향 산천에 돌아온 것도 歸來故山
또한 질병 때문이었네 亦病之故
숲 속에서 한가로이 소요하니 婆娑中林
규봉 아래 으슥한 곳이네 圭峯是奧
세월이 흘러 늘그막에 歲月晼晚
옛날 입던 옷[314]을 손질하였네 初服是補
아득한 우리 마을은 悠悠我里
말할 것도 없는 호향[315]인데 互鄕難言
가르치고 인도함이 실로 많고 誘掖良多
계도하여 허물이 없게 하여 啓廸無愆
비록 덕을 이룬 것은 없으나 雖無成德
또한 경지에 오른 이 많았네 亦多有造
들어와 효도하고 나아가 공손하니 入孝出恭
어찌 가르침 없다 하겠는가 豈曰無斅
주리면 먹고 목마르면 마심도 飢食渴飮
가르침에서 나온 것이라네 莫非所敎
나처럼 어리석은 자를 俾我雖貿
짐승에서 면하게 하였기에 獲免走獸
끼친 은택 없어지지 않고 遺澤不斬
사모의 정 오래도록 변함없네 思慕愈久
떳떳한 본성 덕을 좋아하여 秉彝好德
높은 산처럼 우러르기에[316] 高山仰止
도모하지 않고도 뜻이 같아 不謀而同

---

314) 옛날 입던 옷 : 벼슬하기 전에 입던 옷이라는 뜻으로, 벼슬을 떠나 처음에 살던 곳으로 돌아가 은거함을 비유할 때 쓰는 말이다. 굴원이 〈이소〉에서 "물러가 다시 나의 초복을 손질하리.[退將復修吾初服]"라고 한 데서 온 말이다.

315) 호향(互鄕) : 비루해서 모두 상대하기를 꺼려했다는 마을 이름이다. 《논어》 〈술이〉에 호향의 동자가 찾아오자 공자가 선뜻 만나 주었다는 이야기가 나온다.

316) 높은 산처럼 우러르기에 : 존경할 만한 선현을 사모할 때 쓰는 표현이다. 《시경》 〈소아 거할〉에 "저 높은 산봉우리 우러러보며, 큰길을 향해 나아가노라.[高山仰止 景行行止]"라고 한 데서 온 말이다.

우러르는 장소를 만들었네　瞻依有地
천 길 높은 용산은　龍山千仞
다니면서 바라보는 곳　蓋所行覛
하물며 나는 같은 마을이고　矧吾同社
소나무 잣나무 서 있으니　松栢有樹
이곳에서 제사 지내는 것이　可祭於斯
실로 옛 뜻에 합당하네　實合古義
옛날 건물 새로 보수하고　仍舊維新
조용한 사당을 마련하여　於侐有廟
비로소 제향을 거행하려고　肇修祀事
이에 신주를 모시니　聿妥神侑
갱장[317]의 마음 간절하고　慕切羹墻
이쪽저쪽 싫어함이 없다네　彼此無斁
영령께서 오르내리시기에　陟降祗肅
향기로운 제물을 올리니　薦羞芬苾
멀다 여기지 마시고　毋我遐逖
부디 흠향하옵소서　庶我歆格
모두 서로 기뻐하니　凡在胥悅
좋은 때 길한 날이로다　辰良月吉
지금부터 대대로　自今世世
영원히 보전되리라　永保無極

---

317) 갱장(羹墻)의 사모 : 선현을 추모하는 것을 말한다. 《후한서》〈이고전〉에 "옛날 요(堯) 임금이 죽은 뒤에 순(舜) 임금이 3년 동안 사모하여, 앉았을 적에는 요 임금이 담장[墻]에서 보이고 밥 먹을 적에는 요 임금이 국[羹]에서 보였다."라고 한 데서 온 말이다.

축문祝文

백담 선생 상향축문
栢潭先生常享祝文

도는 선정에게 들었고	道聞先正
공은 후학에게 있네	功在後學
간절하게 흠모하는 정성	羹牆之慕
백세에 더욱 돈독하리	百世彌篤

과제科製

조변[318]이 염계[319]를 알지 못한 것을 논함
趙抃不識濂溪論

다음과 같이 논한다. 군자가 군자에 대해서 알기 쉬운 일이 있고 알기 어려운 일이 있으니, 알기 쉬운 일은 여러 사람도 함께할 수 있지만 알기 어려운 일은 자기만 알 수 있다. 자기만 아는 것으로 여러 사람이 아는 것에 징험한 이후에 알기 쉬운 일을 더욱 믿을 수 있고, 알기 어려운 일을 깊이 있게 알 수 있다. 이 때문에 사람은 한때에 아는 것을 가지고 안다고 할 수 없으며, 또한 한때에 모른다고 해서 모른다고 할 수 없다. 한때에 아는 것을 안다고 한다면 겉으로는 아는 듯해도 속에 진실로 알지 못하는 것이 있으며, 한때 알지 못한 것을 모른다고 한다면 겉으로는 모르는 듯해도 속에 진실로 아는 것이 있기 마련이다. 그렇다면 교제하고 접대할 때 비록 물고기가 물을 만나 헤엄치거나 돌을 던져 물에 넣듯이[320] 쉽게 영합하는 경우는 볼 수 없지만, 대현(大賢)의 일은 맑은 하늘의 흰 태양과 같고 군자의 삶은 봉황과 지초와 같아서 노복처럼 천하고 필부같이 어리석은 사람도 오히려 알 수 있는데, 더구나 군자다운 사람이 군자다운 사람을 본다면 말할 것도 없다.

---

318) 조변(趙抃, 1008~1084) : 북송 때 진사 출신으로 벼슬은 전중시어사(殿中侍御史)를 지냈는데, 권세에 굴복하지 않아서 철면어사(鐵面御史)로 일컬어진다. 뒤에 참지정사(參知政事)·태자소보(太子少保)를 지냈다. 시호는 청헌(淸獻)이다. 소식(蘇軾)이 지은 〈청헌공신도비(淸獻公神道碑)〉가 전한다.

319) 염계(濂溪) : 북송의 유학자 주돈이(周敦頤, 1017~1073)를 가리킨다. 그의 본명은 돈신(敦實), 자는 무숙(茂叔), 호는 염계(濂溪)이다. 《주역》에 정통했고, 염학(濂學)의 창시자로 주자의 스승인 정호(程顥)와 정이(程頤) 형제가 그의 문하에서 공부했다. 저서에 《태극도설(太極圖說)》과 《통서(通書)》 등이 있다.

320) 돌을…… 넣듯이 : 자신의 말을 상대방이 잘 알아듣고 이해한다는 말이다. 삼국시대 위(魏)나라 이강(李康)의 〈운명론(運命論)〉에, 장량(張良)이 황석공(黃石公)의 병법을 터득하고 나서 군웅(群雄)에게 유세할 적에는 마치 물을 돌에 뿌리는 것처럼 받아들여지지 않았으나[以水投石 莫之受], 한 고조(漢高祖)에게 유세를 하자 마치 돌을 물에 던지는 것처럼 모두 받아들여졌다[以石投水 莫之逆]고 한 고사가 있다. (《文選》 卷53)

이 때문에 사람을 아는 것은 여러 사람이 다 아는 것을 아는 것이 아니라 반드시 마음에 홀로 알고 있는 것을 아는 것이며, 사람을 논하는 것은 한때의 알고 모름을 논하는 것이 아니라 반드시 평생 체득한 것이 무엇인지를 살펴야 한다. 생각건대, 옛날에 염계는 대현인데 조청헌 공은 앞에서 매우 엄격하였고 대접도 정성스럽지 않았다. 이는 평범한 사내로 대우하고 일반 사람으로 예우한 것으로, 염계로 염계를 대하지 않고 군자로 염계를 대하지도 않았다.

아, 청헌은 한때의 군자이고, 염계는 천하의 대현이다. 한때의 군자가 천하의 대현을 모를 수 있는가. 세상에서 이것을 논하는 자들이 간혹 학술에 정밀하고 거칢이 있고 인품에 높고 낮음이 있기 때문에 도량을 엿볼 수 없었다고 한다. 그러나 나는 그럴 수 없다고 생각한다. 대개 학문의 연원과 공부의 얕고 깊음은 비록 등급이 있다고 하지 않을 수 없지만, 현인을 흠모하고 사랑하는 마음이 어찌 열도만 유독 없었겠는가. 그러니 엄격하게 대한 것은 반드시 깊이 알기를 바란 것이지 진실로 알지 못한 것이 아니다.

어째서 그렇게 말하는가. 당시에는 도가 이미 무너지고 말이 이미 묻혀서 성인의 학문이 천 년 동안 전해지지 않았다. 그런데 오직 염계만이 그 시대에 걸출하게 태어났으니 사람들이 마치 상서로운 세상의 봉황이나 비 갠 뒤의 화창한 바람과 밝은 달[光風霽月][321] 처럼 우러러 보았다. 마소[馬牛][322] 같은 사람도 모두 주돈이의 성명을 알았고 이방인도 그의 덕업을 우러렀으며, 한 시대의 현사들이 휩쓸리듯 따랐으니 그가 어질지 않았다면 이렇게 할 수 있었겠는가.

열도(閱道, 趙抃의 字)가 평소 심복(心服)한 지 오래되었고, 그가 아는 것을 뭇사람도 모두 알았다. 심지어 한 고을에 함께 부임했을 때 지위는 높낮이가 있었지만 이전까지 심복하던 것을 이제 징험할 수 있었고, 뭇사람들이 함께 아는 것을 자신을 통해 알 수 있었다. 이 때문에 그와 교제하면서 예법이 비록 엄했지만 무숙(茂叔, 周敦頤의 字)의 포용(包容)은 드넓은 천 이랑의 물처럼 맑게 하려 해도 맑아지지 않고 흐리게 하려 해도 흐려지지 않았으니[323] 대현 군자의 기상을 볼 수 있을 뿐 소장부가 발끈하는 것과 같지 않았

321) 비 …… 달[光風霽月] : 황정견이 《산곡집(山谷集)》에서 주돈이에 대해 "주무숙은 속이 시원스러워 비가 갠 뒤의 화창한 바람이나 밝은 달과 같다.[胸中灑落 如光風霽月]"라고 한 데서 온 말로, 매우 훌륭한 인품을 뜻한다.

322) 마소[馬牛] : 마우금거(馬牛襟裾)의 준말로, 배움이 부족한 사람이라는 뜻의 겸사이다. 한유(韓愈)의 〈부독서성남(符讀書城南)〉 시에 "사람이 고금에 통달하지 못하면, 마소에 사람 옷 입혀 놓은 것과 같다.[人不通古今 馬牛而襟裾]"라고 한 데서 온 말이다. (《韓昌黎集》 卷6)

다. 이후에 평소에 알기 쉬웠던 것에 더욱 믿음이 생겨 의심이 없었으며, 지금까지 알기 어려웠던 것을 깊이 알아 어긋남이 없었다.

그렇다면 엄하게 한 것은 예를 갖추었던 것이고, 알지 못했던 것은 진정 알기 때문이었다. 대저 사람을 살필 때에는 뭇사람이 쉽게 알고 쉽게 보는 것을 살피는 것이 아니라, 반드시 평소 세미한 일에 사소한 실수가 없는지 살펴야 하고 마음을 운용하는 은미한 순간이라도 혐의가 없는지 살펴야 한다. 그런 뒤라야 사람을 잘 보았다고 할 수 있고 초연하게 대하여 끝내 깨닫는 데에 이를 수 있다. 깨달았다는 것은 깨달음을 깨닫지 못한 때일 뿐이다. 평소 들어서 아는 것을 깨달은 것이 이미 오래되었다면 뭇사람들이 염계를 아는 것은 함께 아는 것을 아는 것으로 앎이 얕고, 열도가 염계를 아는 것은 홀로 아는 것을 아는 것으로 앎이 깊다.

아, 그가 몰랐다고 하는 자들은 다만 교제하는 사이에 예절이 엄했다는 이유로 평범한 사람들이 시비의 단서를 일으키면서 마음 깊은 곳을 헤아리지 못하니 어찌 애석하지 않겠는가.

혹자는 "중니(仲尼)와 같은 성인을 안영(晏嬰)이 알지 못했고[324] 맹가(孟軻)와 같은 현인을 장창(臧倉)이 알지 못했는데[325], 청헌(淸獻, 조변의 諡號)이 염계를 알지 못한 것을 어찌 괴이하게 여길 것이 있습니까?"라고 하는데, 이는 매우 옳지 않다.

낮에 한 일을 밤에 반드시 향을 피우고 하늘에 고하였으니, 열도의 됨됨이가 진실로 장창과 안영에 견줄 것이 아니었고, 문명이 드리운 천하는 진실로 전쟁하는 시대가 아니었다. 만약 열도가 진실로 사람을 알아보는 지식이 없다고 한다면 한강(韓絳)[326]·마준(馬

---

323) 드넓은 …… 않았으니 : 주돈이의 도량이 넓고 큰 것을 형용한 말이다. 후한(後漢) 때의 황헌(黃憲)은 자가 숙도(叔度)인데, 곽태(郭泰)가 그에 대해 "숙도는 너무나 드넓어 마치 천 이랑의 물결과 같은 사람이라, 맑게 하려 해도 맑아지지 않고 흐리게 하려 해도 흐려지지 않으니, 참으로 헤아릴 수 없다.[叔度汪汪如千頃陂 澄之不淸 淆之不濁 不可量也]"라고 한 데서 온 말이다. (《後漢書》 卷83 〈黃憲列傳〉)

324) 중니 …… 못했고 : 춘추시대 제 경공(齊景公)이 공자에게 정사(政事)를 물어보고 기뻐하여 이계(尼谿)의 땅을 공자에게 봉해 주려고 하자, 재상 안영(晏嬰)이 극력 반대하여 공자를 등용하지 못하게 한 것을 가리킨다. (《史記》 권47 〈孔子世家〉)

325) 맹가 …… 못했는데 : 맹자(孟子)의 제자 악정자(樂正子)의 주선으로 노(魯)나라 평공(平公)이 맹자를 찾아가려고 하였는데, 폐인(嬖人) 장창(臧倉)이, 맹자가 어머니의 초상은 후하게 치르고 아버지의 초상은 박하게 치른 것을 들어 현인이 아니니 만나러 가지 말라고 하여 마침내 평공이 맹자를 찾아가지 않은 것을 가리킨다. (《孟子》 〈梁惠王下〉)

326) 한강(韓絳, 1012~1088) : 자는 자화(子華)로, 송나라 때 1042년 진사시에 합격하여 왕안석과 함께 일하고, 왕안석의 뒤를 이어 정승을 역임하였다.

遵)[327] 같은 현재를 어떻게 천거했으며, 오공(吳公)·채공(蔡公) 같은 어진 이를 어떻게 영달하게 했겠는가. 그렇다면 어찌 유독 염계에 대해서 군자라는 것을 몰랐겠는가. 만약 교제했던 하나의 일만 가지고 알고 모르고를 따진다면 만종의 녹봉으로 제자를 기르는 것이 맹자를 안다고 할 수 있으며,[328] 계씨와 맹씨의 중간으로 대우하는 것이 공자를 안다고 할 수 있는가.[329]

유독 애석한 것은 세상을 경륜하고 다스릴 만한 재주로 군주에게 천거되어 나라에 쓰이지 못하고 끝내 여산(廬山) 아래에서 길이 늙어갔으니, 비록 알지 못했다 해도 될 것이다. 삼가 논한다.

論曰 君子之於君子也 有易知之事 有難知之事 易知之事 衆人之所共知也 難知之事 一己之所獨知也 以一己之所獨知 驗衆人之所共知 然後易知之事 可以益信 而難知之事 可以深知矣 是故 人不可以一時之知 謂之知也 亦不可以一時之不知 謂之不知也 以一時之知 謂之知 則其跡似相知 而其中實不相知者存焉 以一時之不知謂之不知 則其跡似不相知 而其中實相知者存焉 然則其於交際之時 接待之間 雖未見其魚泳石投之易合 而大賢之事 如靑天白日 君子之生 如鳳凰芝草 則雖以奴隷之賤 匹夫之愚 猶足以知之 況以君子之人 而見君子之人哉 以故 知人者 不于其衆人之所共知 而必於其一心之所獨知 論人者 不于其一時之知不知 而必觀其平生之悟不悟如何耳 思昔濂溪 大賢人也 而趙淸獻公 臨之甚嚴 接之不殷 則是待之以庸夫 禮之以凡人 而非以濂溪待濂溪也 非以君子待濂溪也 嗚呼 淸獻一時之君子也 濂溪天下之大賢也 以一時之君子 不識天下之大賢 可乎 世之論此者 或以謂學術有精粗 人品有高下 故不得以窺其涯涘 而夫我則以爲不可 蓋學問之淵源 工夫之淺深 則雖不可不謂之有等級 而其欣慕愛賢之心 則豈閱道之所獨乏哉 然則其所以待之嚴者 必欲求其所深知 而非眞不識也 何以言之 當

327) 마준(馬遵, 1011~1057) : 자는 중도(仲塗), 송나라 때 1034년 진사시에 합격하여 우사간 등을 역임하였고, 의론(議論)이 뛰어나서 두연(杜衍)과 범중엄(范仲淹)에게 칭송을 받았다.

328) 만종의…… 있으며 : 《맹자》 〈공손추 하(公孫丑下)〉에 "내 도성에다 맹자에게 집을 마련해주고 제자들을 만종록으로 길러 여러 대부들과 백성들로 하여금 모두 공경하고 본받는 바가 있게 하려고 한다.[我欲中國而授孟子室 養弟子以萬鍾 使諸大夫國人 皆有所矜式]"라고 한 것을 가리킨다.

329) 계씨와…… 있는가 : 《논어》 〈미자〉에서 제 경공(齊景公)이 공자를 대우하는 것에 대해 "계씨와 같이는 대우하지 못하지만, 계씨와 맹씨의 중간 정도 대우는 하겠다.[若季氏則吾不能 以季孟之間待之]"라고 한 것을 가리킨다.

是之時 道已喪矣 言已湮矣 聖學之不傳 千有餘載 而獨有濂溪 挺生其時 則人之望之也 如瑞世鸞鳳也 如光風霽月也 馬牛之走 皆知其姓名 異方之人 亦望其德業 而一世之賢士 靡然從之 則其不賢而能若是乎 閱道之平日所心服者已久 而其所以知之者 衆人之所共知也 及夫至於同任一州 而位有上下 則前日之所心服者 可以驗之於今日也 衆人之所共知者 可以知之於一己也 是故 臨之接之 禮雖若嚴 而茂叔之包容 汪汪之千頃 澄之不清 澆之不濁 則大賢君子之氣像可見 而非若小丈夫之悻悻矣 夫然後平日之所易知者 益信而無疑 今日之所難知者 深知而無間矣 然則其所以嚴之者 乃所以禮之也 其所以不識也 乃所以眞識也 大抵觀人 不觀其衆人之所易知易見者 而必觀其尋常細微之事而無小失 必察其心術隱微之間而無所慊 然後斯可謂善觀人者 而待之超然 必至於終悟 則其所以悟之也 乃不悟於悟之日而已 悟平昔之所聞知者已久矣 然則衆人之知濂溪者 知其所共知 而其知也淺 閱道之知濂溪者 知其所獨知 而其知也深 嗚呼 其所以爲之不識者 特以其交際之間 禮數之嚴 而庸常之人 爭起是非之端 而不察其心之蘊奧 豈不惜哉 或曰 仲尼之聖 而晏嬰不知 孟軻之賢 而臧倉不知 則淸獻之不識濂溪 何足怪哉 是則大不然 晝之所爲 夜必焚香而告天 則閱道之爲人 固非藏倉晏嬰之比 而文明之天下 固非戰國之時也 若以閱道爲眞無識人之知 則韓絳馬遵之賢 何以薦之 吳公蔡公之仁 何以達之 然則何獨於濂溪 不知君子人也 若以其交際之一事 而謂之知不知 則養之以萬鍾者 可謂知孟子乎 待之以季孟者 可謂知孔子乎 獨惜乎 使經綸燮理之才 不能薦之於君 行之於國 而卒使永老於廬山之下 則雖謂之不識 亦可也 謹論

의疑

왕이 운운하였다
問云云

신은 다음과 같이 답합니다. 신이 일찍이 들어보니, 하늘에 있으면 원(元)이라 하고, 사람에게 있으면 인(仁)이라 합니다. 원은 선(善) 가운데 으뜸으로 한 마음의 전일한 덕이 인에서 벗어나지 않으며, 사단의 발현도 역시 인에서 말미암습니다. 그래서 인자(仁者)와 지자(智者)가 편안하고 이롭게 여기는 것[330]이 인이고 천하를 다스리는 사람이 좋아하는 것이 인입니다. 성(性)을 따르는 것은 인이 아니면 할 수 없고, 성(性)을 확충하는 것도 인이 아니면 할 수 없습니다. 그래서 지목해서 하는 말이 비록 선후의 다름은 있어도 마음에서 근본한 것으로 서로 통합되지 않는 것이 없습니다.

신이 청컨대, 이로써 밝으신 물음의 의혹에 답하고자 합니다.

대개 인이란 사심이 없고 천리에 부합하는 것을 말합니다. 천리를 얻고 덕을 전일하게 하는 자는 인을 편안하게 여겨 어디를 가더라도 맞지 않음이 없으며 의에 합치되어 어디에서도 옳지 않음이 없습니다. 보존하는 바가 있지 않아도 저절로 없어지지 않으며 다스리는 바가 있지 않아도 저절로 어지럽지 않습니다. 눈으로 보고 귀로 들으며 손에 지니고 발로 걸으면서 힘쓰는 의사가 없어도 편안하고 순조롭게 도를 행하는 바가 있으면, 상지(上智)의 자질로 안행(安行)하는 사람[331]이라고 하는 것입니다.

---

330) 인자(仁者)와…… 것 : 《논어》 〈이인〉에 "인자는 인을 편안히 여기고, 지자는 인을 이롭게 여긴다.[仁者安仁 知者利仁]"라고 한 데서 나온 말이다.

331) 상지(上智)의…… 사람 : 《중용장구(中庸章句)》 제20장에 "어떤 사람은 태어나면서부터 도를 알고, 어떤 사람은 배워서 알고, 어떤 사람은 곤고해져서야 알게 되지만, 그 도를 알게 되는 점에 있어서는 모두 마찬가지이다. 어떤 사람은 자연히 편하게 느끼면서 도를 행하고, 어떤 이는 이롭게 생각해서 행하고, 어떤 사람은 억지로 힘써서 행하지만, 공을 이루는 점에 있어서는 모두 마찬가지이다.[或生而知之 或學而知之 或困而知之 及其知之 一也 或安而行之 或利而行之 或勉强而行之 及其成功 一也]"라고 한 데서 온 말이다.

지자(智者)의 경우는 마음에 바라는 것이 있지만 아직 보지 못했고 먹을 수 있는 것은 알지만 아직 배불리 먹지 못한 것으로, 보존하는 바가 있어서 없어지지 않고 다스리는 바가 있어서 어지럽지 않지만 작위적인 데에서 나온 것이라 자연스러울 수 없으니 학지(學知)의 자질로 이롭게 여겨 행하는 사람이라고 합니다.

이 인의(仁義)의 마음은 본래 하나의 천리이고 피차간에 함께 얻은 것으로 상하의 구분이 없는 균등한 하나의 마음이며 귀천이 없는 동일한 하나의 이치입니다. 그러므로 위에 있는 사람이 진실로 이 마음으로 감화시키면 아래에 있는 사람이 이 마음으로 보답하여 인을 보존하고 의를 좋아하는 것이 그림자나 메아리보다도 빠를 것입니다. 천하에 두루 통하는 도는 오륜[五典]보다 큰 것이 없는데, 본성을 따르는 사람은 지(智)가 아니면 이것을 알 수 없고 인(仁)이 아니면 이것을 행할 수 없으며 용(勇)이 아니면 이것을 힘써 할 수 없습니다.[332] 그래서 지(智)는 반드시 대순(大舜)의 지혜와 같아야 하고 인(仁)은 반드시 안회(顔回)의 어짊과 같아야 하며 용(勇)은 반드시 자로(子路)의 용맹과 같은 이후에 도에 나아가 덕을 완성할 수 있습니다.

본성 안에는 사단(四端)이 있는데 뭇사람들이 어리석어 확충할 줄 모릅니다. 때문에 측은지심(惻隱之心)이 있는 것은 인의 단서이고 수오지심(羞惡之心)이 있는 것은 의의 단서이며 사양지심(辭讓之心)이 있는 것은 예의 단서이고 시비지심(是非之心)이 있는 것은 지의 단서이며 이 마음이 없으면 사람이 아닙니다. 그러니 공자의 말은 학자를 위한 말이고 증자의 말은 천하를 위한 말이며 자사의 말은 본성을 따르기 위한 말이고 맹자의 말은 이 본성을 확충하기 위한 말입니다.

아! 인(仁)은 성인의 문하에서 전수하는 심법(心法)으로 공자·증자·자사·맹자가 모두 이 도를 얻었습니다. 가리켜 말한 것이 비록 대상은 다르지만 마음을 근본으로 삼아 서로 조리가 있고 밖으로 드러낸 것이 저절로 단서가 있었습니다.

인은 전체를 포괄하고 아울러서 빠뜨리지 않습니다. 무엇으로 증명하겠습니까. 인을 편안히 여기는 사람[安仁之人]이 일의 옳고 그름을 알고 옳은 것을 성취하면 이것을 지(智)

332) 천하에 …… 없습니다 : 이 글은 《중용장구(中庸章句)》 제20장에, "천하의 달도가 다섯 가지인데 이를 행하는 것은 세 가지이다. 군신간, 부자간, 부부간, 형제간, 붕우간의 사귐 이 다섯 가지는 천하의 달도요, 지, 인, 용 이 세 가지는 천하의 달덕이니, 이를 행하는 것은 하나이다.[天下之達道五 所以行之者三 曰君臣也 父子也 夫婦也 昆弟也 朋友之交也五者 天下之達道也 智仁勇三者 天下之達德也 所以行之者一也]"라고 한 데서 온 말이다.

라고 하고 일이 모두 합당하면 이것을 의(義)라고 하며 행동이 모두 절도에 맞으면 이것을 예라고 합니다. 인을 이롭게 여기는 사람[利仁之人]은 옳은 데에 이르고자 할 뿐인데, 윗사람이 반드시 인을 좋아하고 아랫사람을 예우하면 아랫사람이 반드시 의를 좋아하며 윗사람을 공경히 섬길 것입니다. 각자 직분에 따라 해야 할 일을 다하는 것이 지(智)입니다. 천하에 두루 통하는 도는 다섯 가지로 임금과 신하는 의를 위주로 하고 아버지와 아들은 인을 위주로 하며 지아비와 아녀자는 지를 위주로 하고 어른과 어린이는 예를 위주로 하며 지·인·용 세 가지는 이것을 행하는 것입니다.

또한 상채(上蔡, 謝良佐의 號)가 명도(明道, 程顥의 號)에게 완물(玩物)이라는 말[333]을 듣고 식은땀을 흘리고 얼굴이 붉어졌는데 명도는 이것을 측은지심으로 여겼다고 합니다. 측은지심이 있어야 동할 줄 알아서 수오지심이 되며 사양지심이 되며 시비지심이 되는 것입니다. 만약 동하지 않는다면 사람이 될 수 없습니다. 그래서 오로지 하나의 일을 말했지만 모두 포괄할 수 있으니 또한 선후와 본말의 순서가 없다고 할 수 없습니다. 이에 말미암아 살펴보건대, 부자가 말한 것은 학자가 곤궁한 데 처하면 반드시 참람해지고 오랫동안 즐거움에 처하면 반드시 음란해지는 것[334]을 걱정하였기 때문에 인으로 대답하여 인을 편안하게 여기기를 기대한 것입니다. 《대학》에서 말한 것은 군주가 남의 마음을 헤아리지 않고 몸을 망치면서 재물을 증식하는 것[335]을 염려했기 때문에 인을 의에 대응시켜 효험을 이룰 수 있게 권면한 것입니다.

《중용》에서 말한 것은 달도(達道)를 알고 체행(體行)하지 못할 것을 두려워해서 인을 지·용에 대응시켜 본성을 따르게 한 것입니다. 맹자가 말한 것은 인욕이 유행하는 것을 가슴 아파하고 천리가 민멸되는 것을 근심하여 인을 의·예·지에 대응시켜 본성을 확충시키게 한 것입니다. 그러니 성현들의 말이 각각 가리키는 바가 있지만 하나의 도를 전한 것임을 알 수 있습니다. 대저 마음의 온전한 덕이 인이고 네 가지 덕을 아울러 통솔하는

333) 상채(上蔡)가 …… 말 : 사양좌(謝良佐)가 처음 정호(程顥)를 만났을 때 사서(史書)를 줄줄 외워 거론하며 한 자도 빠뜨리지 않자, 정호가 이를 완물상지(玩物喪志)라고 하니, 상채가 식은땀을 흘리며 얼굴이 붉어졌다는 고사를 말한다. (《近思錄》 卷2, 第27章)

334) 부자가 …… 것 : 《논어》 〈이인(里仁)〉에 공자가 "인하지 못한 자는 오랫동안 곤궁한 데 처할 수 없으며 장구하게 즐거움에 처할 수 없으니, 인자는 인을 편안히 여기고 지자는 인을 이롭게 여긴다.[不仁者 不可以久處約 不可以長處樂 仁者 安仁 知者 利仁]"라고 한 것을 가리킨다.

335) 『대학(大學)』에서 …… 것 : 《대학장구》 전(傳) 10장에 "인자(仁者)는 재물을 흩어서 백성을 얻고, 불인(不仁)한 자는 몸을 망쳐서 재물을 증식한다.[仁者以財發身 不仁者以身發財]"라는 내용이 보인다.

것도 인이므로 성현의 말을 논하는 이는 말의 다름을 볼 것이 아니라 반드시 모든 것을 갖추고 있다는 점을 궁구해야 합니다.

아! 하늘이 사람에게 품부한 것인데 누구에게 인의의 양심이 없겠습니까. 진실로 사단(四端)을 발현시켜 확충시킨다면 확충되는 것이 끝이 없어서 이롭게 하는데 이를 것이고 이롭게 하는 것이 끝이 없어서 인을 편안하게 여기는 데에까지 이른다면 천하를 다스리고 달도를 행하여 천년 뒤에라도 공자·증자·자사·맹자를 계승할 수 있을 것입니까. 집사께서 어떻게 생각하실지 모르겠습니다. 삼가 답합니다.

對 愚嘗聞 在天曰元 在人曰仁 而元者 善之長也 蓋一心之專德 不外乎是仁 而四端之發見 亦由於是仁 故仁智之所安利者 是仁也 治天下者之所好者 是仁也 率性者 非此仁則不可也 擴充此性者 非是仁則不可也 是故 所指之言 雖有先後之殊 而根於心者 未嘗不相統焉 愚請以此而復明問之疑 蓋仁者 無私心 合天理之謂 而得是理專是德者 則安其仁而無適不然 合於義而無所不可 非有所存而自不亡 非有所理而自不亂 目視而耳聽 手持而足行 無勉强之意 而有安順之行 則所謂上智之資 而安行之人也 至如智者 則心有所望而猶未之見 知其可食而猶未得飽 有所存 斯不亡 有所理 斯不亂 出於作爲而不能自然 則所謂學知之資 而利行之人也 且此仁義之心 本是一天而彼此同得 無上下而均此一心也 無貴賤而同此一理也 故在上之人 苟以是心而感之 則在下之人 亦以是心而報之 而存仁好義 捷於影響矣 若夫天下之達道 則莫大乎五典 而率性之人 非智則不能知此也 非仁則不能行此也 非勇則不能强此也 故智必如大舜之智 仁必如顔回之仁 勇必如子路之勇 然後可以造道而成德矣 至於性中 只有一箇是四端 而衆人之蚩蚩 不能知而擴充也 故有惻隱之心者 仁之端也 有羞惡之心者 義之端也 有辭讓之心者 禮之端也 有是非之心者 智之端也 而無此心則非人也 然則孔子之言 爲學者而言者也 曾子之言 爲治天下者而言者也 子思之言 爲率此性而言者也 孟子之言 爲擴充此性而言者也 嗚呼 仁者 聖門傳授之心法 而孔曾思孟 同得此一道也 則所指之言 雖有對配之不同 而根於心者 各有條理 見於外者 自有端緒 而仁該全體 竝包而不遺矣 何以明之 安仁之人 知其事之是非 而只是成就一箇是 則斯謂智也 事皆合宜 則斯謂義也 行皆中節 則斯謂禮也 而利仁之人 求至乎是而已 上必好仁 而以禮接下 則下必好義 而以敬事上 各盡其職分之當爲者 智也 天下之達道五 而君臣則主於義 父子則主於仁 夫婦則主於智 長幼則主於禮 而智仁勇三者 所以行此者也 且聞上蔡聞明道玩物之言 汗流面赤 而明道

以爲便是惻隱之心 則蓋有惻隱之心 然後可以會動 而方是羞惡 方是辭讓 方是是非 而如不會動 則却不成人矣 然則專言一事 可以竝包 而亦不可謂無先後本末之序也 由是觀之 則夫子之所言者 恐學者之處約必濫 久樂必淫 故以仁對之 而期之以安仁 大學之所言者 慮人君之不能絜矩 而以身發財 故以仁對義而勉之以成效 中庸之所言 則懼達道之不能知而體之行之 故以仁對智勇 而求之以率性 孟子之所言 則傷人欲之流行 而閔天理之泯滅 故以仁配義禮智 而欲此性之擴充也 然則聖賢之言 有各所指 而所傳之一道 因可見矣 大抵心之全德者仁 而兼統四德者仁 則論聖賢之言者 不觀其所言之有異 而必求其所該之無不備也 嗚呼 天賦斯人 孰無仁義之良心哉 苟能因四端之發見而擴充之 擴充之不已 而至於利之 利之不已 而至於安之之域 則可以治天下 可以行達道 而可以繼孔 曾 思 孟於千載之下矣 執事以爲如何 謹對

책策

왕이 운운하였다
問云云

신은 다음과 같이 답합니다. 삼가 생각건대, 집사(執事) 선생은 유가의 종장(宗匠)으로 유가의 권형(權衡)을 맡아 부지런히 서적을 탐문하여 사라져가는 유가를 부지하려고 했습니다. 저 또한 유가의 말학(末學)인데 이처럼 말씀을 드리지 않는다면 유가의 죄인이 될 것이 감히 좁은 소견을 말씀드리지 않을 수 있겠습니까. 삼가 생각건대, 도는 문에 붙어 있어서 문이 아니면 도를 드러낼 수 없고 문은 도를 본체로 삼아서 도가 아니면 문이 될 수 없습니다. 문 밖에 남는 도가 없으며 도 밖에 다른 문이 없습니다. 이 때문에 성인이 글을 지어 전한 것이니 글이란 도를 싣고 도를 밝히는 도구입니다.

그렇다면 글이란 세상에 해와 달이 하늘에 있는 것과 같아서 하늘에 해와 달이 없으면 하늘의 도가 무너지듯이 세상에 서적이 없으면 사람의 도가 사라집니다. 오늘날에 글에 의지해 옛날을 알 수 있고 후세에는 글에 의지해 지금을 알 수 있으니 문풍(文風)을 진작시키고 세교(世敎)를 밝히는 것이 여기에 달려 있고 사람의 도를 세우고 성인의 전함을 있는 것도 여기에 달렸으니 글의 쓰임이 크다고 할 수 있습니다.

아! 유가의 도가 융성하고 쇠퇴하며 보존되고 사라지는데 기미의 변화를 알 수가 없습니다. 그러나 하늘이 유가를 망치지 않고 땅이 유가를 버리지 않았기에 거의 흩어진 것을 다시 합치고 거의 끊어진 것을 다시 붙여서 일맥(一脉)을 면면히 이어 만고토록 무사하게 한 것은 도가 그 사이에 있어서 망하게 할 수 없었던 것이 아니겠습니까. 대개 글은 흥망의 시기가 있지만 도는 없어질 이치가 없습니다. 도가 있는 바에 글이 있으니 글을 구하는 자가 도를 버린다면 어찌하겠습니까.

비록 그렇지만 도는 그냥 행해지는 것이 아니라 사람에게 달려 있습니다. 구하는 데 요령이 있다면 문에 달려 있지 않겠습니까. 반드시 도를 말할 때에는 도가 아닌 것을 섞지 않고 학문을 배울 때에는 다른 학문을 섞지 않은 이후에 심술이 바르게 되고 도학이 밝아집니다. 도학이 밝아지고 문교(文敎)가 성대해지면 가슴의 전모(典謨)[336]와 마음의 경전을 여기서 구할 수 있으니 어찌 책이 없다는 걱정을 하겠습니까. 간혹 이와 반대로 하는 이는 비록 날마다 만 마디의 말을 기억해서 지식이 풍부하거나 한우충동(汗牛充棟)[337]의 많은 책을 읽어도 도에 누가 되고 다스림에 해가 될 뿐이니 어찌 숭상할 만하겠습니까.

청컨대, 이를 바탕으로 질문에서 언급하신 것에 대해 명확하게 진술하고자 합니다. 신룡(神龍)이 황하에서 뛰어나와 승정(繩政)[338]이 폐지되니 문자의 창작이 여기서 시작되고 성현의 말씀이 유행하여 방책(方策)[339]에 펼쳐졌습니다. 구름이 엉기니 흰 물결이 용솟음치고 대나무에 푸르름이 걷히자, 채륜(蔡倫)[340]의 제도가 새로워졌습니다. 운향(芸香)[341]으로 좀벌레를 퇴치하고 벽황(蘗黃)[342]으로 종이를 염색하여 회남지호(淮南之護)가 완전해졌습니다. 변방(卞方)의 책을 구해서 정리하여 취하여 뜻을 두고, 삼황오제(三皇五帝)의 글에 각각 이름이 있었는데 성인이 붓을 잡고 한 번 정리하여 오전(五典)을 오직 남겨두고 이미 흩어진 편에 대해 더는 자세히 말하지 않았습니다. 당우삼대(唐虞三代)의 성경(聖經)을 해와 별처럼 밝히고 후세에 전해서 영원히 해지지 않고 역대로 내려왔습니다. 위로 숭상하고 아래로 존신할 것이 어찌 한두 가지 칭할 것이 없겠습니까만 제가 말하는 정학(正學)과 명도(明道)는 사라져서 들리지 않으니 집사에게 낱낱이 지적하려는 것은 아닙니다.

진(秦)나라의 화염[343]이 한번 타올라 척적(尺籍)[344]을 수습하지 못했으니 유가를 위해

---

336) 전모(典謨) : 《서경》 〈요전(堯典)〉·〈순전(舜典)〉의 전(典)과 〈대우모(大禹謨)〉·〈고요모(皐陶謨)〉의 모(謨)를 합칭한 말로 옛날 성현의 말씀을 뜻한다.

337) 한우충동(汗牛充棟) : 책이 많아 수레에 실으면 소가 땀을 흘리고 쌓아올리면 마룻대에 닿을 정도임을 비유한 말이다.

338) 승정(繩政) : 문자가 없던 태고시대에 노끈으로 매듭을 맺어 정령(政令)의 부호로 삼았던 것을 말한다.

339) 방책(方策) : 글을 적는 판목(板木) 중에서 큰 것을 책(策)이라 하고 작은 것을 방(方)이라 하는데, 서책(書冊)를 가리킨다.

340) 채륜(蔡倫) : 후한 화제(和帝) 때의 상방령(尙方令)으로 종이를 처음 만들어 보급한 사람이다. 그 공으로 용정후(龍亭侯)에 봉해졌으므로 당시에 종이를 채후지(蔡侯紙)라고 불렀다. (《後漢書》 卷78 〈宦者列傳·蔡倫〉)

341) 운향(芸香) : 향초 이름으로, 좀먹는 것을 방지하는 효과가 있다.

342) 벽황(蘗黃) : 황벽나무의 속껍질을 말하는데, 옛날에 책이 좀먹는 것을 막기 위하여 황벽나무의 속껍질로 염색한 황색 종이를 썼다.

343) 진(秦)나라의 화염 : 진나라의 승상(丞相) 이사(李斯)가 주장한 탄압책으로 실용 서적을 제외한 모든 사상서적을 불태우고 유학자를 생매장한 분서갱유(焚書坑儒)를 말한다.

344) 척적(尺籍) : '척(尺)'은 옛날 군령(軍令)이나 군사들의 공을 기록한 사방 1척의 나무판자를 가리키고, '적(籍)'은 서적을 가리킨다.

통곡할 일입니다. 그러나 서적이 공벽(孔壁)[345]에서 터져 나오고 급총(汲冢)[346]에서 다시 나오니 아마도 도가 없어지지 않고 하늘이 버리려 하지 않은 것입니다. 손상된 책과 탈락된 죽간의 내용이 연로한 선비의 입에서 나오고 의(意)·언(言)·상(象)·수(數)가 한 선비의 문하에서 부연되니 《서경》과 《주역》에 천착부회(穿鑿附會)가 있다는 것은 말하지 않아도 알 수 있습니다.

한나라의 국운이 겨우 안정되자 협서율(挾書律)[347]을 없애고 당나라 개국 초기에 선현들의 남은 서적을 찾았으니 두 군주는 급선무를 안다고 할 만합니다. 그러나 석거각(石渠閣)[348]에서 패옥을 찬 유생들이 서적을 연구하고 남강(南康)에서 도탑게 교화[349]시켜 馹路馳黃 치란(治亂)과 득실(得失)의 자취 가운데 어찌 칭할 것이 없겠습니까만 그 도가 과연 밝아지고 학문이 과연 바르게 되었습니까.

저는 우선 이것을 버려두고 말하지 않겠습니다. 《도덕경(道德經)》 5천여 자는 노담(老聃)[350]이 지었습니다. 《사기》의 〈본기(本紀)〉 만여 자로 근면하게 일가를 이룬 것은 사마(司馬)씨입니다. 경·사·자·집(經史子集)을 천록각(天祿閣)에서 연구했던 유향(劉向)[351]의 학문은 박식했고 《태현경(太玄經)》과 《양자법언(楊子法言)》을 벼슬에 있을 때 수찬했던 자운(子雲)[352]의 학술은 근면했지만 두 유자는 처음부터 끝까지 논의할 만한 덕을 남기지

345) 공벽(孔壁) : 한나라 때 노 공왕(魯恭王)이 궁을 넓히기 위하여 공자의 옛 집을 헐다가 그 벽 속에서 《고문상서(古文尙書)》·《예기》·《논어》·《효경》 등 수십 편의 고문 경전을 얻은 것을 가리킨다.

346) 급총(汲冢) : 진(晋)나라 때 급군(汲郡) 사람 부준(不準)이 무덤에서 선진시대의 고문서를 발견한 것을 가리킨다. 죽간(竹簡)에 과두 문자(蝌蚪文字)로 쓰여 있는데 내용이 육경과 상치되는 부분이 많다.

347) 협서율(挾書律) : 진시황 34년에 이사(李斯)의 말을 채택하여 민간에는 의약(醫藥), 복서(卜筮), 종수(種樹) 등에 관한 서적 이외의 서적은 소장하지 못하도록 금한 율령을 가리킨다.

348) 석거각(石渠閣) : 한나라 때의 장서각이다.

349) 남강(南康)에서 …… 교화 : 주희(朱熹)가 50세 때 남강군(南康軍)을 다스리면서 백록동서원(白鹿洞書院)의 옛터를 찾아 그곳에 다시 서원을 세워 강학했던 일을 가리킨다. (《宋史》 卷429 〈道學傳3·朱熹〉)

350) 노담(老聃) : 노자인 이이를 가리키며 담(聃)은 그의 자이다. 그는 주(周)나라의 역사를 편찬하던 주하사(柱下史)로 있었는데, 주나라의 덕이 쇠미해지는 것을 보고는 청우(靑牛)를 타고 떠나 진(秦)나라로 들어갔다가 함곡관(函谷關)을 지나며 관령(關令) 윤희(尹喜)에게 《도덕경(道德經)》을 지어 주었다고 한다.

351) 유향(劉向) : 한(漢)나라의 종실로, 한 고조의 배다른 동생 유교(劉交)의 4세손이다. 문장에 능하고 경술(經術)에 조예가 깊었으며, 조정에서 말이 매우 강직하였다. 저서로는 《홍범오행전(洪範五行傳)》, 《열녀전(列女傳)》, 《신서(新序)》, 《설원(說苑)》 등이 있다.

352) 양웅(楊雄) : 한(漢)나라 때 훈고(訓詁)에 의하여 유학을 깊이 연구하여 《태현경(太玄經)》·《양자법언(揚子法言)》·《방언(方言)》·《훈찬(訓纂)》 등의 명저를 남겼다. 전한(前漢) 말엽에 성제(成帝)를 섬기다가, 뒤에 신(新)나라가 건국하자 대부가 되었으므로, 후세에 비난을 받기도 하였다.

않았으니 비록 학식이 많다고 해도 또한 무엇을 하겠습니까. 아첨(牙籤)[353]을 책장에 꽂고 수레로 실어 집을 채우면 책이야 많겠지만 오직 음서(淫書)만을 생각하며 비각(秘閣)에 들어가려 하고 늙도록 뜻하는 바가 오히려 책을 베고 눕는 것이라면 뜻은 부지런하겠지만 눈과 귀로 암송하고 입과 혀로 이치를 구사하는 자일 뿐이니 도에 대해 함께 말할 수 있겠습니까. 옛 일을 논하면 이익이 없으니 청컨대 오늘날에 대해 논하는 것이 좋을듯합니다.

도가 한번 동쪽으로 전해지고 책에서 이미 같은 문자를 쓰면서 대대로 문명이 밝았으니 문헌으로 징험할 수 있습니다. 조선에서 유교가 더욱 융성하여 첨축(籤軸)[354]이 문관(文館)[355]에 높이 쌓이고 서책이 큰 누각을 채워 한때 문치(文治)가 성대하여 칭송할 만했습니다. 그러나 오도(吾道)가 불행하여 먼 바다의 왜병이 불태우고 짓밟는 통에 더불어 서적도 사라져서 유가에 액운이 오히려 진나라 때보다 참혹합니다. 무엇으로 이전 상고시대의 성대한 법을 고찰하고 옛 성인의 준칙을 배워서 오도(吾道)의 지남(指南)으로 삼고 만세의 어리석은 무리들을 계몽시키겠습니까.

이에 집사께서 마땅히 서적을 온전히 갖추는 일을 걱정하시지만, 저의 근심은 서책의 많고 적음에 있지 않고 걱정해야 할 일에 있습니다. 대개 도가 밝아지지 않는 이유를 제가 알고 있고 학문이 바르지 않는 이유를 제가 알고 있습니다. 정심(正心)·성의(誠意)의 학문을 힘써서 글 짓고 그림 그리는 데 빠지지 않고 위미(危微)·정일(精一)[356]의 묘리를 알아서 언어의 말엽적인 것에 관계하지 않으며 한 시대의 학술을 당우 삼대(唐虞三代)의 학술과 같게 만들고 한 시대의 인심을 당우 삼대의 인심과 같게 만든다면 마음 안에 저절로 도가 있을 것이고 도 안에 저절로 서책이 있어서 마음이 이미 바르게 되고 도가 밝아지면 사설(邪說)이 해를 입히지 못하고 이단(異端)이 침탈할 수 없어서 집집마다 현송(絃

353) 아첨(牙籤) : 책 속에 끼워서 표지(標識)로 삼는 첨대를 가리킨다.

354) 첨축(籤軸) : 아첨과 아축(牙軸)을 합칭한 말로 서적을 분류할 때 쓰는 표지 따위인데, 여기서는 서적을 가리킨다. 《당서(唐書)》 〈경적지(經籍志)〉에 의하면, 경(經)에는 백아축(白牙軸)과 홍아첨(紅牙籤)을, 사(史)에는 청아축(靑牙軸)과 녹아첨(綠牙籤)을, 자(子)에는 자아축(紫牙軸)과 벽아첨(碧牙籤)을, 집(集)에는 녹아축(綠牙軸)과 백아첨(白牙籤)을 사용해 구분했다고 한다.

355) 문관(文館) : 궁중의 경서와 사적을 관리하는 홍문관과 임금의 말이나 명령을 담당한 예문관 등의 관청을 가리킨다.

356) 위미(危微)·정일(精一) : 순(舜)이 우(禹)에게 섭위(攝位)를 명하면서 전수한 말로, "인심은 위태롭고 도심은 은미하니, 정밀하게 하고 한결같이 하여야 진실로 그 중을 잡을 수 있다.[心惟危 道心惟微 惟精惟一 允執厥中]"라고 한 것을 가리킨다. (《書經》 〈大禹謨〉)

誦)[357]의 아름다움이 있고 사람마다 종고(鍾鼓)의 즐거움[358]에 이른다면 입에서 나오는 것이 성현의 가르침이 아닌 것이 없고 정사에 시행되는 것이 성현의 사업이 아닌 것이 없을 것입니다.

종이 위의 말이 많으면 무엇이 이익이고 적으면 무엇이 손해며 없다면 무엇이 해가 되고 있다 해도 무엇이 이롭겠습니까. 만약 진실로 성인의 도를 존신하고 바른 학문을 밝힐 수 없다면 그 마음에서 생겨난 것이 도를 해치고 도를 해치는 것이【이하는 결락됨】 그렇다면 서책을 구하지 않을 수 없지만 도를 밝히는 것보다 급한 것이 없고 도를 밝히지 않을 수 없지만 마음을 바르게 하는 것보다 급한 것이 없습니다. 이와 반대로 한다면 비록 서적이 많고 학문을 부지런히 하더라도 무슨 이익이 있겠습니까.

글을 마치기 전에 좀 더 말씀을 드립니다. 외면이 바르면 그림자가 바르고 근원이 깨끗하면 흐르는 물이 맑으며[359] 위에서 좋아하는 것이 있으면 아래에서 그보다 더 좋아하는 자가 반드시 있게 마련입니다.[360] 학문이란 군주가 일상생활에서 몸소 실천하고 마음으로 터득하는 것에서 벗어나지 않습니다. 정 부자(程夫子)는 군주의 마음을 바르게 하는 것을 교학(敎學)의 근본이라고 하였고, 주문공(朱文公, 朱熹)은 군주의 뜻을 성실하게 하는 것이 선비를 일으키는 방법이라고 하였습니다. 저는 청컨대 이 말을 군주에게 권하는 것이지 한·당·송나라 여러 임금의 사업을 우리 성상께 바라는 것이 아닙니다. 집사께서 또한 앞에서 말씀드린 몇 사람의 사업으로 스스로를 기약하고 성상께 고해 문교를 일으킨다면 어찌 유가에 하나의 큰 근본이 아니겠습니까. 삼가 답합니다.

對 恭惟執事先生 以斯文之宗匠 典斯文之權衡 眷眷以書籍爲問 而欲扶斯文於將熄 愚亦斯文之末學也 此而不言 斯文之罪人也 敢不效蠡測之說乎 竊謂道寓於文 而非文無以著道 文體乎道而非道無以爲文 文之外無餘道 道之外無他文 此聖人所以作書傳書爲載道明道之具也 然則書之在世 如日月之在天也 天無日月 則天之道廢矣 世無書

---

357) 현송(絃誦) : 거문고와 비파 등의 악기를 연주하며 시가를 읊는 소리라는 뜻으로, 백성들이 예악에 교화되어 잘 다스려지는 것을 가리킨다. (《論語》 〈陽貨〉)

358) 종고(鍾鼓)의 즐거움 : 《시경》 〈주남·관저〉에 "요조숙녀와 함께 종과 북을 치며 즐기리로다.[窈窕淑女 鍾鼓樂之]"라고 한 데서 온 말로, 어진 배필을 얻어 즐거움을 누리는 것을 가리킨다.

359) 외면이 …… 맑으며 : 《구당서》 권87 〈위현동열전(魏玄同列傳)〉에 "유수가 맑은 것은 근원이 깨끗하기 때문이며, 그림자가 곧은 것은 외면이 바르기 때문이다.[流淸以源潔 影端由表正]"라고 한 데서 온 말이다.

360) 위에서 …… 마련입니다 : 《맹자》 〈등문공 상〉에 나오는 말이다.

籍 則人之道泯矣 今世賴之而知古 後世賴之而知今 其所以振文風昭世敎者 在是 立人極續聖傳者 在是 書之爲用大矣哉 噫 斯文之或盛或衰或存或亡 不知其幾變矣 然天不喪斯 地未墜玆 幾散而復合 幾斷而復續 綿綿一脉 萬古無䗺者 豈非道存於其間而不可亡者耶 蓋書有興廢之時 而道無泯滅之理 道之所存 卽書之所存 則求是書者 舍是道 奚以哉 雖然 道不虛行 只在於人 求之有要 則文不在玆乎 必也道其道 而不以其非道雜之 學其學而不以其他學間之 然後心術正而道學明 道學明而文敎盛 胸中典謨 心上經籍 從此以求 何患無書 其或反是者 雖日記萬言之富 汗牛充棟之多 只爲道之累治之害耳 何足尙哉 請因明問所及而陳之 神龍躍河 繩政乃廢 文字之作 於是乎權輿 而聖賢之言行 布在方策矣 藤雲湧白 竹汗收靑 蔡倫之制新矣 芸香辟蠹 蘗黃染編 淮南之護完矣 求理卞方之書 所取有義 三皇五帝之文 各有其名 而聖筆一定 五典獨存 則已散之編 不復詳言 唐虞三代之聖經 昭昭日星 傳之後世 永久無弊 歷代以降 上焉崇信 下焉尊尙者 豈無一二可稱 而愚所謂正學明道者 蔑蔑無聞 則不欲爲執事枚指也 一炬秦火 尺籍不收 萬世之下 爲斯道痛哭 而孔壁一拆 汲冢又露 豈道不可亡 而天不欲喪耶 殘編脫簡 出於老儒之口 意言象數 演於一士之門 則書易之有所穿鑿附會 不言可見矣 漢鼎纔定 律除挾書 唐祿初開 訪先遺籍 二君可謂知所務矣 石渠硏書 衿佩環靑 南康敦化 駬路馳黃 其治亂得失之迹 豈無可稱 而其道果明 其學果正乎 愚姑舍此而不言 道德一經 言多五千 老聃其人也 本紀萬言 勤成一家 司馬其姓也 經史子集 硏討於天祿 劉向之學博矣 太玄法言 綴緝於臨年 子雲之術勤哉 二儒終始不無遺德之可議 則雖多 亦奚以爲 牙籤插架 車載盈樓 書則多矣 淫書一念 願入秘閣 白首素志 猶欲枕卷 志則勤矣 然記誦於耳目 騰理於口舌者 其可與言於道哉 談古無益 請論今日可乎 道一東矣 書旣同文 累世休明 文獻足徵 至我聖代 儒敎益盛 籤軸崢嶸於文館 卷秩盈溢於傑閣 一時文治 蔚然可頌 而吾道不幸 海寇阻兵 焚燒糜爛 與籍亡逸 斯文厄會 猶慘於秦 何以考前古之盛法 學往聖之準的 以爲吾道之指南 而以啓萬世之群蒙乎 此執事之憂 宜及於書籍之求全 而愚生淺慮 不在於簡編之多寡 蓋其所憂者有在也 蓋道之不明 我知之矣 學之不正 我知之矣 敦正心誠意之學 而不墜於文墨之中 知危微精一之妙 而不關於言語之末 使一代之學術 皆如唐虞三代之學術 使一代之人心 皆如唐虞三代之人心 則此心之內 自有此道 此道之中 自有此書 心已正矣 道已明矣 則邪說不得以害之 異端不得以奪之 家家有絃誦之美 人人懷鍾鼓之樂 出於口者 無非聖賢之訓 施於政者 莫非聖賢之業也 其紙上之語 多亦何益 寡亦何損 亡亦何害 存亦何利哉 若不能尊信聖道 講明正學 則生於其心

而害於其道 害於其道 而【以下缺】然則書不可不求 而莫急於明道 道不可不明 而莫急於正心 反是則雖有書籍之多 學問之勤 則何益哉 篇將終矣 又有獻焉 表正則影直 源潔則流淸 上有好者 下必有甚焉 其爲學不出於人君日用躬行心得之外 而程夫子以正君之心 爲敎學之本 朱文公以誠君之意 爲作士之方 愚請以是說 爲吾君勉焉 而不以漢唐宋諸君之事 望於聖明 執事亦可以前所陳若干人之事自期 而上告吾聖明 以興文敎 則豈非斯文之一大本也耶 謹對

晦谷先生文集 附錄

회곡선생문집 부록

회곡선생 세계도

晦谷先生世系圖

1세 행(幸)

이름이《고려사》에 간혹 행(行)으로 되어 있다. 삼한벽상 삼중대광 아보공신 태사(三韓壁上三重大匡亞父功臣太師)를 지냈다. 본성은 김(金)으로 신라의 종성(宗姓)인데, 고려 태조가 권씨 성을 하사했다는 것이 사가(四佳) 서거정(徐居正)의 서문에 보인다. 마을 사람들이 공의 덕을 사모하여 도읍의 성 안에 사당을 세웠다.

2세 인행(仁幸)

낭중(郎中)을 지냈다. 익재(益齋) 이제현(李齊賢)이 "신라사람 중에 선조와 자손이 이름이 같은 것은 대개 시속이 그러하기 때문이다."라고 하였다.

3세 책(冊)

호장정조(戶長正朝)[361]를 지냈다. 고려 성종(成宗) 12년에 처음으로 12목에 향리직을 설치하고 당대등(堂大等)을 호장(戶長), 대등(大等)을 부호장(副戶長), 낭중(郎中)을 호장동정(戶長同正), 원외랑(員外郎)을 부정(副正)이라 하였다. 공이 스스로 호장이 되어 풍속을 바로잡았고, 거듭하여 대대로 벼슬하였다. 3남을 두었는데 균한(均漢)·광한(光漢)·겸한(謙漢)이다.

---

361) 호장정조(戶長正朝) : 정조호장(正朝戶長)을 가리키며, 정월 초하루에 도성의 궐문에 나아가서 임금에게 문안드리는 예식에 참여하는 향리(鄕吏)를 이른다.

4세 균한(均漢)

우일품(右一品)으로 별장(別將)을 지냈다.

5세 자팽(子彭)

호장정조(戶長正朝)를 지냈다.

6세 선개(先盖)

호장동정(戶長同正) 행 익아교위(行翼牙校尉)를 지냈다.

7세 염(廉)

호장정조(戶長同正) 행 배전교위(行陪戎校尉)를 지냈다.

8세 이여(利輿)

호장을 지냈다. 6남을 두었는데, 백시(伯時)·중시(仲時)·취의(就宜)·통(通)·취정(就正)·융(融)이다.

9세 통(通)

호장(戶長)으로, 생균관 생원을 지냈다.

10세 영정(英正)

호장(戶長)으로, 삼도도별장(三道都別將)을 지냈다. 2남 균계(均桂)와 균석(均碩)을 두었다.

11세 균석(均碩)

호장(戶長)으로, 봉헌대부 밀직교위 상호군(奉憲大夫密直校尉上護軍)을 지냈다.

12세 직성(直成)

호장(戶長)으로, 합단(哈丹)[362]을 격파한 공으로 대상(大相)에 제수되었다. 2남 윤해(允諧)와 극해(克諧)를 두었다.

13세 극해(克諧)

공으로 대상(大相)에 제수되었다.

14세 효윤(孝允)

흥위위 보승랑장(興威衛保勝郎將)을 지냈다.

15세 문탁(文卓)

좌우위 보승랑장(左右衛保勝郎將)을 지냈다.

16세 혁(弈)

정조대부(正朝大夫) 판소윤사사(判少尹寺事)를 지냈다.

17세 용평(用平)

검교군기감(檢校軍器監) 행 양구현감무(行楊口縣監務)를 지냈다.

18세 천로(天老)

가선대부(嘉善大夫) 도칠령 동지상호군(都㓒領同知上護軍)

---

362) 합단(哈丹) : 원나라의 반군(叛軍) 내안(乃顔)의 부장으로, 만주에서 반란을 일으켰으나 원나라 장수 내만대(乃蠻帶)에게 패하자 방향을 바꾸어 1290년에 고려의 동북변을 침입하였다.

19세 직균(直均)

조봉대부(朝奉大夫) 행 신녕현감무(行新寧縣監務)를 지냈다. 3남 구경(九經)·구서(九敘)·구종(九種)을 두었다.

20세 구서(九敘)

수의교위(修義校尉) 웅무시위사중령 부사직(雄武侍衛司中領副司直)을 지냈다. 4남 자칭(自稱)·자승(自繩)·자준(自準)·자관(自關)을 두었다.

21세 자관(自關)

병절교위(秉節校尉)를 지냈다.

22세 모(模)

증 통훈대부 통례원 좌통례(贈通訓大夫通禮院左通禮) 행 선교랑 군기시 주부(行宣教郎軍器寺主簿)를 지냈다. 배위는 영천 이씨(永川李氏) 증 좌참찬(贈左參贊) 행 현감(行縣監) 흠(欽)의 딸이다. 2남 석종(錫宗)과 석충(錫忠)을 두었다.

23세 석충(錫忠)

증 통정대부(贈通政大夫) 승정원 좌승지 겸 경연 참찬관 행 기자전 참봉(承政院左承旨兼經筵參贊官行箕子殿參奉)을 지냈다. 배위는 함창 김씨(咸昌金氏) 원석(元碩)의 딸이다. 4남 춘란(春蘭)·춘계(春桂)·춘무(春茂)·춘혜(春惠)를 두었다.

24세 춘란(春蘭)

곧 회곡 선생이다. 사적은 행장과 비문에 자세히 보인다. 배위는 금성 박씨(錦城朴氏) 부사(府使) 승간(承侃)의 딸이며, 사자(嗣子)는 태일(泰一)이다. ○ 선생의 동생 춘계(春桂)는 증 이조 판서(贈吏曹判書) 행 교관(行教官)을 지냈고, 춘무(春茂)는 참의(參議)에 증직되었으며, 춘혜(春惠)는 교수(教授)를 지냈다.

25세 태일(泰一)

자는 수지(守之)로, 가선대부(嘉善大夫) 행 대사간 형조 참판(行大司諫刑曹參判)을 지냈으며 원종공신(原從功臣) 1등에 책록되었다. 배위는 의성 김씨(義城金氏)로 문충공(文忠公) 학봉(鶴峰) 성일(誠一)의 딸이다. 사자(嗣子)는 세후(世後)이다.

26세 세후(世後)

통덕랑(通德郎)을 지냈다. 전처는 경주 김씨(慶州金氏)로 교리 종일(宗一)의 딸이다. 후처는 안동 김씨(安東金氏)로 진사(進士) 주한(柱漢)의 딸이다.

27세 두첨(斗瞻)

배위는 영양 남씨(英陽南氏) 전적(典籍) 천상(天祥)의 딸이다.

두제(斗齊)
통덕랑을 지냈다. 배위는 광주 이씨(廣州李氏) 관정(觀禎)의 딸이다.

두산(斗山)
배위는 동래 정씨(東萊鄭氏) 백령(百齡)의 딸이다.

두칠(斗七)
배위는 부계 홍씨(缶溪洪氏) 명부(鳴缶)의 딸이다.

28세 학(翯)

통덕랑을 지냈다. 배위는 선성 김씨(宣城金氏)이다.

고(翶)
후(珝) 출계하였다.

상(翔)

통덕랑을 지냈다. 전처는 풍산 김 씨(豊山金氏)이고, 후처는 영해 신 씨(寧海申氏)이다.

령(翎)

배위는 광주 이 씨이다.

공(工羽)

29세

익래(益來)

점래(漸來)

만래(萬來)

길래(吉來)

국관(國觀) 생원을 지냈다.

분래(賁來)

서래(瑞來)

길래(吉來) 출계하였다.

응래(應來)

익성(益成)

석도(碩綯)의 넷째 아들이다.

30세

용중(用中)

득중(得中)

득중(得中) 출계하였다.

희중(喜中)

재중(在中)

건중(建中)

범중(範中)

택중(宅中)

집중(執中)

치중(致中)

가장家狀

회곡선생 가장
晦谷先生家狀

통훈대부(通訓大夫) 행 사헌부 집의 겸 세자시강원 보덕 춘추관 편수관(行司憲府執義兼世子侍講院輔德春秋館編修官) 권공의 이름은 춘란(春蘭), 자는 언회(彦晦), 호는 회곡(晦谷)으로, 고려 때 삼한 벽상공신(三韓壁上功臣) 삼중대광태사(三重大匡太師) 행(幸)의 24세손이다.

고조는 수의교위 웅무시위 사중령부사직(修義校尉雄武侍衛司中領副司直) 구서(九敍)이고, 증조는 병절교위부사직(秉節校尉副司直) 자관(自關)이며, 조고는 증 통훈대부(贈通訓大夫) 통례원 좌통례 행 선교랑 군기시 주부(通禮院左通禮行宣敎郎軍器寺主簿) 모(模)이고 조비는 영천 이씨(永川李氏) 인제 현감(獜蹄縣監) 흠(欽)의 딸이다. 고는 증 통정대부(贈通政大夫) 승정원 좌승지 겸 경연참 찬관(承政院左承旨兼經筵參贊官) 석충(錫忠)이고, 비는 증 숙부인(贈淑夫人) 함창 김씨(咸昌金氏) 관찰사(觀察使) 효자 이음(爾音)의 후손이다. 조부 이하는 손자 태일(泰一)의 귀함으로 증직되었다. 공은 금성 박씨(錦城朴氏) 강릉 부사(江陵府使) 승간(承侃)의 딸에게 장가들었다.

공은 가정(嘉靖) 18년 기해년(1539) 7월 22일(병오) 안동부 동쪽 가구리(佳丘里) 집에서 태어났다. 공은 남다른 기질을 가지고 태어났으며 문자를 일찍 이해하여 사람들에게 기동(奇童)으로 불렸다. 어린 시절부터 이미 어른의 용모가 있었고, 놀 때에도 반드시 예를 갖추고 겸양하여 친압하거나 태만하지 않았다. 뭇 아이들과 함께 놀 때 간혹 무례하고 불경한 이가 있으면 공이 "네가 어릴 때 소양이 이와 같으니 나이가 들어서 할 일은 볼 것도 없다."라고 꾸짖고 절교하여 다시는 그와 함께 놀지 않았다.

17세에 외조부의 상을 당했을 때 곡읍하고 행소(行素)[363]하는 절차가 어른과 다름이

---

363) 행소(行素) : 비통한 생각에 고기는 먹지 않고 채식만 하는 것을 말한다. 소반(素飯) 혹은 소식(素食)이라고도 한다.

없었다. 아버지 승지공(承旨公)이 공의 몸이 상할까 염려하여 고기를 권했지만 공이 "저는 어버이의 상에 고기를 먹지 않는다고 들었습니다. 부모의 부모가 부모와 어찌 차이가 있겠습니까."라고 대답하고 굳게 사양하며 먹지 않으니 듣는 이들이 기이하게 여겼다.

집안 대대로 선대로부터 현달한 사람이 없어 문호가 쇠퇴해졌다. 공이 개연히 학문을 향한 뜻을 가지고 승지공에게 배움을 청하자, 승지공이 그의 뜻을 기특하게 여겨 소책자를 만들어 약간의 연구(聯句)를 베껴 주었는데, 공이 손에서 놓지 않고 가슴에 담아 외우기를 그치지 않았다. 하루는 공이 승지공에게 "천지 사이에 무엇이 가장 귀합니까?"라고 묻자, 승지공이 "귀한 것은 오직 학문이다."라고 하였는데, 공이 "무엇 때문에 귀하다는 것입니까?"라고 하자, 승지공이 "자식이 되어서는 효도하고 신하가 되어서는 충성하며 관찰사가 될 수 있고 태수가 될 수 있으니, 부모가 그렇게 하기를 바라며 향인들이 영화롭게 여기기 때문이다."라고 하였다. 그러자 공이 "관찰사와 태수는 귀할 것이 없지만, 효도하고 충성하는 것이라면 학문을 버리고 어떻게 할 수 있겠는가."라고 하였다. 승지공이 기특하게 여기며 "이 아이가 성장해서 우리 집안을 부지할 수 있을 것이다."라고 하고, 시험삼아《효경》을 주었다. 공이 앉아서 읽고 누워서 생각하며 한 글자의 요지와 한 구절의 대의를 반드시 반복하고 질문하여 의리가 있는 곳에 실마리를 찾으면서 조금도 막힘이 없어진 이후에 그쳤다. 독서를 마치고 책을 덮으면서 공이 "이것을 읽고도 읽지 않은 사람과 같다면 사람이 아니다."라고 하였다.

때때로《주역》을 취하여 장난삼아 괘를 따라 그리며 몰입해서 완상하였다. 승지공이 "이것은 대인의 학문으로 어린 아이가 이해할 것이 아니다."라고 하자, 공이 "저는 나이가 비록 어리지만 뜻은 원대합니다."라고 하니, 승지공이 기특하게 여겼다.

공은 14세에 백담(栢潭) 구봉령(具鳳齡)[364] 선생의 문하에 나아가 수업을 청하자 백담이 그의 성실함을 알아보기 위해 드러내어 거절하고 받아주지 않았다. 공이 매일 새벽 문밖을 찾아와 선 채로 아침까지 기다렸는데, 비록 심하게 춥고 덥거나 비가 오는 날도 변함이 없었다. 백담이 공의 입지(立志)에 매우 기뻐하며 "오늘날 입설(立雪)[365]하는 사람을

---

364) 구봉령(具鳳齡) : 각주 27) 참조.

365) 입설(立雪) : 문 밖에서 눈을 맞으며 서 있다는 뜻으로, 제자의 예를 갖추는 것을 말한다. 송나라 때 양시(楊時)가 어느 날 정이(程頤)를 방문하였는데, 정이가 명상에 잠겨 앉아 있었다. 이에 양시가 곁에 시립(侍立)한 채 떠나지 않았는데, 정이가 명상에서 깨어났을 때에는 문 밖에 눈이 한 자가 쌓였다고 한다. (《宋史》 卷428, 道學傳2 〈楊時〉)

다시 보았다."라고 하고 마침내 부단히 가르치며 큰 그릇이 될 것으로 기대하였다.

이때 구찬록(具贊祿)·안제(安霽) 및 공 세 사람이 함께 수학하였는데, 지산(芝山) 김팔원(金八元)이 일찍이 백담에게 "문인들의 재주와 학식이 누가 제일입니까?"라고 하자, 백담이 "암송은 구찬록, 제술은 안제, 정밀함은 권춘란입니다."라고 하였는데, 지산이 "영재가 아닌 사람이 없지만 정밀하다는 권춘란은 장구나 외우는 유자(儒者)에서 그치지 않을 것이니, 훗날 사문을 맡을 사람이 반드시 이 사람일 것입니다."라고 하였다. 공은 학문에 뜻을 둔 이후로 스스로 각고의 노력을 더하였고 성현의 유훈을 듣고 말하는 데에 그치지 않고 반드시 힘써 실천하고자 하였다. 일찍이 《논어》를 읽으면서 '먹음에 배부름을 구하지 않고, 거처함에 편안함을 구하지 않는다.[食無求飽 居無求安]'[366]라는 구절에 이르러 두려운 마음으로 스스로를 성찰하며 문자의 말엽적인 것에 뜻을 두지 않았다.

신유년(1561) 공의 나이 23세에 사마시에 합격하였다. 과거에 급제하여 자신을 드러내는 일은 본래 공이 기약한 것이 아니었다. 부모가 일찍이 가문의 복록이 쇠박(衰薄)한 것을 탄식하며 공에게 몸을 세워 집안을 부지할 수 있게 권하였고, 공도 과거에 합격하여 부모를 기쁘게 하는 것이 또한 하나의 방법이라 생각하여 힘써 시험에 나아가 진사가 된 것이다. 그러나 어려서 성취한 것에 스스로 안주하지 않고 학문에 전념하였으며, 사는 마을 어귀 샘물과 돌이 영롱하고 솔과 회나무가 그늘진 곳에 수 칸의 정사를 지으면서 물을 끌어와서 연못을 만들고 감원정(鑑源亭)이라고 편액하였으니 대개 주자의 시 가운데 '반 이랑 방당이 거울처럼 펼쳐지니 근원에서 생수가 솟아나기 때문이네[半畝方塘一鑑開 爲有源頭活水來]'[367]라는 뜻을 취한 것이다. 백담이 그윽한 흥취를 칭찬하며 다음과 같은 시를 주었다.

솔 언덕 깎아서 마을에 높은 당 세우고	手斸松崖敞野堂
정자 주위 둥글게 작은 연못 만들었네	帶楹規作小池塘
빈 공간에 둥근 달이 온 가득 비치고	虛涵脫匣圓輪滿
구름 같은 옥빛 물결 길게 끌어왔네	活引縈雲玉派長
일월의 광채는 혼연하여 물들지 않고	日月精華渾不染

366) 《논어》〈학이〉에 나오는 말이다.

367) 주희의 《주자대전(朱子大全)》 권1 〈관서유감(觀書有感)〉 시에 "반 이랑 방당이 거울처럼 펼쳐지니, 하늘빛 구름 그림자 그 안에서 배회하네. 묻노니 어이하여 그처럼 해맑을까? 근원에서 생수가 솟아나기 때문이네.[半畝方塘一鑑開 天光雲影共徘徊 問渠那得淸如許 爲有源頭活水來]"라고 한 것을 가리킨다.

천지의 본체는 광대하여 끝이 없네	乾坤本體浩無疆
〈관서유감〉 경구의 교훈 담겨 있어	觀書警句垂明訓
옆에 앉아 가르침을 받드는 듯하네	熏沐如承謦咳傍

서애(西厓)도 시를 지어 주었다. 공은 평소 여기서 조용히 지내면서 성현의 책을 보고 스스로 스승을 만난 것을 기뻐하며 세속의 얽매임에 초연하였다. 생산에 종사하지 않아서 자주 쌀독이 비었지만 편안하게 여겼고 한가롭게 성정을 기르고 정신을 펼치며 학문을 닦고 소요하면서 삶을 마칠 듯이 하였다.

만력 계유년(1573) 공의 나이 35세에 식년시를 보았는데, 고관(考官)들이 공의 대책문을 보고 탄복하며 "이는 평범한 과거 시험의 글이 아니다. 살펴보니 뜻과 생각이 심원하며 연원에 바탕이 있으니 훗날에 하는 일이 진실로 얕지 않을 것이다."라고 하였다. 공은 과거에 합격한 이후에도 사업이 완성되지 않고 학업이 넉넉하지 않다는 이유로 다시는 녹봉을 위한 벼슬에 뜻을 가지지 않고 학문에 더욱 힘썼다. 이보다 앞서 퇴계 선생이 토계(兎溪)로 물러나 거처할 때 공이 살던 곳을 정리하고 찾아가 종유하였는데 스스로 학업이 고루함을 말하고 더 배우기를 청하자, 선생이 "내가 공이 문행(文行)이 있다는 것을 들은 지 오래되었네. 내가 어찌 감히 사양할 수 있겠는가."라고 하였다. 공이 오히려 제자의 예를 갖추고 왕래하면서 나아가 질정하니 선생의 추허(推許)가 오래될수록 더욱 깊어졌다. 만력 3년(1575)에 성균관 학유가 되었고, 4년(1576)에 성균관 학록에 제수되었다. 8년(1580) 5월에 예문관 검열 겸 춘추관 기사관에 제수되었다. 저잣거리의 노인들이 "학록을 거쳐 한림이 된 사람은 지금까지 권 아무개에게서 처음 보았다."라고 하였다. 명성과 인망이 매우 자자해서 비록 시골 길거리의 어리석고 비루한 사람도 그의 이름을 모르는 사람이 없었다. 9년(1581) 3월에 예문관 대교 겸 춘추관 기사관이 되었고, 10년(1582) 2월에 예문관 봉교 겸 춘추관 기사관에 올랐으나 병으로 사직을 청하고 사은(謝恩)하지 않았다.

이해 10월에 사헌부 감찰이 되었으나 사직하고 부임하지 않았으며, 11년(1583) 7월에 대동도(大同道)[368] 찰방이 되었다. 기녀가 찰방의 잠자리를 모시면 이익과 재원(財源)이 많이 생기므로 세속에서 남자를 놓는 것을 중요하게 여기지 않고 모두 여자를 낳으려고 하였다. 그리고 여자가 태어나면 구족(九族)이 서로 하례하며 7일이 되기 전에 "찰방의

---

368) 대동도(大同道) : 평안도 평양의 대동역을 중심으로 하는 역로(驛路)이다.

침실을 모셔라."라고 요란하게 축원하기를 이진부터 해왔다. 그러나 공은 임지에 도착한 이후 여자를 일체 가까이 두지 않았으며 여와(黎渦)의 백미(百媚)[369]도 끝내 공을 한눈팔게 만들지 못했다. 포백(布帛)은 서로(西路, 평안도와 황해도)에서 생산되는 것으로 찰방이 비록 특별히 징수하지 않아도 관례적으로 다 쓰지 못할 만큼 봉록으로 들어왔지만 공은 진흙더미처럼 여기고 조금도 취하지 않았다. 이를 두고 아랫사람과 역졸들이 사사롭게 "찰방은 복이 없는 양반이라고 할 만하다."라고 하였다.

대동에서 일 년을 지내면서 외로운 구름을 보며 돌아가 부모님을 뵙고 싶은 생각이 간절했지만 조사(詔使)의 행렬이 임박했기 때문에 겨우겨우 머물다가 행렬이 지나간 뒤에 곧장 정사(呈辭)[370]를 쓰고 고향으로 돌아갔다. 대동에서 나온 물건은 하나도 따라가지 않았기 때문에 행낭이 쓸쓸했고 심지어 여행 물품도 모두 돌려보내자 아랫사람들이 "대대로 많은 관원들을 모셨지만 이처럼 청렴하고 결백한 사람은 일찍이 보지 못했다."라고 하였다.

12년(1584)에 사간원 정언에 제수되었는데, 이때 조정에서 8도에 어사를 나누어 파견하자 공이 '묻노니, 도정으로 떠나는 날이 언제인가 수레바퀴 묻을 사람 누구인지 모르겠네.[借問都亭歸去時 未知誰是埋輪客]'[371]라는 구절을 지었다. 대개 원흉이 제거되었으나 남은 재앙이 여전히 존재하고 위복(威福)[372]이 아랫사람에게 달려 있었기 때문이었다. 5월

369) 여와(黎渦)의 백미(百媚) : 여와는 송나라 때의 기생인 여천(黎倩)의 보조개란 뜻이고, 백미는 아리따운 여인이 온갖 아양을 떠는 것으로, 합쳐서 여색을 가리킨다. 송 고종(宋高宗) 때 호전(胡銓)이 진회(秦檜) 등을 탄핵한 죄로 귀양 갔다가 10년 만에 풀려나 돌아오는 길에 매계관(梅溪館)의 기생인 여천을 건드렸는데, 그 이튿날 주인이 이를 추잡하게 여겨 밥 대신 여물을 주었다. 그 뒤에 주희가 그곳을 지나면서 시를 지어 "십 년 동안 호해에선 한 몸 한가했는데, 풀려나 돌아오다가 여천의 보조개 보고 욕정 일었네. 세상 길 욕심보다 더 험한 것 없는데, 몇몇이나 이로 인해 일생을 망쳤던가.[十年湖海一身輕 歸對黎渦却有情 世路無如人欲險 幾人到此誤平生]"라고 하였다. (《朱子大全》 卷5 〈宿梅溪胡氏客館觀壁間題詩自警二絶〉)

370) 정사(呈辭) : 관원이 사정으로 말미암아 국왕에게 사직·휴직·휴가 등을 청하는 문서를 말한다.

371) 이 구절은 《회곡집》에는 보이지 않고, 구봉령의 《백담집》 권5에 〈기사(記事)〉라는 제목의 시에 보인다. 이 구절의 내용은 지방의 폐해를 살피는 것보다 그 폐해를 조장한 권신의 잘못을 직간할 사람이 누구냐고 묻는 말이다. 후한 순제(順帝) 때 장강(張綱)은 지방 풍속을 순찰하라는 명을 받자, 타고 갈 수레의 바퀴를 낙양(洛陽) 도정(都亭)의 땅에 묻고서 "승냥이와 늑대가 지금 큰길을 막고 있으니, 여우와 살쾡이 따위야 굳이 따질 것이 있겠는가."라고 하고는 곧바로 당시의 권간(權奸)인 대장군 양기(梁冀)를 탄핵한 일에 빗댄 것이다. (《後漢書》 卷56 〈張綱列傳〉)

372) 위복(威福) : 위복은 벌과 상을 뜻한다. 원래는 군주만이 상벌을 행할 수 있는데, 후대에는 집권자가 마음대로 권력을 휘둘러 내치기도 하고 벼슬을 주기도 하는 것을 이른다. 《서경》 〈홍범〉에 "오직 군주만이 복을 짓고 오직 군주만이 위엄을 지을 수 있다.[惟闢作福 惟闢作威]"라고 한 데서 온 말이다.

에 사헌부 지평에 제수되고, 6월에 성균관 직강이 되었지만 모두 병으로 사직을 청하고 고향으로 내려갔다.

13년(1585) 7월에 예조 정랑에 제수되었는데, 백담이 서울에서 편지를 보내 “고향의 산천의 안개와 노을에 마음대로 한가하게 노니는 것이 비록 ‘계획을 이루었다’고 할 수 있지만 집이 가난하고 어버이가 연로하다면 힘써 벼슬하는 것도 하나의 의리일 것이오.”라고 하자, 공이 부득이 올라가 사은하였다. 그러나 일찍이 자제들에게 《효경》을 가르치면서 ‘효도하려 해도 할 수 없다’라는 말에 이르러 숨을 내쉬며 길게 탄식하고 이에 글을 올려 외직을 청해 영천 군수에 제수된 것이 1585년 8월이었다.

어머니 숙부인을 모신 임지에서 봉양하는 여가에 관직에 태만하지 않았으며 조심하면서 청렴하고 신중하여 분수에 넘치는 경우가 없었다. 관내의 동복들이 저축한 곡식이 반 되도 넘지 않아서 항상 굶주린 기색이 있자 숙부인이 하교하여 “노복들이 고생하는 것이 이와 같으니 급료를 더 주는 것이 좋겠다.”라고 하였는데, 공이 “저들은 몸을 편하게 놀리면서 굶어도 죽을 지경에 이르지는 않으니 이 또한 임금의 은혜입니다.”라고 하였다. 공은 정사에 대해 민심을 바로잡고 풍속을 선하게 하는 것을 우선으로 여겼다. 매달 초하루에 술과 음식을 갖추어 향리에서 나이가 많은 이들을 부르고 군청 마당에 모여 직접 술을 권하면서 사람들이 노인을 봉양하고 어른을 섬기는 예의를 알게 하였다. 좌석 한쪽에 ‘가까운 백성을 공평하게 다스린다[平易近民]’는 네 글자를 써 놓고 ‘백성에 임하는 도리는 여기에서 벗어나지 않는데 나는 이것을 잘하지 못했다.’라고 하였다.

관청에 출근해서 비록 공문서로 바쁘더라도 옷을 바르게 입고 꼿꼿하게 앉아 있었다. 《심경(心經)》·《근사록(近思錄)》 등의 책을 책상에 놓고 열람하기를 그치지 않았다.

당시에 기근이 들어 창고를 열고 구휼하였는데, 백성들은 굶주린 기색이 없었고 이웃 고을에서 찾아와 길을 메운 유랑민들을 온전하게 살린 일이 매우 많아서 백성들이 소생할 수 있었다. 이전 행정의 부채를 공이 절약하여 보충하고 수량이 충족되면 관련 문서를 태워 없앴다. 향임(鄕任)[373]의 수장으로 있는 자가 “나라의 곡식이 부족하면 상관이 어떻게 책임지십니까?”라고 하자, 공이 “공적인 견책은 내가 마땅히 받을 것이다.”라고 하였다.

고을 남쪽에 음란한 사당이 하나 있었는데, 세속에서 전하기를 ‘섣달그믐에 신인이 내려와 화복을 만드는데 선비와 백성들이 우러러 받들며 재산을 모두 시주하고 향을 태

373) 향임(鄕任) : 향리의 악폐를 방지하고 수령을 보좌하는 향소(鄕所)의 임원을 말한다.

워 공양하면서 정성이 부족할까 두려워한다. 그렇게 하지 않으면 반드시 큰 바람이 불어 민가의 집을 무너뜨리고 병이 만연하여 관청에도 해가 생긴다.'라고 하였다. 이전 군수도 막지 못하고 동요하여 도리어 그 일을 도왔기 때문에 여러 해 폐단이 고질병이 되도록 금하지 못했다. 공이 명을 내려 "귀신이 사람을 죽일 수 있고 나 또한 사람을 죽일 수 있으니 나의 명령을 어기는 자는 용서하지 않겠다."라고 하고, 또한 "내년 새해 아침에 신인이 오거든 반드시 먼저 나에게 고하게 하라. 내가 맡은 일이 있어 갈 수 없으니 불러서 만나보겠다."라고 하였다. 이후로 괴이한 일들이 자연스럽게 단절되고 군민들이 편안해지면서 이로부터 지난날이 허탄하고 망령되었다는 것을 알게 되었다. 매번 공무의 여가에는 책상을 마주하여 강독하기를 밤낮으로 쉬지 않고 힘썼다. 사람들이 간혹 과로로 병이 생긴다고 경계하면 "책을 읽고 학문을 하는 것은 본래 마음을 다스리고 기를 기르는 것인데 어찌 책을 읽어서 병이 생기게 할 이치가 있겠는가. 혹여 상리(常理)에 배반되는 것은 천명이니 책의 죄가 아니다."라고 하였다.

군에서 일 년을 보냈을 때 백담이 등창을 앓는다는 소식을 들었는데, 증세가 위독하자 속으로 걱정하면서 "나라를 걱정하는 사람이 대개 이러한 병이 있다."라고 하고 곧장 여러 날을 달려가서 문안하였다. 백담이 공이 밖에 있다는 것을 듣고 만나보려 하였다. 공이 들어가 배알하는데 백담이 누운 채 일어나지 못하자 흰 홑옷을 덮고 그 위에 띠를 두르게 하였다. 이에 백담이 공을 보고 손을 잡으며 "평소 책을 가지고 서로 빈말로 이야기했는데 그 공이 또한 우연이 아니었소."라고 하였다. 졸한 뒤에 공과 여러 유생이 상례를 주관하고 직접 염을 하여 관에 안치할 때 예식과 마음과 상례의 도구를 두루 갖추지 않음이 없었다. 마치고 바로 임소로 돌아왔으며, 1586년 10월에 장사지낼 때 공이 다시 가서 제문을 지어 제를 올렸는데 감정 어린 문장이 간절하고 슬퍼서 읽는 이들이 감동하였다.

이듬해 1587년에 승지공의 상을 당하여 예에 지나치게 슬퍼하여 거의 죽을 지경에 이르렀다. 1588년 3월 안동부 북쪽 덕여동(德輿洞) 사니산(師尼山) 아래 축좌(丑坐) 미향(未向)의 언덕에 장사지냈다. 묘 옆에 여막을 지어 궤전(饋奠)을 직접 올리면서 시간이 지날수록 더욱 정성을 들였으며, 아침저녁으로 반드시 무덤에 올라 평상시와 다름없이 문안하였다. 여종을 가까이 두지 않고 사내종[蒼頭] 하나를 데리고 아침저녁에 불을 지필 요량으로 삼았으며, 바깥일을 듣지 않고 집안일을 묻지 않았다. 때때로 모친을 뵙고 문안하였는데 왕래할 때 반드시 자제를 데리고 함께했으며, 한 번도 침실에 들지 않았다. 안색이 슬프고 곡읍이 애처로워 길을 지나는 사람들이 보고 감탄하지 않는 이가 없었다.

평소에는 책을 널리 읽지 않은 것이 없었지만 상중에는 다른 책을 보지 않고 오직《예기》 한 책만 읽었다.

기축년(1589) 겨울에 삼년상을 마쳤다. 18년 경인(1590)에 성균관 직강에 제수되고 이해 4월에 사간원 헌납에 제수되었으나 모두 병으로 사직을 청하고 나아가지 않았다. 이해 11월에 의성 현령 겸 춘추관 기주관(義城縣令兼春秋館記注官)이 되었는데 어버이를 위해 억지로 부임했다.

이듬해 신묘년(1591) 심병(心病)이 점차 심해져서 백성을 다스릴 수 없게 되자 사직서를 올려 체직되어 돌아갔다. 관직에 있을 때 모친의 생신에 물들인 옷 한 벌을 드렸는데, 돌아갈 때 물들이고 남은 자초(紫草) 서너 말[斗]이 우연히 짐 속에 있었다. 행차가 운산역(雲山驛)에 다다랐을 때 공이 일행에게 명하여 짐바리를 함께 가져와 눈앞에서 검사하다가 자초를 보고 "이 물건이 어떤 연유로 들어왔는가."라고 물으니 자제들이 감히 다른 일을 말하지 못하고 사실대로 대답했다. 공이 기뻐하지 않으며 "사군자가 하는 일은 마땅히 마른하늘의 흰 해처럼 조금의 그늘도 없어야 한다. 이 물건이 비록 사소하여 관계되는 것이 없어서 관인이 모르더라도, 또한 관아의 물건을 비록 한 터럭의 작은 것이라도 어찌 내가 사사롭게 할 수 있겠는가."라고 하고 선 자리에서 돌려보내는 것을 감독한 뒤에 길을 갔으니, 간략하여 얽매이지 않는 성품이 이와 같았다.

23년 을미년(1595) 1월 사헌부 장령에 제수되고 이 해 3월에 세자시강원 필선에 제수되었으나 모두 병으로 사직을 청하고 고향으로 돌아갔다. 이해 6월에 사간원 사간에 제수되었으나 다시 사직을 청하였고, 25년 정유년(1597) 3월에 다시 사헌부 장령에 제수되었으나 또 사직을 청하였다. 5월에 사헌부 집의 겸 세자시강원 보덕에 제수되어 잠시 취임했다가 다시 병으로 사직을 청하고 고향으로 돌아갔다. 하루는 선조가 경연에 있던 신하들에게 "권춘란이 일찍이 하루도 조정에 있지 않으려고 하니 나를 함께 일하기에 부족하다고 여겨서 그런 것인가?"라고 하자, 경연의 신하들이 "권 아무개는 편모(偏母)가 살아있는데 나이가 지극해서 한편으로 기쁘고 한편으로 두렵기[374] 때문에 모친과 떨어져 먼 곳에서 지내는 것이 근심스러운 것입니다."라고 하니, 주상이 매우 칭찬하며 "효성이

374) 기쁘고 …… 때문에 : 어버이가 오래 사는 것이 기쁘면서도 죽을 날이 얼마 남지 않을까 두려워한다는 말이다. 《논어》 〈이인〉에 "부모의 연세를 알지 않을 수 없으니, 한편으로는 오래 사셔서 기쁘지만 한편으로는 살아 계실 날이 얼마 남아 있지 않을까 두렵기 때문이다.[父母之年 不可不知也 一則以喜 一則以懼]"라고 한 데서 온 말이다.

신실로 가상하다."라고 하였나.

5월 통례원 상례에 제수되고 다시 세자시강원 보덕에 제수되었으나, 공은 세자를 보양(輔養)하는 것은 돈독하고 어질고 방정하며 학술과 덕행이 있는 선비가 아니면 진실로 임무를 감당할 수 없다고 여기고 굳게 사양하였으나 윤허하지 않았다. 매번 낮 경연에서 반드시 덕성의 성취를 임무로 여겨 경전과 사서를 섭렵하는 데 그치지 않았으며, 날마다 진강하여 간혹 하루라도 빠지면 반드시 유신(儒臣)을 접하지 않는 것은 아침저녁으로 보필을 받는 뜻이 아니라고 아뢰었다. 그러자 세자가 하교하여 "권 아무개가 보덕이 되면서부터 몸은 비록 피곤하지만 학업이 날마다 성취되었다."라고 하였다. 8월에 병으로 사직을 청해 체직되어 고향으로 내려갔다.

무술년(1598) 6월 사헌부 집의 겸 춘추관 편수관에 제수되었으나 사직을 청하고 병 때문에 사은하지 못했다. 8월 성균관 직강에 제수되고, 9월에 다시 사간원 사간에 제수되었다. 이달에 성균관 사예에 제수되었으나 모두 병으로 사직을 청하고 부임하지 않았다. 10월에 다시 사헌부 집의에 제수되고 유지가 내려와 부임을 재촉하였으나 다시 병으로 사은하지 못했다. 이달에 성균관 사성에 제수되었으나 또 부임하지 못했다. 조정에서 의논하여 청송(靑松)이 한적하고 후미져서 어버이를 봉양하기 편하니 부사에 제수하여 공을 일어나게 하였다. 공이 모친을 위해 부임하니 신축년(1601) 3월이었다. 관아에 도착한 지 3개월도 되기 전에 모친의 병이 위급해졌다. 공이 걱정되고 슬픈 마음에 극진히 약을 쓰며 밤낮으로 띠를 풀지 않았고 매일 아침 해가 뜰 때 향을 피워 재배하고 자신이 대신하기를 빌었다. 할 수 있는 것이 없음을 알고 왼쪽 허벅다리를 찔러 피를 받아 약에 타서 드리니 마침내 호전되다가 한 달을 넘기면서 끝내 일어나지 못했다. 공은 4일 동안 물을 넘기지 못해 거의 죽을 지경이 되었다.

8월 관을 받들고 고향으로 돌아가서 10월에 사니산(師尼山) 아래 간좌(艮坐) 곤향(坤向)의 언덕에 선부군(先府君) 승지공의 묘와 같은 무덤에 합장하였다. 3년을 여묘살이를 하면서 부친상 때와 같이 아침저녁으로 성묘하였으며, 간혹 날이 춥거나 눈비가 오는 날에는 반드시 새벽에 일어나 직접 빗자루를 잡고 묘역을 우러러보며 비질하면서 평소 겨울에는 따뜻하게 하고 여름에는 시원하게 하던 절차를 추억하며 목소리를 잃을 정도로 울며 곡했다. 모친이 병을 앓을 때 파 냄새 맡는 것을 싫어해서 공은 평생토록 이 음식을 먹지 않았다.

계묘년(1603) 가을에 모친상을 마치고 벼슬을 마다하는 뜻을 더욱 굳히고 항상 감원정에 거처하면서 삶을 갈무리할 계책으로 삼았다. 발자취가 동네 문 밖으로 나가지 않았고 관청은 꿈에도 이르지 않았다. 경전을 바탕으로 출입하며 백수의 나이에도 점차 독실하였다. 나이는 들어가는데 덕을 닦지 못하고 배우기는 힘든데 도를 완성하지 못해서 뭇사람으로 끝날 수밖에 없는 것을 항상 탄식하였다.

《진학도(進學圖)》와 《공문언인록(孔門言仁錄)》 약간의 책을 찬술하여 향리의 사람들이 사도(師道)가 있음을 알게 하였다. 모두 배우러 오자 공이 가르치는 법을 엄격하게 세워 예의와 겸양으로 인도하니 비록 어리고 몽매한 선비라도 직접 가르치기를 게을리 하지 않았고 재주와 기예가 있는 사람을 알게 되면 반드시 속으로 기뻐하며 인도하고 장려하여 성취를 이루지 못할까 걱정하였다. 학문을 일으키는 것이 자신의 임무라고 여겨 명예와 이익과 분잡하고 화려한 것에 대해 끓는 물을 더듬듯이 두려워하였다. 갑진년(1604) 3월 서애(西厓)·우복(愚伏)과 학가산(鶴駕山) 서미동(西美洞)에 모여 평온하게 묵담(墨談)을 나누면서 지난날 의심스러운 부분을 강론하고 궁구하였는데 세밀한 부분을 분석하여 한칼에 양단을 나누자 서애가 "오랜 벗이 한가롭게 거처하며 조용히 기른 것이 사물을 꿰뚫어 보고 이치를 실천하는 실학임을 상상할 수 있네."라고 하였다.

을사년(1605) 7월 여강서원이 물에 침수되고 위판만 겨우 보호하였다. 장차 중건을 모의하면서 수해가 두려워 모두 풍산(豊山)으로 이건하려 하였는데, 공이 "여강서원은 옛날 백련사(白蓮社)로, 굳이 이곳에 사우를 건립한 이유는 대개 퇴계 선생의 발자취를 추숭하여 설립했던 것입니다. 지금 만약 이건한다면 여강서원은 없어지는 것이니 옮길 수 없습니다."라고 하고 편지를 써서 사림을 회유하였다. 그러자 사림이 매우 옳다고 여겨 마침내 답서를 보내 "사문의 수장이 없었다면 일이 옳지 않게 되는 경우가 많았을 것입니다."라고 하고 그대로 여강에 중건하되 산기슭으로 옮겨 터를 마련하니 다시 수해가 있을까 염려해서였다. 이해 10월에 홍문관 수찬 지제교 겸 경연검토관 춘추관 기사관에 제수되고 유지가 내려왔으나 사직을 청하고 부임하지 않았다.

만력 34년 병오년(1606)에 다시 세자시강원 보덕에 제수되고 유지가 뒤따랐으나 병으로 사직을 청하였다. 무신년(1608) 영천 군수에 제수되었는데, 이해 공의 나이가 70세였다. '나이 70이면 수령으로 부임하지 않는 것이 조종조(祖宗朝)의 오랜 법[375]인데 지금 내가 먼저 법을 어긴다면 어찌 백성의 윗자리에 있으면서 법을 행하겠는가.'라고 하고

375) 나이 …… 법 : 《전율통보(典律通補)》 〈이전(吏典) 외관격식(外官格式)〉에 "부모의 나이가 70세 이상인 경우에는 부모의 거주지에서 3백 리를 벗어난 고을의 수령으로는 차임하지 않는다.[親年七十以上勿差三百里外守令]"라는 말이 보인다.

끝내 부임하지 않았다. 도읍의 식자들이 '법을 어기고 관직에 있는 경우가 몇 명인지 모르는데 권 아무개는 법으로 자신을 단속하니 풍도가 세상의 큰 규범으로 삼을 만하다.' 라고 하였다. 경술년(1610) 홍문관 교리에 제수되고 유지가 있었으나 병으로 사직을 청하고 사은하지 않았다. 매번 제수에 대한 유지를 보면 반드시 마음에 병이 일었고 자고 먹는 것도 할 수 없는 지경에 이르면 고인의 책을 조용히 마주하여 마음을 다스리는 요결로 삼았다. 외우고 암송하는 여가에 꽃을 기르고 나무를 심어 돈대와 연못 만드는 것을 일삼았고, 비록 농사일이 바쁜 때에도 집안 노비를 보내 날마다 일을 시켰다. 마을 사람들이 '밭에는 봄 농사가 급한데 이 정자에 오면 농사가 급한지 모른다.'라고 하자, 공이 "이 또한 나의 농사라오. 연꽃을 심으면 그 열매를 먹을 수 있고 국화를 기르면 그 꽃잎을 먹을 수 있으며, 나무를 심으면 서리 내린 붉은 잎을 감상할 수 있소."라고 하고, 재화를 생산하는 일에 절대로 뜻을 두지 않았다.

부인 숙인(淑人) 박 씨가 아침저녁으로 근심하며 고생이 가득했지만 공은 편안하여 빈궁함을 몰랐다. 평소에 비록 그윽하고 외지고 한가로운 가운데도 신체에 게으른 태도를 드러내지 않았고, 마음을 맑게 하고 생각을 가라앉혀 엄연히 신이 위에 계신 듯이 하였으며 자연스러운 가운데 내외가 구분되어 마치 저절로 법도가 이루어진 것 같았다. 명성이 평소 자자하여 사람들이 모두 한번 사귀고자 하였다. 약포(藥圃) 정탁(鄭琢)[376]의 아들 정윤목(鄭允穆)이 어려서부터 대범하고 뛰어나서 얽매이지 않는 선비로 자처하며 일부러 견광(狷狂)[377]처럼 행동하였는데, 대개 세상을 경시하는 뜻이었다.【원문 빠짐】그러나 공을 만나면서 마음을 수렴하고 단속하여 방자한 모습을 보이지 않았고, 다음과 같은 시를 지어 공을 찬미하였다.

온 세상이 혼탁해져 가는데	擧世皆歸濁
그대만 홀로 맑음을 지켰네	惟君獨守淸
만년의 절조를 능히 지키고	能全晚年節
세한[378]의 곧은 마음 보전했네	自保歲寒貞

376) 정탁(鄭琢) : 각주 233) 참조.

377) 견광(狷狂) : 견자(狷者)와 광자(狂者)를 이르는 말로, 《논어》〈자로〉의 "중도를 행하는 사람을 얻어서 함께 하지 못할 바에는 반드시 광자나 견자와 함께할 것이다. 광자는 진취적이고 견자는 하지 않는 바가 있다.[不得中道而與之 必也狂狷乎 狂者進取 狷者有所不爲也]"라고 한 데서 온 말이다.

378) 세한(歲寒) : 어지러운 세상에서 절개를 잃지 않는 것을 말한다. 각주 42) 참조.

솔과 대나무를 지기로 삼고　　松竹爲知已
매화 연꽃과 형제처럼 지냈네　　梅荷作弟兄
태곳적 사람[379] 이곳에 있으니　　羲皇卽此地
맑은 달이 베갯머리 비추네　　霽月枕邊明[380]

취병(翠屛) 고응척(高應陟)[381]이 안동 제독(安東提督)이 되었을 때 좋은 절기에 찾아와서 공과 전분(典墳)[382]을 토론하였는데 도리를 궁구하여 자고 먹는 것을 잊을 정도로 유연히 서산(西山)에서 책상을 대하는 흥취[383]가 있었다.

문사(文士) 박춘형(朴春亨)도 감원정 벽에 다음과 같은 시를 지었다.

깨끗한 정자는 물가 언덕 걸쳐 있고　　瀟洒林亭枕澗阿
여생의 경광은 노을 아래 늙어가네　　餘春光景老烟霞
꽃이 피어 골짝 입구의 언덕이 붉고　　花粧谷口紅迷岸
버들이 늘어져 제방의 모래 푸르네　　柳拂堤頭綠染沙
못에 비친 난간으로 물고기 들어오고　　檻影倒池魚入席
창에 비친 나무 그늘 새가 수를 놓네　　窓陰籠樹鳥投紗
만약 금리 선생[384]의 집이 아니었다면　　若非錦里先生宅
바로 서호처사[385]의 집이라고 하겠네　　定是西湖處士家

---

379) 태곳적 사람[羲皇] : 복희시대의 사람[羲皇上人]이라는 말로, 태평성세를 누리며 한적하게 지내는 사람을 뜻한다. 진(晉)나라 도잠이 오뉴월 한여름에 북창 아래에 누워 있다가 서늘한 바람이 잠깐 불어오자, 태곳적 복희시대의 사람이 된 것 같다고 말했던 고사가 있다. (《陶淵明集》 卷7, 〈與子儼等疏〉)

380) 이 시는 정윤목의 《청풍자집(淸風子集)》 속집 권1에 〈증권회곡(贈權晦谷)【춘란(春蘭)】〉이라는 제목으로 실려 있다.

381) 고응척(高應陟, 1531~1605) : 자는 숙명(叔明), 호는 두곡(杜谷)·취병(翠屛), 본관은 안동이다. 퇴계 이황의 문인으로 1561년 문과에 급제하여 강원도 도사·경상도 도사·경주 부윤 등을 역임하였다. 저서로는 《대학개정장(大學改正章)》·《전인보감(銓人寶鑑)》·《비은발휘(費隱發揮)》 등이 전한다.

382) 전분(典墳) : 삼황(三皇)의 책이라고 하는 삼분(三墳)과 오제(五帝)의 책이라고 하는 오전(五典)으로, 전하여 옛날의 경서를 말한다.

383) 서산(西山)에서 …… 흥취 : 옛날 북송의 주희(朱熹)가 남헌(南軒) 장식(張栻)과 함께 남산에 모여 강학한 일이 있었는데, 이를 비유한 것으로 보인다.

384) 금리선생(錦里先生) : 금강(錦江) 가에 사는 은사(隱士)를 말한다. 두보가 〈남린(南鄰)〉에서 "까만 각건 쓰신 우리 금리선생, 뜰에서 밤만 주워도 굶지는 않겠구려.[錦里先生烏角巾 園收芋栗不全貧]"라고 한 데서 온 말이다. (《杜少陵詩集》 卷9, 〈南鄰〉)

385) 서호처사(西湖處士) : 북송(北宋)의 시인 임포(林逋)를 가리킨다. 평생토록 매화를 심고 학을 기르며 서호(西

공은 맏이가 될 아들이 없었다. 동생 판서(判書)공 춘계(春桂)의 소생 대간(大諫)공 태일(泰一)이 태어나면서 뭇 아이들과 달랐는데, 승지공이 공에게 "이 아이가 가업을 이을 수 있으니 양자로 들여서 너의 후사로 삼고 선조들의 제사를 받들게 하는 것이 좋겠다." 라고 하였다. 공이 이 말씀을 받들어 자신의 아들로 삼았다. 문과에 급제하여 2품의 관직에 이르렀고 경주 부윤에 제수되었다. 가묘에서 분황제(焚黃祭)[386]를 행하고 수연(壽宴)을 베풀어 향인들이 모두 모였을 때 공이 대간공에게 "너는 이미 몸을 일으키고 이름을 날려 부모를 드러내었는데 불초한 나는 풍수(風樹)의 탄식[387]이 이를 데 없구나."라고 하며 눈물을 뚝뚝 흘리니 좌중에서 보는 이들이 안쓰러워하며 부모를 그리워하는 마음이 늙어서 더욱 독실한 데에 감동하였다. 평소 아침과 저녁에 반드시 부모를 부르고 침석에는 항상 눈물의 흔적이 있었지만 사람들은 누구도 알지 못했다. 조상을 추모하는 정성은 본성이 그러했던 것이다.

매번 같은 집안의 종손들이 한 사람도 인재가 되지 못한 것을 염려하여 공이 특별히 가르치면서 "사람이 책을 읽지 않아서 짐승과 다르지 않게 되는 경우는 드물다. 그러나 독서는 반드시 과거 급제를 바라는 것이 아니라 효·제·충·신(孝悌忠信)과 일상적인 일이 읽은 책에서 나오지 않는 것이 없다. 모름지기 부모의 뜻을 체득하여 마음을 정밀히 하고 실천에 힘써서 성취하는 바가 있으면 선조의 영령이 또한 반드시 어두운 지하에서 기뻐할 것이다."라고 하였다.

일찍이 자제들과 밤에 서실에 앉았을 때 물가에서 새가 밤새도록 울었다. 공이 돌아보며 자질들에게 "새는 미물인데도 그 본성을 잃지 않고 날고 울기를 그치지 않는다. 너희들도 사람이 되어서 배우지 않는다면 도리어 짐승들이 본성을 따르는 것만 못할 것이다." 라고 하였다.

백담 선생이 아래의 시를 지어 공에게 보여주었다.

湖)의 고산(孤山)에 은거했기 때문에 당시 사람들이 서호처사 혹은 매처학자(梅妻鶴子)라고 일컬었다.(《宋史》 卷457 〈隱逸列傳 林逋〉)

386) 분황제(焚黃祭) : 증직할 때 내린 교지를 누런 종이에 한 통 더 복사하여 증직된 사람의 무덤에 가지고 가서 고유(告由)한 다음 불사르는 것을 말한다.

387) 풍수(風樹)의 탄식 : '풍수지탄(風樹之嘆)'이라는 고사로, 부모 생전에 효성을 다하지 못한 슬픔을 가리킨다. 《한시외전(韓詩外傳)》에 "나무가 고요하고자 하나 바람이 그치지 않고, 자식이 봉양하고자 하나 어버이가 기다리지 않는다.[樹欲靜而風不止 子欲養而親不待]"라는 한 데서 온 말이다.

마음이 고요할 때 실상을 살펴보라	心到靜時須見實
학문이 꾸밈없을 때 진리가 보이나니	學無文處卽知眞
부귀는 내 몸 밖의 일과 관계없는데	富貴不關身外事
재화는 꿈속의 티끌을 헛되이 쫓네	才華空逐夢中塵

공이 이 시를 받들어 어려서부터 늙을 때까지 좌석 한쪽에 써놓고 매일같이 경계하고 반성하였으며, 외물의 더러운 것을 마음에 두지 않고 오직 학문에 힘쓰며 자취를 숨기고 속세에 동화되어 규각(圭角)을 드러내지 않았다. 뭇 사람이 지나가면 귀로는 비록 들어도 입으로 감히 말하지 않았으며 남의 선함을 들으면 목마른 사람이 물을 찾듯이 장려하고 탄복하였다. 매번 겸양으로 자신을 다스리고 남보다 위에 가려고 하지 않았지만 벗 사이에 조금이라도 옳지 않은 점이 있으면 또한 구차하게 영합하지 않았다.

지산(芝山) 김팔원(金八元)[388]이 상중에 병이 위독하다는 소식을 듣고 공이 달려가서 보고 옛 사람이 상을 견디지 못했다는 비판을 듣지 않도록 권제(權制)[389]를 권했는데, 지산이 "돌아가신 분이 생모라면 어찌 벗이 권면할 때까지 기다렸겠습니까. 계모의 상중이라서 감히 하지 못한 것입니다."라고 굳게 사양하더니 끝내 일어나지 못했다. 공이 매우 감탄하며 그 집의 한 사람에게 "지산의 이 말은 진실로 가슴에 새길 만하며 또한 자식들에게 모범이 된다."라고 하였다.

형제 4명이 기쁘고 즐거워하며 추위와 더위와 굶주림과 배부름을 함께하였으며, 옷과 신발과 노복은 정해진 주인을 알 수 없었다. 공은 성정이 단아하고 산수를 좋아하여 한 포기 풀이나 한 그루 나무를 보면 반드시 북돋아 심어주고 읊조리며 거닐다가 밤새도록 돌아가는 것을 잊은 듯했다. 양자 대간공이 집에서 15리 떨어진 노천(蘆川)에 정사를 지었는데, 공이 장난으로 "너의 정사는 풍광이 비록 훌륭하지만 왕래하는 사이에 봄바람이 불고 가을 달이 떠서 반드시 좋은 때를 놓칠 것이다. 나는 마을 문밖으로 나가지 않고 아침이나 저녁이나 사계절의 아름다운 흥취가 나의 것이 아닌 것이 없으니 이 정자처럼 사랑스럽고 즐거운 것만 못하다."라고 하였다. 이에 사람들이 "권공 부자는 정자의 승경을 비교하니 다른 사람들이 부귀를 더하려는 것과 다르다."라고 하였다.

---

388) 김팔원(金八元) : 각주 9) 참조.

389) 권제(權制) : 임시로 변통해서 적당하게 처리하는 예제(禮制)를 말하는데, 김팔원이 병이 심하기 때문에 예제를 줄일 것을 권한 것이다.

일생의 지극한 즐거움이 오직 그 속에 있었는데, 회포는 고상하고 상쾌했으며 운치는 맑고 트여 당시에 '의관을 갖춘 소보와 허유[390]가 조정과 산림에 있다[衣冠巢許 朝市丘園]'는 말이 있었다. 그러나 나라를 걱정하고 시대에 상심하는 생각은 조금도 줄어들지 않아서 어진 인재가 등용되거나 버려지고 정사가 잘되거나 잘못된 경우를 하나라도 들으면 기쁘고 근심스러운 기색이 며칠 동안 없어지지 않았다. 을묘년(1615) 창석(蒼石) 이준(李埈)[391]과 함께 용산서원을 유람하며 선비를 모두 모아 백담 선생의 문집을 교정하고, 학문과 도리를 강론하며 열흘 만에 파하였다.

정미년(1607) 가을에 한강이 안동 부사가 되어 부임한 지 며칠도 되기 전에 먼저 감원정으로 공을 방문하였다. 안부 인사가 끝나자 공이 "안동이 문헌의 고장으로 불리지만 백담·학봉·서애 세 현인이 세상을 떠난 이후로 선비들이 의지할 곳을 잃고 방향을 알지 못했습니다. 다행히 부사께서 부임해서 덕업을 상고할 곳이 있으니 오늘부터 비로소 향할 곳이 정해졌습니다."라고 하자, 한강이 "추로(鄒魯)의 고향에서 어찌 이런 사람을 얻지 못해 근심하겠습니까."라고 하였다. 술이 세 순배 돌자 공이 묻기를 "부사께서 부임한 다음날 객사에 앉아 있다가 여기화(女妓花)를 보고 문득 베어 버리라고 명령하셨다는데 사실입니까."라고 하자, 한강이 "사람이 구렁텅이 쉬이 빠지는 것으로 여색만한 것이 없습니다. 그래서 내가 꽃 이름이 기생과 비슷한 것이 싫어서 남겨두지 않고 제거하였습니다."라고 하자, 공이 "진실로 마음에 주인이 있다면 비록 남위(南威)와 서자(西子)[392]라도 오히려 동요되지 않을 것인데 어찌 이름을 가차한 것을 두려워하겠습니까."라고 하자, 한강이 그 말에 매우 탄복하며 "이것은 내가 미처 생각하지 못한 것이다."라고 하고 일찍이 띠에 적어 가슴에 새겼다. 다음날 예의상 마땅히 찾아가서 사례해야 하지만 인근 성시(城市)에서 혐의한다고 여겨서 자제들을 보내 대신 사례하였는데, 한강이 답서에서 "담대

390) 소보(巢父)와 허유(許由) : 요순시대에 천하를 마다하고 기산(箕山)에 숨어 살았던 은자이다.

391) 이준(李埈, 1560~1635) : 자는 숙평(叔平), 호는 창석(蒼石), 본관은 흥양(興陽)으로, 서애 유성룡의 문인이다. 1591년 문과에 급제하여 경상도 도사, 대사간, 부제학 등을 역임하였다. 선조에서 인조대에 이르는 복잡한 현실 속에서 국방과 외교를 비롯한 국정에 대해 많은 시무책(時務策)을 제시했으며, 남인세력을 결집하고 그 여론을 주도하는 중요한 소임을 맡았다. 시호는 문간(文簡)이다.

392) 남위(南威)와 서자(西子) : 나라를 기울여 위태롭게 할 만큼 아름다운 여인을 가리킨다. 남위는 춘추시대 진(晉)나라의 미녀로, 진 문공(晉文公)이 남위를 얻고 3일 동안 정사를 게을리 하다가 마침내 그를 멀리하면서 말하기를, "후세에 반드시 여색으로 나라를 망치는 자가 있을 것이다." 하였다. 서자는 미인으로 소문난 월(越)나라의 서시(西施)를 가리킨다. 월나라의 왕 구천(句踐)이 적국인 오(吳)나라 부차(夫差)에게 서시를 바쳐 총희(寵姬)가 되게 하였는데, 부차가 이에 빠져서 국정을 피폐케 하여 월나라에게 멸망당했다.

멸명(澹臺滅明)이 언(偃)의 방에 이르지 않았던 것을 천년 뒤에 다시 보게 되었습니다."[393] 라고 하였다.

임진년(1592)과 정유년(1597)에 왜노의 도적질에 각 읍의 문적이 휩쓸려 사라지고 남은 것이 없었다. 안동부의 오래된 호적도 재가 되어 겨우 두세 권만 남았다. 이때 우복룡(禹伏龍)[394]이 부사가 되어 책 한권을 보내 벽을 바르는 자재로 쓰려 하자 공이 "옛날 공자가 호적을 짊어진 자에게 경의를 표한 것[395]은 부로(父老)의 성명이 수록되어 있기 때문이다. 이 책 속에 우리 집안 및 다른 선조 가운데 수록된 이가 반드시 많이 있을 것인데 어찌 이런 이유로 벽지로 쓸 수 있겠는가."라고 하고 마침내 열 겹으로 봉하여 다락에 보관하고 신명처럼 공경하며 조금도 더럽히지 않았다. 향리의 사람들이 이 책을 고찰하여 계통을 바로잡은 경우가 꽤 많았는데, 사람들이 모두 이 또한 공의 덕으로 여겼다. 사서·육경부터 제자백가에 이르기까지 해박하지 않은 것이 없었고 만년에는 오직 《주역》을 즐겨 보았다. 일찍이 '중(中)' 자를 써서 벽에 붙이고 "옛날의 성현은 반드시 이것을 천하의 대본으로 여겼다. 내가 비록 그 경지를 엿볼 수는 없지만 또한 희로애락이 발하기 전의 기상을 증험할 수는 있다. 여러 사람과 즐겁게 마시고 종일토록 웃고 떠드는 것이 감이 남과 매우 다르지는 않지만, 다만 나의 즐거움이 어떠하여 밭이랑 사이에서 유연히 장차 늙음이 이르는 것도 알지 못한다네."라고 하였다.

못에서 물고기를 기르는 많은 물건을 일체 먹지 않았다. 혹자가 그 까닭을 묻자, 공이 "내가 만물을 관찰하여 자득한 생각입니다."라고 하였다.

임자년(1612) 용산서원(龍山書院)을 완성하여 백담 선생을 봉안하였는데, 공이 제문을 지었다.

정사년(1617) 3월 부인인 숙인(淑人) 박 씨의 상을 당해 복제(服制)와 행상(行喪)을 오로지 예문(禮文)대로 하였다. 7월에 공이 병이 나서 홀로 감원정에 지냈는데, 대간공이 아

---

393) 담대멸명(澹臺滅明)이 …… 것 : 《논어》 〈옹야〉에 공자가 무성(武城)의 수령인 자유에게 제대로 된 인재가 있느냐고 묻자, 자유가 담대멸명을 거론하면서 "공무가 아니면 저 언(偃)의 방에 찾아온 적이 없습니다.[非公事 未嘗至於偃之室也]"라고 한 데서 온 말이다.

394) 우복룡(禹伏龍, 1547~1613) : 자는 현길(見吉), 호는 구암(懼庵)·동계(東溪), 본관은 단양(丹陽)이다. 1573년 사마시에 합격하고, 이이의 천거로 김포 현령·성천 부사 등을 역임하였으며, 특히 임진왜란 때 용궁 현감으로서 끝까지 고을을 지킨 공이 인정되어 안동 부사로 승진하였다. 문집으로 《구암집(懼庵集)》이 있다.

395) 공자가 …… 것 : 《논어》 〈향당〉에 "수레를 타고 갈 때에 상복을 입은 자에게 경의를 표하시고, 지도와 호적을 짊어진 자에게 경의를 표하셨다.[凶服者 式之 式負版者]"라고 한 것을 가리킨다.

침저녁으로 약시중을 들고 부인과 여자는 가까이 갈 수 없었다. 세속 사람들이 무격(巫覡)의 말을 들려주었는데 혹자는 먼저 죽을 것이라고 하고 혹자는 날짜를 잡아 부르자고 하였다. 온 집안의 부인들이 무녀를 시켜 병이 낫도록 기도하려 했는데 공이 듣고 갑자기 성을 내며 "무녀에게 빌어서 살 수 있다면 천하의 고금에 어찌 죽을 사람이 있겠는가. 또한 장수하고 요절하는 수명의 길고 짧음이 이미 처음 태어나면서 정해지는데 귀신이 어찌 사람을 죽일 수 있고 살릴 수 있겠는가. 우리 집은 본래 기도한 적이 없으니 절대로 하지 말라."라고 하였다.

기력은 비록 쇠했지만 정신은 줄어들지 않았으며, 항상 의관을 착용하고 단정하게 앉아서 오히려 책상을 마주하였는데 다른 사람이 보기에는 애초에 병이 있는 사람 같지 않았다. 8월 16일 임종 때 거의 말을 못하였는데 새 옷으로 갈아입고 용모를 정돈하고 바르게 앉아서 "기록할 일이 있으니 종이와 붓을 가져오라."라고 하고 대간공이 종이를 잡고 조카 태정(泰精)이 먹과 붓을 받들게 하여 직접 "그해의 간지에 용사가 들어 있자, 옛날 사람이 슬퍼하며 탄식했네.[396] 이 몸이 죽어 승화하여 본원으로 돌아가니, 다시금 또 무슨 한이 있으랴.[歲在龍蛇 昔人興嗟 乘化歸盡 不復有恨]"라고 썼다. 장차 연호와 월일을 쓰면서 '만(萬)' 자를 쓰고 '역(曆)' 자에 좌변을 이끌어 겨우 반 획을 쓰다가 그쳤는데, 신(神)과 혼(魂)이 이미 닫혔으나 붓은 여전히 손에서 놓지 않았다. 처음 배울 때부터 병이 심하지 않을 때까지 하루도 책을 멀리하지 않았으니, 향년 79세였다. 10월 6일 사니산(師尼山) 아래 선영 옆 축좌미향(丑坐未向)의 언덕에 장사지냈다.

공이 살아 있을 때 항상 "내가 죽으면 부모의 묘 아래 묻혀 천만 년 뒤에도 길이 부모의 곁을 모시는 것이 나의 소원이다. 풍수의 설은 유자가 말하지 않는 것이지만 산수가 둘러 있고 묘가 양지를 향한 곳을 취하면 앞뒤로 적당함을 얻은 것이고 땅이 풍요롭고 초목이 아름다운 곳을 찾으면 토질이 바름을 얻은 것이니 이 밖에 가릴 것이 없다. 세상 사람들이 풍수에 얽매여 간혹 기일이 지나도 장사를 지내지 않는 이가 있고 간혹 어버이와 떨어져 멀리서 다른 산을 찾는 이가 있다. 대개 어느 방향은 낮고 어느 방향은 내려앉았고 어느 산은 등지고 어느 물은 거꾸로 흐른다고 하면서 이것이 장래에 주검의 길흉이 되고 자손의 화복이 된다고 여기니 어찌 잘못된 것이 아닌가."라고 하였다. 평소에 한 말이

396) 그해의 …… 탄식했네 : 옛날 사람들은 그해의 간지(干支)에 용(龍)인 진(辰)과 사(蛇)인 사(巳)가 들어간 해에는 흉한 일이 일어난다고 믿었다. 권춘란(權春蘭)이 죽은 해가 정사년(丁巳年)으로, 간지에 사(巳) 자가 들어 있기 때문에 한 말이다.

이와 같았기 때문에 선영과 언덕을 같이 한 것은 대개 남긴 뜻을 따라 받든 것이었다.

공의 성품은 꾸미는 것을 일삼지 않았고 한계를 긋지 않았다. 정직했지만 신의를 고집하지 않고 세속과 통하면서도 물들지 않았으며 맑고 깨끗하며 평이하였고 안과 밖을 꿰뚫어 보았다. 나아가는 예를 삼가 어렵게 여기며 하나의 관직이라도 제수되면 반드시 글을 올려 굳게 사양하고, 물러나는 절의를 힘써 쉽게 하여 한마디라도 이치에 맞지 않으면 반드시 몸을 거두어 급히 물러났다. 임금을 섬김에 도를 낮추어 팔리기를 구하지 않았고, 집안에서 행동함에 어버이를 받들어 효성을 다했고 아랫사람을 어루만짐에 자애로움이 극진했으며 은혜와 의리가 돈독하여 온화했다.

선조를 받들 때에는 크고 작음에 관계없이 반드시 성실하고 공경하였으며 조금이라도 의례와 다르면 하루 종일 언짢아하고 제사가 예에 어긋남이 없으면 기뻐하였다. 매월 초하루 아침이면 동이 트기 전에 일어나 심의(深衣)와 관건(冠巾) 차림으로 가묘에 배알하고 서실에 물러나 앉아서 책상을 반드시 정리하고 오로지 독서에 집중하여 참되게 쌓아 오래 힘써서 부족함을 채우고 자득하는 것을 뜻으로 삼았다. 명성을 취하는 데 부족했고 뜻을 구하는 데 급급했으며 세상에 드문 것을 비루하게 여기고 옛 것을 좋아하는 데 민첩했기 때문에 다른 사람들은 그의 학문에 대해 아는 이가 드물었다. 항상 학봉 김성일 선생을 존모하여 오래될수록 더욱 독실했다. 의금부 도사 김시추와 영동 현감 김시권은 학봉의 손자로 어릴 때부터 공에게 수학하였는데 공이 자식처럼 어루만지고 가르쳐서 반드시 성취시켜 가문의 명성을 실추하지 않게 하였다.

신유년(1621) 2월 원근의 선비들이 모두 존경하고 본받으며 서로 모여 "덕을 상고하고 학업을 물을 곳이 끝내 없어졌는데 갱장(羹墻)[397]에서 사모하는 마음을 붙일 곳이 어찌 없을 수 있겠는가."라고 모의하고 마침내 백담의 용산서원(龍山書院)에 배향하였다. 《진학도(進學圖)》는 이미 책으로 만들었지만 《공문언인록(孔門言仁錄)》은 편차하지 못하고 돌아가셨다.

아, 애통하다. 종자(從子) 승의랑(承議郎) 태정(泰精)이 재배하고 삼가 쓰다.

通訓大夫 行司憲府執義 兼 世子侍講院輔德 春秋館編修官權公 諱春蘭 字彦晦 號晦谷 高麗三韓壁上功臣 三重大匡太師諱幸之二十四世孫也 高祖 修義校尉雄武侍衛司中

397) 갱장(羹墻) : 선현을 추모하는 것을 말한다. 각주 317) 참조.

領副司直 諱九叙 曾祖 秉節校尉副司直 諱自闗 祖考 贈通訓大夫, 通禮院左通禮, 行宣教郎軍器寺主簿 諱模 祖妣永川李氏 獜蹄縣監諱欽之女 考 贈通政大夫, 承政院左承旨, 兼 經筵參贊官 諱錫忠 妣 贈淑夫人咸昌金氏 觀察使孝子諱爾音之後也 自祖以下 以其孫泰一貴 有 贈貼 公娶錦城朴氏 江陵府使諱承侃之女 公以嘉靖十八年己亥七月二十二日庚午 生于安東府之東佳丘里第 公生而有異質 夙解文字 人以奇童稱 自髫齔時 已有老成體段 其於遊戲 必以禮讓 不狎怠傲 同遊羣兒 或有褻慢不敬者 則公責之曰 汝幼時所養如此 年長所爲 無足觀也 絶不復與之遊 年七歲時 遭外祖考喪 哭泣行素節次 與長者無異 承旨公慮其致傷 勸之肉 公對曰 吾聞親喪不食肉 父母之父母 與父母奚間哉 固辭不食 聞者異之 家世先代 未嘗有顯達者 門戶衰替 公慨然有向學之意 請學於承旨公 承旨公奇其志 編小冊子 寫若干聯句授之 公手持不釋 至於在懷中 成誦不已 一日公問於承旨公曰 天地間何物爲貴 承旨公曰 所貴者惟學耳 曰 何以謂之貴也 曰 爲子孝 爲臣忠 可以爲觀察使 可以爲太守 父母欲之 鄕人榮之 公曰 觀察使太守 不足貴也 如欲爲孝爲忠 舍學奚爲 承旨公心異之曰 此兒若成長 吾家庶可扶持 試授孝經 公俯而讀 臥而思 一字之旨 一句之義 必反覆問難 尋繹其義理之所在 無少滯礙 然後已 讀畢掩卷 自謂曰 讀此而如不讀者 非人也 時時取周易 效畫卦作戲 潛心默玩 承旨公曰 此大人學 非孩兒所解也 公曰 吾年雖兒 志則大矣 承旨公益奇之 公年至十四 就栢潭具先生之門 請受業焉 栢潭欲知其誠篤與否 陽距而不受 公每於昧爽造門外 立而待朝 雖祁寒暑雨不變 栢潭深嘉其有立志曰 今日復見立雪之人 遂教誨不怠 期以遠器 時具贊祿安霽及公三人 同受學 金芝山八元 嘗語栢潭曰 門人才學 孰爲最 栢潭曰 誦具製安精權 芝山曰 無非才也 而精權則不止爲章句記誦之儒也 他日以斯文爲任者 必此人也 公自志學之後 益自刻厲於聖賢遺訓 求必力踐 不獨資口耳爲也 嘗讀論語 至食無求飽 居無求安 惕然內省 殆不留意於言語文字之末 辛酉 公年二十三 中司馬試 蓋決科發身 本非公之所期 而父母嘗嘆其門祚衰薄 勉公以立身扶家 公亦以爲科擧悅親 是或一道 僶勉而赴試 作進士 不以少成自安 一於向學 於所居洞口 泉石玲瓏 松檜掩映 爰築精舍數楹 引水爲池 扁之以鑑源 蓋取朱詩中半畝方塘一鑑開 爲有源頭活水來之義也 栢潭每嘉賞其幽趣 嘗贈詩曰 手斲松厓敞野堂 帶楹規作小池塘 虛函脫匣圓輪滿 活引縈雲玉派長 日月精華渾不染 乾坤本體浩無疆 觀書警句垂明訓 薰沐如承謦欬傍 西厓亦有詩 公平生靜處於此 帖聖賢書 喜自得師 脫略世累 不事生産 至於屢空而晏如也 休養性情 發舒精神 藏修游息 若將終身焉 萬曆元年癸酉 公年三十五 赴式年 考官得公策 歎服曰 此非尋常擧子之文 觀其意思深遠

淵源有自 他日事業 固非淺淺也 公釋褐後 以業不就 學未優 無復有祿仕意 益致力於學問上 先時退溪先生 退居溪上 公撤棲從之 自陳其學業孤陋 請益焉 先生曰 吾聞公有文有行久矣 吾何敢焉辭之 公猶執弟子禮 往來就正 先生推許 愈久而愈深 萬曆三年 爲成均館學諭 四年 除成均館學祿 八年五月 拜藝文館撿閱兼春秋館記事官 市上古老人相謂曰 由學祿 爲翰林者 今於權某始見之 聲望藉甚 雖村巷間愚鄙之人 無不知其姓名者 九年三月 爲藝文館待敎 兼如故 十年二月 陞藝文館奉敎 兼如故 病辭未謝 是年十月 爲司憲府監察 辭不赴 十一年七月 爲大同道察訪 女妓得侍察訪枕席 則多有利源 故其俗不重生男 咸願生女 女子生 則九族相賀 七日內 簸揚之祝曰 願侍察訪房帷者 自前已然 公到任後 女色一切不近 黎渦百媚 終不能回公一眄 布帛乃西路所産 察訪雖不別徵 例俸之入不可勝用 公視之如泥土 毫末不取 下人及驛卒 私相謂曰 察訪可謂無福兩班 居大同一歲孤雲入望 念切歸覲 而詔使之行迫近 僶勉强留 過後 卽爲呈辭歸家 物之自大同者 一無所隨 行橐蕭然 至於道上行具 亦盡送還 下人等曰 歷奉官員多矣 未嘗見廉白之至於此也十二年三月 除司諫院正言 時朝家分遣八道御史 公有借問都亭歸去路 不知誰是埋輪客之句 蓋元凶雖除 餘孽尙存 威福在下故也 是年五月 拜司憲府持平 六月 爲成均館直講皆以病辭下鄕 十三年七月 除禮曹正郎 栢潭在洛 抵書曰 故山烟霞 隨意閒遊 雖曰得計家貧親老 僶勉而仕 亦一義也 公不得已赴謝 嘗授子弟孝經 至孝有不及之語 喟然長歎於是上章乞郡 得拜永川郡守 乃乙酉八月日也 陪妣淑夫人之任 奉養之餘 居官不怠 小心淸謹 不至濫觴 衙內童僕 廩不過半升 常有飢餓之色 淑夫人有敎曰 奴婢之爲苦若是 加給料食可也 公曰 渠輩身旣逸遊 飢不至死 是亦君恩也 其政事 大抵以正民心 善風俗爲先 每於月朔 具酒食 召鄕人年高者 會于郡庭 親爲勸酬 使人知養老事長之義 於座右書平易近民四字云 臨民之道 莫過於此 而我未能焉 坐衙雖簿牒倥傯 正襟危坐 心經近思錄等書在案上 披閱不已 時歲饑 開倉賑濟 民無菜色 隣邑流民 至者盈路 所全活甚衆民以蘇息 前政逋負 公能節縮補塡 數充則焚其券 居鄕任之首者曰 國穀有若欠縮 則其如上司之責何 公曰 公譴吾當任之 郡之南有一淫祠 俗傳歲除日 神人下降 能爲禍福 士民瞻奉 竭産充施 燃香供養 惟恐不及 否則必有大風 毁拔廬舍 病氣遍滿 至於官家 亦有害前爲守者 不能禁 或爲其所動 反助其事 積歲弊痼 莫能禁焉 公至下令曰 鬼能死人 吾亦能死人 違吾令者 不汝貰 且曰 來年歲朝 有神人來 必先告我 我有職事 不能往 當招致觀之 是後其怪帖然遂絶 郡民晏然 自是皆知前日之誕妄也 每於公餘 輒對案講讀 夜以繼日亹亹不倦 人或以困勞生病爲規者 答曰 讀書爲學 本以治心養氣 安有讀書而致生疾之理

其或反常者 命也 非書之罪也 在郡一年 聞栢潭病痘 症勢危篤 心以爲憂曰 憂國之人例有是病 卽馳往省者 累日 栢潭聞公來在外 欲與相見 公入拜 栢潭臥不能起 命覆以白單衣 拖帶其上 視公執手曰 平日挾書冊 相與作虛說話 其功亦非偶然也 及卒 公與諸生倣護喪事 躬親斂棺 禮意喪具 無不周悉 畢乃還任所 以丙戌十月營窆 公又來作文以祭情詞懇惻 讀者感動 越明年丁亥 丁承旨公憂 哀毁過禮 幾至滅性 戊子三月 葬于安東府北德興洞師尼山下丑坐未向之原 廬于墓側 親奉饋奠 久而益虔 晨昏必上塚定省 無異平日 不近女僕 只率蒼頭一人 以爲朝夕炊爨之資 外事不聞 不問家事 時時覲省妣夫人 往來之際 必率子弟與偕 一不入於私室 顔色之戚 哭泣之哀 行路之人 視之莫不嗟歎 平日則於書無所不博 而居於草土 不見他書 只讀禮記一書而已 己丑冬 服闋 十八年庚寅 除成均館直講 是年四月 除司諫院獻納 皆病辭不就 是年十一月 爲義城縣令 兼春秋館記注官 爲親强赴 明年辛卯 心病漸重 不能臨民 呈辭遞歸 在官之日 爲妣夫人壽辰 染衣一襲以進 及歸 染餘紫草三四斗 偶在擔中 行到雲山驛 公命一行 卜馱並致眼前照撿 見紫草詰問曰 此物緣何而來耶 子弟輩 不敢以他事爲說 以實對 公不悅曰 士君子行事 當如靑天白日 無少陰翳 此物雖些少不關 而官人所不知也 且官家之物 雖一毫之微 豈吾之所能私乎 立督送還 然後行 其簡苦不苟 類如此 二十三年乙未正月 拜司憲府掌令 是年三月拜世子侍講院弼善 皆病辭未謝 是年六月 除司諫院司諫 又辭 二十五年丁酉三月 復拜司憲府掌令 又辭 五月 除司憲府執義兼 世子侍講院輔德 暫就 又病辭歸鄕 一日 宣廟語筵臣曰 權春蘭 未嘗肯一日在朝 以予不足與有爲而然耶 筵臣對曰 權某偏母在堂 年至喜懼故以離親遠遊爲悶故也 上深加獎歎曰 其孝固可嘉矣 五月 除通禮院相禮 復拜 世子侍講院輔德 公以爲輔養國本 非敦良方正有學術德行之士 實不堪其任 固辭 不允 每於書筵必以德性成就爲務 不止涉獵書史 逐日進講 或間一日 則必啓以不接儒臣 非朝夕承弼之意 東殿有敎曰 自權某爲輔德 身雖瘦困 而學業則日就 八月 以病辭遞下鄕 戊戌六月拜司憲府執義兼春秋館編修官 辭以疾無謝 八月 除成均館直講 九月 又拜司諫院司諫是月 除成均館司藝 皆病辭不赴 十月 復拜司憲府執義 有旨促行 又以病未謝 是月 除成均館司成 又不赴 朝議以靑松閒僻 養親便 除府使 欲起公 公爲親而赴 乃辛丑三月日也到官 未三月 妣夫人病且危 公憂傷 方藥無所不用其極 晝夜不解帶 每於朝日生東 焚香再拜 乞以身代 度不可爲 刲左股 取血和藥以進 遂瘳 月餘 竟不起 公水漿不入口者 四日幾至隕命 八月 奉櫬歸鄕 十月 祔葬于師尼山下艮坐坤向之原 與先府君承旨公墓同塋廬墓三年 朝暮省墓 一如前喪 或遇天寒雨雪 必晨興 親自執帚 瞻掃封域 深追平日溫凊

之節 號哭失聲 妣夫人病時 厭聞葱臭 公平生不食是物 癸卯秋 去喪 不樂仕之意益堅 恒處鑑源亭 爲終身之計 足迹不出洞門 至於城府 亦夢寐間所未到 出入經傳 白首冞篤 常歎其年暮而德未修 學苦而道未成 未免爲衆人之歸也 纂述進學圖, 孔門言仁錄若干卷 鄕鄰之人 知師道有在 皆以學來 公嚴立敎法 道以禮讓 雖童蒙之士 親誨之不倦 若知其有才器者 則必心喜之 誘掖奬勸 恐其成就之不及也 以興學爲己任 於名利紛華 畏若探湯 甲辰三月 與西厓愚伏 會于鶴駕山西美洞 穩叙墨談 講究前日所疑 辨釋秋毫 一釖兩段 西厓曰 老友閒居靜養 洞觀踐履之實 可以想見矣 乙巳七月大水 廬江書院 爲水所漂沒 位版僅以奉護 將謀重建 畏水患 皆欲移建于豊山 公曰 廬江古之白蓮社也 必建祠宇於此者 蓋推先生遺躅而設也 今若移搆則是廬江書院亡也 不可移他 爲書諭之于士林 士林深然之 遂答書曰 不有斯文之長 事之不是處多矣 仍重建于廬江 而移就山足爲基 蓋慮更有水患也 是年十月 除弘文館修撰知製敎兼 經筵檢討官春秋館記事官 有召旨 辭不赴 丙午三十四年 復拜 世子侍講院輔德 有旨趣行 辭以病 戊申三十六年 除榮川郡守 是年公七十歲 以爲行年七十 勿拜守令 乃祖宗朝舊章 今吾先自犯法 其何以居民上而行法乎 竟不赴 都中識者 以爲冒法行官 不知其幾 而權某以法律身 其風足以爲世之大範 庚戌三十八年十二月 拜弘文館校理 有召旨 病辭不謝 每見除旨 必發心痒 至於廢棄眠食 必靜對古人書 以爲治心之要訣 諷誦之餘 以養花種木 修築臺池 爲事 雖於農務方殷之日 使其家奴 逐日役之 洞中人爲之語曰 田家則春事方急 而來此亭榭 不知農務之爲急 公曰 此亦吾之農事也 種蓮而其實可食 養菊而其英可餐 植木而霜紅可賞 其於生産 絶不留意 配淑人朴氏 憂朝慮夕 艱苦萬狀 公則晏如 不知其貧窶也 平居雖幽獨燕間之中 惰慢之氣 不設於身體 澄心靜慮 儼若神明在上 自然之中 內外斬斬 若有成法 聞望素著 人咸願其一識 藥圃之子允穆 少倜儻 以不羈自處 陽爲猖狂 蓋翫世之意也【缺】及見公則收斂撿束 不敢見放逸之態 嘗爲詩以美公曰 擧世皆歸濁 惟君獨守淸 能全晩年節 自保歲寒貞 松竹爲知己 梅荷作弟兄 羲皇卽此地 霽月枕邊明 高翠屛應陟 爲安東提督時 趁佳辰來訪 與公討論典墳 硏窮道理 至於忘寢與食 悠然有西山對床之趣 文士朴春亨 亦有詩亭壁曰 瀟洒林亭枕澗阿 餘春光景老烟霞 花粧谷口紅迷岸 柳拂堤頭綠染沙 檻影倒池魚入席 牕陰籠樹鳥投紗 若非錦里先生宅 定是西湖處士家 公以長子無子 弟判書公春桂 生大諫公泰一 生而異於凡兒 承旨公嘗謂公曰 此兒能業吾家 養而爲汝後 以承先人之祀 可也 公承奉是敎 遂以爲己子 登文科 官至二品 嘗除慶州府尹 行焚黃祭于家廟 仍設壽酌 鄕人皆來會 公謂大諫公曰 汝旣立揚 以顯父母 如吾不肖 風樹莫及 泫然下泣 座中見者莫不

惻然 興感其慕父母之情 至老愈篤 常時晨夕之間 必號父母 枕席常有淚痕 而人莫有知者 追遠之誠 性所然也 每念一家諸姪孫 無一成材 公另加訓誨曰 人而不讀書 其不遠於禽獸者幾希矣 夫讀書者 不必以科第爲望 孝悌忠信日用之事 無非讀書中做出也 須體父母之意 精心力行 有所成就 則祖先之靈 亦必慶悅於冥冥中矣 嘗與姪子等 夜坐書室 溪澗有鳥 其鳴終夜 公顧謂姪曰 禽鳥微物 亦不失其性 飛鳴不已 汝其爲人而不學 反不如禽獸之率其性乎 栢潭先生 嘗爲詩以視公曰 心到靜時須見實 學無文處卽知眞 富貴不關身外事 才華空逐夢中塵 公奉是詩 自少至老 書諸坐右 警省如一日 不以外累經心 惟務爲學晦迹同塵 不露圭角 凡人有過 耳雖得聞 而口不敢言 聞人之善 獎歎敬服 不啻飢渴焉 每以謙卑自牧 不欲上人 然朋友間 少有不是處 則亦不苟合 聞金芝山苦土中病篤 公馳往見之 仍勸權制 無致古人不勝喪之譏 則芝山曰 喪是生母 則何待朋友勸勉乎 居繼母之憂 故有所不敢焉 固辭竟不起 公深加歎賞 語一家人由 芝山是言 誠可佩服 亦當作範於人子也 兄弟四人 怡愉湛樂 寒暖飢飽 與之同焉 衣履僕御 不知其有常主也 公性雅好山水 遇一草一木 必封植之 吟嘯徜徉 竟夕忘歸 養子大諫公 卜築精舍于蘆川 距家十五里許 公戲之曰 汝之精舍 江山勝槩 雖則富矣 而往來之際 春風秋月 必有失其時者 我則不出洞門 朝焉暮焉 四時佳興 無非我有 不如斯亭之可愛可樂也 人曰 權公父子 以亭之勝槩爲較 異乎人之富貴相加也 一生至樂 惟在其中 襟懷飄洒 韻致淸曠 飄然有脫去之意 時有衣冠巢許 朝市丘園之語 然憂國傷時之念 未嘗少衰 賢材之用舍 政令之得失 一有所聞 憂喜色形 累日不解 乙卯夏 與李蒼石埈 同遊龍山書院 士子咸集 讎校栢潭先生文集 講學論道 旬朔而罷 丁未秋 寒岡爲安東府使 下車未數日 首訪公于鑑源亭 叙寒暄畢 公曰 安東號是文獻之地 而自栢潭鶴峰西厓三賢厭世之後 士失所依 莫知其方 幸明府來莅 德業得有所考問 趨向之定 自今日始矣 寒岡曰 鄒魯之鄕 何患其無取斯之人乎 酒三行 公問曰 明府下車翼日 坐客舍 目及女妓花 輒令芟去云 有諸 寒岡曰 人之易陷於坑井者 莫如色 故吾惡其花之名似 除去不存也 公曰 苟吾心有主 雖南威西子 尙不能移 何畏乎假其名者乎 寒岡深服其言曰 此吾之所不及處也 嘗書紳服膺焉 翼日 禮當回謝 而以近城市爲嫌 送子弟代謝 寒岡答書曰 澹臺之不至偃之室 可復見於千載之下云云 壬辰丁酉 倭奴作賊 各邑文籍 蕩失無餘 安東府久遠戶籍 亦爲灰燼 只餘二三卷 時禹伏龍爲府使 送一卷爲塗壁之資 公曰 昔孔子之式負版者 蓋爲父老姓名之所載也 是冊中吾家及他人祖先之載錄者 必多有之 何可以故紙用之乎 遂十襲封 藏之閣上 敬之如神明 不敢少褻 鄕鄰之人 考於此 修正其系冑者 頗多 人皆以此 又爲公之一德 自四書六經 以至諸子百

家 無不該博 而晩年所喜者 唯周易而已 嘗書中字粘諸壁上曰 古之聖賢 必以此爲天下之大本 吾雖未能窺其涯涘 而亦可驗夫喜怒哀樂未發前氣像矣 羣居燕飮 笑語終日 不敢甚異於人 顧吾所樂如何 畎畝之間 悠然不知老之將至 池沼中養魚盛物 一切不食 或問其故 公曰 吾觀萬物自得意思 壬子 龍山書院成 奉安栢潭具先生 公有祭文 丁巳三月 喪配淑人朴氏 服制行喪 一如禮文 七月 公有疾 獨處鑑源亭 大諫公晝夜侍藥 婦人女子不得近 世俗人例有以巫覡之言爲聽 或云先亡 或云約呼 一家婦人 欲令巫女祈解 公聞之 輒怒曰 祈巫而可生 古今天下 豈有死人 且壽夭長短 已定於有生之初 鬼神何能死人 亦何能生人乎 吾家素無所禱 切勿爲之 氣雖憊 精神不耗 恒着衣冠端坐 猶對書案 自人視之 未始若有疾之人 八月十六日 臨絶 幾不能言 而取新衣易着 整容危坐曰 有所記事 取紙筆來 令大諫公操紙 姪泰精 奉墨筆 親自書之曰 歲在龍蛇 昔人興嗟 乘化歸盡 不復有恨 將記年號日月 而萬字則已成 至曆字 左邊曳出之畫僅半而止 神魂已閉 筆尙在手 不放也 自始學至疾未病 未嘗一日遠書 享年七十九 以十月六日 葬于師尼山下先塋側丑坐未向之原 公在世之日 常有言曰 吾死埋于父母墓下 千秋萬歲之後 永侍親側 吾所願也 山家之說 儒者所不道也 只取其山水擁抱 丘宅向陽 則於面背得宜 觀其壤理豊沃 草木秀美 則於土性得正 外此無可擇者矣 世之人拘於風水 或有過期而不葬者 或有離親而遠求他山者 蓋謂某方低某方缺 某山背某水逆 以此爲將來尸柩之吉凶 子孫之禍福 豈不謬哉 平日所言 尙猶如此 故與先塋同其原者 蓋遵奉其遺意也 公之性 不事表襮 不設防畛 正而不諒 通而不汚 淸明坦夷 洞觀中外 謹難進之禮 則一官之拜 必抗章而牢辭 厲易退之節 則一語不合 必奉身而亟去 其事君也 不貶道以求售 行於家者 奉親極其孝 撫下極其慈 恩義之篤 怡怡如也 其奉先也 無鉅細 必誠必敬 小不如儀 則終日不樂 祭已無違禮 則怡然而喜 每月朔朝 未明而起 深衣冠巾 拜於家廟 退坐書室 几案必正 一向讀書 以眞積力久 盈科自達爲志 短於取名 而急於求志 陋於希世 而敏於好古 故人鮮有知其學者 常愛慕鶴峰金先生 愈久而愈篤 義禁府都事金是樞 永同縣監金是權 卽鶴峰之孫也 自髫齕受業于公 公撫敎如己出 必欲使其成就 不墜家聲焉 辛酉二月 遠近士子 皆思矜式 相聚而謀曰 考德問業 終失其所 羹墻寓慕 豈無其地 遂配享于栢潭書院 進學圖則已成卷軸 而言仁錄則未及編次而卒 嗚呼痛哉 從子承議[398]卽泰精 再拜謹狀

398) 원문에는 '該' 자로 되어 있는데, 고전번역원《회곡집》을 참고하여 '議'자로 수정·번역하였다.

묘지墓誌

사헌부 집의 회곡선생 권공 묘지명[서문을 병기함]
司憲府執義晦谷先生權公墓誌銘[并序]

권씨(權氏)는 태사(太師) 행(幸)이 성씨를 얻은 이후로 7, 8백 년을 내려오는 동안에 문학(文學)과 현로(賢勞)와 공명(功名)이 역사책에 쓰이지 않은 적이 없었다. 우리 선조 때를 당하여 회곡 선생이란 분이 있었는데, 실로 태사의 24대손이다. 그의 휘는 춘란(春蘭)이고, 자는 언회(彦晦)이며, 호는 회곡(晦谷)이고, 살았던 곳은 안동(安東)이고, 관직은 옛날의 중승(中丞)이다. 아버지는 좌승지에 추증된 석충(錫忠)이고, 할아버지는 군기시 주부를 지내고 좌통례(左通禮)에 추증된 모(模)이며, 어머니는 숙부인 함창 김 씨(咸昌金氏)이다.

선생이 태어난 때는 가정(嘉靖) 기해년(1539, 중종34) 7월 25일이며, 졸한 때는 만력(萬曆) 정사년(1617, 광해군9) 8월 16일로, 향년은 79세이다. 장사 지낸 곳은 사니산(師尼山) 미향(未向)의 산등성이이다. 장사 지내고 24년이 지난 뒤인 숭정(崇禎) 기묘년(1639, 인조17)에 그의 조카인 태정(泰精)이 행실을 적은 가장을 가지고 와 같은 군에 사는 나 김상헌(金尙憲)에게 묘지명을 지어주기를 요청하였다. 그 가장을 살펴보니 다음과 같았다.

선생은 23세 때 사마시에 급제하였고, 35세 때 문과에 급제하였으며, 성균관에 소속되어 학유(學諭)가 되었다가 학록(學錄)으로 옮겨졌다. 천거를 받아 예문관 검열에 제수되었다가 순서에 따라 대교와 봉교로 승진하였다. 다시 사헌부 감찰로 옮겨졌다가 외직으로 나가 대동도 찰방이 되었다. 내직으로 들어와 사간원 정언에 제수되었다가 지평으로 고쳐졌는데, 병으로 인해 사임하였다. 다시 직강과 예조 정랑에 제수되었다가 외직으로 나가기를 구해 영천 군수가 되었다.

정해년(1587, 선조20)에 아버지의 상을 당하여 여묘살이를 하면서 예를 다하였다. 상복을 벗고 직장과 헌납에 제수되었으나, 병으로 인해 사임하였다. 또다시 외직으로 나가 의성 현령이 되었다. 다음 해에 관직을 버리고 돌아왔다. 오랜 뒤에 세자시강원 필선과 장령과 사간에 제수되었으나, 모두 병으로 사임하였다. 집의에 제수되어 세자시강원 보덕을 겸임하였으나, 사은한 뒤에 곧바로 돌아와 체차되고서 통례원 상례가 되었다가 도로 보덕이 되었는데, 고사하였으나 허락받지 못하였다. 얼마 뒤에 말미를 청하여 고향으로 돌아갔다. 그 뒤 여러 차례 직강, 사예, 사성, 사간, 집의에 제수되었으며, 사관의 편수관을 겸임하였는데, 모두 병으로 사임하였다.

신축년(1601)에 청송 부사로 부임하였다가 3개월 뒤에 어머니 상을 당하였는데, 여묘살이를 아버지 상 때와 같이하였다. 이로부터 더욱더 세상일에 대한 생각이 사그라져 시골에서 한가로이 지내며 책을 읽고 도를 담론하며 뜻에 맞게 지냈다. 간간이 산동(山洞)을 오가면서 서애 유성룡 등 여러 사람들과 의심나는 뜻을 강구하였다. 조정에서 홍문관 수찬과 교리 등을 제수하고 불렀으나, 모두 병으로 사양하였다. 영천 군수에 제수되었으나 나이를 핑계로 부임하지 않았으며, 그것으로 자신의 일생을 마쳤다.

선생은 천성이 순수하고 결백하며, 고요하고 올발랐다. 용모가 희고 밝아 빙호(氷壺)와도 같이 투명하였으며, 안과 밖이 잡됨이 없었다. 젊어서 곧바로 학문에 종사할 뜻이 있어 어느 날 승지공(承旨公)에게 묻기를, "천지 사이에 어떤 물건이 가장 귀합니까?" 하기에, 답하기를, "오직 사람이 가장 귀하다."고 하자, 다시 묻기를, "어째서 귀합니까?" 하기에, 다시 답하기를, "아들이 되어서는 효도를 하고 신하가 되어서는 충성을 해야 한다. 이 때문에 벼슬길에 나가는 것이 귀한 것이다." 하자, 선생이 말하기를, "벼슬길에 나가는 것은 참으로 귀한 것이 되기에는 부족합니다. 만약 충성과 효성을 다하고자 한다면 학문을 버려두고 어찌 능히 할 수가 있겠습니까." 하였다. 이에 승지공이 마음속으로 기특하게 여겨 시험 삼아 《효경》을 가르쳐 주었더니, 다 읽고는 말하기를, "이 책을 읽고서도 읽지 않은 자와 같이 한다면 사람이 아니다." 하였다. 가끔씩 《주역》을 가져다 놓고 획(畫)과 괘(卦)를 놓아보면서 묵묵히 생각에 잠겼다. 이에 승지공이 말하기를, "이것은 대인(大人)의 학문으로, 어린 아이가 이해할 수 있는 것이 아니다." 하자, 선생이 꿇어앉으면서 말하기를, "저는 대인의 뜻을 몹시 사모하고 있습니다." 하니, 승지공이 더욱더 기특하게 여겼다.

얼마 뒤에 백담 구봉령에게 나아가 공부하였다. 새벽이면 문 밖으로 나가 아침이 오기를 기다렸는데, 몹시 춥거나 더워도 변치 않았다. 이에 백담이 기뻐하면서 말하기를, "뜻하지 않게도 오늘날에 다시금 눈을 맞으며 서 있는 사람을 보게 되었구나." 하였다. 선생은 더욱더 성현들의 유훈을 가슴속에 새겨 가다듬었으며, 듣고 말하는 데에 그치지 않고 배운 것은 반드시 힘써 실천하였다. 과거 시험과 벼슬길에 나아가는 것은 즐거워하는 바가 아니었으며, 단지 어버이를 위해 자신의 뜻을 굽힌 것일 뿐이었다.

선생은 또 퇴계 문순공 이황에게 나아가 가르침을 청하였는데, 퇴계가 선생의 이름을 들은 지 오래였으므로 선생을 위해 자리를 양보하면서 몹시 중하게 대우하였다. 선생은 분전(墳典)에 깊이 침잠하여 파고들면서 육경과 사자로부터 구류와 백가의 서책에 이르기까지 보지 않은 책이 드물었다. 그러나 좋아하는 바는 특히 《역경》에 있었다. 항상 중(中) 자를 자리 모퉁이에 써서 걸어놓고는 아침저녁으로 돌아보면서 희로애락이 발하기 전의 기상에 대해 깊이 생각하였다. 그 고요한 가운데 함양하는 공부는 다른 사람들로서는 미처 알지 못하는 바가 많이 있었다.

선생은 어버이를 섬김에 있어서는 주밀하고 상세하며 완곡하고 독실하였다. 평상시에 거처할 적에는 뜻을 받들어 봉양하기에 온 힘을 다하였으며, 죽은 뒤에 궤전(饋奠)을 올리면서는 반드시 슬픔과 정성을 지나치게 하다가 몸을 손상하였으므로, 보는 자들이 애처롭게 여겼다. 김 씨 부인의 병이 위독해졌을 때에는 넓적다리 살을 베어 드려 한 달 남짓 병세가 나아지게 하였다. 어려서 외할아버지의 상을 당하여 곡읍(哭泣)하고 소식(素食)하기를 어른과 같이 하였으며, 고기를 먹으라고 권하자 따르지 않으면서 말하기를, "부모님의 부모님은 부모님과 무슨 차이가 있겠습니까." 하였다.

선생은 형제가 네 사람이었는데, 아주 화락하고 즐겁게 지내면서 거처를 함께하였고, 의복과 신발과 노복 등을 서로 돌아가면서 써서 누가 주인인 줄도 몰랐다. 매일 아침마다 가묘(家廟)에 배알하였으며, 물러 나와서는 서재에 앉아 하루도 책을 펼쳐 읽지 않은 적이 없었다. 《심경》이나 《근사록》 등의 여러 서책은 비록 백성을 다스리고 송사를 처리할 적에도 역시 일찍이 책상 위에서 떠난 적이 없었다.

선생은 수령이 되어서는 민심을 바르게 하고 풍속을 도탑게 하는 것을 우선으로 삼았으며, 매달 초하루마다 양로례(養老禮)를 행하면서 친히 술잔을 권하였다. 외롭고 어린 사람들을 어루만져 돌보아 줌에 있어서는 젖을 먹여 주고 자리를 깔아 주는 것보다도 더 정성스레 하였다. 일찍이 기근이 든 해를 만나서는 창고의 곡식을 풀어 진휼해 주어 온전하게 살려낸 사람이 많았는데, 가을이 되어 장차 곡식을 거두어들일 때가 되어서는 문서를 모두 불태운 다음 말하기를, "만약 공적으로 견책을 받을 일이 있을 경우에는 내가 그 책임을 질 것이다." 하였다.

대동도 찰방으로 있다가 돌아올 적에는 서쪽 고을의 물품을 실오라기 하나도 가져오지 않았으며, 대동도에서 주는 노자도 모두 물리치고 받지 않았다. 의성 고을에서 떠나올 적에는 중간쯤에 도착하여 직접 행장을 점검해 보다가 시초(柴草) 한 자루가 있는 것을 보고 집안사람들을 꾸짖으면서 말하기를, “이것이 비록 하찮은 물품이기는 하지만, 역시 그 고을의 물품이다. 그런데 어찌하여 나의 행장을 더럽힌단 말인가.” 하고는, 그 자리에서 돌려보내게 하였다.

영천 고을은 풍속이 귀신을 숭배하는 것을 좋아하여 음사(淫祠)를 떠받들면서 섬겼는데, 그렇게 하지 않을 경우에는 반드시 풍재(風災)와 역질(疫疾)이 있다고 믿었다. 그러므로 전에 수령으로 있던 자들이 능히 금하지 못하였으며, 혹 그들에게 뒤흔들려서 도리어 그 일을 돕기까지 하여 여러 해를 내려오는 동안에 감히 폐하지 못하고 있었다. 선생은 그곳에 도착하자마자 금령(禁令)을 내리면서 말하기를, “귀신이 능히 사람을 죽게 할 수가 있다면 나도 역시 능히 사람을 죽일 수가 있다. 나의 명령을 위반하는 자는 네가 살리지 못할 것이다.” 하니, 그 뒤로는 괴상한 일이 드디어 자연스럽게 없어졌다.

한강(寒岡) 정구(鄭逑)가 안동을 다스릴 적에 선생을 방문하여 항상 서로 조용히 담론을 나누었다. 이보다 앞서 관사(官舍)에 여기(女妓)의 이름을 한 꽃이 있었는데, 한강이 그것을 베어 버리라고 명하였다. 선생이 그 뜻을 물어보자, 한강이 답하기를, “사람들을 쉽게 고혹시키는 것은 여색보다 더한 것이 없습니다. 그러므로 그 이름을 미워하여 베어 버리게 한 것일 뿐입니다.” 하니, 선생이 말하기를, “참으로 나의 마음에 주관이 있다면 남위나 서자도 오히려 마음을 빼앗아 갈 수 없는데, 어찌 그 이름을 빌린 것을 두려워한단 말입니까. 명부(明府)의 정사는 아마도 말단인 것 같습니다.” 하니, 한강이 그 말에 깊이 심복하였다. 대개 선생은 오랫동안 관서 지방을 떠돌아다녔으나 여와나 백미도 끝내 선생의 눈길 한 번 돌리게 할 수 없었다고 한다.

선생은 주연(胄筵)에 있은 것이 겨우 몇 달 동안이었으나 온 성의를 다해 강론하면서 글이나 해석하고 숫자나 갖추는 데 그치지 않았으므로, 세자가 보익해 주는 데 대해 몹시 칭찬하였다. 이에 한때는 비록 선생을 잊은 것처럼 하였으나, 매번 조정의 논의가 서로 어긋나 분분하게 다툴 때에는 선생을 생각하지 않을 수가 없었다. 그리하여 반드시 현망(顯望)에 주의(注擬)하여 분경(奔競)하는 무리들을 은근히 비꼬았다. 선묘(宣廟)께서 근신(近臣)들에게 이르기를, “권춘란이 벼슬살이하기를 즐거워하지 않는 것이 어찌 내가 함께 일을 하기에 부족하다고 여겨서가 아니겠는가.” 하면서, 항상 개탄하였다. 선생의 진출하기는 어렵게 여기고 물러나기는 쉽게 여기는 절개는 임금도 능히 빼앗을 수가 없는 것이 이와 같았다.

선생은 비록 집 안에 거처하고 있던 중이더라도 조정에서 한 가지 선정을 베풀었다고 들으면 기뻐하는 기색을 얼굴에 드러냈으며, 착한 사람이 떠나가고 착하지 못한 사람이 등용되었다고 들으면 그것을 걱정하고 탄식하기를 며칠 동안이나 하였다. 여기에서 선생이 세상을 잊는 데에 과감하지 못하였다는 것을 잘 알 수가 있다.

선생은 사우들을 대하는 데 있어 종시토록 차이가 없었다. 백담이 병이 들자 관가의 일을 버려두고 달려가 구료하였으며, 입관하고 장사를 지내 떠나보내는 것에 이르기까지 조금도 유감이 없게 하였다. 뒤에 제생(諸生)들과 더불어 백담의 유문(遺文)을 교정하여 완전한 원고를 작성하여 영원토록 전해지게 하니, 사람들이 이르기를, "자운(子雲)이 죽지 않은 것은 후파(侯芭)가 있어서였다." 하였다. 온 고을 사람들이 의논하여 용산(龍山)에다 서원을 건립하여 백담을 제사 지냈는데, 선생이 실로 주창한 것이다.

지산(芝山) 김팔원(金八元)이 후모(後母)의 상을 치르다가 위태롭게 되자, 선생이 예의 뜻을 들어 깨우쳐 주었다. 그런데도 지산이 따르지 않으면서 훌륭한 말을 한 것이 있었는데, 돌아와서 보는 사람들마다 그 말을 해 주어 그의 착한 행실이 드러나게 하였다.

선생은 품은 마음이 맑고 시원스러웠으며, 산수를 몹시 좋아하여 산허리쯤에 있는 독서하던 곳을 증축해 작은 집을 짓고는 '감원(鑑源)'이라는 편액을 걸었으며, 바위를 깎아내고 연못을 판 다음 꽃과 나무를 심어 그 사이에서 한가롭게 거처하면서 즐거움에 밥 먹는 것마저 잊어버렸다. 이 세상의 분화(紛華)한 명리(名利)의 습속을 보기를 마치 뜬구름과 같이 보았던 것이다.

선생은 상대를 접함에 있어서 마음을 비우고 뜻을 낮추어 벽을 두지 않았으며, 한가로이 말하고 담소를 나눌 적에는 스스로 이견을 보이지 않았다. 다른 사람을 논함에 있어서는 착한 점을 장려하기를 길게 하고, 악한 점을 나쁘게 여기기를 짧게 하였다. 의리를 논변하고 시비를 가림에 이르러서는 일도양단(一刀兩斷)하였다. 이에 선생의 풍모를 들은 자들은 그 얼굴을 알기를 원하지 않는 사람이 없었으며, 선생의 모습을 본 자들은 공경심을 일으키지 않는 사람이 없었다. 또한 만나 뵙고 물러 나와서는 시원스럽게 생각을 바꾸지 않는 사람이 없었다. 도(道)의 사자(使者)나 주현(州縣)의 수령들이 명함을 들이고 집을 찾아오느라 깃발이 마을에 넘쳤으며, 한번 빈주(賓主)의 예를 이루고 나면 이미 마음의 벽을 두지 않았다.

선생은 후생들을 이끌어 학문에 힘쓰도록 하였다. 일찍이 한밤중에 앉아 있다가 재잘대는 새소리가 끊이지 않는 것을 듣고는 여러 조카들을 돌아보면서 말하기를, "저 새가 미물이기는 하지만 오히려 그 본성을 따를 줄을 안다. 사람이면서도 학문을 하지 않는다면 어찌 저 새에게 부끄럽지 않겠느냐." 하였다. 처음에 선생이 백담에게 가서 공부할 적에 선배들이 대부분 뒷날에 사문(斯文)을 떠맡을 것으로 기대하였는데, 만년에 이르러서 그것이 증험되었다.

선생은 일상의 마음 씀과 몸가짐이 순수하였다. 죽음에 임해서는 부녀자들을 물러가게 하고, 집안사람들에게 무당을 불러 굿을 하면서 기도하는 일을 하지 못하도록 경계하였으며, 옷을 갈아입고 용모를 가다듬은 다음 붓을 들어 쓰기를, "그해의 간지 속에 용사가 들어 있자, 옛날 사람이 슬퍼하며 탄식했네. 이 몸 죽어 승화하여 본원으로 돌아가니, 다시금 또 그 무슨 한이 있으랴.[歲在龍蛇 昔人興嗟 乘化歸盡 不復有恨]" 하였다. 유명(遺命)을 내려 감여가(堪輿家)의 말을 쓰지 말고 선인의 묘역에 장사 지내게 하였다. 저술로는 《진학도》, 《공문언인록》이 집에 보관되어 있다. 아, 선생은 참으로 학문하는 중에 힘을 얻은 사람이라고 할 수가 있다.

선생은 부사 박승간(朴承侃)의 따님에게 장가들었는데, 아들이 없어서 동생의 아들인 참판 태일(泰一)을 양자로 들여 제사를 지내게 하였다. 측실에게서 딸 하나를 두었는데, 이몽득(李夢得)의 처가 되었으며, 4남 1녀를 두었다.

천계(天啓) 신유년(1621, 광해군13)에 선비들이 함께 모의하여 선생을 백담에게 배식(配食)하였는데, 바로 이른바 용산서원(龍山書院)이라고 하는 곳이다. 선생의 덕을 알고자 하는 자는 어찌 여기에서 상고해 보지 않을 수 있겠는가.

명은 다음과 같다.

감원이라 이름 붙인 정자 있으니	鑑源之亭
사니산의 산등성이 위에 있다네	師尼之岡
산은 마치 더 높아진 것 같은 데다	山若增高
물은 마치 더 맑아진 것만 같다네	水若增清
어느 누가 묻혀 있는 무덤이런가	云誰之宅
그 사람의 모습 마치 옥과 같다네	其人如玉

청음 김상헌[399]이 찬하다.

權氏自太師幸得姓以來七八百年 文學賢勞功名 不曠于史 當我 宣祖時 有晦谷先生者 實太師之廿五世孫也 其諱春蘭 其字彦晦 其號晦谷 其居安東 其官古中丞 其考 贈左承旨錫忠 其王考軍器主簿 贈左通禮模 其妣淑夫人咸昌金氏 其生嘉靖己亥七月之二十五日 其卒萬曆丁巳八月之十六日 其壽七十有九 其葬師尼山未向之原 距其葬二十四年崇禎己卯之歲 其從子泰精 狀其行 問銘于其同郡金尙憲 其狀曰 先生年二十三中司馬三十五登文科 隷成均館爲學諭 轉學錄 薦授藝文館檢閱 序陞待敎奉敎 遷司憲府監察出爲大同察訪 入拜司諫院正言 改持平 病辭 除直講禮曹正郞 乞外得永川郡守 丁亥 遭父憂 廬墓盡禮 服除 除直講獻納 病辭 又出爲義城縣令 明年 棄歸 久之除世子弼善掌令, 司諫 皆病辭 除執義兼世子輔德 謝 恩卽歸 遞爲通禮院相禮 還輔德 固辭 不許 亡何請告歸鄕 屢除直講司藝司成, 司諫, 執義兼史館編修 皆病辭 辛丑 赴靑松府使 居三月遭母憂 廬墓如前喪 自是尤息意世事 優游林下 讀書談道甚適 間往來山洞 與柳西厓諸公講究疑義 以弘文館修撰校理召 皆病辭 除榮川郡守 引年不赴 以此竟其身 先生天性純潔靜正 容貌白晳 如氷壺洞徹 表裏無雜 少卽有向學之意 一日問承旨公曰 天地間何物爲貴 曰惟人 曰何以貴 曰爲子孝爲臣忠 由是而用爲貴仕 曰仕固不足貴 若欲盡忠孝舍學何能 承旨公心異之 試授孝經 讀已曰 讀此而如不讀者 非人也 時時取周易 效畫卦默玩 承旨公曰 此大人學 非兒所可解 先生跪曰 兒竊慕大人志 承旨公益奇之 已就栢潭具公學 晨輒造門外待朝 大寒暑不變 栢潭喜曰 不意今日 復見立雪之人 先生益自刻勵於聖賢遺訓 求必力踐 不獨資口耳爲也 至於科第仕宦 非其所樂 特爲親屈焉 先生又就退溪李文純公請益 退溪久聞其名 爲之遜席 甚重待之 先生潛心墳典 自六經四子 以至九流百家之書 鮮所不窺 而其所喜尤在於易 常書中字揭座隅 朝夕顧諟 尋思喜怒哀樂未發前氣象 其靜中涵養工夫 多有人所不及知者 其事親周詳婉篤 平居務盡承奉 歿饋奠必哀慤 致毁踰節 見者愍然 金夫人疾熱 割股見愈者月餘 幼遇外王父喪 哭泣素食如成人 勸之肉 不肯從曰 父母之父母 與父母奚間哉 兄弟四人 怡愉湛樂 起處與同 衣履僕御 不知其有常主也 每朝謁家廟 退坐書齋 無一日不開卷 如心經, 近思錄諸書 雖臨民

399) 김상헌(金尙憲, 1570~1652) : 자는 숙도(叔度), 호는 청음(淸陰)·석실산인(石室山人), 본관은 안동이다. 윤근수의 문인으로 1596년 문과에 급제하여 동부승지·예조 판서·좌의정 등을 역임하였다. 정묘호란 때 남한산성으로 인조를 호종하여 선전후화론(先戰後和論)을 강력히 주장하였다. 1641년부터 4년간 심양(瀋陽)에 묶여 있다가 소현세자와 함께 귀국한 뒤로 벼슬을 단념하고 석실(石室)로 나아가 은거하였다. 저서로는 《야인담록(野人談錄)》·《독례수초(讀禮隨鈔)》·《청음집(淸陰集)》이 있다.

聽訟之時 亦未嘗去案也 其爲守令 以正民心厚風俗爲先 月朔行養老禮 親爲勸酬 撫摩單赤 不翅乳哺而衽席之 嘗遇飢歲 發倉振救 多所全活 及秋將收糴 悉焚倦曰 若有公譴吾當任之 自大同歸 不以西州一絲自近 竝却道路費 其去義城 到中途親閱行李 見有紫草一囊 責謂家人 顧此雖微 亦係官中物 豈容溷吾橐 立反之 永川俗好鬼崇奉淫祠 否則必有風災疾疫 前爲守者不能禁 或爲其所動 反助其事 積歲年亡敢廢之 先生至 下禁令曰 鬼能死人 吾亦能死人 違吾令者不汝貰 是後其怪帖然遂絶 鄭寒岡治安東 訪先生嘗從容 先是官舍有花名女妓者寒岡命翦去 先生問其意 曰人之易惑者莫如色 故惡其名而去之耳 先生曰 苟吾心有主 南威西子尙不能移 何畏乎假其名者乎 明府之政 抑末也歟 寒岡深服其言 蓋先生久客關西 黎渦百媚 終不能回先生一眄云 在胄筵僅數月 極盡誠意 不止應文備數 世子亟稱其益 一時雖若忘先生者然 每當朝議相軋紛然爭進之際 不得不思先生 必擬諸顯望 以風奔競之徒 宣廟謂近臣曰 權某不樂仕 豈以予不足與有爲耶 常爲慨然 其難進易退之節 人主有不能奪者如此 先生雖家居 聞 朝廷行一善政 喜形於色 聞善人去 不善人用 則爲之憂歎累日 以是知先生不果於忘世也 待師友無間終始 栢潭病 置官事奔救 至棺斂葬送 無少憾 後與諸生考校遺文 定爲完藁 以期不朽 人謂子雲不死 侯芭在也 一鄕議建書院于龍山 以祠栢潭 先生實倡之 金芝山八元 居後母喪殆先生開以禮意 芝山不從 有善言 歸語人人 俾彰其善 襟懷淸曠 酷愛山水 於山半讀書處增飾小堂 顔曰鑑源 剔巖洞開陂塘 蒔花種木 宴處其間 樂而忘食 其視世上紛華名利之習 若浮雲然 其接於物也 虛心巽志 不設防畛 燕語談笑 不自示異 論人善善長而惡惡短至辨義理擇是非 一刀兩段 聞先生之風者 無不願識其面 及其見之 無不起敬 旣退又無不洒然易慮道使者 州縣守長修剌詣廬 干旄溢巷 一成賓主禮而已 無城府跡 引誘後生勉進爲學 嘗夜坐 聞鳥聲綿蠻不息 顧諸姪曰 彼微物猶知率其性 人而不學 豈不媿於彼乎 始先生學於栢潭 前輩多見期以異日斯文之重 至其晩歲而驗之 日用心身之間純如也臨絶屛婦女 戒家人斥巫卜祈禳之術 易衣整容 取筆書歲在龍蛇 昔人興嗟 乘化歸盡 不復有恨 治命毋入堪輿家言 從先人葬 所著進學圖, 孔門言仁錄藏于家 嗚呼 先生可謂學問中得力人也 先生娶府使朴承侃女 無子 所養弟之子參判泰一尸其祀 側室女一人 爲李夢得妻 生四男一女 天啓辛酉 多士合謀 以先生配食于栢潭 卽所謂龍山書院者也 欲知先生之德者 盍於是乎考焉

제문祭文

여강서원 사림 제문 김득연(金得研)[400] 지음

盧江書院士林祭文 金得研製

회곡 권 선생의 영전에 공경히 올립니다

敬奠于晦谷權先生之靈

황하와 오악이 영기를 기르고 河嶽毓靈
황금과 벽옥이 정기를 모아서 金璧鍾精
선생이 태어나시니 先生以生
자품은 순수하고 맑았네 資禀純淸
평소 풍모는 온화하였고 溫溫雅度
마음과 정신은 시원했으며 洒洒襟靈
얼음물 먹고 황벽 씹으며[401] 懷冰含蘗
겸손하고 올바르게 사셨네 履謙居貞
어려서 학문에 뜻을 세우고 志學髫年
타고난 영특함을 바탕으로 穎悟天成
일찍 사문에서 유학하여 早游師門
식견이 높고 밝아졌네 識見高明
덕을 본받고 학업 성취하여 考德就業

400) 김득연(金得硏, 1555~1637) : 자는 여정(汝精), 호는 갈봉(葛峯), 본관은 광산(光山)이다. 아버지는 김언기(金彦璣)이고, 1612년 사마시에 합격하였으나 출사를 단념하고 후학을 양성하였다. 임진왜란 때 창의한 공으로 통훈대부 사헌부 집의에 증직되었다. 저서로는 《갈봉집》이 전한다.

401) 얼음물…… 씹으며 : 춥고 괴로운 가운데에서도 굳게 절조를 지키며 청백하게 사는 것을 비유할 때 쓰는 말이다.

과장에서 명성을 떨쳤으며 藝場擅名
티끌 줍고 수염을 뽑듯이[402] 拾芥摘髭
연계가 모두 향기로웠네[403] 蓮桂俱馨
청요직을 두루 역임하며 歷敭淸班
밝은 조정에서 이름 떨치고 顯揚明庭
홍문관에서는 온화하였고 雍容玉署
예문관에서는 잘 이끌었네 輔導邇英
백부와 상대[404]에서는 柏府霜臺
승지가 되어 봉황처럼 울었네[405] 司舌鳳鳴
노부모의 봉양을 위해서 乞養雙老
세 번 외직으로 나아갔네 出符三城
화평하고 자상하여 愷悌慈祥
정치는 어진 명성 걸맞고 政治仁聲
공사에 직분을 다하며 公私盡職
충효를 아울러 행했네 忠孝幷行
평생토록 품었던 뜻은 平生志願
이것으로 충만하였네 此焉可贏
풍수의 슬픔[406]이 얽혀서 悲纒風樹

---

402) 티끌 …… 뽑듯이 : 아주 쉽게 취하는 것을 이른다. 한유(韓愈)의 〈기최이십육입지(寄崔二十六立之)〉에 "해마다 과거 급제를 취하는 것이, 흡사 턱 밑의 수염을 뽑듯이 했네.[連年收科第 若摘頷底髭]"라고 하고, 《한서》 권75 〈하후승전(夏侯勝傳)〉에 "경술이 진실로 밝기만 하면 고관대작 취하는 것은 마치 엎드려서 땅의 티끌을 줍는 것과 같은 것이다.[經術苟明 其取靑紫如俛拾地芥耳]"라고 한 데서 온 말이다.

403) 연계(蓮桂)가 …… 향기로웠네 : 소과와 대과에 합격한 것을 말한다. '연계(蓮桂)'는 소과(小科)의 방목인 연방(蓮榜)과 대과의 방목인 계방(桂榜)을 가리키며, 권춘란은 1560년 사마시에 합격하고, 1573년 문과에 합격하였다.

404) 백부(柏府)와 상대(霜臺) : 사헌부를 가리키는 말이다. 옛날에 사헌부의 앞에는 잣나무를 심었으므로 백부(柏府)라고 칭하기도 하고, 관리들을 규찰하고 탄핵하는 것이 추상(秋霜)과 같이 엄하다 하여 상대라 하기도 한다.

405) 봉황처럼 울었네 : 조정에서 바른 말을 하는 것을 가리킨다. 《당서(唐書)》 〈이선감열전(李善感列傳)〉에 "오랫동안 간쟁하는 사람이 없다가 선감이 한 번 간하자, 사람들은 '봉명조양'이라고 하였다."라고 한 데서 온 말로, 이와 관련해 봉명조양(鳳鳴朝陽)이라는 고사가 전한다.

406) 풍수(風樹)의 슬픔 : 부모를 잃은 슬픔을 뜻하는 말이다. 《한시외전(韓詩外傳)》에 "나무가 고요하고자 하나 바람이 그치지 않고, 자식이 봉양하고자 하나 어버이가 기다리지 않는다.[樹欲靜而風不止 子欲養而親不待]"라고 한 데서 온 말이다.

벼슬에 대한 꿈을 끊고	夢斷簪纓
고향 동산에 돌아와서	歸夾故園
숲 정자에 편히 누웠네	高臥林亭
적막하고 깨끗한 방에서	淨室岑寂
세상일 구름처럼 여기고	世事雲輕
단표로 도를 즐겼으니[407]	簞瓢有樂
생계를 어찌 경영하리	計活何營
좌우로 상제를 대하듯	左右對越
성현의 경전을 읽으며	賢傳聖經
집중해 고요히 수양하니	潛心靜養
회옹 주희의 공부였네	晦翁工程
맑은 낮에 향불을 사르고	淸晝爐薰
구름 골짝 바위 문에서	雲谷巖扃
한번 문 닫고 출입 없이	一閉不出
30여 년을 보냈네	三十餘蓂
의를 좋아하여 힘썼고	悅義亹亹
마음을 불러 깨어 있었네	喚醒惺惺
흙 인형처럼 묵묵히 앉아	嘿坐泥塑
원과 형[408]을 체인하였고	體認元亨
도를 강론하는 여가에	講道之暇
책을 저술해 평론하였네	著書以評
내면에 쌓은 것이 드러나	積中發外
귀한 말이 상자를 채웠고	唾珠滿籯
우러나는 마음으로 우애하여	因心卽友
뜰에 아가위 꽃[409] 피었고	棣萼門庭

407) 단표(簞瓢)로…… 즐겼으니 : 한 도시락의 밥과 한 표주박의 물로 안빈낙도의 삶을 사는 사람을 뜻한다.

408) 원(元)과 형(亨) : 천도(天道)를 의미한다. 《주역》 〈건괘〉에 "건은 원하고 형하고 이하고 정하다.[乾 元亨利貞]"라고 한 데서 온 말이다.

409) 아가위 꽃[棣萼] : '체악(棣萼)'은 형제간의 우애를 일컫는 표현인데, 《시경》 〈상체(常棣)〉에 이르기를 "아가

모질고 약한 이들 고무시켜[410] 　廉頑立懦
세상의 본보기가 되었네 　爲世儀刑
스승을 존모하고 추숭하여 　尊崇先師
갱장[411]에서 간절히 사모하고 　慕切羹牆
저 규봉에서 즐겁게 살면서 　樂彼圭峯
고요하게 사당을 세우고 　有侐廟祊
편안하게 모시고 봉향하며 　以妥以享
정성 들여 제물을 올렸네 　揭虔薦腥
후진들을 가르쳐 인도하고 　訓掖後進
몽매한 이들을 계도하였네 　啓迪昏盲
나이 들어 덕이 높아졌고 　年耋德卲
낙사[412]에서 술잔 기울이며 　洛社爲傾
비록 먼 강호에서 지냈지만 　江湖雖遠
정성으로 나라를 걱정했네 　憂國以誠
시국이 다시금 탄식스러워 　時復歔欷
날마다 태평성세 바라며 　日望昇平
반 이랑 되는 연못에서 　半畝荷塘
하늘을 담은 감원정 짓고 　鑑源天晶
한 산의 솔과 대나무와 　一山松竹
세한[413]을 함께 맹세했네 　歲寒共盟

위꽃 활짝 피어 울긋불긋하거니와, 지금 어떤 사람들도 형제만 한 이는 없다네.[常棣之華 鄂不韡韡 凡今之人 莫如兄弟]"라고 한 데서 온 말이다.

410) 모질고 …… 고무되고 : 권춘란의 풍도를 듣고 완악한 이들이 청렴해지고 나약한 이들이 흥기했다는 말이다. 맹자가 "백이의 풍도를 들은 자는, 완악한 이는 청렴해지고 나약한 이는 흥기하게 된다.[聞伯夷之風者 頑夫廉 懦夫有立志]"라고 한 데서 온 말이다. (《孟子》〈萬章下〉)

411) 갱장(羹牆) : 돌아가신 분을 앙모(仰慕)함을 말한다. 《후한서(後漢書)》 권63 〈이고열전(李固列傳)〉에 "옛날 요 임금이 돌아가신 뒤에 순 임금은 3년을 앙모하였으니, 앉으면 담벼락에서 요 임금의 모습을 뵙는 듯하였고, 식사를 하면 국그릇 속에서 요 임금을 뵙는 듯하였다.[昔堯殂之後 舜仰慕三年 坐則見堯於牆 食則覩堯於羹]"라고 한 데서 온 말이다.

412) 낙사(洛社) : 일반적으로 송나라 때 문언박(文彦博)·부필(富弼)·사마광(司馬光) 등 낙양의 나이가 많은 자 13명이 모여서 술을 마시면서 서로 즐긴 낙양기영회(洛陽耆英會)를 말하는데, 여기서는 안동의 낙동강(洛東江) 권역을 낙양기영회에 빗댄 것으로 보인다.

돌담장과 꽃이 핀 섬돌	石墻花砌
물가 누각에 바람 부는 창	水閣風櫺
술과 시로 넉넉히 노닐며	優游觴詠
세속 밖에서 마음 한가했네	物外閒情
아득한 세상의 모든 일들	悠悠萬事
덧없음에 부쳐두었네	付之太冥
하늘이 아들을 내려주어	天錫猶子
또한 명령이라 할 만큼	亦云螟蛉
교육시켜 선하게 하였고[414]	敎育式穀
은혜와 의리를 겸행하였네	恩義兼幷
수령이 되어 봉양하였고	專城奉養
한 집안을 영화롭게 빛내니	一家光榮
어진 이가 장수를 누려서	必享仁壽
백세를 넘기리라 했는데	謂踰百齡
어찌 생각했으리 용사년[415]	豈意龍蛇
부부가 급히 세상 떠날 줄을	琴瑟遽驚
바름을 지키고 명을 기다려	守正俟命
죽을 때에도 평안하였고	沒亦有寧
임종에 붓을 한 번 잡아	易簀一筆
유언을 간곡하게 남겼네	遺語丁寧
하늘은 어찌 남겨두지 않고	天胡不憖
우리 노팽[416]을 빼앗아갔나	奪我老彭

413) 세한(歲寒) : 어지러운 세상에서 절개를 잃지 않는 것을 말한다. 각주 42) 참조.

414) 하늘이 …… 하였고 : 이 내용은 《시경》 〈소아 소완〉에 "들 가운데 콩이 열렸거늘, 사람마다 가서 따도다. 뽕나무 벌레 새끼를, 나나니벌이 업고 가도다. 너도 자식 잘 길러서, 착한 것을 닮게 하라.[中原有菽 庶民采之 螟蛉有子 蜾蠃負之 敎誨爾子 式穀似之]"라고 한 말을 인용한 것으로, 권춘란이 양자를 들여 훌륭하게 키운 것을 가리킨다.

415) 용사년[龍蛇] : 그해의 간지(干支)에 용인 진(辰)과 뱀인 사(巳)가 들어간 해를 뜻하며, 권춘란과 부인 박씨가 정사년(丁巳年)인 1617년에 세상을 떠난 것을 가리킨다.

416) 노팽(老彭) : 8백 세를 살았다는 팽조(彭祖)로, 이름은 전갱(籛鏗)이라 한다. 《논어》 〈술이〉의 "전술(傳述)

선비들은 의지할 곳을 잃어　士失依仗
유가의 도는 외로워졌으며　吾道伶俜
나라에 원로대신[417] 없어　國無蓍龜
사문이 기울고 무너졌네　斯文頹零
연못과 돈대 풀에 묻히고　蕪沒池臺
난간과 마루는 스산하여　冷落軒楹
참혹한 풍광을 바라보니　慘目風烟
아프고 슬프기 그지없네　痛極悲縈
혼령은 응당 신선 되어　魂應上仙
봉래와 영주[418] 노닐겠네　游彼蓬瀛
용산은 높이 솟아 있고　龍山巍莪
낙동강은 맑고 차갑네　洛水淸冷
달존의 고귀한 명성은　達尊高名
백세토록 울려 퍼지리니　百代雷轟
지금으로부터 이후로　自今而後
누가 비형을 노래하리[419]　誰詠泌衡
장사 치를 날이 정해지고　卽遠有期
장례의 절차가 진행되네　襄事斯丁
우리 마을의 젊은이들과　吾黨小子
향리의 유생들이　鄕里侍生
풍모와 덕을 보고 들으며　聞風覿德

하기만 하고 창작하지 않으며 옛것을 믿고 좋아함은 내 삼가 우리 노팽에게 견주노라.[述而不作 信而好古 竊比於我老彭]"라고 한 데서 온 말인데, 여기서는 권춘란을 빗대어 말한 것이다.

417) 원로대신[蓍龜] : '시귀(蓍龜)'는 점을 칠 때 쓰는 시초(蓍草)와 거북으로, 국가에서 그처럼 믿고서 의지할 수 있는 원로를 비유할 때 쓰는 표현이다.

418) 봉래(蓬萊)와 영주(瀛洲) : 산 이름으로, 방장산(方丈山)과 함께 바다 가운데 있다고 전하는 삼신산(三神山)이다.

419) 비형(泌衡) : 비천(泌泉)과 형문(衡門)으로 은자(隱者)가 지내는 곳을 말한다. 《시경》 〈진풍 형비〉에 "누추한 집 아래서도 편안히 노닐 수 있고, 졸졸 흐르는 냇물 가에서 굶주림 잊고 즐길 수 있도다.[衡門之下 可以棲遲 泌之洋洋 可以樂飢]"라고 한 데서 온 말이다.

누가 마음에 새기지 않으리　孰不心銘
어떤 이는 가르침 받으며　或蒙提誨
항상 장려를 받았고　常許扶擎
어떤 이는 곁에서 모시며　或陪杖屨
매번 음성을 들었네　每承金鏗
지금 울면서 곡을 해도　今來號哭
용태를 접할 수 없으니　莫接儀形
통탄스럽고 애달퍼서　痛矣怛矣
눈물이 하염없이 흐르네　兩淚交橫
부족한 제수로나마　聊具薄奠
한잔 술을 올려서　爲酌一觥
영결의 말을 전하니　辭以永訣
신께서 듣기를 바랍니다　冀垂神聽
아, 애통합니다　嗚呼哀哉

삼계서원 사림 제문
三溪書院士林祭文

삼가 부족한 제수로 감히 회곡 권 선생의 영전에 고합니다
謹以薄奠敢昭告于晦谷權先生之靈

생각건대, 우리 공은　於惟我公
옥 같은 자질로 태어나　如玉其質
뛰어난 스승에게 수학하며　受業名師
널리 배워 상세히 말하였네[420]　博學詳說
대현에게 도를 들으면서　聞道大賢

420) 널리 …… 말하였네 : 《맹자》〈이루 하〉에 맹자가 "널리 배우고 그것을 자세히 말하는 것은 장차 돌이켜서 요약함을 말하고자 해서이다.[博學而詳說之 將以反說約也]"라고 한 데서 온 말이다.

나아갈 바를 명확히 알고 灼知趨向
안과 밖을 모두 닦아서 交修內外
천지간에 부끄럽지 않았네[421] 不愧俯仰
세속의 분화함에 초탈했고 超脫世紛
초야에서 발을 꾸몄으며[422] 賁趾丘園
의리에 침잠하였고 沈潛義理
전분[423]을 강론하고 궁구했네 講究典墳
감원[424]으로 정자를 이름 짓고 鑑源名亭
각고의 노력으로 공부하면서 刻勵做工
인과 예를 마음에 보존하고 仁禮存心
청렴하고 소탈하게 처신했네 廉簡持躬
조용한 한 칸의 집은 一室蕭然
사방에 벽만 서 있어 四壁徒立
남들은 시름을 못 견디건만 人不堪憂
공은 즐거움 고치지 않았네 公不改樂
고고한 절개 맑게 지키며 淸修孤節
나이 들수록 더욱 독실했고 老而彌篤
세속에서 몸을 보전하며 保身斯世
현명하고 사려가 깊었네[425] 旣明且哲

---

421) 천지간에 …… 않았네 : 《맹자》 〈진심 상〉에 "하늘을 우러러보아도 부끄러움이 없고, 땅을 굽어보아도 부끄러움이 없는 이것이 군자의 두 번째 낙이다.[仰不愧於天 俯不怍於人 二樂也]"라고 한 데서 온 말이다.

422) 발을 꾸몄으며[賁趾] : '비지(賁趾)'는 군자다운 덕을 가지고 있으면서 높은 자리에 나아가지 않고 초야에서 덕행을 닦는 것을 가리킨다. 《주역》 〈비괘 초구〉에 "발을 꾸밈이니, 수레를 버리고 걸어간다.[賁其趾 舍車而徒]"라고 한 데서 온 말이다.

423) 전분(典墳) : 삼황(三皇)의 책이라고 하는 삼분(三墳)과 오제(五帝)의 책이라고 하는 오전(五典)으로, 전하여 옛날의 경서를 말한다.

424) 감원(鑑源) : 권춘란이 만년에 안동시 와룡면 가구리에 지은 감원정을 가리킨다. 감원은 주희의 《주자대전》 권1 〈관서유감(觀書有感)〉 시에 "반 이랑 방당이 거울처럼 펼쳐지니, 하늘 빛 구름 그림자 그 안에서 배회하네. 묻노니 어이하여 그처럼 해맑을까? 근원에서 생수가 솟아나기 때문이지.[半畝方塘一鑑開 天光雲影共徘徊 問渠那得淸如許 爲有源頭活水來]"라고 한 데서 뜻을 취한 것이다.

425) 세속에서 …… 깊었네 : 《시경》 〈증민〉에 "현명한 데다가 사려가 깊어서 자기 몸을 보전한다.[旣明且哲 以保其身]"라고 한 데서 온 말이다.

《신학노》를 그려서	圖成進學
우리의 몽매함을 일깨우고	啓我羣蒙
임종을 차분하게 맞이해	易簀從容
지인의 아름다운 풍모로	至人休風
열일곱 글자[426]를 남기니	十七遺字
가문에 전할 귀한 글이네	傳家長物
먼 길 떠나는 오늘 아침에	卽遠今朝
많은 선비들 와서 곡하니	多士來哭
아, 어디에 의지할 것인가	嗚呼安放
오당이 슬프기 그지없네	慟極吾黨
삼가 부족한 제수 올리니	敬奠菲薄
굽어살펴 흠향하시옵소서	庶幾顧饗
아, 애통합니다	嗚呼哀哉

용산서원 사림 제문
龍山書院士林祭文

삼가 술과 과일을 올리고 회곡 권 선생의 영전에 공경히 고합니다.
謹以酒果之奠敬告于晦谷權先生之靈

아, 선생은	嗚呼先生
불세출의 인물로서	間世挺生
윤택한 옥과 같았고	如玉之潤
맑고 맑은 물과 같았네	如水之淸
확고히 자신을 지켜서	確乎自守

426) 열일곱 글자 : 권춘란이 임종에 이르러 직접 "그해의 간지에 용사가 들어 있자, 옛날 사람이 슬퍼하며 탄식했네. 이 몸이 죽어 승화하여 본원으로 돌아가니, 다시금 또 무슨 한이 있으랴.[歲在龍蛇 昔人興嗟 乘化歸盡 不復有恨]"라고 쓰고 끝에 연월일시를 쓰기 위해 만력(萬曆)의 '만(萬)' 자를 쓰다가 세상을 떠났기 때문에 열일곱 글자라고 한 것이다.

탐욕스러운 자를 면려하고	可勵貪愚
온화하게 겸손히 물러나	溫然謙退
경박한 이 독실하게 했네	可敦薄夫
일찍부터 학문에 힘썼고	夙世懋學
심오한 이치 깊이 탐구해	深探蘊奧
내면에 쌓은 것 발현되어	積中發外
조정에서 모범[427] 되었네	羽儀廊廟
예문관에서 명성 떨칠 때	翹英翰苑
한 글자가 곤월[428]이었고	一字袞鉞
세자의 덕을 보필할 때에	棐德春坊
한마디가 약과 침이었네	片語藥石
사헌부 집의를 지낸 뒤에	旣亞柏府
사간원 사간을 지냈으나	又副薇垣
관직을 버리고 귀향하여	投紱歸來
동산에서 고상히 노닐었네	高蹈丘園
적막한 한 칸의 집에서	一室岑寂
문을 닫고 홀로 거처하며	閉戶獨處
경전과 사서에 잠심하여	潛心書史
고요하게 사색하였네[429]	靜而能慮
문자는 긴요[430]하였고	文字肯綮
의리는 깊고 은미했으며	義理淵微
단서를 찾아내고 풀어서	紬之繹之

427) 모범[羽儀] : '우의(羽儀)'는 《주역》 〈점괘(漸卦)〉에 "기러기가 육지로 나아가는 데 그 깃이 물(物)의 표가 될만하다.[鴻漸于陸 其羽可用爲儀]"라고 한 데서 온 말로, 벼슬에 나아가거나 또는 모범이 되는 것을 뜻한다.

428) 곤월(袞鉞) : 포폄(褒貶)을 뜻한다. 옛날에 곤의(袞衣)를 하사하여 포상하고 부월(斧鉞)을 주어 징계하였는데, 범녕(范甯)의 《춘추전(春秋傳)》 서문에 "화곤보다 영광스러운 것은 곧 한 글자의 포양이요, 부월보다 엄한 것은 바로 한 글자의 폄척이다.[榮於華袞 乃一字之褒 嚴於斧鉞 乃一字之貶]"라고 한 말이 보인다.

429) 고요하게 사색하였네 : 《대학장구》 1장에 "고요하게 된 뒤에 안정을 취할 수 있고, 안정을 취하게 된 뒤에 생각을 제대로 할 수 있다.[靜而後能安 安而後能慮]"라고 한 데서 온 말이다.

430) 긴요[肯綮] : '긍(肯)'은 뼈에 붙은 살이고 '경(綮)'은 힘줄로 얽혀 있는 사물 가운데 핵심적인 것을 가리킨다.

관건을 모두 꿰뚫었네	透盡關機
용산을 돌아보는 곳에	瞻彼龍麓
우뚝한 사우를 지어서	作廟翼翼
우리 선사를 존숭하고	尊我先師
우리 후학을 인도했네	牖我後學
성인과 젊은이들이	成人小子
모두 높은 덕을 숭상했는데	咸仰懿德
어찌 알았으리 오늘처럼	那知今者
갑자기 세상 떠날 줄을[431]	遽至易簀
서투르고 무식한 우리들이	貿貿吾儕
어둔 길 지팡이 짚어 가니[432]	冥途擿埴
의심을 어디서 물어보며	疑何所問
학업을 어디서 질정하리	業何所質
졸업을 기약할 수 없으니	卒業無期
눈물이 샘솟듯 흐르네	淚下如泉
정성을 다해 제수 올려	致誠薄奠
영원히 이별하려 하니	永訣終天
아, 슬프도다	嗚呼哀哉

431) 세상을 …… 줄을 : 원문의 '역책(易簀)'은 스승이나 현인의 죽음을 가리키는 말이다. 책(簀)은 깔개로서 증자(曾子)가 임종 때 대부(大夫)가 쓰는 화려한 깔개를 깔고 있었는데, 자신의 분수에 맞지 않는다고 하여 제자들로 하여금 깔개를 바꾸게 하고 죽은 데서 유래한 말이다.(《禮記》〈檀弓上〉)

432) 어둔 …… 가니 : 후학들이 학문의 경계를 모르는 것을 가리킨다. 《법언(法言)》〈수신편(修身篇)〉에 "지팡이로 땅을 더듬어서 길을 찾아 어둠 속으로 나아갈 따름이니라.[擿埴尋途 寘行而已矣]"라고 한 데서 온 말이다.

또 고용후[433]

又 高用厚

정유년(1597)에 모친을 모시고 도적을 피해 이곳에 우거했을 때 골짜기의 시골집에서 공을 배알하였습니다. 쇄미(瑣尾)[434]한 시기에 비록 책을 가지고 더 배우기를 청할 겨를이 없었지만 보고 느끼면서 덕을 사모한 것이 얕지 않았습니다. 올해 여름에 남원 부사에서 안동 부사로 옮기면서 공이 여전히 강녕하다는 것을 듣고 곧장 찾아가 용안을 뵙고 고요한 가운데 터득한 논의를 받들고자 하였지만 관아의 일이 너무 바빠 끝내 하지 못했습니다. 누가 부임한 지 겨우 3개월 만에 공이 홀연 세상을 떠날 줄 알았겠습니까. 운망(云亡)[435]의 슬픔과 민첩하지 못했다는 후회로 문득 절로 눈물이 흘러 맘속으로 자책할 뿐입니다. 아, 공의 평생을 평가하면 전약수(錢若水)의 용퇴(勇退)[436]와 원노산(元魯山)의 청절(淸節)[437]을 공의 몸에 겸하였으며 공이 임종 때 남긴 글을 살펴보면 정양(靜養)의 공부를 깊이 터득하였다. 한유가 말한 '향선생으로 죽으면 사(社)에서 그를 제사 지낸다.[鄕先生沒 可祭於社]'[438]라는 사람이 공이 아니면 누구이겠습니까.

저는 공의 정신이 깨끗하다는 것을 알고 있습니다. 반드시 밝고 밝아서 어둡지 않은 것이 남아서 저의 미천한 정성을 살펴주실 것입니다. 공경히 한잔 술을 올립니다. 아, 애통합니다.

---

433) 고용후(高用厚, 1577~?) : 자는 선행(善行), 호는 청사(晴沙), 본관은 장흥(長興)이다. 의병장 고경명(高敬命)의 아들로, 1606년 문과에 급제하여 예조 좌랑·고성 군수·판결사 등을 역임하였다. 저서로는 《청사집》·《정기록(正氣錄)》 등이 있다.

434) 떠돌아다니는 : 원문의 '쇄미(瑣尾)'는 전란으로 유리(遊離)하는 상황을 뜻한다. 《시경》 〈모구(旄丘)〉에 "자잘하고 자잘한 이 유리하는 사람이로다.[瑣兮尾兮 遊離之子]"라고 한 데서 온 말이다.

435) 운망(云亡) : 임금을 훌륭히 보좌할 현인이 없어 나라가 위태롭게 된 것을 말한다. 《시경(詩經)》 〈대아(大雅) 첨앙(瞻卬)〉에 "사람이 없어 나라가 병드는구나.[人之云亡 邦國殄瘁]"라고 한 데서 온 말이다.

436) 전약수(錢若水)의 용퇴(勇退) : 북송(北宋)의 저명한 문신이다. 소년 시절 거자(擧子)일 당시에 화산(華山)에서 진단(陳摶)을 만나 관상을 부탁했더니, "급류 속에서 용감하게 물러날 수 있는 사람이다.[是急流中勇退人也]"라고 평하였는데, 과연 그가 추밀 부사(樞密副使)에 이르렀을 때 갓 40세 된 젊은 나이로 관직에서 물러났다는 일화가 송나라 소백온(邵伯溫)이 지은 《문견전록(聞見前錄)》 권7에 나온다.

437) 원노산(元魯山)의 청절(淸節) : 원노산은 당나라 때 노산 영(魯山令)을 지낸 원덕수(元德秀 : 696~754)를 가리킨다. 노산 영으로 있으면서 많은 선정을 베풀었고, 벼슬에서 돌아올 때는 짐수레를 타고 왔다. 만년에 육혼산(陸渾山)에 은거하였는데, 청빈하게 삶을 살아 죽은 뒤에는 단지 이부자리와 밥그릇만 남아 있었다고 한다. (《舊唐書》 卷190下 〈元德秀列傳〉)

438) 한유가 …… 지낸다 : 한유(韓愈)의 〈송양거원소윤서(送楊巨源少尹序)〉에 "옛날에 이른바 향선생으로 죽으면 사(社)에서 그를 제사 지낸다.[古之所謂鄕先生沒而可祭於社]"라고 한 것을 가리킨다.

丁酉之歲 將母避寇 寓于玆土 仍拜公於峽裏之村舍 瑣尾之際 雖不暇挾書而請益 觀感之間 慕其德則不淺矣 今年夏來 自帶方移宰是府 聞公之起居尙康寧 便欲趨床下而仰眉宇 獲承其靜中所得之餘論 官務鞅掌 未之果焉 孰知下車纔三月 公忽厭斯世耶 云亡之痛 不斂之悔 徒自涕泣而內訟而已 噫 槩公之平生 則錢若水之勇退 元魯山之淸節 於公身兼之矣 觀公臨絶之遺筆 則其有得於靜養之工夫者深矣 韓子所謂鄕先生沒 可祭於社者 非公而誰 吾知公精爽 必昭昭乎不昧者存焉 庶幾諒我微誠 歆此一酌 嗚呼哀哉

또 김윤안[439]

又 金允安

아,	嗚呼
맑은 기가 모인 곳에	淑氣所鍾
공이 영기 받아 태어나서	公稟其英
어려서 단정하며 성실했고	幼而端慤
자라서 더욱 정밀하고 명철했네	長益精明
출입할 때 공손과 효성으로	出弟入孝
가정과 밖에서 처신했으며	于外于庭
조정에서 관직을 역임하며	歷敭于朝
옥과 난새처럼 우뚝했네	玉立鸞停
산림에서 유유자적하며	婆娑于林
빙설 같은 지조와 마음으로	雪操氷情
안으로 오로지 학문을 닦고	學務內專
외적인 것에 뜻을 끊었네	志絶外求
이에 한 칸의 정자를 지어	爰搆一室
학문 닦을 곳을 얻었으니	得我藏修
뒤는 산이요 앞은 물이요	前溪後山

439) 김윤안(金允安, 1560~1622) : 자는 이정(而靜), 호는 동리(東籬), 본관은 순천(順天)이다. 소고(嘯皐) 박승임(朴承任)과 유성룡의 문인으로, 1612년 문과에 급제하고 대구 부사·대사간 등을 역임하였다.

좌우에는 도서를 펼쳤네 左圖右書
마음을 경건하게 가라앉혀 潛心對越
상제가 임한 듯이 했으며 上帝臨余
사람을 공손하게 대하고 接人以恭
덕으로 조급함을 눌렀네 鎭躁以德
고고한 대나무 소슬하고 孤竹蕭蕭
푸르른 소나무 무성하니 長松落落
은둔한 사람의 식물이요 隱逸之植
군자가 즐기는 꽃이었네 君子之花
집에 곡식 한 섬 없어도 家無儋石
공은 번화하게 여겼고 公則繁華
양사의 삼품[440]에 올라 三品兩司
지위에 걸맞게 행동했네 位則其亞
어렵게 나아가고 쉽게 물러나 進難退易
조정에 있어도 자주 사직했고 立朝多暇
지위가 덕에 차지 않았으니 位不滿德
고인들도 탄식했던 일이었네 在古常嗟
어찌 이와 같은 불운이 如何不淑
요사스런 뱀의 해에 생겼나[441] 歲在妖蛇
아, 슬프도다 嗚呼哀哉
어리석고 몽매한 내가 曰余愚蒙
일찍 같은 문하에 의탁하여 早託同門
훌륭한 이웃으로 지냈고 芳鄰是接
꾸준히 만남을 이어가며 獲拜源源
덕을 보고 마음이 취하여 覿德心醉
나의 스승으로 생각했네 實惟我師

440) 양사(兩司)의 삼품(三品) : 권춘란이 사헌부 집의와 사간원 사간을 역임한 것을 가리켜 한 말이다.
441) 어찌 …… 생겼나 : 권춘란이 뱀의 간지가 들어간 1617년에 죽은 것을 가리켜 한 말이다.

봄바람 부는 좋은 절기	春風令節
달이 뜬 아름다운 때면	秋月佳時
음주를 함께 즐기면서	琴樽共樂
항상 따르면서 모셨고	杖屨常隨
조용히 자리에 앉으면	從容席次
천지가 크게 화평했네	太和天地
중년에 헤어진 이후로	中年奉違
멀리서 관직에 얽매여	遠拘職事
소식이 비록 끊겼지만	音塵雖隔
그리움 더욱 깊어졌네	慕仰彌增
지난 해 가을 초에	去歲秋初
공의 말씀 직접 들으며	謦欬來承
성대한 자리에 참여해	叨逢盛讌
등불을 높이 돋우었네	高掛銀燈
어지러운 춤 이어지며	亂舞傞傞
몇 번을 번갈아 일어나	迭起屢興
내가 헌수가를 부르면	我唱壽歌
그 뒤에 화답을 하셨네	而後和之
정신 맑고 기는 왕성해	神淸氣茂
백 세[442]를 넘길 것인데	可過期頤
어찌 한 번의 질병으로	如何一疾
갑자기 길이 이별하는가	奄然長辭
아, 애통하도다	嗚呼哀哉
학문으로 쌓은 힘은	定力之驗
절필에서 징험되었으니[443]	絶筆之書

442) 백 세[期頤] : 《예기》 〈곡례(曲禮)〉에 "백 세를 기라 하는 것이니, 잘 봉양해야 한다.[百年曰期頤]"라고 한 데서 온 말이다.

443) 학문으로 …… 징험되었으니 : 권춘란이 임종 때 직접 붓을 잡고 "이 몸이 죽어 승화하여 본원으로 돌아가니, 다시금 또 무슨 한이 있으랴.[歲在龍蛇 昔人興嗟 乘化歸盡 不復有恨]"라고 쓴 것을 가리켜 한 말이다.

달인이 천명을 알아서	達人知命
조화를 따라 돌아가셨네	隨化歸歟
학을 타고 간 것[444]도 아니고	乘鶴無稽
고래를 탔다[445] 해도 허탄하니	騎鯨誕虛
공은 세속에 염증을 내어	公則厭世
맑은 정신으로 하늘로 갔네	精爽上征
상제 곁에 있지 않다면	不在帝傍
봉래와 영주에 있으리니	其在蓬瀛
너풀너풀 머리를 푼 모습	翩然被髮
다시 뵐 날이 언제일까	我見何時
용태를 영원히 이별하니	儀刑永隔
내 눈에서 눈물이 흐르네	我淚雙垂
공이 내려와 돌아보시고	公其來顧
내 한잔 술을 흠향하시리라	歆我一卮
아, 애통하도다	嗚呼哀哉

또 김중청[446]

又 金中淸

생각건대 소탈하고 단아한 자질과	伏以簡雅之質
청렴하고 평안한 자품으로	廉靖之姿
독실한 의지로 힘써 배우길	篤志力學

444) 학을…… 것 : 《열선전(列仙傳)》에 주 영왕(周靈王)의 태자 왕자진(王子晉)이 신선이 되어 학을 타고 하늘로 올라갔다는 고사를 가리켜 한 말이다.

445) 고래를 탔다[騎鯨] : 이백이 고래를 타고 하늘로 올라갔다는 고사를 가리켜 한 말이다. 이백이 최종지(崔宗之)와 함께 채석에서 금릉까지 달밤에 배를 타고 갈 적에 시와 술을 한껏 즐기면서 노닐었는데, 뒷사람들이 "고래를 타고 가는 이백을 만난다면[若逢李白騎鯨魚]"이라는 두보의 시구를 빌미로 해서 이백이 술에 만취한 채 채석강에 비친 달을 붙잡으려다 빠져 죽었다고 믿게 되었다는 이야기가 전한다. (《唐才子傳》 〈李白〉)

446) 김중청(金中淸, 1566~1629) : 자는 이화(而和), 호는 구전(苟全)·만퇴헌(晩退軒), 본관은 안동(安東)이다. 박승임(朴承任)·조목(趙穆)·정구(鄭逑)의 문인으로, 경학(經學)의 정수는 조목에게, 문장(文章)의 심오함은 박승임에게, 예학(禮學)의 순수함은 정구에게 물려받았다는 평가를 받았다. 저서로는 《구전집(苟全集)》이 있다.

날마다 부지런히 하였네	惟日孜孜
양친 위해 과거 급제하여	爲親科甲
출사에 급급하지 않았고	仕進非急
조정과 향리를 왕래하며	乍朝乍郡
천천히 나가 빨리 물러났네	就遲去速
골짜기를 회곡으로 이름하고	晦以名谷
골짜기에 몸을 감춘 채	谷於藏身
외물을 생각하지 않았고	不慕乎外
알려지길 구하지 않았네	無求於人
태극에 마음을 집중하고	潛心太極
인의 학설[447]을 강구하며	講求仁說
평생 스스로 즐겼으니	平生自樂
도와 마음이 부합하였네	道與心合
사람들 공의 죽음 슬퍼하니	沒世人惜
지위는 덕에 맞지 않았으나	位不稱德
순리대로 살다 편히 죽으니	生順死安
진실로 여한이 없으리라	固無餘憾
철인 죽고 도는 쇠미하니	哲萎道衰
어찌 이리 참혹한 것인가	云胡其慘
제향할 기구와 자리 있으니	有几有筳
어둡지 않은 영령이시여	不昧惟靈
소자가 통곡을 합니다	哭我小子
아, 선생이시여	嗚呼先生
술을 술잔에 부으며	黃流滿酌
평소처럼 가득 따르니	則如平昔
충만하게 위에 계신다면	庶幾洋洋
저의 곡진한 정을 굽어 살피소서	顧余情曲

447) 인의 학설[仁說] : 권춘란이 저술한 《공문언인록(孔門言仁錄)》을 가리켜 말한 듯하다.

또 문생 김득연[448] 등

又 門生 金得硏 等

아, 성인의 도가 끊어지지 않고 실낱같이 면면히 이어지다가 선생이 보좌하여《공문언인록(孔門言仁錄)》을 편찬하고《진학도》를 그려서 후학들에게 기준을 제시하고 어두운 길을 해와 달처럼 비추었으니 그 공이 또한 어찌 없어지겠습니까. 이제는 돌아가셔서 조정과 재야에서는 선인의 죽음을 애통해하고 나라에서는 나라가 병들었다고 탄식하였으며,[449] 유림들은 성인의 학문이 장차 끊어지는 것을 슬퍼하고 향리에서는 어진 사람이 장수하지 못한 것을 통곡하였습니다. 원근의 사람들이 이 세상에 다시는 이러한 사람이 없다고 곡하고 슬퍼하니 선생의 덕이 사람과 사물에 이른 것이 비유하자면 하천과 연못의 기가 위로 올라가 구름과 비가 되어 만물에 은택이 베풀어지는 것과 같습니다.

아, 선생은 평소에 사생·화복·부귀·빈천에 대해 마음이 동한 적이 없었으며, 임종할 때에도 옷을 정돈하고 바르게 앉아 일을 기록하며 차분하게 양영(兩楹)의 꿈을 갑자기 마치면서[450] 정신은 금석을 꿰뚫었고 도를 닦아 독실하게 천리를 따랐습니다. 더욱 애통한 것은 뜻을 펼치지 못해 백성들이 은택을 입지 못하고 도를 후세에 전하지 못하고 세상을 떠난 것입니다. 부여잡고 통곡하며 가슴이 찢어집니다. 누가 나의 슬픔을 알겠습니까.

소생들이 비록 군자의 지혜는 없지만 사람을 바로잡아주는 아름다운 풍속을 알 수 있어서 가르침을 깊이 받으며 문하를 출입한 것이 40여 년이 되었습니다. 산이 무너지고 기둥이 꺾이니 우리 당이 어디에 의지해야 합니까. 아름다운 말씀과 선한 행실이 향리에 더 이상 들리지 않고 유가가 이로부터 의탁할 곳이 없으니 한없이 애통합니다. 누가 나의 마음을 알겠습니까. 건물을 짓기에[451] 정성이 부족하니 눈물만 흐를 뿐입니다. 아, 애통합니다.

嗚呼 聖道綿綿 不絕如線 先生以輔 言仁有篇 進學有圖 而指南後學 日月冥道 其功亦

---

448) 김득연(金得硏) : 각주 400) 참조.

449) 조정과 …… 탄식하였으며 : 《시경》〈첨앙(瞻卬)〉에 "현인이 죽으니, 나라가 병들었네.[人之云亡 邦國殄瘁]"라고 한 데서 온 말이다.

450) 양영(兩楹)의 …… 마쳤습니다 : 권춘란이 죽은 것을 가리킨다. 양영은 천자의 어전(御殿) 앞에 세워진 두 기둥인데, 공자가 양영의 사이에 앉는 꿈을 꾼 뒤에 죽었다는 고사에 빗대어 말한 것이다. (《禮記》〈檀弓上〉)

451) 건물을 짓기에 : 상이 끝난 뒤에 무덤 옆에 여막을 지어 더 머무는 것을 말한다. 옛날 공자의 상(喪)에 문인들은 삼년상을 마치고 모두 짐을 꾸려 돌아갔으나, 자공은 공자의 무덤 옆에 여막을 짓고 3년을 더 머문 고사에 빗대어 한 말이다.

豈解哉 今其沒也 朝野興云亡之痛 邦國含殄瘁之嗟 儒林悼聖學之將絶 鄕里哭仁人之不壽 而遠近遐邇 莫不以斯世之不復斯人 哭之痛之 則先生之德之被人及物 譬如川澤之氣上而爲雲雨 施膏澤於萬物也 嗚呼 先生平日 其於死生禍福富貴貧賤 未嘗動念 而易簀之際 整衣端坐 記事從容 而楹夢遽罷 則精神通於金石 而守道篤於順受矣 尤痛者 志不得施設 而民不被澤 道不得傳後 而殉身以沒 攀號摧裂 孰知余慟 小生等 雖無君子之智 得知正人之休風 深蒙警誨而出入門下者 四十餘年矣 山頹樑折 吾黨何依 嘉言善行 不復聞於鄕里 而吾道斯文 自此無托 無涯之痛 孰知余懷 築室誠薄 徒有淚而已 嗚呼哀哉

또 진봉 권굉[452)]

又 震峰 權宏

생각건대 풍도는 연못처럼 고요하고	恭惟氣度淵渟
정신이 옥처럼 깨끗하며	精神玉潔
덕은 겸손하게 낮추었고	謙虛其德
지식은 월등히 뛰어났네	超詣其識
일찍부터 종유한 곳은	早歲從遊
백담 선생의 문하였으니	栢潭之門
독실한 뜻으로 힘써 행하며	篤志力行
훌륭한 말씀 잘 받아들였네	克受徽言
덕행을 이루고 이름 세워	行成名立
효를 옮겨 충을 하였고	移孝爲忠
백관의 모범이 되었으며	儀刑百寮
임금의 높은 총애 받았네	聳眷宸衷
예문관과 사헌부에 올라	翰苑烏臺
글이 곧고 말이 엄했으며	直筆嚴辭

452) 권굉(權宏, 1575~1652) : 자는 인보(仁甫), 호는 진봉(震峯), 본관은 안동(安東)이다. 권춘란의 문인으로, 1603년 사마시에 합격하고 유일로 천거되어 상의원 별좌·세자시강원 부솔 등을 지냈다. 병자호란 때 왕을 강화도로 호종한 공으로 공신에 책록되었다. 저서로는 《진봉집》이 전한다.

세자시강원과 홍문관에서	春坊玉署
덕을 돕고 학문을 토론했네	棐德論思
순로[453]에 감흥이 일어나	蓴鱸起興
만족함에 뜻을 두지 않고	盛滿非志
관직에서 떠나온 이후로	軒裳去後
숲과 골짝에서 자적했네	林壑適意
만년을 편안하게 지내며	婆娑歲晚
다시 나의 처음 옷[454] 입고	返我初服
맑은 날 창문은 밝고	明窓淸晝
방 한 칸은 적막했네	一室岑寂
자세히 묻고 널리 배워	博審學問
깊이 생각하고 실천하며	沈潛着實
부지런히 궁구하였고	硏窮之勤
절실하게 고찰하였네	玩索之切
오묘한 이치를 탐구하고	深探蘊奧
세밀한 뜻을 연구하니	極究精微
문이 여기 있지 않겠는가[455]	文不在玆
도가 귀의할 곳이 있었네	道有所歸
사색하고 분별하는 여가에	思辨之餘
회포 부쳐 시 짓고 읊주하며	寓懷觴詠
못과 담에 연과 국화 심어	池蓮籬菊
모두 읊조린 시에 담았네	總入吟境

453) 순로(蓴鱸) : 순채국과 농어회라는 순갱 노회(蓴羹鱸膾)의 준말이다. 진(晉) 나라 장한(張翰)이 가을바람을 맞고는 그 맛이 생각나자 벼슬을 그만두고 고향으로 내려간 고사에서 온 말이다. (《晉書》〈文苑傳 張翰〉)

454) 처음 옷[初服] : 벼슬을 하기 전의 생활로 돌아간 것을 말한다. 《초사(楚辭)》〈이소(離騷)〉에 "내 충성 안 받아들이니 화 입을까 두려워라, 가서 장차 다시 내 처음 옷을 만들리라.[進不入以離尤兮 退將復修吾初服]"라고 한 데서 온 말이다.

455) 문이 …… 않겠는가 : 《논어》〈자한〉에서 공자가 광(匡) 땅에서 두려운 일을 당하여 이르기를 "문왕이 이미 별세하였으니, 문이 이 몸에 있지 않겠는가. 하늘이 장차 사문을 없애려 하였다면 내가 이 문에 참여할 수 없었을 것이다.[文王旣沒 文不在玆乎 天之將喪斯文也 後死者不得與於斯文也]"라고 한 데서 온 말이다.

한가롭게 덕을 기르면서	居閑養德
삼십여 년을 지내는 동안	三十餘年
여러 번 조정의 부름에도	旋招累至
본뜻은 더욱 견고해졌네	素志益堅
번화한 것에 생각을 끊고	紘華慕絶
고요함을 스스로 지키며	恬靜自守
세상 걱정 그저 잊었으니	世慮徒忘
부귀가 무슨 소용 있으랴	富貴何有
의로운 것이 아니라면	非其義也
한 터럭도 취하지 않았고[456]	一毫莫取
단표[457]에 흥이 넘쳐났으며	簞瓢漫興
풍월에 정취는 한가로웠네	風月閑趣
가난한 삶대로 행하고[458]	素貧而行
넉넉하게 도를 즐겼으며	樂道有裕
공부를 참되게 쌓았으며	眞積之功
절조를 청렴으로 닦았네	淸修之節
지난 철인에게 답을 찾아	求之往哲
필부의 뜻 바꾸지 않았네	未易其匹
돌이켜보건대 내가	顧余小子
도움과 장려를 받았고	得蒙奬掖
의지할 곳으로 삼고자	願爲依歸

456) 의로운…… 않았고 : 《맹자》 〈만장 상(萬章上)〉에서 맹자가 "이윤(伊尹)이 유신(有莘)의 들에서 밭을 갈면서 요순의 도를 좋아하여 그 의가 아니고 그 도가 아니면 천하로써 녹을 주더라도 돌아보지 않고 말 천사를 매어 놓아도 돌아보지 않았으며, 그 의가 아니고 그 도가 아니면 지푸라기 하나라도 남에게 주지 않았으며 지푸라기 하나라도 남에게서 취하지 않았다.[伊尹耕於有莘之野 而樂堯舜之道焉 非其義也 非其道也 祿之以天下 弗顧也 繫馬千駟 弗視也 非其義也 非其道也 一介不以與人 一介不以取諸人]"라고 한 데서 온 말이다.

457) 단표(簞瓢) : 한 도시락의 밥과 한 표주박의 물이라는 뜻으로, 안빈낙도의 삶을 뜻한다.

458) 가난한…… 행하며 : 자신이 처한 위치에 따라 독실하게 실천하는 것을 말한다. 《중용장구》 제14장의 "부귀에 처해서는 부귀대로 행하며, 빈천에 처해서는 빈천대로 행하며, 이적에 처해서는 이적대로 행하며, 환난에 처해서는 환난대로 행하니, 군자는 들어가는 곳마다 스스로 만족하지 않음이 없다.[素富貴 行乎富貴 素貧賤 行乎貧賤 素夷狄 行乎夷狄 素患難 行乎患難 君子 無入而不自得焉]"라고 한 데서 온 말이다.

조용히 가까이서 모셨네 從容函丈
뜻밖에 산이 무너져서 山頹不意
홀연 우러를 곳을 잃었네 遽失所仰
학문 끊기고 도 폐해져 學絶道廢
사문이 의탁할 곳 없으니 斯文無托
후학들과 어린 학생들이 後生蒙學
어디서 덕을 고찰하랴 於何考德
세월이 쉬지 않고 흘러 日月不淹
묘소의 봉분을 돋우니 馬鬣將封
망망한 하늘 땅 사이에 茫茫天地
가르침을 받을 길 없네 承誨無從
홀로 기로에 서 있으니 獨立路歧
그저 슬픔만 이어지네 但增悲係
한잔 술과 향을 피우니 單盃瓣香
글자마다 눈물 가득하네 一字萬涕
아, 애통하도다 嗚呼哀哉

또 호양 권익창[459)]

又 湖陽 權益昌

영령께서는 惟靈
사문의 선배이자 斯文先進
한 지방의 원로로서 一邦元老
성품이 온화하고 순수하며 玉溫金精
학덕이 높고 융성하였네 學隆德卲
젊은 나이에 출사[460)]하여 早年筮仕

459) 권익창(權益昌, 1562~1645) : 자는 무경(茂卿), 호는 호양(湖陽), 본관은 안동(安東)이다. 조목(趙穆)·김성일(金誠一)의 문인으로, 경서에 통달하고 성리학에 잠심하였다. 저서로는 《호양집》이 전한다.

예문관의 검열을 지냈고	翰林淸班
양사의 아장을 지내며[461]	兩司亞長
조정의 본보기가 되었네	表儀朝端
거듭 홍문관에 천거되고[462]	再薦玉堂
세 번 수령을 지내면서	三紐郡章
고을이 영화롭게 되었고	鄕里之榮
문호를 환하게 빛내었네	門戶之光
그러나 그의 본래 성품은	然其雅性
분화한 일에 소탈하였고	脫略紛華
한가롭게 30년을 살면서	閑居卅載
산림에서 참됨을 길렀네	養眞林阿
좌우에 도서를 펼쳐두고	圖書左右
양양히 거문고로 노래하며	洋洋絃歌
좌석에는 봄바람이 불고	座上春風
술자리는 매우 화기로웠네	盃中太和
천륜을 즐겁게 여겨서	天倫之樂
형제들이 서로 화락하고	兄弟怡怡
이웃과 우호 있게 지내니	比隣之好
아이와 어른이 기뻐했네	少長熙熙
고고한 절개 맑게 지키며	淸脩孤節
사마광처럼 홀로 즐겼고[463]	司馬獨樂

460) 출사[筮仕] : '서사(筮仕)'는 처음으로 관직을 얻어 벼슬길에 나아가는 것을 말한다. 춘추시대 필만(畢萬)이 시초점(蓍草占)을 쳐서 진(晉)나라에 출사하는 데 따른 길흉을 알아 본 결과, 둔괘(屯卦)가 비괘(比卦)로 변한다는 둔지비(屯之比)의 점사(占辭)를 얻었는데, 신료(申廖)가 이를 풀이해 보고는 길하다고 판정을 내린 고사에서 유래한 것이다. (《春秋左氏傳》 〈閔公元年〉)

461) 양사(兩司)의 아장(亞長) : 사헌부 집의와 사간원 사간을 일컫는 말로, 권춘란이 1595년과 1597년에 각각 사간원 사간과 사헌부 집의에 제수된 것을 가리켜 말한 것이다.

462) 권춘란은 1605년과 1610년에 각각 홍문관 수찬과 교리에 제수되었다.

463) 사마광처럼 …… 즐겼고 : 원문의 '독락(獨樂)'은 북송 때 사마광이 경영한 독락원(獨樂園)을 빗대어 말한 것으로, 사마광이 자기 정원의 참된 즐거움을 격조 있게 서술한 〈독락원기(獨樂園記)〉가 잘 알려져 있다.

묘한 생각 빠르게 적어	妙契疾書
장재처럼 학문에 독실했네[464]	張子篤學
덕 있는 말 사람들 경외하고	德言畏人
미워하지 않고 엄격했으며	不惡而嚴
맑은 풍모 사람을 감동시켜	淸風動人
모질고 약한 이 고무되었네[465]	懶立頑廉
소문을 들은 이 흥기하였고	聞者興起
직접 본 사람은 심취했으며	覿者心醉
선량함에 훈도를 받았으니	薰陶善良
노나라에 군자가 있었네[466]	魯有君子
겸손하면서 더욱 독실했고	謙而益篤
감추어도 더욱 드러났으며	晦之彌章
세상을 떠난 뒤의 명성이	身後之名
길이 아름답게 전해지리라	永世流芳
임종 때에 남긴 말씀이	臨沒遺言
더욱 사람을 감동시키니	尤使人感
천지를 굽어볼 적에	俯仰天人
유감없다고 할 만하네	可謂無憾
몽매하고 비루한 우리가	吾儕蒙鄙
출입하며 인연을 맺고	出入夤緣
덕과 풍모를 우러르며	瞻仰德宇
오래도록 직접 배웠네	親炙多年

464) 묘한 …… 독실했네 : 북송 때 주희가 〈횡거선생찬(橫渠先生贊)〉을 지어 장재(張載)에 대해 "정밀하게 사색하고 힘껏 실천하며, 묘한 생각이 떠오를 때마다 빠르게 기록하였네.[精思力踐 妙契疾書]"라고 한 데서 온 말이다. (《晦庵集》 卷85 〈六先生畫像贊〉)

465) 모질고 …… 고무되었네 : 권춘란의 풍도를 듣고 완악한 이들이 청렴해지고 나약한 이들이 흥기했다는 말이다. 《맹자》 〈만장 하〉에 "백이(伯夷)의 풍도를 들은 자는, 완악한 이는 청렴해지고 나약한 이는 흥기하게 된다.[聞伯夷之風者 頑夫廉 懦夫有立志]"라고 한 데서 온 말이다.

466) 노나라에 …… 있었네 : 권춘란을 군자에 빗대에 말한 것이다. 《논어》 〈공야장〉에서 공자가 자천에 대해 "군자답다, 이 사람이여. 노나라에 군자가 없었다면 이 사람이 어디에서 이러한 덕을 취했겠는가.[子謂子賤 君子哉 若人 魯無君子者 斯焉取斯]"라고 한 데서 온 말이다.

이제는 끝이 났으니 今其已矣
하염없는 눈물이 흐르고 涕泗漣漣
용모가 영원히 멀어지니 儀形永隔
누구에게 묻고 고찰하랴 考問於誰
아, 누구에게 의지하리오 嗚呼曷歸
나의 슬퍼하는 마음을 余懷之悲
우선 변변찮은 제수 갖춰 聊備薄奠
공경히 한잔 술 부으니 敬酹一觴
혼령께서 계신다면 不亡者存
흠향하시옵소서 歆我瓣香
아, 애통합니다 嗚呼哀哉

만장挽章

만장 한강 정구[467)]

挽章 寒岡 鄭逑

도덕과 풍류에 모두 흠이 없었고	德義風流兩不頗
조정에서 갱가[468)]를 돕기에 충분했네	廟堂端合贊賡歌
재계하고 편히 내 즐거움에 전심하니	淸齋高臥專吾樂
득실을 따진다면 무엇이 더 나은가	得失從來較孰多
오로지 맑고 향기롭게 산 사십 년	一挹淸芬四十年
맘에 담긴 애모가 어찌 잊혀지리오	心存愛慕豈忘旃
만남이 드문 것도 항상 애석했는데	會逢稀闊尋常恨
이제는 음성과 용모 저승에 막혔네	從此音容隔九泉

---

467) 정구(鄭逑, 1543~1620) : 자는 도가(道可), 호는 한강(寒岡), 본관은 청주(淸州)로, 김굉필(金宏弼)의 외증손이다. 퇴계 이황과 남명 조식의 문인으로 1573년 유일로 천거된 뒤에 창녕 현감·우승지·성천 부사 등을 역임하였다. 예학(禮學)에 밝고 문장에 능하였다. 시호는 문목(文穆)이며, 저서로는《한강집》·《성현풍(聖賢風)》·《태극문변(太極問辨)》·《역대기년(歷代紀年)》 등이 있다.

468) 갱가(賡歌) : 순 임금의 조정에서 부른 창화가(唱和歌)로, 《서경》〈익직(益稷)〉에 나오는데, "대신들이 즐거우면 임금이 흥성하고 백관도 화락하리라.[股肱喜哉 元首起哉 百工熙哉]"라는 순 임금의 노래와 이에 고요(皐陶)가 화답한 "임금님이 밝으시면 신하들도 훌륭하여 만사가 안정되리라.[元首明哉 股肱良哉 庶事康哉]"라는 노래, 또 이어서 부른 "임금님이 잗달게 굴면 신하들도 해이해져서 만사가 실패하리라.[元首叢脞哉 股肱惰哉 萬事墮哉]"라는 노래를 가리킨다.

또 우복 정경세[469)]

又 愚伏 鄭經世

매화 같은 품격에다 학 같은 모습이라	梅花標格鶴形容
옛 우물 잠잠하여 바람 일지 아니했네[470)]	古井波恬不起風
잠시 동안 조정에서 묘유[471)] 함께하였는데	暫與鵷鸞供卯酉
큰 기러기 따라 새장 벗어남이 좋았었네	好隨鴻鵠謝樊籠
세상의 일 분분하매 세 번 입을 꿰매었고[472)]	紛紜世事三緘口
평소 생활 담박하여 누추한 집 한 채 있네	淡薄生涯一畝宮
오늘날에 이런 분을 어찌 얻을 수 있으랴	今日此人那可得
옛 동료는 부질없이 눈물 주룩 흘리누나	舊僚空有淚傾涑

또 창석 이준[473)]

又 蒼石 李埈

백옥 같은 자태에 물처럼 고요한 마음	白璧爲姿止水心
백담의 금침 같은 진결을 전수받았네[474)]	柏門眞訣受金針

---

469) 정경세(鄭經世, 1563~1633) : 자는 경임(景任), 호는 우복(愚伏), 본관은 진양(晉陽)이다. 서애 유성룡의 문인으로, 1586년 문과에 급제하고 경상도 관찰사·이조 판서·대제학 등을 역임하였다. 시호는 문장(文莊)이며, 저서로는《우복집》,《상례참고(喪禮參考)》등이 있다.

470) 옛 …… 아니했네 : 옛 우물은 적멸(寂滅)한 마음을 뜻하는 말로, 마음이 동요되지 않은 채 오랫동안 고요하게 가라앉아 있었다는 뜻이다.

471) 묘유(卯酉) : 관리들이 출근하고 퇴근하는 것을 말한다.《광해군일기(光海君日記)》4년 4월에 이르기를, "각사(各司)의 관원은 묘시(卯時)에 출사하여 유시(酉時)에 퇴근하고, 해가 짧을 때에는 진시(辰時)에 출사하여 신시(申時)에 퇴근한다." 하였다.

472) 세상의 …… 꿰매었고 : 세상의 일에 대해서 말하기를 삼갔다는 뜻이다. 공자가 주(周)에 갔을 적에 태묘(太廟)에서 보니 오른쪽 계단의 곁에 금인(金人)이 있었는데, 그 입을 세 겹으로 봉하였으며, 등에 명(銘)하기를, "옛날에 말을 삼간 사람이다." 하였다.《說苑 敬愼》

473) 이준(李埈) : 각주 391) 참조.

474) 백담의 …… 전수받았네 : 권춘란이 백담 구봉령의 문하에서 수학한 것을 가리킨다. 여기서 금침(金針)은 구봉령이 권춘란에게 전수한 학술적인 방법이나 내용을 의미하는데, 금(金)나라 원호문(元好問)의 〈논시(論詩)〉에 "원앙새를 수놓아 보여줄 것이고, 금바늘은 남에게 넘겨주지 마시게[鴛鴦繡了從敎看 莫把金針度與人]"라고 한 데서 온 말이다. (《遺山集》卷14〈論詩三首〉)

세속의 높은 관직 잊은 지 오래였고 世間軒冕忘情久
술병 속의 풍광에 깊은 흥취 얻었네 壺裏風烟得趣深
용사년에 슬퍼하며 마지막 글 남기니[475] 運値龍蛇傷絶筆
학과 난새 잃고 누가 거문고 연주하리 人亡鸞鶴孰翻琴
감원정의 맑고 뛰어난 경치를 지나며 鑑源淸勝過從地
가을 구름에 잠긴 옛 숲을 바라보네 忍見秋雲鎖古林

허명에 생각 없고 가난에 근심 없으니 不戀浮名不慽貧
풍격이 높은 사람 산림에 없다 하겠는가 高風林下豈無人
다정해서 친밀하게 교유하길[476] 바랬고 多情自幸膠投漆
맑은 지조 공경하며 마음의 티끌 닦았네 雅操常欽鏡拭塵
학문에 독실해 암실에서 속이지 않았고 篤學未嘗欺暗室
재주를 가지고도 태평성세와 어긋났네 抱才終恨負明辰
땅 위에 맑은 가을 달이 아직도 남아 尙餘池上淸秋月
당시의 진면목을 그려내는 듯하네 寫得當年面目眞

또 연릉

又 延陵

영남에 덕 있는 노인 끊어지고 耆德南中盡
낙사[477]에는 풍류가 황폐해졌네 風流洛社荒

---

475) 용사년에 …… 남기니 : 권춘란이 뱀의 해인 정사년(1617)에 세상을 떠나면서 "그해의 간지에 용사가 들어 있자, 옛날 사람이 슬퍼하며 탄식했네. 이 몸이 죽어 승화하여 본원으로 돌아가니, 다시금 또 무슨 한이 있으랴.[歲在龍蛇 昔人興嗟 乘化歸盡 不復有恨]"라는 글을 남긴 것을 가리킨다.

476) 친밀하게 교유하길[膠投漆] : 아교와 옻칠은 물건을 접착시키는 것으로, 교제의 친밀함을 비유한다. 고시(古詩)에 "아교를 옻칠 가운데 던져 놓으면, 누가 능히 이것을 분리시킬쏜가.[以膠投漆中 誰能別離此]"라고 한 데서 온 말이다.

477) 낙사(洛社) : 일반적으로 송나라 때 문언박(文彦博)·부필(富弼)·사마광(司馬光) 등 낙양의 나이가 많은 자 13명이 모여서 술을 마시면서 서로 즐긴 낙양기영회(洛陽耆英會)를 말하는데, 여기서는 안동의 낙동강(洛東江) 권역을 낙양기영회에 빗댄 것으로 보인다.

먼 산림에서 삼십 년을 살았고 林居卅載遠
바삐 두 구의 유언을 남겼네[478] 遺語兩聯忙
삶을 마친 공이 무엇을 한하리 引分公何恨
은혜 저버린 나 홀로 상심하네 孤恩我自傷
혼이 담긴 붓대를 손에 쥐고 魂遊筆在手
정성으로 하늘의 문장 그렸네 忠悃寫天章
사무치도록 애달픈 인간사 惻惻哀人事
망망한 저 하늘에 물어보네 茫茫問彼蒼
귀한 구슬 끝내 팔리지 않고 球琳不終售
좋은 곡식 된서리를 맞았네 嘉穀苦偏霜
나이 칠십의 장수를 누렸고 七十非無壽
사림의 성대한 중망 받았네 中承士望張
오히려 덕에 미치지 못했으니 猶稱未滿德
길에서 비처럼 눈물이 흐르네 行路涕滂滂

또 박승[479]

又 朴承

세상에 참 선비 출현했는데 聞世眞儒出
신선의 풍모 매우 뛰어나다네 仙風迥絶倫
과거에 합격해 출사하였고 金門桂籍日
예문관과 홍문관을 거쳤네 翰苑玉堂春
붓[480]으로 포폄이 명확했고 珥筆明褒貶

---

478) 바삐 …… 남겼네 : 권춘란이 임종 때 "이 몸이 죽어 승화하여 본원으로 돌아가니, 다시금 또 무슨 한이 있으랴.[乘化歸盡 不復有恨]"라는 글을 남긴 것을 가리킨다.

479) 박승(朴承, 1520~1577) : 자는 찬지(纘之), 호는 학천(鶴川), 본관은 함양(咸陽)이다. 이언적의 문인으로, 구고서숙(九皐書塾)을 세워 후학을 양성하였으며, 농업을 연구하여 《농가요람(農家要覽)》을 저술하고 '정금조(正金租)'라는 신품종의 볍씨를 개발하여 보급하기도 하였다. 저서로는 《학천유집》이 전한다.

480) 붓[珥筆] : 원문의 '이필(珥筆)'은 붓대를 관(冠)에 꽂는다는 뜻으로, 옛날 시종하는 근신(近臣)이 항상 붓대를 귀에다 꽂고서[珥筆] 수시로 기록할 일에 대비했기 때문에 나온 말이다.

상소문[481]이 신하 중에 뛰어났네　　封囊聳搢紳
사간원에서 논의가 정당했고　　薇垣論議正
사헌부에 새 기강을 세웠네　　烏府紀綱新
급한 시류에 먼저 물러났고　　流急身先退
조야 오가며 뜻 더욱 펼쳤네　　居間志益伸
산림을 사랑할 줄은 알지만　　爭知愛林壑
누가 경륜의 뜻을 지녔으리　　誰信抱經綸
가슴 속의 회포는 깨끗하였고　　洒落胸襟次
적막한 물가는 맑고 고상하네　　淸高寂寞濱
행하고 남은 힘으로 도를 배워　　行餘因學道
즐기며 가난을 편히 여겼네　　樂處自安貧
영남에 고고한 절개 우뚝했고　　嶺外挺孤節
천하에 오직 한 사람뿐이었네　　斗南惟一人
소미성이 추위에 빛을 거두고[482]　　少微寒斂彩
지덕을 잃어 이웃할 사람 없네　　至德喪無鄰
조정에서는 선배로 추앙받았고　　朝著推先輩
춘방의 말석에 참여하였네[483]　　春坊忝後塵
애사를 차마 옮기지 못하고　　哀詞不忍寫
힘없는 눈물만 의건 적시네　　衰淚濕衣巾

481) 상소문[封囊] : 원문의 '봉낭(封囊)'은 다른 사람들이 보지 못하도록 밀봉하여 상소하는 것을 가리킨다.

482) 소미성(少微星)이 …… 거두고 : 소미성은 처사성(處士星)으로, 소미성이 희미하거나 떨어지면 인간 세상의 처사(處士)가 죽는다고 전한다. 여기서는 권춘란의 죽음을 비유한 표현이다.

483) 춘방(春坊)의 …… 참여하였네 : 권춘란이 세자시강원 보덕을 지낸 것을 가리켜 한 말이다.

또 이상의[484)]

又 李尙毅

영남의 영걸[485)] 풍진 세상에 태어나서　東南間氣出風塵
산에 지금도 한 사람이 보이는 듯하네　林下如今見一人
집에서 오직 효성과 우애로 다스렸고　爲政在家惟孝友
어디서든 명리 끊고 참됨을 지켰네　逃名無地守玄眞
두 임금이 은총으로 부지런히 불렀고　兩朝恩眷勤徵召
반세기를 스스로 귀하게 처신했네　半世行藏自貴珍
수필이 분명하게 상자 속에 있으니　手帖分明猶在篋
들보에 뜬 찬 달빛에 홀로 상심하네　屋樑寒月獨傷神

또 한효순[486)]

又 韓孝純

두 조정에서 고관을 지낸 어진 신하　兩朝高步一賢臣
공명에서 벗어나 삼십 년을 지냈네　擺脫功名三十春
관곽에서 어찌 학사의 본분 잊었으리　館閣豈曾忘學士
강산에서 오히려 한가로운 삶 지켰네　江山猶自護閑人
영남 노인 아름다운 전기에 수록되고[487)]　南州耆舊添嘉傳

---

484) 이상의(李尙毅, 1560~1624) : 자는 이원(而遠), 호는 소릉(少陵), 본관은 여흥(驪興)이다. 1586년 문과에 급제하여 병조 정랑·이조 판서·좌찬성 등을 역임하였으며, 특히 광해군 초기에 당색에 구애받지 않고 재질에 따라 인재를 등용하였다. 시호는 익헌(翼獻)이며, 저서로는 《소릉집(少陵集)》이 있다.

485) 영걸[間氣] : '간기(間氣)'는 세상에 드문 영걸이 태어남을 뜻한다. 《맹자》 〈공손추 상〉에 맹자가 "오백 년 만에 반드시 왕자가 태어나는데 그 사이에 반드시 세상에 이름난 인물이 있다.[五百年必有王者興 其間有名世者]"라고 한 데서 온 말이다.

486) 한효순(韓孝純, 1543~1621) : 자는 면숙(勉叔), 호는 월탄(月灘), 본관은 청주(淸州)이다. 1576년 문과에 급제하여, 영해 부사·경상좌도 관찰사·좌의정 등을 역임하였다. 임진왜란 때 이순신과 함께 수군강화에 힘썼다. 저서로는 《신기비결(神器秘訣)》 등이 있다.

487) 노인[耆舊] …… 수록되고 : 진(晉)나라 습착치(習鑿齒)가 양양(襄陽)에 살았던 고사(高士)의 전기를 모아 편찬한 《양양기구전(襄陽耆舊傳)》을 빗대어 말한 것으로, 《양양기구전》에 수록될 만큼 권춘란이 덕을 갖추었다는 뜻이다.

대궐에서 풍도는 후진들과 멀었었네 北闕風雲隔後塵
조화 타고 간다는 여덟 글자[488] 듣고 八字得聞乘化語
저승길에 글 받드니 갑절이나 슬프네 緘辭千里倍傷神

옥과 눈 같은 마음 석상의 보배[489]였고 玉雪襟期席上珍
일찍 호필[490] 지니고 조정에 들어갔네 早持狐筆入楓宸
젊어서는 경륜 펼칠 좋은 지위 올랐고 青春長價經綸地
백발에는 적막한 물가에서 고고하였네 白髮孤蹤寂寞濱
문 닫고 평생토록 옛 성인을 말하였고 閉戶一生談古聖
임종 때 여덟 글자 백성을 깨우쳤네 臨終八字警愚民
강과 산 넘는 먼 거리 곡하기 어려워 迢迢嶺海難憑哭
감회의 눈물 넘쳐 수건 모두 적시네 感淚淫淫濕盡巾

또 유근[491]

又 柳根

많은 기로들 세상 떠나더니 耆老多零落
이제는 공도 이렇게 되었네 公今又至斯
청운[492]의 꿈 환로에서 이루고 青雲最宦達
백발의 만년 한가히 지냈네 白髮晚棲遲

---

488) 여덟 글자[八字] : 1617년 권춘란이 임종 때 직접 붓을 잡고 "이 몸이 죽어 승화하여 본원으로 돌아가니, 다시금 또 무슨 한이 있으랴.[乘化歸盡 不復有恨]"라고 쓴 것을 가리켜 한 말이다.

489) 석상의 보배[席上珍] : 선비의 재덕(才德)을 뜻한다. 《예기》 〈유행(儒行)〉에 "유자는 석상의 진귀한 보배처럼 자신의 덕을 갈고 닦으면서 임금이 불러 주기를 기다린다.[儒有席上之珍以待聘]"라고 한 데서 온 말이다.

490) 호필(狐筆) : 동호필(董狐筆)의 약칭으로, 춘추시대 진(晉)나라 사관(史官) 동호(董狐)가 역사적 사실을 숨김없이 바르게 썼다는 데서 온 말이다.

491) 유근(柳根, 1549~1627) : 자는 회부(晦夫), 호는 서경(西坰), 본관은 진주(晉州)이다. 황정욱(黃廷彧)의 문인으로, 1572년 문과에 급제하여 예조 참의·충청도 관찰사·좌찬성 등을 역임하였다. 광해군 때 정치가 혼란하자 괴산으로 물러났으며, 인조반정 뒤에 다시 기용되었으나 나아가지 않았다. 시호는 문정(文靖)이고, 저술로는 《서경집》이 있다.

492) 청운(青雲) : 높은 지위나 벼슬을 가리킨다.

꿈만 같은 칠십구 년의 세월	七十九如夢
성현을 책 스승으로 삼았네	聖賢書是師
과방[493]이 가업을 계승하였으니	過房能有續
남은 경사 정해질 기약 없네[494]	餘慶定無期

또 박동선[495]

又 朴東善

자득하며 도 즐겨 구름 속에 누웠고	囂然樂道臥雲霞
일찍이 대궐에서 백마지를 찢었네[496]	曾向丹墀裂白麻
거울 같은 연못에서 흐르는 물 살피고	一鑑池塘看活水
줄지은 솔과 회나무 여러 해 변화했네	數行松檜閱年華
자유의 집에 담대멸명 기꺼이 이르고[497]	澹臺肯至子游室
이급이 자주 화정의 집을 찾아왔네	李及頻尋和靖家
남극의 소미성[498]이 함께 빛을 잃으니	南極少微俱晦彩
공연히 하늘 끝에서 노인이 눈물 흘리네	空將老淚灑天涯

493) 과방(過房) : 아들이 없을 때 일가의 친척을 양자로 삼는 일, 또는 그 사람을 말한다.

494) 남은 …… 없네 : 권춘란이 쌓은 덕이 언젠가 후손에게 경사로 이어진다는 뜻으로, 《주역》 곤괘(坤卦) 문언(文言)에 "덕행을 쌓은 집안은 자손에까지 경사가 미친다.[積善之家 必有餘慶]"라고 한 데서 온 말이다.

495) 박동선(朴東善, 1562~1640) : 자는 자수(子粹), 호는 서포(西浦), 본관은 반남(潘南)이다. 1590년 문과에 급제하고 승문원에 들어갔다. 1613년 폐모론이 일어나자 시골에 은거하다가 인조반정으로 대사간이 되었으며, 이후 형조판서·좌참찬 등을 역임하였다. 저술로는 《서포기문(西浦記聞)》이 있다.

496) 대궐에서 …… 찢었고 : 권춘란의 강직한 간언이나 상호 활동을 비유한 표현이다. 백마지(白麻紙)는 관리를 임명하는 조서(詔書)를 가리키는데, 당 덕종(唐德宗)이 직신(直臣) 육지(陸贄)를 내쫓고 간신(姦臣) 배연령(裴延齡)을 재상으로 삼으려고 할 적에 간의대부(諫議大夫) 양성(陽城)이 상소하여 배연령의 죄를 신랄하게 탄핵하고 육지를 극구 변호하면서 공공연하게 말하기를, "배연령을 재상으로 삼으면 내가 의당 백마(白麻)를 취하여 찢어 버리겠다."고 하였는데, 이 때문에 덕종은 끝내 배연령을 재상으로 삼지 못했다는 고사가 전한다. (《唐書》 卷194, 〈隱逸列傳 陽城〉)

497) 자유의 …… 이르고 : 권춘란이 공사에 대해 분명하게 처신했음을 비유한 표현이다. 《논어》 〈옹야〉에 공자의 제자인 자유가 무성(武城)의 수령이 되었을 때 공자가 "좋은 사람을 얻었느냐."라고 묻자, 자유가 "담대멸명이라는 이가 있는데 지름길로 다니지 않고 공사(公事)가 아니면 절대로 저의 집에 오지 않습니다.[有澹臺滅明者 行不由徑 非公事未嘗至於偃之室也]"라고 한 데서 온 말이다.

498) 소미성(少微星) : 처사성(處士星)으로, 소미성이 희미하거나 떨어지면 인간 세상의 처사(處士)가 죽는다고 전한다.

又 참판 이민성[499)]

又 參判 李民宬

옛날에 나의 부친께서	昔我先君子
백담[500)] 어른을 종유하면서	從游老柏翁
선배 가운데 가장 친숙했고	最於先輩熟
고인의 풍모가 있다 했네	謂有古人風
청명한 시절 대관에 선발되어	臺館淸時選
아장[501)] 때 명성이 드높았네	聲名亞長崇
동산에서 돈독하게 본분 따르고	丘園敦履素
벼슬을 말과 돼지똥[502)]에 비겼네	軒冕付苓通
누가 감히 빈 배에 성내리오[503)]	誰敢虛舟怒
갈관처럼 귀머거리가 아니라네	人非鶡冠聾
고요한 자품은 도에 가깝고	靜恬資近道
청렴함으로 몸가짐에 힘썼네	淸約務持躳
학문은 시작된 연원 있었고	學有淵源自
용모는 충만한 덕에 부합했네	容符德氣充
평생토록 흠 될 것이 적었고	平生疵點少
높고 맑으며 명예롭게 마쳤네	高朗令名終
조카가 정성이 독실하여서	猶子精誠篤
상례에 예와 마음 융성하였네	居喪禮意隆
처량한 바람 흰 장막에 일고	凄風起素幔

499) 이민성(李民宬, 1570~1629) : 자는 관보(寬甫), 호는 경정(敬亭), 본관은 영천(永川)이다. 김성일의 문인으로, 1597년 문과에 급제하여 사헌부 지평·좌승지·형조 참의 등을 역임하였다. 1617년 폐모론에 반대하다 삭직되어 고향으로 내려와 학문을 연구하였다. 저서로는 《경정집》·《조천록(朝天錄)》이 전한다.

500) 백담(栢潭) : 구봉령(具鳳齡)을 가리킨다. 각주 27) 참조.

501) 아장(亞長) : 사헌부 집의와 사간원 사간을 일컫는 말로, 권춘란은 1595년과 1597년에 각각 사간원 사간과 사헌부 집의에 제수되었다.

502) 말과 돼지똥[苓通] : '영(苓)'은 돼지똥이고 '통(通)'은 말똥으로 매우 천한 것을 비유한다.

503) 빈…… 성내리오 : 텅 빈 마음으로 아무런 목적도 없이 그냥 떠돌아다니는 빈 배라는 뜻으로, 이민성 자신을 비유한 말이다. 《장자》〈산목(山木)〉에 "배를 타고 강을 건널 때, 빈 배[虛船]가 다가와서 부딪칠 경우에는, 비록 마음이 편협한 사람일지라도 성을 내지 않는 법이다."라는 말이 있다.

지는 달이 찬 하늘을 비추네 斜月映寒空
귀한 자제가 무덤에 묻히고 玉樹佳城閉
빈 들판엔 된서리가 내렸네 嚴霜曠野中
임종 때 남긴 분명한 말씀 分明纊息語
천년 뒤에 도잠을 계승했네[504] 千載繼陶公

또 승지 이언영[505]

又 承旨 李彦英

예문관과 홍문관에서 명성 드날렸고 鑾坡玉署擅名聲
사헌부와 사간원에서 총애 빛났네 烏府薇垣煥寵榮
환로에서 굳세게 물러날 줄 알았고 宦海早知恬退勇
산림에서 바른 도 지키며 자락했네 林泉自樂靜居貞
고고히 백설[506] 읊으니 누가 화답하리 孤吟白雪何人和
한바탕 황량의 큰 꿈[507]을 꾸었네 一枕黃粱太夢驚
소과 대과 합격한 전후로 헤어졌으니[508] 癸桂辛蓮前後分
만사 짓지 못하고 눈물에 갓끈 젖네 不堪題挽涕沾纓

---

504) 임종 …… 계승했네 : 1617년에 권춘란이 임종 때 직접 붓을 잡고 "이 몸이 죽어 승화하여 본원으로 돌아가니, 다시금 또 무슨 한이 있으랴.[乘化歸盡 不復有恨]"라는 글을 남겼는데, 이것을 진(晉)나라 도잠(陶潛)이 427년 임종 때 〈자제문(自祭文)〉과 아들들에게 주는 〈여자엄등소(與子嚴等疏)〉를 지은 것에 빗댄 것이다.

505) 이언영(李彦英, 1568~1639) : 자는 군현(君顯), 호는 완정(浣亭), 본관은 벽진(碧珍)이다. 1603년 문과에 급제하고, 사헌부 장령·좌부승지·선산 부사 등을 역임하였다. 만년에는 낙동강 가에 정자를 짓고 여생을 보냈다. 저서로는 《완정문집》이 있다.

506) 백설(白雪) : 춘추시대 초(楚)나라의 가곡 이름으로, 양춘(陽春)과 함께 남이 따라 부르기 어려운 고상한 시를 가리킬 때 쓰는 말이다.

507) 황량(黃粱)의 큰 꿈 : 한단몽(邯鄲夢)과 같은 말이다. 당 나라 개원(開元) 연간에 도사(道士) 여옹(呂翁)이 한단에서 소년 노생(盧生)을 만났는데, 노생이 여옹에게 자기 신세를 한탄하자, 여옹은 노생에게 베개를 주면서 "이것을 베면 부귀영화를 뜻대로 누릴 것이다."라고 하였다. 그리고 나서 여옹은 기장[粱]으로 밥을 짓고, 노생은 베개를 베고 잠이 들었는데, 꿈에서 일평생의 부귀영화를 실컷 누리고 그 꿈을 깨어 보니 아직 기장밥이 익지 않았다는 고사에서 온 말이다.

508) 소과(小科) …… 헤어졌으니 : 원문의 '계계신련(癸桂辛蓮)'은 권춘란이 신유년(1561) 사마시와 계유년(1573) 문과에 합격한 것을 가리켜 말한 것이다.

또 윤효전
又 尹孝全

산림이 아름다워도 예부터 공허했는데 山林信美古來空
물러나 자적하기를 공에게 처음 보았네 勇退優游始見公
교서관과 예문관에서 꿈처럼 지냈고 芸閣鑾坡如夢裏
붉고 푸른 산수는 호리병 속과 같았네[509] 丹崖綠水宛壺中
책 읽고 이치 궁구하며 노년을 보냈고 讀書玩理頤年老
조화로 온전히 돌아가 운수에 통달했네 乘化歸全達數窮
내가 가학 이은 아들[510]과 교유했기에 無似忝交詩禮子
애사를 지어 낙동강 동쪽에 부치네 哀章題寄洛江東

또 고용후
又 高用厚

일찍 벼슬 사직하고 산림에서 늙어가니 早辭榮宦老雲林
고고한 학은 본래 초탈한 마음 지녔다네 孤鶴由來物外心
평소에 해온 일은 현자의 일이 되었고 平日所爲賢者事
맑은 풍모 무지한 이들의 경구가 되네 淸風堪作鄙夫箴
틈이 나면 매번 만나 뵙고 싶었지만 偸閒每願瞻眉宇
하루아침에 유명 달라질 줄 알았으리 乘化寧知隔古今
이로부터 양양에 기로와 구신 없으니 從此襄陽無耆舊
추운 산 낙엽이 옷깃을 젖게 만드네 寒山落葉助沾襟

509) 호리병 …… 같았네 : 호리병 속의 선경(仙境)이라는 말이다. 후한(後漢)의 술사(術士) 비장방(費長房)이 시장에서 약을 파는 선인(仙人) 호공(壺公)의 총애를 받아 그의 호리병 속으로 들어갔더니, 그 안에 해와 달이 걸려 있고 선경이 펼쳐져 있더라는 고사를 인용한 것이다. (《後漢書》 卷82下 〈方術列傳下 費長房〉)

510) 가학[詩禮] …… 아들 : '시례(禮)'는 가정교육 또는 가학(家學)을 뜻하는 말로, 《논어》 〈계씨〉에서 공자의 아들 이(鯉)가 공자 앞을 지나다가 공자로부터 시와 예를 배웠느냐는 말을 듣고 물러 나와 시와 예를 배운 일에서 유래한다.

또 김용[511]

又 金涌

규장[512]처럼 훌륭한 자질 맑고 밝았고 圭璋令質本晶明
문 닫고 독서하며 학업 더욱 정밀했네 閉戶看書業更精
청반에 일찍 올라 명성을 빛내었고 早歷淸班名煥赫
회곡에 은거하여 자취 곧고 그윽했네 終藏晦谷迹幽貞
가슴이 깨끗해서 먼지가 끼지 않았고 襟懷洒洒塵何累
연치 인덕 높으니 벼슬이 가벼워지네 齒德高高爵自輕
가문에 전할 남는 물건 없다 하지 말게 莫道傳家無長物
남겨진 시 한 구절에 향기가 있으니 留題一句有餘馨

또 김윤안[513]

又 金允安

우리 고장은 호걸이 많은데 吾府多豪傑
가구[514]가 가장 인후하다네 佳丘最里仁
뛰어난 인재는 응당 강직한데 英才應侃侃
선생이 차근차근 잘 인도했네 善誘亦諄諄
어찌 닭 무리 속의 학이겠나 豈啻雞中鶴
원래 자리 위의 보배[515]였네 由來席上珍

---

511) 김용(金涌, 1557~1620) : 자는 도원(道源), 호는 운천(雲川), 본관은 의성(義城)이다. 구봉(龜峯) 김수일(金守一)의 아들로, 1590년 문과에 급제하여, 예문관 검열·병조 참의·여주 목사 등을 역임하였다. 저서로는《운천집》·《운천호종일기(雲川扈從日記)》 등이 있다.

512) 규장(圭璋) : 제후가 조회할 때 잡는 옥의 일종으로 순결하고 고상함을 비유한다.《시경》〈권아(卷阿)〉에 "존귀하고 엄숙하며, 규와 같고 장과 같네. 아름다운 명망이 있는지라, 개제한 군자를 사방이 기강으로 삼네. [顒顒卬卬 如圭如璋 令聞令望 豈弟君子 四方爲綱]"라고 한 데서 온 말이다.

513) 김윤안(金允安) : 각주 439) 참조.

514) 가구(佳丘) : 권춘란이 태어난 경북 안동시 와룡면 가구리를 가리킨다.

515) 자리 위의 보배 : 재덕(才德)이 출중한 인물을 가리키는 말이다. 노(魯)나라 애공(哀公)이 공자에게 자리를 권하자, 공자가 모시고 앉아서 "유자는 자리 위의 보배를 가지고 초빙해 주기를 기다리는 사람이다.[儒有席上之珍以待聘]"라고 말한 고사에서 유래한 것이다. (《禮記》〈儒行〉)

봄바람은 그대의 기개였고	春風方氣槩
눈 속의 달 그대의 정신이네	雪月是精神
공명 얻는 법 원치 않았으니	不顧功名法
어찌 글쟁이 신세를 바랐겠나	那安翰墨身
붕새의 노정 박차면 멀리 날고[516)]	鵬程搏可遠
움츠린 자벌레 한참 뒤에 펴네[517)]	蠖屈久還伸
동호의 직필[518)]에 죽은 이 누구이며	狐筆誅誰骨
총마의 반열[519)]에 몇 명이나 떨었나	驄班竦幾人
사간원에서 홀을 바로 잡았고	薇垣曾正笏
다시 홍문관에서 띠를 드리웠네	玉署更垂紳
끝내 화려한 벼슬자리 마다하고	遂厭紛華地
오히려 적막한 물가를 즐겼네	猶耽寂寞濱
작은 못은 수원으로 활발하고	小塘源有活
단칸방은 깨끗하여 먼지도 없네	一室淨無塵
막대 짚고 삼경[520)]을 걷기도 하고	杖策行三逕
처마 밑을 돌다 두건을 젖히네	巡簷岸一巾
도서는 스스로 즐길 만하고	圖書堪自樂
솔 국화 있어 가난치만은 않네	松菊不全貧
군자의 꽃[521)]은 향기가 담박하고	君子花香淡

516) 붕새의…… 날고 : 《장자》 〈소요유〉에 "붕새가 남쪽 바다로 날아갈 때는 물을 3천 리나 박차고 회오리바람을 타고 9만 리나 날아오른 뒤에야 6월의 대풍을 타고 남쪽으로 날아간다.[鵬之徙於南冥也 水擊三千里 搏扶搖而上者九萬里 去以六月息者也]"라고 한 데서 온 말이다.

517) 움츠린…… 펴네 : 《주역》 〈계사(繫辭)〉에 "자벌레가 몸을 굽히는 것은 장차 펴기 위함이요, 의리를 정밀히 연구하여 신의 경지에 드는 것은 장차 쓰이기 위함이다.[尺蠖之屈 以求信也 精義入神 以致用也]"라고 한 데서 온 말이다.

518) 동호의 직필 : 동호(董狐)는 춘추시대 진(晉)나라 사람으로, 사관(史官)이 되어 영공(靈公)을 시해한 조둔(趙盾)의 일을 직필(直筆)하였는데, 후세에 거리낌 없이 직필하는 사관을 동호필(董狐筆)이라 하였다.

519) 총마의 반열 : 총마(驄馬)는 감찰어사가 타고 다니던 말의 별칭이다. 청백색의 털이 뒤섞인 말을 가리키는데, 동한(東漢)의 환전(桓典)이 시어사(侍御史)가 된 뒤 항상 총마를 타고 다니면서 범법자를 가차 없이 처벌하였으므로, 그를 총마 어사라고 불렀던 데에서 유래한 것이다.(《後漢書》 恭37 〈桓典列傳〉)

520) 삼경(三逕) : 세 개의 오솔길. 진(晉)나라 도잠의 〈귀거래사〉에 "세 갈래 길은 황폐해져 가는데, 송국은 아직도 남아 있네.[三逕就荒 松菊猶存]"라고 한 데서 온 말로, 여기서는 권춘란이 기거하는 곳을 가리킨다.

현인의 술[522]은 맛이 진기하네　　賢人酒味醇
한 마음은 경의만을 생각하고　　一心唯敬義
모든 일은 임금과 부모뿐이네　　萬事只君親
술 취한 속에 하늘은 화창하고　　醉裏天和暢
읊조림 속에 옛 기풍 순박하네　　吟中古氣淳
평소에는 고생함을 부끄러워하고　　端居恥役役
편히 쉴 때는 신신함[523]을 배우네　　燕坐學申申
보갑에는 천 년 되는 거울 있고　　寶匣千年鏡
방로에는 백 번 단련한 은이 있네　　方爐百鍊銀
귀장[524]은 평소 지조 견고히 하고　　龜藏堅素節
양자는 붉은 수레[525] 안고 있네　　螟子擁朱輪
호탕하게 고을 수령 잔치 벌려　　浩蕩專城讌
번화하게 비단 자리 펼쳐졌네　　繁華綺席珍
빈과 벗이 늘 좌석에 가득하고　　賓朋常滿座
역마가 다시 성문을 메우누나　　馹騎更塡闉
여든 나이에도 더욱 강녕했으니　　八袠彌康寧
삼달존[526]이 누구와 같겠는가　　三尊孰比倫
노인성 빛이 갑자기 어둡더니　　老星光忽晦
요절한 해 통한이 끝이 없네　　妖歲痛何垠

---

521) 군자의 꽃 : 연꽃을 가리킨다. 송(宋)나라 주돈이의 〈애련설(愛蓮說)〉에 "나는 생각건대, 국화는 꽃 중의 은자이고 모란꽃은 꽃 중의 부귀한 자이고 연꽃은 꽃 중의 군자라고 여기노라.[予謂菊花之隱逸者也 牡丹花之富貴者也 蓮花之君子者也]"라고 한 데서 온 말이다.

522) 현인의 술 : 탁주를 가리킨다. 맑은 술을 '성인(聖人)'이라 하고 탁한 술을 '현인(賢人)'이라 하는데, 위(魏)나라 때 금주령이 내려 주객(酒客)들이 쓴 은어(隱語)에서 유래한 것이다.

523) 신신함 : 공자의 평소 언행을 가리키는 말인데, 《논어》 〈술이〉에 "공자가 집에서 편히 쉬고 있을 적에는, 마음이 활짝 풀어진 듯하고 즐거운 듯하였다.[子之燕居 申申如也 夭夭如也]"라고 한 데서 온 말이다.

524) 귀장(龜藏) : 거북의 장륙(藏六)으로, '장륙'은 거북이 위험한 경우를 당하면 머리와 꼬리와 네 발[頭尾四足]을 갑 속에 오그려 들여서 화를 모면하는 것을 이르는 말이다. 전하여 사람이 재지를 숨겨서 남의 모해를 면하는 데에 비유한다.

525) 붉은 수레 : 바퀴에 붉은 칠을 한 수레로 한나라 때 존귀한 사람들이 타던 것이다.

526) 삼달존(三達尊) : 천하 사람들이 모두 높이는 세 가지, 즉 작록[爵], 연치[齒], 덕(德)을 가리킨다.(《孟子》 〈公孫丑下〉)

조화 타고 조용히 돌아갔으니	乘化從容盡
임종할 때 정신이 또렷했었네	臨終定力新
생전에 입던 옷 땅에 묻히고	容衣㚈入地
쌍용검은 나루로 돌아갔네[527]	龍釖兩歸津
백발은 아우들을 슬프게 하고	白髮悲諸弟
붉은 명정 이웃 사람을 울리네	丹旐泣比鄰
어렸을 때부터 총애를 받았고	少年曾獲幸
젊어서는 또한 인척을 맺었지	中歲又連姻
가을 골짝 단풍은 비단 같고	秋壑楓如錦
봄 시내 풀은 방석 깐 듯하네	春溪草似茵
시를 읊으면 항상 화답을 했고	哦詩當見和
술 마주해 함께 잔을 기울였네	對酒共傾頻
옛날 일이 도리어 꿈만 같고	舊事還如夢
이 기쁨도 다만 어제일 같네	玆懽只隔晨
당년 나이 사십에 지은 뇌문을	當年四十誄
천 년 뒤에 봐도 부끄럼 없으리	無愧示千春

또 김중청

又 金中淸

회곡 선생 갑자기 문을 걸어 잠그고	晦谷先生掩谷門
감원정[528]에서 마음의 근원을 살폈네	鑑源亭上鑑心源

---

527) 쌍용검은…… 돌아갔네 : 부부가 죽어서 합장된 것을 가리킨다. 진(晉)나라 뇌환(雷煥)이 용천(龍泉)과 태아(太阿) 두 명검을 얻어 하나는 자기가 차고 하나는 장화(張華)에게 주었는데, 그 뒤에 장화가 죽음을 당하면서 그 칼도 없어졌다. 그런데 뇌환의 칼을 아들이 차고 다니다가 복건성(福建省) 연평진(延平津)에 이르렀을 때, 차고 있던 칼이 갑자기 물속으로 뛰어들면서 없어졌던 장화의 칼과 합하여 두 마리의 용으로 변한 뒤 사라졌다는 고사에서 온 말이다.(《晉書》 〈張華傳〉)

528) 감원정(鑑源亭) : 경북 안동시 와룡면 가구리 대밭골[竹田洞]에 있는 정자로, 권춘란이 만년에 벼슬을 버리고 마을 어귀에 못을 만들고 이 정자를 지어 후진을 양성하였다. 감원정이란 명칭은 주희의 《주자대전》 권1 〈관서유감(觀書有感)〉 시에 "반 이랑 방당이 거울처럼 펼쳐지니, 하늘 빛 구름 그림자 그 안에서 배회하네.

십 년의 공부에 가죽 세 번 끊어졌고[529] 十年功業韋三絶
반세기의 관함은 구름 흔적 되었네 半世官銜雲一痕
이치를 궁구해서 태극을 모사했고 玩理幾曾摹太極
인을 행하며 때때로 말을 연역했네[530] 行仁時復繹羣言
옷깃 여며 참되게 쌓은 대로 돌아가니 整襟乘化由眞積
일 끝난 뒤에 도 더욱 높음을 알겠네 事畢方知道益尊

또 임흘[531]

又 任屹

아름다운 옥 정제된 금처럼 순수한 인품 美玉精金純粹人
성학에 침잠하여 관민[532]에 소급했네 沈潛聖學泝關閩
정주학의 단서를 연원으로 계승했고 淵源遠紹周程緖
추로[533]의 진결을 정맥으로 보전했네 正脉終全鄒魯眞
가르침은 한 시대를 교화시켜 인도하고 垂敎一時能化導
남긴 말은 천년토록 다스려질 만하네 立言千載可經綸
홀연 기미성 타고 두 기둥의 꿈 마치니[534] 騎箕忽罷楹間夢

묻노니 어이하여 그처럼 해맑을까? 근원에서 생수가 솟아나기 때문이지.[半畝方塘一鑑開 天光雲影共徘徊 問渠那得淸如許 爲有源頭活水來]"라고 한 데서 뜻을 취한 것이다.

529) 가죽 …… 끊어졌고 : 책이 다 떨어질 때까지 부지런히 읽는 것을 말한다. 공자가 말년에 《주역》을 좋아하여 많이 읽은 탓에 책을 엮은 가죽 끈이 세 번이나 끊어졌다고 한 데서 온 말이다.(《史記》 卷47 〈孔子世家〉)

530) 이치를 …… 연역했네 : 권문해가 저술한 《진학도》와 《공문언인록》을 가리켜 말한 듯하다.

531) 임흘(任屹, 1557~1620) : 자는 탁이(卓爾), 호는 용담(龍潭), 본관은 풍천(豐川)이다. 1582년 진사시에 합격한 뒤, 임진왜란에 참여한 공로로 전옥서 참봉에 임명되었으나 격심한 당쟁을 규탄하는 소를 올리고 사직하였다. 저서로는 《용담집》·《임란일기(壬亂日記)》 등이 있다.

532) 관민(關閩) : 관(關)은 송(宋)나라 장재(張載)가 강학하던 관중(關中)을, 민(閩)은 주희가 강학하던 민중(閩中)을 가리키는데, 합쳐서 정주학을 가리킨다.

533) 추로(鄒魯) : 공자의 고향인 노(魯)나라와 맹자의 고향인 추(鄒)나라를 가리키는 말로, 여기서는 공자와 맹자의 학문을 뜻한다.

534) 홀연 …… 마치니 : 권춘란의 죽음을 가리킨다. 기미성을 탄다는 것은, 《장자》 〈대종사〉에서 은(殷) 나라 고종(高宗)의 재상 부열(傅說)이 죽은 뒤 '기미성에 올라 타 열성(列星)과 나란히 했다.[騎箕尾而比於列星]'라고 한 데서 온 말이다. 두 기둥의 꿈은 《예기》 〈단궁 상〉에 나오는 말로, 공자가 천자의 어전 앞에 세워진 두 기둥 사이에 앉는 꿈을 꾼 뒤에 죽었다는 고사를 가리킨다.

천지가 망망하여 눈물로 수건 적시네　天地茫茫淚滿巾

감원정을 서성이는 노쇠한 학이여　鑑源亭上老胎仙
옥빛 물과 이끼를 먹으며 순결하였네　玉潤靑苔飮啄潔
펄펄 날아서 하늘 구름 속에 들어가니　翩然忽入絳霄雲
가을 저녁 빈 산에 오직 달만 떠 있네　秋暮空山惟有月

또 진봉 권굉[535)]

又 震峯 權宏

분분히 남북으로 갈림길이 많은데　紛紛南北路多岐
향학의 일념 늙도록 변치 않았네　一向工程老不差
부엌 그릇이 비어도 즐김 있었고　廚下簞瓢空有樂
성현의 책 읽으며 사특함 없었네　卷中賢聖對無邪
지난날 옷섶 걷고 말석에 있었는데　摳衣昔日占堂䊝
올해는 하세하여 뱀의 해에 곡하네[536)]　易簀今年哭歲蛇
하늘이 다시 사문을 망하게 하려고　天欲使斯文又喪
남긴 글을 시들하게 연하에 묵히네　遺編零落舊烟霞

535) 권굉(權宏) : 각주 452) 참조.
536) 올해는…… 곡하네 : 권춘란이 뱀의 간지가 들어간 1617년에 죽은 것을 가리켜 한 말이다.

봉안문奉安文

서원 봉안문 김중청 찬
書院奉安文 金中淸 撰

우리 고을 많은 현인 중에　我邦多賢
선생이 있었으니　越有先生
맑은 자질 온화하고 진실되며　淑質溫慤
아름다운 의범 바르고 곧았네　令儀端貞
과거 시험은 대중을 따랐으나　擧業從衆
안으로 지조를 독실히 하여　式敦內操
벼슬은 그칠 것을 생각하고　仕必思止
나아감에 조급함을 부끄러워했네　進亦恥躁
빨리 물러나고 늦게 나아가　去速就遲
일정한 법도가 있었고　則維其常
내직[537]과 외직을 지내면서　豸冠求縣
광채를 드러내지 않았네　不顯其光
간사한 이들 놀라 숨었고　奸臆潛駭
식자들 크게 공경했으며　達眼丕欽
영화롭게 부모를 봉양하고　旣養以榮
처음 뜻을 마침에 찾았네　遂初爰尋
독실한 뜻으로 독서 힘쓰고　篤志劬書
효우를 하고 남은 힘으로　孝友餘力
경전을 귀하게 받들고　捧璧眞經

537) 내직[豸冠] : 치관(豸冠)은 옛날 어사(御史)가 쓰던 해치관(獬豸冠)으로 어사대인 사헌부의 고관을 말하는데, 여기서는 외직의 대적인 개념인 내직의 뜻으로 쓴 듯하다.

끈이 닳도록 주역 읽었네	絶韋羲易
인을 자신의 임무로 여겨	仁爲己任
학설이 있으면 곧 기록하고	有說輒箚
모아서 책으로 완성하여	裒成卷帙
강마하는 자료로 삼았네	以資講劘
뭇 사람들 엿보지 못했으나	衆所未窺
선생 홀로 부지런히 힘쓰면서	我自孜矻
밝은 창가에서 고요히 지내고	明窓處靜
맑은 날에 오롯이 앉아있었네	晴晝坐兀
사람은 물러나려 했지만	人欲退伏
하늘이 밝게 드러내었네	天理昭呈
가난에도 생각 변치 않는데	貧難動念
이익에 마음이 끌리겠는가	利豈嬰情
반 이랑 연못을 비추어보니	半畝一鑑
마음의 근원이 활발하고	心源活潑
백설에도 푸르른 소나무	白雪蒼松
굳센 절조 뉘라서 빼앗으리	苦節誰奪
학문은 날마다 성취되고	學日以就
도는 달마다 진작되어	道月斯征
오로지 실질에 힘썼으며	專務其實
어둠을 써서 밝게 하였네[538]	用晦而明
풍도는 청렴하고 정직했고	廉靖爲度
성품은 소탈하고 고아하며	簡雅成性
몸가짐은 한결같이 맑게 했고	終始淸修
출처는 오직 바르게 하였네	出處惟正
조화를 따라 먼지가 되어	歸盡隨化

538) 어둠을…… 하였네 : 난세에 사리에 어두운 척 처신하면서 남을 포용하여 결과적으로 밝게 처신한다는 뜻이다. 《주역》〈명이괘 상(象)〉에 "밝음의 덩어리가 땅속으로 들어가는 상이 명이이니, 군자는 이 상을 보고서 무리를 대할 적에 어둠을 써서 밝게 한다.[明入地中 明夷 君子以 莅衆 用晦而明]"라고 한 데서 온 말이다.

하늘의 명을 달게 받으니　樂天之命
지위와 덕의 길고 짧음을　位德長短
구태여 논할 필요 없다네　不須有云
생사에 편안함을 따랐으니　生死順安
숭상한 바를 알 수 있고　迺見其尊
향리의 표석은　鄕里之表
후학들이 의지한 바였네　後學攸依
노나라에 군자가 없었다면　魯無君子
이 사람 어디서 이를 취했으리[539]　斯焉取斯
일정한 스승이 있었으니　厥有師尙
백담[540] 선생이었네　栢潭夫子
또한 이미 사당에 제향하여　亦旣廟享
사후를 함께하지 않겠는가　盍共後死
덕을 좋아하는 마음이 같고　好懿同彜
앞서 부르면 능히 화답했네　倡克有和
선비들이 물밀듯이 달려와　多士犇波
먼 곳이나 가까운 곳에서　遠者近者
좋은 날에 깨끗한 제수로　潔牲良辰
엄숙히 받들어 편히 모시네　肅奉以妥
완연한 용모와 문채는　宛其容丈
평소와 다름이 없네　無間平昔
양양히 임하시어　庶幾洋洋
우리들의 정성을 살펴주소서　顧我誠赤

539) 《논어》 〈공야장〉의 공자가 제자 자천(子賤)을 군자답다고 칭찬하면서 “노나라에 군자가 없었다면 이 사람이 달리 어디에서 이러한 일을 취했겠는가.[魯無君子者 斯焉取斯]”라고 한 데서 온 말이다.

540) 백담(栢潭) : 구봉령(具鳳齡)을 가리킨다. 각주 27) 참조.

晦谷先生文集 拾遺

회곡선생문집 습유

시詩

편지에서 금자개[541]가 국화 떨기를 꺾어 보내 준 것에 감사의 뜻을 부쳐 보내다
書中寄謝琴子開採送菊叢

늙고 병들어 근래 모든 일 게으른데 老病年來百事慵
꽃을 보니 흥취가 앞서 짙어지네 看花只得興先濃
정성스레 뜰의 국화를 보내셨으니 殷勤採送仙園種
이슬 아래 꽃필 때 함께 웃어보세 霜下開時一笑同

감원정에서 운자를 부르며 취하여 금자개에게 주다
鑑源亭呼韻醉贈琴子開

멀리서 찾아온 객이 있어 有客遠方來
오늘 정다운 마음 열리네 好懷今日開
앉아서 고금을 잡담하며 坐談雜今古
다시 한잔 술을 올리네 更進酒一盃

541) 금자개(琴子開) : 금발(琴撥, 1563~1642)을 가리킨다. 그의 자는 자개(子開), 호는 수정재(守靜齋), 본관은 봉화(奉化)이다. 생부는 금순선(琴順先)이고, 계부는 일휴당(日休堂) 금응협(琴應夾)이다.

서書

정자명[542]과 이가중 형남[543]에게 주는 편지

與鄭子明李嘉仲(亨男)書

여러 승경은 어떠했습니까. 어제 병산서원(屛山書院)의 통문을 보았는데 여강서원(廬江書院)을 그대로 둘 수 없으니 마땅히 마라(碼螺)로 터를 옮겨야 한다는 등의 일이었습니다. 제군들의 논의가 어찌 식견도 없이 말한 것이겠습니까. 이것이 진실로 맞는 일이지만 도리가 무궁하고 사람에게 각각 마음이 있어서 각자 견해를 말해서 지극히 합당하게 귀결을 내지 않을 수 없습니다. 저의 생각에는 당초 건립할 때 우리 향리의 여러 노선생이 어찌 연관도 없는 곳에 계획해서 설치했겠습니까.

지금 큰 변란을 만나 갱신하지 않을 수 없습니다. 전후좌우로 볼만한 땅이 없으면 그만이지만 강당 뒤에 있는 주봉(主峯)의 산자락이 지대가 높고 맑아서 진실로 지극히 궁벽한 땅은 아닙니다. 육안으로 보면 사면이 둘러쳐져 있어 이전보다 꽤 낫다는 것을 알 수 있습니다. 또한 옛 터에서 이동하는 것이 수십 보에 불과하니 만약 이곳에 중건해서 예전의 체제를 잃지 않는다면 주변의 풍광이 전날의 면목과 다르지 않고 선비와 자제들이 공부하던 옛 장소도 바뀌지 않을 것입니다.

이뿐만이 아닙니다. 신위를 봉안한 지 이미 오래 되었고 격췌(格萃)[544]도 여전해서 인정상 편안하지 않을 듯합니다. 지난번 모임에 모두들 터가 있어서 다행으로 여기고 별다

---

542) 정자명(鄭子明) : 정사성(鄭士誠, 1545~1607)을 가리킨다. 그의 자는 자명(子明), 호는 지헌(芝軒), 본관은 청주(淸州)이다. 이황과 구봉령의 문인이다. 1590년 유일(遺逸)로 천거되어 태릉 참봉(泰陵參奉)·양구 현감 등을 역임하였고, 특히 임진왜란 때 태조의 영정을 받들어 난이 평정될 때까지 봉안하였다. 저서로는《지헌집(芝軒集)》과《역학계몽질의(易學啓蒙質疑)》가 있다.

543) 이형남(李亨男, 1556~1627) : 자는 가중(嘉仲), 호는 송계(松溪), 본관은 진보(眞寶)이다. 이황과 권대기의 문인이다. 1588년 사마시에 합격하였으나 과거를 포기하고 구로동(九老洞)에 대취헌(對翠軒)을 짓고 학업에 힘썼다. 임진왜란 때 임하현(臨河縣)에서 의병을 모아 안동을 지켰다. 저서로는《송계문집》2권이 있다.

544) 격췌(格萃) : 미상. 헐뜯는 것?

른 논의가 없었는데 지금 경영을 시작해서 계획하기 급한 때에 신위를 옮기고 합병하려는 논의가 갑자기 천만 뜻밖에 나올 줄은 몰랐습니다. 삼가 통문의 뜻을 살펴보니 그대로 두면 백해무익하지만 터를 바꾸면 해로움은 하나도 없고 모든 것이 이롭다고 합니다. 게다가 뒷날에 반드시 후회가 있을 것이라고 합니다. 이해(利害)에 대한 말을 살펴보건대 어린사람을 드러내어 칭송하고 일을 도모하여 영구히 하는 것이라서 이익을 도모하지 않을 수는 없습니다. 만약 그렇다는 입장에서 논하면 이 땅이 진실로 피해를 입었고 그렇지 않다는 입장에서 말한다면 천지에 일의 변화가 무궁한데 어디가 후회하지 않을 땅인지 알 수 없습니다. 그러니 이것은 깊이 분별할 것이 아닙니다.

다만 서원을 세울 땅은 반드시 그윽하고 조용한 물가를 취해야 하며 이밖에 달리 따질 논할 것이 없습니다. 다만 눈이 어두우면 태산도 볼 수 없듯이 저희들이 예전대로 편하게 하는 것이 지혜가 얕고 식견이 명확하지 않은 일이 될까 염려됩니다. 어찌 감히 자신의 견해를 옳다고 여기고 남이 하는 말을 듣지 않을 수 있겠습니까. 무릇 크고 작은 모든 일에는 당연히 양단(兩端)이 있기 마련이니 반드시 위에 있는 사람이 양단을 잡고 중도를 취하기를 기다린 이후라야 바야흐로 지극히 좋아서 후회가 없을 것입니다.

또한 인심이 순응하면 편안하고 거스르면 혼란하며 일을 일으킬 때에는 처음을 잘 도모하고 마칠 때에는 반드시 뒷일을 염려해야 합니다. 사람들이 이미 화합하고 좋은 쪽으로 계획하여 양쪽 사이에 서로 막힘이 없게 한 이후에 인심이 편안해지고 사업이 이루어질 것입니다.

아! 현인을 높여 사우를 건립하는 것이 얼마나 큰일입니까. 그러나 손을 쓰려다가 그만두고 끝내 완성시키지 못한 바둑처럼 홍수로 무너진 이후 향리의 사람들이 서원의 상황에 관심 두지 않는 사람이 많습니다. 귀로 듣는 것이 눈으로 보는 것보다 못한데 어찌 주제넘게 억측해서 결단하겠습니까. 반드시 한번 여럿이 모여서 다시 살펴보고 모두 땅이 나쁘고 불길해서 결단코 옮겨야 한다면 인심이 또한 천리가 있는 곳을 마땅히 따를 것입니다.

옛 현인이 이미 세상을 떠나 이제는 의심나는 것을 상고할 수 없으니 또한 통탄스러울 뿐입니다. 생각건대 서애[545] 대감은 유가의 사표(師表)로 비록 작은 일이라도 향리의 후생들과 일일이 묻고 바로잡는데 하물며 이처럼 큰일을 말할 나위가 있겠습니까. 마땅히

545) 서애(西厓) : 유성룡(柳成龍) 호. 각주 282) 참조.

일의 형편이 적당한지 의리의 곡절이 어떠한지 여쭤보고 결정한다면 헛된 논의[橫議]가 저절로 그칠 것입니다. 당 아래의 쓸데없는 논변을 어찌 다른 사람이 듣게 하겠습니까. 그러나 한 면(面)의 사람들이 말을 맞추어 통문을 보냈으니 인정을 알 수 있고, 말해서는 안 되지만 마음에 생각하는 바가 있으면 또한 논하지 않을 수 없습니다. 반드시 말과 논의를 다해서 하나의 정리된 입장에 이른 이후에야 피차간에 유감이 없을 것입니다. 저의 식견이 이와 같아서 대략 고설(瞽說)[546]을 아뢰니 어찌 감히 사람들이 보고 반드시 저와 같이하기를 바랄 수 있겠습니까. 삼가 생각건대, 여러 군자께서 가부에 대해 잘 살펴주시기 바랍니다.

卽惟諸勝何如 昨見屛山士子通文 以爲廬江書院不可因舊 當改卜碼螺等事也 諸君所論 豈無所見而云爾也 是誠然矣 然義理無窮 人各有心 不可不各陳所見 以求至當之歸 以鄙妄見 當初建立之時 吾鄕諸老先生 豈偶然計而置之於此也 今遭大變 不可不更新 而左右前後 無可見之地則已矣 堂後主峯之下 地位淸高 誠非極陋之地 而肉眼所見 則面勢回抱 殊覺有勝於前也 且與舊基推移 不過數步之間爾 若因此重建 不失舊制 則江山不改前日之面目 士子仍保藏修之舊所 非但此也 妥奉旣久 格萃如在 豈非情理之所安也 前會之日 僉以有地爲幸 而別無他議 方以經始規畫爲急矣 不料遷毁合屛之論 遽出於千萬意慮之所不及也 謹考通文之意 以爲因舊 則有百害而無一利 改卜則無一害而有百利 且以爲後必有悔 計較利害之說 仁人羞稱 而圖事永久 利亦不可不謀也 若以已然論之 則此地固有害矣 若以未然言之 則天地間事變無窮 不知何處能爲無悔之地也 然此則不足深辨 但以建院之地 必取幽邃寂寞之濱 則捨此他無可者矣 第念目有所昧 則不見泰山 吾輩之欲以因舊爲便者 無乃智慮之淺薄 識見之未透歟 何敢自是已見而不肯聽人說話爲哉 凡大事小事 自有兩端 必待在上之人執兩取中 然後方爲至善而無悔吝矣 且夫人心順之則安 逆之則拂 作事謀始 弊必慮後 人已通融 從長計議 使兩間無相阻 然後人心得安 而事功可成矣 嗚呼 尊賢建宇 此何等大事 而譬如着棊者 將下手而復止 終無所成也 水圮之後 吾鄕之人 有不審形止者多矣 耳聞不如目見 何可蹤度而臆決也 必須一番齊會 更爲看審 咸以爲惡地不吉決當遷也 則人心亦天理所在 當順之而已 昔

546) 고설(瞽說) : 상대방의 상황을 고려하지 않고 말하는 것을 가리킨다. 《논어》 〈계씨〉에 공자가 '안색을 보지 않고 말하는 것을 눈이 멀었다고 한다.[未見顔色而言 謂之瞽]"라고 한 데서 온 말이다.

賢已亡 今日欲考所疑而不可得 則亦可痛也已 仰惟西厓大監 斯文師表 雖小事 鄕生等當一一禀定 況此大事乎 當其事勢便否 義理曲折 奉禀以決 則橫議自止 而堂下無用之辨 何可使聞於他人也 大槩一面之人 同辭發文 則人情可見 宜無一辭 然心有所懷 則亦不得不論也 必須盡言極論 以止一定之地 然後彼此方無悔矣 鄙妄所見如此 故略陳瞽說 何敢望人見之必同於己也 伏惟僉君子 諒察可否之如何

상례문목(백담 선생[547]에게 올리다)

喪禮問目(上栢潭先生)

문 : 적자(嫡子)와 얼자(孼子)의 상복 차이는 어떠합니까?

답 : 살펴보면 고례(古禮)에는 분별과 등급에 대한 조문이 없다. 예는 인정(人情)으로 말미암으니 정녕 이렇게 함이 마땅하다. 지금 또한 이에 의거하여 행할 것이니, 그것을 폐기하는 것은 세속의 견해이다.

문 : 지금 세상에는 기(期)는 한 달, 대공(大功)은 20일, 시마(緦麻)는 7일로 하는데 어떤 예를 상고하여 정한 것입니까? 반드시 이 날짜가 되어 상복을 벗으면 어떤 예를 써야 합니까?

답 : 이것이 바로 한(漢)나라 때 모든 관리에게 휴가를 준 규정인데, 후대에 제도가 된 것이니 식자(識者)는 애석하게 여긴다. 원래의 상복을 입고 기일이 차기를 기다렸다가 분향하고 자리를 마련하여 상복을 벗는 것이 마땅할 듯하다.

문 : 사대부의 가묘(家廟) 삭망(朔望) 제사는 어떻게 합니까?

답 : 이는 마땅히 예에 의거하여 행해야 한다. 상중일 경우는 주자가 이미 지정하여 가르침을 내린 말이 있으니 상고할 만하다.

문 : 적자(嫡子)가 죽어 장손(長孫)이 상중에 있으면 그 가묘의 제사는 어떻게 합니까? 중자(衆子)가 제사를 주관합니까?

답 : 예에 중자가 예를 주관한다는 문구는 없다. 장자가 항상 주관하고 제물을 준비하고 제사를 돕는 것이 바로 예이다. 장자가 다른 나라에 있는데 혹시 일이 있으면

---

547) 백담(栢潭) 선생 : 구봉령(具鳳齡)을 가리킨다. 각주 27) 참조.

단(壇)을 만들어 제사 지내고 가묘에는 들어갈 수 없으니, 그 의미가 이미 명백하다. 내 생각으로는 부득이 중자가 제사를 지내야 한다면 신위를 설치하여 행하는 것이 옛날 뜻이 있는 듯하다. 예를 논의하는 일은 자신이 눈으로 익히고 옛날 의리를 자세하게 익히지 않은 자는 결코 여기에 이르기 어렵다. 지금 질문하는 것은 귀머거리에게 얻어 들으려는 격이다. 그러나 각각 품고 있는 것이 있으니 서로 질문하지 않을 수 없다. 그대는 어떻게 생각하는가?

문 : 《가례》 〈오복도(五服圖)〉에 중자는 단지 의리상 시마복(緦麻服)을 입는다고 하였는데, 적자는 어떻게 합니까? 상복을 입지 않을 것 같으면 그 의리는 어떤 것입니까? 첩의 아들이 적모(嫡母)와 적자를 위해 삼년복을 입는다면 적모와 적자는 첩의 아들을 위해 어떤 복을 입어야 합니까?

답 : 서모(庶母)를 위해 시마복을 입는다. 은혜가 있으면 간혹 기년복(朞年服)을 입는다. 적자가 여기에 상복을 입지 않는 것은 상고할 만한 글이 없다. 내 생각으로는 반드시 압존(壓尊)해서 그런 것이다. 만약 서자가 적모와 적자에 대해 상복을 입어 보답한다면 아마도 적서의 차이가 있지 않을 것이다.

문 : 기(期)·공(功)·시(緦)는 한 달·20일·7일이 지나면 평소처럼 음식을 먹고 다만 연회를 즐기지는 않습니다. 원래 복이 기일이 차면 다시 그 상복을 입고서 벗는 것이 옳습니까?

답 : 기(期)·공(功)·시(緦)의 상복은 각각 다를 수가 있다. 장사 지내고 졸곡(卒哭)을 하면 술을 마시고 고기를 먹는 문구가 있으니, 기일이 차게 되면 그 복을 입고서 벗는 것이 무슨 의심이 있겠는가.

문 : 장손이 상중에 있으면 3년 동안에 가묘와 묘제는 어떻게 합니까? 흉복(凶服)을 입고 길제(吉祭)를 행할 수는 없을 듯합니다. 부득이 제사를 지내야 한다면 어떤 복을 입어야 합니까?

답 : 치최(緇衰)에 대한 설을 주자가 말씀하셨다. 지금 풍습은 예를 지키는 사람이 어떤 형태로 하는지 모르겠다. 주자가 또한 "상복이 어떠한지를 헤아려야 한다."라고 하였으니, 상주가 비록 제사를 폐하더라도 무방하다.

문 : 방방(放榜)이 만약 부모의 기일(忌日)이라면 어떻게 합니까? 종신토록 입는 상은 정으로나 의로나 길복(吉服)을 입고 꽃을 꽂을 수는 없을 것 같습니다. 혹자는 "응방(應榜)은 군신이 교제하는 큰 예이니 폐할 수 없다. 마땅히 반열에 들어가

행하고, 대궐문을 나서면 길복을 벗고 소복을 입고 집으로 돌아와야 한다."라고 하였는데 어떻습니까? 또 상기(喪期) 중에는 응방할 수 없다는 것은 전에 이미 말씀을 들었습니다. 만약 공복이나 시마복의 상을 만나면 어떻게 합니까? 조부와 외조부모의 기일을 만나면 어떻게 합니까?

답 : 부모의 기일에는 옛 사람들이 상을 당한 것같이 처신하여 애통해 하고 슬피 사모하여 곡하고 읍하는 절차를 폐하지 않았다. 그래서 "종신토록 상이 있다"라고 하고, 기쁘고 경사스러워 길(吉)을 따라야 하는 일은 일절 하지 못한다. 자신이 신하가 되었을 경우는 군주가 물건을 하사하거나 군주가 명을 내리거나 군주의 소명(召命)이 뜻밖에 문에 이르면 부모의 기일이라는 핑계로 군주의 명을 받지 않을 수 있겠는가? 그러면 혹은 부름에 나가고 혹은 사은(謝恩)하는 것을 모두 예에 따라 행해야 한다. 급제자를 공포하고 패를 받는 일은 그 완급과 긴급 정도가 위의 세 가지와는 다르더라도 만약 내가 행하는 것이 하나도 옛사람과 다르면서 오히려 "상은 종신토록 입어야 하니 군주의 명을 받을 수 없다."라고 한다면 아마도 비웃음을 당하는 것이 촉일(蜀日)과 월설(越雪) 정도에 그치지 않을 것이다. 혹자의 설이 절차가 있을 뿐이다. 상기(喪期)의 일은 지난번 질문했을 때, 다만 한쪽에만 근거하여 미루어 생각한 것이 지극하니 미안하다. 지금은 세상이 한 등급 낮아 예제는 옛날 같지 않다. 오복(五服)의 상은 그 경중을 헤아려 휴가 받은 날이 오래고 짧은 날 수대로 해야 한다. 관직에 있는 사람은 공무에 종사하고 일을 처리하는 것이 하나같이 평소대로 해야 한다. 비록 쇠락한 세상의 일이라 할지라도 오히려 당시 군왕의 제도가 된다. 지금의 정령(政令)에서도 복제식가(服制式假)는 제외한다는 문구가 있으니, 먼 사람의 기일과 먼 사람의 초상은 더욱 말할 수 없다. 만약 제부(諸父) 형제의 상인 경우 이미 성복(成服)한 뒤라면 또한 쉽게 말할 수 없다. 출입이 예전같고 손을 맞아 담소 나누며 평소의 행동거지를 하여 끝내 상을 당한 사람 같지 않으면서 휴가를 받아 정령(政令)을 어기려 하니, 마음과 일이 어긋나고 행동과 말이 어긋나니 그 뜻이 과연 어떠한가? 그 사이에 예에 독실한 군자가 정을 따르고 의리에 통달하여 한결같이 선성현의 예법을 준수하는 것은 절로 처하는 바가 있다. 참람되고 경망스럽게 대답하여 두렵다.

문 : 스승에 대한 상복은 어떻습니까?

답 : 모든 사람은 스승을 위해 상복을 입어야 한다. 은혜의 경중과 대소를 헤아려 시행

해야 하고 일률적으로 해서는 안 된다. 예에 심상(心喪) 3년이라 하였고, 또 "아버지 상과 같이 하면서 상복은 입지 않는다. 지금 간혹 상복을 입는 사람이 있다."라고 하니, 이는 어디에 근거했는지 모르겠다. 자공(子貢)이 선사(先師, 공자)를 위하여 돌아와 마당에 집을 짓고 또 삼년을 지냈다고 하는데 어떤 상복을 입었는지 모르겠다. 그러나 성인이 만든 제도는 아니다. 망령된 내 생각은 흰 상복에 흰 띠를 두르고 공무를 보러 나갈 때는 평상복을 입는 것이 마땅할 듯하다. 그 연월(年月) 같은 것은 다만 뜻이 어떠한가를 짐작할 뿐이다.

問 嫡孽爲服異同如何

答曰 考禮無分別等殺之文 禮緣人情 正當如此 今亦依而行之 其弊者 世俗之見也

問 今世期爲一月 大功二十日 以至緦麻七日 以何禮考定也 必以此日除服 則用何禮也

答曰 此乃漢時凡官賜暇之規 後世遂以爲制 識者惜之 待元服日期之滿 焚香設位 除之似當

問 士大夫家廟朔望祭如何

答曰 是宜依禮爲之 喪中則朱子已有指定垂訓之言 可考也

問 嫡子死 長孫在喪 則其家廟祭 何以爲之 衆子可主祭耶

答曰 在禮無衆子主祭之文 長子常爲主 而備物助祭 乃其禮也 長子在他國 或有故則爲壇而祭 不可入廟 其義甚明 愚意不得已衆子當祭 則設位而行 似有古意也 議禮之事非身由目熟 詳練古義者 決難及此 今而有問 正所謂借聽於聾也 然而各有所懷 不可不相質 高明以爲如何

問 家禮五服圖 衆子只義服緦麻 則嫡子如何 如不服則其義何也 妾子爲嫡母, 嫡子三年 則嫡母, 嫡子 爲妾子當何服也

答曰 爲庶母服緦 有恩則或期 嫡子之不服 於此無文字可考 意必有所壓而然也 若庶子之於嫡母, 嫡子 則其報服 想不以嫡庶有間也

問 期, 功, 緦一月, 二十日, 七日過 則飮食復常 只不與宴樂 至元服日期之滿 更服其服 除之可乎

答曰 期功緦之喪 各以月數 及葬卒哭 而有飮酒食肉之文 至其日期之滿 則服其服而除之 何疑

問 長孫在喪 則三年內其家廟及墓祭 何以爲之 似不可以凶服行吉祭 如不得已祭 則

當着何服

答曰 緇衰之說 朱子言之 今俗守禮之人 未知何搓爲之也 朱子亦云量其服喪之如何 則孝子雖廢祭 何妨

問 放榜若當父母忌日 則如何 終身之喪 情義不可着吉戴花也 或曰應榜 君臣交際大禮 不可廢也 宜循例爲之 出 闕門 去吉卽素 還家云何如 又期喪之不可應榜 則前旣得聞命矣 若遭功, 緦之喪則如何 値祖父母及外祖父母忌日 則何以爲之

答曰 父母諱日 古人處之如喪 哀痛悲慕 不廢哭泣之節 故曰有終身之喪 其於喜慶從吉之事 一切不可爲也 至於身爲人臣 而君有所賜 君有所命 君有召不意臨門 則其可諉以親諱之日而不拜命乎 然則或趍召 或拜恩 皆可以禮爲之 宣臚拜賜 其緩亟緊徐 與右三者雖異 而若吾所以行之者 一不如古人 猶曰喪是終身 而不拜 君命 則恐其取笑者 不止於蜀日越雪也 或者之說 有節次耳 期喪之事 前日奉禀 只據一邊 追思之 極爲未安 時世一下 禮制不古 五服之喪 量其輕重 而爲給暇久近之日數 有官者從公莅事 一如平時 雖曰衰世之事 尙爲時王之制 至於今之令甲 有除服制式暇之文 遠期遠喪 尤不可云也 若諸父昆弟之喪 旣成服之後 則亦未易言也 出入自如 對客談笑 平居擧止 了不如有喪者 而欲冒暇限越令甲 則心與事違 行與言悖 其意象果如何歟 其間篤禮之君子 沿情達義 一遵先聖賢之禮者 自有所處矣 僭攣病妄惶恐

問 師服如何

答曰 凡人之爲師行喪 視其恩之輕重大小而爲之 不可以一槩論也 在禮心喪三年 亦曰若喪父而無服 今或有制服之人云 是則未知何據也 子貢爲先師 反築室於場 又爲之三年 未知服何服也 然而非聖人之制也 妄意私居則服素白帶 公出則只服如常似當 若其年月則只酌意如何耳

제문祭文

약포 정탁[548] 선생을 애도하는 제문
祭藥圃鄭先生(琢)文

만력 33년 을사년(1605) 12월 17일에 봉정대부(奉正大夫) 전 세자시강원 보덕 겸 춘추관 편수관(前世子侍講院輔德兼春秋館編修官) 권춘란은 삼가 닭 한 마리와 술 한잔으로 영중추부사 서원부원군 약포(藥圃) 정 선생(鄭先生)의 영연(靈筵) 아래 경건히 치전(致奠)합니다.

維萬曆三十三年歲次乙巳十二月辛丑朔十七日丁巳 奉正大夫 前 世子侍講院輔德兼春秋館編修官權春蘭 謹以隻雞單杯 敬致奠于領中樞府事西原府院君藥圃鄭先生靈筵之下

지난번 뵈었을 때	昔者之拜
자식처럼 보시며	視猶子也
그리도 은근했는데	一何懃也
이번에 와서는	今茲之來
아버지라 불러도	號之以爺
아득히 듣지 못하네	邈未聞也
아!	嗚呼
인사의 변화가	人事之變
갑자기 이렇게 되는가	遽至此乎
하늘은 말이 없네	天無言也
돌아가셨다는 애통함은	云亡之痛
나라가 시들어서이니	邦國之瘁

548) 정탁(鄭琢) : 각주 233) 참조.

혈기 있는 이들 다 같은 마음이네	有血氣所共同也
의지할 곳이 없으니	無所依歸
우리 유학의 불행이네	吾黨之不淑
백 번 죽기로서니[549]	人百其身
어찌 끝이 있으랴	曷有窮已
오복을 누리고	五福之嚮
삼달존을 누리셨으니	三達之尊
여사를 어찌 논하랴	餘事何論
선을 좋아하는 넉넉함과	好善之優
포용력 있는 도량을	有容之量
세상에 다시 누가 말하랴	天下復誰云也
아,	嗚呼
서늘한 바람이 갑자기 일며	凄風忽起
밝은 해가 서쪽으로 지네	白日西匿
공손히 찬 술 한잔 올리니	敬致寒觴
맑은 눈물 한줌 흐르네	清淚一掬

549) 백 번 죽기로서니 : 고인을 살려낼 수 있다면 백 번 죽는 한이 있어도 기꺼이 자신의 몸을 바치겠다는 말이다. 《시경》 〈황조(黃鳥)〉에 "대신 죽어 살려낼 수만 있다면, 백 번 죽더라도 기꺼이 하리.[如可贖兮 人百其身]"라고 한 데서 온 말이다.

잡저雜著

우연히 기록하다
偶錄

일찍이 《학해(學海)》를 보았는데 아래와 같은 말이 있었다.

> 〈권학문(勸學文)〉에 '책 속에 저절로 황금의 집이 있다.[書中自有黃金屋]'라고 하였고, 또 '금을 팔아 책을 읽으라. 책을 읽고서 금을 사기는 쉽다.[賣金買書讀 讀書買金易]'라고 하였다. 이 말이 사람의 가슴에 한번 들어가면 뜻을 얻기 전에 미리 부귀를 탐하는 마음을 갖게 되고 이미 뜻을 얻은 뒤에는 방자하게 부극(掊克)[550]할 것이다. 그래서 오직 황금이 많은 것을 영화롭게 여겨 더러운 행실을 부끄러워하지 않으며 잘못을 꾸짖어도 태연히 지내면서 맑은 논의가 있어도 귀담아 듣지 않을 것이니, 국가의 법을 우습게 여겨 백성을 해치며 국가를 좀먹는 것은 괴이할 일도 아닐 것이다.

이 단락의 논의는 후세 학자들의 심술의 병통을 잘 맞춘 것이라 하겠다. 또 〈부독서성남(符讀書城南)〉[551] 시에서도 오직 부귀를 과시하는 일을 말하며 권면하였는데, 대개 어린이에게 높은 것을 말할 수 없어서 우선 눈앞에서 부러워하고 쉽게 알 수 있는 일로 인도한 것이다. 그러나 한공(韓公, 한유)은 몸소 도를 전수해 주는 책임을 맡고 있으면서 아들을 이렇게 가르쳤으니 또한 후학들이 지름길로 가려는 잘못에 대해 분변해서 바로잡지 않을 수 없다.【매창(梅窓) 정사신(鄭士信)[552]이 "감원자(鑑源子)의 이 말은 진실로 학자들이 의를 바로잡고 도를 밝히는 것과 관련 있다."라고 하였다.】

550) 부극(掊克) : 조세를 과하게 거둬서 백성을 해치는 것을 말한다.

551) 한유가 지은 것으로 아들 부(符)가 성남으로 공부하러 갈 때에 지어준 교훈 시이다.

552) 정사신(鄭士信) : 각주 16) 참조.

嘗見學海中有一言 若曰勸學文云 書中自有黃金屋 又云 賣金買書讀 讀書買金易 自斯言一入于胸中 未得志之時 已萌貪饕 既得志之後 恣其掊克 惟以金多爲榮 不以行穢爲耻 玷累白簡 恬然自如 雖有淸議 置之不恤 無怪乎玩視典憲 害民蠹國也 此段議論深中後世學者心術之害 且讀書城南詩中 只叙富貴誇耀之事 以勸誘之 蓋以童穉不可以語上 姑就眼前歆艶易知之事以導之耶 韓公身任傳道之責 而訓子如此 是亦不可不辨以正後學蹊逕之差也【鄭梅窓士信曰 鑑源子此說 誠有關於學者正誼明道云云】

부록附錄

사우투증
師友投贈

진사 권언회에게 답한 편지(백담 선생)
答權進士彦晦(栢潭先生)

병든 눈에 피눈물 뿌리는 이때에	病眼方揮血淚時
고향 생각하니 길이 멀어 아득하네	故園回首路遙岐
어지러운 세상에 단단히 얽매여 견디지 못하겠는데	世紛不耐深纒縛
사람의 일 갑자기 바뀌니 어찌 감당하겠나	人事那堪忽改移
바람 속 구름과 기러기 외로운 그림자 나부끼고	風裏雲鴻飄隻影
이른 봄 자형 나무는 쇠잔한 가지를 떨구네	春前荊樹落殘枝
그대 덕에 천 리 먼 곳에서 읊어 보내니	賴君千里吟相贈
수심에 찬 혼을 일으켜 밤낮으로 달려가네	惹却愁魂日夜馳

추후에 차운한 시
追次

시 속에서 아름다운 기약 여러 번 가리켰는데	句裏佳期指點頻
어느 날 서로 만나 그대 모습 뵙겠는가	相逢何日接光塵
들 집의 풍월이 부질없이 꿈에 더하고	野堂風月空添夢
나그네 길 산하가 얼마나 서글펐던가	客路山河幾愴神
인귀의 관문 지나 가장 가까이서 공을 세웠고	關透鬼人功最近

생사의 갈림길에서 더욱 친함을 보겠네	途分生死見尤親
부끄럽네, 병든 학문 질박하여 도울 게 없고	自慚病學渾無補
백발로 그럭저럭 벼슬만 따라다니는 것이	皓首悠悠逐搢紳

권언회가 당시 영해에 가서 여러 승경을 두루 유람하려 하기에 주다

寄權彦晦 時往寧海 將歷遊諸勝

한번 이별한 음성과 모습 바다에 막혔는데	一別音容隔海頭
필마로 어느 곳에서 신선이 되시었나	匹驢何處作仙遊
붉은 노을 섬에 새벽빛이 아른거리고	紅霞島嶼晨光裊
백옥의 누대에는 눈 그림자 떠있네	白玉樓臺雪影浮
시안은 속진을 벗어나 한만을 뛰어넘었고[553]	詩眼脫塵超汗漫
취한 노래 달과 어울려 물가에 떨어지네	醉歌和月落滄洲
돌아와 시 주머니 가득한 걸 보려했더니	歸來擬覰奚囊富
소매 가득한 여주에 두 눈이 먼저 가네[554]	滿袖驪珠奪兩眸

이상은 이별을 서술함

右敍別

자라 머리 높은 누대 눈을 들어 멀리 보니	鰲頂高臺縱目遐
아득히 보이는 동해가 다시 동쪽 끝이라네	望窮東海更東涯
붕새의 깃이 해를 가려 물결에 구름 드리워졌고	鵬翎礙日雲垂浪
고래 갈기 바람을 일으켜 파도에 산이 솟았네	鯨鬣掀風嶽聳波
손작[555]이 호탕하게 읊조려 더욱 시원하고	孫綽豪吟增爽朗

553) 한만(汗漫)을 뛰어넘었고 : 신선처럼 한가히 노니는 것을 뜻한다. 노오(盧敖)가 북해(北海)에서 노닐다 한 선비를 만났는데, 그가 말하기를 "내가 구해(九垓) 밖에서 한만과 만나기로 약속했으니, 오래 머무를 수 없다." 라고 하였다. (《淮南子》〈道應訓〉)

554) 소매 …… 가네 : 여주(驪珠)는 검은 용[驪龍]의 턱 밑에 있는 구슬이란 뜻으로, 전하여 아주 긴요한 문장이나 뛰어난 시문을 비유한다. 여기서는 상대방이 보내온 훌륭한 시에 눈이 먼저 간다는 말이다.

목화가 시를 지어 지극히 망라하였네[556] 木華文藻極包羅
거나히 취해 백사장 길을 즐겨 밟으니 乘酣好踏鳴沙路
개인 달이 맑고 밝게 달리는 말에 비끼네 霽月澄明趁馬斜

이상은 관어대를 읊음

右觀魚臺

동타[557]는 처참하고 어가 길 황폐하니 慘目銅駝御路荒
경주의 유적 정녕 애달프기만 하네 東都遺跡正堪傷
천 년 세월 전해 온 가업 아득하고 一千歲月傳家遠
오십 명의 군왕 지내온 세대 오래라네 五十君王歷世長
헤진 성곽 안개 속에 한 서린 학 남았고 廢郭煙霞留怨鶴
옛 궁궐 벼와 기장에 석양이 머무르네 故宮禾黍駐斜陽
알겠네 그대 큰 솜씨로 반좌[558] 깔보니 知君大手凌班左
최옹[559]의 졸필 드날릴 이 몇 되지 않음을 不數崔翁拙筆揚

---

555) 손작(孫綽) : 진(晉)나라 태원 중도(太原中都) 사람인데 젊어서 높은 뜻이 있었고 박학으로 시문도 잘하여 〈수초부(遂初賦)〉와 〈천태산부(天台山賦)〉를 지었다. (《晉書》 卷56 〈孫綽列傳〉)

556) 목화(木華)가 …… 망라하였네 : 목화는 진(晉)나라 광천(廣川) 사람으로, 자는 현허(玄虛)이다. 벼슬은 양준(楊駿)의 주부(主簿)이며, 문장이 빼어나고 아름다웠다. 여기서는 그가 지은 〈해부(海賦)〉가 바다를 묘사하였기 때문에 한 말이다.

557) 동타(銅駝) : 구리로 만든 낙타로 도성이 함락되어 패망했음을 뜻하는 말이다. 진(晉)나라 삭정(索靖)이 선견지명이 있어 천하가 난리로 혼란해질 것을 알고 낙양의 궁궐 문에 있는 구리로 만든 낙타를 가리켜 탄식하기를 "네가 가시덤불 속에 있는 것을 보게 되겠구나."라고 한 데서 온 말이다. (《晉書》 卷60 〈索靖列傳〉)

558) 반좌(班左) : 반고(班固)와 좌사(左思)를 합칭한 말로, 반고는 후한 때의 사관(史官)으로 수도 동경에 대한 동도부를 지어 풍물의 변천을 읊었고, 좌사는 진(晉) 나라 사람으로 문장에 능하여 촉도(蜀都)·오도(吳都)·위도(魏都)에 대한 삼도부(三都賦)를 지었다. (《晉書》 〈左思傳〉; 《後漢書》 〈班固列傳〉)

559) 최해(崔瀣, 1287~1340) : 자는 언명보(彦明父), 호는 졸옹(拙翁)·예산농은(猊山農隱), 본관은 경주(慶州)이다. 문과에 급제하여 성균학관·예문응교·성균관 대사성 등을 역임하였고, 고려 명현의 시문을 뽑아 《동인지문(東人之文)》 25권을 편찬하였다. 문집으로 《졸고천백(拙藁千百)》이 전한다.

이상은 경주를 읊음
右慶州

경진년(1580) 섣달 그믐날 밤에 좌랑 김희옥,[560] 내한 권언회와 대궐에서 서로 만나 주고받은 시
庚辰除夜 金佐郎希玉權內翰彥晦相會 闕內唱酬韻

구렁을 내달리는 긴 뱀[561] 정녕 놀라운데	赴壑長蛇政可驚
거울 속의 흰 머리카락 천 가닥일세	鏡中霜鬢白千莖
강남에서 문득 봄소식을 알려오니	江南忽報春消息
머나먼 고향 동산은 얼마나 정겹겠나	千里田園幾箇情

권언회의 감원정으로 시를 지어 부치다
題寄權彥晦鑑源亭

솔 언덕 깎아서 마을에 높은 당 세우고	手斸松崖敞野堂
정자 주위 둥글게 작은 연못 만들었네	帶楹規作小池塘
빈 공간에 둥근 달이 온 가득 비치고	虛涵脫匣圓輪滿
구름 같은 옥빛 물결 길게 끌어왔네	活引縈雲玉派長
일월의 광채는 혼연하여 물들지 않고	日月精華渾不染
천지의 본체는 광대하여 끝이 없네	乾坤本體浩無疆
〈관서유감〉 경구의 교훈 담겨 있어	觀書警句垂明訓
옆에 앉아 가르침을 받드는 듯하네	熏沐如承謦咳傍

---

560) 김희옥(金希玉) : 김륵(金玏, 1540~1616)을 가리킨다. 그의 자는 희옥(希玉), 호는 백암(柏巖), 본관은 예안(禮安)이다. 1576년 문과에 급제하여 검열·안동 부사·부제학 등을 역임하였다. 시호는 민절(敏節)이며, 저서로는 《백암집(柏巖集)》이 전한다.

561) 구렁을 …… 뱀 : 세월이 아주 빨리 흐르는 것을 뜻한다. 소식(蘇軾)의 〈수세(守歲)〉 시에 "한 해가 다하는 걸 알고자 할진댄, 마치 구렁에 달리는 뱀과 같구려.[欲知垂歲盡 有似赴壑蛇]"라고 하였다. (《蘇東坡詩集》 卷3)

권언해의 산정 시에 차운하다 송암 권호문

次權彦晦山亭韻 松巖 權好文

숲속 언덕 그윽하여 사람이 살 만하고	林丘窈窕可人居
녹수와 청산에 생계가 엉성하지 않네	綠水青山計不疏
길손 오자 바람 속에 화정의 학[562]이 울고	客到叫風和靖鶴
한가히 달빛 아래서 여망의 물고기를 낚네[563]	身閑釣月呂望魚
푸른 바위 숫돌로 삼아 용천검을 연마하고	蒼巖作礪磨龍劍
책 속에 파묻혀서 책벌레처럼 살아가네	黃卷爲棲任蠹書
한 점 세속 티끌도 들어오지 못하니	一點凡塵侵不得
맑고 빈 방에서 쇄연히 흰 기운이 나오네[564]	灑然生白室淸虛

한 굽이 가구는 은거할 만하고	一曲佳丘可隱居
달 비치는 솔숲에서 사니 속세 인연 적구나	寒棲松月俗緣疏
저물녘 골짝에서 서호의 학을 풀어놓고	洞天晩放西湖鶴
연못에서 북해의 곤어를 보고자 하네	池水要看北海魚
난초 언덕에서 천일주를 마시고	蘭塢飮香千日酒
계수 창가에서 십 년간 책을 자세히 음미했네	桂窓詳味十年書
높은 난간에 기대니 겨드랑이에 바람 일어	乍憑危檻風生腋
완연히 신선 따라 허공을 걷는 듯하네	宛躡眞人步太虛
산중 서재가 나의 송암과 매우 닮았고	山齋頗似我松巖
시원한 풍모가 일찍부터 뛰어났네	灑落風懷早出凡
언덕위에 도리는 꽃이 아직 안 피었고	桃李原頭紅未綻

---

562) 화정(和靖)의 학(鶴) : 화정은 북송 때 은사 임포(林逋)의 시호이다. 임포는 서호(西湖)의 고산(孤山)에 은거하며 서호처사(西湖處士)라고 하였고, 인종이 화정선생이라는 시호를 내렸다. 20년 동안 성시(城市)에 발을 들여놓지 않았으며, 장가를 들지 않아 처자 없이 매화를 심고 학을 풀어놓아 기르며 즐기니, 당시에 '매처학자(梅妻鶴子)'라고 하였다. 《宋史 卷457 林逋列傳》

563) 여망(呂望)의 물고기를 낚네 : 주나라 때 위수 가에서 낚시를 한 강태공처럼 은둔한다는 말이다.

564) 빈 …… 나오네 : 《장자》 〈인간세(人間世)〉에 "저 뚫린 벽을 보면 빈 방 안에 흰빛이 있고, 거기에는 길한 징조가 깃들어 있다.[瞻彼闋者, 虛室生白, 吉祥止止.]"라고 한 데서 인용한 것이다. 사람의 정신이 맑아 욕심이 없으면 도심(道心)이 절로 생기는 것을 허실생백(虛室生白)이라 한다.

연하 낀 동구에는 푸르름이 엉겨 있네 烟霞洞口翠重緘
수장한 서책이 천 권이나 되고 藏修黃卷猶千軸
불가의 경전도 한 상자나 된다네 妙會丹經亦一函
선경에서 응당 정해진 세속 일 끊었으니 仙境定應塵事斷
세속 일로 청삼을 더럽히지 말아야지 莫將塵事汚青衫

권회곡에게 주다 청풍자 정윤목

贈權晦谷 淸風子 鄭允穆

온 세상이 혼탁해져 가는데 擧世皆歸濁
그대만 홀로 맑음을 지켰네 惟君獨守淸
만년의 절조를 능히 지키고 能全晩年節
세한[565]의 곧은 마음 보전했네 自保歲寒貞
솔과 대나무를 지기로 삼고 松竹爲知己
매화 연꽃과 형제처럼 지냈네 梅荷作弟兄
태곳적 사람[566] 이곳에 있으니 羲皇卽此地
밝은 달이 베갯머리를 비추네 霽月枕邊明

감원정의 벽에 쓰다 박춘형[567]

題鑑源亭壁 朴春亨

깨끗한 정자는 물가 언덕 걸쳐 있고 瀟洒林亭枕澗阿
여생의 풍광은 노을 아래 늙어가네 餘春光景老烟霞
꽃이 피어 골짝 입구의 언덕이 붉고 花粧谷口紅迷岸

---

565) 세한(歲寒) : 어지러운 세상에서 절개를 잃지 않는 것을 말한다. 각주 42) 참조.

566) 태곳적 사람[羲皇] : 복희시대의 사람[羲皇上人]이라는 말로, 태평성세를 누리며 한적하게 지내는 사람을 뜻한다. 각주 43) 참조.

567) 박춘형(朴春亨, 1537~?) : 자는 맹원(孟元), 호는 주선(酒仙), 본관은 순천(順天)이다. 박세량(朴世良)의 아들로, 1599년 문과에 급제하여 감찰(鑑察) 등을 지냈다.

버들이 늘어져 제방의 모래 푸르네 柳拂堤頭綠染沙
못에 비친 난간으로 물고기 들어오고 檻影倒池魚入席
창에 비친 나무 그늘 새가 수를 놓네 窓陰籠樹鳥投紗
만약 금리 선생[568]의 집이 아니었다면 若非錦里先生宅
바로 서호처사[569]의 집이라고 하겠네 定是西湖處士家

권 집의의 새로 지은 정자를 지나며 읊다 서귀자 정윤해

過權執義新亭吟 鋤歸子 鄭允諧

어느 산수인들 몸이 편할 수 있으리오 溪山何處可安身
어지러운 세상 온통 먼지 구덩이인데 風雨乾坤摠是塵
가구리의 한쪽 마을이 가장 좋고 最愛佳丘村一面
몇 칸의 정사는 은자에게 알맞네 數椽精舍合幽人

568) 금리선생(錦里先生) : 금강(錦江) 가에 사는 은사(隱士). 각주 16) 참조.
569) 서호처사(西湖處士) : 북송(北宋)의 시인 임포(林逋).

서書

권언회에게 답한 편지 백담 선생[570)]

答權彦晦書 栢潭先生

어찌 올라오지 않았습니까. 이런 행동이 비록 좋을 듯해도 부모님이 연로하다면 그만둘 수 없는 형세인데 그대가 생각이 짧았던 것이 아닙니까. 정백인(鄭伯仁)의 의상(義喪)을 듣고 놀랍고 슬픈 마음을 가눌 수 없었습니다. 상복(喪服)에 대한 일은 평소에 생각을 못한 것이라 어떻게 대답해야 할지 모르겠습니다. 다만 처음에 그렇게 정한 것은 반드시 이유가 있을 것입니다. 문서에 갖춰져 있는데 어찌 '숙질(叔姪)'로 칭하면서 또한 어미와 자식 간의 의리를 지킬 수 있겠습니까. 또한 백인이 평소에 부모를 모시거나 제사를 지낼 때 호칭이 어떠했습니까. 반드시 분별이 있었을 것입니다. 만약 숙질이라 한다면 부장기복(不杖期服)[571)]을 입지 않는 것이 마땅합니다. 훗날 부사(祔祠)할 때 마땅히 낳아주신 부모는 선조에게 배향하여 소목(昭穆)에 나열하고 백숙부모(伯叔父母)는 반부(班祔)[572)]하는 것이 마땅합니다. 다만 길러주신 뜻이 어떤 의리에 해당하는지 알지 못해서 경솔하게 분석할 수 없으니 송구합니다.

何不上來 此擧雖似得好 若以親老 則勢有不可已者 無乃左右或思之不審否 鄭伯仁義喪 聞之豈勝驚悼 至於喪服之事 則常時不經意思 罔知所以爲對也 惟其當初所以定之者 必有其由 具在文記 豈以叔姪之稱 或以母子之義歟 抑伯仁平時 稱謂庭闈几席之間者 果何歟 是必有所辨矣 如以叔姪 則不杖期之服亦當 他日祔祠 自當以所生父母配於先祖 列爲昭穆 而所謂伯叔父母 則只當以其班祔之矣 第未知作養之意 主於何義也

570) 백담 선생(栢潭先生) : 구봉령(具鳳齡)을 가리킨다. 각주 27) 참조.

571) 부장기복(不杖期服) : 상복 가운데 자최(齊衰)만 입고 상장(喪杖)은 짚지 않는 1년 복을 말한다.

572) 반부(班祔) : 자식이 없는 사람의 신주(神主)를 조상의 사당(祠堂)에 함께 모시는 것을 말한다.

率爾不得分析 惶懼惶懼

또
又

성주 훈도(星州訓導)는 어제 도목정사(都目政事)에서 이미 비답(批答)을 내렸습니다. 대체로 훈도의 직책이 '한산한 관직'이라 하더라도 날마다 선비들과 함께 공부하는 곳에 영재를 교육하는 즐거움이 있을 것이니, 이 때문에 선현들이 특별히 뜻을 두지 않은 적이 없었습니다. 호 선생(胡先生)의 소호법(蘇湖法)[573]이 그 한 가지입니다.

묘우(廟宇)를 경건하게 지키고 학도를 장려하며 예의와 겸양의 덕으로 인도하고 고인(古人)의 학문에 힘쓰게 하여 온 경내로 하여금 유학의 교화가 널리 퍼져서 성스런 조정의 문명의 다스림을 돕는다면 어찌 보잘것없는 사업일 뿐이겠습니까.

덕계(德溪) 오자강(吳子强)이 이곳 훈도가 되어서 황금계(黃錦溪)와 마음을 모아 교육을 폈는데[574] 남긴 가르침이 전해져서 지금도 남아 있으니 알지 않을 수 없습니다.

저는 도성에 들어간 지 여러 날이 되었으나 절차에 장애가 있어서 당시에 빈전(殯殿)에서 애통한 심정을 펴지도 못하였고, 또 기력이 쇠진하여 공무를 볼 수도 없습니다. 삼가 주상전하께서 거상 중에 예를 지키는 것을 자세히 보고 대신과 대각(臺閣)이 여러 차례 논계(論啓)하였지만 거의 들어주지 않으시니 온 조정이 바야흐로 모두 걱정할 뿐입니다.

星學 昨政已批下矣 大概學職 雖曰冷官 日與士子同遊處 有教育英才之樂 以是先賢未嘗不別致意焉 如胡先生蘇湖之法 蓋其一也 敬守廟庭 奬進學徒 導以禮讓 勵以古人之學 使一境儒化倡行 以裨 聖朝文明之治 豈淺淺事業而已也 吳德溪子强 嘗爲此學 與

573) 호 선생(胡先生)의 소호법(蘇湖法) : 호 선생은 송나라 학자 호원(胡瑗)을 가리킨다. 소주(蘇州)와 호주(湖州)의 교수(敎授)가 되었을 때에 규약을 엄하게 정하고는 솔선수범하면서, 지독한 더위 속에서도 반드시 하루 종일 공복을 입고 지내면서 제생을 가르쳐 수많은 제자들이 모여들었다고 한다.

574) 오덕계(吳德溪) …… 폈는데 : 덕계는 오건(吳健, 1521~1574)의 호이고, 금계(錦溪)는 황준량(黃俊良, 1517~1563)의 호이다. 1559년에 오건이 성주 훈도로 부임하였고, 다음 해에 황준량이 성주 목사로 부임하였다. 오건은 후학을 가르치는 것을 자기의 임무로 삼고 유생을 선발하여 네 등급으로 나누어 가르쳤고, 황준량도 목사로 부임해서 《주자서》를 함께 강론하며 추위나 더위에도 그만두지 않았다. 또한 황준량은 부임한 후 영봉서원(迎鳳書院)을 중수하고 사당을 세웠으며, 공곡서당(孔谷書堂)을 세우고, 팔거현(八莒縣)에 녹봉정사(鹿峯精舍)를 세워 교육에 힘쓰기도 하였다.

黃錦溪 協心開誨 其餘敎之流 至今猶存 不可不知也 鳳齡入城有日 而節次有礙 時未一伸情痛於 殯殿 亦以氣力之敗 不得從公 伏諦 主上執喪守禮 大臣與臺閣累有論啓 而略不 聽回 滿朝方共憂悶耳

또
又

편지를 받고 당직하는 정황이 두루 편하다는 것을 알게 되어 위로되고 기쁩니다. 또한 날마다 어연(御筵)을 모시면서 은혜를 입은 것이 한 번은 아닐 것이라 생각됩니다. 오직 경(敬)과 직(直) 두 글자가 처음 힘을 쓸 첫머리가 됩니다. 내가 요행히 은혜를 입은 것이 다소 한가한 듯하지만 오활한 사람이 외람되이 받은 것이니 마음을 잡을 수 없을 뿐입니다.

承信因知直况諸勝慰喜、更想日侍御筵、叨恩不一、唯敬直二字自是最初着手地頭鄙之僥冒雖似較 閑汚陋濫忝、無以爲懷耳

권언회에게 주는 편지 서애[575)]
與權彦晦書 西厓

상복(祥服)에 대한 일을 문의하셨는데, 저의 견해도 이것에 대해 의심이 들어 확정할 수 없었습니다. 일찍이 대상(大祥)을 지낸 어떤 집의 말에 의하면 백립(白笠)을 쓰고 흰색의 깃이 둥근 옷을 입으며 실로 만든 띠[絛兒]를 착용한다고 했는데, 오직 망건의 색깔만 잊어버려 기억나지 않습니다. 근래에 조카들이 흑색을 착용했는데 예법에 맞는지 모르겠습니다. 고례(古禮)로 말하자면 〈간전(間傳)〉에서 '소호 마의를 입는다[素縞麻衣]'[576)]라고 했고, 〈잡기(雜記)〉에서 '대상을 마치고 소호 마의를 입는다[祥而縞]'[577)]라고 하고 또 '조복

575) 서애(西厓) : 유성룡(柳成龍) 호. 각주 282) 참조.

576) 간전(間傳)에 …… 입는다 : 《예기》 〈간전〉에 "다시 기년이 돌아와 대상을 지내면 소호와 마의를 입고, 달을 건너뛰어 담제를 지내는데, 담제를 지내면 섬을 입는다.[又期而大祥 素縞麻衣 中月而禫 禫而纖]"라고 한 것을 가리킨다.

577) 잡기(雜記)에서 …… 입는다 : 이 말은 《예기》 〈잡기〉가 아니라 《예기》 〈단궁 상〉에 나오는 말로 "대상(大祥)을 지내면 호관(縞冠)을 쓰고, 이 달에 담제를 지낸다.[祥而縞 是月禫]"라고 한 것을 가리킨다.

을 입는다[朝服]'[578]라고 했는데, 그 주식에 '치의(緇衣)와 소상(素裳)과 호관(縞冠)을 착용한다.'[579]라고 하였으니, 상의는 검은 색[緇色]을 입고 하의는 흰 색을 입으며 흰 관을 착용합니다. 제도를 언급하지 않았지만 상복의 제도에서 색상만 바꾸는 것이 마땅할 듯합니다. 지금 대상(大祥) 이전은 관(冠)·최(衰)·상(裳) 모두 고제(古制)를 쓰면서 대상 이후 담제(禫祭) 이전에만 고제(古制)를 쓰지 않는 것은 아마도 생각하지 못한 부분인 듯합니다. 다만 세속에 행해진 것이 오래되어서 고제를 되돌리는 일은 세속을 놀라게 할 것이므로 시행할 수 없습니다. 백립(白笠)은 비록 예가 아니라도 국가에서 정한 것을 가볍게 변경할 수 없고, 그래서 저의 뜻도 이와 같은데 과연 착오가 없을지 모르겠습니다.

편지에서 대상 때 흰 관을 쓴다는 것에 대해 몇 년인지 기억나지 않지만 재상 신점(申點)[580]이 경석(經席)에서 건의한 것이 예조에 명이 내려져서 마침내 준행하는 제도가 되었습니다. 당시 기명언(奇明彦)[581]처럼 예를 아는 여러 공들이 모두 신점의 설이 예에 부합하지 않는다고 했지만 개정했다는 것은 듣지 못했으니 소재(蘇齋)[582]가 창시한 것은 아닙니다. 이치를 논하자면 흰 색을 쓰거나 검은 색을 쓰는 것은 모두 예가 아닙니다. 고인들은 상제(祥祭)를 날짜를 정해서 했는데 《가례(家禮)》에서는 기일에 행했습니다. 기일에는 평소에도 오히려 참건(黲巾)과 소복(素服)[583]을 착용하는데 하물며 상례가 끝나지도 않았

578) 조복을 입는다 : 《예기》 〈잡기〉에서 "대상에서 주인이 복을 벗을 때 전날 저녁에 고하면서 조복을 입고 상제를 지낼 적에도 이전 복장 그대로 입는다.[祥 主人之除也 於夕爲期 朝服 祥 因其故服]"라고 한 것을 가리킨다.

579) 주석에 …… 착용한다 : 《예기》 〈상복소기(喪服小記)〉에 "성인의 상복을 벗을 경우에는 그때의 제사에 조복(朝服)에 호관(縞冠)을 착용한다.[除成喪者 其祭也 朝服縞冠]"라고 한 부분에 대해 진호(陳澔)의 주에 "성인의 상을 제복(除服)할 경우에는 상제 때에는 조복에 호관을 착용한다. 조복은 현관(玄冠)과 치의(緇衣)와 소상(素裳)이나, 이때에는 현관을 착용하지 않고 호관을 착용하는데, 이것은 아직 완전히 길(吉)하지는 않은 제복(祭服)이다.[若除成人之喪 則祥祭用朝服縞冠 朝服玄冠緇衣素裳 今不用玄冠而用縞冠 是未純吉之祭服也]"라고 한 것을 가리킨다.

580) 신점(申點, 1530~1601) : 자는 성여(聖與), 본관은 평산(平山)이다. 1564년 문과에 급제하여 형조 참판·판의금부사 등을 역임하였다. 기묘사화에 관련된 인물들의 신원(伸寃)에 힘썼으며, 임진왜란 때 공을 세워 평성부원군(平城府院君)에 봉해졌다.

581) 기명언(奇明彦) : 기대승(奇大升, 1527~1572)을 가리킨다. 그의 자는 명언(明彦), 호는 고봉(高峰), 본관은 행주(幸州)이다. 1558년 문과에 급제하고 대사간·공조 참의 등을 역임하였다. 퇴계 이황과 편지를 주고받으며 사단칠정(四端七情)을 논변하여 조선유학사에 지대한 영향을 끼쳤다고 평가받는다. 시호는 문헌(文憲)이며, 저서로는 《고봉집(高峯集)》이 있다.

582) 소재(蘇齋) : 노수신.

583) 참건(黲巾)과 소복(素服) : 엷은 청흑색의 베나 깁으로 만든 건을 말한다. 주희의 《가례》 〈제례 기일〉에 "이날은 술을 마시지 않고, 고기를 먹지 않으며, 음악을 듣지 않고, 참건에 소복(素服)과 소대(素帶) 차림으로 거처하며, 저녁에는 바깥채에서 잔다.[是日 不飮酒 不食肉 不聽樂 黲巾素服素帶以居 夕寢於外]"라는 말이 나온다.

는데 흑색을 착용할 수 있겠습니까. 말하자면 차라리 국가가 정한 것을 착용하는 것이 시속의 적당함을 따르는 데에 어긋나지 않을 듯합니다. 어떻습니까.

下詢祥服事 鄙見於此 亦疑而未定 以一家曾行者言之 笠用白色 衣用白色團領 帶用木綿條兒 獨網巾黑白 忘未記憶 近日姪子等所着 乃黑色 未知於禮如何也 以古禮言之 則間傳云素縞麻衣 雜記祥而縞 又曰 朝服 註云緇衣素裳縞冠 以此觀之 則衣用緇色 裳用素 冠用縞 其制則雖不言 而似當因喪服之制 特變其色耳 今祥以前 冠衰裳皆用古制 祥後禫前 獨不用古 似無意思 但世俗遵行已久 復古則駭俗而不可行 白笠雖非禮 亦國家所定 不可輕變 故妄意當如此 然未知果無差誤否也 示喩祥冠用白 不記某年 有申宰相點 於經席建言 下禮曹 遂爲遵行之制 當時識禮如奇明彦諸公 皆以申說爲未合禮 然而未聞改定 非穌齋創始爲之也 以理言之 用白用黑 同爲非禮 古人祥祭 卜日爲之 家禮用忌日 旣忌日則在平時 猶當黲巾素服 況於喪未終而用黑可乎 以此言之 寧用國家所定 庶不悖於從時之宜也 如何如何

별지
別紙

비록 '연복을 둔다[置練服]'라고 했지만 그 아래에 '연복으로 관을 쓴다[練服爲冠]'[584]라고 하였으니 아마도 연복을 만드는 베로 관을 만들었을 뿐입니다. 연제(練制)에 대해 선유들의 논의는 이견이 많습니다. 지금 고례(古禮)를 모두 따를 수 없으니 오로지 주자가 정한 것을 기준으로 삼는다면 태재(汰哉)라는 비난[585]을 면할 수 있을 것입니다. 어찌 못할 것이 있겠습니까. 다만 저는 부친상에 가형(家兄)과 이렇게 했고 지금 혼자서 바꾸고 싶지 않습니다. 또한 이전에 한 대로 하는 것이 과연 예에 부합하는지 모르겠습니다. 단궁(檀弓)에서

584) 연복을 …… 쓴다 : 《가례》 〈소상(小祥)〉에 "장부와 부인들은 각각 막차를 별도의 장소에 설치하고 그 안에 연복을 둔다. 남자들은 연복으로 관을 쓰고 수질, 부판, 벽령, 최를 벗는다.[丈夫婦人 各設次於別所 置練服於其中 男子以練服爲冠 去首絰負版辟領衰]"라고 한 것을 가리킨다.

585) 태재(汰哉)라는 비난 : 분수에 넘치는 예법을 비난한다는 말이다. 사사분(司士賁)이 자유(子遊)에게 고하기를 "상(牀)에서 염습하기를 청합니다."라고 하자, 자유가 예법을 들어서 말하지 않고 자기 마음대로 승낙하였다. 현자(縣子)가 이 말을 듣고 말하기를 "태재라! 숙씨(叔氏)여. 마음대로 예법을 남에게 허락하도다."라고 하였다. (《禮記》 〈檀弓 上〉)

'바꿀 수 없다'[586]고 한 것은 아마도 생것을 그대로 쓰는 것을 가리킨 듯합니다. 김한림(金翰林)은 연포(練布)로 최복(衰服)을 만든다고 했는데 비록 어디서 근거한 것인지 모르겠지만 아마도 경산 구 씨(瓊山丘氏)[587]의 설을 따른 듯합니다. 양 씨(楊氏) 연복도(練服圖)의 논거는 비록 횡거(橫渠)[588]의 설을 인용하였지만 선유들과 다르기 때문에 전적으로 그 말대로 할 수 없습니다. 또한 '사촌(四寸)의 최복(衰服)[589]이 있다면 슬픈 마음을 갑자기 잊혀지지 않을 것이다.'라는 것도 횡거의 설인데, 인용해서 참고했을 뿐 정론(定論)이 아닌 듯합니다. 어떻습니까.

저는 근래 정신이 더욱 혼미하고 집안에는 또한 살펴볼 서책이 없어서 매우 답답합니다. 삼가 바라건대 모든 일을 편지로 지도해서 어두운 길을 가지 않게 해 주심이 어떨지요.

물으신 여러 조항들은 급한 나머지 다 갖추지 못했습니다. 삼가 저의 견해를 보내드리며 고찰이 안 되는 부분은 뺐습니다. 죄송합니다.

雖曰置練服 而其下但云以練服爲冠 似不過以練服之布爲冠而已 大抵練制 先儒所論亦多異同 今旣不得盡從古禮 則一以朱子所定爲準 庶免汰哉之譏 有何不可 但孤哀則在前喪 與家兄所行旣如此 今不欲獨變 亦欲因前日所行而爲之 未知果合於禮也 檀弓所謂不可變者 意指仍舊用生而云然也 金翰林練布爲衰 雖未知何據 意從瓊山丘氏說耳 若楊氏練服圖所論 則雖引橫渠之說 而以爲與先儒異 未專以其說爲可行也 且四寸衰猶在 不欲哀心之遽忘者 亦橫渠說 而引之以備參考而已 似亦非定論也 如何如何 孤哀邇來精神益昏 家中又無檢看書冊 極以爲悶 伏望凡百 因便指喩 使免冥行何如 下詢諸條 倉卒不能畢具 謹以臆見奉復 而其思索未到者闕之 惶恐惶恐

---

586) 《예기》 〈단궁 상〉에 "연의를 입되 누런빛 천으로 안을 대고 연한 붉은빛 천으로 연의의 옷깃과 소매에 선을 두른다.[練衣黃裏縓緣]"라고 한 부분의 주에 "정복은 바꿀 수 없다[正服不可變]"라고 한 것을 가리킨다.

587) 경산 구 씨(瓊山丘氏) : 명(明)나라 경산(瓊山)의 구준(丘濬, 1421~1495)을 가리킨다. 그의 자는 중심(仲深), 호는 심암(深菴)이다. 1454년 진사시에 합격하여 예부시랑·대학사 등을 역임하였다. 학문적 연원이 넓고, 국가의 관례와 제도에 박식하였다.

588) 횡거(橫渠) : 북송 때 횡거진(橫渠鎭) 출신의 장재(張載, 1020~1077)를 가리킨다. 그의 자는 자후(子厚), 호는 횡거이다. 송대 이학(理學)을 창시한 북송 오자(北宋五者) 중 한 사람이며, 관중(關中)에서 강학하였으므로 그의 학문을 '관학(關學)'이라 부른다.

589) 사촌(四寸)의 최복(衰服) : 《의례》 〈상복〉에서, "최(衰)는 길이가 6촌, 너비가 4촌이다.[衰長六寸 博四寸]"라고 한 것을 가리키는 듯하다.

상복
祥服

호소(縞素)가 생사(生絲)인지 숙사(熟絲)인지 모릅니다. 다만 연관(練冠)은 잿물에 물들인 것을 썼는데 대상(大祥)만 유독 생사를 써야 한다고 억측해서 말할 수 없습니다. 《의례도(儀禮圖)》의 "흰 비단 관에 검은 테두리 장식을 한 것은 상중의 자손들이 쓰는 관이다.[縞冠玄武 子姓之冠]"[590]라고 한 부분의 주에 "검은 색은 길복이고 흰 색은 흉복이다."라고 하였으니, 이를 살펴보면 또한 관은 호(縞)로 만들며 소(素)로 가선을 두른다는 것을 알 수 있습니다. 제사 때 입는 옷은 《예기》 〈잡기〉에 이미 "치의소상(緇衣素裳)으로 된 조복을 입으며 관은 호관을 쓴다.[主人着朝服 緇衣素裳 其冠則縞冠]"라고 하였고, 또 "대상을 치르고 나면 호관을 착용할 수 없는 사람도 반드시 호를 착용한 뒤에 상복으로 돌아간다.[既祥 雖不當縞者 必縞然後反服]"라고 한 부분의 주에 "반복이라는 것은 대상을 치른 이후에 입는 소호마의(素縞麻衣)의 상복이다.[反服者 大祥後素縞麻衣之服]"라고 하였습니다. 옛 제도를 비록 자세하게 알 수는 없지만 대저 대상에 관은 호관(縞冠)을 쓰고 옷은 치의(緇衣)를 착용하며 조복과 소상(素裳)을 입습니다. 대상을 치른 이후에는 그대로 호관을 쓰며 조복인 치의소상(緇衣素裳)을 바꾸어 마의(麻衣)를 착용합니다.

縞素之爲生爲熟 未可知 練冠既用灰治者 祥獨用生 尤不可臆說 儀禮圖縞冠玄武 子姓之冠 註云玄吉而縞凶 以此觀之 亦可知冠用縞而以素緣之耳 祭時所服則雜記已云主人着朝服 緇衣素裳 其冠則縞冠 又曰 既祥 雖不當縞者 必縞然後反服 註 反服者 大祥後素縞麻衣之服 古制雖不可詳 大抵祥時冠則用縞 衣則用緇 衣朝服素裳 既祥後冠則仍縞 變朝服緇衣素裳而着麻衣也

590) 이 말은 원래 《예기(禮記)》 〈옥조(玉藻)〉에 "흰 비단 관에 검은 테두리 장식을 한 것은 상중의 자손들이 쓰는 관이다.[縞冠玄武 子姓之冠也]."라고 한 데서 온 말이다.

담복
禫服

살펴보건대 《의례도(儀禮圖)》에서 "담제(禫祭)에는 현의황상(玄衣黃裳)을 입고, 제사를 지낸 뒤에는 담복(禫服)으로 조복(朝服)과 침관(綅冠)을 착용한다."[591]라고 한 부분의 주에 "침관(綅冠)은 날줄은 검은색으로 하고 씨줄은 흰색으로 한다.[綅 黑經白緯]"라고 하였고, "달을 넘겨서 길제를 지낼 때에는 현관(玄冠)에 조복(朝服)을 착용하고, 길제를 지낸 뒤에는 현단(玄端)을 입고 거처하여 평상시로 돌아온다."라고 하였습니다. 《예기》의 글에 보이는 것이 비록 이와 같지만 지금은 모두 자세하게 알 수 없습니다. 예는 때에 맞게 하는 것이 위대하며 또한 군자는 예를 행할 때에 풍속을 바꾸지 않는 법입니다.[592] 고례를 지금 모두 좇을 수 없으므로, 저의 생각에는 마땅히 근래에서 행하는 바에 의거하여 예에 어긋나지 않게 하는 것이 마땅할 듯합니다. 어떻습니까.

망건을 흑색을 쓰는 것은 진실로 미안(未安)합니다. 다만 연제 때에는 중의(中衣) 위에 상복을 입는데 이미 황색 안감에 천홍색 선을 바깥에 둘러서 꾸민 것입니다. 이것으로 미루어 보면 망건도 관 안에 있으므로 비록 검다고 해도 중의와 같은 경우가 아니겠습니까. 바라건대 적절하게 정하는 것이 어떻겠습니까. 상복은 이미 온공(溫公)[593]의 설이 《가례》에 실려 있으니 옥색의 옷을 쓰는 것이 이치에 가까울 듯합니다. 관은 마땅히 검은색을 써야 하며, 검은 색이 아니면 쓸 것이 없습니다. 어떻습니까.

삼가 생각건대, 상제(祥祭)가 닥쳐오면 효심은 망극해집니다. 그리고 우리가 모두 노쇠

---

591) 담제(禫祭)에 …… 착용한다 : 이 내용은 《예기》 〈잡기(雜記)〉의 "상제(祥祭)에 상주가 복을 벗을 때 전날 저녁에 다음 날의 제사를 고하되 조복을 입고 한다. 상제에는 이전의 옷을 그대로 입는다.[祥 主人之除也 於夕爲期 朝服 祥因其故服]"라고 한 부분에서 공영달의 소(疏)에 "담제를 지낸 뒤에는 담복을 입는데 조복에 침관 차림을 하고, 달을 넘겨서 길제를 지낼 때에는 현관에 조복 차림을 하고, 길제를 지내고 난 뒤에는 현단을 입고 거처하여 평상시로 돌아온다.[旣祭 乃服禫服 朝服綅冠 踰月吉祭 乃玄冠朝服 旣祭 玄端而居 復平常也]"라고 한 데서 온 말이다. 다음 원문의 내용도 출처가 같다.

592) 군자가 …… 법입니다 : 《예기》 〈곡례 하(曲禮下)〉에 "군자는 예를 행할 때에 풍속을 바꾸려고 하지 않는다. 그렇기 때문에 제사 지낼 때의 예절이나 거상할 때의 복제나 곡읍할 때의 위치 같은 것을 모두 고국의 옛 풍속대로 하면서 삼가 그 예법을 닦아 자세히 살펴 행하는 것이다.[君子行禮 不求變俗 祭祀之禮 居喪之服 哭泣之位 皆如其國之故 謹修其法 而審行之]"라고 한 데서 온 말이다.

593) 온공(溫公) : 사마광(司馬光, 1019~1086)을 가리킨다. 사마광이 죽은 뒤 온국공(溫國公)에 봉해졌으므로 사마온공이라고 하였다. 그의 자는 군실(君實), 호는 우부(迂夫) 또는 속수(涑水) 선생이다. 20세에 진사에 합격하고 어사중승(御史中丞)을 역임하며 출세가도를 달렸다. 왕안석의 신법이 단행되자 관직을 사퇴하였으며, 이후 지방직으로 나아가 1084년 20권의 《자치통감》을 완성했다. 시호는 문정(文正)이다.

한 나이에 하늘처럼 큰 화를 만난다면 상을 견디지 못하고 성인의 가르침을 어길까 항상 두렵습니다. 근근이 목숨을 부지해 대사를 마친다면 어찌 다행이 아니겠습니까. 더욱 절제하여 그리운 마음을 위로하시기 삼가 바랍니다.

전날에 편지가 왔을 때 공교롭게 낮 더위가 심해서 마음과 눈이 모두 혼란스러워 소홀하게 답서를 드렸습니다. 그 후로 매일 아침 기운이 조금씩 맑아져서 꺼내 읽어보고 곧장 전날에 답장한 것이 매우 엉성하고 틀렸다는 것을 알았으며, 다만 이번 일로 저의 정신이 혼란해서 사람 꼴을 갖추지 못했다는 것을 느꼈습니다. 부끄럽기 그지없습니다.

근래에 〈잡기〉를 다시 보니 "유사는 마의를 입는다[有司麻衣]"라고 한 부분의 주에 "백포·심의(白布深衣)"라고 하였으니[594] 하나의 근거로 삼을 만합니다. 대개 제사에는 조복을 착용하고 끝나면 백포(白布)와 심의(深衣)를 입고 지내는데, 다만 호(縞)는 검은 날실에 흰 씨실로 한다[黑經白緯]는 것에 대하여는 끝내 알 수 없었습니다. 옛날 서적에 무릇 호(縞)라 말한 것은 모두 흰색입니다. 예컨대 한(漢)나라에서 삼군(三軍)에게 호소(縞素)를 입힐 때[595] 어찌 검은 날실에 흰 씨실로 된 것을 입은 자가 있었겠습니까. 〈잡기〉에서 또한 "장사 지낼 때 사(史)는 연관을 착용한다.[葬時史練冠]"라고 한 부분의 주에 "호관(縞冠)이다."라고 하였으니 이는 또한 흰색을 가리켜 말한 듯합니다. 《의례도(儀禮圖)》에서 '담제를 지낸 뒤 침관(綅冠)을 쓴다.[禫後綅冠]'는 부분의 주에 '침(綅)은 검은 날실에 흰 씨실이다.'라고 했습니다. 담제를 지낸 뒤 관(冠)의 색깔이 이와 같다면, 담제를 지내기 전에는 반드시 더 흉했을 것입니다. 이로써 살펴보면 지난날 신(申) 군이 흰 관에 대해 건의해서 입법한 것은 또한 상고한 바가 있어서 말했던 것입니다.

見於儀禮圖 禫祭所服玄衣黃裳 旣祭所服禫服 朝服綅冠 註 綅 黑經白緯 踰月吉祭所服玄冠朝服 旣祭所服玄端而居 其見於禮文者雖如此 而今皆不可得而詳也 禮以時爲大 且君子行禮 不求變俗 古禮今難盡從 鄙意只當依近日時俗所行者 要爲不悖於禮 如何如何 網巾用黑色 固所未安 但練時中衣承衰 而已用黃裏縓緣爲飾 以此推之 網巾在冠內

594) 유사는 …… 하였으니 : 《예기》 〈잡기〉의 "대부가 장지와 장일을 잡을 때 유사는 마의에 포최와 포대를 착용한다[大夫卜宅與葬日 有司麻衣 布衰布帶]"라고 한 부분의 소(疏)에 "마의·백포·심의는 길복이고, 포최는 흉복이며, 포대 또한 흉복이다.[麻衣白布深衣是吉 布衰是凶 布帶亦凶]"라고 한 것을 가리킨다.

595) 한(漢)나라 …… 때 : 호소삼군부(縞素三軍賦) : 유방이 항우의 손에 죽은 의제(義帝)를 위해 삼군(三軍)이 모두 소복(素服)을 입도록 하고 항우를 토죄하겠다고 천하의 제후들에게 포고한 고사를 가리킨다. (《史記》 〈高祖本紀〉·《文選》 〈漢高祖功臣頌〉)

雖黑與此相類否 望須裁定何如 服則旣有溫公說 載之家禮 用玉色衣似近之 冠當用玄 非玄則更無可用也 如何如何 網巾用黑[596]色 固所未安 但練時中衣承衰 而已用黃裏縓緣 爲飾 以此推之 網巾在冠內 雖黑與[597]此相類否 望須裁定何如 服則旣有溫公說 載之家禮 用玉色衣似近之 冠當用玄 非玄則更無可用也 如何如何 伏想祥祭日迫 孝思罔極 因念吾輩 俱以衰年 逢天大禍 常恐不能勝喪 以犯聖人之戒 僅得支延 以終大事 豈非一幸 伏乞更加節抑 以慰戀慕之懷 前日哀書之至 適値午熱甚 心眼俱昏 率爾奉答 其後每朝氣稍淸 出而讀之 乃知前日所報者 疎謬之甚 只此事 可知孤哀神精荒亂 無復人樣耳 慙懼無已 近再見雜記有司麻衣 註云白布深衣 可爲一據 蓋祭則用朝服 旣畢則白布深衣以居 只縞之爲黑經白緯 終不可知 古書凡言縞者 皆白色 如漢人縞素三軍 何有於黑經白緯 雜記又云葬時史練冠 註云縞冠 此亦似指白色而言 儀禮圖禫後綅冠註 綅 黑經白緯 禫後冠色如此 則禫前必彌凶 以此觀之 往日申君建白立法者 亦或有考而言也 此間無書冊可考 且無同志往復 前頭哀所自處 尙無端的可依 玆欲益聞尊家所定 以祛疑惑 敢此再煩 近再見雜記有司麻衣 註云白布深衣 可爲一據 蓋祭則用朝服 旣畢則白布深衣以居 只縞之爲黑經白緯 終不可知 古書凡言縞者 皆白色 如漢人縞素三軍 何有於黑經白緯 雜記又云葬時史練冠 註云縞冠 此亦似指白色而言 儀禮圖禫後綅冠註 綅黑經白緯 禫後冠色如此 則禫前必彌凶 以此觀之 往日申君建白立法者 亦或有考而言也 此間無書冊可考 且無同志往復 前頭哀所自處 尙無端的可依 玆欲益聞尊家所定 以祛疑惑 敢此再煩

또
又

근래에 동·서인의 말에 대해 조처를 논하면 피차 모두 실수가 있다는 점을 면할 수 없습니다. 때문에 지금 나라를 그르친 원흉으로 다스리면 사류를 모두 당적(黨籍)에 빠뜨리게 됩니다. 인심은 위태롭고 두려운 것인데 예로부터 이렇게 해서 화평하게 만들 수 있는 사람이 있었습니까. 만약에 조제(調劑)할 마음이 있다면 오직 승부와 이해에 대한

596) 원문에 '用黑' 두 글자가 탈락되었는데, 한국문집총간 52집에 수록된《서애집(西厓集)》과 한국문집총간 속집 4집에 수록된《회곡집(晦谷集)》을 참고하여 수정·번역하였다.

597) 원문에 '黑與' 두 글자가 탈락되었는데,《서애집》과《회곡집》을 참고하여 수정·번역하였다.

생각을 먼저 버려야 합니다. 성실한 뜻을 쌓아 도탑게 하고 공도(公道)를 열어 펼쳐서 조처하는 사이에 조금도 집착하는 사사로움이 없어야 이후에 자연히 인정이 감동해서 화합하기를 바랄 수 있습니다. 그렇지 않으면 양지에서는 화합하고 음지에서는 저지하여 무릇 자신과 다른 사람을 번번이 교묘한 계책으로 제거할 것이며, 심지어 여망이 있는 초야의 선비와 학우를 일체 버려둘 것이니, 이것이 과연 공변된 것에서 나온 것인지 모르겠습니다.

사간원의 계사(啓辭)는 발명하는 데 뜻이 있는데 사람을 근심스럽게 하니 탄식할 일입니다. 또한 선생께서 기미를 밝히고 물리를 살피며 얼굴빛을 바르게 하고 조정에 서서 시류에 맞서거나 따르지 말고 붕궤하는 형세를 구제해 주기를 바랍니다. 저처럼 죄를 지은 사람이 어찌 다시 대궐에 들어갈 이치가 있겠습니까. 지금 할 일은 또한 한번 사은(謝恩)한 뒤로 단지 단공(檀公)의 제1책[598]만 있을 뿐입니다.

【선생은 구백담(具栢潭)[599]을 가리킨다. 회곡이 백담을 사사했기 때문에 이 편지에서 선생이라고 칭하였다.】

近日東西之說 以處置言之 則彼此俱不免有失 而今則律之以誤國之奸 使士類皆陷於黨籍之中 人心危懼 自古豈有如此而能致和平者乎 若有調劑之心 則惟當先去勝負利害之念 積厚誠意 開布公道 擧措之間 無一分有我之私 然後自然人情感動而協和可望矣 不然而陽合陰沮 凡有異同於己者 輒以巧計去之 至於時望所屬士友之在草野者 一切棄置 此未知果出於公否也 諫院之啓 意在發明 而使人憒憒 可歎 亦望先生明幾審物 正色立朝 毋激毋隨 以濟崩潰之勢 如鄙人者 罪戾孤蹤 豈有再入脩門之理乎 今行亦一謝之餘 只有檀公第一策耳【先生 指具栢潭 晦谷師事栢潭 故此書稱先生】

598) 단공(檀公)의 제1책 : 달아나는 것을 말한다. 단공은 유송(劉宋) 때의 장군 단도제(檀道濟)이다. 그는 지략(智略)이 뛰어나서 고조(高祖)를 따라 북벌(北伐)할 적에 전봉장(前鋒將)으로 누차 공을 세워 명장(名將)으로 이름이 났는데, 뒤에 남제(南齊)의 왕경칙(王敬則)이 일찍이 매우 급한 때를 당하여 어떤 사람에게 "단공의 삼십육책(三十六策) 가운데 주(走) 자가 상책이었으니, 너희들은 응당 급히 도주해야 한다."라고 했던 데서 온 말이다. (《宋書》 卷43, 〈檀道濟列傳〉)

599) 구백담(具栢潭) : 구봉령(具鳳齡)을 가리킨다. 각주 27) 참조.

계문제자록
溪門諸子錄

권춘란의 자는 언회(彦晦), 호는 회곡(晦谷)으로, 안동에 거주하였다. 가정(嘉靖) 기해년(1539)에 태어났으며, 천성이 순수하고 맑았고 용모가 희고 총명하여 마치 얼음으로 만든 투명한 호리병 같았다. 35세에 과거에 급제하여 청현직(淸顯職)을 역임하였다. 처음에 백담(栢潭)을 사사하고 뒤에 선생의 문하에서 종유하였다. 경서[墳典][600]에 침잠하면서 역학(易學)을 특히 좋아했고, 어버이를 섬기는 데 효도를 다했으며 어버이가 돌아가신 뒤로는 벼슬에 뜻을 두지 않고 꽃과 나무를 심고 즐거워 밥을 먹는 것도 잊었다.

선조(宣祖)가 근신들에게 "권 아무개가 벼슬을 즐거워하지 않는 것은 나를 함께 일하기에 부족하다고 여긴 것이 아닌가."라고 하였다. 좌석 한쪽에 '중(中)' 자를 써서 걸어두고 아침저녁으로 돌아보았으며, 79세에 졸하였다. 그가 저술한 《진학도(進學圖)》와 《공문언인록(孔門言仁錄)》은 집안에 소장되어 있다. 관직은 사간(司諫)에 이르렀다. 【해동명신록(海東名臣錄)에 공이 어려서 《효경》을 읽고 이 책을 '이 책을 읽었는데도 읽지 않은 것과 같다면 사람이 아니다.'라고 하였다. 한때 주역의 효괘를 그렸는데 부친이 '이것은 대인의 학문이므로 네가 이해할 수 있는 것이 아니다.'라고 하자 공이 곧은 자세로 '저는 마음속으로 대인의 뜻을 흠모합니다.'라고 했다고 한다.】

權春蘭 字彦晦 號晦谷 居安東 生於嘉靖己亥 天性純靜 容貌白晳如氷壺洞澈 三十五登第 歷揚淸顯 初師栢潭 後遊先生之門 潛心墳典 尤喜易學 事親盡孝 親沒無意仕宦蒔花種木 樂而忘食 宣廟謂近臣曰 權某不樂仕 豈以予爲不足與有爲 座隅書揭中字 朝夕顧諟 年七十九而卒 所著進學圖孔門言仁錄 藏于家 官至司諫【海東名臣錄 公幼時讀孝經曰 讀此而如不讀者非人也 時取周易效卦畫 父曰 此大人學 非汝可解 公跪曰 兒竊慕大人志 云云】

600) 경서[墳典] : 분전(墳典)은 삼황(三皇)의 책이라고 하는 삼분(三墳)과 오제(五帝)의 책이라고 하는 오전(五典)으로, 전하여 옛날의 경서를 말한다.

행장行狀

통훈대부 행 사헌부 집의 겸 세자시강원 보덕 춘추관 편수관 회곡 권 선생 행장
通訓大夫行司憲府執義兼世子侍講院輔德春秋館編修官晦谷權先生行狀

공의 이름은 춘란(春蘭), 자는 언회(彦晦)이다. 안동 권씨로, 고려 때 삼한벽상공신(三韓壁上功臣) 삼중대광(三重大匡)을 지낸 행(幸)의 24세손이다. 고조 구서(九敍)와 증조 자관(自關)이 모두 부사직(副司直)을 지냈고, 조부 모(模)는 군기시 주부(軍器寺主簿)를 지내고 좌통례(左通禮)에 증직되었다. 아버지 석충(錫忠)은 좌승지(左承旨)에 증직되었고 어머니는 숙부인(淑夫人)에 증직된 함창 김 씨로 관찰사 이음(爾音)의 후손이다. 가정(嘉靖) 기해년(1539) 7월 22일 경오(庚午)에 안동부 동쪽 가구리(佳丘里) 집에서 태어났다.

남다른 자질을 가지고 태어나 문자를 일찍 이해했으며, 어릴 때 이미 어른의 용모가 있었다. 뭇 아이들과 놀며 장난할 때 설만하고 무례한 자가 있으면 꾸짖은 뒤에 교유하지 않았다. 7세에 외조부의 상을 당해서 곡읍(哭泣)과 행소(行素)[601]를 행하자 승지공(承旨公)이 그가 병이 날까 염려되어 고기를 먹게 하였는데, 공이 "어버이의 상에는 고기를 먹지 않는 것이 예인데, 부모의 부모가 부모와 무엇이 다르겠습니까."라고 하고 굳게 사양하며 먹지 않았다.

공이 문호의 쇠퇴를 염려하면서 분개하여 배움을 청하였다. 승지공이 뜻을 가상하게 여겨 약간의 연구(聯句)를 주었는데, 공이 손에서 책을 놓지 않고 모름지기 입으로 외웠다. 뒤이어 천지에 가장 귀한 것이 무엇이냐는 물음에 승지공이 "학문이다."라고 하자, 공이 "어째서 귀합니까?"라고 하니, 승지공이 "아들이 되어서는 효도하고 신하가 되어서는 충성하며 관찰사가 될 수 있고 태수가 될 수 있으며 부모도 그렇게 되기를 바라고

601) 행소(行素) : 상을 당하여 고기가 들어간 음식을 먹지 않는 것을 가리킨다.

마을 사람들도 영광으로 여기기 때문이다."라고 하자, 공이 "관찰사와 태수는 귀할 것이 없지만 효도하고 충성하는 데 학문을 버린다면 무엇으로 할 수 있겠는가."라고 하니, 공이 마음속으로 기특하게 여겼다.

《효경》을 주었는데, 공이 읽고 생각하면서 한 글자 한 구절 반드시 반복하고 질문하여 의리의 실마리를 찾았다. 자신을 경계시키며 "이 책을 읽고도 읽지 않은 것과 같다면 이런 사람은 사람이 아니다."라고 하였다. 《주역》을 읽으며 간혹 장난삼아 괘획을 그리면서 잠심하여 조용히 읽었는데, 승지공이 "이 책은 어린아이가 이해할 수 있는 것이 아니다."라고 하자, 공이 "제가 비록 아이지만 뜻은 원대합니다."라고 하였다.

14세에 백담 구봉령 선생의 문하에서 수업할 때 백담이 거절할 것처럼 해서 정성을 시험하였는데, 공이 매우 추운 날이나 더운 날이나 비가 오는 날에도 변함없이 매일 새벽마다 문하에 나아갔다. 백담이 매우 가상히 여겨 "오늘날 다시 문 밖의 입설(立雪)[602]을 보았다."라고 하고, 부단히 가르치며 원대한 그릇이 되기를 기대하였다. 구찬록(具贊祿)[603]·안제(安霽)[604] 공이 함께 공부했던 사람들이다. 지산(芝山) 김팔원(金八元)[605] 공이 일찍이 백담에게 "문인 가운데 재주와 학식이 누가 우월합니까?"라고 하자, 백담이 "암송은 구찬록, 제술은 안제, 정밀히 살피는 것은 권춘란입니다."라고 하니, 지산이 "훗날 유학을 맡을 사람은 반드시 정밀한 권춘란입니다."라고 하였다. 공이 이로부터 더욱 힘쓰며 입과 귀로 기억하고 외울 뿐만 아니라 성현의 가르침을 힘써 실천하고자 하였다.

1561년 사마시에 합격하여 부모를 기쁘게 하는 일에 힘썼으며, 거처하는 마을 어귀의 산수가 빼어난 곳에 몇 칸의 정사를 짓고 물길을 끌어와 못을 만들었다. 그리고 회옹(晦翁, 주희)의 시 가운데 '네모진 못은 하나의 거울[方塘一鑑]', '근원에서 물이 솟아나네[源頭活水]'[606]라는 말을 취해서 감원정(鑑源亭)이라고 편액하였다. 백담이 그윽한 경관에 기뻐하며 다음과 같은 시를 지어 주었다.

---

602) 입설(立雪) : 문 밖에서 눈을 맞으며 서 있다는 뜻으로, 제자의 예를 갖추는 것을 말한다. 각주 365) 참조.

603) 구찬록(具贊祿, 1535~1616) : 자는 여응(汝膺), 호는 송안(松顔), 본관은 능성(綾城)이다. 이황의 문인으로, 현감을 지냈다.

604) 안제(安霽) : 각주 223) 참조.

605) 김팔원(金八元) : 각주 9) 참조.

606) 네모진 …… 솟아나네 : 주희의 《주자대전》 권1, 〈관서유감(觀書有感)〉에 "반 이랑 방당이 거울처럼 펼쳐지니, 하늘 빛 구름 그림자 그 안에서 배회하네. 묻노니 어이하여 그처럼 해맑을까? 근원에서 생수가 솟아나기 때문이지[半畝方塘一鑑開 天光雲影共徘徊 問渠那得淸如許 爲有源頭活水來]"라고 한 것을 가리킨다.

솔 언덕 깎아서 마을에 높은 당 세우고	手斸松崖敞野堂
정자 주위 둥글게 작은 연못 만들었네	帶楹規作小池塘
빈 공간에 둥근 달이 온 가득 비치고	虛涵脫匣圓輪滿
구름 같은 옥빛 물결 길게 끌어왔네	活引縈雲玉派長
일월의 광채는 혼연하여 물들지 않고	日月精華渾不染
천지의 본체는 광대하여 끝이 없네	乾坤本體浩無疆
〈관서유감〉 경구의 교훈 담겨 있어	觀書警句垂明訓
옆에 앉아 가르침을 받드는 듯하네	熏沐如承謦咳傍

공은 방 한 칸에서 조용히 지내면서 학문을 닦고 소요하며 세상의 얽매임에서 벗어나 삶을 마칠 듯이 하였다. 또한 퇴도(退陶, 이황) 노선생에게 가르침을 청하였는데, 선생이 "내가 오래도록 그대에 대해 들어 왔소."라고 하면서 매우 칭찬하였다.

만력(萬曆) 계유년(1573) 식년시 문과에 뽑혔다. 고관(考官)들이 공이 지은 대책(對策)을 보고 학문의 연원에 바탕이 있어 평범한 과거 응시자의 문장이 아니라고 감탄했다. 1575년 성균관 학유에 예속되었다가 학록으로 승진했다. 1580년 예문관 검열 겸 춘추관 기사관에 제수되고 국자감을 거쳐 한림이 되었는데, 덕망이 높았다. 규례에 따라 대교로 승진하고 봉교에 옮겨졌지만 병으로 사은을 하지 못하였다. 사헌부 감찰에 제수되고 나아가 대동 찰방이 되었는데, 여와의 백미[607]를 일체 가까이 하지 않았고 규례대로 포백(布帛)을 녹으로 받았지만 조금도 취하지 않았으며, 사장(辭狀)을 올리고 귀향할 때 길 위에서 행장도 모두 돌려보냈다. 1585년 사간원 정언에 제수되고 사헌부 지평에 이배되었으며 다시 성균관 직강에 제수되지만 모두 병으로 사직하였다. 1586년 예조 정랑에 제수되었는데, 백담이 서울에서 편지를 보내 "고향 산천의 안개와 노을에 마음대로 한가하게 노니는 것이 비록 '계획을 이루었다'고 할 수 있지만 어버이가 늙고 집안이 가난하면 벼슬하는 것이 또한 하나의 의리일 것이오."라고 하자, 공이 부득이 올라가 사은한 뒤에 상소하여 어버이의 봉양을 청하였다.

영천 군수에 제수되어 판여(板輿)[608]를 영화롭게 받들었고 정사를 신중하고 깨끗하게

607) 여와(黎渦)의 백미(百媚) : 여색을 가리킨다. 각주 369) 참조.

608) 판여(板輿) : 노인을 편히 모실 수 있는 가마로, 여기서는 어버이를 봉양하는 것을 뜻한다. 진(晉)나라 반악(潘岳)의 〈한거부(閑居賦)〉에 "모친을 판여에 모시고 가벼운 수레에 태워 드린 다음, 멀게는 경기 지방을 유람하고 가까이는 집안 뜰을 소요한다.[太夫人乃御板輿 升輕軒 遠覽王畿 近周家園]"라고 한 데서 온 말이다.

하며 민심을 바로잡고 풍속을 선하게 하는 것을 급선무로 삼았다. 매월 초하루에 술과 음식을 마련하고 택주(澤州)의 고사를 따라 향촌에서 나이가 많은 사람을 불러 직접 술을 권하여 사람들이 노인을 봉양하고 어른을 섬기는 의리를 알게 했다. 그리고 '가까운 백성을 공평하게 다스린다.[平易近民]'라는 네 글자를 좌석 한쪽에 쓰고 《심경》·《근사록》을 책상에 올려두고 공이 퇴청한 여가에 경계하고 반성하면서 책을 펼쳐 보았다. 흉년에는 진휼하여 유랑민들까지 혜택을 받았고, 이전 정사에서 거두지 못한 세금을 절약하고 저축해서 메웠다. 고을에 음사(淫祠)가 있어 폐단을 막을 수 없었는데 명령을 내리고 조사해서 기괴한 일을 마침내 단절시켰다. 백담이 병을 앓을 때 공이 곧장 달려가 문병하였는데, 백담이 누운 채 일어나지 못하자 백단의(白單衣)를 덮고 그 위에 띠를 둘렀다. 백담이 공을 보고 손을 잡으며 "평소 서책을 가지고 서로 빈말로 했던 이야기가 또한 우연이 아니었소."라고 하고 마침내 졸하였다. 빈렴(殯殮)에 필요한 여러 도구들을 직접 성실하게 검사해서 두루 갖추었다. 예장(禮葬)할 때 제문을 가져가서 제를 올렸는데 정의가 간절하고 슬펐다. 1587년 승지공의 상을 당했을 때 슬픔으로 거의 목숨을 잃다시피 하였다. 장사를 지낸 뒤에는 묘소에 여막을 짓고 아침저녁으로 무덤에 가서 혼정신성(昏定晨省)[609]의 의절처럼 하였다. 때마다 어머니를 보살폈지만 침실에는 들어가지 않았다. 책은 오직 《예기》 한 책만 읽었으며, 1589년에 삼년상을 마쳤다. 1590년 성균관 직강에 제수되고 다시 사간원 헌납에 제수되었지만 모두 나아가지 않았다. 의성 현령에 제수되었을 때에는 어머니를 위해 억지로 부임했다.

1591년 병으로 사직을 청해 체직되어 돌아왔는데, 운산역(雲山驛)에서 일행의 짐바리[卜駄]를 검사하던 중에 자초(紫草) 한 묶음이 보여 따져 묻자 모친의 생신 때 옷을 염색하고 남은 것이었다. 공이 관청의 물품이라고 여겨 돌려보냈다.

1595년 사헌부 장령·세자시강원 필선에 제수되었으나 모두 병으로 사직을 청하였다. 사간·장령·집의·보덕에 제수되었으나 잠시 취임했다가 사직을 청하고 돌아갔다. 선조가 경연에 참석한 신하들에게 "권춘란이 하루도 조정에 있지 않으려고 하는데, 내가 함께 일을 하기에 부족하다고 여겨서 그러한 것인가?"라고 하자, 신하들이 "편모가 살아있는데 나이가 지극해서 한편으로 기쁘고 한편으로 두려운데[610] 멀리서 지내는 것이 걱정스럽기

---

609) 혼정신성(昏定晨省) : 아침저녁으로 문안을 드리는 것을 말한다. 《예기》 〈곡례 상〉에 "자식이 된 자는 어버이에 대해서, 겨울에는 따뜻하게 해 드리고 여름에는 시원하게 해 드려야 하며, 저녁에는 잠자리를 보살펴 드리고 아침에는 문안 인사를 올려야 한다.[冬溫而夏凊 昏定而晨省]"라고 한 데서 온 말이다.

때문입니다."라고 대답하니, 주상이 매우 칭찬하며 "그 효심이 가상하다."라고 하였다. 통례원 상례를 제수되고 다시 보덕에 제수되자 공이 굳게 사양하였으나 주상이 윤허하지 않았다. 공은 매번 서연(書筵)[611]에서 반드시 덕성을 성취하는 것을 임무로 여겼으며 경전과 사서를 섭렵하는 것에 그치지 않았다. 강론이 간혹 하루라도 빠지면, 유신(儒臣)을 접하지 않는 것은 아침저녁으로 명을 받들어 보필하는 뜻이 아니라는 점을 반드시 진달하였다. 동궁(東宮, 세자)이 하교하여 "권 아무개가 보덕이 되니 몸이 비록 피곤하지만 학업이 날마다 성취된다."라고 하였다. 뒤에 다시 병으로 체직되어 고향으로 돌아갔다.

1598년 집의·직강·사간·사예·사성에 제수되었으나 모두 부임하지 않았다. 조정에서 청송(青松)이 한적하고 후미져 어버이를 봉양하기 편하다고 논의하여 제수의 명이 내려왔다. 공이 부임한 지 몇 개월 뒤에 모친의 병세가 위독해지자 아침저녁으로 허리띠를 풀지 않고 날마다 향을 피워 하늘에 기도하면서 왼쪽 허벅다리를 찔러 피를 모아 약에 타서 드렸다. 마침내 소생했지만 한 달 정도 뒤에 끝내 일어나지 못하자 공이 나흘 동안 입에 물을 넣지 못했다. 관을 받들어 돌아와서 승지공의 묘에 부장(祔葬)하고 부친상 때와 같이 여묘살이를 하였다. 모친이 병을 앓을 때 파 냄새 맡는 것을 싫어하였는데, 공은 이때부터 파를 먹지 않았다.

1603년 삼년상을 마친 뒤에 항상 감원정(鑑源亭)에서 지내면서 사환(仕宦)을 좋아하지 않는 뜻이 더욱 굳어졌다. 《진학도》·《공문언인록》 약간의 책을 찬술하였고 와서 배우는 사람이 있으면 반드시 게을리하지 않고 가르쳤는데 재주와 기예가 있다는 것을 알게 되면 마음속으로 기뻐하며 반드시 성취시키고자 하였다.

1604년 서애[612]·우복[613]과 서미동[614]에 모여 지난날의 의문점을 강론하였는데, 서애 선생이 "오랜 벗이 한가하게 거처하면서 고요히 심성을 기르고 이치를 환하게 살피며 몸소 행하는 실상을 상상해 볼 수 있다."라고 하였다.

---

610) 한편으로 …… 두려운데 : 어버이가 오래 사는 것이 기쁘면서도 죽을 날이 얼마 남지 않을까 두려워한다는 말이다. 《논어》 〈이인〉에 "부모의 연세를 알지 않을 수 없으니, 한편으로는 오래 사셔서 기쁘지만 한편으로는 살아 계실 날이 얼마 남아 있지 않을까 두렵기 때문이다.[父母之年 不可不知也 一則以喜 一則以懼]"라고 한 데서 온 말이다.

611) 서연(書筵) : 왕세자가 글을 강론하던 곳이다.

612) 서애(西厓) : 유성룡(柳成龍)의 호. 각주 282) 참조.

613) 우복(愚伏) : 정경세(鄭經世)의 호. 각주 469) 참조.

614) 서미동(西美洞) : 현 안동시 풍산읍 서미리를 가리킨다.

1605년 7월에 홍수로 여강서원(廬江書院)이 떠내려갔다. 개긴(改建)을 도모하면서 수해가 두려워 다른 곳으로 이건하고자 하였는데, 공이 "퇴계의 발자취가 여기 있어서 옮길 수 없다."라고 하고, 여강에 그대로 중건하였다. 홍문관 수찬에 제수되었고 교지를 내려 부르면서 다시 보덕에 제수하여 재촉하였지만 모두 병으로 사직을 청하였다.

1608년 영천 군수에 제수되었으나 부임하지 않았다. 1610년 교리에 제수되었으나 다시 병으로 사직을 청했다. 책을 읽고 도를 강마하는 여가에 꽃을 기르고 나무를 심으며 돈대와 연못을 만드는 것을 일삼았는데 동네 사람들이 농사도 모르면서 한다고 하자, 공이 "이것이 나의 농사라오. 연꽃을 심으면 열매를 먹을 수 있고 국화를 기르면 꽃잎을 먹을 수 있으며[615] 나무를 심으면 서리 맞은 단풍을 감상할 수 있으니, 그윽한 가운데 결연히 성법(成法)이 있다오."라고 하였다.

청풍자(淸風子) 정윤목(鄭允穆)[616]이 매번 공을 보면서 심신을 수렴하고 자신을 단속하기를 기필하면서 시를 지어 다음과 같이 찬미하였다.

온 세상이 혼탁해져 가는데	擧世皆歸濁
그대만 홀로 맑음을 지켰네	惟君獨守淸
만년의 절조를 능히 지키고	能全晩年節
세한[617]의 곧은 마음 보전했네	自保歲寒貞
솔과 대나무를 지기로 삼고	松竹爲知己
매화 연꽃과 형제처럼 지냈네	梅荷作弟兄
태곳적 사람[618] 이곳에 있으니	羲皇卽此地
맑은 달이 베갯머리 비추네	霽月枕邊明

공의 사자(嗣子) 대간공(大諫公)이 경주 부윤에 제수되어 가묘에서 분황제[619]를 할 때

615) 국화를 …… 있으며 : 《초사(楚辭)》 〈이소경(離騷經)〉에 "아침에는 목란에서 떨어지는 이슬을 마시고, 저녁에는 가을 국화의 지는 꽃잎 먹었네.[朝飮木蘭之墜露兮 夕餐秋菊之落英]"라고 한 데서 온 말이다.

616) 정윤목(鄭允穆, 1571~1629) : 자는 목여(穆如), 호는 청풍자(淸風子), 본관은 청주(淸州)로, 약포(藥圃) 정탁(鄭琢)의 아들이다. 유성룡과 한강 정구의 문인으로, 제자백가에 두루 통달하고 초서에 조예가 깊었다. 벼슬에 뜻을 두지 않았고, 만년에는 예천 용궁(龍宮)에서 자제들을 모아 가르쳤다. 저서로는 《청풍자문집》이 있다.

617) 세한(歲寒) : 어지러운 세상에서 절개를 잃지 않는 것을 말한다. 각주 42) 참조.

618) 태곳적 사람[羲皇] : 복희시대의 사람[羲皇上人]이라는 말로, 태평성세를 누리며 한적하게 지내는 사람을 뜻한다. 각주 43) 참조.

공이 "너는 몸을 바로 세우고 이름을 떨쳐 부모를 드러내었는데[620] 나는 너에게 미치지 못했구나."라고 하며 눈물을 뚝뚝 흘렸다. 어버이를 사모하는 효심이 이처럼 나이가 들수록 더욱 독실했다. 백담 선생이 아래와 같은 시를 지어 공에게 보여주었다.

마음이 고요할 때 실상을 살펴보라	心到靜時須見實
학문이 꾸밈없을 때 진리가 보이나니	學無文處卽知眞
부귀는 내 몸 밖의 일과 관계없는데	富貴不關身外事
재화는 꿈속의 티끌을 헛되이 좇네	才華空逐夢中塵

공은 이 시를 써서 좌석 한쪽에 걸어두고 젊어서부터 줄곧 한결같이 경계하고 반성하며 외물에 마음을 쓰지 않았다.

1615년 창석(蒼石) 이준[621]공과 함께 용산서원[622]을 유람하고 《백담선생문집》을 교정하면서 수개월을 강학한 뒤에 마쳤다. 1607년에 한강 정구[623]공이 안동 부사로 부임한 지 며칠 되지 않았을 때 먼저 감원정으로 공을 찾아왔다. 공이 "안동은 문헌의 고장으로 불리는데, 백담·학봉·서애가 세상을 떠난 뒤로 사림이 의지할 곳을 잃어 어디로 향할지 몰랐습니다. 다행히 부사께서 부임하셔서 덕업을 고찰하고 문의할 곳이 있게 되었으니 오늘을 시작으로 달려갈 곳이 정해졌습니다."라고 하자, 한강이 "추로(鄒魯)[624]의 고장에서 어찌 이런 사람을 취하지 못할까 걱정하십니까."라고 하였다. 술이 세 순배 돌자 공이 "부사께서 부임한 다음날에 객사에 앉았다가 여기화(女妓花)를 보고는 바로 베어버

619) 분황제(焚黃祭) : 증직할 때 내린 교지(敎旨)를 누런 종이에 한 통 더 복사하여 증직된 사람의 무덤에 가지고 가서 고유(告由)한 다음 불사르는 것을 말한다.

620) 몸을 …… 드러내었는데 : 《효경(孝經)》 〈개종명의장(開宗明義章)〉의 "이 몸은 모두 부모님에게서 받은 것이니 감히 다치지 않게 하는 것이 효의 시작이요, 자신의 몸을 바르게 세우고 바른 도를 행하여 이름을 후세에 드날림으로써 부모님을 드러나게 하는 것이 효의 마지막이다.[體髮膚 受之父母 不敢毁傷 孝之始也 立身行道 揚名於後世 以顯父母 孝之終也]"라고 한 데서 온 말이다.

621) 이준(李埈) : 각주 391) 참조.

622) 용산서원(龍山書院) : 안동 와룡면 주계리에 있는 서원으로, 처음에 구봉령이 동강서당(東岡書堂)으로 건립하였다. 1612년에 사당을 지어 구봉령을 제향하면서 용산서원으로 개칭하였고, 1633년에 사액을 받아 주계서원(周溪書院)으로 승격되었다.

623) 정구(鄭逑) : 각주 467) 참조.

624) 추로(鄒魯) : 공자의 고향인 노(魯)나라와 맹자의 고향인 추나라를 가리키는 말로, 예절을 알고 학문이 왕성한 곳을 비유하는 말이다.

리도록 명했다고 하는데, 사실입니까?"라고 묻자, 한강이 "내가 그 꽃 이름이 유사한 것을 미워하여 없애버린 것입니다."라고 하였다. 이에 공이 "진실로 내 마음에 주재가 있다면 비록 남위나 서자[625]라도 오히려 마음을 빼앗아 갈 수 없는데 어찌 가짜 이름을 두려워하겠습니까."라고 하니 한강이 그 말에 깊이 감복하였다.

1612년에 용산서원이 완성되자 백담 선생의 위패를 봉안하였다.

1617년 7월 병세가 있자 자제들이 약시중을 드는 것 외에 부인과 여자들이 가까이 오지 못하게 하고 무당이 기도하는 일을 엄하게 금지했으며, 기력이 없어도 정신을 놓지 않았다. 의관을 갖추고 단정히 앉아서 서적을 보다가 자질들에게 먹과 종이를 받들게 하여 '조화를 타고 돌아가니 다시 무엇이 한스럽겠는가[乘化歸盡 不復有恨]'라는 말을 직접 써 놓고 8월 16일 감원정사(鑑源精舍)에서 고종(考終)하니 향년 79세였다. 같은 해 10월 6일에 유언을 따라 사니산(師尼山) 아래 승지공의 묘 옆 축좌(丑坐)의 언덕에 장사지냈다.

아내는 숙인(淑人) 금성 박 씨(錦城朴氏)로 강릉 부사 승간(承侃)의 딸이다. 자식이 없어서 공의 동생 판서(判書)공 춘계(春桂)의 아들 태일(泰一)을 후사로 삼았다. 이분이 대간(大諫)공이며 호는 장곡(藏谷)이다. 대간공의 아들은 세후(世後)이고, 4녀는 안경엄(安景淹)·오익황(吳益熀)·김요형(金耀亨)·한필구(韓必久)에게 시집갔으며, 측실이 1남 세종(世從)을 낳았다.

세후는 4남 두첨(斗瞻)·두제(斗齊)·두산(斗山)·두칠(斗七)을 두었고, 5녀는 이원유(李元裕)·구석창(具碩昌)·김준(金俊)·김국주(金國柱)·이의식(李宜植)에게 시집갔다.

경엄(景淹)은 1남 헌(櫶)을 두었고, 익황(益熀)은 2남 덕기(德基)·경기(慶基)를 두었으며, 요형(耀亨)은 1남 석창(碩昌), 필구(必久)는 1남 참판(參判) 여옥(汝玉)을 두었다.

세종(世從)은 1남 두령(斗齡)을 두었다. 두첨(斗瞻)은 1남 학(翯)을 두었고, 두제(斗齊)의 1남은 고(翺)이고, 1녀는 김기점(金起漸)에게 시집갔다. 두산(斗山)은 2남 후(珝)·상(翔)을 두었고, 두칠(斗七)은 2남 령(翎)·공(珙)을 두었다.

원유(元裕)는 1남 교명(喬命)을 두었고, 석창(碩昌)은 1남 흥주(興胄)를 두었으며, 준(俊)은 1남 태서(台瑞)를 두었고, 국주(國柱)는 1남 후담(後聃)을 두었으며, 의식(宜植)은 1남 광필(光弼)을 두었다.

헌(櫶)의 1남은 참봉(參奉)을 지낸 중현(重鉉)이고, 두 딸은 참판 이원록(李元祿)과 박성하(朴成厦)에게 시집갔다. 여옥(汝玉)은 1남 기수(基守)를 두었다. 이하 내·외손은 다 기록

---

625) 남위(南威)나 서자(西子) : 나라를 기울여 위태롭게 할 만큼 아름다운 여인을 가리킨다. 각주 392) 참조.

하지 못한다.

공은 자질이 남달랐고 영특함이 뛰어났다. 어렸을 때부터 노숙하다는 명성이 있었으며, 처음 배울 때부터 충효에 대한 뜻이 있었다. 심오하고 은미한 경전의 의미를 부지런히 반복하고 질의하며 마음을 가라앉혀 고요히 완상하였다. 일찍부터 백담(栢潭)의 문하에 입설(立雪)[626]하였고, 이어서 다시 도산(陶山, 이황)에게 나아가 질정하면서 자주 칭찬을 받았다. 감화를 받고 훈도를 입으며 바탕이 깊어졌으니 진실로 얻은 바가 있었던 것이다. 백담이 정밀한 사람이 권춘란이라고 자랑하고 지산(芝山)이 사문(斯文)에 대해 장려하였으니[627] 추중을 받을 만큼 훌륭한 명망이 있었음을 알 수 있다.

반 이랑의 네모진 연못에 날아오를 듯한 정자를 지었는데 백담이 지어 준 시에 '혼연하여 물들지 않고[渾不染]', '광대하여 끝이 없네[浩無疆]'[628]라고 읊은 것이 어찌 우연이겠는가. 심지어 '마음이 고요할 때 실상을 살펴보라[心到靜時須見實]', '부귀는 내 몸 밖의 일과 관계없다네[富貴不關身外事]'[629]라는 구절에 대해 공이 무엇보다 일생토록 지키며 잃지 않았다. 그래서 석갈(釋褐)[630] 이후 한원(翰苑, 예문관)으로부터 대성(臺省, 사헌부와 사간원)·옥서(玉署, 홍문관)에 이르기까지 왕의 교지가 연달았고 왕의 말씀이 정중하였지만 나아가는 예를 어렵게 하고 물러나는 의절을 쉽게 하여 간혹 글을 올려 힘써 사양하거나 혹은 몸을 소중히 여겨 자주 물러났다. 한 차례 우관(郵官, 찰방)과 네 차례 읍쉬(邑倅, 수령)에 억지로 부임했던 것은 또한 효성만으로는 봉양할 수 없다[孝不及養]는 경서의 가르침에 깊이 감동했기 때문이었다. 어버이를 위해 잠시 뜻을 굽혔지만 조심스럽고 청렴하고 신중하며 가까운 백성을 공평하게 다스리는 것이 관직생활의 척도였다.

어버이를 모실 때에는 살아계실 때 봉양하고 돌아가셨을 때 장례를 치르며 여막에서 성묘하고 매월 초하루 사당에 배알하는 일에 정성과 효심을 극진히 갖추었다. 배울 때에

626) 입설(立雪) : 문 밖에서 눈을 맞으며 서 있다는 뜻으로, 제자의 예를 갖추는 것을 말한다. 각주 365) 참조.

627) 백담이 …… 장려하였으니 : 지산 김팔원과 백담 구봉령이 대화를 하면서 권춘란을 칭찬한 것을 가리킨다. 김팔원이 구봉령에게 "문인 가운데 재주와 학식이 누가 우월합니까?"라고 하자, 구봉령이 "암송은 구찬록, 제술은 안제, 정밀히 살피는 것은 권춘란입니다."라고 하자, 김팔원이 "훗날 유학을 맡을 사람은 반드시 정밀한 권춘란입니다."라고 하였다.

628) 혼연하여 …… 없네 : 구봉령의 《백담 속집》 권3, 〈권언회의 감원정으로 시를 지어 부치다[題寄權彦晦鑑源亭]〉라는 시에 '일월의 광채는 혼연하여 물들지 않고 천지의 본체는 광대하여 끝이 없네[日月精華渾不染 乾坤本體浩無疆]'라고 한 것을 가리키는데, 여기서는 권춘란의 인품을 형용하는 말로 쓰였다.

629) 마음이 …… 관계없다네 : 이 시는 구봉령의 《백담집》 권10 〈유어(遺語)〉에 수록되어 있다.

630) 석갈(釋褐) : 입고 있던 베옷을 벗는다는 뜻으로, 처음 벼슬길에 나아가는 것을 말한다.

는 사서육경부터 세자백가에 이르기까지 관통하여 이해하지 못한 것이 없었다. 만년 공부는 오로지 《주역》에 힘썼으며 '중(中)' 한 글자를 뽑아 벽에 걸고 "옛날의 성현은 반드시 이것을 천하의 대본으로 여겼다. 또한 희로애락이 발하기 전의 기상을 징험할 수 있으니, 말하고 침묵하고 동(動)하고 정(靜)하는 사이에 한 순간도 학문이 아님이 없고 하나의 일도 학문이 아님이 없다."라고 하였는데, 공의 말은 횡거(橫渠)[631]가 '낮에는 하는 일이 있고, 밤에는 얻는 점이 있어야 하며, 숨을 쉴 때에는 기름이 있어야 하고, 눈을 깜짝할 사이에도 보존하는 바가 있어야 한다.'[632]라고 한 말과 흡사했다.

항상 학봉[633] 선생을 존모하여 오래될수록 더욱 독실했고, 학봉의 손자들을 마치 자기 자식처럼 가르쳐 성취시켰다. 청음 김상헌[634]이 공의 묘지명에서 "마음이 맑고 시원스러웠으며, 산수를 몹시 좋아하여 바위를 깎아내고 연못을 판 다음 그 사이에서 한가롭게 거처하면서 즐거움에 밥 먹는 것마저 잊어버렸다. 이 세상의 분화(紛華)한 명리(名利)의 습속을 마치 뜬구름처럼 여겼다. 사물을 접할 때 마음을 비우고 뜻을 낮추어 벽을 두지 않았으며 남의 훌륭한 점을 칭찬할 때는 길게 하고 나쁜 점을 비평할 때는 짧게 하였고,[635] 시비를 가릴 때에는 한 칼에 양단을 가렸다. 선생의 풍도를 들은 이들 가운데 공경함을 일으켜 생각을 바꾸지 않는 사람이 없었다. 도(道)의 사자(使者)나 고을의 수령들이 명함을 돌리고 집을 찾아와서 깃발이 누추한 거리에 나부껴도 오로지 빈주의 예를 갖출 뿐 마음에 담을 쌓는 일이 없었다. 후생들을 이끌어 학문에 힘쓰게 하였다. 처음에는 백담에게 공부할 때 선배들에게 기대와 추중을 받았는데 만년에 이르러 증험되었다. 일상의 마음 씀과 몸가짐이 순수하였다."라고 하였으니 이는 사실을 기록한 것이다.

애석하다. 《진학도》 한 질은 비록 책을 엮었지만 《언인록(言仁錄)》은 편찬하지 못했고, 기타 저술도 모두 흩어져서 많지 않다. 용산사(龍山祠)의 사문(師門)에 배향하는 예가 어

---

631) 횡거(橫渠) : 장재(張載)의 호. 각주 588) 참조.

632) 낮에는 …… 한다 : 장재의 《장자전서(張子全書)》 권3 〈유덕(有德)〉 제12에 "말에는 교훈의 요소가 있어야 하고, 행동에는 본받을 점이 있어야 하며, 낮에는 열심히 하는 일이 있고, 밤에는 얻는 점이 있어야 하며, 숨을 쉴 때나 눈을 깜짝할 사이에도 존양(存養)하는 바가 있어야 한다.[言有教 動有法 晝有爲 宵有得 息有養 瞬有存]"라고 한 것을 가리킨다.

633) 학봉(鶴峯) : 김성일(金誠一)을 가리킨다. 각주 299) 참조.

634) 김상헌(金尙憲) : 각주 399) 참조.

635) 남의 …… 하였고 : 《춘추공양전》 소공(昭公) 20년에 "훌륭한 점을 칭찬할 때는 길게 하고 나쁜 점을 비평할 때는 짧게 한다.[善善長 惡惡短]"라고 한 데서 온 말이다.

찌 백세 사림들이 갱장(羹墻)에서 그리워하는 마음[636]을 위로할 수 있겠는가. 서원의 유생 김성로(金星魯)가 공의 〈가장(家狀)〉 한 통을 가져와서 주고 공의 7대손 엽(曄)이 정중한 말로 거듭 부탁하였지만, 생각건대 비루하고 용렬한 내가 어찌 감히 말을 엮어 일을 서술하는 데에 참여하여 태재(汰哉)라는 비난[637]을 범할 수 있겠는가. 다만 유집에 선조 문충(文忠)[638]공에 대한 제문을 읽다가 '퇴계로부터 여파를 거슬러 이락에서 연원을 찾았네.[泝餘波於退溪 尋本源於伊洛]'[639]라는 말이 있어 당시 도의(道義)로 맺은 교유에 진실로 감탄하고 경모하는 마음을 가눌 수 없었다. 이에 참람됨을 잊고 가져온 가장을 교정해서 위와 같이 서술하여 당대 붓을 잡은 군자가 채택할 것에 대비한다.

가선대부(嘉善大夫) 원임(原任) 예조 참판(禮曹參判) 겸 동지경연 의금부사(兼同知經筵義禁府事) 오위도총부 부총관(五衛都摠府副摠管) 풍산(豐山) 유이좌(柳台佐)가 찬하다.

公諱春蘭 字彦晦 權氏安東人 高麗三韓壁上功臣三重大匡諱幸之二十四世孫 高祖諱九敍 曾祖諱自關並副司直 祖諱模軍器寺主簿 贈左通禮 考諱錫忠 贈左承旨 妣 贈淑夫人咸昌金氏 觀察使爾音之後 以嘉靖己亥七月二十二日庚午 生公于安東府之東佳丘里第 生有異質 夙解文字 髫齔時已有老成體段 遊嬉羣兒 有褻傲不敬者 責而絶之 七歲遭外大父喪 哭泣行素 承旨公慮其病 勸令食肉 公曰親喪不肉禮也 父母之父母 與父母奚間 固辭不食 公念門戶之衰替 慨然請學 承旨公嘉其意 授若干聯句 公手不釋 口必成誦 仍問天地間何物最貴 承旨公曰惟學耳 曰何以貴 曰爲子孝爲臣忠 可以爲觀察太守 父母欲之 鄕人榮之 曰觀察太守無足貴 欲爲孝爲忠 舍學何成 承旨公心異之 授孝經 公俯讀仰思 一字一句 必反覆問難 尋繹義理 自戒曰 讀此而如未讀時這樣人非人 時取周易 或戲成卦畫 潛心默翫 承旨公曰 此非孩兒所解 公曰 兒雖兒也 志則當大矣 年十四受業於栢潭具先生之門 栢潭陽若距之 以試誠否 公日必昧爽造門 祁寒暑雨不變 栢潭深嘉之 曰今者復見門外立雪 敎誨不怠 期以遠器 具贊祿, 安霽 皆公同學人也 芝山金公嘗語栢潭曰 門人中才學孰優 栢潭曰誦具製安 精審則權 芝山曰他日以斯文爲任者 必精權也 公自是益復刻勵 不獨口耳之記誦 而求力踐聖賢之訓 辛酉中司馬 僶勉於悅親之事 就所居洞口

636) 갱장(羹墻)에서 …… 마음 : 선현을 추모하는 것을 말한다. 각주 317) 참조.

637) 태재(汰哉)라는 비난 : 분수에 넘치는 예법을 비난한다는 말이다. 각주 585) 참조.

638) 문충(文忠) : 유성룡의 시호이다. 각주 282) 참조.

639) 《회곡집》 권2, 〈제유서애문(祭柳西厓文)〉에 수록된 내용이다.

泉石之勝 構精舍數楹 引水爲池 取晦翁詩中方塘一鑑源頭活水之語 扁其顔曰鑑源 栢潭嘉其幽賞 贈之以詩曰 手斲松崖敞野堂 帶楹規作小池塘 虛涵脫匣圓輪滿 活引縈雲玉派長 日月精華渾不染 乾坤本體浩無疆 觀書警句垂明訓 薰沐如承謦欬傍 公靜處一室 藏修遊息 脫略世累 若將終身 又嘗請益於退陶老先生 先生曰 吾聞公之文行久矣 亟加推詡 萬曆癸酉 擢式年文科 考官得公所對策 歎尙其淵源有自 非尋常應擧之文 乙亥 隷成均館學諭 陞學錄 庚辰 拜藝文館撿閱 兼春秋館記事官 由國子爲翰林 蓋雋望也 例陞待敎遷奉敎 病未謝 除司憲府監察 出爲大同察訪 黎渦百媚 一切不近 布帛例俸 毫末不取 呈辭歸覲 道上行具 亦盡送還 乙酉 除司諫院正言 移拜司憲府持平 又拜成均館直講 皆以病辭 丙戌 除禮曹正郎 栢潭在京抵書曰 故山烟霞 隨意閒遊 雖曰得計 家貧親老 仕亦一義 公不得已赴謝 上疏乞養 除永川郡守 榮奉板輿 小心淸謹其政 以正民心 善風俗爲先務 月朔具酒食 依澤州故事 召鄕人高年 親自勸酬 使人知養老事長之義 書平易近民四字於座右 置心經, 近思錄於几案上 公退之暇 警省而披閱焉 歲飢賑濟 惠及流民 前政逋負 節縮補塡 邑有淫祠 弊痼莫禁 下令來告 鬼怪遂絶 栢潭有疾 公卽馳往省診 栢潭臥不能起 覆以白單衣 拖帶其上 視公執手曰 平日挾書冊 相與作虛說話 亦非偶然 及卒殯殮諸具 躬親敦檢 無不周悉 禮葬時 又來操文以祭 情義懇惻 丁亥 遭承旨公憂 哀毁幾滅性 葬而廬墓 晨昏上塚 如定省儀 時省母夫人 不入私室 於書只讀禮記一書 己丑 服闋庚寅 除成均直講 又 除司諫獻納 皆不就 除義城縣令 爲親强赴 辛卯呈病遞歸 到雲山驛照撿一行卜馱中 見紫草一封 詰問之 卽母夫人壽辰染衣之餘 公以爲官物 送還之 乙未拜司憲府掌令 世子侍講院弼善 皆病辭 除司諫, 掌令, 執義, 輔德 暫就辭歸 宣廟語筵臣曰 權春蘭 未嘗肯一日在朝 以予不足與有爲而然耶 筵臣以偏母在堂 年至喜懼 遠遊爲憫仰對 上深加奬歎曰 其孝可嘉 除通禮院相禮 復除輔德 固辭不允 公每於書筵 必以成就德性爲務 不止涉獵書史 講或一日有間 必達以不接儒臣 非朝夕承弼之意 東宮有敎曰權某爲輔德 身雖疲困 學業則日就 旋又病遞 尋鄕 戊戌 除執義, 直講, 司諫, 司藝, 司成皆不赴 朝議以靑松閒僻 便於養親 有除命 公赴任數朔 母夫人病篤 公晝夜不解帶 日必焚香祝天 刲左股取血 和藥以進 遂甦月餘 竟不起 公水漿不入口者四日 奉櫬以歸 祔葬承旨公墓 廬居省墓 一如前喪 母夫人病時 厭聞葱臭 公自是不食葱 癸卯外除 恒處鑑源益堅不樂仕宦之志 纂述進學圖, 孔門言仁錄若干編 人有來學者 必敎誨之不倦 知其有才器者 心喜之 必欲成就之 甲辰 與西厓, 愚伏 會西美洞 講討前日疑難 西厓先生曰 老友閒居靜養 洞觀踐履之實 可以想見 乙巳七月 大水 廬江書院漂沒 將謀改建 畏水患

欲移建于他 公曰 退溪遺躅在是 不可移也 仍重建于廬江 除弘文館修撰 有旨召 復除輔德趣行 皆以病辭 戊申 除榮川郡守 不赴 庚戌 除校理 又以病辭 讀書講道之餘 以養花種樹修築臺池爲事 洞人以不知農務爲之語 公曰 此吾農事 種蓮實可食 養菊英可餐 植木則霜紅可賞 幽獨燕閒之中 斬然有成法 淸風子鄭公 每見公 必收斂檢束 爲詩美之曰 擧世皆歸濁 惟君獨守淸 能全晩年節 自保歲寒貞 松竹爲知己 梅荷作弟兄 羲皇卽此地 霽月枕邊明 公嗣子大諫公 除慶州府尹 行焚黃祭于家廟 公曰 汝則立揚以顯父母 吾莫之及泫然泣下 其慕父母之孝 至老愈篤如此 栢潭先生以詩示公曰 心到靜時須見實 學無文處卽知眞 富貴不關身外事 才華空逐夢中塵 公書揭座右 自少至老 警省如一 不以外累經心乙卯 與蒼石李公 同遊龍山書院 讐校栢潭先生文集 仍講學數月而罷 丁未 寒岡鄭公 爲安東府使 下車未數日 首訪公于鑑源亭 公曰 安東號是文獻之地 而自栢潭鶴峯西厓下世之後 士失所依 莫知其方 幸明府來莅 德業得有所考問 趨向之定 自今日始矣 寒岡曰鄒魯之鄕 何患無取斯之人乎 酒三行 公問曰 明府下車翼日 坐客舍 見女妓花 輒令芟去云 有諸 寒岡曰 吾惡其花之名似除去也 公曰 苟吾心有主 雖南威西子 尙不能移 何畏乎假其名者乎 寒岡深服其言 壬子 龍山書院成 奉安栢潭先生 丁巳七月 有疾 子弟侍藥之外 婦人女子 不得近 痛禁巫覡祈禱之事 氣雖憊 精神不耗 衣冠端坐 對越書籍 命子姪奉紙墨 親書乘化歸盡 不復有恨之語 八月十六日 考終于鑑源精舍 享年七十九 是年十月六日 葬于師尼山下承旨公墓側丑坐之原 從遺命也 配淑人錦城朴氏 江陵府使承侃之女 無子 以弟判書公諱春桂子泰一 爲嗣 卽大諫公 號藏谷 大諫嗣子世後 四女 適安景淹, 吳益熀, 金耀亨, 韓必久 側室一男 世從 世後四男 斗瞻, 斗齊, 斗山, 斗七 五女 適李元裕, 具碩昌, 金俊, 金國柱, 李宜植 景淹一男 檍 益熀二男 德基, 慶基 耀亨一男 碩昌 必久一男 汝玉 參判 世從一男 斗齡 斗瞻一男 翯 斗齊一男 翱 一女適金起漸 斗山二男 玥, 翔 斗七二男 翎, 玥 元裕一男 喬命 碩昌一男 興冑 俊一男 台瑞 國柱一男 後聃 宜植一男光弼 檍一男 重鉉 參奉 二女適李元祿 參判 朴成厦 汝玉一男 基守 以下內外孫 不盡錄公姿禀超異 穎悟出類 髫齔而著老成之名 始學而有忠孝之志 經傳旨義之深奧隱微 孜孜乎反覆問難 潛心默玩 蚤歲立雪於栢潭之門 繼又就正於陶山 亟蒙推許 其所以擩染薰陶資之深而實有所得也 栢老精權之詡 芝翁斯文之奬 已可見推重之令望 而半畝方塘 有亭翼然 栢老贈詩中 渾不染浩無疆之詠 夫豈偶然乎哉 至若心到靜時須見實 富貴不關身外事之句 寔是公一生奉守而勿失者 故釋褐以後 逌翰苑而至於臺省玉署 華誥聯翩 恩諭鄭重 而謹難進之禮 厲易退之節 或抗章而力辭 或奉身而亟去 一郵四邑之强赴 亦所以深有感於孝不及養之經訓 爲親暫屈 而小心淸謹 平易近民 又其居官始終之繩尺也 其事親也 生養死葬 廬居省掃 月朔拜廟 誠孝備至 其爲學也 自四子六經 以至於諸子百家 無不該貫瀜會 而晩年工夫 專用力於大易一部 拈出一中字 揭之壁上曰 古之聖賢 必以此爲天下之大本 亦可以驗喜怒哀樂未發前氣像 語默動靜之間 蓋無一日而非學 亦無一事而非學 橫渠氏所謂 晝有爲 宵有得 息有養 瞬有存者 公其庶幾焉 常愛慕鶴峯先生 愈久而愈篤 撫敎其諸孫 如己出 使之成就 淸陰金公撰述公幽宮之誌曰 襟懷淸曠 酷愛山水 剔巖洞開陂塘 宴處其間 樂而忘食 視世上紛華名利 若浮雲然 接於物也 虛心巽志 不設防畛 善善[640]長而惡惡短 至辨義理 擇是非 一刀兩段 聞先生之風者 無不起敬而易慮 道使州長修刺詣廬 干旄陋巷 一成賓主禮而已 無城府跡 引誘後生 勉進爲學 始學於栢潭 前輩多見期重 至其晩歲驗之 日用純如也 此其實錄也 惜乎 進學圖一帙 雖成卷軸 言仁錄 未克成編 其他著述 亦皆散佚而不富 龍山祠師門配食之縟禮 豈足以慰百世士林羹墻之慕哉 院儒金斯文星魯甫 齎奉公家狀一通 來請記行之文 公之七代孫曄 申之以謬囑 辭旨鄭重 顧惟陋劣 何敢與聞於屬辭比事 以犯汰哉之譏乎 第伏讀遺集祭先祖文忠公文 至有溯餘波尋本源之語 當日道義之契 實不勝感歎敬慕之懷 忘其僭猥 檃括來狀 而敍次如右 以備當世秉筆君子之採擇焉 嘉善大夫 原任禮曹參判 兼同知 經筵義禁府事 五衛都摠府副摠管 豐山柳台佐 撰

640) 원문의 '善善' 이하는 기록되어 있지 않은데, 문집을 엮을 때 착간된 것으로 보인다. 이어지는 내용은 한국문집총간 속4에 수록된 《회곡집》을 참조하여 번역하였다.

회곡 권춘란의 문적 발견

만장 군수 권춘란

輓章 郡守權春蘭

스승으로 오래도록 따라 모시며	函丈從容久
평생 높이 우러르고 사모하였네	平生景仰高
가슴을 열어 싫어하는 빛이 없었고	開懷無倦色
가르치고 인도하며 노고를 마다 않았네	誘掖不辭勞
우리 당이 귀의하여 중히 여겼는데	吾黨歸依重
사문이 액운의 시대를 만났네	斯文厄會遭
많은 의혹이 이제 뱃속에 가득한데	羣疑今滿腹
천지간에 속절없이 머리만 긁적이네	天地首空搔

【影印】

晦谷先生文集

여기서부터 영인본을 인쇄한 부분입니다. 맨 뒷면에서 시작됩니다.

晦谷先生文集序

嗚呼惟我　晦谷先生自冲齡以來志尙之超越才學之造詣有不可以尋常論之而及夫請益于退翁也至承公之有文有行吾聞已久之敎其蒙許於大人亦大矣以今思之凡係述作宜不零星而多有可評者雖以家狀所錄言之　疏章宜有十六七本而遺稿中所錄則只是一件詩亦有一句見於家狀者而於遺稿則無之亦有師友之和新亭所揭詩者多見附錄而元韻則未有記焉乙巳間廬江書院之爲水所漂沒也亦書警儒林盛言移奉他所之爲不韙此是儒林間重大事至今後人俱有聞知者而亦於書稿無之若非家狀之有所記則毋論疏詩與簡札孰知其始有而今無也或云累代庇莊之餘中因鬱攸之灾不能無喪失者果爾則勢也然愚之迷見則有不然者　先生自得柏老所贈心到靜時須見實學無文處可知眞富貴不關身外事才華空逐夢中塵等詩教書諸座右一心警省晦迹同塵不露圭角者乃　先生平日用力處也谷號之以晦爲稱者亦未必不在此耶若爾則詞章之或多或少製作之或散或逸俱不必言也只以早晏超詣之節明之可乎　先生方在穉齡嘗以天地間何物爲貴問于庭闈及得所貴者惟學而子孝臣忠乃斯學大源頭之教仍授以孝經則讀畢掩卷自謂曰讀此而如不讀者非人也嘗取易經而效畫卦至以吾年雖兒志則大矣仰對庭闈之警勑已見其遠大自期而及至十四受業于栢潭先生教誨勤篤成就日深至有金

芝山八元他日以斯文爲任者必此人之語長成後所自勉者以食無求飽居無求安法魯論之訓而殆不留意於言語文字之末飄然與一時名賢如柳西厓金鶴峯鄭寒岡諸老結以道義鄉邦稱美豈不宏偉而若以大關領言之則忠孝二字蔚爲平生之至行雖在屛伏之中憂 國傷時之念未嘗少衰賢才之用舍政令之得失

三

一有所聞憂喜累日不解此其忠之根於心者也至於孝爲之誠至老愈篤晨夜枕玆之間必號父母而淚痕常存此豈平日供侍間曲盡其誠敬而已者哉嘗授門弟以孝經至孝有不及之語未嘗不喟然長歎此其孝之得於天者也噫曰忠曰孝只是 先生稟賦之本然而於道學成就之節則別有以焉 先生嘗書一中字粘諸

壁上曰吾雖未能窺其涯涘而喜怒哀樂未發前氣像亦可驗矣蓋執厥中卽堯舜禹之相傳而乾爻之剛健中正坤爻之黃中通理皆一義也 先生之所以得其中者政在於晩年所編進學圖及孔門言仁錄等兩帙而已此外等閑書蹟之或有所虧缺又何論於巍然得中之地也哉故淸陰金公後先生已久矣而其誌碣之辭說

四

得中字事甚明至以靜中工夫多有人所不及知者領之論 先生者觀此則可知 先生所得中字之難知而却易見也嗚呼盛矣

歲在丙申五月 日外裔資憲大夫

知中樞府事安復駿謹序

晦谷先生文集卷之一

五言詩

柏潭精舍雜詠

柏潭

翠柏影寒潭。碩人之所舍。從今至歲寒。於焉可坐臥。

二樂軒

仁智天所性。山水我所樂。動靜日相涵。忘飢朝復暮。

藏源峽

好藏桃花源。莫放流出峽。出則到人間。恐教舟子涉。

逗青峯

一峯石之多。上逗穹蒼表。幽人何所愛。萬古青未了。

飲馬峯

白駒在彼谷。飲水無不可。我亦往從之。膏車秣吾馬。

悅雲臺

嶺雲我所悅。亦可持贈君。歸來斂蹤跡。肯時雨乾坤。

玩漪臺

不必步隨水。登臺可玩漪。觀來應有術。須取逝如斯。

濯纓巖

有巖臨滄浪。水清纓可濯。孺子復何知。聖人自先覺。

桃源洞

桃源豈無路。有洞卽知眞。必泥唐傳異說。最根武陵人。

繫舟巖

舟行任所如。看處便可繫。更放月明中。上下雲俱曳。

伴鷗巖

白鷗波萬里。浩蕩誰能伴。石友證我盟。忘機日相慣。

玉麟峯

于嗟麟之角。其性亦振振。玉鱗更含輝。對此最精神。

風詠峯

風乎復詠而。捨瑟奚所爲。翔于千仞上。吾欲與誰歸。

紅霞峯

瑩丘有彩峯。妙入絢提紅。看來神自活。始覺是霞峯。

臨鏡峯

插花爲誰容。黛綠臨寒鏡。潭心靜無波。留色能倒影。

漱雲峯

東聳貫太淸。膚寸朝暮漱。可惜翠濤空。石齒露根竇。

坎粹峯

地位淸且高。習坎奚取義。君子以靜觀。於止知所止。

仙鶴峯

仙鶴本不羣。上下天一隻。飛來當我前。相與舞寥廓。

金秀峯

兌位分西正。精華秀作峯。金剛眞得性。又出玉芙蓉。

仙杏峯

潟洩天機處。粧成錦繡巒。仙家新酒熟。須及此時還。

留月峯

孤月掛峯頭。清輝凝不流。騷人吟未就。爲我更淹留。

晩翠峯

萬木榮春日。誰知氷雪姿。要看晩翠色。須待歲寒時。

翠屛峯

翠嶠自縈廻。雲屛展遐眺。丹青手豈能。造化功至妙。

蔘花村

雞犬自成村。馬蔘烟一痕。秋來擁蘿逕。遠近漲紅雲。

陶店洞

陶店在河濱。虞舜有遺澤。氓俗豈知此。衣食於搏埴。

高麗潭

山高水亦麗。得名其在斯。滿潭風月好。漁父亦無辭。

望芝巖

瞻望我所思。靈芝今已秀。采采欲誰與。歲月共遲暮。

門巖

巖門天所成。山客此中揖。明月自往來。淸風時出入。

撼月灘

灘聲抑更揚。月下光相撼。影搖波不伏。能令我心感。

絹浦

烟浦動輕綃。曾從畫裏見。却憶謝玄暉。澄江靜如練。

廣灘

廣灘誰謂廣。今朝一葦杭。揭厲亦可審。必使利攸往。

丑巖

有石天琢成。自從闢於丑。中流不可轉。對此心無斁。

湧月峯

初從海上來。已向峯頭湧。淸光照我室。更把瑤琴弄。

九峯

江上有奇峯。自一至於九。對面何所疑。拄笏皆可數。

濯錦潭

催成蜀錦機。濯丹沉潭靜。援峯濯不得。山光與霞影。

鳴雷灘

源泉固有本。晝夜鳴不舍。如雷復靜來。瀦潭在其下。

光風臺

灑落周夫子。誰知千古曾。光風臺上起。霽月與之同。

換骨臺

仙源杳何許。欲往無人喚。如欲到眞境。先須凡骨換。

望仙臺

仙遊何日罷霞佩月下來臨風酌桂醑悵望獨徘徊

在玩漪臺少上與仙鶴峯相對 先生誌名時蓋見逸今以望仙名之以寓歸來望思之懷

圍村峽

有峽圍村落居民自生息質朴有遺風出入但耕鑿

此則權應時士會言之而莫的所指蓋是換骨臺西南道豚村越峽

於今年秋八月二十八日往尋柏潭蓋 山顏已五載矣陟降堂臺殊覺雲物之帶愁也書屋已架而窓户未成潭路新除而繚繞雲表皆 先生所

指點而卒未得來考焉可勝痛哉顧瞻壁間臺巖及峯諸處皆有名稱而揭之但無所題以記其事問諸潭僧則蓋 先生有志而未就云尤可痛哉噫勝地不常得人而名焉玆山而遇 先生玆地之一大幸也而未有 先生大述作以侈其勝則亦豈非玆潭之一不幸也鄙於是謹錄 先生丙辰行視之作以爲潭舍起事之始又取平日書札及諸賢唱酬山人詩卷中有及於潭事者稡爲一秩以備潭上他日之事蹟且以僭妄謹於逐處命名之下各賦五言一絕以附遺事之後非敢

爲詩也蓋出於羕慕無窮之痛而寓高山景仰之懷也於乎仁賢所過山川草木亦被其澤玆潭之山一自 先生吟嘯之後光景沃若欝葱䕺茂矣近日燒畬之烟胥蘢伐木之丁響谷將至於濯濯而後已其在吾黨思其德而愛其樹豈下於召伯之甘棠哉繼自今禁護而封植之欲以告於同志者而勗之云

謳蒙雜詠

用朱晦庵雲谷詩韻 朱子記雲谷系之以詩二十六章雜詠十二篇又有武夷精舍詩十二首今用其

韻以記蒙而晦亦可藏此討吾豈 之勝

雲谷

于野盡添衣入山雲迷谷我有谷可藏斯人也不獨

西澗

采藻澗之西海松明曉翠携酒芝山南無人共清麗

瀑布

孰如廬山勝青蓮句裏尋有時虹飮澗飛洒半邊陰

雲關

朝隨雲共出暮與風俱入不須更牢關山中無警急

蓮沼

嬋姸玉立姿濯潔晴泉碧秀色淨可餐淸香凝欲滴。

杉逕

不與蓬蒿沒猶存擁小堂風含晚翠色雪噴歲寒光。

雲莊

饁婦衣常短耕夫冠不峩茅簷比三四烟戶不須多。

泉硤

山溪一逕幽峽束泉流響更無塵事喧神襟得淸爽。

石池

有石自奇峭臨池光影寒汙臼可抔飮平圓仍作盤。

山楹

其楹勢不覺架巖仍鑿谷兩山排送靑一水繞將綠。

藥圃

取便唯藥物折柳爲樊圃采采晚歸來寒濕手自莫。

井泉

涵虛天一生渫食光浮液何用惻我心源泉晝夜出。

西寮

朝蘇拾松花暮澗依林樾閉門等閒過春風與秋月。

晦庵

晦庵謹師傅一語垂明教櫟樕幾歲月服膺無寸效。

草廬

林影隔晨窓泉聲徹夜戶此間無臥龍誰復勤三顧。

懷仙

瞻望鶴駕峯羣仙在洞府月下仍羽人臨風酌桂醑。

揮手

舉手謝塵事揮門斷送迎仙凡如隔世雞犬白雲聲。

雲社

肯與鳥獸羣居人可相友結社共雲烟祈田仍用酒。

桃蹊

紅霞蒸遠近蹊徑繞溪頭却愁花落去多事逐波流。

竹塢

此君不可無交契歲寒深栽爲十二律吹作鳳凰吟。

漆園

樹之豈徒然椅桐我園裏爰伐琴瑟時峩洋在淨几。

茶坂

坂有忍冬草采芼代茶飮此外無長物藤床與尾枕。

絕頂

讀罷床頭書時登堂後嶺山川遠近光樹木長短影。

北澗

北風雨雪霏考槃應在澗欲從嘆未由吾心何敢慢。

中溪

水似溪東西中。分爲二道。庶見白駒來。食我溪邊草。

休庵

小庵名以休。欲休塵事絶。四休心日休。百爲不須設。

復用武夷精舍雜詠韻

精舍

四十九年非。東西南北客。結廬在雲山。膏肓入泉石。

仁智堂

堂名揭仁智。動靜看山水。所樂在何事。唯應尋闕里。

隱求齋

世事謾紛紜。林泉眞影響。隱求如欲獲。問渠何所長。

止宿寮

白駒永今朝。於焉宿衛宇。亦可供晨羞。田園有雞黍。

石門塢

石塢門誰設。常關歲月深。清風時出入。明月許同心。

觀善齋

一自吾道衰。誰專函丈席。相觀有餘師。日用須功力。

寒棲館

卜築歲將淹。曾不費心力。夜與雲氣棲。泉聲寒四壁。

晩對亭

幽人偏愛山。早晩坐相對。日靜雲烟空。凌霄矗寒翠。

鐵笛亭

鐵笛聲如裂。吹來雲霧開。隨風洛浦去。和月九皐來。

釣磯

磯頭一絲風。潭影秋涵碧。臨淵豈羨魚。此樂人不識。

茶竈

春雲凝碧縷。仙興未渠央。飮罷空遺竈。泉聲帶月香。

漁艇

春雨孤蓬重。秋風短棹輕。月明波底影。魚躍水中聲。

次省吾堂 李介立。字大仲。進士。贈參判。 八詠

藏書樓

藏書樓上頭。架揷三萬軸。道義昭日星。不爲蠹魚食。

養蒙齋

觀象山下泉。闢齋思果育。聖功不在他。以正無歧惑。

賞蓮軒

我懷無極翁。開軒有餘馥。風月浩無邊。胸襟正灑落。

釣漁磯

我心本無欲。寧有羨魚情。磯頭終日坐。風裊一絲輕。

望山亭

登臺望遠山。高低目杳杳。雲烟多變態。萬古青未了。

汲月亭

鑿井渫可食。有源出不渴。汲來月在斯。萬川同一色。

種菊塢

築塢欲何爲。冀茂傲霜枝。誰嫌老圃淡。歲晩自葳蕤。

栽藥圃

爲圃莫言癡。丹荑帶雨肥。栽成勤採擷。人病正求醫。

復用雲谷雜詩韻

登山

高山可仰止。亦須登峻嶺。登臨旁日月。俛仰宇宙永。我懷正悠悠。思人不出耿。

値風

風從何處來。一聲號萬木。已看茅屋破。亦恐滄海覆。入麓行不迷。令人增愧恧。

翫月

月明無點埃。天容更清肅。容光亦無私。華堂與蔀屋。翫此夜無眠。對影吾豈獨。

謝客

端居何所爲。閉門朝又夕。客從遠方來。情深不可斁。歸去愼原陸。山林已昏黑。

勞農

晝茅宵索綯。民事不可緩。侵晨理荒穢。歸來夕露滿。代耕與食力。何勞較長短。

講道

老莊慕清淨。仙釋墮杳冥。始知千里謬。只在一毫爭。苟未得聞道。吾心終不寧。

懷人

久抱離索憂。懷哉誰與遊。尚友千載上。我思終悠悠。開遙望三友。自嘆吾不猶。

倦遊

少年行樂處。某水與某丘。歲月已晩晩。百物皆閒愁。地偏心自遠。何必子長遊。

修書

白首已紛如。未透生死關。誰能發潛德。亦欲誅凶姦。莫學蠹書魚。埋頭文字間。

宴坐

出入無定鄕。病矣心所厭。欲靜坐亦馳。頂門誰下砭。善學不在他。居然收百念。

下山

登高必自卑。復下山之底。雲氣襲衣巾。溪聲戰石齒。自愛一室靜。何須論萬里。

還家

養眞衡茅下花月度春秋世事皆夢裏名利等雲浮歸來蒼山友日暮且同憂

次雪月堂題名韻二首

題名留壁上心畫見分明雲雨人間手炎凉浮世情

冠童兼老少松月夜窓明好同眞樂地不學市交情

次前人輓栢潭先生墓韻二首

痛哭師門淚音容杳莫通當年一小子今日白頭翁

死生初無二人心有感通誰呼長夜夢難起醉眠翁

次前人題二愛亭韻

兩美必相合孤標植物中幽人結雅賞秋夏一亭風

隱逸巖崖側香清烟雨中端宜君子愛猶是古人風

次前人韻二首

百憂復千慮畢竟欲何爲飮酒有妙理世人知不知

堪笑又堪悲百歲勞營爲與君終日醉此餘何所知

對雨寓興

炎序忽變凉秋風久蕭瑟況復霜霰淚百卉渾失色獨有黃菊花冒寒專晩節盈把與誰餽思君意靡歇

失題

干戈歲月經草木變衰榮肯出無心語常懷未盡情人生長役役世事謾營營莫問何憂樂窮民半苦生

又

宦任昔曾經還驚夢裏榮感時仍下淚對酒轉多情戊辛悲關塞腥塵暗海營乾坤搔白首身世欲無生

同榜會元韻

辛酉同聯榜今年又屬雞天時驚屢換人事苦難齊邂逅情無盡徘徊日已西題詩留面目不使夢魂迷

挽栢潭先生

函丈久從容平生景仰高開懷無倦色誘掖不辭勞吾黨歸依重斯文厄會遭君年疑今滿腹天地首空搔

挽趙月川

道具三才後人行萬化先晦明應有待開繼在斯賢名世天雖定生靈地或偏吾東漸化遠箕教敍疇傳伊洛風聲振溪山日月懸升堂聞唯一函丈見黎前述業無他技衣功近裏專簞瓢渾漫興歲月任推遷寶匣琴猶在陽春曲未宣平生行樂地風月滿前川

挽金松澗允明

難爲聯五璧名籍比三蓮得失人間事乘除夢裏緣武城焉用割禁府號稱平所業詩書教從遊文字賢論文久歲月英發自齠年悵憶三淸洞遭虞九死顚行尋川上路別意韻朱絃空谷駒難繫停雲愁自纏俄看桑海變痛切聲

舟還。萬化都無盡。同歸有後先。

挽謙菴柳 雲龍

有美生南紀。名高尺五天。盛年勤志學。中歲試官聯。奉檄
非身屈。辭榮爲道全。承懽來舞蹈。湛樂棣華翩。至感通天
地。祥光動後前。庶幾無疾病。仁者壽高年。豈謂申休祐。俄
驚二竪纏。晨昏違萬福。淚愛及重泉。欲說平生事。難堪泣
血漣。庚同仍結社。接袂共周旋。鶴寺艱危甚。盧江聚會連。
清和去年節。生死此時懸。俛仰皆陳迹。峩洋欲絶絃。典刑
承幹蠱。門戶得顏賢。顧我皆無類。時蒙簡札傳。遂心資警
益。朽木倚雕鐫。蹁躚將誰與。凉凉獨自憐。吁嗟無盡意。痛

哭未忘虔。漠漠天聲下。悠悠河水邊。悲歌不成曲。人世轉
茫然。

七言詩

題崔進士 雲海 壁上 江陵人

臨瀛公館鏡湖涯。客裏尋眞意若何。千樹海棠渾不省。夢
中猶自咏梅花。

次迂川主人李 德弘 十松清風韻

萬紫千紅彼一時。憐渠蒼翠澗邊遲。客來撫節盤桓處。一
縷清風鬢上吹。

朝天贈行 鄭士信。字子孚。號梅窓。

誦詩三百有斯人。季子觀周上國眞。遙想王河淸照日。一
陽初動萬方春。

題玄沙寺壁上

西林昔日可師房。白髮重來感慨長。寂寞高山人不見。獨
憐明月夜蒼蒼。

壽席韻

罇酒相從寂寞濱。淸風明月座中賓。傍人莫作尋常看。疑
是商山四皓人。

謝采惠竹種及百日紅

學圃年來百事癡。漫山桃李亂葳蕤。今朝得種洪園綠。君

子光儀歲晩知。

右竹

誰道花無十日紅。百葉開落向秋風。幽人得此爲庭實。不
怕千林萬葉空。

右百日紅

次金雲月 富倫 會話韻二首

幽人自與世人疎。一室翛然四壁虛。今日偶成文酒會。聯
床不問夜何如。

滿山松月影扶疎。萬籟俱收夜靜虛。天借好懷開一笑。此
間心事又誰如。

次前人韻二首

來叩松門月下窓。百年懷抱對靑釭。更須乘興山陰夜。孤棹回時雪滿江。

乾坤納納一虛窓。安得山中酒滿釭。欲助詩豪胸海濶。長杠筆下湧濤江。

次前人韻二首

一般淸意山中夜。萬里澄空片月明。淡入醉鄕同夢罷。八仙應記此時情。是日會者八人

不向塵埃長汨沒。好隨風月弄淸明。罇前一笑有餘樂。直把古詩論性情。

復用虛字韻以謝雪月佳貺

爲謝情親不我踈。顧吾眞宰亦中虛。却將瓊玖輝山壁。欲報南金愧不如。

敬次退溪先生韻

昔年芳躅記烟鬟。安得淸風一往還。千里遊心身便在。浮生虛了百年閒。

次惟一齋金彦璣草堂韻十章

明月淸風屋數間。十年顔巷一瓢寒。傍花探理心常活。和露題詩墨未乾。天際斷雲浮碧落。門前流水對靑山。箇中無限騷人意。牛背斜陽一篴閒。

一生天地屋三間。松桂空山鶴料寒。五柳門前鶯語滑。萬花軒外鳥聲乾。凉生桃席秋前樹。冷徹簾屛雪後山。料得一般淸意味。四時風月靜中閒。

好崇基止綠蕪間。爲愛淸溪一帶寒。吟罷曉雲銀管濕。醉眠終日玉瓶乾。是非憂樂眼前事。偃蹇崢嶸詹後山。載酒野人時訪我。一身從此未全閒。

莫把浮名向此間。一身生計任淸寒。荒畦雨後花香襲。小塢風前竹露乾。黃閣朱扉天上事。白雲靑鶴眼前山。園林自古無人管。輸與幽人落得閒。

一笻曾訪野雲間。行露欺人滿袖寒。田舍日長人事罕。水村烟淨雨痕乾。尋詩引屐陶三逕。快眼鉤簾謝疊山。歸臥弊廬如有得。鄙萌從此可能閒。

合在林泉水月間。騷人由此對雲寒。夜香未盡烟猶在。朝日初昇霧漸乾。一室圖書神六合。千峯花雨夢三山。傍人莫道渾無事。早晩山中也未閒。

得失紛紛天壤間。不須惆悵布衣寒。五車十載螢常照。一榻三冬雪未乾。塞上悲懽當任數。石中珠玉可藏山。功名自古爲身累。萬事無如一字閒。

天地吾身方寸間。無營心似死灰寒。向陽竹牖虛生白。靑草池塘水不乾。宇宙一窓明日月。乾坤萬古好江山。騷人

且可無偏着。觀物逍遙意自閒。

安得廣居千萬間。草堂憔悴杜陵寒。簾疎夜夜風難庇。屋漏牀牀雨未乾。渴飲清波洙泗水。樂飢薇蕨首陽山。君看列戟長安第。一閉朱門物獨閒。

此生功業藝林間。愧殺人情世態寒。寡與自知心計拙。逢人還笑語言乾。可藏龍浦半江水。最愛西坡一點山。從此兩區風月好。僻村雲物更幽閒。

奉送貳城主 (安夢尹字商卿。後封順陽君。以善政陞贈右議政府院君。)

叙拜咸安郡守。將赴任。

三疊陽關誰作曲。二天離別此生涯。風謠每歎來何暮。朝政今成去後思。世事到頭難下手。人情極處敢言詩。臨行更酌清江水。城外秋風送酒旗。

耆老會 (與鄉人七十以上。會挑村。)

七十八十又九十。去年今年至百年。樽俎杯盤隨野態。衣冠禮數出天然。冬寒已極陽初發。和氣融回樂事全。蒙叟幸添眞率會。可無風雅續遺編。

采慕樓 (安參議堂號。山陰。)

山陰之下有高樓。我友當年卜此丘。門外猶存三大柏。池中空纜一孤舟。衆村華額楣間映。鶴老清篇壁上留。今日重來悲舊跡。溪楓獨似戊寅秋。

失題

天上星辰祝萬齡。人間歲月閱千庚。鳳笙龍管吹和氣。瑞日祥雲滿酒觥。四境風謠 逸。 一堂懽樂響雷轟。逸 草土憂 逸。 孫露餘生淚 逸。

敬次柏潭先生行祝蓼村。作詩四十三句。

嗟潭之樂欲說難。盍往觀乎非一蹴。淵源河洛水悠悠。磅礴宇宙山矗矗。幽如處子秘深閨。屹若巨人氣容肅。丹霞映帶別一丘。翠靄鬱葱千章木。先生昔日薄言遊。竹杖芒鞋巾一幅。顧吾童子亦隨後。不許世人來相逐。坤靈愛寶應有待。峀雲動色吹虛谷。允矣肥遁君子所。可以療飢芝朮服。於焉游息得其地。幾多寒暑往而復。靜言終始已不忍。悉數平生且更僕。山川淑氣鍾斯人。洒落光風月新沐。陋巷簞瓢學聖賢。唐虞事業敷心腹。天淵得意妙鳶魚。詠賦歸來瞻彼麓。寬裘夙計費夢想。堂室經營窮祈隩。居然一日我泉后。質諸古人心無恧。逍遙不是慕空虛。早晚非關友麋鹿。風乎舞雩誰與歸。卒歲廬峯吾不獨。昭書深得臭味眞。悅口何殊大鼎肉。四時佳興任平分。一氣循環誰秉軸。無邊風月草交翠。滿目烟霞蘿補屋。陶山况復照冰壺。春風時雨非私淑。弄月吟來有深趣。點雪洪爐能退伏。芰荷衣佩繽陸離。草木昭回光景郁。靜裏乾坤日月長。世

間雲雨多翻覆忘機魚鳥自相親永矣寬邁獨寐寤英華
時復發成章水上風行文繡縠朱絃疏越有遺音濯以江
漢秋陽暴齊莊中正得性情不喜浮誇供耳目年來所樂
亦何事考槃皆言碩人薖堪嗟舟壑忽變遷忍看蛛網罥
書簏寒生幽谷草不春冷入空庭室無煥山林不免斧斤
侵籬下誰知陶後菊風聲猶在歲寒松淸操想見冰霜竹
悲乎吾黨之不淑痛矣斯民也無祿遺篇幸得咳唾新寫
出寒潭寒翠撲悲吟又向潭上路杖屨遺躅流淸瀑天時
人事杳難測休戚吉凶那可卜瑤琴誰復理餘韻一笛斜
陽愁可掬尚賴斯文有不忘體物形聲於方穆高山流水

舊蒼泱岸芷汀蘭自芬馥宮牆寧使沒蒿萊術業終教免
沉陸才華富貴總不關誨語丁寧思爛熟吾儒自古有正
鵠外慕終當戒類鶩

往在嘉靖丙辰四月日　先生行視蓼村欲卜藏
修鄙於時年未弱冠蓋以童子從　先生乃卜地
於潭上崖谷間倘佯終日歸來後月餘作詩以寄
示之而今倏焉三十五載矣惜乎盤夢遽罷今雖
復欲承謦欬於雲潭之上其可得乎尚幸遺篇不
逸今乃得見於巾箱中辭意洋洋如在左右也伏
讀悲咽口不能聲手不忍釋者累日也乃敢僭率
謹追其韻以附遺事之後蓋敬奉當年求和之教
而咨嗟詠歎之餘有不能自已者也嗚呼痛哉

挽金北厓 圻 二首 此詩始得於刊出之後故追錄於七言詩下

世上奇男子人間逸丈夫聲名難並立心事不相求卜築
淸溪曲行吟洛水流從今便陳迹吾黨恨難休
山林眞樂地卒歲可優游富貴豈吾分飽安非所求閒情
雲共遠詩思水同流回首羊腸路如今死則休

疏

辭弼善疏

伏以子之於親疾痛必號臣之於君有懷必達蓋以君親
之情義無間而忠孝之道本無二致故也臣有切迫之情
不得不仰達伏願　聖慈垂憐焉臣往在庚寅年間濫蒙
天恩除授司諫院獻納顧以臣有老母不能遠離供職
敢將悶迫之狀號籲於闕下天日下燭許令卽遞歸省未
幾除臣爲義城縣令本縣去家甚偪追將母到官榮寵極
矣不幸福過災生臣疾劇發不堪職事蒙罷而退伏田里
已有年矣頃者遭亂孔棘此實臣民自作之孽禍及國家

言之罔極主鎭先棄諸城自潰無一人主張捍禦之策民
無所依庇四散空虛臣亦竊負老母竄伏山谷之間朝夕
必死旋聞　西幸有日臣雖蟲豸至微冥頑無知五內分
潰北望痛哭而亦不能奔問以隨羈靮之後臣之罪一也
人皆糾合義旅以爲討禦之備而臣不能策應以編荷戈
之列臣之罪二也　龍馭天旋萬民懽慶而臣不能卽來
都下以望　天日之光臣之罪三也人臣負此罪咎不
自死滅苟保頑命將何以立於世乎　聖恩天覆不惟不
加之罪又　寵之以爵命旣辱憲司又叨　春坊伏地震
越感激罔極天地生成何以仰報爲臣之義有死無他第

念臣母今年七十有七歲上年分以閭家時病死亡殆盡
至於今春瘟病又發傳染老母臣於二月上來時臣母病
勢纔減十分之一而元氣已衰喘息危急人子私情所不
忍遠離而臣以亂離餘生獲蒙　天恩悲感罔極不知自
陷於不孝之罪忍淚絕裾冒昧出來今已踰時又閱月矣
道路阻梗消息不通憂惻悶迫罔知所屆頃有南來之人
以爲臣母避寓流離艱苦萬狀厥後無因更探其聲信則
不知今日吉凶如何迫八十臨死雖無疾病人子遠遊聖
人所戒況罹重病晷刻難保委諸床簀將護無人回想門
閭寢驚夢愕臣之方寸不得不亂矣且臣母舐犢之愛實

倍於他人而飢疫之中尤甚切迫臣惧母病母憂臣疾苟
得一食必相分與以療饑病不知今時將何狀而食何物
也母必臨食念臣而不食臣亦含肉欲食而不忍母子相
依之命當此窮困之際尤不忍一日相離臣之情事不得
不悲矣且臣昔嘗蒙　恩守永川郡去家不遠可以朝發
夕至而聞父得病官事有拘未卽來省及到于家則臣父
體魄已斂而面目不得相見天地間冤痛曷有紀極每一
念及不如死之久矣玆有偏母死期已迫每當離側雖隔
一日創巨而痛深心亂而疾發如窮人無所歸矣況今遠
違千里之外吉凶音聞了莫聞知噬指雖痛驚犴未浹醫

藥之救不及於生前則終天之痛無所仰訴而未免爲天
地間一罪人也嗚呼當此多事公義爲重區區私恩有不
暇顧者而臣本庸劣無狀加之以病風喪心又自經亂之
後益增狂惑之重疾怲忡驚悸遇事輒發眩迷惑昧顚倒
錯亂覩息雖存而木偶土梗人皆謂之非人矣以此癃疾
雖在陳列少無所補而臣母病中之命則非臣無以得生
此臣所以情迫於中不得自已至於仰瀆 天聽臣罪萬
死萬死嗚呼靡盬有將母之諗戍役有陟岵之悲誠以母
子之愛根於天性不容泯滅而人心天理古今同然憂患
疾痛必號必達者實出於人之至情也伏乞 聖慈天地
父母察臣有當劾之罪憐臣懷罔極之慨 亟命鐫免本
職 許令母子生前相見得遂煦煦相哺之恩則臣生當
隕首死當結草臣無任兢惶感激憫迫涕泣之至

晦谷先生文集卷之一 二十五

書

答權某書

謹承手書得審起居平安仰慰仰慰所敎事依送此亦昔
是借人諸具未備可歎紅氊京行持去僕亦門中慶事切
欲往觀而近來病甚專廢食飮又當大暑遠路出行極艱
未遂情素平生恨負幷惟照諒餘困不宣

答子恭一書

初八日榮川官人持來書得悉示意非止一二時議亦諒
物情可知何可太拘執不變通也但以心病自歲前發動
春來漸深往還豊原之後勞熱挾攻若不旬朔臥調則終
無快甦之理輕重緩急於是爲決既未得謝 恩又未得
呈遞終至於無頭無尾顧念平生歎嗟極矣然奈何是亦
命也人必疑恠而指目之然老病臨死之人不亦小恕也
哉餘病昏不一

又

伻來得審衙履平安慰喜慰喜歸期又退官事然也當隨
勢爲之諸姪初解之落不勤所致無足恠也金根厚僅叅
金憲卿得二事何幸何幸東堂以日食退行于十八日云
矣根厚會試名格欲得之恐忙未及周旋也

又

晦谷先生文集卷之一 二十六

入來承審平安。慰喜慰喜。此亦平安。但天久不雨。禾穗焦傷可悶。祭物依受。奉奠感感。餘惟愼保萬吉。

又

承審平安。慰喜慰喜。此處亦平安。聞僧將出來。此後必有大段擧措耶。一喜一慮。就中近處儒生廾餘員。時方居接于龍山。欲得魚羹以爲佐飯之用。切切矣。餘在不言。惟祈字履益珍。

又

近來諸勝如何。遙慮遙慮。此處依保。近聞金奉祖・金是柱登第云。可賀。朝報近日如何。節追吹帽。老興不淺。而溪山寂寞。亦可歎也。使相何時到此。其時有偕來之示。苦待苦待。想無所梗耶。溫溪任秀才。以事往治下。恐有門禁。以鄙札爲之地耳。

又

伻來得書。審平安。慰喜慰喜。此亦粗保。且有來期不遠。跫喜跫喜。業更遠來。有生意。可喜可喜。秋露與客共罷溪堂。極可樂也。惟照。

又

冬雪初零。想惟爲政益佳。遙慰遙慰。此處皆無事爲幸。今日新司馬李生來到。欲以近日爲老親設慶酌。將求海物送人。故修簡以達其言。亦欲因以爲之地也。請求專委。想不暇給。然其親切。各有所望。當隨其力所及以濟之。

與某人書

前拜伏蒙淸款。迨仰感慰。卽日伏惟尊體起居萬福。大水懷襄。害及民物。廬江亦漂。廟宇頹圮。僅得保存　位版而已。此乃萬古所無之變。慘痛何以仰喻。就中盈德持酒壺來此。欲陪諸尊老。以明日開話。若蒙許往。命駕則何幸如之。但聞道路險絶。人不通行云。仰慮仰慮。若奉小車暫枉。則其爲榮幸如何。瞻仰之至。玆敢仰稟。

答金都事 澤龍書

聞尊拜江原道。淡以爲賀。未及伻候。先問忽至。感愧交幷。生本以澌敗積病。遭此濫分之　寵。卽爲趨謝。乃臣子之所安。欲以今日發行。而前數日。偶因失攝。泄瀉嘔吐極苦。若調數日不差。則登路恐未可必。伏悶罔極。望君所得。非有仙分者。何以得此。伏祈行李萬吉。若得造　朝相奉則何幸。如未則爲鄙善辭此中所憫爲仰。惟照病困不宣。

墓碣

先考 贈通政大夫承政院左承旨兼 經筵參贊官府君墓碣銘

府君諱錫忠字盡已其先永嘉人因家以世考諱曰模
贈通訓大夫通禮院左通禮行宣敎郞軍器寺主簿祖考
諱曰自闕秉節校尉副司直曾考諱曰九叙修義校尉雄
武侍衛司中領副司直高祖諱曰直均朝奉郞新寧監務
有諱曰天老通仕郞都染令同正曰用平檢校軍器監行
楊口監務曰奕正朝大夫判少府寺事乃遠祖妣永陽李
氏 贈資憲大夫議政府左參贊兼知義禁府事行中訓

大夫麟蹄縣監諱欽之女府君配金氏諱曰元碩之女知
昆陽郡事諱存爲高祖系出咸昌府君親迎于榮川郡都
智彌里以歸于府之東柯丘生四男三女長曰春蘭登文
科永川郡守兼春秋館編修官次曰春桂次曰春茂次曰
春蕙女長適金泰時次適權允儉次適琴振古府君生于
正德己巳冬十月十九日終于萬曆丁亥十二月十四日
享年七十九以戊子三月十四日丁酉葬于府北高德輿
洞祖師尼山丑坐未向之原禮也府君不仕授箕子殿職
帖無疾康寧人皆期以百歲而奄忽至此嗚呼痛哉昊天
罔極銘曰

似鶻山高德輿洞幽有鬱佳城於千萬秋不肖孫春蘭泣
血謹識

先妣 贈淑夫人咸昌金氏墓碣

金氏籍咸昌觀察使金爾音爲遠祖有諱曰嘗是五代祖
曰存朝散大夫知昆陽郡事是高祖曰季文建功將軍行
龍驤衛副護軍是曾祖曰確是祖考諱曰元碩年十九而
歿金氏以遺腹於正德己卯十月十二日生妣權氏籍醴
泉考諱希元祖諱澹曾祖諱處良高祖諱自平 先妣咸
長配 先考 贈承政院左承旨府君生四男三女內外
孫男女無慮四十餘人孫泰一登文科今爲司諫院正言

金氏婦德無非母道俱全嘗曰得見光榮吾今死亦幸矣
萬曆辛丑七月十八日以青松府大夫人終享年八十三
入皆以壽福稱以同年十月二十日祔葬府君之墓左山
則非丑乃艮坐坤向之原同一穴孤哀子前司憲府執義
兼 世子侍講院輔德春秋館編修官青松都護府使春
蘭謹誌

銘

師尼山銘 刻銘于承旨公墓外階砌石酉邊

似鶻山高德輿洞幽有鬱佳城於千萬秋
鳳舞騰空龍盤虎蹲吐瑞醸靈鬱葱氤氳惟戊子春姑

洗令辰葵我 先君昭告來雲
皇明萬曆十六年孫春蘭謹題

贈通政大夫禮曹叅議安公墓碣銘

在嘉靖辛亥歲余請敎于栢潭先生公先在門遂與之同
學以公長一年嘗呼之以兄公嘗以謀生太拙戒我對曰
死當以不事生業誌吾墓公笑曰吾死則渠以某事銘我
噫此乃平日相戲之言豈料今公遂辭世而誌銘之屬遂
及於頑命未死之人情所不忍而我亦有不得辭者公諱
壽字汝止姓安氏其先順興府人文成公諱裕之裔文成
興學衛道從祀文廟其積厚流光有自來也有諱璟郎將

乃八代祖諱詡隱不仕諱祉宗簿令諱義與奉善大夫開
城府小尹賜紫金魚袋諱吉祥令同正於公爲高祖曾祖
諱善孫將仕郎祖諱亨良承仕郎考諱琇中訓大夫司贍
寺僉正兼春秋館記注官歷高城寧越二郡妣淑人鳳
城琴氏學士琴儀之後而通政大夫沔川郡守元福女也
公生有異質才氣過人先生嘗曰子路之勇夫子抑之爲
文頴脫有非流輩所及先生目之以製安蓋許之也業旣
成赴鄕闈每擧輒中必居前列踰冠中辛酉司馬二試庚
辰試漢城發解居魁遂登第補成均館學諭歷學錄學正
博士時有縉紳逆獄之變人有因宿憾以擠之館學士子

停擧者不一而曾經朝士亦在其中同流皆欲解之而猶
難公爲上博略無難色毅然獨當曰諸生無咎尚然況朝
官乎非正祿所知遂解之物論稱快庚寅轉通善拜司憲
府監察旣而拜刑曹佐郎卽被論遞人皆知其爲所中也
辛卯陞奉正大夫拜忠淸都事尹公國馨爲監司以公盡
心察理每事必諮等倉牙山公掌其事務盡物情人有頌
祝之者癸巳爲龍宮縣監時經火變公私板蕩公撫民如
子盡心職事巡使以狀聞 命陞品爲僉正然公以爲職
分微勞不敢自居故其終命以都事書銘旌亦可見其志
也公晩來爲本府提督官專心學事善誘屬校士子監司

以盡職稱之壬辰之亂公出財力以助軍興允所以爲國
者靡不竭力亦人所難也公早喪嚴父事母夫人邑養榮
悅誠孝備至三兄一時俱亡一弟撫愛益篤待其子如己
出其於財物少無係吝自署其藏穫以與之孝友之性然
也事師如事親栢潭先生疾革喪葬極盡誠敬事夫人就
養省候終始不替有亡友之子孫皆零丁見輒矜憫至以
財恤之其隆師親友之道可謂至矣其於祭祀必誠外家
與退溪李先生連門而有諱金伸乃母夫人外祖考無子
神主無所歸公以母夫人在堂奉其主以來先生善之其
待人也甚厚客至必置酒盡歡至於鄕黨務相和好雖有

不順事公不與之較鄕人稱爲長者也公不事表襮虛懷
應物在龍宮日分養屯牛巡使以瘦瘠詬之公對曰百里
奚爵祿不入於心故飯牛而牛肥此縣監猶恐失之故飯
牛而牛不肥也聞者以爲名言公少時風姿玉雪及壯患
痘喪一明朋友皆欲哭之而公意豁如也平生不爲兒女
態爲及第新來時四館調戱令自贊公揮筆曰人之有目
如天之有日月日輝於晝月輝於夜一晝一夜偏照何妨
人皆歎賞其恢廓不拘小節如此公生於嘉靖戊戌十二
月二十四日至萬曆二十年壬寅正月二十九日以疾終
享年六十五遠近咸嗟惜藥圃大人聞而悲之曰善人亾

晦谷先生文集卷之一　三十三

矣以是年閏二月丙申葬于府東陰谷先府君墓下子坐
午向之原其志也公初配烏川禮賓寺奉事鄭允恭女高
麗門下侍從襲明之後未廟見葬在永川再聘醴泉權瑞
雲女通訓大夫通禮院左通禮五紀之曾孫又娶士人權
見龍女太師幸之後也權氏在家營葬且立碑以圖不
朽三室皆無子以弟霽之子景淹爲後年甫八歲猶服衰
人皆哀之公自號東皐嘗有卜築爲菟裘終老之地而未
就噫以公之才如是德如是志如是而不克施以沒嗚呼
痛哉銘曰
系出竹溪道之原也從遊栢潭師有一也餘力學文華聞
早揚遂捷科第蓮桂俱芳以才之美施無不可位至亞使
龍有遺化孝友之性姿質之良殉身以沒托在過房命也
如何天不可必百歲以俟有如斯石

有明朝鮮故通政大夫永嘉權公碣碣銘

世稱安東之權無小無大皆祖於太師云厚德流光盛於
中外公其一也公諱胤卞字彦嗣正朝大夫行少府寺事
諱燮乃公之八代祖而其先則尸長甫允諱克諧也公之十一代祖
興咸衛保勝郎將孝允左右衛保勝郎將文卓乃少府
之祖與考而其所以繩繼者遠矣檢校軍器監行楊口監
務諱用平爲公之六代祖通仕郎都揔領同正諱天老爲

晦谷先生文集卷之一　三十四

公之五代祖朝奉郎行新寧監務諱直均於公爲高祖曾
祖修義校尉雄武侍衛司中領副司直諱九叙祖長興庫
副使諱自準考將仕郎諱維妣孺人草溪卞氏忠順衛瑾
之女而執義昌遠之孫也以正德七年壬申十一月初二
日生公于府東勿野村年二歲過房于舅氏卞孝恭卞公乃公之從祖父署令府君之壻而公之於卞公以母黨論之則舅甥也以父族論之則卞公爲公堂姑之夫也署令無子傳家于卞公而卞公又無子以公爲侍養子公纔出養于卞氏而實繼同姓從祖父之宗名之其以此
也十八娶眞城李氏宣務郎醴泉訓導河之女贈崇政
大夫議政府左贊成兼判義禁府事諱堉乃其祖卽李文
純公之姪女也旣卒繼聘宜寧余氏禦侮將軍訓戎僉使

文伯之女嘉善大夫行叅判諱慶昌之孫也公前室有一子一女曰應生通政女李經濟後室子有曰慶生嘉善判事皆影職也通政娶綾城具氏生一子二女子曰混業文早亾女長適李欽次適李玭皆同鄕士而有職帖判事娶豊山金氏箕子殿叅奉繼之女而孝子時佐之孫也生一子二女子曰漑女曰鄭俔次在室混娶光州金氏有一子曰壽一壽一娶高敞吳氏生一子漑娶東萊鄭氏生子女側室子曰乙生戊生女曰李夢賫權悟金景仁權承宗內外曾玄孫無慮七十餘人可謂盛矣公居于府東嘉丘里平生不以憂慽動其心與人不較隣里無反目之嫌至於

田園依本分少無封殖自利之計其壽考能享諸福豈無所種而然也諸子又以孝謹名家奉養必有酒肉所以爲暮年之懽者備至可謂能養而孝者也公年八十四以老職加通政階萬曆三十四年丙午九月十日終享年九十有五人皆以壽福相慶而又嘆南極之不復耀也以是年十一月十九日葬于府北所䓁村振鳳山南麓子坐午向之原前後二室附與先塋同一山也銘曰

箕叙九疇壽居其一孟言達尊齒與爵德公享期頤壽考多福仁壽有徵大德必得餘慶未艾垂裕永錫卜藏斯丘萬古安宅玆銘于石昭示千億

上樑文

龍山書院上樑文 龍山舊廟營建時所撰而仍施於周溪書院新廟之樑

先知覺斯民必有教養之術後學述其業寧無振作之方玆循秉彞之良庸建妥靈之所恭惟我柏潭先生三代人物兩漢文章作我師儒邃學有行命汝教冑寬慄直溫豈徒爲湖海一時之英抑可謂風流百世之表賢其賢樂其樂所以沒世而不忘生於斯長於斯孰不觀感而興起矧伊仁里之不遠幸多薰炙之益深瞻彼龍山藏修舊地載基載落實由當日之指揮有齋有堂盍爲童蒙之養正昭回草木之衣被吟嘯杖屨之往來祭祀在斯人粤若稽古

而有獲功德在能典詢謀協龜而僉同春秋苾芬耆老齊會而蹈舞籩豆靜潔多士駿奔而在庭盍置廟貌之尊嚴以寓高山之仰止天開地廓前瞻鶴駕之巓谷邃林深後聳圭峯之峻幾何經始之日屹然樑欐之升同此懽聲式陳善頌兒郎偉抛梁東旭日初昇瑞靄紅習習谷風吹萬物更將時雨動昭融兒郎偉抛梁西太山丘垤望中低玉露映空金氣肅蓁蓁梧葉鳳來棲兒郎偉抛梁南奎璧聯輝斗以南五絃琴弄無餘事興入羲皇座上叅兒郎偉抛梁北瞻仰玄天幽且黙夜深星斗共闌干一點光輝照西極兒郎偉抛梁上海色天容高且朗日月東西自往來我

心無作同瞻仰兒郞偉抛梁下地勢平夷開四野厚德由來能載持尊先方始爲人下伏願上梁之後風淳俗美時和歲豊家家樹忠孝之門人人樂詩書之敎若江河之潤推之足以澤民生如喬嶽之崧臨之可以鎭國俗形容如此永世無窮

晦谷先生文集卷之一

晦谷先生文集卷之二

祭文

祭權松巢 字 文

嗚呼定甫而至斯耶自京下來不至家耶須見手札辭旨丁寧擬還故山相對叙悲今胡不然中道而止慈母倚閭稚子候簷君胡在彼臥而不起人事到此天道寧論鄙有疾病且多憂撓未卽匍匐情義焉在言念平生悲焉如割同志之樂弁遊之好今不可得長痛欲絶謹奉裕醪以寓永懷

祭趙月川 穆 文

嗚呼無極而太極者理也有形而始終者氣也理無存亡之變氣有消息之時夫如是則死生常理達觀之所不悲也惟其有者旣亡故其存者必傷嗚呼生於天地皆吾之弟兄人事始終之大變孰不爲之慘惻況平日從遊托契之深而誰爲也而不哭之慟也嗚呼小子之於門下中表親而父之執思昔函文於玄沙講會之日雖洒掃應對進退之末今至老大而昏昏無所知未免爲一空空之鄙[illegible]當時謦欬色笑之相接春風座上門外雪也惟緖言有傳典刑未遠其所以切磋觀感者眞對病之良藥然參商離合之不相脊恨未得常常侍坐於燕居之日嗚呼時維陽

月初吉之翌。一壺酒。携弟與勉。而醱邁薄言往造于川之上。雖萬福有不安之節。而一歡亦足以叙暢。既申以無幾相見之說。又結之以後會丁寧之約。指役精舍。是月既望。痛矣哉。吾黨之遽到於不淑。而此言之不復尋。而墮茲茲也。嗚呼。聞訃之初。適有召旨。病不得行。而閉伏俟罪。難於出吊。而匍匐之無地也。玆遲來哭。愧古人而忸怩想慕平生。永言之不已也。鞭辟近裡。篤實底工夫。竟以曾得之者歟。簞食瓢飲。其庶乎屢空。在陋巷不改其樂者歟。厭世之汙濁。超乎萬物之表歟。造化爲徒。而長往快活者歟。望師門如天之不可階而升也。噫。後學於何問業而考德。嗚呼。

陶山蒼蒼。潭水泱泱。千秋萬世。地久天長。此生有涯。此恨無極。英靈不昧。庶幾來格。

又祭月川文

日月不居。奄及再朞。嗚呼曷歸。我懷之悲。聖人有制。禮不可違。情則無盡。德音不已。永言維則。尚有餘地。洋洋左右。敢言以侑。

祭金溪東慶昌文

永川郡守權春蘭。謹遣人。敢昭告于兄友季賀之靈。伏聞兄來自京師。返于本宅。云兄其安耶否。在京之日。有何父象而出城之時。風色如何。曾侍　經筵。　天鑒孔昭。繼登臺府。士望攸屬。而何遽此一退之決也。天奪之斯耶。凶變之酷耶。抑亦尊兄厭塵世之喧聒。而思水竹之清幽耶。昔日書中有是語也。今歲之秋。與兄相面。而闕庭地禁。言不得盡其情也。厥後未幾。暫修短札。以候起居。而兄乃告疾。竟未見手復。而訃音遽至。尚忍言哉。哭之痛也。嗚呼。老人必得仁壽。而何其奄忽之至此極也。眞耶夢耶。亦或傳之者誤耶。想今誰與從遊。而作何事業。使弟無偶。而踽踽於世。兄亦不思之故耶。懷顧念之獨厚。悼幽明之永隔。卽當匍匐以伸微悃。職役所縻。情義有闕。敢修問使。物亦菲薄。清酤一壺。命酌于危。莞席四幅。命布于室。此則解劍之餘

事。而想平時也。嗚呼痛哉。英靈未昧。尚鑒于玆。謹告。

祭柏潭先生文

猗歟先生。天賦異器。越自髫齡。岐嶷停峙。庸玉以成。早喪怙恃。殷斯勤斯。鞠於王母。能自志學。出就外傅。提撕撫摩。惟外從祖。初受小學。句讀訓詁。卽了大義。聞一得二。若決江河。日將月就。肆身闊步。孰敢涯涘。蒼然其光。老儒縮氣。遂試司馬。主擧數服。期以後日。文章巨筆。先生不有。自視欿然。闢齋藏修。勵志彌堅。圖書滿壁。梅菊蕭森。芻豢義理。物莫來侵。焚香繼晷。端坐窮年。俯讀仰思。倚衡床前。樂以忘憂。屢空不易。優游自得。靜觀萬物。山川草木。雲月風花。

莫不品題所樂非他然不自信就正有道惟時退溪載闢
庭戶往請所業辭以不敢見許特深期以自擔歸來有得
嘐月吟風吾與點也其趣無窮從知爲學有本有末益倍
其功性理是學衣冠夜夜至忘寢食眞積力久旣富而博
餘事擧業有所不屑顧惟太慈屬望斯切立揚以顯事親
一節玆赴鄕闈厥聲大振暫屈中書亦無所慍俄持代服
承祖之重誠敬必盡禮制是用三祥告闋切切餘哀永言
不忘餘慶所培貽厥孫謨聿追先志生三事一不仕何義
奏捷巍科歲惟庚申朝野相慶世有斯人人物文章三代
兩漢瑞世麟鳳孰不景玩遴入於院遂隸史翰蜚英歷揚

薇垣玉署際會 先朝聲績已著逮及 當寧眷遇愈篤
經帷啓沃袞職輔闕烏臺柏府激昂風采方面是寄召棠
蔽芾恩及祖先封秩九泉感恫罔涯匪躬盡虔夙夜靡懈
歲月屢遷儻來外物亦非本意夢繞丘林秋風動思上章
乞休血誠懇冀慰諭丁寧予將用爾未忍永訣僶勉職事
時有機關大禍所伏岐路參差士皆側足喬嶽不言可鎭
頹俗入口無眞是非相軋薄言告歸反吾初服衡門晝靜
庭院無風嘯詠雲山杖屨從容玉音不遐召旨斯速適於
玆時二豎始孼力疾封章衣帶必勅拜稽千里不違咫尺
何意一辭遽訣終天醫來莫及奄忽招仙嗚呼先生而至

於斯命之不隆誰實尸之仁者不壽理亦如何靜言疇昔
有淚傾河嗟吾小子丱角趨拜二三同遊左右應對式穀
教誨反覆不怠惟誦與製以精爲目命字示義蓋取晦木
健齋之扁欲其不息無文卽眞靜時見實警句明訓服膺
書紳時復詠歌發舒精神春朝雨細秋夜月明卽物寓興
雲霄性情奉以周旋幾多日月幸添科第成就之極勉勉
不及一釖兩段仁以濟物所貴勇斷一有畏死本領專非
叩竭所蘊小過輒規去歲初秋假符言歸奉酌叙別特敎
施爲繼復書勉學優民治獲侍春風容觀殊瘦年華已晚
內心爲懼旣而聞疾犇走候謁悲感交中欲語未得所恃

無恙庶幾勿藥天乎不弔降禍斯酷孰燭未幾遽至易簀
嗚呼先生命世人傑斷斷無他蹇蹇王臣自樹不倚志在
同寅衆所云云浮雲大虛百世以俟其可惑且嗚呼先生
準平繩直赫諠之儀和毅之色瞻者起敬狡僞自服嗚呼
先生之德之才左右逢原何往不諧濟川舟楫國家柱石
位止亞卿亦不滿德時耶命耶蒼生無福嗚呼先生人所
不識不貳之功克治之力矜持抑戒痛自刻責對越聖賢
終始無斁由其內積是以外發不試萬一天奪斯亟嗚呼
先生靜存益密屬疾泰然略無動念素養之定曰此可驗
嗚呼先生辭受必擇求道慕義安分自適家無斂具人服

淸貧百爾德行允矣不諼没以徇身傳付無人嗚呼哲人其生不數去亦有所不應淪没想惟精靈列星河嶽不知何年復此胚胎卽遠有期新阡載開於昭末命雖不敢忘相地是宜必求允臧爰契靈龜宅後西岡景物天成流峙自張側近先塋掩映松楸庶幾寧止永享于休幽明無間死生一理曷計短長孰爲存亡與化爲徒地久天長圭山巖巖潭水洋洋月白風淸魂兮歸來小子如喪何日重陪嗚呼曷歸我將疇依欲報罔極心事有違情禮多闕没齒餘悲我思古人心乎忸怩一聲痛哭萬古長辭無以見意敬奠一危德音不忘斯文未墜伏惟英靈庶鑑于玆

祭柳西厓文

嗚呼天降割于斯文公之疾臥閱幾箇月理何謬於仁壽公之年止於六十六有大疑難稽乎蓍龜痛矣邦家之無祿在後學誰爲之指南嗟乎吾黨之不淑進不得施設其萬一退將復修吾初服潛玉淵之淸淨仰高山而敬止從容乎禮法之場涵泳乎名敎之地泝餘波於退溪尋本源於伊洛幾年棲遲丘原先憂宛公之高躅庶幾簞瓢之屢空不改顔子之所樂時顓蒙之請益幾呼寐而對業鄙吝自消於觀感春風吹動於坐席叙寒暄於鄕曲言必稱乎柏潭旣隨銘之得托許平生之所諳屬承敎於辱復期後日之丁寧何台候之失攝竟此事之不成承凶訃於一夕慟五內之如割嗚呼泰山旣頹吾道益孤冥行長夜孰指迷途巖嶽蒼蒼洛水洋洋地久天長德音不忘來相祖紼敬酹一觴

祭安參議霽文

維萬曆三十一年歲次癸卯十月癸未朔十七日己亥永嘉晦谷病人權春蘭謹以隻雞單壺敢昭告于亡兄竹溪安公之靈嗚呼汝止甫噫無古今生死而長存者道也有終始聚散而短長者氣也玆所以一死生非虛誕齊彭殤非妄作也假有形之器而生乘無盡之化而歸者亦命之

正也兄之生六十有五歲計以日月則有餘兄之疾彌月而不差論以福善則不足以弟之不肖而罪積遭凶禍之孔棘兄其憂我之不勝將恐喪亡之無日豈謂兄之禀厚而無疾遽罹二豎之作孽存亡去留奄忽一朝而隔世則人事之變慘矣以恭之獲罪而尚保其頑命於今日者蓋天之所未定也旣不能舉扶而飯含又未得臨穴而執紼此天地無窮之痛而欲死之無地者也數之以罪則無辭斬焉縗絰之在躬兄其知也否此心無間幽明一理也兄之門戶猶夫前田園不至於蕪沒兄今在帝之鄕而不敢知悲耶樂耶亡者不悲而在世者悲則人生哀樂吾不知

其孰使之也哭亦不能哀歌亦不能樂也達以觀之萬化同歸於無迹黙而存之一念未免於嗟蹙嗚呼猶父師門兄弟匪他若其從遊之樂與夫講習討論之益睠彼東岡漠烔愁而雲慘則言之僾叓而情亦罔極到此能令憂苦不經於心殆空語耳人之所見雖有異於今昔而心之所知固無殊於前後則雖謂之未亡可也又何悲哉嗚呼東皐月白陰谷風寒未諸有無彼此之間方魂彷彿方歸來嗚呼哀哉

祭雲月堂金富倫文

維萬曆二十七年歲次己亥二月辛亥朔初七日丁巳柯丘晦谷病人權春蘭謹以酒果敬酹于瓜川雲月金公之靈嗚呼有生必有死乃天道之常也或先而或後其歸一也且其不亡者存與天地無終極也故自其死者而觀則乘彼白雲又何心也但自其生者而言則獨行於世豈不悲夫嗚呼愷悌之德敦厚之風世復有斯人歟世豈有斯人也追思平日游從之樂而今不可復得則亦哭之痛也已溪山雪白素月流光清風颯至非公也耶嗚呼哀哉

祭金鶴峯文

聞鶴峯金公將有遠行謹以壺果遣舍弟春桂敬酹于靈座之前嗚呼公之來自晋陽而至于故山未一月也今聞往卽玄宅以來日何不信處而若是疾耶蓋人事有始有卒欲留之而不可得耶抑亦厭塵世之汙濁乘彼白雲遊帝鄕者耶公歸豈無所使我獨行而踽踽則哭之痛不自知其不可也昔焉几筵之下欲叙平生之懽而竟未聞一語之誨憹然僾然痛矣死生之有別也以不肖多病而孏陋自分不數於人類幸棄瑕而見容喜托契之有素鶴之峯藹乎蒼蒼曾同雲寺之晤語漢之陽流水湯湯幾多意氣之許與人生或有離合之不齊每歎夫一日之三秋公之使日域而回也適病在聞韶之日喜且悲萬里之言旋奉危酒爲壽而明發辱手書於厥後戒以酒而憂以病果二豎之侵尋遂罷歸而不獲已自爾雲樹之相阻差不日而不月矣痛寇賊之亂我心欲死而無所於公乃受命於一道招集義旅曉諭之以秉彝庶幾雪耻之有望實倚于城之克壯何圖天不助順將星遽隕於營中以有無關國家輕重人欲百身而不得吁嗟時耶命耶亦天道之難知嗚呼公之命女于歸我之子而爲室慘慘焉相見輒悲情益至而篤不忘上年猿谷之違奉實以病之祟而亦有命也耶知此後無相見之期至隔黃泉千萬古也嗚呼公之才之業人皆稱道而可述公之德之心吾所覸而愈服急病攘夷公之殉國之忠也蹇蹇匪躬職是王臣之故也況討

賊盡齊而後已求如公者伊誰今也則亡邦國之慟也嗚呼御家庭而以禮接朋友而以信臨民則有仁威之并行立朝則有正直之風節篤敬行於殊俗仁明著於奉使與夫懇懇之誠切切之論今皆不可得而見則吾黨之不幸而多士之悲也嗚呼天有晝夜人有死生百年孰無此行但有先後之差耳即遠有期祖道載設病我癡狂體雖存而心則死奈何此別長慟欲絕嗚呼靈其知耶不知耶以吾之知公而公豈不知於我也文以為贐庶幾昭格

祭芝軒鄭 士誠 文

嗚呼公之歿世于今廿箇月有五矣祗隔青山一面之地

而迄未得躬展於几筵者實由疾病事故之相綿而以其平日相與之義言之則不敏之罪烏得無也嗚呼公之在世言論氣節今不得以復見矣州里義理之辨孰主張是鄉風貿貿末俗益偷激濁揚淸世復有斯人與吁九原而不可作也嗟我無知老而不死朋來今也則亡衰病支離有何樂也羣疑滿腹而無與共析其秋毫則欲哭之慟而不可止也嗚呼日月不居奄及再祥在昔高軒一話之別如昨晨而不可忘也幽明雖隔死生一理賤疾纏身末由自致代奠薄物情則至矣想英靈之如在庶俯鑑于心曲

祭北厓金 圻 文

壽君所止溪聲滿堂同君事業文集在床以世俗所貴至透且恥吾黨相知可與有爲嗚呼今也則亡哭之痛矣天茫茫嗚呼嗚呼痛哉痛哉

奉安文

柏潭先生奉安文

恭惟道緖邈自羲軒精一執中允矣相傳尼丘誕聖集厥大成顏曾見知思孟繼明遭秦焚燼至宋乃興濂洛關閩開來日昇文不在玆罔間南朔伊我東方民彝有足箕化至今在人耳目得寸得尺無非事者瞻彼溪山詩書之雅先生及門承言儀刑學以爲己不事外榮眞積力久乃克

有成遂學有行天人語所論掌教成均多士雲趨道可行世命不時謀龍德丕見厥施未普歸來故山亦病之故婆娑中林圭峯是奥歲月晩晩初服是補悠悠我里互鄕難言誘掖良多啓迪無斁雖無成德亦多有造入孝出恭豈曰無斁飢食渴飮莫非所敎俾我蚩蚩獲免走獸遺澤不斬思慕愈久秉彝好德高山仰止不謀而同瞻依有地龍山千仞蓋所行覜矧吾同社松柏有樹可祭於斯實合古義仍舊維新於血有廟肇修祀事聿妥神侑慕切羹牆彼此無斁陟降祇肅薦羞苾芬毋我遐遐庶我歆格凡在胥悅辰良月吉自今世世永保無極

祝文

柏潭先生常享祝文

道聞先正功在後學羹牆之慕百世彌篤

科製

趙抃不識濂溪論

論曰君子之於君子也有易知之事有難知之事易知之事衆人之所共知也難知之事一己之所獨知也以一己之所獨知驗衆人之所共知然後易知之事可以益信而難知之事可以淺知矣是故人不可以一時之知謂之知也亦不可以一時之不知謂之不知也以一時之知謂之

知則其跡似相知而其中實不相知者存焉以一時之不知謂之不知則其跡似不相知而其中實相知者存焉然則其於交際之時接待之間雖未見其綢繆石投之易合而大賢之事如青天白日君子之生如鳳凰芝草則雖以奴隷之賤匹夫之愚猶足以知之況以君子之人而見君子之人哉以故知人者不于其衆人之所共知而必於其一心之所獨知論人者不于其一時之知不知而必觀其平生之悟不悟如何耳思昔濂溪大賢人也而趙清獻公臨之甚嚴接之不假則是待之以庸夫禮之以凡人而非以濂溪待濂溪也非以君子待濂溪也嗚呼清獻一時之

君子也濂溪天下之大賢也以一時之君子不識天下之大賢可乎世之論此者或以謂學術有精粗人品有高下故不得以窺其涯涘而夫我則以爲不可蓋學問之淵源工夫之淺深則雖不可不謂之有等級而其欣慕愛賢之心則豈閑道之所獨乏哉然則其所以待之嚴者必欲求其所淺知而非眞不識也何以言之當是之時道已喪矣言已湮矣聖學之不傳千有餘載而獨有濂溪挺生其時則人之望之也如瑞世鸞鳳也如光風霽月也馬牛之走皆知其姓名異方之人亦望其德業而一世之賢士靡然從之則其不賢而能若是乎閑道之平日所心服者已

久而其所以知之者衆人之所共知也及夫至於同任一州而位有上下則前日之所心服者可以驗之於今日也衆人之所共知者可以知之於一己也是故臨之接之禮雖若嚴而茂叔之包容汪汪之千頃澄之不清淆之不濁則大賢君子之氣像可見而非若小丈夫之悻悻矣夫然後平日之所易知者益信而無疑今日之所難知者淺知而無間矣然則其所以嚴之者乃所以禮之也其所以不識也乃所以眞識也大抵觀人不觀其衆人之所易知易見者而必觀其尋常細微之事而無小失必察其心術隱微之間而無所慊然後斯可謂善觀人者而待之超然必

至於終悟則其所以悟之也乃不悟於悟之日而已悟乎昔之所聞知者已久矣然則衆人之知濂溪者知其所共知而其知也淺聞道之知濂溪者知其所獨知而其知也淺嗚呼其所以爲之不識者特以其交際之間禮數之嚴而庸常之人爭起是非之端而不察其心之蘊奧豈不惜哉或曰仲尼之聖而晏嬰不知孟軻之賢而臧倉不知則清獻之不識濂溪何足恠哉是則大不然晝之所爲夜必焚香而告天則聞道之爲人固非臧倉晏嬰之比而文明之天下固非戰國之時也若以聞道爲眞無識人之知則韓許馬遵之賢何以薦之吳公蔡公之仁何以達之然則

何獨於濂溪不知君子人也若以其交際之一事而謂之知不知則養之以萬鍾者可謂知孟子乎待之以季孟者可謂知孔子乎獨惜乎使經綸變理之才不能薦之於君行之於國而卒使永老於廬山之下則雖謂之不識亦可也謹論

疑

問云云

對愚嘗聞在天曰元在人曰仁而元者善之長也蓋一心之專德不外乎是仁而四端之發見亦由於是仁故仁智之所安利者是仁也治天下者之所好者是仁也率性者非此仁則不可也擴充此性者非是仁則不可也是故所指之言雖有先後之殊而根於心者未嘗不相統焉愚請以此而復明問之疑蓋仁者無私心合天理之謂而得是理專是德者則安其仁而無適不然合於義而無所不可非有所存而自不亾非有所理而自不亂目視而耳聽手持而足行無勉強之意而有安順之行則所謂上智之資而安行之人也至如智者則心有所望而猶未之見知其可食而猶未得飽有所存斯不亾有所理斯不亂出於作爲而不能自然則所謂學知之資而利行之人也且此仁義之心本是一天而彼此同得無上下而均此一心也無

貴賤而同此一理也故在上之人苟以是心而感之則在下之人亦以是心而報之而存仁好義捷於影響矣若夫天下之達道則莫大乎五典而率性之人非智則不能知此也非仁則不能行此也非勇則不能強此也故智必如大舜之智仁必如顏回之仁勇必如子路之勇然後可以踐道而成德矣至於性中只有一箇是四端而衆人之蚩蚩不能知而擴充也故有惻隱之心者仁之端也有羞惡之心者義之端也有辭讓之心者禮之端也有是非之心者智之端也而無此心則非人也然則孔子之言爲學者而言者也曾子之言爲治天下者而言者也子思之言爲

率此性而言者也孟子之言爲擴充此性而言者也嗚呼仁者聖門傳授之心法而孔曾思孟同得此一道也則所指之言雖有對配之不同而根於心者各有條理見於外者自有端緒而仁該全體並包而不遺矣何以明之安仁之人知其事之是非而只是成就一箇是則斯謂智也事皆合宜則斯謂義也行皆中節則斯謂禮也而利仁之人求至乎是而已上必好仁而以禮接下則下必好義而以敬事上各盡其職分之當爲者智也天下之達道五而君臣則主於義父子則主於仁夫婦則主於智長幼則主於禮而智仁勇三者所以行此者也且聞上蔡聞明道玩物

之言汗流面赤而明道以爲便是惻隱之心則蓋有惻隱之心然後可以會動而方是羞惡方是辭讓方是是非而如不會動則却不成人矣然則專言一事可以並包而亦不可謂無先後本末之序也由是觀之則夫子之所言者恐學者之處約必濫久樂必淫故以仁對之而期之以安仁大學之所言者慮人君之不能絜矩而以身發財故以仁對義而勉之以成效中庸之所言則恨違道之不能知而體之行之故以仁對智勇而求之以率性孟子之所言則傷人欲之流行而閔天理之泯滅故以仁配義禮智而欲此性之擴充也然則聖賢之言有各所指而所傳之一道因可見矣大抵心之全德者仁而兼統四德者仁則論聖賢之言者不觀其所言之有異而必求其所該之無不備也嗚呼天賦斯人孰無仁義之良心哉苟能因四端之發見而擴充之擴充之不已而至於利之利之不已而至於安之之域則可以治天下可以行達道而可以繼孔曾思孟於千載之下矣執事以爲如何謹對

策

問云云

對恭惟執事先生以斯文之宗匠典斯文之權衡眷眷以書籍爲問而欲扶斯文於將熄愍亦斯文之末學也此而

不言斯文之罪人也敢不效蠡測之說乎竊謂道寓於文而非文無以著道文體乎道而非道無以爲文文之外無餘道道之外無他文此聖人所以作書傳書爲載道明道之具也然則書之在世如日月之在天也天無日月則天之道廢矣世無書籍則人之道泯矣今世賴之而知古後世賴之而知今其所以振文風昭世教者在是立人極續聖傳者在是書之爲用大矣哉噫斯文之或盛或衰或存或亾不知其幾變矣然天不喪斯地未墜玆幾散而復合幾斷而復續綿綿一脈萬古無蟪者豈非道存於其間而不可亾者耶蓋書有興廢之時而道無泯滅之理道之所

存即書之所存則求是書者舍是道奚以哉雖然道不虛行只在於人求之有要則文不在茲乎必也道其道而不以其非道雜之學其學而不以其他學間之然後心術正而道學明道學明而文敎盛胥中典謨心上經籍從此以求何患無書其或反是者雖日記萬言之富汗牛充棟之多只爲道之累治之害耳何足尙哉請因明問所及而陳之神龍躍河繩政乃廢文字之作於是乎權輿而聖賢之言行布在方策矣蘇雲湧白竹汗收青蔡倫之制新矣芸香辟蠹蘗黃染編淮南之護完矣求理下方之書所取有義三皇五帝之文各有其名而聖筆一定五典獨存則已散之編不復詳言唐虞三代之聖經昭昭日星傳之後世永久無弊歷代以降上焉崇信下焉尊尙者豈無一二可稱而愚所謂正學明道者蔑蔑無聞則不欲爲執事枚指也一炬秦火尺籍不收萬世之下爲斯道痛哭而孔壁一拆汲冢又露豈道不可亡而天不欲喪耶殘編脫簡出於老儒之口意言象數演於一士之門則書易之有所穿鑿附會不言可見矣漢禹纔定律除挾書唐祿初開訪先遺籍二君可謂知所務矣石渠研書衿佩環青南康敦化馹路馳黃其治亂得失之迹豈無可稱而其道果明其學果正乎愚姑舍此而不言道德一經言多五千老聃其人也

本紀萬言勤成一家司馬其姓也經史子集硏討於天祿劉向之學博矣太玄法言綴緝於臨年子雲之術勤哉二儒終始不無遺德之可議則雖多亦奚以爲牙籤插架車載盈樓書則多矣淫書一念願入秘閣白首素志猶欲挑卷志則勤矣然記誦於耳目騰理於口舌者其可與言於道哉談古無益請論今日可乎道一東矣書旣同文累世休明文獻足徵至我　聖代儒敎益盛籤軸崢嶸於文館秩盈溢於傑閣一時文治蔚然可頌而吾道不幸海寇阻兵焚燒糜爛典籍亡逸斯文厄會猶慘於秦何以考前古之盛法學往聖之準的以爲吾道之指南而以啓萬世之羣蒙乎此執事之憂究及於書籍之未全而愚生淺慮不在於簡編之多寡蓋其所憂者有在也蓋道之不明我知之矣學之不正我知之矣敦正心誠意之學而不墜於文墨之中知危微精一之妙而不關於言語之末使一代之學術皆如唐虞三代之學術使一代之人心皆如唐虞三代之人心則此心之內自有此道此道之中自有此書心已正矣道已明矣則邪說不得以害之異端不得以奪之家家有絃誦之美人人懷鍾鼓之樂出於口者無非聖賢之訓施於政者莫非聖賢之業也其紙上之語多亦何益寡亦何損亡亦何害存亦何利哉若不能尊信聖道講明

正學則生於其心而害於其道害於其道而 以下缺
然則書不可不求而莫急於明道道不可不明而莫急於
正心反是則雖有書籍之多學問之勤則何益哉篇將終
矣又有獻焉表正則影直源潔則流淸上有好者下必有
甚焉其爲學不出於人君日用躬行心得之外而程夫子以正
君之心爲敎學之本朱文公以誠君之意爲作士之方愚
請以是說爲吾 君勉焉而不以漢唐宋諸君之事望於
聖明執事亦可以前所陳若干人之事自期而上告吾
聖明以興文敎則豈非斯文之一大本也耶謹對

晦谷先生世系圖

世	名	註
一世	幸。	諱麗史或作行。三韓壁上三重大匡亞父功臣。太師。本姓金。新羅宗姓。麗太祖賜姓權。事見徐四佳序文。府人思公之德。立廟府城內。
二世	仁幸。	即中。李益齋齊賢云。羅人有祖子孫同名者。蓋時俗然也。
三世	册。	戶長正朝。高麗成宗二年。初置十二牧鄕吏職號。以堂大等爲戶長。以大爲副戶長。以郎中爲戶長同正。員外郎爲副正。公自求爲戶長。斜正風俗。仍以世仕。有三子。均漢。光漢。議漢。
四世	均漢。	右一品。別將。
五世	子彭。	戶長正朝。
六世	先蓋。	戶長同正。行翼牙校尉。

世	名	註	世	名	註	世
七世	廉。	戶長同正。行陪戎校尉。	十三世	克諧。	功授大。	十九世
八世	利輿。	戶長。有六子。伯時。○仲時。○就冝。○通。○就正。○融。	十四世	孝允。	興威衛保勝郎將。	二十世
九世	通。	戶長。成均生員。	十五世	文卓。	左右衛保勝郎將。	二十一世
十世	英正。	戶長。三道都別將。有二子。均桂。均碩。	十六世	弈。	正朝大夫判少府寺事。	二十二世
十一世	均碩。	戶長。奉憲大夫客直校尉上護軍。	十七世	用平。	檢校軍器監。行楊口縣監務。	二十三世
十二世	直成。	戶長。以擊哈冊功。拜大相。有二子。允諧。克諧。	十八世	天老。	嘉善大夫。都摠領同知上護軍。	二十四世

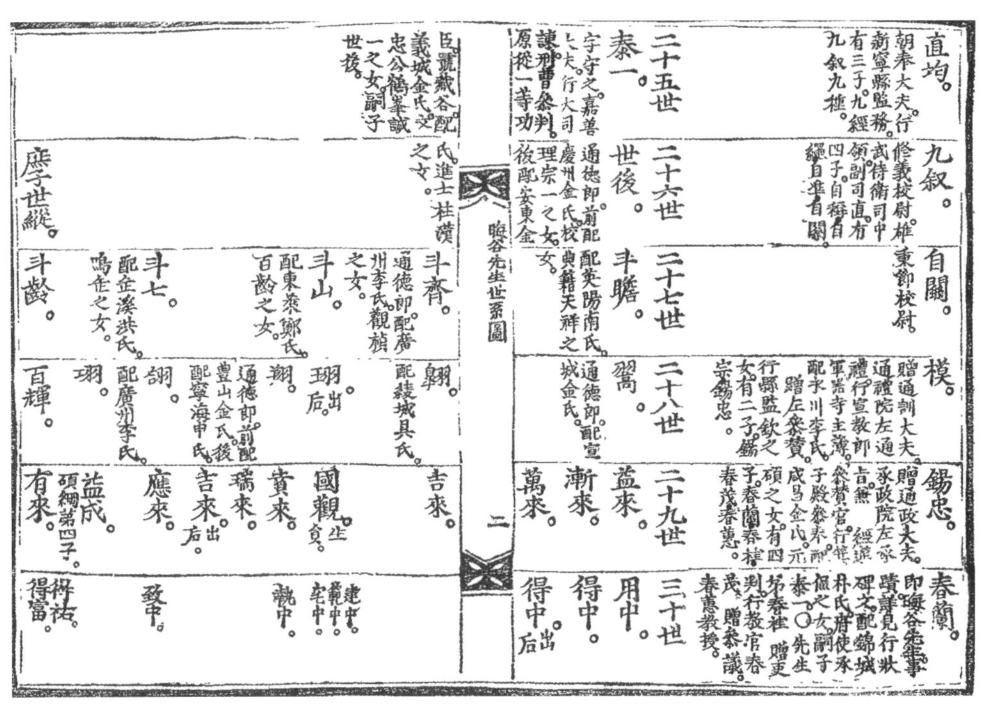
晦谷先生世系圖 二

世			
	直均。朝奉大夫。行新寧縣監務。有三子。九經九敍九樞。	二十五世 泰一。守守之。嘉善大夫。行大司諫刑曹參判。原從一等功臣。號戴谷。配義城金氏文忠公鶴峯誠一之女。嗣子世後。	
	九敍。修義校尉雄武侍衛司中領副司直。有四子。自將自繹自準自關。	二十六世 世後。通德郎。前配慶州金氏校理宗一之女。後配安東金氏進士桂漢之女。	
	自關。秉節校尉。	二十七世 斗瞻。配英陽南氏典籍天祥之女。	斗齊。通德郎。配廣州李氏觀禎之女。 斗山。配東萊鄭氏百齡之女。 斗七。配企溪洪氏鳴佐之女。 斗齡。 庶子世縱。
	模。贈通訓大夫通禮院左通禮行宣教郎軍器寺主簿。配永川李氏。贈左參贊。行縣監欽之女。有二子。錫宗錫忠。	二十八世 翯。通德郎。配宣城金氏。	翺。配綾城具氏。 珝出后。 翊。通德郎。前配豐山金氏。後配寧海申氏。 詡。配廣州李氏。 瑚。 百輝。
	錫忠。贈通政大夫承政院左承旨兼經筵參贊官。行世子殿參奉。配咸昌金氏元碩之女。有四子。春蘭春桂春茂春蕙。	二十九世 益來。 漸來。 萬來。	吉來。 國觀。生貞。 賁來。 瑞來。 吉來出后。 應來。 益成。碩綱第四子。 有來。
	春蘭。即晦谷先生。事蹟見行狀碑文。配錦城朴氏府使承佀之女。嗣子泰一。○先生弟春桂贈吏判。行教官春茂。贈參議。春蕙教授。	三十世 用中。 得中。 得中出后。	建中。 羲中。 宅中。 執中。 致中。 得祐。 得富。

附

晦谷先生家狀

通訓大夫行司憲府執義兼 世子侍講院輔德春秋館編修官權公諱春蘭字彥晦號晦谷。高麗三韓壁上功臣三重大匡太師諱幸之二十四世孫也。

高祖修義校尉雄武侍衛司中領副司直諱九敍。

曾祖秉節校尉副司直諱自關。

祖考 贈通訓大夫通禮院左通禮行宣教郞軍器寺主簿諱模。

祖妣永川李氏獜蹄縣監諱欽之女。

考 贈通政大夫承政院左承旨兼 經筵參贊官諱錫忠。

妣 贈淑夫人咸昌金氏觀察使孝子諱爾音之後也自祖以下以其孫泰一貴有 贈貼公娶錦城朴氏江陵府使諱承佀之女。

公以嘉靖十八年己亥七月二十二日庚午生于安東府之東佳丘里第公生而有異質夙解文字人以奇童稱自髫齔時已有老成體段其於遊戲必以禮讓不狎怠戲同遊羣兒或有褻慢不敬者則公責之曰汝幼時所養如此

晦谷先生文集附錄 一

年長所爲無足觀也絕不復與之遊年七歲時遭外祖考喪
哭泣行素節次與長者無異承旨公慮其致傷勸之肉公
對曰吾聞親喪不食肉父母之父母與父母奚間哉固辭
不食聞者異之家世先代未嘗有顯達者門戶衰替公慨
然有向學之意請學於承旨公承旨公奇其志編小冊子
寫若干聯句授之公手持不釋至於在懷中成誦不已一
日公問於承旨公曰天地間何物爲貴承旨公曰所貴者
惟學耳曰何以謂之貴也曰爲子孝爲臣忠可以爲觀察
使可以爲太守父母欲之鄕人榮之公曰觀察使太守不
足貴也如欲爲孝爲忠舍學奚爲承旨公心異之曰此兒

晦谷先生文集附錄　二

若成長吾家庶可扶持試授孝經公俯而讀卧而思一字
之旨一句之義必反覆問難尋繹其義理之所在無少滯
礙然後已讀畢掩卷自謂曰讀此而如不讀者非人也時
時取周易効畫卦作戲潛心默玩承旨公曰此大人學非
孩兒所解也公曰吾年雖兒志則大矣承旨公益奇之公
年至十四就栢潭具先生之門請受業焉栢潭欲知其誠
篤與否陽距而不受公每於昧爽造門外立而待朝雖祈
寒暑雨不變栢潭嘉其有立志曰今日復見立雪之人
遂教誨不怠期以遠器時具贊祿安霽及公三人同受學
金芝山八元嘗語栢潭曰門人才學孰爲最栢潭曰誦具

製芝精權芝山曰無非才也而精權則不止爲章句記誦
之儒也他日以斯文爲任者必此人也公自志學之後益
自刻厲於聖賢遺訓求必力踐不獨資口耳爲也嘗讀論
語至食無求飽居無求安惕然內省殆不留意於言語文
字之末辛酉公年二十三中司馬試蓋決科發身本非公
之所期而父母嘗嘆其門祚衰薄勉公以立身扶家公亦
以爲科擧悅親是或一道僶勉而赴試作進士不以少成
自安一於向學於所居洞口泉石玲瓏松檜掩映爰築精
舍數楹引水爲池扁之以鑑源蓋取朱詩中半畝方塘一
鑑開爲有源頭活水來之義也栢潭每嘉賞其幽趣嘗贈

晦谷先生　三

詩曰手斷松厓敞野堂帶楹規作小池塘虛涵脫匣圓輪
滿活引縈雲玉派長日月精華渾不染乾坤本體浩無疆
觀書警句垂明訓薰沐如承謦欬傍西厓亦有詩公平生
靜處於此帖聖賢書喜自得師脫略世累不事生產至於
屢空而晏如也休養性情發舒精神藏修游息若將終身
焉萬曆元年癸酉公年三十五赴式年考官得公策歎服
曰此非尋常擧子之文觀其意思深遠淵源有自他日事業
固非淺淺也公釋褐後以棄不就學未優無復有祿仕意
蓋致力於學問上先時退溪先生退居溪上公撤褸從之
自陳其學業孫陋請益焉先生曰吾聞公有文有行久矣

吾何敢焉辭之公猶執弟子禮往來就正先生推許愈久
而愈深萬曆三年爲成均館學諭四年除成均館學祿八
年五月拜藝文館檢閱兼春秋館記事官市上古老人相
謂曰由學祿爲翰林者今於權某始見之聲望藉甚雖村
巷閭愚鄙之人無不知其姓名者九年三月爲藝文館待
教兼如故十年二月陞藝文館奉教兼如故病辭未謝是
年十月爲司憲府監察辭不赴十一年七月爲大同道察
訪女妓得侍察訪枕席則多有利源故其俗不重生男咸
願生女女子生則九族相賀七日內歡揚之祝曰願侍察
訪房帷者自前已然公到任後女色一切不近黎渦百媚

終不能回公一眄布帛乃西路所產察訪雖不別徵例俸
之入不可勝用公視之如泥土毫末不取下人及驛卒私
相謂曰察訪可謂無福兩班居大同一歲孤雲入望念切
歸覲而詔使之行迫近僶勉强留過後卽爲呈辭歸家物
之自大同者一無所隨行橐蕭然至於道上行具亦盡送
還下人等曰歷奉官員多矣未嘗見廉白之至於此也十
二年三月除司諫院正言時朝家分遣八道御史公有借
問都亭歸去路不知誰是埋輪客之句蓋元凶雖除餘孽
尙存威福在下故也是年五月拜司憲府持平六月爲成
均館直講皆以病辭下鄕十三年七月除禮曹正郞柏潭

在洛抵書曰故山烟霞隨意閒遊雖曰得計家貧親老僶
勉而仕亦一義也公不得已赴謝嘗授子弟孝經至孝有
不及之語喟然長歎於是上章乞郡得拜永川郡守乃乙
酉八月日也陪妣淑夫人之任奉養之餘居官不怠小心
清謹不至濫觴衙內童僕廩不過半外常有飢餓之色淑
夫人有敎曰奴婢之爲苦若是加給料食可也公曰渠輩
身旣逸遊飢不至死是亦　君恩也其政事大抵以正民心
善風俗爲先每於月朔具酒食召鄕人年高者會于郡庭
親爲勸酬使人知養老事長之義於座右書平易近民四
字云臨民之道莫過於此而我未能焉坐衙雖簿牒倥偬

正襟危坐心經近思錄等書在案上披閱不已時歲饑開
倉賑濟民無菜色鄰邑流民至者盈路所全活甚衆民以
蘇息前政逋負公能節縮補塡數充則焚其券居鄕任之
首者曰國穀有若欠縮則其如上司之責何公曰公謹吾
當任之郡之南有一淫祠俗傳歲除日神人下降能爲禍
福士民瞻奉竭產充施燃香供養惟恐不及否則必有大
風毀拔廬舍病氣遍滿至於官家亦有害前爲守者不能禁
或爲其所動反助其事積歲弊痼莫能禁焉公至下令曰
鬼能死人吾亦能死人違吾令者不汝貫且曰來年歲朝
有神人來必先告我我有職事不能往當招致觀之是後

其帖然遂絶郡民晏然自是皆知前日之誣妄也每於
公餘輒對案講讀夜以繼日亹亹不倦人或以困勞生病
爲規者答曰讀書爲學本以治心養氣安有讀書而致生
疾之理其或反常者命也非書之罪也在郡一年聞柏潭
病痘症勢危篤心以爲憂曰憂國之人例有是病卽馳往
省者累日柏潭聞公來在外欲與相見公入拜柏潭臥不
能起命覆以自單衣拖帶其上視公執手曰平日挾書冊
相與作虛說話其功亦非偶然也及卒公與諸生倣護喪
事躬親歛棺禮意喪具無不周悉畢乃還任所以丙戌十
月營窆公又來作文以祭情詞懇惻讀者感動越明年丁

晦谷先生文集附錄　六

亥丁承旨公憂哀毁過禮幾至滅性戊子三月葬于安東
府北德與洞師足山下丑坐未向之原廬于墓側親奉饋
奠久而益虔晨昏必上塚定省無異平日不近女僕只率
蒼頭一人以爲朝夕炊爨之資外事不聞不問家事時時
覲省妣夫人往來之際必率子弟與偕一不入於私室顔
色之戚哭泣之哀行路之人覩之莫不嗟歎平日則於書
無所不博而居於草土不見他書只讀禮記一書而已己
丑冬服闋十八年庚寅除成均館直講是年四月除司諫
院獻納皆病辭不就是年十一月爲義城縣令兼春秋館
記注官爲親強赴明年辛卯心病漸重不能臨民呈辭遞

歸在官之日爲妣夫人壽辰染衣一襲以進及歸染餘紫
草三四斗偶在擔中行到雲山驛公命一行卜馱並致眼
前照撿見紫草詰問曰此物緣何而來耶子弟輩不敢以
他事爲詭以實對公不悅曰士君子行事當如青天白日
無少陰翳此物雖些少不關而官人所不知也且官家之
物雖一毫之微豈吾之所能私乎立督送還然後行其簡
苦不苟類如此二十三年乙未正月拜司憲府掌令是年
三月拜　世子侍講院弼善皆病辭未謝是年六月除司
諫院司諫又辭二十五年丁酉三月復拜司憲府掌令又
辭五月除司憲府執義兼　世子侍講院輔德暫就又病

晦谷先生文集附錄　七

辭歸鄕一日　宣廟語筵臣曰權春蘭未嘗肯一日在朝
以予不足與有爲而然耶筵臣對曰權某偏母在堂年至
喜懼故以離親遠遊爲悶故也　上深加奬歎曰其孝固
可嘉矣五月除通禮院相禮復拜　世子侍講院輔德公
以爲輔養國本非敦良方正有學術德行之士實不堪其
任固辭不允每於晝筵必以德性成就爲務不止涉獵書
史逐日進講或間一日則必啓以不接儒臣非朝夕承弼之
意　東殿有敎曰自權某爲輔德身雖疲困而學業則日
就八月以病辭遞下鄕戊戌六月拜司憲府執義兼春秋
館編修官辭以疾無謝八月除成均館直講九月又拜司

諫院司諫是月除成均館司藝皆病辭不赴十月復拜司
憲府執義有旨促行又以病未謝是月除成均館司成又
不赴朝議以青松閒僻養親便除府使欲起公公爲親而
起乃辛丑三月日也到官未三月妣夫人病且危公憂傷
方藥無所不用其極晝夜不解帶每於朝日生東焚香再
拜乞以身代度不可爲割左股取血和藥以進遂瘳月餘
竟不起公水漿不入口者四日幾至隕命八月奉櫬歸鄕
十月祔葬于師足山下艮坐坤向之原與先府君承旨公
墓同塋廬墓三年朝暮省墓一如前喪或遇天寒雨雪必
晨興親自執箒瞻掃封域泫追平日溫凊之節號哭失聲

妣夫人病時厭聞葱臭公平生不食是物癸卯稅去喪不
樂仕之意益堅恒處鑑源亭爲終身之計足迹不出洞門
至於城府亦罕窺閒所未到出入經傳白首彌篤常歎其
年暮而德未修學苦而道未成未免爲衆人之歸也纂述
進學圖孔門言仁錄若干卷鄕鄰之人知師道有在皆以
學來公嚴立敎法道以禮讓雖童蒙之士親誨之不倦若
知其有才器者則必心喜之誘掖奬勸恐其成就之不及也
以興學爲己任於名利紛華畏若探湯甲辰三月與西厓
愚伏會于鶴駕山西美洞穩叙疊談講究前日所疑辨釋
秋毫一劒兩段西厓曰老友閒居靜養洞觀蹊徑之實可

以想見矣乙巳七月大水廬江書院爲水所漂沒位版僅
以奉護將謀重建畏水患皆欲移建于豊山公曰廬江古
之白蓮社也必建祠宇於此者蓋推先生遺躅而設也今
若移搆則是廬江書院亡也不可移他爲書諭之于士林
士林淡然之遂答書曰不有斯文之長事之不是處多矣
仍重建于廬江而移就山足爲基蓋慮更有水患也是年
十月除弘文館修撰知製 敎兼 經筵檢討官春秋館
記事官有召旨辭不赴丙午三十四年復拜 世子侍講
院輔德有旨趣行辭以病戊申三十六年除榮川郡守是
年公七 十歲以爲行年七十劾拜守令乃祖宗朝舊章今吾

先自犯法其何以居民上而行法乎竟不赴都中識者以
爲冒法行官不知其幾而權其以法律身其風足以爲世
之大範庚戌三十八年十二月拜弘文館校理有召旨病
辭不謝每見除旨必發心痒至於廢棄眠食必靜對古人
書以爲治心之要訣諷誦之餘以養花種木修築臺池爲
事雖於農務方殷之日使其家奴逐日役之洞中人爲之
語曰田家則春事方急而來此亭樹不知農務之爲急公
曰此亦吾之農事也種蓮而其實可食養菊而其英可餐
植木而霜紅可賞其於生產絕不留意配淑人朴氏憂朝
慮夕艱苦萬狀公則晏如不知其貧窶也平居雖幽獨燕

閒之中惰慢之氣不設於身體澄心靜慮儼若神明在上
自然之中內外斬斬若有成法聞望素著人咸願其一識
藥圃之子允穆必倜儻以不羈自處陽爲猖狂蓋翫世之
意也 訣 及見公則收歛撿束
不敢見放逸之態嘗爲詩以美公曰擧世皆歸濁惟君獨
守淸能全晚年節自保歲寒貞松竹爲知己梅荷作弟兄
羲皇卽此地霽月枕邊明高翠屛應勝爲安東提督時越
佳辰來訪與公討論典墳硏窮道理至於忘寢與食悠然
有西山對床之趣文士朴春亨亦有詩亭壁曰瀟洒林亭
枕澗阿餘春光景老烟霞花粧谷口紅迷岸柳拂堤頭綠

染沙檻影倒池魚入席牕陰籠樹鳥投紗若非錦里先生
宅定是西湖處士家公以長子無子弟判書公春桂生大
諫公泰一生而異於凡兒承旨公嘗謂公曰此兒能業吾
家養而爲汝後以承先人之祀可也公承奉是教遂以爲
己子登文科官至二品嘗除慶州府尹行焚黃祭于家廟
仍設壽酌鄕人皆來會公謂大諫公曰汝旣立揚以顯父
母如吾不肖風樹莫及泫然下泣座中見者莫不惻然興
感其慕父母之情至老愈篤常時晨夕之間必號父母枕
席常有淚痕而人莫有知者追遠之誠性所然也每念一
家諸姪孫無一成材公另加訓誨曰人而不讀書其不遠

於禽獸者幾希矣夫讀書者不必以科第爲望孝悌忠信
日用之事無非讀書中做出也須體父母之意精心力行
有所成就則祖先之靈亦必慶悅於冥冥中矣嘗與姪子
等夜坐書室溪澗有鳥其鳴終夜公顧謂姪曰禽鳥微物
亦不失其性飛鳴不已汝其爲人而不學反不如禽獸之
率其性乎柏潭先生嘗爲詩以贈公曰心到靜時須見實
學無文處卽知眞富貴不關身外事才華空逐夢中塵公
奉是詩自少至老書諸坐右警省如一日不以外累經心
惟務爲學晦迹同塵不露圭角凡人有過耳雖得聞而口
不敢言聞人之善獎歎敬服不啻飢渴焉每以謙卑自牧

不欲上人然朋友間少有不是處則亦不苟合聞金芝山
苫土中病篤公馳往見之仍勸權制無效古人不勝喪之
譏則芝山曰喪是生母則何待朋友勸勉乎居繼母之憂
故有所不敢焉固辭竟不起公深加歎賞語一家人由芝
山是言誠可佩服亦當作範於人子也兄弟四人怡愉湛
樂寒暖飢飽與之同焉衣履僕御不知其有常主也公性
雅好山水遇一草一木必封植之吟嘯徜徉竟夕忘歸養
子大諫公卜築精舍于蘆川距家十五里許公戱之曰汝
之精舍江山勝槩雖則富矣而往來之際春風秋月必有
失其時者我則不出洞門朝焉暮焉四時佳興無非我有

不如斯亭之可愛可樂也人曰權公父子以亭之勝槩爲
較異乎人之富貴相加也一生至樂惟在其中襟懷飄洒
韻致清曠飄然有脫去之意時有衣冠巢許朝市丘園之
語然憂國傷時之念未嘗少衰賢材之用舍政令之得失
一有所聞憂喜色形累日不解乙卯夏與李蒼石埈同遊
龍山書院士子咸集讎校柏潭先生文集講學論道旬朔
而罷丁未秋寒岡爲安東府使下車未數日首訪公于鑑
源亭叙寒暄畢公曰安東號是文獻之地而自柏潭鶴峯
西厓三賢厭世之後士失所依莫知其考韋明府來莅德
業得有所考問趍向之定自今日始矣寒岡曰鄒魯之鄕

何患其無取斯之人乎酒三行公問曰明府下車翼日坐
客舍目及女妓花輒令芟去云有諸寒岡曰人之易陷於
坑井者莫如色故吾惡其花之名似除去不存也公曰苟
吾心有主雖南威西子尚不能移何畏乎假其名者乎寒
岡深服其言曰此吾之所不及處也嘗書紳服膺焉翼日
禮當面謝而以近城市爲嫌送子弟代謝寒岡答書曰澹
臺之不至偃之室可復見於千載之下云云壬辰丁酉倭
奴作賊各邑文籍蕩失無餘安東府久遠戶籍亦爲灰燼
只餘二三卷時禹伏龍爲府使送一卷爲塗壁之資公曰
昔孔子之式負版者蓋爲父老姓名之所載也是冊中吾

家及他人祖先之載錄者必多有之何可以故紙用之乎
遂十襲封裹藏之閣上敬之如神明不敢少褻鄕鄰之人
考於此修正其系胄者頗多人皆以此又爲公之一德自
四書六經以至諸子百家無不該博而晩年所喜者唯周
易而已嘗書中字粘諸壁上曰古之聖賢必以此爲天下
之大本吾雖未能窺其涯涘而亦可驗夫喜怒哀樂未發
前氣像矣羣居燕飮笑語終日不敢甚異於人顧吾所樂
如何畝畝之間悠然不知老之將至池沼中養魚盛物一
切不食或問其故公曰吾觀萬物自得意思壬子龍山書
院成奉安栢潭具先生公有祭文丁巳三月喪配淑人朴

氏服制行喪一如禮文七月公有疾獨處鑑源亭大諫公
晝夜侍藥婦人女子不得近世俗人例有巫覡之言爲
聽或云先亡或云的呼一家婦人欲令巫女祈禳公聞之
輒怒曰祈巫而可生古今天下豈有死人且壽夭長短已
定於有生之初鬼神何能死人亦何能生人乎吾家素無
所禱切勿爲之氣雖憊精神不耗恒着衣冠端坐猶對書
案自人視之未始若有疾之人八月十六日臨絕幾不能
言而取新衣易着登席危坐曰有所記事取紙筆來令大
諫公操紙筆精奉畢筆親自書之曰歲在龍蛇昔人興
嗟乘化歸盡不復有恨將記年號日月而萬字則已成至

曆字左邊戉出之畫僅半而止神識已閉筆尚在手不放
也自始學至疾末病未嘗一日遠書享年七十九以十月
六日葬于師尼山下先塋側丑坐未向之原公在世之日
常有言曰吾死埋于父母墓下千秋萬歲之後永侍親側
吾所願也山家之說儒者所不道也只取其山水擁抱丘
宅向陽則於面背得宜觀其壤理豐茂草木秀美則於土
性得正外此無可擇者矣世之人拘於風水或有過期而
不葬者或有離親而遠求他山者蓋謂某方低某方缺某
山背某水逆以此爲將來尸柩之吉凶子孫之禍福豈不
謬哉平日所言尚猶如此故與先塋同其原者蓋遵奉其

遺意也公之性不喜表襮不設防畛正而不諒通而不汚
清明坦夷洞觀中外謹難進之禮則一官之拜必沉章而
牢辭厲易退之節則一語不合必奉身而亟去其事君也
不貶道以求售行於家者奉親極其孝撫下極其慈恩義
之篤怡怡如也其奉先也無鉅細必誠必敬小不如儀則
終日不樂祭已無違禮則怡然而喜每月朔朝未明而起
深衣冠巾拜於家廟退坐書室几案必正一向讀書以眞
積力久盈科自進爲志短於取名而急於求志隨於希世
而篤於好古故人鮮有知其學者常愛慕鶴峰金先生愈
久而愈篤義禁府都事金是樞求同縣監金是權卽鶴峰

之孫也自髫齔受業于公公撫敎如己出必欲使其成就
不墜家聲焉辛酉二月遠近士子皆思矜式相聚而謀曰
考德問業終失其所羹墻寓慕豈無其地遂配享于柏潭
書院進學圖則已成卷軸而言仁錄則未及編次而卒嗚
呼痛哉從子承議郎恭精再拜謹狀

墓誌

司憲府執義晦谷先生權公墓誌銘 幷序

權氏自太師幸得姓以來七八百年文學賢勞功名不曠
于史當我 宣祖時有晦谷先生者實太師之廿四世孫
也其諱春蘭其字彥晦其號晦谷其居安東其官古中丞

其考 贈承旨錫忠其王考軍器寺主簿 贈左通禮模
其妣淑夫人咸昌金氏其生嘉靖己亥七月之二十二日
其卒萬曆丁巳八月之十六日其壽七十有九其葬師尼
山未向之原距其葬二十四年崇禎己卯之歲其從子恭
精狀其行問銘于其同郡金尙憲其狀曰先生年二十三
中司馬三十五登文科隷成均館爲學諭轉學祿薦授藝
文館檢閱序陞待敎奉敎遷司憲府監察出爲大同察訪
入拜司諫院正言改持平病辭除直講禮曹正郞乞外得
永川郡守丁亥遭父憂廬墓盡禮服除除直講獻納病辭
又出爲義城縣令明年棄歸久之除 世子翊善掌令司

諫皆病辭除執義兼 世子輔德謝 恩卽歸遞爲通禮
院相禮還輔德固辭不許以何請告歸鄕屢除直講司藝
司成司諫執義兼史館編修皆病辭辛丑赴靑松府使居
三月遭母憂廬墓如前喪自是尤息意世事優游林下讀
書談道甚適間往來山洞與柳西厓諸公講究疑義以弘
文館修撰校理召皆病辭除榮川郡守引年不赴以此竟
其身先生天性純潔靜正容貌白皙如氷壺洞澈表裏無
雜少卽有向學之意一日問承旨公曰天地間何物爲貴
曰惟人曰何以貴曰爲子孝爲臣忠由是而用爲貴仕曰
仕固不足貴若欲盡忠孝舍學何能承旨公心異之試授

孝經讀已曰讀此而如不讀者非人也時時取周易玆畫
卦默玩承旨公曰此大人學非兒所可解先生跪曰兒竊
慕大人志承旨公益奇之已就柏潭具公學晨輒造門外
待朝大寒暑不變柏潭喜曰不意今日復見立雪之人先
生益自刻勵於聖賢遺訓求必力踐不獨資口耳爲也至
於科第仕宦非其所樂特爲親屈焉先生又就退溪李文
純公請益退溪久聞其名爲之遜席甚重待之先生潛心
墳典自六經四子以至九流百家之書鮮所不窺而其所
喜尤在於易常書中字揭座隅朝夕顧諟尋思喜怒哀樂
未發前氣像其靜中涵養工夫多有人所不及知者其事

親周詳婉篤平居務盡承奉歿饋奠必哀慤致毁踰節見
者愍然金夫人疾革割股見愈者月餘幼遇外王父喪哭
泣素食如成人勸之肉不肯從曰父母之父母與父母奚
間哉兄弟四人怡愉湛樂起處與同衣履僕御不知其有
常主也每朝謁家廟退坐書齋無一日不開卷如心經近
思錄諸書雖臨民聽訟之時亦未嘗去案也其爲守令以
正民心厚風俗爲先月朔行養老禮親爲勸酬撫摩單赤
不翅乳哺而衽席之嘗遇飢歲發倉賑救多所全活及秋
將收糴悉焚券曰若有公譴吾當任之自大同歸不以西
州一絲自近行卻道路費其去義城到中途親閱行李見

有紫草一囊責謂家人顧此雖微亦係官中物豈容溷吾
槖立反之永川俗好鬼崇奉淫祠否則必有風災疾疫前
爲守者不能禁或爲其所動反助其事積歲年以敢廢之
先生至下禁令曰鬼能死人吾亦能死人違吾令者不汝
貰是後其帷帖然遂絕鄭寒岡治安東訪先生嘗從容先
是官舍有花名女妓者寒岡命剪去先生問其意曰人之
易惑者莫如色故惡其名而去之耳先生曰苟吾心有主
南威西子尚不能移何畏乎假其名者乎明府之政抑末
也歟寒岡深服其言蓋先生久客關西黎渦百媚終不能
囮先生一眄云在曹逆僅數月極盡誠意不止應文備數

世子亟稱其益。時雖若忌先生者然。每當朝議相軋。紛然爭進之際。不得不思先生。必擬諸顯望。以風誨競之徒。宣廟謂近臣曰。權某不樂仕。豈以予不足與有爲耶。常爲慨然。其難進易退之節。人主有不能棄者如此。先生雖家居。聞朝廷行一善政。喜形於色。聞善人去不善人用則爲之憂歎累日。以是知先生不果於忘世也。待師友無間終始。柏潭病。置官事。無救至棺斂葬送。無少憾。後與諸生。考校遺文。定爲完藁。以期不朽。人謂子雲不死。侯芭在也。一鄕議建書院于龍山。以祠柏潭。先生實倡之。金芝山八元居後母喪。殆先生開以禮意。芝山不從。有善言歸語

人人。俾彰其善。襟懷淸曠。酷愛山水。於山半讀書處。增飾小堂。顔曰鑑源。剏巖洞。開陂塘。蒔花種木。宴處其間。樂而忘食。其視世上紛華名利之習。若浮雲然。其接於物也。虛心巽志。不設防畛。燕語談笑。不自示異。論人善善長而惡惡短。至辨義理。擇是非。一刀兩段。聞先生之風者。無不願識其面。及其見之。無不起敬。旣退又無不洒然易慮。遒使者州縣守長。修刺詣廬。干旄溢巷。一成賓主禮而已。無城府跡。引誘後生。勉進爲學。常夜坐。聞鳥聲。綿蠻不息。顧諸姪曰。彼微物猶知率其性。人而不學。豈不愧於彼乎。始先生學於柏潭。前輩多見期以異日斯文之重。至其晩歲而

驗之日用心身之間。純如也。臨絶。屛婦女。戒家人斥巫卜祈禳之術。易衣整容。取筆書歲在龍蛇。昔人興嗟。乘化歸盡。不復有恨。治命毋入堪輿家言。從先人葬。所著進學圖。孔門言仁錄。藏于家。嗚呼。先生可謂學問中得力人也。先生娶府使朴承侃女。無子。所養弟之子參判泰一。尸其祀。側室女一人。爲李夢得妻。生四男一女。天啓壬戌。多士合謀。以先生配食于柏潭。卽所謂龍山書院者也。欲知先生之德者。盍於是乎考焉。銘曰。

鑑源之亭。師足之岡。山若增高。水若增淸。云誰之宅。其人如玉。

淸陰金尙憲撰。

盧江書院士林祭文

金得研製

敬奠于晦谷權先生之靈。河嶽毓靈。金璧鍾精。先生以生。資稟純淸。溫溫雅度。洒洒襟靈。懷冰含蘗。履謙居貞。志學髫年。頓悟天成。早游師門。識見高明。考德就業。藝場擅名。拾芥摘髭。蓮桂俱馨。歷敭淸班。顯揚明庭。雍容玉署。輔導邇英。柏府霜臺。司舌鳳鳴。乞養及老。出符三城。愷悌慈祥。政洽仁聲。公私盡職。忠孝幷行。平生志願。此焉可贏。悲纏風樹。夢斷簪纓。歸來故園。高臥林亭。淨室岑寂。世事雲輕。簞瓢有樂。計活何營。左右對越。賢傳聖經。潛心靜養。晦翁

工程淸晝爐薰雲谷巖扃一閉不出三十餘莫悅義臺壹
喚醒惺惺黙坐泥塑體認元亨講道之暇著書以評積中
發外垂珠滿篋因心卽友棣蕚門庭廉頑立懦爲世儀刑
尊崇先師慕切羹牆樂彼圭峯有俎廟祊以妥以享揭虔
薦腥訓掖後進啓迪昏盲年耆德邵洛社爲傾江湖雖遠
憂國以誠時復歔欷日望昇平半畝荷塘鑑源天晶一山
松竹歲寒共盟石墻花砌水閣風欞優游觴詠物外閒情
悠悠萬事付之太冥天錫猶子亦云螟蛉敎育式穀恩義
無斧專城奉養一家光榮必享仁壽謂踰百齡豈意龍蛇
琴瑟遠驚守正俟命沒亦有寧易簀一筆遺語丁寧天胡

不憖奪我老彭士失依仗吾道伶俜國無蓍龜斯文頹零
蕪沒池臺冷落軒楹慘目風烟痛極悲縈魂應上仙游袂
蓬瀛龍山巍峩洛水淸冷逹尊高名百代雷轟自今而後
誰詠泌衡卽遠有期襄事斯丁吾黨小子卿里侍生聞風
覯德孰不心銘或蒙提誨常許扶摯或陪杖屨每承金鏗
今來號哭莫接儀形痛矣怛矣兩淚交橫聊具薄奠爲酌
一觴辭以永訣冀垂神聽嗚呼哀哉

三溪書院士林祭文

謹以薄奠敢昭告于晦谷權先生之靈於惟我公如玉其
質受業名師博學詳說聞道大賢灼知趨向交修內外不
愧俯仰超脫世紛賁趾丘園沉潛義理講究典墳鑑源名
亭刻勵做工仁禮存心廉簡持躬一室蕭然四壁徒立人
不堪憂公不改樂淸修秭節老而彌篤保身斯世旣明且
哲圖成進學啓我羣蒙易簀從容至人休風十七遺字傳
家長物卽遠今朝多士來哭嗚呼安放慟極吾黨敬奠菲
薄庶幾顧饗嗚呼哀哉

龍山書院士林祭文

謹以酒果之奠敬告于晦谷權先生之靈嗚呼先生間世
挺生如玉之潤如水之淸確乎自守可勵貪愚溫然謙退
可敦薄夫夙世懋學湥探蘊奧積中發外羽儀廊廟翹英

翰苑一字袞鉞棐德春坊片語藥石旣亞栢府又副薇垣投
紱歸來高蹈丘園一室岑寂閉戶獨處潛心書史靜而能
慮文字青穄義理淵微紬之繹之透盡關機睠彼龍麓作
廟翼翼尊我先師牖我後學成人小子咸仰懿德邪知今
者遽至易簀質貿吾儕冥途擿埴疑何所問業何所質卒
業無期淚下如泉致誠薄奠永訣終天嗚呼哀哉

又　高用厚

丁酉之歲將母避寇寓于茲土仍拜公於峽裏之村舍瑣
尾之際雖不暇挾書而請益觀感之間慕其德則不淺矣
今年夏來自帶方移宰是府聞公之起居尚康寧便欲趨

床下而仰眉宇擭承其靜中所得之餘論官務鞅掌未之果焉孰知下車纔三月公忽厭斯世耶云亾之痛不銷之悔徒自涕泣而內訟而已噫槩公之平生則錢若水之勇退元魯山之淸節於公身兼之矣觀公臨絶之遺筆則其有得於靜養之工夫者淺矣韓子所謂鄕先生沒可祭於社者非公而誰吾知公精爽必昭昭乎不昧者存焉庶幾諒我微誠歆此一酌嗚呼哀哉

又

金允安

嗚呼淑氣所鍾公稟其英幼而端慤長益精明出悌入孝于外于庭歷敭于朝玉立䆮停婆娑于林雪操氷精學務內專志絶外求爰搆一室得我藏修前溪後山左圖右書潛心對越上帝臨余接人以恭鎭躁以德孫竹蕭蕭長松落落隱逸之植君子之花家無龎石公則繁華三品兩司位則其亞進難退易立朝多暇位不稱德在古常嗟如何不淑歲在妖蛇嗚呼哀哉曰余愚蒙早托同門芳鄰是接獲拜源源觀德心醉實惟我師春風令節秋月佳時琴樽共樂杖屨常隨從容席次太和天地中年奉違遠拘職事音塵雖隔慕仰彌增去歲秋初謦欬來承叨進盛讌高掛銀燈亂舞傞傞送起屬與我唱壽歌而後和之神淸氣茂可過期頤如何一疾奄然長辭嗚呼哀哉定力之驗絶筆

之書達人知命隨化歸歟乘鶴無稽騎鯨誕虛公則厭世精爽上征不在帝傍其在蓬瀛翩然被髮我見何時儀形永隔我淚雙垂公其來顧歆一巵芳嗚呼哀哉

金中淸

伏以簡雅之質廉靖之姿篤志力學惟日孜孜爲親科甲仕進非急乍朝乍郡就遲去速晦以名谷谷於藏身不慕乎外無求於人潛心太極講求仁說平生自樂道與心合沒世人惜位不稱德生順死安固無餘憾哲萎道衰云胡其慘有几有遷不昧惟靈哭我小子嗚呼先生黃流滿酌則如平昔庶幾洋洋顧余情曲

門生金得硏等

嗚呼聖道綿綿不絶如綫先生以輔言仁有篇進學有圖而指南後學日月冥道其功亦豈鮮哉今其沒也朝野與云亾之痛邦國含殄瘁之嗟儒林悼聖學之將絶鄕里哭仁人之不壽而遠近遐邇莫不以斯世之不復斯人哭之痛之則先生之德之被人及物譬如川澤之氣上而爲雲雨施膏澤於萬物也嗚呼先生平日其於死生禍福富貴貧賤未嘗動念而易簀之際整衣端坐記事從容而櫺夢遽罷則精爽通於金石而守道篤於顚沛矣尤痛者志不得施設而民不被澤道不得傳後而殉身以沒攀號摧裂

孰知余慟小生等雖無君子之智得知正人之休風湥蒙警誨而出入門下者四十餘年矣山頹樑折吾黨何依嘉言善行不復聞於鄉里而吾道斯文自此無托無涯之痛孰知余懷禁室誠薄徒有淚而已嗚呼哀哉

震峰 權宏

恭惟氣度淵停精神玉潔謙虛其德超詣其識早歲從遊柏潭之門篤志力行克受徽言行成名立移孝爲忠儀刑百寮從耳眷 宸衷翰苑烏臺直筆嚴辭春坊玉署棐德論思尊罏起興盛滿非志軒裳去後林壑適意婆娑歲晚返我初服明窓淸晝一室岑寂博審學問沉潛著實研窮之

勤玩索之切深探蘊奧極究精微文不在茲道有所歸思辦之餘寓懷觴詠池蓮籬菊總入吟境居閑養德三十餘年旋招累至素志益堅紛華慕絶恬靜自守世慮徒忘富貴何有非其義也一毫莫取簞瓢漫興風月閑趣素貧而行樂道有裕眞積之功淸修之節末之往哲未易其匹顧余小子得蒙奬掖願爲依歸從容函丈山頹不意遽失所仰學絶道廢斯文無托後生蒙學於何考德日月不淹馬鬣將封茫茫天地承誨無從獨立路歧但增悲係單盃辦香一字萬涕嗚呼哀哉

湖陽 權益昌

惟靈斯文先進一邦元老玉溫金精學隆德卲早年登仕翰林淸班兩司亞長表儀朝端再薦玉堂三紐郡章鄉里之榮門戶之光然其雅性脫略紛華閑居卅載養眞林阿圖書左右洋洋絃歌座上春風盃中太和天倫之樂兄弟怡怡比隣之好少長熙熙淸脩孤節司馬獨樂妙契疾書張子篤學德言長人不惡而嚴淸風動人懶立頑廉聞者興起覲者心醉薰陶善良曾有君子謙而益篤晦之蒲章身後之名永世流芳臨沒遺言老使人感俯仰天人可謂無憾吾儕蒙鄙出入黃綠瞻仰德字親炙多年今其已矣涕泗漣漣儀形永隔考問於誰嗚呼曷歸余懷之悲聊備

薄奠敬酹一觴不亾者存歆我辦香嗚呼哀哉

挽章

鄭寒岡述

德義風流兩不頗廟堂端合賁賡歌淸齋高卧專吾樂得失從來較孰多

一挹淸芬四十年心存愛慕豈忘旗會逢稀濶尋常恨從此音容隔九泉

鄭愚伏經世

梅花標格鶴形容古井波恬不起風鑿足與鵷鸞供卯酉好隨鴻鵠謝樊籠紛紜世事三緘口淡薄生涯一畝宮今日此人那可得舊僚空有淚傾涑

蒼石李埈

白壁爲姿止水心栢門眞訣受金針世間軒冕忘情久壺
裏風烟得趣深運値龍蛇傷絶筆人亡鸞鶴執翻琴鑑源
清勝過從地忍見秋雲鎖古林
不戀浮名不慽貧高風林下豈無人多情自幸膺投漆雅
操常欽鏡拭塵篤學來嘗欺暗室抱才終恨負明辰尚餘
池上清秋月寫得當年面目眞

延陵

耆德南中盡風流洛社莌林居卅載遠遺語兩聯忙引分
公何恨孫息我自傷魂遊筆在手忠悃寫天章惻惻哀人

晦谷先生文集附錄 二十六

事迯迯問彼蒼球琳不終售嘉穀苦偏霜七十非無壽中
承士望張猶稱未滿德行路涕滂滂

朴承

聞世眞儒出仙風逈絶倫金門桂籍日翰苑玉堂春珥筆
明褒貶封囊聳搢紳薇垣論議正烏府紀綱新流急身先
退居閒志益伸爭知愛林壑誰信抱經綸洒落胷襟次清
高寂寞濱行餘因學道樂處自安貧嶺外挺孤節斗南惟
一人少微寒歛彩至德喪無鄰朝著推先輩春坊忝後塵
哀詞不忍寫衰淚衣巾

李尚毅

東南間氣出風塵林下如今見一人爲政在家惟孝友遯
名無地守玄眞兩朝恩眷勤徵召半世行藏自貴珍手帖
分明猶在篋屋樑寒月獨傷神

韓孝純

兩朝高步一賢臣擺脫功名三十春館閣豈曾忘學士江
山猶自護閒人南州耆舊添嘉傳北闕風雲隔後塵八字
得聞乘化語緘辭千里倍傷神
玉雪襟期席上珍早持孤筆入楓宸青春長價經綸地白
髮孤蹤寂寞濱閉戶一生談古聖臨終八字警愚民迢迢
嶺海難憑哭感淚滔滔濕盡巾

晦谷先生文集附錄 二十七

柳根

耆老多零落公今又至斯青雲最官達白髮晩棲遲七十
九如夢聖賢書是師過房能有續餘慶定無期

朴東善

囂然樂道臥雲霞曾向册墀裂白麻一鑑池塘看活水數
行松檜閱年華澹臺昔至子游室李及頻尋和靖家南極
少微俱晦彩空將老淚洒天涯

叅判李民宬

昔我先君子從游老栢翁最於先輩熟謂有古人風臺館
清時選聲名亞長崇丘園敦履素軒冕付吝通誰敢虛舟

怒人。非鶡冠聾。靜恬資近道。淸約務持躳。學有淵源自。容符德氣充。平生疵點少。高朗令名終。稽子精誠篤。居喪禮意隆。凄風起素幔。斜月映寒空。玉樹佳城閉。巖霜曠野中。分明纊息語。千載繼陶公。

承旨李彦英

鑾坡玉署擅名聲。烏府薇垣煥寵榮。宦海早知恬退勇。林泉自樂靜居貞。孤吟白雪何人和。一枕黃粱太夢驚。癸桂辛蓮前後分。不堪題挽涕沾纓。

尹孝全

山林信美古來空。勇退優游始見公。芸閣鑾坡如夢裏。丹崖綠水宛壺中。讀書玩理頹年老。乘化歸全達數窮。無似忝交詩禮子。哀章題寄洛江東。

高用厚

早辭榮宦老雲林。孤鶴由來物外心。平日所爲賢者事。淸風堪作鄙夫箴。偸閒每願瞻眉宇。乘化寧知隔古今。從此襄陽無耆舊。寒山落葉助沾襟。

金涌

圭璋令質本晶明。閉戶看書業更精。早歷淸班名煥赫。終藏晦谷迹幽貞。襟懷洒洒塵何累。齒德高高爵自輕。莫道傳家無長物。留題一句有餘馨。

金允安

吾府多豪傑。佳丘最里仁。英才應侃侃。善誘亦諄諄。豈嘗雞守鶴。由來席上珍。春風方氣槩。雲月是精神。不顧功名法。那安翰墨身。鵬程搏可遠。蠖屈久還伸。擁筆誅誰骨。驄班棘幾人。薇垣曾正笏。玉署更垂紳。遂厭紛華地。猶耽寂寞濱。小塘源有活。一室淨無塵。杖策行三逕。巡簷岸一巾。圖書堪自樂。松菊不全貧。君子花香淡。賢人酒味醇。一心唯敬義。萬事只君親。醉裏天和暢。吟中古氣淳。端居恥役役。燕坐學卬卬。寶匣千年鏡。方爐百鍊銀。龜藏堅素節。蠙子擁朱輪。浩蕩專城譏。繁華綺席珍。賓朋常滿座。騶騎更塡闉。八袠彌康寧。三尊孰比倫。老星光忽晦。妖歲痛何垠。乘化從容盡。臨終定力新。容衣霣入地。龍劍兩歸津。白髮悲諸弟。丹旌泣比鄰。少年曾獲幸。中歲又連姻。秋壑楓如錦。春溪草似茵。哦詩常見和。對酒共傾頻。舊事還如夢。茲懽只隔晨。當年四十誄。無愧示千春。

金中淸

晦谷先生掩谷門。鑑源亭上鑑心源。十年功業韋三絶。半世官銜雲一痕。玩理幾曾摹太極。行仁時復繹羣言。整襟乘化由眞積。事畢方知道益尊。

任屹

美玉精金純粹人沉潛聖學泝關閩淵源遠紹周程緒正
脉終全鄒魯眞垂教一時能化導立言千載可經綸騎箕
忽罷楹間夢天地茫茫淚滿巾

鑑源亭上老胎仙玉澗青苔飮啄潔翩然忽入絳霄雲秋
暮空山惟有月

震峯權宏

紛紛南北路多歧一向工程老不差厨下簞瓢空有樂巷
中賢聖對無邪樞衣昔日占堂鱓易簀今年哭歲蛇天欲
使斯文又衰遺編零落舊烟霞

書院奉安文

金中淸 撰

我邦多賢越有 先生淑質溫慤令儀端貞舉業從衆式
敦內操仕必思止進亦耻躁去速就遲則維其常廚冠求
縣不顯其光奸臆潛駭逵眼丕欽旣養以渫遊初爰尋篤
志劬書孝友餘力捧璧眞經絕韋義易仁爲己任有說輒
劄哀成卷帙以資講劘衆所未窺我自孜矻明窓處靜晴
晝坐兀人欲退伏天理昭呈貪難動念利豈嬰情半畝一
鑑心源活潑白雪蒼松苦節誰奪學日以就道月斯征專
務其實用晦而明廉靖爲度簡雅成性終始淸修出處惟
正歸盡隨化樂天之命位德長短不須有云生死順安適
見其尊鄉里之表後學攸依魯無君子斯焉取斯厥有師
尚栢潭夫子亦旣廟享盍共後死好懿同彝倡克有和多
士犇波遠者近者潔牲良辰肅奉以妥宛其容之無間乎
昔庶幾洋洋顧我誠赤

晦谷先生文集卷之二

拾遺

詩

書中寄謝琴子閑採送菊叢

老病年來百事慵看花只得與先濃殷勤採送仙園種霜下開時一笑同

鑑源亭呼韻醉贈琴子閑

有客遠方來好懷今日開坐談雜今古更進酒一盃

書

與鄭子明李嘉仲亨男書

即惟諸勝何如昨見屛山士子通文以爲廬江書院不可

因舊當改卜碼螺等事也諸君所論豈無所見而云爾也是誠然矣然義理無窮人各有心不可不各陳所見以求至當之歸以鄙妄見當初建立之時吾鄉諸老先生豈偶然許而置之於此也今遭大變不可不更新而左右前後無可見之地則已矣堂後主峯之下地位清高誠非極陋之地而肉眼所見則面勢回抱殊覺有勝於前也且與舊基推移不過數步之間爾若因此重建不失舊制則江山不改前日之面目士子仍保藏修之舊所非但此也妥奉既久格萃如在豈非情理之所安也前會之日僉以有地爲幸而別無他議方以經始規畫爲悉矣不料還毁合屛之論遽出於千萬意慮之所不及也謹考通文之意以爲因舊則有百害而無一利改卜則無一害而有百利且以爲後必有悔計較利害之說仁人羞稱而圖事永久利亦不可不謀也若以已然論之則此地固有害矣若以未然言之則天地間事變無窮不知何處能爲無悔之地也然此則不足深辨但以建院之地必取幽邃寂寞之濱則捨此他無可者矣第念目有所昧則不見泰山吾輩之欲以因舊爲便者無乃智慮之淺薄識見之未透歟何敢自是已見而不肯聽人說話爲哉凡大事小事自有兩端必待在上之人執兩取中然後方爲至善而無悔吝矣且夫人

心順之則安逆之則拂作事謀始弊必慮後人已通融從長計議使兩間無相阻然後人心得安而事功可成矣嗚呼尊賢建宇此何等大事而譬如着碁者將下手而復止終無所成也水圯之後吾鄉之人有不審形止者多矣耳聞不如目見何可踰度而臆決也必須一番齊會更爲看審咸以爲惡地不吉決當遷也則人心亦天理所在當順之而已昔賢已亾今日欲考所疑而不可得則亦可痛也已仰惟西厓大監斯文師表雖小事鄉生等當一一稟定況此大事乎當其事勢便否義理曲折奉稟以決則橫議自止而堂下無用之辨何可使聞於他人也大槩一

面之人同辭發文則人情可見宜無一辭然心有所懷則
亦不得不論也必須盡言極論以止一定之地然後彼此
方無悔矣鄙妄所見如此故略陳贅說何敢望人見之必
同於已也伏惟僉君子諒察可否之如何

喪禮問目 上栢潭先生

問嫡孫爲服異同如何
答曰考禮無分別等殺之文禮緣人情正當如此今亦依
而行之其弊者世俗之見也
問今世期爲一月大功二十日以至緦麻七日以何禮
考定也必以此日除服則用何禮也

答曰此乃漢時凡官賜暇之規後世遂以爲制識者惜之待
元服日期之滿焚香設位除之似當
問士大夫家廟朔望祭如何
答曰是宜依禮爲之喪中則朱子已有指定垂訓之言可
考也
問嫡子死長孫在喪則其家廟祭何以爲之衆子可主
祭耶
答曰在禮無衆子主祭之文長子常爲主而備物助祭乃
其禮也長子在他國或有故則爲壇而祭不可入廟其義
甚明愚意不得已衆子當祭則設位而行似有古意也議

禮之事非身由目熟詳練古義者決難及此今而有問正
所謂借聽於聾也然而各有所懷不可不相質高明以爲
如何
問家禮五服圖衆子只義服緦麻則嫡子如何如不服
則其義何也妾子爲嫡母嫡子三年則嫡母嫡子爲妾
子當何服也
答曰爲庶母服緦有恩則或期嫡子之不服於此無文字
可考意必有所壓而然也若庶子之於嫡母嫡子則其報
服想不以嫡庶有間也
問期功緦一月二十日七日過則飮食復常只不與宴

樂至元服日期之滿更服其服除之可乎
答曰期功緦之喪各以月數及葬卒哭而有飮酒食肉之
文至其日期之滿則服其服而除之何疑
問長孫在喪則三年內其家廟及墓祭何以爲之似不
可以凶服行吉祭如不得已祭則當着何服
答曰緇衰之說朱子言之今俗守禮之人未知何樣爲之
也朱子亦云量其服喪之如何則孝子雖廢祭何妨
問放榜若當父母忌日則如何終身之喪情義不可着
吉戴花也或曰應榜君臣交際大禮不可廢也宜循例
爲之出 闕門去吉卽素還家云何如又期喪之不可

應榜則前旣得聞命矣若遭功緦之喪則如何値祖父
母及外祖父母忌日則何以爲之
答曰父母諱日古人處之如喪哀痛悲慕不廢哭泣之節故曰有終身之喪其於喜慶從吉之事一切不可爲也至於身爲人臣而君有所賜君有所命君有召不意臨門則其可諉以親諱之日而不拜命乎然則或趨召或拜恩皆可以禮爲之　宣醞拜賜其緩亟緊徐與右三者雖異而若吾所以行之者一不如古人猶曰喪是終身而不拜君命則恐其取笑者不止於蜀日越雪也或者之說有節次耳期喪之事前日奉稟只據一邊追思之極爲未安時

世一下禮制不古五服之喪量其輕重而爲給暇久近之日數有官者從公莅事一如平時雖曰衰世之事尙爲時王之制至於今之令甲有除服制式暇之文遠期遠喪尤不可云也若諸父昆弟之喪旣成服之後則亦未易言也出入自如對客談笑平居擧止了不如有喪者而欲冒暇限越令甲則心與事違行與言悖其意象果如何歟其間篤禮之君子沿情達義一遵先聖賢之禮者自有所處矣
僭學病妄惶恐
問師服如何
答曰凡人之爲師行喪視其恩之輕重大小而爲之不可以一槩論也在禮心喪三年亦曰若喪父而無服今或有制服之人云是則未知何據也子貢爲先師反築室於場又爲之三年未知服何服也然而非聖人之制也妄意私居則服素白帶公出則只服如常似當若其年月則只酌意如何耳

祭文

祭藥圃鄭先生琢文

維萬曆三十三年歲次乙巳十二月辛丑朔十七日丁巳奉正大夫前　世子侍講院輔德兼春秋館編修官權春蘭謹以隻雞單杯敬致奠于領中樞府事西原府院君藥

圃鄭先生靈筵之下昔者之拜視猶子也一何慟也今玆之來號之以爺邈未聞也嗚呼人事之變遷至此乎天無言也云亡之痛邦國之瘁有血氣所共同也無所依歸吾黨之不淑人百其身曷有窮已五福之嚮三達之尊餘事何論好善之優有容之量天下復誰云也嗚呼凄風忽起白日西匿敬致寒觴清淚一掬

雜著

偶錄

嘗見學海中有一言若曰勸學文云書中自有黃金屋又云賣金買書讀讀書買金易旨斯言一入于胸中未得志

之時已萠貪饕既得志之後恣其掊克惟以金多爲榮不以行穢爲耻玷累白簡恬然自如雖有清議置之不恤無怍乎玩視典憲害民蠹國也此段議論深中後世學者心術之害且讀書城南詩中只叙富貴誇耀之事以勸誘之蓋以童穉不可以語上姑就眼前歆艷易知之事以導之耶韓公身任傳道之責而訓子如此是亦不可不辨以正後學蹊逕之差也鄭梅窓士信曰鑑源子此說誠有關於學者正誼明道云云

附

師友投贈

答權進士彦晦　栢潭先生

病眼方揮血淚時故園田首路遙歧世紛不耐深纏縛
人事那堪忽改移風裡雲鴻飄隻影春前荊樹落殘枝
賴君千里吟相贈惹却愁魂日夜馳

追次

句裡佳期指點頻相逢何日接光塵野堂風月空添夢
客路山河幾愴神關透鬼人功最近途分生死見尤親
自嘶病學渾無補皓首悠悠遂搢紳

寄權彦晦時往寧海將歷遊諸勝

一別音容隔海頭匹驢何處作仙遊紅霞島嶼晨光裊
白玉樓臺雪影浮詩眼脫塵超汗漫醉歌和月落滄洲
歸來擬覩奚囊富蒲柚驪珠奪兩眸　右叙別

鼇頂高臺縱目遐茫茫東海更東涯鵬翎礙日雲垂浪
鯨鬣掀風嶽聳波孫綽豪吟增爽朗木華文藻極包羅
乘酣好踏鳴沙路霽月澄明趂馬斜　右觀魚臺

慘目銅駝御路荒東都遺跡正堪傷一千歲月傳家遠
五十君王歷世長麋郭烟霞留怨鶴故宮禾黍駐斜陽
知君大手凌斑左不數崔翁拙筆揚　右慶州

庚辰除夜金佐郞希玉權內翰彥晦相會　關內

唱酬韻

赴鼇長蛇政可驚。鏡中霜鬢白千莖。江南忽報春消息。千里田園幾箇情。

題寄權彥晦鑑源亭

手斲松崖敞野堂。帶楹規作小池塘。虛涵脕亘圓輪蒲。活引縈雲玉派長。日月精華渾不染。乾坤本體浩無疆。觀書警句垂明訓。熏沐如承謦欬傍。

次權彥晦山亭韻　權松巖好文

林丘窈窕可人居。綠水青山訐不疎。客到吽風和靖鶴。身閑釣月呂望魚。蒼巖作礪磨龍劒。黃卷爲樓任蠹書。一點凡塵侵不得。洒然生白室清虛。

一曲佳丘可隱居。寒棲松月俗緣疎。洞天晚放西湖鶴。池水要看北海魚。蘭塢飮香千日酒。桂牕詳味十年書。乍凭危欄風生腋。宛躡眞人步太虛。

山齋頗似我松巖。洒落風懷早出凡。桃李京頭紅未綻。烟霞洞口翠重緘。藏修黃卷猶千軸。妙會丹經亦一函。仙境定應塵事斷。莫將塵事汚青衫。

贈權晦谷　鄭清風允穆

擧世皆歸濁。惟君獨守清。能全晚年節。自保歲寒貞松。竹爲知己。梅荷作弟兄。羲皇卽此地。霽月枕邊明。

題鑑源亭壁　朴春亭

瀟洒林亭枕澗阿。餘春光景老烟霞。花粧谷口紅迷㡣。柳拂堤頭綠染沙。檻影倒池魚入席。窓陰籠樹鳥投紗。若非錦里先生宅。定是西湖處士家。

過權執義新亭吟　鄭鋤歸子允諧

溪山何處可安身。風雨乾坤摠是塵。最愛佳丘村一面。數椽精舍合幽人。

書

答權彥晦書　栢潭先生

何不上來此。擧雖似得好。若以親老則勢有不可已者。無乃左右或思之不審否。鄭伯仁義罙聞之。豈勝驚悼。至於服喪之事。則當時不經意思。固知所以爲對也。惟其當初所以定之者。必有其由。具在文記。豈以叔姪之稱。或以母子之義歟。而伯仁平時。稱謂庭闈几席之間者。果何歟。是必有所辨矣。如以叔姪。則不杖期之服亦當。他日祔祠。自當以所生父母配於先祖。列爲昭穆。而所謂伯叔父母。則只當以其班祔之矣。第未知作養之意。主於何義也。率爾不得分析。惶懼惶懼。星學昨政已。　批下矣。大槩學職雖曰冷官。日與士子

同遊處有教育英才之樂以是先賢未嘗不別致意焉如胡先生蘇湖之法盖其一也敬守廟庭奬進學徒導以禮讓勗以古人之學使一境儒化倡行以稗　聖朝文明之治豈淺淺事業而已也巽德溪子强嘗爲此學與黃錦溪協心開誨其餘教之流至今猶存不可不知也鳳齡入城有日而節次有碍時未一伸情痛於　殯殿亦以氣力之敗不得從公伏諦　主上執喪守禮大臣與臺閣累有論啓而略不　聽回痛朝方共憂悶耳承信因知直况諸勝慰喜更想日侍　御筵叨　恩不一惟敬直二字自是最初著手地頭鄙之僥冒雖似較閑汚陋濫忝無以爲懷耳

與權彦晦書　西厓先生

下詢祥服事鄙見於此亦疑而未定以一家曾行者言之笠用白色衣用白色團領帶用木綿條兒獨網巾黑白忘未記憶近日姪子等所著乃黑色未知於禮如何也以古禮言之則間傳云素縞麻衣雜記祥而縞又曰朝服註云緇衣素裳縞冠以此觀之則衣用緇色裳用素冠用縞其制則雖不言而似當因喪服之制特變其色耳今祥以前冠衰裳皆用古制祥後禫前獨不用古似無意思但世俗遵行已久復古則駭俗而不可行白笠雖非禮亦　國家所定不可輕變故妄意當如此然未知果無差誤否也

示喩祥冠用白不記某年有申宰相點於　經席建言下禮曹遂爲遵行之制當時識禮如奇明彦諸公皆以申說爲未合禮然而未聞改定非蘇齋創始爲之也以理言之用白用黑同爲非禮古人祥祭卜日爲之家禮用忌日既忌日則在平時猶當黲巾素服况於喪未終而用黑可乎以此言之寧用　國家所定庶不悖於從時之宜也如何如何

別紙

雖曰置練服而其下但云以練服爲冠似不過以練服之布爲冠而已大抵練制先儒所論亦多異同今既不得盡從古禮則一以朱子所定爲準庶免汰哉之譏有何不可但孤哀則在前喪與家兄所行既如此今不欲獨變亦欲因前日所行而爲之未知果合於禮也檀弓所謂不可變者意指仍舊用生而云然也金翰林練布爲衰雖未知何據意從瓊山丘氏說耳若楊氏練服圖所論則雖引橫渠之說而以爲與先儒異未專以其說爲可行也且四寸衰猶在不欲哀心之遽忘者亦橫渠說而引之以備叅考而已似亦非定論也如何如何孤

哀遁来精神益昏家中又無檢看書冊極以爲悶伏望凡百因便指喩使免冥行如何

下詢諸条倉卒不能畢具謹以臆見奉復而其思索未到者闕之惶恐惶恐

别紙

祥服

縞素之爲生爲熟未可知練冠既用灰治者祥獨用生尤不可臆說儀禮畵縞冠玄武子姓之冠註云玄吉而縞凶以此觀之亦可知冠用縞而以素緣之耳祭時所服則雜記已云主人着朝服緇衣素裳其冠則縞冠又

曰既祥雖不當縞者必縞然後反服註反服者大祥後素縞麻衣服古制雖不可詳大抵祥時冠則用縞衣則用緇衣朝服素裳既祥後冠則仍縞變朝服緇衣素裳而着麻衣也

禫服

見於儀禮圖禫祭所服玄衣黃裳既祭所服禫服朝服綅冠註綅黑經白緯踰月吉祭所服玄冠朝服既祭所服玄端而居其見於禮文者雖如此而今皆不可得而詳也禮以時爲大且君子行禮不求變俗古禮今難盡從鄙意只當依近日時俗所行者要爲不悖於禮如何如何網巾用黑色固所未安但練時中衣承衰而已用黃裏縓緣爲飾以此推之網巾在冠内雖黑與此相類否望須裁定何如服則既有溫公說載之家禮用玉色衣似近之冠當用玄非玄則更無可用也如何如何

伏想祥祭日迫孝思罔極因念吾輩俱以衰年逢天大禍常恐不能勝喪以犯聖人之戒僅得支延以終大事豈非一幸伏乞更加節抑以慰戀慕之懷前日哀書之至適値午熱甚心眼俱昏率爾奉答其後每朝氣稍清出而讀之乃知前日所報者疎謬之甚只此事可知孤哀神精荒亂無復人樣耳慙懼無已近再見雜記有司

麻衣註云白布深衣可爲一據蓋祭則用朝服既畢則白布深衣以居只縞之爲黑經白緯終不可知古書凡言縞者皆白色如漢人縞素三軍何有於黑經白緯雜記又云葬時史練冠註云縞冠此亦似指白色而言儀禮圖禫後綅冠註綅黑經白緯禫後冠色如此則禫前必彌凶以此觀之往日申君建白立法者亦或有考而言也此間無書冊可考且無同志往復前頭哀所自處尚無端的可依玆欲益聞尊家所定以祛疑惑敢此再煩

又

近日東西之說。以處置言之。則彼此俱不免有失。而今則律之以誤國之奸。使士類皆陷於黨籍之中。人心危懼。自古豈有如此而能致和平者乎。若有調劑之心。則惟當先去勝負利害之念。積厚誠意。開布公道。擧措之間。無一分有我之私。然後自然人情感動。而協和可望矣。不然而陽合陰沮。凡有異同於己者。輒以巧詐去之。至於時望所屬士友之在草野者。一切棄置。此未知果出於公否也。諫院之 啓。意在發明。而使人情憤歎。亦望先生明幾審物。正色立朝。毋激毋隨。以濟崩潰之勢。如鄙人者。罪戾孤蹤。豈有再入脩門之理乎。今行亦

一謝之餘。只有禮公第一策耳。先生。指具栢潭。晦谷師事栢潭。故此書稱先生。

溪門諸子錄

權春蘭。字彥晦。號晦谷。居安東。生於嘉靖己亥。天性純靜。容貌白晳。如氷壺洞澈。三十五登第。歷敭淸顯。初師栢潭。後遊先生之門。潛心墳典。尤喜易學。事親盡孝。親沒。無意仕宦。蒔花種木。樂而忘食。 宣廟謂近臣曰。權某不樂仕。豈以予爲不足與有爲歟。陽書揭中字。朝夕顧諟。年七十九而卒。所著進學圖。孔門言仁錄。藏于家。官至司諫。海東名臣錄。公幼時讀孝經曰。讀此而如不讀者。非人也。時取周易效卦畫。父曰。此大人學。非汝可解。公跪曰。兒竊慕大人志云云。

行狀

通訓大夫行。司憲府執義兼 世子侍講院輔德。春秋館編修官。晦谷權先生行狀。

公諱春蘭。字彥晦。權氏安東人。高麗三韓壁上功臣三重大匡諱幸之二十四世孫。高祖諱九叙。修義校尉副司直。曾祖諱自關。秉節校尉副司直。祖諱楧。贈通訓大夫通禮院左通禮。行宣敎郎軍器寺主簿。考諱錫忠。贈通政大夫承政院左承旨兼 經筵參贊官。妣贈淑夫人咸昌金氏。觀察使爾音之後。以 嘉靖己亥

七月二十二日庚午。生公于安東府之東佳邱里第。生有異質。夙解文字。髫齔時。已有老成體段。遊嬉群兒有褻傲不敬者。責而絶之。七歲。遭外祖考喪。哭泣行素。承旨公慮其病。勸令食肉。公曰。親喪不肉。禮也。父母之父母。與父母奚間。固辭不食。公慨然於門戶之衰替。請學於承旨公。承旨公嘉其意。編小冊子。寫若干聯句授之。公手不暫釋。口必成誦。仍問天地間何物貴。承旨公曰。惟學耳。曰何以貴。曰爲子孝。爲臣忠。可以爲觀察。可以爲太守。父母欲之。鄉人榮之。曰觀察太守。無足貴。欲爲孝爲忠。舍學何成。承旨公心異之。授孝經。公俯讀仰思。

一字一句必反覆問難尋繹義理自謂曰讀此而如未
讀時這樣人非人時取周易或戲成卦畫或潛心默玩
承旨公曰此非孩兒所解公曰兒雖兒也志則大矣年
十四受業於栢潭具先生之門栢潭陽若距之以試誠
否公每日昧爽造門祈寒暑雨不變栢潭滚嘉之曰今
者復見門外立雪教誨不怠期以遠器具贄椽安審旨
公之所與同學人也芝山金公嘗語栢潭曰門人中才
學孰優栢潭曰誦具製安精權芝山曰他日以斯文爲
任者必精權也公志學以後益自刻勵不獨口耳之記
誦而必求力踐聖賢遺訓辛酉中司馬僶勉於悅親之

事就所居洞口泉石之勝搆精舍數楹引水爲池取晦
翁詩中方塘一鑑源頭活水之語扁其顏曰鑑源栢潭
嘉其幽賞贈之以詩曰手斲松崖敞野堂帶楹規作小
池塘虛涵脫匣圓輪滿活引縈雲玉派長日月精華渾
不染乾坤本體浩無疆觀書警句垂明訓薰沐如承謦
欬傷公靜處一室藏修遊息脫略世累若將終身又嘗
請益於退陶老先生先生曰吾聞公之文行久矣亟加
推詡　萬曆癸酉擢式年文科考官得公所對策歎尚
其淵源有自非尋常應擧之文乙亥隸成均館學諭陞
學錄庚辰拜藝文館檢閱兼春秋館記事官由國子爲

翰林蓋雋望也例陞待教遷奉教病未謝　除司憲府
監察出爲大同察訪黎渦百媚一切不近布帛例俸毫
末不取呈辭歸覲道上行具亦盡送還乙酉　除司諫
院正言移拜司憲府持平又拜成均館直講皆以病辭
丙戌　除禮曹正郞栢潭在京抵書曰故山烟霞隨意
閒遊雖曰得計家貧親老仕亦一義公不得已赴謝上
疏乞養　除永川郡守榮奉板輿小心淸謹其政以正
民心善風俗爲先務月朔具酒食依澤州故事召鄕人
高年親自勸酬使人知養老事長之義書平易近民四
字於座右置心經近思錄於几案上公退之暇警省而

披閱焉歲飢賑濟惠及流民前政逋負節縮補塡邑有
淫祠弊痼莫禁下令來告鬼怪遂絶栢潭有疾公卽馳
往省診栢潭臥不能起覆以白單衣拖帶其上視公執
手曰平日挾書毋相與作虛誕話亦非偶然及卒殯殮
諸具躳親敎檢無不周悉禮葬時又來操文以祭情義
懇惻丁亥遭承旨公憂哀毁幾滅性葬而廬墓晨昏上
塚如定省儀時省毋夫人不入私室於書只讀禮記一
書己丑服闋庚寅　除成均直講又　除司諫獻納皆
不就　除義城縣令爲親强赴辛卯呈病遞歸到雲山
驛照檢一行卜馱中見紫草一封詰問之卽毋夫人壽

辰滌衣之餘公以爲官物送還之乙未拜司憲府掌令
世子侍講院弼善皆病辭 除司諫掌令執義輔德
暫就辭歸 宣廟語筵臣曰權春蘭未嘗肯一日在朝
以予不足與有爲而然耶筵臣以偏母在堂年至喜懼
遠遊爲憫仰對 上深加奬歎曰其孝可嘉 除通禮
院相禮復 除輔德固辭 不允公每於 書筵必以
成就德性爲務不止涉獵書史講或一日有間必 達
以不接儒臣非朝夕承弼之意 東宮有敎曰權其爲
輔德身雖疲困學業則日就旋又病遞尋鄕戊戌 除
執義直講司諫司藝司成皆不赴朝議以青松閒僻便

晦谷先生文集行狀　十九

於養親有 除命公赴任數朔母夫人病篤公晝夜不
解帶日必焚香祝天刲左股取血和藥以進遂甦月餘
竟不起公水漿不入口者四日奉櫬以歸祔葬承旨公
墓廬居省墓一如前喪母夫人病時廢闔蔘具公自是
不食蔘癸卯外除恒處鑑源益堅不樂仕宦之志纂述
進學圖孔門言仁錄若干編人有來學者必敎誨之不
倦知其有才器者心喜之必欲成就之甲辰與西厓愚
伏會西義洞講討前日疑難西厓先生曰老友閒居靜
養洞觀踐履之實可以想見乙巳七月大水廬江書院
漂沒將謀改建畏水患欲移建于他公曰退溪遺躅在

是不可移也仍重建于廬江 除弘文館修撰有 旨
召復 除輔德趣行皆以病辭戊申 除榮川郡守不
赴庚戌 除校理又以病辭讀書講道之餘以養花種
樹修築臺池爲事洞人以不知農務爲之語公曰此吾
農事種蓮實可食養菊英可餐植木則霜紅可賞幽獨
蕪閒之中斬然有成法淸風子鄭公每見公必收斂撿
束爲詩義之曰舉世皆歸濁惟君獨守淸能全晚年節
自保歲寒貞松竹爲知己梅荷作弟兄羲皇卽此地壽
月枕邊明公嗣子大諫公 除慶州府尹行焚黃祭于
家廟公曰汝則立揚以顯父母吾莫之及泫然泣下其

晦谷先生文集行狀　二十

慕父母之孝至老愈篤如此栢潭先生以詩示公曰心
到靜時須見實學無文處卽知眞富貴不關身外事才
華空逐夢中塵公書揭座右自少至老警省如一不以
外累經心乙卯與蒼石李公同遊龍山書院讐校栢潭
先生文集仍講學數月而罷丁未寒岡鄭公爲安東府
使下車未數日首訪公于鑑源亭公曰安東號是文獻
之地而自栢潭鶴峯西厓下世之後士失所依莫知其
方幸明府來莅德業得有所考問趨向之定自今日始
矣寒岡曰鄒魯之鄕何患無取斯之人乎酒三行公問
曰明府下車翼日坐客舍見女妓花輒令芟去云有諸

寒岡曰吾惡其花之名似除去也公曰苟吾心有主雖
南威西子尚不能移何畏乎假其名者乎寒岡深服其
言壬子龍山書院成奉安栢潭先生丁巳七月有疾子
弟侍藥之外婦人女子不得近痛禁巫覡祈禱之事氣
雖憊精神不耗衣冠端坐對越書籍命子姪奉紙墨親
書乘化歸盡不復有恨之語八月十六日考終于鑑源
精舍享年七十九是年十月六日葬于師尼山下承旨
公墓側丑坐之原從遺命也配淑人錦城朴氏江陵府
使承侃之女無子以弟判書公諱春桂子泰一爲嗣卽
大諫公號藏谷大諫嗣子世後四女適安景滄吳益熀

金耀亭韓必久側室一男世從世後四男斗瞻斗齊斗
山斗七五女適李元裕具碩昌金俊金國柱李宜楨景
滄一男櫶益熀二男德基慶基耀亭一男碩昌必久一
男汝玉參判世從一男斗齡斗瞻一男翯斗齊一男翺
一女適金起漸斗山二男瑚翔斗七二男翎瑚元裕一
男喬命碩昌一男興胄俊一男台瑞國柱一男後聃宜
楨一男光弼櫶一男重鉉參奉二女適李元祿參判朴
成夏汝玉一男基守以下內外孫不盡錄公姿禀超異
穎悟出類髫齔而著老成之名始學而有忠孝之志經
傳旨義之深奧隱微孜孜乎反覆問難潛心默玩蚤歲

立雪於栢潭之門繼又就正於陶山承蒙推許其所以
擩染薰陶資之深而實有所得也栢老精權之詡芝翁
斯文之獎已可見推重之令望而半畝方塘有亭翼然
栢老贈詩中渾不涂浩無疆之詠夫豈偶然乎哉至若
心到靜時須見實富貴不關身外事之句寔是公一生
奉守而勿失者故釋褐以後逌翰苑而至於臺省玉署
華誥聯翩 恩諭鄭重而謹難進之禮厲易退之節
或抗章而力辭或奉身而亟去一鄣四邑之强赴亦所
以深有感於孝不及養之經訓爲親暫屈而小心淸謹
平易近民又其居官始終之繩尺也其事親也生養死

葬廬居省掃月朔拜廟誠孝備至其爲學也自四子六
經以至於諸子百家無不該貫融會而晩年工夫專用
力於大易一部拈出一中字揭之壁上曰古之聖賢必
以此爲天下之大本亦可以驗喜怒哀樂未發前氣像
語默動靜之間蓋無一日而非學亦無一事而非學橫
渠氏所謂晝有爲宵有得息有養瞬有存者公其庶幾
焉常愛慕鶴峯先生愈久而愈篤撫教其諸孫如己出
使之成就淸陰金公撰述公幽宮之誌曰襟懷淸曠酷
愛山水剔巖洞闢陂塘宴處其間樂而忘食視世上紛
華名利若浮雲然接於物也虛心巽志不設防畛善善

長而惡惡短至辨義理擇是非一刀兩段闡先生之風
者無不起敬而易慮道使州長修剌詣廬干旄陋巷一
成賓主禮而已無城府跡引誘後生勉進爲學始學於
栢潭前輩多見期重至其晩歲驗之日用純如也此其
實錄也惜乎進學圖一帙雖成卷軸言仁錄未克成編
其他著述亦皆散佚而不冨龍山祠師門配食之縟禮
豈足以慰百世士林蓋壇之慕哉院儒金斯文星魯甫
賫奉公家狀一通來請記行之文公之七代孫瞱申之
以謏屬辭旨鄭重顧惟陋劣何敢與聞於屬辭比事以
訥汰哉之譏乎第伏讀遺集祭先祖文忠公文至有溯

晦谷先生文集行狀　二十三

餘波尋本源之語當日道義之契實不勝感歎敬慕之
懷忘其僭猥櫽括來狀而叙次如右以備當世秉筆君
子之採擇焉
嘉善大夫原任禮曹參判兼同知　經筵義禁府
事五衛都摠府副摠管豊山柳台佐撰

恭惟我　先祖晦谷先生遺集散佚殆盡倖而存者
惟元集數卷及進學圖言仁錄等篇而已往在丙申
年間我王考府君惧其久而無傳也遂收拾遺文次
第修整謀所以鋟梓壽後而至若言仁一錄編秩浩
穰猝難并擧矧缺財力之復聚而屬之他日僉君子
此則玉山從大父跋語中盡之矣噫當元集刊出之
時事鉅力綿未及印布且年久板刓頗有闕漏此誠
斯文之一大欠典遂採摭故家巾衍書裒粹先賢文
集語別爲拾遺一編續之卷尾弁其卷者龜窩金公
也狀其行者鶴棲柳公也幹其事者安斯文世應金

二十四

斯文星魯甫與之先後焉今日子孫之倖當何如哉
第恨年値大侵物力殫竭新刻若干編印出亦未廣
日後恢張之責吾黨僉賢有不得辭者遂不揆僭妄
略記顚末云歲癸巳流火節後孫瞱謹識

【影印】

晦谷先生文集

여기서부터 영인본을 인쇄한 부분입니다. 이 부분부터 보시기 바랍니다.